开挂贼生

姚看江湖／著

贵州出版集团
贵州人民出版社

图书在版编目（CIP）数据

开挂贼生 / 姚看江湖著. -- 贵阳：贵州人民出版社，2019.10
ISBN 978-7-221-15700-3

Ⅰ. ①开… Ⅱ. ①姚… Ⅲ. ①长篇小说 - 中国 - 当代 Ⅳ. ①I247.5

中国版本图书馆CIP数据核字（2019）第243416号

开挂贼生 KAIGUAZEISHENG

姚看江湖 / 著

总 策 划 陈继光
责任编辑 陈继光
特约编辑 陈胤凡
装帧设计 陈 电
封面设计 源画设计
出版发行 贵州人民出版社有限公司（贵阳市观山湖区会展东路SOHO办公区A座）
印 刷 长沙鸿发印务实业有限公司（长沙市黄花工业园3号）
版 次 2020年1月第1版
印 次 2020年1月第1次
印 张 27
字 数 430千字
开 本 710mm × 1000mm 1/16
书 号 ISBN 978-7-221-15700-3
定 价 49.00元

01

临近午夜，磅礴的大雨终于停止了强劲的势头，先前倾盆而下的雨逐渐变得淅淅沥沥起来。天空却依旧显得阴郁且幽暗，如同地狱敞开的缺口，悄无声息地吞噬着那些在夜幕掩饰下毫无遮拦的贪婪人性。

地中海大酒店便伫立在这样的夜色中。正在装修的墙体使它看起来有些斑驳和萧瑟，但里面的奢华足以让每一个到过这里的人惊愕。

世间的事情往往就是这样的玄妙，越是平淡的表面下，却越可能是令人瞠目结舌的匪夷所思。

景物是这样，人亦是这样。

此刻在酒店13层一间装修得非常考究的房间内，男人正躺在柔软而舒适的大床上，两只眼睛专注地望着头顶的天花板。而在男人的身旁是一个娇媚可人，又不乏性感野味的女人。她身上穿着豹纹花色的紧身短裙，伴随着撩人的睡姿，勾勒出一条诱人的曲线，将两条美艳的玉腿衬托到了极致。质地考究的上衣微微敞开着，半遮半掩的雪白风情越发显得分外迷人。两抹红唇像吸了血的魔窟般微微吸吮着，折射出了女人此时极度渴求的迷离。

“难道你整晚都要盯着天花板吗？”女人娇媚地将手放在了男人的胸脯上，轻柔而又动情地摩挲着。

男人没有说话，只是轻轻地哼了一声。

“你呀，就是太过追求极致的完美了！”女人将红唇凑近了男人的脸庞，“有我在你身旁，你现在要做的就是忘掉一切，尽情地享受这撩人的夜色。太过追求完美，反而会失败！”

女人的最后一句话如同一枚钢针，直接刺进了男人心灵的最深处，他仿佛从冬眠中猛然惊醒的悍兽，极度的饥渴让他突然间对身旁的美味产生了强烈的欲望。

男人猛地一翻身将女人按在床上，急剧蠕动的喉结发出野兽般的嘶鸣，仿佛要将猎物顷刻间撕成碎片。

“这才是我喜欢的那个你啊！”女人娇媚地呻吟着，婀娜的肢体轻柔地摇摆着，像在狂风中岌岌可危的娇花，正在用生命的危情享受着最为激情的猛烈绽放。

“你不应该在这个时候约我到这里。”男人低语道。

“没有我为你舒解焦虑，你能熬过这一夜吗？”女人轻柔地蹭着男人的下巴，不无挑逗地说道，“不用担心，他在公海上谈生意，今晚一定回不来的。”

男人盘算了一下时间，自言自语道：“是啊，以他一贯的傲慢，最快明天早晨才会回来！”

男人似乎感觉到了一丝的安全感，动作也变得粗鲁起来，他用力地扯向女人的衣扣，女人立刻警醒捂住了胸口：“动作轻点，别把衣服弄坏，否则会被他发现的！”

“他，他，他——”男人的心里像被猛戳了一下，“妈的，老子早看他不顺眼了！”动作变得更加粗鲁起来，两个纽扣也掉在了地上。

女人却并不恼怒，反而咯咯地笑了起来：“不要担心，用不了多久我们就可以远走高飞了，你就可以做你想做的一切了，再也不用像现在这样偷偷摸摸了！”

男人畅然地微微一笑，似乎想起了什么，动作敏捷地从床头柜上的包里拿出了一个黑色头套，戴在了头上。

“你这是干什么？”女人讶异地望着男人古怪的动作，脸上露出了惊异的表情。

“我觉得戴上头套会安全许多，我一个人在家的时候也总是戴上头套才能睡得着！”男人神情尴尬地回答道。

“我觉得你压抑太久了，似乎应该看看心理医生了。”女人脸上流露出复杂的表情，想要去安慰却又不知如何说起。

男人眼神中闪过了几缕阴郁的光泽，叹口气道：“和你这样的女人在一起，变疯只是迟早的事情！唉，前辈们说得对啊，有些女人是碰不得的。特别是你这种充满危险的女人。”

女人咯咯一笑，有些得意地环抱着男人的脖颈：“谁让你抵挡不住我的诱惑，偷吃了不该吃的东西呢？怎么，现在后悔了？”

男人微微一笑，原先紧绷的神经终于舒展了下来，在女人似水的温柔和充满野性疯狂的冰火两重天激荡下，心神逐渐沉溺于这泓温柔的春水之中……

雨滴敲打玻璃的声音逐渐逝去，房内的激情却愈加高亢。男人的神情开始变得迷离，虽然隔着头套，但眼神中已经没有了先前的犀利和警觉。男人的眼睛似乎是放在眼前娇媚的女人身上，又似乎是望着空洞的某一去处，现实与虚幻、激情与恐惧在他的脑海中不停地交错着。

急速行驶的汽车，撕心裂肺的惨叫，被打碎的头颅，失去生命光泽的空洞眼睛，还有那片夺去无数人性命的可怕池塘。

各种狰狞的场景在男人的脑海中交替出现，让他的脑细胞开始急剧爆裂，产生了无法遏制的癫狂。

“我绝不能被他发现，我绝不能被他发现！我要夺回我失去的一切！”男人梦魇般地尖叫着，他突然看到了身旁娇红似火的女人：“红颜祸水，对——女人是最不可靠的！她前一刻还睡在那个男人床上，现在就躺在了我的床上，我绝不能相信她！”

男人充满温情的双手在滑过女人精致的脸颊时，突然将女人的头狠狠地套在一个塑料袋里，然后用力地按在了丝绒的枕头上，任凭女人的手脚不停地挣扎着，却丝毫没有松开的意思。

女人娇媚的脸庞因窒息而逐渐扭曲，她拼命地将头侧转，高高突起的眼睛极度渴求地望向天空中的某一点，似乎是留恋着人生的最后一点记忆，抑或幻想着什么奇迹的发生。

“去死吧——”男人狰狞地低吼道，“我要掐死你个臭婊子！我要掐死你个臭婊子！”

伴随着这种近乎疯狂的举动，男人心底的阴郁似乎得到了彻底的释放。

然而就在这时，一道光芒闪过，虽然只是短暂的一瞬，却如同一道霹雳，将男人惊得魂飞魄散，一团像幽灵般的黑暗已经悄无声息地附在了男人的身后。

而就在这一刹那，女人原本僵直的雪白长腿却毫无征兆地突然间蜷缩了起来。

一小时之前……

徐峙紧了紧衣领，挺起胸脯从电梯中走了出来，身后紧跟着的是徐峙的铁杆跟班——冯阿呆。

“哇，这里面好漂亮呀！”冯阿呆惊叹道。

“这有什么稀奇？地中海酒店就是供有钱人玩乐的地方，当然不是一般酒店比得了的。”徐峙气宇轩昂地向前走去，虽然他穿的是从地摊上买的西服，但套在他的身上就是显得特别有范儿。

冯阿呆缩着头，明显不适应这里雍容华贵的氛围。

一位身穿旗袍的迎宾小姐低着头，似乎正在抽屉里摆弄着什么，嘴里还嚼着东西，看到电梯里突然有人上来，脸上露出了偷看少儿不宜书籍时被突然撞破的羞涩神情，连忙将抽屉向里推了一下，将嘴里的东西吐在了一旁。但这种尴尬之情转瞬即逝，粉嫩的俏脸上立刻绽放出醉人的笑容：“两位先生，欢迎你们的到来，请出示你们的请柬！”

徐峙冷哼了一声，从西服口袋里抽出两张请柬冲女迎宾甩了甩，一副不厌其烦的模样。

女迎宾本想仔细看一下请柬，但看到徐峙冷酷而又目空一切的神情，当下也不敢怠慢，连忙做出一个拱手相送的姿势。

徐峙拿出皮夹子，从厚厚一沓钞票中抽出一张百元大钞塞到女迎宾衣领里，手指有意无意地从女迎宾饱满挺立的胸前滑过：“你这样的条件在这里实在是屈才了，有机会到我的公司来给我当秘书！”

女迎宾顿时羞红了俏脸，却又不敢躲闪，只是紧张地将钞票攥到了手心。

“赵诗颖——”徐峙又将目光投向了女迎宾胸口的姓名牌，“很好听的名字啊！黎先生的慈善宴会在哪个厅？”

“整个楼层都是黎先生的，所有的厅都对宾客们开放，还有——慈善晚宴很快就要结束了！”

“我知道！”徐峙甩下这句话，继续旁若无人地向前走，仿佛他才是这场宴会的主角，以至于楼梯口站着的保安也没有感到任何的异样，只是狐疑地望着徐峙身后跟着的冯阿呆。

“喂，表现得自然点好不好？”徐峙低声提醒冯阿呆，“我们做贼的要扮得了贵族，扮得了乞丐，就是扮个人妖也得入木三分。你这样畏畏缩缩的，很容易引起别人怀疑的。你要大气一些，把自己想象成这里的主角，要学会像变色龙那样把自己融入到环境之中。”

冯阿呆吐了吐舌头：“峙哥，我就是个小贼，哪里见过这样大的场面！”

徐峙忽然微微一笑，优雅地向迎面走来的一位女士打了一个招呼，仿佛多年相识的好友那样。

女士出于礼貌，以及对于徐峙卓越气质的欣赏，也报以一个灿烂的微笑。

一直紧盯着冯阿呆的年轻保安，这时才把眼光移向了别的地方。

这时候又有一个保安模样的中年人迎面走了过来，冲着那个年轻保安一挥手：“小林子，到我这里来一下！”

年轻的保安立刻跑了过去，两个保安站在一起，似乎在谈什么重要的事情。

徐峙仿若他们真空，仍旧是一副趾高气扬的模样。

“峙哥，你认识刚才迎面走过来的那个小妞？”冯阿呆小声地问道。

“不认识，我只是逢场作戏。”

“峙哥，你真是太厉害了，把我都骗过了。”冯阿呆啧啧惊叹道。

徐峙嘿嘿一笑：“我们做贼的做到极致，每一个都是奥斯卡。”

冯阿呆擦了擦额头上的汗水，咧着嘴道：“刚才好险啊！如果那个迎宾小姐看出我们的请柬是假的，我们就全玩完了！”

徐峙却成竹在胸地道：“哼，怕什么，那小妞要是不让我们进去，我就投诉她在工作时间玩手机、嚼槟榔，还给情郎发肉麻短信。”

冯阿呆眼睛一亮，不解地问道：“老大，你怎么知道她在嚼槟榔，而且是给情郎发肉麻短信？”

“这有什么难的？”徐峙得意扬扬地道：“这小妞嘴里一股槟榔味，随便用鼻子一嗅就知道。她虽然将手机放在了抽屉里，但不巧天花板上的玻璃亮面映出了手机上的内容，我认识的英文不多，但Miss You总认识吧？发这样的肉麻语句自然是给她的小情郎了？只是不知道什么的人有这样的艳福，可以找到这么漂亮的女人，而且还是嘴里有香喷喷槟榔味的女人？打起啵来一定爽，我这辈子可是没有希望啰！”

转过拐角，从宴会厅里走出许多衣着华丽的男女，每个人脸上都神采飞扬，显然他们仍旧沉醉于方才的Party之中。

冯阿呆一怔，喃喃道：“怎么这么多人？”

徐峙看了一下手表，胸有成竹地笑道：“黎昕先生今天晚上在地中海酒楼的顶层举行了一场慈善宴会，现在是23:30，刚好是宴会结束的时候，所以才会有这么多宾客离开宴会厅走向电梯。”

“为什么我们选择这么多人的时候来？”冯阿呆已经紧张得有些语无伦次。

徐峙却仍是一副泰然自若的模样：“往往宴会结束的时候，才是安保工作最容易疏忽的时候。这时候人流量大，保安的注意力都在疏导人群，而且他们做梦也想不到我们会在这个时候潜入，这才更方便我们伪装。”

“峙哥，你真厉害，把这都算到了。”冯阿呆由衷地赞叹道。

“那是自然！”徐峙显得有些得意，“作为一个资深老贼，必须把每一点都计算到，这样才能做到万无一失。”

“那你怎么知道黎昕先生的宴会23:30结束？”冯阿呆好奇地问道。

徐峙抿了一下嘴，露出不屑的神情：“这太简单了，只要小小地贿赂一下内部工作人员就可以了。”

“我们现在穿过人流到达走廊的另一头，那里有一扇门可以进入楼顶。”徐峙说话间突然放缓了脚步，身子也不由自主地一颤，因为在他视野的前方出现了一片明媚的春色，这是他平生从未目睹过的绝美风景，也是他苦苦寻觅的梦中情人的模样。那个女人如同在花丛中飞舞的翩翩彩蝶，妙曼的身形、轻柔的步履、卓绝的气质，那是一种脱尘出俗、不食人间烟火的绝美，绝非寻常女人可以比拟得了，瞬间就将徐峙俘虏。

徐峙想要表现得更加绅士一些，但蝴蝶美人的出现让他所有的伪装都无处遁形，心底的猥琐不由自主地奔涌而出，他兴奋地低吼道：“阿呆，你看到前方那个长发美女了吗？就是那个长发如云、明眸皓齿、肌肤赛雪，比西施还靓丽、比貂蝉还迷人的那个女人。就是穿着牡丹花裙的那个女人。”

冯阿呆循着徐峙的目光向前望去，眼前也是一亮，但随即就收敛了眼神，拉着徐峙的衣袖低语道：“峙哥，现在我们有大事要做，不是泡妞的时候。”

“你懂什么？”徐峙不耐烦地道，“千金散尽还复来，美人一去不再有。”说着就要向那蝴蝶美人走去。

冯阿呆赶忙用力扯住徐峙：“峙哥，你忘了，你欠屁王的钱明天要是还不上，他就要砍你的手脚啊！”

一阵冷汗袭来，瞬间浇灭了徐峙燃烧的荷尔蒙。徐峙狠狠地咬了咬牙：“这个屁王，要不是他逼着，我也不会干这单买卖。”

徐峙随即又一想：“不行，牡丹花下死，做鬼也风流。我今天一定要从这妞身上留点纪念，说不定来日还有相见的机会。”眼光一闪，立刻聚拢到那片白皙脖颈上耀眼夺目的项链。

“有了，就是这串项链了。”徐峙嘿嘿笑道，“我今天先偷她点纪念品。”说完使个眼色，冯阿呆无奈只好跌跌撞撞地向前冲去，佯作不小心一下将蝴蝶美人朝徐峙怀中撞去。

蝴蝶美人猝不及防，身子不由自主地向旁边倒去，不偏不倚跌在徐峙的怀中。徐峙手指在她胸前顺势轻轻一划，那串项链已经落入徐峙左手之中。

徐峙还不肯作罢，右手环抱美人腰肢，学着上海滩中许文强的模样，风度翩翩地凝视着美人，只是无奈眼睛生就猥琐，除了淫邪就是淫邪，殊无半点许文强的正义凛然。

蝴蝶美人一惊，触电似的从徐峙怀中弹跳而出，还没等徐峙说完“对不起”三个字，已经拼命朝电梯口走去。

“这娘们，难道还是个雏，叫男人抱一下也这么大惊小怪。”徐峙话音未落，却发现蝴蝶美人猝然而返，焦急的神情里分明闪烁着吃人的愤怒。

“难道这么快就被她发现了？”徐峙虽然是老贼，这一刻却也不由得紧张起来，当面被自己心爱的女人戳穿，毕竟是件尴尬无比的事情。更何况在蝴蝶美人的身后还紧跟着两个穿着黑色西装的彪形大汉，一看那模样就是训练有素的保镖，而且是那种喜欢把人撕成碎片的野兽型保镖。

“我的个乖乖，这下老子可惨了！”徐峙看看自己单薄的身体，又看看那两个保镖鼓鼓的胸肌，心里暗自责怪道：“难怪师父说这漂亮女人动不得，果然应验啊！”

但也不禁纳闷：“这娘们怎么这么快就发现了？”

徐峙颤颤巍巍地站在那里，仍然强装作一副若无其事的模样，但等待着被人当众撕碎的那种煎熬，已经让他手心都沁出了汗水。

蝴蝶美人带着两个保镖冲着徐峙直奔而来，十步……九步……八步……，一步一步，越来越近。

徐峙把心都提到了嗓子眼，而冯阿呆已经悄悄地溜到了墙边。

“太不仗义了！”徐峙小声咒骂道。

“峙哥，你也知道我怕血。”冯阿呆索性把脸捂了起来。

蝴蝶美人迅捷而至，但就在与徐峙亲密接触的一刹那，却与徐峙擦肩而过。

而就在这一刹那、蝴蝶美人的妙目竟然有意无意地朝徐峙瞟了一眼。

“闪开！”两个保镖蛮横地推开了一脸惊愕的徐峙。

“妈的，吓死老子了。”徐峙长出了一口气。

似乎没有什么不正常，但好像又有哪里不对。徐峙琢磨着蝴蝶美人方才的眼神，脚步竟然神差鬼使般地跟在了蝴蝶美人的身后。

转过一个弯，蝴蝶美人进入一个豪华的包间，两个彪形大汉则垂首而立站在门外。徐峙佯装从门前路过，两眼向内偷瞄，就在门缝即将闭合的一刹那，徐峙看到一只干瘪苍老的手十分不规矩地摸向了蝴蝶美人性感圆润的翘臀。而蝴蝶美人竟然迎合着在宽衣解带！

“妈的，真是一朵鲜花插在了牛粪上！”徐峙愤愤不平地咒骂道，“这么漂亮的女人居然甘心做那个老不死的小三，老子真是白白对她一往情深了。”

徐峙脑海中浮现出瘦骨嶙峋的老牛昂着没有牙齿的干瘪老嘴，在肆意蹂躏那片雪白旷野的作呕画面：“真是气死老子了！”

徐峙讨了个无趣，愤愤然地朝天台通道走去。冯阿呆不敢惊扰这位大哥，只好悄无声息地跟在身后。

就在徐峙即将推开通往天台门扇的一刹那，却突然感觉脊背上一凉，他猛然回身，机警地望向楼道，却只有几个背对着的人影。

“怎么了，峙哥？”冯阿呆紧张地问道。

“没什么。”徐峙喃喃道，“我怎么感觉好像有一只眼睛在盯着我们。”

冯阿呆笑道：“峙哥，一定是你刚才受了刺激，出现了幻觉！深更半夜的，除了我们谁还会来天台？”

徐峙咂了咂嘴，顾虑重重地道：“我怎么感觉今天有点不对啊？今天晚上可千万别撞上邪啊！”

夜色已深，整个城市已经陷入深度睡眠之中。然而，N市的重案组组长殷柔却始终无法入眠，在辗转反侧了几个来回之后，索性披起衣服坐在桌边，重新捧起了那些令人毛骨悚然的重案卷宗。

N市位于东南亚诸国的交界处。长久以来，毒品、走私、暴力犯罪极其猖獗，虽然90年代中后期，经过东南亚几个国家的合力，犯罪形势得到极大扭转，但仍然有许多令人触目惊心的大案、要案时不时发生。

殷柔此刻阅读的正是N市最近十年来悬而未破的重大刑事案件。

阅读这样的卷宗是相当需要勇气的，特别是对于一个未婚的女孩子。里面记录的事情往往都惨不忍睹，而卷宗中的照片更是令人心惊胆战。特别是关于性犯罪的犯罪记录，更是对殷柔心理底线形成极大的挑战。

但是，作为重案组的组长，殷柔责无旁贷，她必须将这些尘封已久的案件重新从档案堆里拿出来，她不能让受害者的冤屈就这样永远尘封，更不能让那些嚣张的犯罪者逃离法律制裁，逍遥快活。

犯罪者必须为他们的罪行付出应有的代价，不论时间过去了多久。

殷柔按照时间的顺序把最近十年发生的四起大案、要案进行了排列。

第一起是发生于十年前的文物抢劫案，当时有一批蒙面劫匪袭击了正在N市巡回展览的文物，抢走了许多价值连城的宝物，其中最为著名的就是来自古代马其顿帝国的狮吼面具。事后，虽然这些劫匪一一落网，但是他们只不过是被人雇用的马仔，真正操纵他们的幕后主使却始终没有浮出水面，那些价值连城的宝物也一并失去踪迹。警方目前掌握的资料，只知道那名幕后主使叫K先生。而没过多久，文物展览的主办者何丽莎女士也离奇死亡了。

第二起案件发生在八年前，是一起连环强奸案。多名女子独自在家的时候被人强暴。警方很快就将这几起案件并案处理。由于嫌疑人总是在被害人身上留下六根血手指印，因此坊间把这名嫌犯称作“六指淫魔”。但令人意外的是这些案件虽然名为强奸案，可是嫌犯并没有对受害者进行实质的性侵害，而是将她们作为人体模特作画。六指淫魔最后一次作案时，曾与被害人英妮拉发生激烈搏斗，英妮拉目睹了六指淫魔作画的全过程，并且看到六指淫魔大腿内侧有一小片红色的印记。由于此案过于离奇，迅速成为轰动N市的特大案件，并在民间流传出许多不堪入目的版本。警方原以为凭借这些线索可以迅速侦破此案，但很快发现在现场根本提取不到任何有价值的信息，嫌疑人具有极高的反侦查能力，对现场进行了完美的清理，根本没有留下任何有刑侦意义的线索。而所谓的六根血手指印只是罪犯戴着手套画出来的，没有任何的实际侦破意义。而大腿内侧的那片红色印记也无法从人口众多、流动性极强的N市中排查出来。奇怪的是这名疯狂作案的男子在连续作案七次之后突然间销声匿迹，此案就此搁置。

第三起案件同样发生在八年前。警方在追踪一起走私案件的时候，无意中发现了一个黑金矿，从里面解救出来60多名被拐卖而来的童工，这些来自东南亚各国的童工常年在高强度的恶劣环境中工作，许多人都患上了严重的疾病，还有些人不同程度残疾。警方抓捕了所有的犯罪分子。然而，充当拐卖童工中介的一个绰号叫“毒屎强”的核心头目却在一个叫老虎沟的地方人间蒸发。由于毒屎强的两个手下在追捕中被击毙，毒屎强的真正面目也从此成为一个谜团。

第四起案件发生在五年前，一名叫邹伟邦的高级警探离奇被枪击于老虎沟的密林之中，配枪丢失。更可疑的是就在邹伟邦中枪后，立刻有人拨打了急救电话。在那空无一人的野外，怎么可能有人恰巧经过？难道是凶手自导自演了这一幕，存心在戏弄警方吗？那张电话卡是无记名的，声音也是经过处理的。一切看起来都是那么的不可思议。究竟邹伟邦因何被枪击，是什么人下的黑手，配枪又落到了哪里，警方动用了当时几乎所有的警力，但却一无所获，此案就此成为悬案，至今未破。唯一庆幸的是这名高级警探并未死亡，但却变成了植物人。

第三起和第四起案件中都出现了老虎沟这样的一个地名，难道只是巧合，还是有着什么不为人知的隐秘关系。

殷柔苦苦思索着，只感觉脑瓜仁一阵的发痛，像是被无数个铁锤猛烈击打。殷柔仰卧在靠椅上，用两根拇指揉了揉太阳穴，焦虑而苦涩的心情这才稍稍平复，脊背上却已经是冷汗涔涔。

殷柔脱掉浸满汗渍的睡裙，赤着脚走进卫生间，用手轻轻地打开了淋浴开关。直到清澈的水流滴打在她凹凸有致的玲珑妙体上，殷柔紧绷的心情这才稍稍放松。

殷柔低垂着头，任凭水流从她晶莹剔透的皮肤上缓缓滑落。这种沁入肌肤的柔滑，让殷柔暂且忘却了现实中的烦恼。

然而殷柔并不知道，就在她享受着沐浴的舒畅清凉时，一起匪夷所思的命案正在悄悄上演。而这起命案必将和前四起命案一样，成为殷柔今后相当长一段时间都无法绕过的惊天噩梦。

蝴蝶美人宽衣解带的那一幕如同刀砍斧凿一般深深地刺刻在了徐峙的心底。

“你怎么能这么不要脸呢，你可是个美女啊，怎么能为一个糟老头子宽衣解带呢？”

“妈的，这个死老头子是谁呢？竟然占据了我的梦中情人。”

“十八新娘八十郎，一树梨花压海棠。”

徐峙像热锅上的蚂蚁一样焦躁不安地在楼顶天台来回踱步，嘴里还不停地咒骂着。

“峙哥，峙哥，”冯阿呆小心翼翼地凑到徐峙身边，指了指手腕上的手表，“峙哥，时间不早了，咱们办正事吧！”

徐峙猛然惊醒：“对啊，我来地中海大厦可不是为了泡妞，要是偷不来那件宝物，明天我就得被人剁掉手脚了。”

“你在上面放绳子，我们用耳机联系。”徐峙将绳索系好，然后小心翼翼地跨过护栏，慢慢地向楼下滑去。而冯阿呆则用简易的装置缓缓地放下绳子，确保徐峙沿着楼体表面平稳下滑。

“19层，18层，17层……”徐峙心中默念着，“7层到了，那个古董商胖子就住在七层，听说他有一个价值不菲的古物，只要把这个宝贝弄到手，我那一身赌债就可以还清了。我也是被逼无奈啊，干完这一票，我是绝对不再偷东西了！”

徐峙看了一下手表，00:28。“死胖子，你可一定要睡熟啊，我可不想跟你搞那么多亲密接触呀！”徐峙下意识地摸了一下插在腰间的甩棍，这个甩棍可没少让人脑袋开花。

卧室的窗帘被拉上了一多半，只留下了用于透气的一扇窗户。这扇窗户敞开着，只有一层薄薄的纱窗，对徐峙这种老贼来说就意味着是门户大开，畅通无阻。

徐峙却并没有急于进入屋内，他将头趴伏在纱窗上仔细观察，由于室内光线极暗，只能靠耳朵来倾听，听了许久并没有发现有人活动的迹象。徐峙这才从工具袋中拿出工具，小心翼翼地将纱窗剪开一个口子，然后慢慢地爬了进去。

屋内的光线很暗淡，再加上今天是阴雨天，室内几乎可以用漆黑一片来形容。

“这死胖子也不知道点个廊灯！”转念又一想，这样的夜色也正好掩护自己作案，徐峙根据对房间布局的记忆，决定穿过床与电视柜之间的过道，去房间另一头的衣柜里找寻宝物。他弓着腰小心翼翼地向前走，眼睛始终望着床头的方向，防止那个死胖子突然从床上蹦起来，而另一只手则警惕地摸着腰间的甩棍。

突然，徐峙感觉脚下一绊，身体一个踉跄，不由自主地向前倒去，同时感觉手掌和手臂一阵刺痛。

徐峙心中暗骂道：“这是什么东西呀，摆在路中央，把老子摔了个狗吃屎。”徐峙感觉下巴处黏糊糊的，提鼻一闻，一股刺鼻的腥臭味，右手好像还摸到了什么东西。手掌触摸上去，好像是一柄镌刻的什么花纹的手柄。

“古董也到处乱丢！”徐峙暗骂着缓缓撑起身体，这时他才依稀看到地上好像趴着一个人。

徐峙的神经立刻紧绷起来，他预感到肯定是发生了什么可怕的事情。

徐峙用力吞咽了两口唾沫，这才强撑着将地下的人慢慢翻了过来。

也就在此时，天空中莫名地突然划过一道闪电，瞬间将房屋照亮，也就在这一刹那，徐峙看清了自己怀中的人，正是那个古董商胖子。

不，确切地说应该是那个古董商胖子的尸体。

填充满油脂的肥肉像水囊一样低垂着，长满黑色绒毛的白色皮肤，在闪电的照耀下就像在水中浸泡了很久的腐尸，散发着令人恶心的感觉。胸口一个狰狞的血窟窿，淌出的鲜血已经将半个身体染红。镶着金牙的牙齿向外撅着，嘴角淌着一种不知名的黄色黏液。更可怕的是那双布满血丝的眼睛竟然微微转动着，似乎是向徐峙发出通向另外世界的邀请。

徐峙胆子再大，他也只是个贼。看到这一幕，特别是那双正在转动着的眼睛，傍晚喝下的两瓶啤酒，外加两串烤腰子，一盘炒方便面差点就忍不住喷涌而出。

徐峙跌撞地向后猛趴了几下，直到脊背靠在墙角，几乎崩溃的神经这才稍微松敛了一点。徐峙下意识地抬起右手去擦嘴角渗出的少许秽物，他猛然间才发现自己的右手上竟然握着一柄匕首形状的物体。

徐峙根本不用去细想，他手中握着的必然是将古董商胖子刺死的凶器，而上面粘着的黏稠液体肯定是从古董商身上喷出的血。自己跌倒时触碰到这个匕首，竟然本能地将它拿了起来。

徐峙用力地将匕首甩开，身体猛力地向后顶了顶，这时他才注意到自己的两个手臂上沾满了瓷器的碎片渣，殷红的鲜血也分不清哪些是自己的，哪些是那个死胖子的。

徐峙怒不可遏地咆哮道：“妈的，这一定是个局，这他妈的就是个陷阱。”

“峙哥，怎么啦？”耳机里传来冯阿呆焦急的喊声。

“怎么了？”徐峙没好气地低吼道，“死人了！”

“啊——”耳机里传来冯阿呆惊愕的喊叫，“峙哥，你怎么杀人了？”

“我他妈没杀人！”徐峙已经变得有些歇斯底里，“我刚刚进来，还没闹明白怎么回事，那胖子就死在了我怀里。”

“你误杀了胖子？”

“我没有杀那个死胖子！”徐峙焦急得青筋暴起，他双手撑着地板，连续几下才好不容易从地上爬了起来，地板和墙壁上都留下了他一大串的血手印。

“我一刻也不能在这里待着了，赶快把我拉上去！”徐峙将绳索捆绑在腰上，踩着窗台用力地跳到了外面。

“峙哥，你就这样走了，以后就说不清楚了！”冯阿呆焦急地喊道。

“我他妈现在就已经说不清楚了！警察肯定认定我就是凶手了，咱们赶快乘晚上的船跑路吧！”

冯阿呆拼尽全力搅动机器往上拉绳索，可是徐峙却仍然觉得速度像蜗牛一样缓慢，他一刻也无法忍受了，拼命吼道：“赶快拉呀！”

“峙哥，我已经使尽全力了！”冯阿呆喘着粗气答道。

“怎么不动了？你用力拉啊！”徐峙感觉到了酒店13层楼位置的时候，绳索竟然停了下来。

“绳子卡住了！”冯阿呆没好气地道。

“什么，绳子卡住了？”徐峙有种崩溃的感觉，他忍不住吼了起来，“你这个蠢货，从哪买的这破烂啊？”

幸好天空中恰有一阵飞机的轰鸣声，压制住了徐峙的声音。

“这种天气居然还有飞机飞行！”徐峙抬头望去，却是黑沉沉的一片，只能听到飞机的轰鸣声，却根本看不到飞机的踪影。

然而就在这抬头的一刹那，早已有些松动的耳机一下子脱离了耳朵，从13层楼的高度急速坠了下去。

“我靠，真是他妈祸不单行啊！”徐峙望着早已不见踪影的耳机，感觉膀胱都要爆裂了。

然而就在徐峙抬起头的一刹那，更加恐怖的一幕发生了，直接就让徐峙的膀胱爆裂了。

因为就在13层窗帘的缝隙处，徐峙看到了一张被塑料袋紧紧包裹着的脸，这张脸在平时一定是非常娇美和妩媚的。然而此刻这张脸在塑料袋的紧紧包裹下却变得狰狞而扭曲，一双原本美艳灵动的大眼睛，像即将被踩碎的青蛙眼睛一样高高地突起。一头紫色的头发垂在床下，艳丽的色彩将脸色的苍白映衬得更加阴森恐怖。

没错，那是一张正在失去生命气息的脸！

而一个戴着黑色头套的男人正骑在女人的身上，使劲扯着塑料袋的两头，用一种变态的表情欣赏着一个美艳生命的逐渐凋零。

女人似乎看到了窗户外面的徐峙，两只眼睛拼尽全力地朝着徐峙望去。因缺氧而极力张开的嘴巴微微蠕动了几下，似乎是想诉说什么，却什么也说不出来。

一阵剧烈的抽搐之后，女人的头向后垂了下去，一直在挥舞的手臂也重重地跌落在床下。

“我他妈今天是撞上什么邪了！我……我得赶快离开这里，赶快往上拉我！”徐峙手忙脚乱地从衣兜里掏出手机，想给冯阿呆打个电话，可是不断哆嗦的手指头连划了几下手机，都不知道该划哪里。

“电话本在哪里啊？通话记录在哪？”徐峙此刻的脑袋已经是一片空白，手指也是根本不听使唤。

咔嚓一声，一道耀眼的闪光从徐峙的手机中发出，徐峙在仓皇迷乱中竟然按下了照相机按钮，更要命的是还带了闪光灯。

这道耀眼的光芒，透过窗帘敞开的一角直射进了室内。

虽然房间里的灯光并不昏暗，可是突然而来的这道光芒还是引起了室内那个男人的注意。

黑头套男人猛地转过身，发现了像风干腊肉那样吊在窗户外面的徐峙。

03

黑头套男人像触电似的从床上直接弹跳到地上，冲到窗前猛地一下拉开整个窗帘。

徐峙一下被吓呆了，甚至忘记了尖叫，忘记了继续操纵手机，嘴巴张得大大的，舌头吐出一大截，傻傻地捧着手机呆立在窗外望着窗户里的男人。

两个男人隔着窗户，一个人除了戴着头套什么都没有穿，一个人除了没戴头套什么都穿了。

两个人像两块磁石，隔着一层薄薄的玻璃紧紧地贴在了一起。两个人的眼睛都瞪得溜圆，足足对视了有五秒钟，谁都没有动一下。

黑头套男人的眼睛逐渐移动到了徐峙双手捧着的手机上，狐疑，惊愕，恐惧，然后发出一阵令人胆寒的杀气。

徐峙此刻竟然忽然想说一句俏皮话："大哥，我只是恰好路过！您忙您的，我马上消失！"

可是还没等徐峙说出口，那个黑头套男人已经冲到了床头柜，从上面的包里抽出了一支闪着幽暗光芒的手枪。

"我的亲娘啊！"徐峙一下苏醒过来，"这是要杀人灭口的节奏啊！"

徐峙扯着嗓门拼命向上面喊："阿呆，赶快往上拉啊！"却是空荡荡的毫无回应。

"这个没义气的冯阿呆，一听说我杀了人，竟然自己先跑路了。"

黑头套男人缓缓走到窗前，将黑洞洞的枪口慢慢对准了徐峙。

"老子没那么容易死的！"徐峙拼命地扯自己身上的绳索。可是越着急越不知道该怎么解开，索性从口袋中抽出小刀用力割。

黑头套男人似乎很欣赏徐峙这种徒劳无用的垂死挣扎，高悬着手枪，却不急于扣动扳机。

“这个变态就喜欢欣赏别人临死前的痛苦模样！”徐峙咒骂着，手上的动作却并没有停止。

黑头套男人眼看着绳索已经被割断一半，于是将头用力地旋转了一下，发出嘎巴嘎巴的响声，然后食指缓缓移动，扣动了扳机。

咔嗒一声。

徐峙似乎看见子弹挟裹着炙热的火焰呼啸而来，然后穿透他的头骨，像电钻一样直射入他的大脑。

徐峙不知道自己此刻为什么还能够思考，或许这是将死前的超脱状态吧！

如果生命可以重来，我一定会好好地爱她，用尽我所有的一切，徐峙眼前似乎浮现出了那个女人的容颜，灿烂而清纯，纤纤玉手闪动着动人的韵味向他缓缓伸来。

“哎，不对！”徐峙猛地睁开眼睛，用手摸摸额头，仍旧完好无损，“我还没有死！”

徐峙抬头望去，只见对面那个戴黑头套的男人正在用力地扣动着手枪，手枪却毫无反应。

“卡壳了！”徐峙用力地咽了口唾沫，这种小概率事件的发生得有万分之一吧，偏偏让我赶上了，我今天也不是全走霉运啊！

时间，现在就得争分夺秒地和死神赛跑！

醒悟过来的徐峙加快了手中小刀的动作，而对面的黑头套男人也快速地卸下弹夹，拉套筒向后退出膛内子弹，将卡壳的子弹重新装入了弹夹。

谁快一步，就是逃出生天；谁慢一步，那就是死路一条。

黑头套男人率先举起枪，然而就在他要扣动扳机的一刹那，徐峙身上的绳索也同时被割断，伴随着凄厉的喊声，身体急速下坠到了无边的黑暗之中。

黑头套男人先是一怔，继而露在黑头套外的嘴角浮现出一丝笑容，这是13层的高楼，掉下去绝对没有生还的希望。

可是手机上的相片呢，它还有没有复原的可能呢？黑头套男人原本上扬的嘴角忽然僵硬在了那里。

是啊，照片！

已经是凌晨四点多钟，可是位于市区东郊暹罗大道一号的大院却仍旧闪着一片光芒。

这座外墙并不起眼，甚至有些粗糙，院子里面却是装修得极其奢华，各种雕栏玉砌，舞榭歌台，隐匿在众多郁郁葱葱的名贵树木之中，再配以典型的哥特式高大楼宇，将主人的权势和奢华体现得淋漓尽致。

这座宅子的主人正是N市最有权势的洪霆霄。

此刻，洪霆霄正趴在阁楼上的睡椅上，下边是绿水如墨的池塘，身上是轻柔如羽的纤纤玉指。

一切看起来都充满了惬意和温馨，除了在洪霆霄旁边坐着的那个被风衣紧紧包裹着的、有些像契诃夫笔下套中人的男人。从男人有些睡眼惺忪的眼睛来看，他显然是从睡梦中刚刚被人拖来的。

今夜的天气似乎有些寒冷，并不适合在花园里按摩，特别是在凌晨四点多钟的时候。但这种冰凉的感觉却仍旧无法熄灭洪霆霄内心深处的熊熊烈火。洪霆霄是在深夜一点钟十万火急赶回来的，因为眼前发生的这件事情实在是让他怒不可遏。

“给我把他的手指甲一个一个地扒下来，直到他肯说实话。”洪霆霄的说话声音不算很高，但话语中却充满了令人无法抗拒的威严，尤其是在这暗夜之中尤显得阴森恐怖。

“洪爷，我跟了你这么多年，你为什么不相信我？”一个满身血污的男人趴在阁楼旁边不远处的鹅卵石地上，撕心裂肺地喊道。

阁楼是依山傍水而建，一楼鳄鱼是投食喂养区，向水中延伸出一块，高出湖面两三米，被浓密的高大树木遮蔽。二楼是休闲观景区，布置得简洁而又不失威严。

洪霆霄趴在二层阁楼的按摩椅上刚好可以清晰地看到鹅卵石小道上的男人。可那男人却必须时刻仰视，才能勉强看到洪霆霄的脚趾，心里的压迫感陡然而生。

“阿峰啊，机会我是给你了！能不能把握得住就看你自己！”洪霆霄话语里已经有些不耐烦了。

“洪爷，我真的没有骗你呀，当时我们刚把东西装到车上，突然就闯出四个蒙面人，手里都拿着家伙。为首那个人还朝天开了一枪，我们没有办法只好放下了武器。”

“如果没有人通风报信，那伙人怎么能够知道我们的押运时间和押运路线？”

“洪爷，我真的——”阿峰的话还没说完，一个彪形大汉挥舞着老虎钳用力一扯。

“啊——”撕心裂肺的惨叫声响彻整个暗夜。

“洪爷，你要相信我……”阿峰强忍着剧痛，抬起了密布血丝的眼睛，朝着洪霆霄不住的哀求。

“啊——”又是一阵哀号，声音虽然没有前一次响亮，但却透着血肉被深深割断的那种彻骨之痛。

一直在给洪霆霄按摩的那个妙曼女郎身体禁不住微微一颤，纤纤玉指竟然在洪霆霄的背上留下了一道划痕。

“穆兰，你是不是很恨我啊？”洪霆霄的语速仍然非常平缓，但语调之中却透着一股让人难以琢磨的意味。

“洪爷，洪爷——”叫穆兰的女人吓得立刻跪倒在地，身子筛糠似的颤抖着，“洪爷，我不是故意的！洪爷，我真的不是故意的！”

洪霆霄缓缓坐起身，鹰隼似的眼睛冷冷地扫向穆兰：“你和阿峰之间的暧昧关系我也有所耳闻，你的情郎被拷打了整整一夜，你能够镇定如常到现在，就说明你不是一个简单的女人。”

洪霆霄顿了顿，接着道：“你知道我一生中最痛恨的是什么？就是欺骗我！所以我知道如何识破一个人的虚伪。观察一个人的内心，最重要的就是从他的眼睛入手。

你的身子虽然在瑟瑟发抖，可是你的眼神却始终聚焦着，没有游离，也没有飘忽不定。说明你内心并不像你外表展现得那样惶恐和孱弱，你是在演戏欺骗我，是在用可怜的外表博取我的同情和怜悯。你绝对不是外表所呈现的那样简单。”

洪霆霄说到这里，微闭的眼睛里突然寒光一闪：“来人，把这个女人给我丢进鳄鱼池里。”

两个彪形大汉一拥而上，将身材单薄的穆兰像拎小鸡一样高高举了起来。

穆兰的身子此时反而不再颤抖，眼神也变得分外坚毅，她挣扎地喊道：“洪爷，阿峰他对你忠心耿耿，他绝对不会出卖你的，你要相信他……”

“洪爷，你要扔扔我，这事和穆兰没有任何的关系，我们对您都是忠心耿耿的！”阿峰也拼命地嘶喊道，“洪爷，求求你放过穆兰吧。”

“扔下去，还等什么！”洪霆霄不悦地冲两个略显迟疑的手下命令道。

随着一声凄厉的惨叫，穆兰的身体从阁楼的二层被抛下，穿过浓密的树木，重重地坠入了池塘，掀起巨大的水花。看似宁静的池塘在这一刻也被彻底搅动，十几条潜伏着的鳄鱼从隐秘的角落突然蹿出，张着阴森恐怖的大嘴拼命地撕咬着穆兰的身体。残破的肢体在四处飞溅，殷红的鲜血夹杂着水花喷射到了池塘四处。

“洪霆霄，你这个混蛋，为什么不相信我们，我跟你拼了！”阿峰虽然看不到二楼亭台上发生的一切，但透过树林的缝隙恰好能够看清湖面上鳄鱼争食时的血腥一幕。目睹着心上人如此惨死，阿峰的眼睛里面几乎要喷出火焰，血肉模糊的手指疯狂地扣着地面，整个身体由于极度的痛苦而剧烈地抽搐着。

“我再给你最后一次机会。”洪霆霄丝毫不为阿峰的凄惨叫声所触动，眼神冷冷地说道，“那件东西究竟是不是你们拿的？”

“我不知道，我根本不知道，你杀了我吧，你杀了我吧！”阿峰倔强地嘶吼道。

“好吧，我成全你们两个苦命鸳鸯，来人，把他也给我扔进鳄鱼池里！”洪霆霄阴冷地命令道。

两个彪形大汉过来将阿峰抬到鳄鱼池旁，阿峰却是毫不示弱，叫骂不绝，没有半点屈服的意思。

“死到临头，还这么猖狂，我看是你的皮硬，还是鳄鱼的嘴硬！”洪霆霄一摆手示意把他扔下去。

就在这时，一直沉默不语在旁边把玩虎头戒指的那个套中人突然摆手道：“洪爷，且慢！我觉得阿峰并不是泄露消息的人。”

“噢？”洪霆霄扭过头，用狐疑的眼神望着套中人，“连律师，你怎么会这样认为？要知道这件事情可是极为机密，除了我和阿峰两个人之外，连那些负责押送的人都不知道箱子里面装的是什么东西。可是那些劫匪放着那么多的珠宝不动，却单单抢走了手提箱，很显然他们是有备而来，如果说阿峰不是内奸，那究竟又是什么人把这条消息泄露出去的？”

“究竟是什么人下的手，现在还不好确定。”连律师一边抚摸着手上的虎头戒指，一边缓缓地说道，“不过，我可以肯定不是阿峰干的，刚才这一幕洪爷你也看到了。阿峰遭受了连番重刑拷打，又目睹自己最心爱的女人被鳄鱼撕成粉碎，人到了这一步，心理防线必然会全面崩溃。可是阿峰却仍旧矢口否认。从心理层面上讲，人在遭受这种极端的心理冲击下，说出的话往往就是内心中最真实的表述。

“其次，从现场痕迹来讲，如果是阿峰与劫匪共谋了抢劫，以阿峰的精明强干，他一定会伪造出抢劫珠宝的假象，以掩盖他抢劫那些东西的真实意图。可是真实的情况却是劫匪对现场价值不菲的珠宝分毫未取，而是直接抢走了那箱东西。由此可见，劫匪很有可能是想栽赃陷害给阿峰，让阿峰做他们的替罪羊。”

洪霆霄缓缓地摸着唇边的两片小胡，仔细地品味着连律师的话：“你是说内奸不是阿峰，而是另有其人，这个人不仅熟知全部的内情，而且极善于伪装，他单单取走手提箱，就是为了嫁祸于阿峰？”

连律师没有回答，只是默默地点了点头。

洪霆霄忽然感觉不寒而栗，身子不由得打了个冷战，旁边的人赶忙为他披上一件衣服。

“如此说来这件事情并不是那么简单。连律师，你觉得这个人会是谁呢？”

连律师没有回答，用眼睛瞟了一下仍旧被高高举起在阁楼边上的阿峰。

洪霆霄立刻会意，他摆摆手：“把阿峰先关到地牢里，在事情查明之前，任何人都不准接触他。你们都撤下，没有我的命令，谁都不许过来。”

众人皆恭恭敬敬地退下。顷刻间，偌大的阁楼上只剩下了洪霆霄和连律师两个人。

连律师身子微微向前倾了一些，附在洪霆霄的耳边低语了几句。

洪霆霄一直紧锁着的愁容，终于绽放出舒畅的微笑：“好的，就按你说的去做！”

连律师的话如同一道解锁咒，洪霆霄的心情立时变得大好，他拍了拍连律师的肩膀：“连律师，凌晨四点多钟把你请来，真是不好意思！”

连律师欠欠身子道：“洪爷，您客气了，没有您的提携，就没有连某人的今天。能为洪爷献上微薄之力是连某的荣幸！不过，洪爷这么快就赶回来了，倒真是出乎我的意料！”

洪霆霄道：“兵贵神速！有人想趁我不在浑水摸鱼，我必须以快制快，反过来打他们个措手不及。”

连律师没有说话，只是将头往更加阴暗的角落里埋了下去。

04

阴森的桥洞下透着刺骨的寒意，那种昏暗幽黑的感觉像是身处地牢之中。因为刚刚下过大雨，河水非常湍急而又显浑浊。再加上腐败植物和垃圾的气味，流浪汉也不愿意在这里久待。

然而却有一个人蜷坐在这里，似乎丝毫也没有感觉到这里的幽暗和寒冷。即使闪着黑亮光泽，让人看上去就像几欲让人呕吐的硕大老鼠从他面前跑过，他都没有丝毫的反应。

因为此时此刻这个人心中有一个匪夷所思的迷局困扰着他，而他很有可能为之赔上全部的身家，甚至于性命。

“今天老子是倒霉到极点了！”徐峙用力撕扯着头发，一遍一遍地回忆着今晚发生的一切。

22:10用伪造的请柬和冯阿呆混入酒店，在洗衣房潜伏了将近一个小时。

23:30利用宴会结束，宾客陆续离场时较为混乱的时期，潜入酒店顶层的19楼。意外遇到那个绝代芳华的蝴蝶美人，自己临时起意偷了那个女人的项链，最后亲眼目睹蝴蝶美人进入一个老男人的房间并宽衣解带。自己随即愤愤然并进入酒店天台。

00:30等待宾客们都熟睡之后，从酒店顶层通过绳索潜入位于酒店7层的古董商房间。黑暗之中，什么都看不清楚。一番摸索之后发现古董商被杀，赶忙让冯阿呆向上拉绳索，然而在上升到酒店13层时，绳索被卡住，自己也被悬吊在13层窗户之外。无意中看到一个蒙面男子正在杀害一名赤裸的女人。自己手忙脚乱地无意间触动了手机的拍照按钮，闪光灯的光芒引起蒙面男人的警觉，蒙面男人随即从床头柜中拿出一把手枪。自己割断绳索从13楼坠下，幸好由于酒店外部装修，在酒店二楼设有拦阻网，否则自己不被枪打死，也得被摔死。

今晚发生的这一切来得太过突然，也太过匪夷所思，远远超出了徐峙所拥有的思考极限。

究竟只是偶然，还是遭人陷害呢？徐峙拿着石子，借着微弱的光芒在地上勾画着。

自己由于欠下巨额赌债，所以不得已重新出山，准备干上这一票就彻底金盆洗手。消息是自己的铁哥们兼多年的搭档冯阿呆给的。冯阿呆绝对没有陷害我和出卖我的必要。况且这件事情冯阿呆也直接参与了。如果我杀人的罪名坐实，冯阿呆也没有什么好果子吃，所以问题应该不是出在冯阿呆身上。

如果说是放假消息的人陷害我，那也不对呀。冯阿呆拿到这个消息是在案发前两天，而我直到昨天晚上才决定重新出山。从时间顺序上来看，我不可能是对方算计的目标。况且自己现在穷困潦倒，无钱无势，在江湖上也没有什么深仇大恨的敌人，最近一年更是金盆洗手，除了喜欢去赌场玩玩，几乎什么事都没做过，从哪方面上讲也没有值得被别人算计的必要。

如果说只是个巧合，那也太过巧合了。古董商被杀的现场摆明就是布置好了等着人钻入陷阱，替真正的凶手承担杀人的罪名。尸体的摆放位置，凶器的摆放位置，还有漆黑的房间，这明显就是设下的一个局，凶手就是在等我入局啊！而且凶手还熟知我喜欢通过绳索破窗而入的偷窃手法，凶手可能一直都潜伏在我左右啊！

徐峙想到这里禁不住脊背发凉，冷汗淋淋，好像正有人拿着凶器站在他身后一样。徐峙哆哆嗦嗦地回头望了一眼，看到漆黑的桥洞下只有自己一人，这才长舒了一口气，接着回忆晚上所遭遇的一切。

自己进入房间触碰了尸体，还摸过凶器，逃走时又在窗台上留下了明显的脚印，这些证据都对自己非常不利，在法庭上根本没有辩白的机会。也就是说，在古董商被杀这件案子上，自己是跳进黄河也洗不清了。

徐峙从侧兜里拿出一个烟盒，用嘴叼了一支，却怎么也找不到打火机："今天走时明明将打火机装进了口袋，怎么会找不着呢？"

徐峙忽然醒悟到：难道打火机也丢到现场了？

"靠！"徐峙用力将香烟吐到地上，这回是彻底玩完了！

徐峙懊恼地将手中的烟盒丢在地上，他的脑海中忽然浮现出那个赤裸女人临死前痛苦挣扎的面目：原来人临死前是这个模样啊？自己死的时候会不会也这么痛苦啊？应该不会吧，自己犯的这些罪一定是会枪毙的，听人说枪毙是非常痛快的，几乎来不及感觉痛楚就一命呜呼了。

枪？徐峙忽然想起了那个蒙面人黑洞洞的手枪，这小子连女人都杀，绝不是什么好东西！老子一定得举报他，这样老子在黄泉路上也就不孤单了！

徐峙想起了自己无意中拍下的那张相片，连忙从口袋里掏出了手机。

“希望能拍清当时的情况，能拍清当时的情况。”徐峙呢喃着打开手机相册，只看了一眼，随即将手机扔在了地上。

当时房间里的灯光并不是十分明亮，闪光灯耀眼的光芒全被窗户玻璃反射了回来，所以手机照片上的效果极其差，只能看清一些边缘的景物，最关键的杀人画面都被亮斑遮蔽了。

“真是倒霉起来喝口凉水都塞牙呀，想拉一个垫背的，结果照出来的相片效果这么差。”徐峙懊恼地摇摇头准备删掉这张照片，就在这时一阵汽车的轰鸣声从头顶响过，并且在桥中央停了下来。

什么人半夜三更会来这么偏僻的地方，徐峙狐疑地弯下了腰，长期做贼心虚的本能让他屏住了呼吸，竖着耳朵倾听着桥上的一举一动。

车门打开的声音，紧接着传来两个男人对话的声音。先是一个有些尖锐的声音：“半夜三更还让老子跑一趟荒郊野外，这东西需要这么费劲处理吗？”

另一个有些老成的声音响起：“少废话！想要活得久，就先把你那张臭嘴缝起来！”

后备厢打开的声音，紧接着一个黑乎乎的重物被抛了下来，坠入河中央，激起了一片水花。

桥上两个人似乎一直看着那个黑乎乎的物件沉入河底，这才发动汽车离开。

今天真是中邪了，总是遇到这么奇怪的事情，徐峙挠着脑袋迟疑了片刻，但还是决定探个究竟。

徐峙从小在河边长大，可以说是在水中泡着长大的，水性自然是一流，这点江水当然难不倒他。

徐峙脱掉T恤长裤，再看看身上的内裤，唉，如今穷得家里就剩这一条内裤是全新的了，湿了连条换的都没有。别看钱包里厚厚一沓，除了给赵诗颖的那一张是真的外，其他的都是玩游戏用的假币。这深更半夜的，有谁会看得到？徐峙索性连内裤也脱了，辨明了刚才重物落水的方向，扑通一声跳入江中。

由于刚下过雨，注入了很多山上的洪流，水中的能见度并不是很好，况且又在夜间。徐峙根据方才重物的落点和水流的方向，在水中摸索了半天，终于找到了那团重物，原来是一个被紧紧扎着口的麻袋。

这麻袋里面装的是什么呢？总不会是古董宝物吧？得了吧，天上怎么会掉馅饼？徐峙胡思乱想着，把麻袋拉到了方才他藏身的桥洞。

徐峙拿起T恤将湿漉漉的头和脸擦干，这才弯下腰仔细端详着麻袋。

这种麻袋是农场里面装粮食常用的那种麻袋，看麻袋的新旧程度应该被使用过。麻袋的一头用细铁丝紧紧捆着，里面鼓鼓囊囊的，不知道装的什么。

徐峙忽然感觉一阵心悸害怕：半夜三更被人丢弃的东西，肯定是祸，不是福。自己冒冒失失把这个麻袋打捞上来，搞不好又得掉入另一个漩涡当中。自己还是赶紧抽身离开为上策。

但是转念又一想，如今自己已经身陷谋杀陷阱之中，跳进黄河也洗不清了。反正虱子多了不怕痒，案子多了横竖也就挨一枪子。万一麻袋里面装的是别人销赃后剩下的东西，那自己还能换点跑路钱。遇到了就是缘分，反正自己点儿已经背到了这个地步，也不怕再背一些了。

徐峙想到这里，于是大着胆子将麻袋口解开，一团黑乎乎的东西立刻从麻袋里面涌了出来。徐峙惊声尖叫一声，吓得像团面一样瘫软在了地上。

05

上午十点，骄阳高照。

昨夜风雨所带来的片刻清凉，此时已经荡然无存。高高悬空的烈日，带着灼热的光芒，将整个大地炙烤得嗞嗞作响。

酷热的季节，真是有些难熬啊！

司机老王摸了一下额头的汗水，抱怨道："这么热的天，偏偏车里的空调还坏了。要不是人命关天的大案，我才不跑出来受这罪。"

见后座的殷柔没有反应，老王又接着道："这地中海酒店可是我们N市最豪华的酒店，别看它地理位置不怎么出众，但里面装修得非常豪华，各种娱乐设施都有，许多有钱人都喜欢在这里长期包个房间，方便他们周末玩玩牌，会会小情人。殷督察，您刚来我们这里，可能还不知道这地中海酒店的幕后老板是谁。他就是我们N市最有实力的黎昕先生。要说这黎先生可是非常具有传奇色彩的，早年是一个美术老师，原本过着非常中规中矩的生活。如果一直都是这样，那么这黎先生的人生也就没有后来的波澜起伏了。可是这黎先生千不该万不该喜欢上了自己的一个学生，还和女学生有了肉体上的关系。这个女学生的老公是黑道上很有名的一个人物，就找人把黎先生的手筋给挑了。黎先生从此以后声名狼藉，手也废了，再也画不了画了。走投无路的黎先生和朋友合作去做生意，结果一下子赚大发了，现在成了我们N市仅次于洪霆霄的第二号实力派人物。人生啊，真是奇妙，你永远不知道今天发生的事情会对明天有着怎样的影响。"

老王滔滔不绝地说着，通过后视镜瞟了一眼后排座位上的殷柔，只见殷柔面沉如水，丝毫没有被方才的故事所触动，不禁诧异地问道："殷督察，你难道对这些江湖传闻没有任何兴趣？”

殷柔凝神望着窗外的景物，淡淡地道：“黎昕的背景资料我已经看了不下十遍了，他发家的每一个细节，只要我能查到的都已经烂熟于心了。”

“殷督查，您可真厉害呀，我老王伺候了这么多任重案组组长。您是我看到的最厉害的一个！”老王由衷地感慨道。

“读不明白洪霆霄和黎昕的历史，就永远不会明白N市所发生的一切。”殷柔意味深长地说道。

老王嘴巴张得大大的，像是被殷柔的这句话戳中了心中的某一处隐痛。尽管车内的温度依然很高，可是老王却没有了任何炎热的感觉，甚至从心底泛起了一丝寒意。

直到殷柔下车离去后很久，老王才突然回过了神，心里嘀咕道：“怕是有一场暴风雨要来了！”

地中海大厦在刚刚建成的时候，一定是N市最醒目和耀眼的建筑。只可惜随着岁月的变迁，以及城市化建设的提速，地中海大厦19层的高度显得不再那么突兀，而且光芒也逐渐被其他建筑所遮掩。也许正是出于这个原因，酒店的管理者开始装修大厦的外墙，希望重新粉妆玉砌后的地中海酒店能够焕然一新，吸引更多关注的目光。

酒店外面此刻早已被各路记者扛着长枪短炮围了个水泄不通，甚至有些人还与执勤的警察发生了激烈的争吵。殷柔对此早有准备，所以她提前让老王将车子停在酒店对面的马路，然后步行走到了地中海酒店。

由于殷柔穿的是便装，再加上她到这里上任时间不长，所以并没有立刻引起记者们的注意。等到有记者认出的时候，殷柔已经敏捷地钻入了警戒线之内。

“殷柔督察，能不能透露一些命案的具体情况？”

“嫌疑人身份确认了没有？是谋财还是仇杀？”

“这起案子和帮派之间的争斗有没有关联？”

有几个行动敏捷的记者叫喊着已经冲过了警戒线，拿着话筒朝着殷柔冲了过来。幸好几名警员反应及时，阻挡住了这几名记者，才让殷柔从记者的围攻中抽身出来。

“没想到这个案子居然引起了这么强烈的社会轰动？”殷柔整理了一下略显凌乱的头发，对迎接她的辖区警长赵腾飞说道。

“富人们的乐园出了人命案，自然会引起不小的社会轰动，更何况昨天晚上黎大老板又在这里开慈善晚会，在这个节骨眼上出了人命案，很容易使人们联想到财团大哥之间的一些纷争。”

“你是指洪霆霄和黎昕？”

赵警长点点头：“在这N市最有势力的就是洪爷和黎老板，而且两人素来不和。这地中海酒店可是黎老板的产业，敢在黎老板地头杀人，人们自然会将幕后指使联想到洪爷身上。”

“殷督察，嫌犯就是从楼顶通过绳索进入被害人位于大厦七层的房间。之后嫌犯通过绳索试图重新爬上楼顶，在这过程中可能是因为紧张或者其他原因从半空中坠落。如果不是酒店二楼因为装修设立了拦阻网，犯罪嫌疑人可能当场就会坠楼身亡。”辖区的警长赵腾飞指着位于二楼的拦阻网，对殷柔介绍着情况。

殷柔仰头看了一眼，那个拦阻网上面有一个破洞，想必是嫌犯从高层坠落时，巨大的冲击力撞破的。

“你们对外部情况掌握得很细致嘛！”殷柔赞许道。

赵腾飞微微一笑：“停车场那里有一个监控，恰好能把酒店八层以下外墙的情况拍摄到，只是由于距离，像素不是很清晰，但是整个过程的基本情况还是能够分辨出来的。”

“赵警长，麻烦你晚上把这份监控复制一份给我传过来。”

“没问题！”赵警长爽快地答应道。

“这么说犯罪嫌疑人已经锁定了？”殷柔问道。

“已经锁定了！”赵警长斩钉截铁的答道，根据酒店内部的监控，再结合停车场的这份关键视频，我们确定了一个叫徐峙的犯罪嫌疑人。这个人是一个惯偷，在警局里面几进几出。前段时间听说他金盆洗手了，最近的确也没有再出现他的犯罪记录。不知道徐峙这一次怎么会出现在这里，并且犯下了人命大案。”

“这个徐峙有严重犯罪记录吗？”

“这倒没有，他只是个惯偷，一般都是趁人熟睡时入室偷盗。伤人记录虽然有过，但都是些轻伤，所以并没有被判过重刑。”

“你们勘查完现场之后有什么看法？”殷柔问道。

“我们初步认定是入室盗窃引发的激情杀人。”

殷柔和赵腾飞一边聊着案情，一边走进了电梯间。宽敞的电梯间足可以站上十几个人，下面铺着厚厚的羊绒地毯，踩上去的质感非常舒服。

殷柔微微一蹙眉：“有钱人享乐的地方就是非同一般，连电梯间铺的地毯都这么奢侈。”

赵警长无可奈何地耸耸肩：“咱们一个月的薪水，在这里也住不了几天。”

两人自嘲地相视一笑，电梯已经在酒店七楼停了下来。

走出电梯间，是一个布置考究的小厅。楼层的迎宾小姐穿着空姐式的漂亮制服，非常优雅地向殷柔和赵警长鞠了一躬：“欢迎光临！”

迎宾小姐的身段非常妙曼，举止仪态也让人赏心悦目，只是脸上的笑容明显有强挤出来的成分。如果不是发生了这样恐怖的命案，她在平时工作中一定会用灿烂的笑容迷倒众多来往的宾客吧？

穿过小厅拐个弯，便是宾客们居住的楼层走廊。走廊右首是单数号房，走廊左首是双数号房。单双相对的两个房间的门都交错分布，这样的布局既显得宽敞舒适，又能最大限度地保护客人的个人隐私。酒店在细节上的设计可见一斑。

案发的房间就位于这个走廊的第一个房间——0701房间。

06

此刻房间外面已经拉起了警戒线，执勤的警员垂首站在门外，时不时有工作人员出入。整个走廊上悄无声息，想必这些身价不菲的宾客都不愿卷入是非，能走的都走了，实在不让走的，也都留在房间中等候警察的询问。

负责警戒的警员看到殷柔和赵腾飞，立刻行了标准的举手礼。殷柔微微一点头，和赵警长走进了房间。

这是一间豪华的商务套间，外屋被分割成两个功能区。一进门的地方是会客区，摆着实木的沙发、茶几，旁边有边柜、转角柜、饰物架等装饰摆设，对面是电视柜和50寸的液晶超清电视。靠里的一侧是读书休闲区，有书桌书柜，点缀着一盆巨大的盆栽，旁边还有一个体积很大的橱柜。天鹅绒的窗帘紧紧地拉着，使整个房间看起来有些阴暗和憋闷。

殷柔换上鞋套，戴上手套缓步走进房间。

靠门的地方是一人多高的大型绿叶盆栽，中心一朵鲜花怒放，说不尽的朝气和活力。殷柔叫不出这株植物的名称，但感觉它是这个房间里最有生机的物件。

“这盆植物叫什么名字，为什么只开一朵花？”殷柔随口问道。

赵腾飞尴尬一笑：“我也不知道它叫什么名字。要不我去问问酒店的工作人员？”

殷柔摆手道：“不必了，只是一时好奇，与案件无关。”

殷柔打量客厅，茶几非常整洁，没有任何多余的摆设，烟灰缸里面也没有烟灰、纸屑或者果皮等杂物。沙发上的靠枕整齐地立在上面，没有任何使用过的迹象。电视的遥控器被工工整整地摆放在遥控器盒里面，可见这间房子的主人昨晚并没有使用客厅里的液晶电视。

殷柔又来到那个小的休闲区，将目光停留在那个书柜上面。这个书柜下面是两个储物柜，拉开柜门，里面空空如也，但打扫得却非常干净。

书架上面整齐地摆放着种类不同的书。殷柔抽出了一本自己最为钟爱的弗洛伊德的书籍，里面的书页崭新，书籍的顶部有少许灰尘，可以想象它摆在这里很久了，从来没有人抽出它阅读过，因此打扫得也不及时，书桌上也蒙上了薄薄一层浮尘。

殷柔又随机抽出几本，也都是这样的情况，可见这些珍贵的书籍摆在这里只是一个衬托书香气质的摆设。

殷柔转过身又拉开书柜对面的那个橱柜，里面有两个大号的行李箱，还有一些杂物。

“这些都是被害人的行李。”赵腾飞在旁边补充道，“这些箱子我们都已经检查过了，都是被害人的一些衣物，没有什么特别的东西。”

一名现场勘查人员将一个箱子小心翼翼地打开，里面果然都是一些衣物，有夏季的，有春秋的，还有几件冬季的。

“这个嫌疑人在这里常住吗？”

“是的。”赵腾飞点头道，“他是长期住这个房间的，住进来已经有半年多了。”

殷柔忍不住皱眉问道：“被害人是做什么的，他为什么在这里居住这么久？”

“被害人是个古董商，名字叫阚立龙。据酒店工作人员讲阚立龙在这里包房间主要是为了方便谈生意。”

殷柔点点头，目光又移向了柜子的另一边：“另一个箱子也检查了吗？”

“检查了！”那名工作人员回答道，“也都是一些衣物，摆放得很整齐，没有翻动过的痕迹。”

殷柔踱步又来到窗前，拉开厚重的窗户帘，看到两扇窗户都紧密闭合着，显然这里并不是犯罪嫌疑人进入房间的地方。

“这两个窗帘是你们拉上的，还是案发现场的原状？”殷柔问道。

“我们进入现场时，这两个窗帘就是拉着的。”勘测警员肯定地答道。

殷柔站立在窗台旁，望着窗外的景物，蹙眉思考了良久，这才转过身又来到了里屋。

卧室的装修风格延续着外屋的大气与奢华，但是在细节处却又不失温馨与舒适。进门左首是一个宽敞的卫生间，地面干净整洁，没有水渍的痕迹，毛巾整齐地摆放在浴巾架上，防滑垫被卷起放在墙角的地方，一切迹象都表明这间房间的主人昨晚并没有使用过卫生间洗澡。

房间另一头的景象却是截然不同，欧式风格的铁艺大床摆在房间的中央，原本洁白舒适的鹅绒床垫上面却布满了殷红的血迹。斑斑点点的血痕一直从左侧床头沿着床面绵延到了右侧床脚。整个床单已然被拖到了地上，上面同样是鲜血淋淋。

铁艺床的正前方是一个电视柜，在靠近窗户的地方还有一个坐在上面可以远眺窗外美景的吧台。在吧台和电视柜之间的地上赫然有一个人形的图案，周边还布满了瓷器的碎片，那种扭曲的姿势可以想象到被害人生前的惨状。

“被害人的尸体呢？”殷柔有些不满地质问赵腾飞，“我还没有到达现场，你们怎么能够随意移动尸体？”

赵腾飞赶忙伏在殷柔耳边轻轻说了几句话，殷柔怒气冲冲的神情才稍微平复了一些。

“现场勘查情况怎么样？”殷柔转向下一个话题。

赵腾飞赶忙朝外喊道：“李法医，你赶快向殷督查汇报一下现场勘查情况。”

这时一个身穿法医工作制服的高大男人打开房门走了进来，来人虽然戴着手套，但还是用一块手帕垫在了房门把手上，足见其小心翼翼的程度，生怕破坏现场的任何一点证据。

高大男人冲着殷柔微微一笑，虽然隔着口罩和眼镜，但那种儒雅的感觉却已经扑面而来。

“你好，殷督察，您的大名，我是如雷贯耳，我叫李云泽，是N市某某大学法医研究室主任。”

“李云泽？”殷柔兴奋道，“N市法医界的首席法医，法医和物证的双料专家！您不是一直在休假吗？怎么会出现在这里？”

李云泽笑了笑说：“我原本是在休假，但这个案子毕竟涉及黎老板，您也知道黎老板是什么样的人物，所以局长特地借调我来负责这个案子的法医鉴定和现场勘查，于是一大早我就被拉到了这里。”

李云泽说着做出一个无奈的动作，然后道：“咱们言归正传。死者名叫阚立龙，是一名古董商人，年龄53岁，遇袭时间是在今天凌晨00:32到00:39之间。之所以可以这样精确，是因为我们调阅停车场的监控录像可以看到在昨天晚上整个案发时间段，只有嫌疑人徐峙一人曾潜入这个房间之中。徐峙进入房间的时间是在凌晨00:32，离开房间的时间是在凌晨00:39，所以我们可以推测被害人阚立龙遇害的时间就在这个时间范围之内。当然通过对阚立龙伤口及其他生理指标的测定也符合这个时间区间。”

“那阚立龙的死亡原因是什么？”殷柔问道。

“阚立龙是左侧心脏部位遭受利器贯穿，导致大量失血。”李云泽指着铁艺床左侧的一摊血迹道，“阚立龙第一被袭现场应该就在这里，当时阚立龙正在熟睡中，被异常的响动惊醒，凶手为防止行迹败露，于是快步冲到床头，将匕首刺入阚立龙的心脏。周边的这些血迹喷溅点，就是凶手用匕首刺伤阚立龙胸口时所喷射出的。”

“根据我们对死者伤口的鉴定，当时匕首插入的位置有偏移，力道也不是十分足。所以被害人阚立龙并没有立即死亡，而是与凶手发生了搏斗。”李云泽指着铁艺床右下角处吧台与电视柜之间的那个人形图案说，“于是他们两个人在这里又发生了激烈的搏斗，这个瓷器很有可能就是在这个时候被打破的。我们在瓷器碎片和地板上采集到了不同于被害人的第三者血液标本。我们还在地面和墙上发现了几个清晰的血手印，上面的指纹纹理与匕首上的，以及从窗户上面提取到的指纹都完全一致，可以断定为同一人所留。”

赵腾飞补充道：“我们在楼层的监控和电梯的监控中都发现了嫌疑人徐峙的身影，他当时和一个叫冯阿呆的人一起来到了酒店的洗衣房，之后又乘坐电梯来到酒店顶层。再结合停车场所拍摄到的监控录像，可以确定徐峙就是这起案件的凶手。”

“徐峙和那个叫冯阿呆的人有没有在被害人阚立龙的楼层停留？”殷柔问道。

“没有！”赵腾飞肯定地回答道，“他们事先肯定已经进行过踩点了，所以他们是从酒店地下室的洗衣房直接到达酒店顶层，然后通过绳索潜入被害人房间实施作案的。”

“在酒店19层的监控中有没有拍摄到徐峙、冯阿呆与其他人接触的画面？”

赵腾飞摇摇头道：“这个情况我们目前还不清楚。因为在酒店的19层并没有安装监控录像。”

“没有安装监控录像？”殷柔讶异地瞪大了眼睛，“这怎么可能？作为营业中的酒店是必须强制安装监控摄像头的。”

赵腾飞解释道：“因为这酒店的19楼属于黎昕先生的私人空间，只有在召开宴会或举行活动的时候才向外开放，所以基于隐私并没有安装摄像头。”

“不过，当晚在19楼前台值班的迎宾小姐曾经接触过徐峙和冯阿呆，当时他们是拿着两张请柬进入19楼的。”赵腾飞补充道。

殷柔眯着眼睛想了想：“那就从请柬入手，你们详细调查一下这些请柬的发放情况，究竟是什么人把请柬交给了徐峙，或许这个作案团伙并不止徐峙和冯阿呆两个人。”

赵腾飞点点头：“我马上就安排人去做。”

赵腾飞摆手叫来一个手下，吩咐这个人即刻去调查请柬的事情。

殷柔踱步又来到床头柜前，床头柜上有一个高档的不锈钢茶杯，还有一个手提式的公文包。

殷柔将茶杯高举，对着阳光的方向细细观察。茶杯的杯体，因为长期使用已经有了不少磨痕，还有那种旧茶杯所特有的沧桑感。

“这个茶杯我们已经检查过了，并没有发现药物或者毒剂的残留。”李云泽在旁边汇报道。

殷柔似乎并没有听到李云泽的话，她又将茶杯盖拧开，里面光洁如新，并没有茶垢或者咖啡残留。殷柔又将鼻子凑近闻了闻，里面也没有其他的异味。

这个阚立龙平时并不饮用重口味的饮品。

殷柔放下茶杯，又打开了床头柜上的那个公文包。公文包里面除了一个装满厚厚一沓钞票的钱包之外，就是各种各样的拍卖行资料以及古董照片，还有就是各式各样的药品。殷柔能够一眼认出的就是一瓶新开启的安眠药，其他的则是一连串复杂英文字母的叫不出名字、更不知用途的生僻药。

殷柔由于最近一直在跟进当年的那起古董抢劫案，所以对古董也略有研究，照片中的古董虽然都价值不菲，但却都不是名震天下的宝物，至少在殷柔看来还不足以诱发杀人越货的疯狂行为。

殷柔手捧着将资料翻着看，从文件里面掉出一个小本子。殷柔弯腰捡起，拿在手里一看，原来是阚立龙在N市就医时的门诊病历本。

殷柔立刻来了兴趣，这比那些药瓶要直白许多。殷柔将病历本拿在手里仔细地翻看，发现这个阚立龙虽然只有50多岁的年纪，却是疾病缠身：高血脂、高血压、腰椎间盘突出、颈椎病，以及失眠，怕黑怕风等心理疾病，性功能方面也有问题。

“这个阚立龙居然还有洁癖？”殷柔很难以想象到这么个粗犷的大叔会有洁癖，但世上之人千百种，这样的癖好也不算罕见，“这病历本上显示阚立龙患有较严重的洁癖，那么一定很少有人进入这个房间了？”

“的确如此！”赵腾飞接口道，“根据酒店工作人员回忆，这个阚立龙从来也没有将外来人员带入过他的房间。事发当天，也就是7月3日，我们通过监控录像确认只有三个人进入过阚立龙的房间，第一个是负责打扫卫生的清洁工任晶晶，第二个是酒店餐厅的服务员郑克杰，第三个是酒店的按摩技师英妮拉。

任晶晶是早晨8：45进入房间打扫卫生，8：52离开房间；

郑克杰是在12：05推着餐车进入房间，12：20离开房间；

英妮拉是在22：28进入房间，22：57离开房间。”

殷柔听到这里忽然眼睛一亮：“这么说在阚立龙死亡前，还有人进入过他的房间。”

赵腾飞道：“我们刚开始也是这样考虑的，但很快就排除了女按摩技师英妮拉的嫌疑。因为就在英妮拉离开阚立龙房间后不久，郑克杰又出现在了阚立龙的屋外，并和阚立龙进行了简单的对话，他可以证明阚立龙当时并未死亡。”

殷柔沉吟了片刻，道：“这起案件感觉越来越有意思了！那报案人是谁？”

赵腾飞道：“是打扫这个房间的女服务员任晶晶，还有今天早晨值班的楼层警卫林浩宇。今天早上8点多钟的时候，任晶晶按照惯例推着清洁车来到阚立龙的门外，敲门之后无人应答，于是用钥匙打开房门进入房间打扫卫生。”

“等等，”殷柔打断了赵腾飞的陈述，“这个服务员未经客人同意就擅自打开房门进入房间，这样的做法不合规矩吧？”

“噢，是这样的。”赵腾飞补充道，“因为这个阚立龙在这里居住时间很久，而且正如他就诊本中所诊断的那样患有很严重的洁癖，所以每天早晨都必须要清洁房间。阚立龙特别叮嘱服务员，如果他不在房间，服务员可以直接进入房间打扫卫生，出现任何问题都无须服务员负责。这半年来一直如此，所以这名叫任晶晶的服务员也没有感觉有什么不对，就直接进入了房间。结果却发现阚立龙倒在地上，卧室里面一片狼藉，任晶晶吓得惊声尖叫，连滚带爬地从房间里逃了出来，闻讯赶来的楼层值班警卫林浩宇拨打了报警电话，并和其他赶来的警卫一起保护了案发现场。”

殷柔沉吟道：“也就是说从昨天晚上英妮拉离开房间，一直到今天早晨发现命案现场，从未有人在进出过0701房间。”

赵腾飞肯定地答道：“的确如此，监控清晰地记录了这一切。如果杀人犯不是破窗而入的徐峙，那么这就是一起绝不可能完成的密室杀人案了！”

殷柔凝视着现场，明亮的大眼睛逐渐变得幽暗起来，忽然她意味深长地说道：“或许这真的就是一起密室杀人案。”

“什么？密室杀人案？”赵腾飞以为自己没有听清，满脸茫然地望向了殷柔。

07

徐峙叼着烟躺在一个破旧的沙发上，两只眼睛呆呆地望着20寸老电视上不停滚动播放的新闻，整个人像灵魂脱窍一样，僵硬而没有生机。

“地中海酒店七层，昨天凌晨00：30左右发生一起命案，被害人是一名古董商人，53岁。警方已经将凶手锁定分别为叫徐峙和冯阿呆的两个华人男子身上，目前警方已正式对二人进行通缉，广大市民如发现上述两人可拨打电话联系警方。”

电视画面下方出现了警方的联系电话，同时在屏幕上出现了徐峙和冯阿呆的照片。

“妈的，老子这次是跳进黄河也洗不清了！”徐峙盘算着当时的情况，“现场留有老子的血手印，还有老子丢失的打火机，杀人凶器老子也摸过了，监控录像肯定也拍到了老子。老子穷得叮当响，既没钱请律师，也找不到目击证人，如果被警方抓住了，入室盗窃，激情杀人的罪名肯定成立，最轻也是牢底坐穿，搞不好还得赔上一条小命。如今之计只有脚底抹油，赶快溜了。”

徐峙转念又一想，即使不发生这起命案，欠屁王的钱已经过了最后期限，以屁王的凶狠残忍，少不了得砍掉我一对手脚。既然左右都得赔上这条命，倒也没有什么怨天尤人的了。只是实在想不明白究竟是什么人要陷害我呢？老子就是这么一个穷得叮当响的破贼，有什么值得别人费这么大劲来算计呢？

徐峙百思不得其解，昨天晚上发生的事情实在是太邪门了，自己被人算计背上一条命案已经够玄乎的了，居然在逃跑过程中还目睹了一起杀人案。那个戴黑头套的男人也真够狠的，竟然用塑料袋把一个女人慢慢地闷死。看那样子根本就没有深仇大恨，纯粹是从别人的死亡痛苦中寻找快感。这家伙简直不是人，就是个畜生。

想起那个男人企图用枪打死自己的场面，徐峙恨从心头起，他一跃从沙发上坐起，用力地将烟头掐灭：“从新闻报道来看，警方还不知道酒店13层发生了命案，那个戴头套的家伙现在肯定正在忙着清理现场，老子必须得抓紧时间报警，要死也得拉那个戴黑头套的男人一起死。”

主意打定，徐峙插上sim卡启动手机，很快进入系统界面。徐峙毫不犹豫地按下了方才电视里播放的警方电话，对面传来一个浑厚的男人声音：“喂，这里是重案组，有什么事情？”

背景声音极其嘈杂，还不时有电话铃响起的声音，看来警方那边已经忙得焦头烂额了。

“我是来报案的！”

“报案拨打报警中心，这里是重案组，只处理地中海酒店的凶杀案。”那个男人已经有些不耐烦。

“我报的就是地中海酒店的杀人案！”徐峙的口气同样变得强硬起来，老子现在是必死的杀人犯，警察老子现在也不怕了。

“噢，是吗？你等等，我拿笔记下！”那个男人的声音变得有些兴奋起来。

徐峙道：“地中海酒店13层，昨天晚上发生了杀人命案，一个戴黑头套的男人将一个女人用塑料袋活活闷死，我就是目击证人！”

电话那边传来了男人将笔甩在桌上的声音：“你别搞恶作剧好不好？我刚从地中海酒店回来，那里的13层我也去过了，根本没有什么命案发生。”

“什么，我在搞恶作剧？我目睹了命案发生，还差点被那个戴黑头套的男人杀死，我怎么会是恶作剧呢？”徐峙生气地说道，嗓门也不由自主地提高了许多。

“那你有本事告诉我你是谁？”电话那头传来那个男人轻蔑的笑声。

徐峙忍不住咆哮道：“我就是被你们通缉的地中海酒店七层杀人案的嫌疑人——徐峙。”

电话那头的男人立刻变得严肃起来：“你是说你就是地中海酒店七层杀人案的凶犯，作为好市民，你现在正在向警方报警，说你目睹了发生在地中海酒店13层的命案，并愿意做目击证人，对不对？”

“对！”徐峙斩钉截铁地回答道。

“滚——，像你这样的骚扰电话，我今天已经接了不下10个！你再捣乱，我就告你妨碍公务罪！”那个男人说完粗鲁地挂上了电话。

“做个好市民就这么难呢？”徐峙委屈地呢喃道，这时卧室里传来一阵轻微的呻吟声，徐峙这才想起他还有一个意外获得的宝物，此刻就躺在卧室的床上。徐峙立刻蹑足潜踪走进了卧室，而昨夜那个让徐峙一见倾心、夙夜思念的蝴蝶美人此刻就像一只受伤的小猫一样乖巧地躺在床上，更重要的是除了一张薄薄的夏凉被勉强盖住她凸凹有致的曼妙身体之外，她周身上下竟然再没有任何衣物遮挡。

就在几个小时之前，徐峙和蝴蝶美人之间还有着天堑鸿沟一样不可逾越的距离，如果说蝴蝶美人会赤裸无遗地躺在他的床上，那简直就是痴人说梦。就算徐峙连喝下两瓶白酒也不敢有这样的奢想。

然而昨天晚上发生的事情就是这样的诡异。徐峙不但目睹了两起命案的发生，而且还在湍急的河水中捡到了自己朝思暮想的梦中情人——蝴蝶美人。

不错，从大桥上丢下的那个麻袋里装着的正是蝴蝶美人，那个美艳不可方物，仿佛仙子临凡的大美女。

“看来昨天晚上遇到的也不全是倒霉事啊！”徐峙的眼睛不由自主地望向了蝴蝶美人雪白光洁如羊脂般的两条修长玉腿。这样的美腿只有在影视作品和杂志插页中才可以见到，徐峙做梦也没有想到自己竟可以如此近距离地细细品味这样的人间极品。

徐峙的心开始颤抖起来，他的眼神从美玉般浑圆的脚踝慢慢上移，游走过笔直的小腿，柔滑的大腿，还有那恰到好处将蝴蝶美人丰腴身体遮挡的夏凉被，炙热的眼神最终停留在蝴蝶美人没有血色，却仍旧妩媚动人的精致脸庞上。

“好美啊！”徐峙情不自禁地弯下了腰，整张脸几乎都贴到了蝴蝶美人的面颊之上。

精巧的面庞除了下巴上一条隐约可见的刀痕之外，几乎没有一点点的瑕疵。

徐峙已经能够清晰地感觉到蝴蝶美人扑鼻而来的怡人体香，那是一种沁人心脾，让人如沐春风的醉人芬芳。徐峙忍不住贪婪地吸吮着，亢奋的荷尔蒙已经像决堤的江水一样在体内剧烈翻滚，即使此刻有手枪顶着他的头颅，他也愿意在这种芬芳中激情陨灭。

“你实在是太美了！”徐峙呢喃着，颤抖的嘴唇挟裹着从体内不断涌出的扑哧扑哧的热气，慢慢地凑向了蝴蝶美人精致而美艳的红唇。

然而，就在这时蝴蝶美人一直紧闭着的眼睛却突然睁开了，如同湖水般清澈明艳的大眼睛，清晰地倒映着徐峙猥琐的表情。

蝴蝶美人尖叫着给了徐峙一记清脆的耳光：“你是谁，你要干什么？”

徐峙可怜兮兮地捂着热辣辣的脸颊道：“我是谁，你不记得啦？我们昨晚在地中海大酒店碰到过。”

“什么地中海大酒店？我从来没有去过那里！”女人本能地坐了起来，身子蜷缩到了床角，两只眼睛充满恐惧地望着徐峙。

“那个……咳咳。”徐峙干咳两声，指了指蝴蝶美人的胸口。

蝴蝶美人低头一看，顿时羞得满脸绯红，原来方才她在挣扎的过程中不小心将夏凉被踢在了床下，此刻上身完全裸露，那片白皙似雪的肌肤已经一览无余地展露在了那个满脸猥琐的徐峙眼中。

蝴蝶美人急忙扯起夏凉被挡在胸前：“你……你个流氓，你竟然乘我睡觉脱光了我的衣服？”说到这里已经是泪流满面，如同带雨梨花愈加楚楚动人。

“冤枉啊！”徐峙满脸委屈地解释道，“我如果是那种禽兽不如的家伙，昨天晚上早就把你解决了，还用等到现在？”

“那……那你刚才是想干什么？”蝴蝶美人终于止住了啼哭，但美丽的大眼睛里仍旧充满了恐惧和警戒。

“我不否认在刚才的一刹那，我有想对你轻薄的意图，但这确实不能怪我，要怪就怪你长得太漂亮了，只要是个正常男人，都会对你怦然心动的。但是你不要误会，你身上衣服绝对不是我扒光的。”

“那……那怎么……”蝴蝶美人想问自己为什么会赤身裸体地躺在这，但话到嘴边实在是无法说出口。

徐峙清了清嗓子，解释道：“事情的经过是这样的。昨天晚上我在地中海大酒店的19层偶遇到了你，看上你的第一眼我就对你倾心，但是你当时看起来像是一只雍容华贵、高高在上的天鹅，而我只是一只躲在角落里无人问津的癞蛤蟆，所以我没敢和你搭讪。原以为我和你的缘分只是擦肩而过的那一瞬间，没想到今天凌晨的时候，我在桥洞下面意外地看到你被人从桥上抛到了河里，我本能地救下了你。说句实话，在打开麻袋的一刹那，我也很吃惊，绝对没有想到里面装的会是你，或许这就是上天给我们两安排的缘分。至于你身上为什么会一丝不挂，原因嘛，很简单，因为我把你从麻袋里救出的时候，你身上就是什么都没有穿。至于是什么人扒光了你衣服，还对你做了其他一些什么，我就一无所知了。”

“原来是你救了我呀，对不起，我刚才不应该对你那样。”蝴蝶美人充满歉意地说道，眼睛里闪动着感激的光芒。

徐峙反倒有些不好意思了，双手插着裤兜，嘿嘿笑道：“其实我刚才真的对你有些非分之想，你打我也是应该的。我这种粗皮烂肉的人，多打几下也没关系，就是怕打疼了你的手。”

蝴蝶美人忍不住扑哧一声笑了出来：“你这个人真是个油嘴滑舌的家伙。”

“你笑起来的样子真漂亮。”徐峙眼睛都看得有些出神了。

蝴蝶美人的雪白俏脸顿时飞满了红云，喃喃低语道：“你能不能帮我找些衣服？”

“衣服？这可不太好找。”徐峙挠着头道，“这是我朋友飞机头的家，他是一个光棍汉，恐怕家里没有女人的衣服。如果你不介意的话，我先找几件男人的衣服，你胡乱遮挡一阵。不过提前声明这些衣服可是又脏又臭，绝对比不上你先前穿过的那些漂亮衣服。”

“没关系，只要能先……”蝴蝶美人本来想说“只要能先遮挡住身体就好”，但想起自己白璧无瑕的身体竟然被这个男人仔仔细细地欣赏了一夜，话到嘴边却怎么也说不出口了。

徐峙却没有理会这些，他已经把头探到衣橱里，像老鼠打洞似的把里面的衣服胡乱地抛了出来。不一会儿工夫，徐峙就喜出望外地将几件衣服丢在了蝴蝶美人的身边：“没想到这飞机头家里面居然还有女人的衣服，看这款式像是哪个夜总会小姐丢下的。”

蝴蝶美人羞涩地接过的衣服，两只水汪汪的大眼睛怯生生地望着徐峙。

“换衣服啊，还等什么？”徐峙有些不解地问道。

“你……你可不可以先出去？”蝴蝶美人的整个脸颊已经变得通红，声音更是小得如同梦呓一般。

徐峙哈哈笑道：“害羞什么？你昨天晚上沾满了冰凉的河水，还是我用毛巾给你擦干净的，你身上我哪没见过？”

没等徐峙把话说完，床上的枕头已经飞了过来，就在那一刹那裹在蝴蝶美人身上的夏凉被又掉下了一个角，徐峙自然是再一次大饱眼福。

看着蝴蝶美人满脸的窘迫，徐峙笑着走向了门口，缓缓掩上了房门。

徐峙斜倚在卧室门外的墙上，点燃了一支烟，脑海中又浮现出昨天晚上他给蝴蝶美人擦拭身体时的旖旎画面，忍不住得意地笑道：“没想到我徐峙也能有这样的艳福？只是……只是昨天晚上怎么不干脆利落地把她解决掉呢。唉，又心慈手软了，虽然乘人之危不是英雄好汉的行为，可问题的关键是，我徐峙从来就不是什么英雄好汉啊！”

徐峙又想起危机四伏的窘迫，现在最关键的不是儿女情长，是得赶快弄点钱跑路啊！可是从哪里弄这样一大笔钱呢？徐峙脑海中忽然又浮现出蝴蝶美人玲珑剔透的娇艳美躯：要是把这美人卖到地下妓院去，一定可以大赚一笔。可是，自己这样做是不是太过无耻和没人性了。

就在徐峙胡思乱想的时候，卧室的门吱呀一声被打开了，蝴蝶美人羞羞答答地从里面走了出来，虽然衣服并不是十分合身，质地也非常粗糙，款式更是过时到无以复加，但是穿在蝴蝶美人身上就是有着化腐朽为神奇的力量，清纯动人的她就如同民国时期的女学生，让人产生无限的怜爱和憧憬。

“漂亮吗？”蝴蝶美人羞涩地问道。

“漂亮，比不穿衣服的时候还漂亮。”

“去你的，没有一句正经话，我不理你了！”蝴蝶美人一跺脚转身又回到了卧室。

徐峙赶忙追了上来，连声道歉：“对不起，对不起！我这个人就是这样心直口快，说话没遮拦，你千万不要介意！”

蝴蝶美人噘着嘴道：“你的意思就是说我身材不好，全靠这件衣服衬托了！”

蝴蝶美人一说完这句话就后悔不迭，这不是逼着徐峙去遐想她赤身裸体的模样吗？

徐峙也很配合，立刻佯装出沉思的模样，微闭的眼睛托着下巴，似乎是在仔细地回忆着那闪烁着诱人魅力的每一寸雪白肌肤。

“你好讨厌！”蝴蝶美人气得直跺脚，右手一把扯住了徐峙的耳朵，恨不得立刻就将徐峙撕成碎片。

“姑奶奶，你轻点！姑奶奶，你轻点！看在昨天晚上我救你一命的分上，就饶我这一次吧！”徐峙口里不断地求饶，身子却趁机又倒在了蝴蝶美人的怀里，不怀好意地磨蹭着。

“饶你不难，但是你必须——你必须把昨天晚上的事情彻底忘掉！一点儿也不能再记得！”蝴蝶美人咬着嘴唇，手上的力道也不断地加重。

“我一定忘，我一定忘，就像失忆的人一样，把昨天晚上的事情彻底的忘掉，绝对不会再想起你肩膀有颗痣，屁股上有块伤疤……”

“你还说……”蝴蝶美人用力一扯差点把徐峙的耳朵给揪下来。

徐峙疼得两眼冒泪，再也不敢胡言乱语了：“我已经彻底忘了！我已经彻底忘了！咦……你是哪位？为什么揪着我的耳朵呢？”

蝴蝶美人扑哧一笑：“你好讨厌啊！”随即却面露忧愁，似是触动了心中的隐痛。

“我是……，是啊，我是谁呀？”蝴蝶美人揪在徐峙耳朵的手慢慢松了下来，两眼失神地望着地面，不停地呢喃，“我是谁啊？我叫什么名字？”

“美女，你没事吧？”徐峙伸手在蝴蝶美人眼前晃了几下，蝴蝶美人却仍旧毫无反应。

“别吓我啊，你怎么了？”任凭徐峙怎么呼喊，蝴蝶美人都是毫无反应，整个人像是灵魂离窍了一样，呆呆地伫立在那里，嘴里仍旧不停地念叨：“我是谁啊？我叫什么名字？”

“美女，你是不是失忆了，你怎么会不知道自己的名字？”

“失忆”两个字就像锋利的冰凿一样，一下子贯穿了蝴蝶美人冰封的头脑，她一下子用力地摁住了徐峙的肩膀：“对，我是失忆了，我已经完全忘记了之前所有的事情！”

徐峙瞪着眼珠看了蝴蝶美人足足有五六秒钟，这才抿了抿嘴道：“美女，你别开玩笑了，如果你说你失忆了，你怎么会知道‘失忆’这个词？”

“我没有跟你开玩笑！”蝴蝶美人认真地望着徐峙，“我知道‘失忆’这个词是什么意思，我知道电视可以播节目，手机可以用来通话，汽车可以用来乘坐，飞机可以飞行，但是我却不知道我是谁？我的名字是什么？我过去经历过什么？谁是我的朋友，谁是我的敌人？我的家在哪里，我的亲人在哪里。有关我过去的一切的一切，我……我都想不起来了。”说到这里，蝴蝶美人两只手撕扯着头发，表情绝望地瘫坐在了地上。

徐峙也是一脸的目瞪口呆，失忆这种电影中常见的桥段怎么可能在现实生活中出现呢？眼前这个活蹦乱跳的女人竟然失忆了？这怎么可能？

不过，回想起昨天晚上自己误入陷阱被人陷害，又目睹一个变态男人用塑料袋残忍杀人，再想起自己从河边捡到这个蝴蝶美人，既然有这么多匪夷所思的事情都发生了，那么失忆也算不上什么特别的事情了。

看来是自己流年不顺，遇到的都是无法解释的奇事、怪事。

徐峙还是不太相信，他弯下腰轻拍着蝴蝶美人的肩膀道：“那你对我还有没有印象？昨天晚上，在地中海酒店19层。”

蝴蝶美人努力思索了片刻，一脸茫然地摇摇头：“没有！地中海酒店又在哪里？”

徐峙忽然想起一件事情，从衣兜里面拿出一串光彩夺目的项链，在蝴蝶美人的眼前来回地摆动着：“这串项链你还记不记得？”

蝴蝶美人凝视着那串项链，茫然无措的脸上没有丝毫的表情变化。

徐峙继续诱导道：“这串项链是你的，我从你身上偷来的。你对这串项链还有没有印象？”

蝴蝶美人摇摇头，眼波一闪，诧异地望着徐峙：“你是小偷？你是贼？”

“这不是现在的重点！”徐峙眨着眼睛道，“那你还记不记得曾经跟两个男人走入一个房间，房间里面有一个老头，那个老头用手摸你的……摸你的屁股，你还在那个老头面前缓缓地脱下了衣服，这个场景你还记得吗？

“老头？摸我屁股？我在老头面前解开了衣服？”蝴蝶美人像坠入了云雾之中，整个眼睛里面都充满了迷茫，突然嗓门尖锐地喊道，“我有那么下贱吗？”

“声音低点，声音低点，你这样大喊大叫会招来警察的！”

“招来警察怕什么？我正准备去警察局呢，只有警察才能帮我找回真实的身份！”

“我的姑奶奶，警察一来，老子的小命就不保了！”当然这话徐峙没法跟蝴蝶美人说，只能穷尽思维地胡编道：“你有没有想过你在失忆之前，或许做过什么违法乱纪的事情？也许你手上还有人命案呢？地中海酒店，昨天晚上可是接连死了两个人，你就没有想过你的失忆可能和这两起命案有关？”

蝴蝶美人果然被吓到了：“那我现在该怎么办？”

“如今只有我才能帮到你，我是你失忆之前最后见过你的人，也是把你从河里救起的人，冥冥中我们两个人之间一定有着某种特别的联系。”

蝴蝶美人两眼噙满了泪花，或许是由于极度的感动，抑或是寻找安全感的本能，整个身子竟然依偎在了徐峙的怀里。

徐峙也忍不住一阵小激动，如果说之前和蝴蝶美人的亲密接触都有徐峙一厢情愿的猥亵成分的话，那么这一次可是美人货真价实的主动投怀送抱。

阵阵发香袅袅入鼻，脉脉温情款款袭身。人间至美，不过如此，娶妻如斯，夫复何求？

徐峙如小鹿撞怀般胡思乱想着，却听怀中的蝴蝶美人喃喃低语道：“那我们现在该怎么办？”

“我们”这个字眼让徐峙心情一荡，那种为自己心爱女人两肋插刀的责任感油然而生，他舔舐了一下因激动而干裂流血的嘴唇：“我们现在所要做的就是先给你起个名字！”

“那我叫什么好呢？”蝴蝶美人扬起娇艳如花的俏脸凝视着徐峙。

“我第一次见到你的时候，感觉你就如同一只斑斓的彩蝶在世俗的人群中翩翩飞舞，不如你就叫小蝶吧？”

“小蝶？这名字不错，清新脱俗，淡雅优美，我很喜欢！想不到你这个人看起来挺猥琐，没想到肚里面也挺有文采！”小蝶欢愉地笑了起来，露出了一排洁白的牙齿。

这一刹那，徐峙竟然有些看呆了，很久以来他都没有如此地亲近过一个女人，更没有在那种小女人特有的一笑一颦中体味到小鹿撞怀般的愉悦之情了。

徐峙忍不住将嘴凑向了小蝶，说出了一句让他自己都难以置信的话：“小蝶，我会一生一世好好地爱你！”

小蝶却惊恐地跌坐在了地上。

徐峙一脸的尴尬，刚要解释，却看到小蝶颤抖的手指指向了自己的脖子。

徐峙低头一看顿时吓得魂飞魄散，不知在何时一柄闪着耀眼寒光的利刃已经悄无声息地架在了自己的脖颈之上。

重案组的问讯室。

08

虽然没有手铐、脚镣、铁栅栏之类的器物，但那种不寒而栗的阴森感觉还是渗透着房间的每一个角落。

不知是心理的作用，还是这里积蓄的怨气太深，总之坐在这里总有一种莫名的不安感。

此刻，殷柔坐在问讯席的中央，两只眼睛犀利地望着前方。而在殷柔左右坐着的分别是跟随她一起调动到N市的孙诗蕊，以及为了协助重案组破案而加入专案组的警长赵腾飞。

而此刻在殷柔的对面坐着的是一位体态丰腴、五官精致的美丽女人，虽然女人此刻脸上充满了焦虑和不安，但是那种动人心魄的美丽还是扑面而来。

“我叫赵诗颖，今年28岁，是地中海酒店19层私人宴会厅的迎宾小姐，负责接待宾客和检查请柬，昨天晚上在19层值班的就是我。”赵诗颖说完眼睛不安地望向殷柔。

“你不要紧张。”殷柔微笑着说道，“我们请你来只是想向你了解一些情况，你只要把你昨晚看到的情况如实向我们讲一遍就可以了！”

赵诗颖点点头，但双手还是紧张地揉搓着衣服的下摆。

殷柔道：“昨天晚上你在酒店值班的时候有没有发现什么可疑的人在19层出现？”

赵诗颖轻蹙眉头思索着：“可疑的人？我好像并没有遇到，因为昨晚的来宾都是拿着请柬来的，无关的人是根本进不来的！”

“你再仔细想想！”

“噢，对了……”赵诗颖像是想起了什么，“就是在慈善晚会快要结束的时候，突然来了两个宾客，这两个人我从来没有见过，而且是在宴会快结束的时候来的，当时我就觉得他们有一点奇怪，但也没有多想，只是以为他们因为其他事情耽搁了。”

“那你有没有检查他们的请柬函？”殷柔追问道。

“检查了，只不过……只不过……”赵诗颖喃喃地说道，“只不过他们把请柬在我眼前晃了晃就收起来了，我原想仔细检查一下，可是看到客人已经有些生气，就没有继续检查。您也知道凡是能被黎先生请来的客人都是非同一般的人物，我只是一个小小的迎宾员，是万万得罪不起的，所以……所以……”

“所以你就放行了？”赵腾飞替赵诗颖补充道。

赵诗颖咬着嘴唇，惶恐不安地点了一下头。

“你看是不是这两个人？”殷柔示意手下将徐峙和冯阿呆的照片递到了赵诗颖面前。

赵诗颖只看了一眼相片，就立刻惊呼道：“不错，就是这两个人！”

“难道昨天晚上的杀人犯就是他们两个人？”赵诗颖的声音开始变得发颤，两只水汪汪的大眼睛瞬时噙满了泪花，“我真的不是有意放他们过去的，你们要相信我，我真的不是故意的，我只是怕得罪了贵宾，所以没有做那么细致的检查。”

“你是否清白，我们接下来还会继续调查的，但是在这段时间你不能离开N市，手机24小时开机，要随时听从警方的问询。还有……如果你想起了嫌犯的什么情况，要及时通知警方。好了，你可以先回去了！”

望着赵诗颖战战兢兢离去的背影，殷柔扭头望向赵腾飞：“赵警长，你觉得这个女人的话可信吗？”

赵腾飞凝视着手里的档案信息道：“赵诗颖在地中海酒店工作已经超过两年，她一直都是在19层的私人宴会厅工作，工作也从来没有出现过差池。赵诗颖的个人背景也很清白，没有任何违法乱纪的信息。赵诗颖是从外地移居到本市的，与徐峙、冯阿呆等人产生瓜葛的可能性也不大。

至于说赵诗颖没有认真检查徐峙、冯阿呆的请柬，这一点倒也可以理解。正如赵诗颖所说，来地中海酒店19层的宾客非富即贵，她一个身份卑微的礼仪小姐肯定是得罪不起的。再说了，在一般人的潜意识里，谁敢在黎先生的地盘闹事？赵诗颖的懈怠倒是可以理解的，毕竟地中海酒店从来没有发生过刑事犯罪，赵诗颖的行为不合规矩，但合人情。赵诗颖应该不是犯罪嫌疑人的同伙或内应。”

殷柔点点头，对于赵鹏飞的分析完全赞同，她摆摆手示意执勤的警员将下一个被问询者带入房间。

接下来被带进房间的是酒店的楼层清洁工，一个看起来略显黑瘦的小女孩。

“你就是任晶晶，对吧？”殷柔用手一指对面的椅子，示意任晶晶坐下。

任晶晶怯怯地点了一下头，非常拘谨地坐在了椅子的一角。

“酒店7层的所有房间平时都是你负责打扫吗？”殷柔问道。

任晶晶没有说话，仍旧是点了点头，看得出这个女孩子平时并不善言辞，而且性格中多少有些自卑的成分。

殷柔一边思索着问询的策略，一边细细打量着眼前这个瘦小的女孩。任晶晶档案上的年龄是22岁，但看起来却像是一个正在上高中的小姑娘。单薄的身子像是秋风中的一根枯枝，随时都可能被狂风卷走，还算精致的脸庞上有一些细小的雀斑，黑色的肌肤让她看起来更加貌不惊人，与先前那位明艳动人的赵诗颖形成鲜明的对比。

殷柔不由得感慨：难怪同样没有过多技能的赵诗颖可以衣着鲜亮地站在前台挣着不菲的工资，而瘦小的任晶晶却要干着又脏又累的清洁工作。美貌的确是女人在职场拼搏的第一利器。

“你熟悉阚立龙这个人吗？”殷柔问道。

任晶晶的喉头微微嚅动了一下，然后摇摇头：“不熟悉，这里客人的身份都很特殊，他们一般都不怎么愿意和我们这样身份的人有过多的交流。不过，阚先生和其他的客人还不太一样，他对我还算比较和蔼，偶尔会和我聊几句，给的小费也比别人多。我只知道阚先生是在这里做古董生意的，至于阚先生其他方面的事情，我就不知道了。”

殷柔低头看了一眼桌上的资料，接着问道：“根据监控录像显示是你第一个到达现场的，你能跟我详细讲讲当时房间里的情景吗？”

任晶晶似乎又想起了当时恐怖的场面，单薄的身子不由自主地颤抖了一下，两只手用力地抓住了衣服的下摆。

“你不要害怕！”殷柔宽慰道，“先喝一杯热茶，调整一下情绪。”

孙诗蕊立刻冲了一杯浓茶递到了任晶晶面前，任晶晶感激地用双手捧住了热腾腾的茶杯。

任晶晶并没有急着去喝茶，只是用双手不停地揉搓着茶杯，似乎想从茶杯的热度中感受到一些温暖。

过了五六分钟，任晶晶紧绷着的神经终于松弛了下来，她的眼前重新浮现出当时恐怖的那一幕："我像往常一样拍打阚先生的房间门，里面没有任何的反应，一般这个时间阚先生都会出去吃早餐，所以我也没有特别在意，于是用钥匙打开了房门，拿着清洁工具走了进去。

当我拿着清洁工具走入房间的时候，发现客厅的窗帘还紧紧拉着，我正准备走上前去拉开窗帘，无意中瞟了一眼卧室，看到被子、床单都被拖到地下心中感觉非常诧异，因为阚先生是一个非常爱整洁的人，他怎么可能把被子、床单都扔在地上就离开房间呢？

于是我就转身走向了卧室，但卧室里面的情景……但卧室里面的情景……"

任晶晶讲到这里，整个身子都哆嗦成一团，两排牙齿不停地碰撞着，一种极度的恐惧重新袭遍了这个女人的身体。

"不要害怕，"殷柔微笑着鼓励道，"有这么多警察在这里保护着你，谁也伤害不了你！"

任晶晶似乎是受到殷柔的鼓舞，打战的牙齿也逐渐缓和了一些："我当时站在卧室门口，就见阚先生仰面朝天躺在地上，胸口上还有个血窟窿，身上脸上床上地上到处都是鲜血。我直接就瘫软在了卧室门口，我想大声地喊救命，可是嗓子眼儿怎么也喊不出声音来。我拼命地往门口爬，到了房间的门口，我才勉强撑着门框站了起来，我拼尽全力喊出'杀人了'三个字，然后就又栽倒在地上。听到我的喊声，楼层的保安，还有一些房客都跑了过来，我隐约听到他们在我的耳边问我'发生什么事情了''怎么了'。反正当时的一切都恍恍惚惚，就好像发生在梦境里一样，当时的情况就是这样。"

"照你这么说，你当时并没有进入卧室，只是在卧室的门口看了一眼屋内的情况？"殷柔问道。

任晶晶用力地点点头："我本来是想进入卧室的，可是我刚走到门口就看到里面血淋淋的一幕，当时我就瘫软在地上，所以并没有进入卧室。"

殷柔又问道："那你在凶案发生前的那天早晨，也就是7月3日早晨，你打扫阚立龙房间的时候，有没有发现什么异常的情况？”

任晶晶思索了一下，然后缓缓地摇摇头：“没有什么异常的。要说有的话，就是那天早晨阚先生的兴致好像非常好，他刮完胡子以后还问我好不好看，说他今天晚上要谈一笔生意，可能过几天就会离开酒店了。”

“阚立龙有没有说他谈什么生意，和什么人谈？”殷柔警觉地问道。

任晶晶又摇摇头：“这我就不清楚了。阚先生并没有和我说起。”

殷柔难掩心中的失望，轻叹了一口气，然后对任晶晶道：“好的，今天的问话就到这里，如果你想起什么其他的情况，记得打电话告诉我。”说完将自己的名片递给了任晶晶，任晶晶诺诺地接了过来，直到殷柔第二次说“你可以走了”，她才略带迟疑地离开了审讯室。

目送任晶晶走出房间，赵腾飞指着警方对任晶晶的调查报告，对殷柔说：“根据我们对任晶晶周围邻居的调查，这个任晶晶从小就是个乖乖女，不爱说话，不爱社交，喜欢一个人待在房间里看书，几乎没有什么朋友，当然更没有男朋友了。任晶晶的家庭条件很一般，父母都是体弱多病，所以任晶晶很小就辍学开始工作。别看任晶晶的年纪只有22岁，但她在地中海酒店已经工作了五个年头。任晶晶平时的生活轨迹只有酒店和家庭的两点一线，除此之外，她做得最多的事情就是到福利院做义工。”

孙诗蕊托着下巴赞许道：“想不到任晶晶还是一个很有爱心的女孩。谁要能娶上这样的女孩其实是一件非常幸福的事情，只不过现在男人只喜欢外表漂亮的女人，却不懂得欣赏女人的内在美。”

赵腾飞佯作委屈地调侃道：“这也不能全怪我们男人啊，像任晶晶性格有些自卑的女孩，总是喜欢躲在角落里，让我们男人怎么去了解她啊？”

孙诗蕊噘着嘴，不服气地道：“那是因为你们男人只被视觉所左右，不懂得用真心去寻找！”

殷柔笑道：“好了，你们俩也别打嘴仗了，我们又不是在录制相亲节目，还是把注意力放在案件上吧！接下来我们问询的应该就是那个曾经到阚立龙房间里送餐的那餐厅服务生郑克杰了吧？”

孙诗蕊点点头，并且将郑克杰的基本情况递到了殷柔的桌上。

郑克杰是一个看起来有些消瘦的男生，27岁的年龄却已经有过吸食毒品、持械伤人、诈骗等多项犯罪历史。若不是郑克杰的父母散尽家财，用尽一切方法为他洗刷罪名，郑克杰现在绝不可能站在这里。

“昨天中午你曾到过阚立龙的房间？”殷柔紧盯着郑克杰的眼睛问道。看一个人的内心，莫过于从眼睛入手。眼睛中的细节往往才是人内心深处最真实思想的流动。殷柔深谙此道理，所以她在观察嫌犯时总喜欢盯着对方的眼睛。

郑克杰显然经常跟警察打交道，所以并不像赵诗颖和任晶晶那样局促不安，他向后靠了靠，摆出了一个很舒服的姿势：“是的，那天中午，阚先生打电话到餐厅要了一份午餐，于是我推着餐车就到了阚先生的房间。”

“你是推着餐车进入房间的？”殷柔问道。

“是的！因为餐车里还有一些小菜和甜点，所以我把餐车推到了阚先生房间的客厅，希望阚先生能多选点东西，因为我的收入也是和菜品销售量挂钩的。”郑克杰说到这里笑了笑，摆出一个无奈的表情。

“你当时在房间里待了多久？”殷柔提笔记录着。

“大约15分钟吧！”郑克杰眯着眼睛回忆道，“我把阚先生点的菜品摆到餐桌上，阚先生随意点了一个甜点，就让我离开了！”

殷柔抬头望向郑克杰：“就这么点事情需要用15分钟吗？”

郑克杰嘿嘿干笑了几声，摆出一副很暧昧的神情：“中间我还向阚先生推荐了一名女按摩技师。你们也知道这个阚先生一向出手大方，如果我向他推荐成功了，他一定会给我一笔小费，而且我从按摩技师那里也会有提成。”

“阚立龙当时对你的提议是什么样的反应？”殷柔凝视着郑克杰的眼睛，敏锐地捕捉着每一个细节的变化。

“阚先生嘛……”郑克杰咂了咂嘴，露出不屑的神情，“阚先生起初是不愿意的，但经过我再三劝说，他终于答应晚上试一试这个按摩技师。”

“接下来呢？”殷柔继续追问。

“接下来？”郑克杰嘿嘿干笑，“接下来就没什么了。我通知按摩技师做好准备，晚上去阚先生的房间进行服务。”

“那你后来有没有再去过阚立龙的房间？”殷柔一边在本上写着什么，一边问道。

“去过！”郑克杰很随意地回答道，“只不过阚先生当时并没有打开门。”

“你当时去阚立龙房间的目的是什么？”殷柔不解地问道。

“我当时去阚立龙房间，只是想问问阚先生那个女按摩技师的技术怎么样？还满意不满意？当然了，最关键的是能和阚先生拉上关系，以后可以多给他推荐点生意，我也好多挣点小费。”

殷柔话锋一转又问道：“那个女技师叫什么名字，你是怎么联系上她的？”

“那个女按摩技师叫作英妮拉，她刚到我们酒店没有多长时间，昨天早上英妮拉找到我，给了我200元钱，让我帮忙把她推荐给阚先生。”

殷柔身子猛地向前一探，脸上露出了兴奋的表情：“你是说英妮拉是主动找上你的？”

郑克杰愣了一下，似乎明白了一些什么，略显苍白的脸上终于浮过一丝不安的神情：“你是说英妮拉就是杀人犯？她找我联系阚先生这一单生意，就是为了找机会进入房间杀害阚先生？”

但转念一想，郑克杰又露出了否定的神情：“这不可能！英妮拉按摩完离开房间之后，我还来到阚先生的房间，隔着房门与阚先生有过一段对话，阚先生的声音我是绝对熟悉的。杀害阚先生的绝对不可能是英妮拉。”

“英妮拉在这起案件中扮演什么样的角色，我们会继续调查下去。我只想问一下你，当时你和阚立龙隔着房门说了些什么话，阚立龙当时有没有什么异样的表现？”

郑克杰挠了挠头，仍旧是一副不怎么上心的模样：“当时我们也没说什么，我只是问阚先生那妞的按摩技术怎么样？阚先生好像已经准备睡觉了，所以说话有些不耐烦，只是敷衍地说了几句‘还行’‘不错’‘以后有需要的话会再联系我’。我见阚先生没有兴致，也就不敢再多说，于是向他说了声晚安，就离开了他的房门。事情的经过就是这样。”

“你怎么看这个郑克杰？”望着郑克杰离开的背影，殷柔扭头问赵腾飞。

“这个郑克杰就是个老油条，坐在警局里面回答问题也没有个正经模样。不过他说的话倒也合情合理。这些在酒店里的服务员，有时候也靠推销这些保健服务，赚一些额外的小费。我非常感兴趣的倒是接下来的这位女按摩技师，她处心积虑地接近阚立龙，难道真的只是为了多挣钱？”

“接下来你问问她不就知道了吗？”孙诗蕊调皮地笑道，她和赵腾飞都曾在警校一起进修过，彼此也算半个同学，所以这一次相逢都感觉非常亲切。

说话间，一条闪动着诱人光芒的美腿已经迈了进来。

09

英妮拉走进问询室的时候带来一股浓烈的脂粉气味。这种廉价的香水和不知名的化妆品，携裹着被烟草常年熏烤后的辛呛，再加上穿着的妖艳和暴露，让人很容易联想到“站街女”这三个字。

英妮拉30岁出头的年纪，身高1.62米到1.65米之间，体态属于微胖丰腴型，上身穿一件黑色镂空的丝质小衬衣，那种透视的感觉几乎将内里的风情一览无余。下面穿的是一件短的可怜的粉色小皮裙，没有穿丝袜，涂抹着黑色指甲油的脚上蹬着系带式的高跟鞋，一双涂着浓重眼影的眼睛因为长期的夜生活而显得浑浊迷离，眼角酷似千年妖狐的媚态，则将这个人心底的欲壑难填彰显得淋漓尽致。

殷柔并没有急着问话，她细细地打量英妮拉走进屋之后的一笑一颦、一举一动。坦白地说英妮拉的长相并不算十分漂亮，如果没有那身极具暴露诱惑的浓妆艳抹，只能用姿色平平来形容。但是英妮拉却很会将自己身体的优势发挥到极致。比如说英妮拉的侧脸比较漂亮，所以英妮拉坐下的时候总是微微转过一个角度，尽可能地将自己最为精致的一面呈现在别人眼中。英妮拉的身材并没有那种令人一见倾心的特别魅力，可是她的腿却十分白皙修长，所以她无论是站着还是坐着，都极具诱惑地将闪着耀眼光泽的美腿摆放在最为显著的位置。总之，英妮拉是一个非常会恰到好处展现自己独特魅力的女人。

殷柔示意英妮拉坐下，然后微微一笑：“英妮拉小姐，你好，我是重案组的组长殷柔。昨天晚上发生在地中海酒店的案件，我想你已经听闻了。我有一些问题想向你了解一下，希望你能够积极配合。”

英妮拉将双腿做了一个极具诱惑的交叉，那种雪白光晕交叠的炫目感觉，就连殷柔也不由得多看了几眼。

“没问题，配合警方是好市民应尽的责任。”英妮拉的声音竟然如此甜美，就像情感夜话中的女主播一样，声波中带着阵阵的诱惑和撩拨。

“你的手指怎么了？”殷柔指着英妮拉左手食指上一道细长的划痕问道。

“噢，没什么，只是开启罐头的时候不小心划伤的。”英妮拉不自然地将手缩了回去。

殷柔没有再多问，她拿起了桌上的照片，指着阚立龙的头像问道：“你认识这个人吗？”

英妮拉看了一眼，很肯定地道：“认识，他是我昨天晚上新认识的一个顾客，没想到一天的工夫还没到他就死了。”

殷柔放下照片：“你之前认识这个人吗？”

英妮拉神情不屑地说道：“警官，我刚才不是说了吗，他是我昨天晚上才认识的顾客，我之前怎么可能会认识他呢？你们警察问问题怎么这么没有逻辑？”

“喂，注意你说话的语气！”赵腾飞敲了敲桌子，语气严厉地说道。

殷柔似乎完全没有听出英妮拉语气中的轻佻，神情淡定地摆摆手制止了赵腾飞，接着又问道：“既然不认识，你又是如何联系上这笔生意的？”

“可以抽烟吗？”不等殷柔回答，英妮拉已经从衣兜里抽出一支香烟，然后又大大咧咧地一指旁边的警员，“帅哥，有火吗？来得匆忙，忘记带打火机了！”

那名警员看了一眼殷柔，见殷柔点了一下头，这才十分不情愿地从衣兜中掏出打火机给英妮拉点上火。

“谢谢帅哥啊！”英妮拉猛吸了一口，紧接着一股浓重的烟雾从她艳红如血的双唇中吐了出来。

“你知道干我们这行的，除了一些固定的回头客之外，有很多时候都需要自己出去找客源。我来地中海酒店干的时间很短，基本上没有什么熟客，所以我就拜托餐厅那个服务生郑克杰帮我去揽一些客人，我再给他一些提成。阚先生就是通过这种方式，由郑克杰介绍我认识的。”

殷柔皱眉道：“可是据郑克杰向我们交代，你是主动找郑克杰，要求他特别介绍阚立龙给你认识的，似乎并不像你所说是随机认识的。”

“这有什么稀奇的？”英妮拉满不在乎地喷了一口烟雾，“阚先生是一个出手非常大方的客人，整个酒店的人几乎都知道这件事情。我想多挣点钱，自然也就想结识这样出手大方的大款了。”

“是吗？”殷柔用手敲击着桌子道，“据我所知你给阚立龙提供一次服务的酬劳只有300元，可是你却给了郑克杰200元的好处费，再加上酒店的提成，如此算来你是在做一笔亏本的买卖啊？”

英妮拉轻弹了一下烟灰，脸上露出轻佻的笑容：“警官，你天天坐在办公室里喝着热茶吹着空调，自然不知道干我们这行的玄机了。”

英妮拉吸了一口烟，继续解释道：“我第一笔买卖自然是亏本了，但是我只要认识了阚先生这位大土豪，以后自然会财源滚滚。你别忘了，阚先生可是长期在我们酒店包房居住的，他又不是今天来明天就走的主，我这是放长线钓大鱼。”

殷柔敲击桌面的指头停了下来，似乎这样的回答也非常合情合理。于是殷柔又将重点转向了下一个问题：“那你们昨天晚上在房间里面都做了些什么？”

“我们在房间里做了些什么？”英妮拉诧异地望着殷柔，突然好像明白了些什么：“警官，你可不要想歪了，我们提供的可都是正规的服务，我为阚先生做的是泰式按摩，整个过程中阚先生也很规矩，并没有占我的便宜。”

殷柔翻到先前的记录，立刻发现了新的矛盾点：“据我们的调查，你们酒店所提供的泰式按摩在90分钟以上，可是你那天晚上在阚立龙的房间只待了半个多小时，你对这个有什么解释？”

英妮拉吐出两个烟圈，眼睛睥睨地望着殷柔：“阚先生说他每天晚上11点就必须上床睡觉，过了这个点儿就很难睡着了。他原本打算是早点让我上来做按摩的，只是因为谈生意耽误了一些时间，所以就让我简单做点按摩就可以了。时间虽然缩短了，但阚先生给的钱却一分不少。土豪就是土豪，要是别的客人还不唧唧歪歪半天。”

英妮拉说到这里，脸上仍旧充满了当天晚上那种拿到钱后兴奋的表情。

殷柔又问道：“那你在按摩的过程中，阚立龙有没有表现出什么异样的状况，比如说心事重重，或者特别兴奋。”

“要说异常嘛，好像是有那么一点点。”英妮拉叼着烟卷儿继续描述当时的场景，“在整个按摩过程中，阚先生虽然始终不怎么说话，但是我可以看到他嘴角始终挂着一抹不易察觉的微笑，这种微笑我实在太熟悉了。我挣到大钱的时候也会这样偷偷去乐的。”

生意，挣大钱，偷偷去乐，退房，这几个关键词在殷柔的脑海中慢慢地连缀成一条线，然后清晰地勾勒出一个关键信息：那天晚上阚立龙一定和某个人谈成了一笔很重要的生意。

“阚立龙有没有向你提及他是有和什么人谈生意，谈的是什么样的生意？”

英妮拉撇嘴道：“我有问他，但是他什么也没说，不过我想他既然是古董商人，那么一定谈的是和古董有关的生意喽！“

“那除了这个话题之外，你们还聊了些什么？”殷柔问道。

英妮拉将手中的烟灰随意地弹了弹，不耐烦地回答道：“还能谈什么呀？我东聊西扯地费尽了口舌，还向他推荐漂亮的妹子，可是那个阚先生只是趴在那里，哼哼哈哈地敷衍着，一副心不在焉的模样。没等多久，他就摆摆手说他要休息了，今天就按摩到这里吧，改天他会再约我做按摩的。”

“那之后呢？”赵腾飞替殷柔问道。

英妮拉把烟头掐灭，呼出一股浓重的烟雾，咧着嘴道：“之后还能怎么样，我就拿着钱高高兴兴走了。这么轻松的买卖我还是头一次遇到。要是每个客人都像阚先生这样慷慨好伺候，我也不用熬夜熬成这副模样了！”

“唉——”英妮拉长叹一声，从包里拿出化妆用的小镜子，当着警察的面就开始涂抹她那张本就已浓妆艳抹的脸。

赵腾飞用力地敲打着桌面：“喂，喂，这是警察在问案呢？你能不能认真一点？”

英妮拉将手中的化妆盒往包里一扔，肩膀高耸摆出一个非常委屈的模样：“警察哥哥，我一直在配合你们问案呀？人家补个妆，这有什么大不了的？”

赵腾飞咬了一下嘴唇，没再理会英妮拉。

“好了，”殷柔摆摆手，制止了英妮拉继续发泼，“我还有个问题想问你，你之前在哪里做按摩，为什么会突然来到地中海酒店？”

英妮拉又从包里掏出一支烟，但并没有急着点上：“我之前是在按摩房、洗浴中心、私人会所，反正只要能赚钱的地方我都待过。至于说为什么会来地中海酒店？这有什么奇怪的，地中海酒店是有钱人的地方，做一单生意，赶上外面好几单，条件又好，环境又舒适，还不用被酒鬼流氓欺负，当然乐意来这里了！”

“可是据我所知地中海酒店的女按摩技师都非常年轻，样貌气质都跟模特似的，以你的条件在这里……”殷柔的后半句话没有忍心说出，做了一个手势，意思是说以你的条件在地中海酒店是很难出头接到生意的。

英妮拉却毫不介意，抖动着腰肢笑道：“小姑娘有小姑娘的优势，可我这个年纪也有我这个年纪的优势，比如说我的手法好，社会阅历丰富，善于察言观色，懂得随机应变，能够抓住客人们的心理需求，所以也有很多客人喜欢我。正所谓萝卜白菜各有所爱，有钱人往往更喜欢我这样的重口味。”

殷柔竟是无言以对，只好报以一个礼貌的微笑：“英妮拉小姐，谢谢你对案件调查的配合，如果你还有什么新的线索可以打电话联系我，我的助手会给你抄一份电话号码。”

“那就再见了，女警官！”英妮拉抖动着身子从椅子上站起，然后娇柔百媚地冲着赵腾飞抛来一个媚眼，“帅哥警官，有时间去酒店捧捧我的生意噢！记得我是83号！”

说完，英妮拉将手中的包包一甩，扭动着小皮裙下紧紧包裹着的性感美臀，一扭一扭地走出了问询室，留下了目瞪口呆的殷柔三人。

10

摘掉黑布罩的时候，徐峙感觉眼前一阵强光，那种炫目的感觉使他短时间内根本看不清任何事物，只感觉眼前模模糊糊的，好像矗立着六七个人影。

“我这是在哪里？”徐峙努力睁大眼睛，视线逐渐变得清晰起来，他这才看清楚自己和小蝶双手被反绑着并排跪在地上，而对面站着的那些人正是他的债主——屁王的手下。

“你扭着个脑袋瞎瞅什么？老子在这里坐着呢！”屁王坐在阴影处办公桌的另一端，满头肥肉的脸上露出不悦的神情。

徐峙顺着声音发出的方向，这才将目光聚焦在了屁王的身上。这个绰号屁王的家伙是一个体重接近300斤，看起来像头肥猪一样丑陋的男人，硕大的脑袋剃得光溜溜的，只在中间留着一小撮，梳成一个小辫儿，上面还拴着五彩的绳子。泛着油光的大脸就像麻将牌中的白板一样又大又平，五官由于过度的肥胖被拉扯成了又细又长的直线，一张嘴就露出了满口的金牙。今天的屁王光着膀子坐在办公桌后面，远远看去就像一个大肉丸子上面顶着一个小肉丸子。

“屁爷，你怎么知道我在飞机头家里？”徐峙不解地问道。

屁王冷笑道：“当然是你的好兄弟飞机头告诉我的啦！”

徐峙在房间中环视一圈，就见飞机头蜷缩在房间一角，指着自己鼻青脸肿的脸，讪讪地冲徐峙一咧嘴：“峙哥，我也是没办法呀！”

“没义气，亏我还把你当兄弟！”徐峙怒目而视道。

飞机头苦着脸一笑，耸耸肩做出无奈的表情。

“我说徐峙，你知道今天是什么日子吗？”屁王拿着牙签剔着金牙，眼睛斜瞅着徐峙问道。

“今天……今天……是我还款的最后期限！”徐峙赔着笑脸战战兢兢地回答道。

“知道就好！”屁王猛地一拍桌子，吓得徐峙差点小便失禁。

“钱呢？我的钱呢？”屁王伸出火腿肠粗细的手指用力指着徐峙问道。

“本来……本来……今天我是能把钱凑好的，”徐峙的嘴唇已经开始发抖，有些语无伦次，“只不过昨天晚上，昨天晚上出现了意外，但是我保证……我保证一个月内把钱还完。请屁爷把时间再给我宽限一个月。”

“你把我当猴耍呢，还他妈再宽限一个月！”屁王瞪着两只小眼睛咒骂道，“你小子杀了人，捅出了那么大的娄子，能不能活到一个月以后还是个问题。你让我再宽限一个月，我到时候到阎王爷那里找你要钱呀？今天你要是不把钱还清，我就把你活剥了！”

屁王说完把眼睛瞟向了一边，徐峙顺着屁王的眼睛望去，只见在房间的另一个角落，一个干瘪的中年汉子用尖刀正在熟练地剃着羊皮，刀光闪烁，手指翻舞，一张完整的羊皮慢慢被剥落下来，留下的只是一片脉络清晰的白色肉皮。

徐峙仿佛看到在屠宰椅上被绑着的就是自己，不由得倒吸了一口冷气。徐峙知道这个屁王心狠手辣，说得出做得到，冤死在他手下的人早就不计其数，屁王绝对不是在和自己开玩笑。

“屁爷，小弟绝对不是有意拖欠您的钱，我得到消息说地中海酒店有一个价值连城的古董，本来我想偷来送给您老人家，可是没想到那根本就是别人布的一个局，我真的没有杀人，是别人在陷害我。屁爷，你一定要相信我啊，只要有机会我一定还清您的钱！”

“编，你再编……”屁王满脸的不屑，“就你那点儿身家还值得别人去陷害？全城的人都知道你是入室盗窃。激情杀人，新闻里都播了十几遍了！我也不管你是真的杀了人，还是被人设计着了道，我只问你一句话，今天你能不能还清欠我的钱？”

“我……”徐峙感到一阵语塞，他将眼睛偷偷瞄向拐角，那个干瘪的中年汉子已经剥完了羊皮，此时正用尖刀开膛破肚，热腾腾的羊内脏被他用力撕扯出来，同时飘来一股难闻的臭味。

屁王腾地一下站了起来：“还不上钱还跟我说这么多废话？”摆手一指

两个手下，“把这个家伙给我扔到屠宰椅上，我要看活剥人皮。再给我打壶酒来，一会儿我用这小子的心肝下酒吃。”

“屁爷，再给我一次机会啊！”徐峙挣扎着想要逃走，可是两个壮汉上来不由分说架起他就往另一张屠宰椅上捆，那个干瘪的中年汉子把尖刀从羊身上拔了出来，用舌头舔了舔上面的油脂和鲜血，然后一脸狞笑地冲着徐峙走了过来。

“屁爷，屁爷，再给我一次机会啊！”徐峙带着哭腔哀求道，他的上衣已经被扯开，那个干瘪汉子拿着尖刀正在他的小腹上比画着，刀尖划过时留下一股死神拂面般的冰冷寒意。

就在这生死一线的时候，徐峙灵机一动，突然想起了什么，他冲着屁王喊道：“屁爷，我口袋里面有一串项链，绝对能抵得上我的欠债。”

“是吗？”屁王眯着小眼睛缓缓又坐回到椅子上，他的手下从徐峙口袋里摸出那串项链，然后毕恭毕敬地递到了屁王的面前。

屁王将项链拿在手里仔细欣赏了一番，然后由衷地赞叹道：“这串项链做工精细，品相上乘，要是在商店里卖的话，的确能够抵消了你的欠债。”

徐峙大喜过望：“那就是说我有救了！”

“我呸——”屁王用力地啐了一口徐峙，“你竖起耳朵听清楚，我是说在商店里卖的话。你拿这串项链到黑市上换钱，最多换到它价值的1/3，也就是说你还欠我2/3的钱，照样得扒皮挖心！”

徐峙也急了：“我口袋里还有些零钱，对了，我还有一个手机也能值点钱，屁王，就给我一次机会吧！”

“什么？你口袋里还有手机？”屁王霍地一下站了起来，揪住他旁边的一个手下，啪啪甩了两个清脆的耳光，声音怒不可遏地咆哮道，“你们抓人回来也不搜搜身上，你们不知道警察正在通缉他吗？他的手机很有可能会暴露我们位置的。”

然后屁王气急败坏地拖着肥胖的身子来到徐峙的面前，从徐峙口袋里掏出手机用力地摔在地上，然后抬起象腿似的大脚，用力地冲着手机猛踩了几下，那个手机瞬间就变成了一堆废片。

屁王余怒未消，一把从干瘪汉子手里夺过尖刀，高高举起：“徐峙，别怪屁爷心狠手辣，今天不杀你，以后道上就没人再把屁爷放在眼里了！”

寒光一闪，徐峙本能的一声惨叫。然而，就在刀尖即将落下的时候，突然有人大喊一声："徐峙欠你的钱，我替他还！"

刀尖几乎已经触到了徐峙的皮肤之上，但是屁王还是硬生生地把刀收了回来，然后缓缓转过身子，瓮声瓮气地问道："是谁说要替这小子还债？"

"是我！"一个怯生生的声音响起。

屁王撇了撇香肠似的肥厚嘴唇，眼光聚焦到了跪在地上的一个娇小女人身上，女人身上的衣服显得并不合身，但是仍然难掩女人曲线玲珑的曼妙身材，一头瀑布似的黑发低垂遮掩了整个面目，看不清女人的具体相貌。

"就你，凭什么？"屁王往地下吐了口吐沫，摇摆着肥硕的身子，满脸不屑地朝小蝶走了过去。

小蝶明显被屁王的阵势吓住了，嘴唇颤抖地说道："我……我记得我有很多钱。"

屁王泛着油光的脸上立刻堆满了笑容："我不管你们两个谁有钱，只要能还清这笔钱，我就立刻放你们走！小美人，钱在哪里呢？"

小蝶低垂着头，仍旧不敢直视屁王，声音颤抖地回答道："可是……可是我想不起钱在哪里了！"

屁王脸上的笑容立刻消失，他的眼睛瞪得圆圆的，几乎要从眼眶里面爆裂而出："你废话说了这么多，到最后你居然说你记不起钱放在哪里了，你是在耍我吧？"

屁王余怒未消，一把抓住小蝶的头发，毫无怜香惜玉地用力扯起，蒲扇似的熊掌高高抡圆了就要给小蝶几个清脆的耳光，然而就在屁王的眼光飘落到小蝶绝美而幽怨的脸颊时，满脸的怒意顷刻间荡然无存，一种卑鄙小人窥探到奇珍异宝时的贪婪和无耻顿时写满了屁王像白板一样的肥硕脸颊。

屁王用力地咽了口唾沫，紧抓着小蝶头发的手缓缓松了下来，然后满脸谄媚笑容的说道："小姐贵姓，怎么以前从来没有见过你啊？"

"我……"小蝶美丽的大眼睛中闪过一片茫然，"我也不知道我叫什么名字？"

屁王挠挠头，完全闹不清楚小蝶话语中的意思。他退后几步来到了徐峙身边，低语道："臭小子，这个女人是谁？"

徐峙用力扬起头望向屁王："她是谁，我也不知道！"

屁王一扬手就给了徐峙一个清脆的耳光："臭小子，你是想耍我呀？你不知道她是谁，你俩怎么会独处一室？你要是和她没有点瓜葛，她怎么可能愿意替你还那么一大笔钱？"

"我真的不知道！"徐峙满脸委屈地辩解道，"这妞是我捡来的！"

啪，又是一记清脆的耳光。

"你把我当三岁小孩耍呀？"屁王满脸的怒容，"怎么我就没捡到这么一个漂亮的妞？"

徐峙哭丧着脸说："屁爷，你要相信我啊，这妞真的是我捡来的！"

于是，徐峙简短地将他如何在桥下捡到小蝶的经过讲了一遍，但却没有提及在地中海酒店遇到小蝶时的情况。

屁王听完之后立刻嘴唇上翘，露出一丝淫邪的奸笑："这么说这妞根本不知道她是谁，完全忘记了她以前的事情？"

徐峙点点头："是的！"

"那这事就好办了。"屁王嘿嘿笑道，一只肥大的熊掌拍在了徐峙的脸上，"只要你帮我一个小忙，我就放你走，而且和你之间的债务一笔勾销。"

徐峙眼睛一亮，简直难以置信屁王竟然会如此慷慨："只要屁爷能放我走，让我干什么我都愿意去干！"

屁王将嘴附在徐峙道："这件事情很容易办，你只要告诉那妞，我就是她的丈夫，一切就OK了，我入我的洞房，你跑你的路。"

徐峙面有难色地说道："这样不好吧，屁爷？她一个弱女子，我这样欺骗她，忒不地道了。"

屁王一挥手，徐峙脸上又多了一个红印子："你小子别不识抬举啊，我把你宰了，再把她强暴了，屁爷照样能达到目的！屁爷之所以这样做是为了恪守江湖道义，既然是从你身上搞来的女人，就得给你点回报。你要是再啰嗦，屁爷改变了主意，你一会儿可就跟那只山羊一样，被人开膛破肚了。"

屁王说完眼睛瞟了瞟旁边那个肚子被掏空的山羊，而那个干瘪的中年汉子也非常配合地将刀尖顶在了徐峙的肚皮上。

徐峙立刻感觉到了一股寒意直插腹腔，他知道屁王所说并非虚话，心中盘算道："就算我拼上一条命去救小蝶，最终的结果也就像屁王说的那样，小蝶也是难逃一劫。再说自己跟小蝶也只是萍水相逢，根本犯不着赔上性命。"

想到这里，徐峙把心一横，对屁王道：“屁爷，我就按你说的去做，可是你保证得放我走。”

屁王嘿嘿冷笑道：“我屁王向来一言九鼎，吐口唾沫就是个钉，既然答应放你走就一定会放你走的。”

“那好，我就按你说的去做。”徐峙满脸不忍地看了一眼跪在地上瑟瑟发抖的小蝶，哀求道：“屁爷，你一定要对小蝶好啊！”

屁王不耐烦地匡了徐峙一掌：“你磨磨叽叽像个女人似的，这么漂亮的女人我能对她不好吗？”

“来人，给我把他放下来！”屁王命令道。

几个手下一拥而上，三下五除二就解开了捆在徐峙身上的绳索，徐峙只感觉被绳索勒过的地方皮肉发麻，血流不畅，心中暗骂：“这帮人捆得也太狠了，真当捆死猪啊？”

摸了摸浸满了冷汗的脖子，徐峙唏嘘道：“什么好也不如活着好啊！”

屁王用力一推徐峙：“还在这磨蹭什么？赶快给我办正事去！”

徐峙虽然是千般不愿，万般不忍，但想想那个被拔了毛皮挖了内脏，只剩下一堆油脂躯干的山羊，徐峙只好将心一横，心里不断地乞求小蝶宽恕：小蝶啊，可不是我有意出卖你，这实在是没有办法。我即使不这样做，你也逃不过屁王的魔掌，你就当做善事，顺便救我一条小命吧！

小蝶一看见徐峙，茫然的眼睛中立刻迸发出温柔的光芒，声音焦急而关切地问道：“你没事吧？”

徐峙垂着头，单膝跪在小蝶身旁，默默地替小蝶解开绳索。

小蝶见徐峙没有回答，表情越发地焦急：“你没事吧，刚才有没有伤着你？”

徐峙苦涩地摇摇头：“我没事！”

小蝶双臂环绕在徐峙的脖颈，无限温柔地将头埋在了徐峙的怀中：“刚才真是吓死我了，我以为……我以为再也见不到你了！”

徐峙一阵的哽咽：“我们俩才刚认识，就算我死了，你也犯不着为我难过啊！”

小蝶扬起头，双眸之中噙满了泪花：“因为在我最无依无靠的时候，是你帮助了我，你是一个好人！”

“好人？”徐峙感觉这两个字眼此刻说出充满了无限的讽刺和挖苦，好人能出卖一个孤苦无依的女人吗？

屁王在旁边干咳了一声，拍着徐峙的脑袋嗔怪道：“我放你下来可不是让你来这里谈情说爱的！”

徐峙努力地控制住自己的情绪，求生的本能使他痛下决心，说出了这段最不可饶恕的谎话：“小蝶，你听我说，其实这位屁爷，他就是你的……他就是你的丈夫。”

“丈夫？”小蝶身子像触电似的一阵颤抖，充满疑惑的无助眼神在屁王和徐峙身上来回地移动。

徐峙暗骂了自己一声畜生，强作镇定地继续圆着自己的谎言：“你和屁王原本就是夫妻，只不过昨天晚上你俩吵了一架，所以你就离家出走从桥上跳了下来，结果你就失忆了。”

小蝶像看陌生人一样凝视了徐峙足足有两三分钟，然后轻轻摇着头说：“我不相信。如果屁王是我的丈夫，你救我的时候为什么不告诉我？为什么到了现在你才告诉我？”

如果是别的其他什么人，一定会被小蝶问得目瞪口呆，无言以对。但不容否认徐峙就是一个说谎的天才，即使他满怀愧疚，还是很顺利地接下了小蝶的问话：“你和屁王昨晚吵架吵得很凶，我是亲眼看到了，我怕告诉你真实身份后，你会想起昨晚吵架的情景，就不肯再回到屁王身边，你也知道我欠了屁王一笔钱，所以我想把你带到屁王身边抵消那笔债务。这件事情是我做得不对，请你原谅我，但我真的是为了你好。”

这段谎话编得天衣无缝，连旁边的屁王听得都快信以为真，更别说是失忆后思维尚处于一片混乱的小蝶。

小蝶将信将疑地望着徐峙，希望从徐峙的眼神中看到一些肯定。徐峙却将眼睛低垂了下去，刻意地躲避着小蝶求救似的无助目光。

“好啦，好啦，夫人，你平安回来就好！徐峙，你给我把夫人平安送回来了，你的任务也完成了，现在可以走了！”屁王伸出熊掌像拎小鸡一样将徐峙提了起来，旁边几个手下不由分说将徐峙架出了门外。

屁王的办公室外是一个地下赌场，里面都是喧嚣的赌客和堆积如山的筹码。赌徒们对于这种事情司空见惯，他们只以为是哪个不守规矩的家伙被屁王教训了一顿，眼神只在徐峙身上停留了不到两秒钟，就又都投入到刺激喧嚣的博弈之中。

门外是一条青石小道，昨夜的积水还没有退尽，地面还很泥泞湿潮，徐峙就这样被人毫不留情地像死狗一样扔在地上，然后咣当一声关上了大门。

“这条是我新买的西裤！你们赔得起吗？”徐峙摸着摔痛的屁股，冲着闭合的大门咒骂道。

砰，一块板砖从院子里面扔了出来，差点就砸在了徐峙的头上，徐峙吓得扭头就跑，一不小心就撞在路边的水泥柱子上，把脸擦破了一大块皮。

“娘西皮的，你们玩真的啊？”徐峙捂着脸没命狂奔，到了巷子口看到没人在后面追了，这才斜倚着墙壁大口大口吐着粗气。

歇了很久，徐峙才算喘匀了这口气。

“老子从昨夜到今天可以说是倒霉倒到他姥姥家了！”徐峙抹了一把额头上不断渗出的冷汗，差点老子就归西了，想想在那只被绑在屠宰椅上一刀一刀被活剥的山羊，徐峙就感到一阵心惊肉跳。

这种是非之地绝对不能久待，老子今夜就得乘船逃离N市，否则就算屁王真的放过了我，警察也绝对不会对我善罢甘休！

徐峙感觉到一种无形的压力从四面八方向他压迫而来，而唯一的出路就是赶快夺路而逃，可是小蝶呢？她该怎么办？

一想到小蝶刚才望着他时充满信任的天真无邪，徐峙狂奔向前的脚步不由自主地停滞了下来。

以屁王的残忍，玩腻了小蝶，一定会将小蝶卖到黑市上去当妓女。而那些黑市上的妓女都是生活在极其恶劣的环境下，每天超负荷地出卖肉体，时常还会遭受到惨无人道的体罚和虐待。许多妓女最终都会在穷困和疾病中凄惨死去。徐峙就亲眼看到过一个被疾病折磨得像芦柴棒一样的女人，蜷缩地死在窝棚里，直到臭气熏到了路人，才被人报警抬走。

一想到温柔美丽，被自己奉为女神的小蝶最终会在被无数粗鲁汉子残忍蹂躏之后凄惨凋零，而一切罪恶的始作俑者竟然就是自己，徐峙顿时感觉五脏六腑就像被人用力扯了一下，一股彻骨的疼痛袭遍全身。

“不行，我一定得回去救小蝶！”想起小蝶方才为自己挺身而出，徐峙顿时感觉体内热血沸腾，人家一个女人也懂得讲义气，我一个大老爷们竟然在关键时刻出卖了自己最心爱的女人！就算我苟延残喘活下来，我还有面目再到男洗手间方便吗？

就是拼了我这条性命，也一定要救小蝶出来！

徐峙只感觉丹田一股热浪上涌，整个人像打了鸡血一样兴奋不已，活了30多年，徐峙感觉头一次有了一种作为男人的担当和豪迈，恨不得立刻杀回去，来一个漂亮的英雄救美，末了再把屁王像猪头一样的脑袋砍下来当球踢。

“这种人渣就应该丢到粪坑里！”徐峙咬牙切齿低骂道。

一阵冷风袭来，徐峙冲动的脑袋开始冷却下来，徐峙突然意识到一个问题，就凭自己三脚猫的本领，别说去救小蝶杀屁王了，能不能冲进那个院子都是个问题。

徐峙低头看看自己的小身板，似乎都不够那几个马仔一顿拳脚。

管他的呢，为了小蝶就算上刀山下火海，也得试上一试！

徐峙打定主意，正寻思着从哪里可以搞上一支手枪，突然就听到身后传来一阵尖锐的刹车声。

徐峙以为是屁王的人追来了，下意识地扭回头去看。

然而，还没有等徐峙明白过来状况，就感觉眼前一黑，一块黑布袋已经罩到他的头上，紧接着两只粗有力的臂膀已经架在了他身子的左右，同时一只像铁钳子似的手紧紧扣住了他的咽喉。

接下来是汽车门被拉开的声音，徐峙感觉自己被人架到了一辆轿车的后排椅上，同时闻到了一股浓烈的烟草味。

掐在脖子上的手稍稍松缓了一下，徐峙立刻挣扎地喊道：“兄弟，我想你们一定是抓错人了！我可是穷得叮当响的穷鬼一个，全身上下超不过十块钱，身上最值钱的就是一条二手的纯棉内裤……”

徐峙还想再说，只感觉脖子上一紧，呼吸变得困难，再也发不出声来。就在这时候，他感觉有一肥一瘦两只手在他身上不断地摸索，从胸部到小腹，再到臀部，最后竟然伸到了他两腿之间。

11

“这是要干什么？难道要劫色吗？”徐峙的脑海中浮现出恐怖电影中那些变态扭曲的画面，顿时吓得大汗淋漓，拼命地夹紧了裆部。

好在伸在裆部的那只手缓缓抽了出去，只听一个瓮声瓮气的男低音说道：“刀哥，我把这家伙上上下下搜了一遍，可是什么都没有搜到！”

这时，就听前排那个司机阴沉沉地说道：“这怎么可能？那么大一部手机，难道被他扔了不成？”

“真的啥都没有，我连他的裆部都搜了！”那个男低音回答道。

又一个男人的声音，又细又尖：“炮筒说得没错，这家伙身上真是什么都没有，口袋里都是空的，连张手纸都没有。”

那个叫刀哥的人沉吟了片刻，然后对后排坐的两个人命令道：“炮筒、竹竿，东西一定是被这家伙藏了起来，把老虎钳拿出来，先活拔他几颗牙，我就不信撬不开他的嘴！”

徐峙感觉眼前一亮，头上的黑罩子已经被扯掉，但还没等他回过神来，就感觉门牙一凉，一个大号的老虎钳已经钳到了他的门牙上面。

徐峙吓得不敢动弹，只能从嗓子眼里含糊不清地说：“大哥，大哥，好好说话，你们要什么，兄弟只要有，一定都给你们！”

刀哥握着方向盘，从后视镜中打量着徐峙：“只要把东西给我们，我们也不想为难你！竹竿，先把老虎钳收起来。”

那个叫竹竿的瘦高个子把老虎钳从徐峙的嘴里取了出来，徐峙长嘘了一口气，这才看清楚自己坐在一辆SUV的轿车里面，驾驶员的位置上坐着一个剃着平头戴着墨镜的家伙。虽然从后视镜上看不清这家伙具体的长相，但是那股阴森可怕的杀气却是通过后视镜直接折射到了徐峙身上。

而在徐峙的左右两边分别坐着一胖一瘦两个家伙，瘦高的叫竹竿，长着一嘴黄牙，双手拿着一个大号的老虎钳，满脸的奸笑。

肥胖的叫炮筒，黑漆漆的一张大脸上长满了钢针一样的络腮胡，粗壮有力的手臂将徐峙牢牢地按在了座椅上。

徐峙对N市的小流氓都略有耳闻，但对这三个人却感到非常陌生，听他们说话的口音似乎也不是本地人。

徐峙欠了欠身子，挤出一脸谄媚的微笑："兄弟也是在道上混的，大家都是自己人，有话好好说，有话好好说。"

"不要跟我们称兄道弟套近乎，"刀哥阴沉的声音响起，"我就问你一句话，昨天晚上在地中海酒店13层窗外出现的那个人就是你吧？"

徐峙心中一凛，想起了昨天晚上戴着黑头套的那个变态杀人狂，这才明白了这几个人绑架自己的真实目的。徐峙想要否认，但看这几个人毫不迟疑的模样，对方一定已经对自己的情况了如指掌，当下只好强作镇定地回答道："兄弟昨晚也是讨生活，不小心破坏了几位大哥的雅兴，兄弟实在是罪该万死。不过，几位大哥也不用担心兄弟，我的记性实在是差，昨天晚上的事情已经忘了一多半，过了今晚上肯定就会全部忘光。"

"是吗？我不相信！我听说只有死人才会彻底忘记他不该知道的事情。"刀哥一阵狞笑，那种扭曲的表情就像一只向猎物张开血盆大口的野狼。

徐峙吓得干咽一口唾沫，竟不知道该如何回答了。

刀哥打了一下方向盘，将车子行驶到一个偏僻的小巷，然后缓缓停在了路边。

刀哥从衣兜里抽出一支香烟，然后用打火机点上，烟雾从刀哥高挺的鼻子中袅袅飘出："你想要活命也不是不可以，只要你把手机交给我们，然后乘船永远地离开N市，我们就会放过你！"

见对方的条件竟然是如此的简单，徐峙大喜过望，连声说道："这个好办，这个好办！手机一直在我身上，我也从来没有把那张照片copy到其他地方，几位大哥放心！"

徐峙从炮筒的熊掌下抽出手，往裤兜的位置一摸，笑嘻嘻的脸立刻僵硬在那里，整个人像是掉进冰窟窿一样筛糠似的颤抖起来：手机已经被屁王拿出来踩了个稀巴烂！

刀哥像是在看滑稽戏一样，透过后视镜目不转睛地欣赏着徐峙脸上的表情，然后幽幽地说道："我们早就把你身上搜了个底朝天，说吧，那个手机被你藏到哪里了？"

"那个手机被屁王拿去踩了个稀巴烂！"徐峙小心翼翼地回答道。

"屁王？就是那个放高利贷的大肥猪？"刀哥摸着下巴道。

"不错，就是那个死肥猪！我欠了他的高利贷，本来本钱只有十几万，可是利滚利居然到了一百多万。就是因为欠了屁王的高利贷，要不是他逼着我，昨天晚上我也不可能去地中海大酒店，摊上这么一大堆祸事！"徐峙像个怨妇一般满脸愁容地抱怨道。

刀哥用手指敲击着方向盘，思索了片刻道："我怎么知道你说的是真话还是假话？那个屁王可不是一个好惹的家伙！"

"刀哥，事到如今我还有什么必要骗你们？"徐峙一脸愁容地苦笑道，"到时候你们要是找不到手机，当场把我剁了，我也没有什么怨言。"

就在这时刀哥的手机突然响了，刀哥看了一眼上面的电话号码，立刻按下了接通键，毕恭毕敬地喊了一声老大，然后简要地把这边的情况说了一遍。

趁这个间歇，徐峙仔细打量了一下刀哥的形体特征，虽然刀哥坐在驾驶座位上，但基本的轮廓特点还是能够清晰地看出来。刀哥剃着一个十分方正的平头，整张脸像斧凿刀刻一般棱角分明，嘴唇上面留着两片小胡子，说话时总是不停地向上翘着。刀哥的肩膀不是很宽，但手臂上的肌肉却是非常发达，一条张着血盆大口、随时准备喷出致命毒液的蛇文身爬在脉络突起的右侧手臂上，说不出的狰狞和凶猛。

"蛇文身倒是很符合刀哥的性格，既凶猛又阴毒。"徐峙心里面琢磨着。

不对啊——，徐峙猛然想起昨天晚上酒店里那个黑头套男人持枪对着自己时，手臂上并没有文身，而且那个人身上似乎也没有刀哥这么凶猛的彪悍之气，那个人体形要比刀哥瘦弱一些，而且看上去更有一些书卷气息。

刀哥并不是昨天晚上自己在地中海酒店遇到的那个黑头套男人。

徐峙在脑海中仔细勾勒着这几个人的关系：如果说刀哥也只是个马仔，那么谁才是那个黑头套男人呢？对了，一定是现在和刀哥通电话的这个人，绝对错不了！要不然那么嚣张阴冷的刀哥会变得这么言听计从，电话那端的那个人才是这伙人真正的老大！

就在这时，刀哥挂断了电话，然后侧转身子，眼神缓缓从炮筒和竹竿身上扫过，虽然隔着墨镜，但那种冰冷的寒意仍旧让人不寒而栗。

最后，刀哥冷冷地吐出一句话："准备家伙，找屁王去要东西！"

竹竿抿了一下嘴，有些底气不足地说："屁王手下人多势众，就凭我们三个大白天的过去，怕是——"

刀哥冷冷地打断了竹竿的话："这是老大的意思，如果拿不到那个东西，我们都得完蛋。这件事情没得选！我们必须趁屁王他们没有防备，打他们个措手不及，拿上东西就走人，不要恋战！"

竹竿还想说些什么，但被刀哥冰冷的眼神逼了回来，只好没好气地抽了徐峙后脑一下，然后拿手枪顶着徐峙的小腹骂道："都怪你，没事干拍什么照片！信不信老子一枪毙了你！"

徐峙委屈地捂着头，辩解道："老大，我也不想啊！那时候是手忙脚乱，不小心按下了快门，我根本就不想拍那张照片。事到如今，只要几位大哥放我一条生路，我一定将功补过，带你们去屁王那里拿回手机和照片。"

竹竿还想再抽徐峙被前排的刀哥用眼神制止住了，刀哥问道："屁王那里你熟悉吗？"

"太熟悉了，我以前天天到那里赌钱！"徐峙往前探了探头，努力和刀哥套着近乎，"屁王的赌场就在离此不远处的一个院子里，正门那里有好多打手看着，但后院却没什么人，我们可以从后院翻墙跳进去。我们只要解决了楼后面的那两个看守，就可以进入地下的赌场了。"

徐峙已经醒悟，这些人挟持自己的目的就是要找回那张可以作为杀人证据的照片。而找到照片后的第一件事情必定就是杀自己灭口，而绝非像刀哥所说的放自己一条生路。

"你确定手机还在那里？"刀哥问道。

"绝对还在那里，我以项上人头作为担保！"徐峙指天发誓，极其肯定地回答道，"我遇到你们之前刚刚被他们从赌场赶出来，从时间上计算他们还来不及把那些手机碎片清理掉。"

一直没有说话的炮筒忽然插口问道："刀哥，既然手机已经被踩成碎片了，我们还有必要把手机抢回来吗？直接杀了这小子不就了事了！"

刀哥、徐峙、竹竿三人一起望向了炮筒："你小子也忒直白了吧，直接就把杀人灭口的计划说出来了！"

"怎么……怎么了，我说错什么呢？"炮筒被三个人望得有些发毛，语调都有些颤抖了。

"炮筒，你就是个缺心眼的货，杀人灭口这件事情要等拿到照片之后再说，你这么快对这小子讲了，这小子还能尽心尽力去帮我们拿照片吗？"竹竿毫不客气地数落着炮筒。

炮筒被竹竿骂得面红耳赤，忍不住反唇相讥道："就你聪明？你要是真的聪明，昨天还会把装着定位器的珠宝盒子抢回来吗？要不是刀哥发现得快，我们现在早就被人丢到鳄鱼池里喂鳄鱼了！"

珠宝，抢劫，外带变态杀人，这伙人还真是穷凶极恶啊！徐峙感觉脊背一阵发凉，知道这次落到这些人手中是在劫难逃了。

炮筒骂得痛快，可是一骂完就感觉不对了，因为刀哥和竹竿都用近乎要把他生吞活剥的神情望着他。

炮筒吓得额头上立刻渗出一排冷汗，嘴唇哆嗦着说道："反正他……他很快就要死了，也不可能把我们……把我们的秘密说出去了。"

刀哥狠狠地咬了一下自己的嘴唇，像是在极力遏制心中的怒火，然后一字一句地对炮筒说道："幸好老大不在这里，要是让他听到了你刚才说的这些话，你这头肥猪的脑袋就该搬家了！以后长点儿记性，不该说的话就不要说！"

炮筒浑身的肥肉都因极度的恐惧而不停地颤抖，惶恐不安地拉着刀哥的衣服道："刀哥，我知道了，我下次再也不敢乱说话了！你……你千万不要告诉老大啊！"

刀哥一摆手："这件事情就这么过去了，以后谁也不许再提了！"然后冷冷地望着倒车镜中的徐峙，"小子，你知道的秘密太多了，死是免不了了！不过如果你帮我们顺利地拿到手机，我保证会让你死得痛快一点！你要是胆敢跟我们耍花招，我就一刀一刀就把你活剐了！"

12

小蝶颤颤巍巍地站在办公室的中央，就像一只待宰的羔羊，眼神中充满了绝望的悲戚和对生命的最后留恋。

“我现在又不是要吃了你，你至于那么害怕吗？”屁王油光发亮的脸上写满了猥琐和淫邪，他将肥大的脑袋凑到小蝶的耳边道，“你是我的老婆，陪我上床是天经地义的事情，你害羞什么呀？”

“可是我……可是我一点都记不起来你是我的老公……”小蝶一边回答，一边尽可能地把头埋在怀中，以躲避屁王嘴里喷过来的充满烟酒异味的灼热气息。

“你不相信我，总得相信徐峙吧？他不是亲口告诉你，我就是你的老公吗？”屁王吐出肥厚的舌头，竟然趁机在小蝶光洁如玉的脸颊上舔了一下。

“啊……”小蝶尖叫一声闪开，“你不要这样，要不我喊人了！”

“喊呀，你尽情地喊呀，你还嫌这里人不够多吗，难道你想让全市的人都来看我们俩洞房花烛吗？”屁王指着在办公室里或倚或站的六七个手下，毫无廉耻地淫笑道，“别害羞，你慢慢会习惯的！有人在旁边看着，那感觉更刺激！”

那几个手下也附和着笑了起来，有人起哄道：“嫂子，快来吧，我们都等不及了！”

“都是老夫老妻了，还羞答答干什么？”

“是啊，兄弟都好久没看这么香艳的画面了！”

屁王很受这些淫言秽语的鼓舞，一把摸向小蝶高耸的胸部：“来吧，屁爷都等不及了！”

“你不是我丈夫，我丈夫绝对不会是你这个样子！”小蝶尖叫着闪开，然后斩钉截铁地说道，“你赶快放我走，我要离开这里！”

屁王把脸一沉：“想要走人，门都没有！明告诉你，你不是我的什么老婆，我也不是你的什么老公，但今天老子就是要霸王硬上弓，尝尝你这棵嫩草的鲜！”

屁王说完一把就扯开了小蝶的上衣扣，小蝶雪白如玉的胸脯顿时露出一大片。

小蝶拼命地用双手捂住酥胸，屁王又趁小蝶不备，向下一捞抓住了小蝶的裙角。小蝶拼命躲闪，裙角被撕下一大块，如同莲藕般晶莹剔透的大腿便一览无余地暴露在屁王等人面前。

“你别过来，你别过来！求求你，放过我吧！”小蝶秋水似的明眸中充满了恐惧和乞求，扑簌而下的眼泪如同断线的珍珠，打湿了整个脸颊。

然而对于屁王这样毫无人性的禽兽，根本不知怜悯为何物，他张开双掌又向小蝶扑来。

小蝶在仓皇中摔倒在地，膝盖被擦破一大片，流出了殷红的鲜血，小蝶却根本顾不上疼痛，挣扎着爬起来，朝门的方向拼死跑去。却被两个不怀好意的马仔用力推了回来，恰好落在屁王的怀中。

“小妞，性子还挺烈的啊！不过屁爷玩腻了那些小绵羊，还正想试试你这匹烈马呢！”屁王说着就把沾满口水的嘴巴强行吸吮到了小蝶精致的小嘴上。

“哎呀——”屁王惨叫一声，嘴巴上沾满了鲜血，“你他妈的敢咬我！”

屁王挥舞手臂将小蝶打倒在地，于怒未消又朝着小蝶单薄的身体猛踩了几脚，恶狠狠地对手下人吩咐道：“把这个臭娘们按到办公桌上，老子就不信搞定不了她！”

小蝶还欲挣扎，但娇小的她怎么可能是这些江湖莽汉的对手，轻而易举就被几个汉子按到了办公桌上。

刺啦，刺啦，衣服被扯碎的声音，顷刻间小蝶身上就只剩下了两件内衣。

“臭娘们，敢咬破老子的嘴！老子现在就让你好看！”屁王爬上办公桌，又将嘴凑到了小蝶的脸颊上。

小蝶拼命地想撕咬，却根本无法动弹，情急之下用力地啐向了屁王的脸。

屁王这次也不恼怒，抹了一下脸颊上的唾沫：“臭娘们，腿脚都动弹不了了，还不服软？我看你是不见棺材不掉泪，兄弟们抬眼看好了，屁爷我可要洞房花烛了！”说着将手伸向了小蝶胸口的那道最后防线。

小蝶屈辱地将头扭在一旁，整个灵魂都在这一刻坠入了无底深渊，只剩下两行晶莹的泪珠，诉说着她清白躯体最后的白玉无瑕。

警局的会议室里烟雾缭绕，尽管殷柔非常讨厌室内抽烟，但是重案组这种特殊的职业，如果缺少了香烟的陪伴，可以说是生不如死。每当案情陷入胶着、无法破解之时，苦不堪言的殷柔偶尔也会通过香烟来舒缓内心的苦楚。

赵腾飞手捧着资料，详细地介绍着案件的基本情况：“7月4日上午8:48，我们接到地中海酒店保安林浩宇的报警电话，称该酒店七楼的客人阚立龙死于客房之内。我们接警之后，迅速封闭现场，提取监控，询问人证，并通知警局法医物证处人员前来勘测现场。

通过调查，我们发现最先发现被害者阚立龙的是一名叫任晶晶的酒店保洁人员，这是当时的监控录像。”

赵腾飞点击笔记本的鼠标，投影仪上立刻出现了一段酒店楼层的监控录像。

画面中任晶晶推着清洁车来到0701房间，监控器的时间显示是8:44。将车子停放在房间门口之后，任晶晶用手敲击房门，十几秒之后，房间里毫无反应。任晶晶就用钥匙打开了房门，然后提着一个拖把懒懒散散地走进了房间。

由于监控器安装在走廊的中央，所以拍摄镜头只能监控到停留在0701房间门口的清洁车和打开的一侧房门，房间里面的情况却什么都看不到。

监控显示在7秒钟之后，任晶晶连滚带爬地从房间中冲了出来，虽然看不清任晶晶面部的表情，但她那大大张开的嘴巴已经充分显示着她当时的恐惧和慌乱。

酒店保安和另一名女服务员出现在画面之中，女服务员蹲下身子抱着任晶晶，像是在询问发生了什么，酒店保安推开清洁车，向房间里望了望，然后用对讲机呼叫同伴支援，同时摆手阻止两个试图靠近房间的房客。

这时又有几名酒店工作人员进入画面，他们有的在打电话，有的在向房间里张望，还有人似乎在急救任晶晶，现场一片混乱。

大约20秒钟之后，现场人员抬着任晶晶消失在画中，视频中出现一片空白。

又过了约十秒钟，先前出现在画面中的酒店保安陪同着一个40多岁身着保安制服、领导模样的人出现在0701房间门口。

两人交谈了几句话，那名年轻的保安又转身消失在监控视频画面中。就在年轻保安离开之后，令人匪夷所思的一幕发生了，那个领导模样的酒店保安竟然穿上鞋套走进了0701房间，约十秒钟之后又回到了酒店的走廊，这时候年轻的保安又返回到了0701房间门口。

两人继续交谈，直到警察到来，他们两个人才消失在监控画面中。

殷柔强压着怒火一直到监控播放完毕，这才将手中的记录本用力地拍在桌子上："刚才监控中出现的那个中年人是谁，他竟然独自走进了命案现场？你们先前怎么没有人向我汇报过这个情况？"

赵腾飞干咳了几声，露出十分难堪的表情："殷督察，这个情况我也是在开会前才了解到。那个年轻的保安叫林浩宇，当时给警方拨打报警电话的就是他。那个中年男子是地中海酒店的保安经理，叫栾正豪。我手下的警员从监控中发现这一情况后，曾经询问过栾正豪，栾正豪解释说他是酒店的保安负责人，出于对酒店的负责，他必须得了解第一手的情况。而且被害人阚立龙是酒店老板黎先生的贵客，为了能及时向老板有一个交代，所以栾正豪才走进了房间，但他保证并没有触动任何东西。因为今天调查的内容很多，所以我手下的警员并没有及时把这个情况通报给我。这的确是我作为警长的一个失误。"

殷柔虽然极其恼火，但她也明白百密一疏的道理，这些基层的警员经过繁杂冗余的超负荷工作，才将这些关键信息一点点地积累起来，有一些小的瑕疵和失误也是在所难免的。

殷柔强压着怒火，让赵腾飞将视频画面向后倒了一些，指着栾正豪更换鞋套的画面疑惑地问道："这个栾正豪难道有随身携带鞋套的习惯吗，怎么这么凑巧就会在案发现场携带着鞋套？"

"这个情况我们倒是做过一些了解！"赵腾飞翻动着笔记本回答道："他们酒店里面要求所有的保安人员和行政人员在进入VIP贵宾房间时必须穿着鞋套。这样做除了保证卫生之外，更重要的是体现对于客人的特别尊重。

所以栾正豪身上携带有鞋套并没有什么特别之处。栾正豪自己也解释他当时穿上鞋套就是怕破坏犯罪现场，给警方带来不必要的麻烦。”

“他既然这么懂法就更不应该进入现场！”殷柔恨恨地说道，“下一步你们要抓紧对栾正豪的调查，如果他进入现场另有目的，哪怕只是轻微的一点改动，也会对我们对于案情的分析有着重大的影响。”

“明白。”赵腾飞用力地点着头，一副将功补过的模样，“我一定加派人手对栾正豪进行详细的调查。”

殷柔的神色当下略微缓和了一些：“继续刚才的汇报！”

赵腾飞清了清嗓子，继续道：“这是我们截取的案发当晚，也就是7月4日0:30左右的酒店停车场监控视频，里面较为全面地记录了犯罪嫌疑人徐峙从室外攀爬绳索进入被害人阚立龙房间，以及逃离现场的画面。”

投影仪上的画面一暗，转入到了酒店的外景画面。当时正值雨夜，监控画面又是由酒店停车场的外部摄像头所拍，所以整个画面看上去并不十分清晰，而且视角局限在了酒店的八层以下。

绳索从楼顶抛下的画面是根本无法辨别清楚的，会议室里的众警员只能看到有一个人影出现在酒店的八层，然后逐渐下滑来到了酒店的七层，也就是被害人阚立龙的房间。画面中人影的体貌特征以及所穿着的衣服与众警员手中所拿到的徐峙在地中海酒店内部的视频截图完全一致，可以确定为同一人。

视频中徐峙通过打开的窗户潜入阚立龙的房间，大约几分钟之后，徐峙又从窗户中爬了出来，顺着绳索向上爬，很快消失在视频之中。但大约过了两三分钟之后，突然看到一个人形的黑色物体从空中坠落下来，冲破二楼施工时搭建的阻拦网，掉入停车场之内。

投影仪中的视频画面切换到了停车场的另一个监控摄像头，这个画面清晰了许多，可以清楚看到徐峙坠落到地面，先是在地上痛苦地翻了几个滚，躺在地上休息了两三分钟，然后挣扎地爬起来消失在画面之中。由于这个摄像头距徐峙坠落地点非常近，所以画质要比先前那个清晰许多。

赵腾飞按下暂停键，指着画面中徐峙的脸部特写说道：“通过这张画面我们就可以确定当时潜入阚立龙房间的人就是徐峙。”

“那么接下来徐峙又去了哪里？”殷柔问道。

赵腾飞无奈地摇摇头：“由于地中海酒店外面的监控密度不是很大，又紧挨郊区旷野，所以徐峙很快就消失在了我们的监控视野之中，我们已经对他的住处和可能的藏匿地点进行了搜查，但是却一无所获。不过我们推测他应该还没有来得及潜逃。”

“赵警长，您怎么这么肯定？”孙诗蕊不解地眨着一双大眼睛问道。

赵腾飞微微一笑：“徐峙是一个惯偷，我对这个人的情况还是有所了解的，据我们调查徐峙最近欠下了一大笔赌债，也就是说他穷困潦倒根本没有钱偷渡逃跑。”

“那他很有可能从阚立龙那里搞到一大笔钱的呀？”孙诗蕊明显对于赵腾飞的这个推理很不信服。

赵腾飞又是微微一笑，从衣兜里拿出一盒香烟，从中抽出一支，一边点烟一边解释道：“我的依据有两点，第一是阚立龙被害现场并没有被翻动的迹象，包内的现金也没有丢失，物品摆放整齐，因此可以推测当时徐峙仓促杀人后并没有来得及盗窃钱款。第二个依据是徐峙最后在停车场时的监控画面。”

赵腾飞指着定格了的徐峙画面说：“徐峙身上穿的这身休闲西服明显是新购买的，口袋上还缝着线，里面是装不了什么东西的，而徐峙西服里面套的是休闲T恤，同样也没有口袋。两个裤兜扁扁的，里面显然也没有装什么东西，腰带上别着的甩棍在从楼上坠落时也掉在了地上，可见他腰上也不可能再隐藏着什么东西了。所以我推测徐峙并没有从阚立龙那里获得什么值钱的东西。

“退一万步讲，即使徐峙从阚立龙那里拿到了什么有值钱的古玩，在警方全城通缉下，徐峙在这么短的时间内是根本无法销赃的。N市偷渡的黑道是有规矩的：只认现金，不认东西。徐峙拿不出那么多现金，就根本无法偷渡离开N市。”

“原来如此啊！”孙诗蕊满含钦佩地望向赵腾飞，随即又皱着眉头喃喃自语道，“可是这个徐峙现在究竟又躲藏在哪里呢？”

13

“对了，头儿，今天我接到一个很奇怪的电话。”一个头顶微秃的叫张雄彪的中年警察说道：“电话里的那个人自称昨天晚上目睹地中海酒店13层发生了一起杀人命案，说是一个男人用塑料袋勒杀了一个女人。我问报案人的姓名，电话那头自称是被我们通缉的犯罪嫌疑人徐峙，我当时以为是个恶作剧，就很生气地挂断了电话。后来我们调查徐峙手机通话记录时，才发现……才发现那个电话真的是徐峙打的。头儿，当时我真是忙昏了头，真没想到……真没想到是徐峙打来的，否则我说什么也不会挂断电话的。”说到最后的时候，张雄彪的脸已经涨得通红，低垂着眼帘不敢正视殷柔，声音小得更是如同梦呓一般。

殷柔是一个对刑侦工作要求极为苛刻的人，她始终认为证据环节的细小纰漏都会导致最终推理的彻底失败，甚至会让案情走上不可挽回的歧途，所以对于手下的要求向来极为严格。对于张雄彪等人犯下的这些致命错误，如果要搁在以前殷柔一定不会轻饶。但如今的形势是自己初来乍到，面对的又是一起非常棘手的案件，更要命的是N市深不见底、错综复杂的社会形势，稍有不慎别说破案了，就是自己都可能万劫不复，重案组的两个前任组长死于非命就是最好的前车之鉴。

张雄彪这种人看似粗枝大叶、一无所长，但能够在各种利益交织，关系纵横交错的N市警局重案组混迹十余年，这就说明张雄彪也有着不为人知的过人之处。上任伊始就对这样的老油条开刀，绝对不是什么明智之举。

殷柔心中的熊熊怒火来回翻腾了十几遍，但还是被她强行压了下去，殷柔佯作毫不在意，只是淡淡地说了句：“犯罪嫌疑人是有意向我们示威，老张没有及时察觉也属正常，这次的案件非同寻常，我们以后都要提高警惕。”

张雄彪原以为这位素以严厉著称的新组长会用新官上任的三把火把自己烧得体无完肤，拿自己杀鸡儆猴、立威立德，没想到就这么轻描淡写的过去了。这样的结果让张雄彪大感意外，不由得抬起头来望向了这位五官精致却又不失飒爽之气的女督察，眼神中充满了敬畏、钦佩、感激，还有少许的狐疑。

就在张雄彪五味杂陈地胡思乱想时，殷柔又将目光投向了张雄彪：“老张，酒店13层好像是你负责排查的吧？那你有没有发现什么异样？是否正如徐峙所说的那样出现了杀人命案呢？”

张雄彪将身子一挺，非常肯定地扬起了头：“头儿，我仔细排查过酒店13层，并没有发现任何可疑的迹象，更不会有什么命案的发生。我觉得徐峙打电话谎称酒店13层出现命案，是为了转移警方的办案视线，将我们的注意力集中在一个莫须有的案件上。”

殷柔还是有些不放心，又问道：“那你有没有调查过在酒店1301房间居住的是什么人？”

殷柔之所以这么肯定疑似命案发生在1301房间，那是因为徐峙攀爬绳索到达13层后，他所正对的房间恰好就是位于0701房间正上方的1301。

张雄彪翻开问讯记录本，眼睛快速地浏览过几行文字，然后抬眼望向殷柔：“1301房间是一个叫杨伟国的人电话预订的，昨天晚上十点多钟的时候，的确有一个女人曾经来到杨伟国的房间，但是据值班的服务员回忆，在今天凌晨的时候他们两个人已经先后离开了房间，酒店监控也证实了这一点，并且他们两个人在离开时都没有携带任何的行李。如果昨晚真的在1301房间发生了命案，那么尸体又是如何离开房间的？所以根本就没有杀人命案的存在。”

“从酒店监控画面中可以看清杨伟国和那个女人的长相吗？”殷柔仍旧神情谨慎地问道。

张雄彪却是不以为然，他咧着嘴道：“这两个人肯定是到酒店偷情的男女，一前一后鬼鬼祟祟走出房间，又都用墨镜口罩把脸遮得严严实实，明显怕被熟人撞到。但这都不重要，监控信息显示昨晚只有这一男一女走入1301房间，之后又有身材、体形完全一致的一男一女走出1301房间，不可能凭空酒店房间里就多出一个人来。”

赵腾飞也附和道：“我也同意老张的看法，这很可能只是徐峙转移警方视线的一个小伎俩。”

殷柔仍然觉得这件事情有些不同寻常的地方，但在确凿的证据面前，她也无法说出蹊跷的地方究竟在哪里，只好将这个疑问抛在一边，转向了下一个话题。

这时候轮到负责法医和物证的李云泽汇报案情了。李云泽轻推了一下金丝边的眼镜，用一种儒雅的声音说道：“我们对被害人阚立龙的伤情进行了细致的勘测，除了少许的擦伤和被瓷器碎片划破的地方之外，最主要的伤口集中在他左侧的胸口位置，是被匕首插入后导致的贯穿伤口，我们在现场也找到了这枚凶器。”

李云泽说着点击鼠标，投影仪的大屏幕上显示出了一把带血的匕首：“我们在这把匕首上面提取到了一组清晰的指纹，在与犯罪数据库比对之后，证实这份指纹与犯罪嫌疑人徐峙完全一致。此外，我们在现场还找到了多枚血手印，以及一些纹理清晰的脚印，经测定也都系徐峙所遗留。”

李云泽微微停顿了一下，将幻灯片切换到一张Zippo的打火机上面：“这个Zippo的打火机是在现场找到的，上面刻有‘峙哥生日快乐’的字样，同样在上面提取到了徐峙的指纹，可以确定这个打火机是徐峙在作案过程中不慎遗留的。”

李云泽继续切换幻灯片，将在0701房间中提取到的各种证据向在座的警员介绍得详细、简洁、细致，而又恰到好处地突出重点，准确无误地将现场勘测结果立体地呈现在了众人面前。

殷柔不由得在心中暗暗竖起大拇指，这李云泽年纪轻轻能够成为N市的首席物证和法医专家，果然有着非同寻常的过人之处，比起那些絮絮叨叨不着重点的老学究不知强了多少倍。

和殷柔一样凝视着李云泽的还有张雄彪。张雄彪一边大口大口地抽着烟，一边凝神思索着李云泽所做的检验结果，感觉好像有些地方有点不大对劲：以往介绍解剖结果时，都会用到死者这样的字眼，可是今天却一直在用被害人这三个字，难道这其中有什么玄妙的地方吗？

张雄彪虽然心里有疑问，但他深谙官场的玄机，既然上司不愿意讲透，自己又何必去撞那个枪眼？于是微闭着眼睛，继续思考与案情相关的每一个细节。

勘查结果和相关监控视频播放完毕之后，邀功心切的张雄彪首先发表了见解："这起案子之所以轰动，引起那么多媒体和社会的注意，主要原因是命案发生在黎昕大老板的地中海酒店。如果单就案件而言，其实是一起非常普通的入室盗窃导致激情杀人的案件。过程也并不复杂，正如监控录像记录的那样，徐峙与同伙冯阿呆通过伪造的邀请函混入位于酒店顶楼的19层，然后进入酒店大厦的天台。等到夜深人静，宾客们都睡熟之后，他们通过绳索潜入到被害人阚立龙的房间，在盗窃过程中不小心惊醒了阚立龙，于是发生激烈搏斗。在厮打过程中，徐峙用匕首不小心或者故意刺死了阚立龙。杀人之后的徐峙惊恐地爬上绳索企图逃离酒店，却手忙脚乱地坠入楼下。监控清晰地记录了这一切。

不仅是监控，所有的物证也都指向了徐峙。那位前台小姐赵诗颖也可以作为人证指控徐峙。人证、物证、监控，全部齐全，徐峙又是惯偷，欠下大量赌债，犯罪动机也非常明确。毫无疑问，徐峙就是这起命案的元凶，我们只要撒开大网，加紧通缉徐峙，一切问题都会迎刃而解。就这么个小瘪三能跑到哪里去？把他挖出来不是什么多难的事情！只要抓到了徐峙，我们就等着开庆功会吧！"

张雄彪说完，其他几个警员也附和道："张雄彪分析得很正确，现在案情已经非常明了，关键就是要尽快抓住徐峙，绝对不能让他逃出境。"

张雄彪很少这么露脸，在众人的吹捧下，有些得意忘形，他把大口的烟雾吐出，昂着脸笑道："这徐峙是绝对跑不出N市的，就算我们警方不动手，那些偷渡的人碍于黎昕先生的面子，也不敢把徐峙偷渡出市。"

孙诗蕊不解地问道："这个黎昕先生有这么大的能量？"

张雄彪又点上一支烟，用一种意味深长的口吻对孙诗蕊说道："小丫头，你刚来，还不知道N市的水有多深，这个黎昕先生跺一跺脚，整个N市都得颤三颤。"

孙诗蕊吐了吐舌头，没再说什么，心里面不住地纳闷："这个黎昕先生果真有这么厉害吗？"

重案组的警员们沿着张雄彪的思路热火朝天地讨论着，有的人已经扯到了结案后的事情，那种场景仿佛已经活捉了元凶，就等着开庆功会了。

殷柔看到赵腾飞沉默不语，似乎是在思考些什么，于是转头问道："赵警长，你对这起案件有什么样的看法？"

赵腾飞扬起头微微一皱眉："我之前其实和老张的看法是一样的，认为这只是一起寻常的入室盗窃引发的激情杀人案件。不过，就在开会前我刚刚收到一条线报，立刻觉得这起案件似乎并没有表面想象的那么简单。"

"噢，是什么样的线报？"殷柔立刻精神一振，眼中不自觉地闪过一丝敏锐的光芒。

现场的其他警员也停止了讨论，齐刷刷地将眼光聚焦在了赵腾飞的身上。

赵腾飞面对众人征询的目光没有一丝的紧张，他镇定地说道："据我的一个线人讲，就在昨天下午五点多钟，也就是阚立龙被杀前几个小时，鑫盛珠宝行的一辆押送现金及珠宝的车辆遭到一伙不明身份人的抢劫，可奇怪的是劫匪并没有劫取车上的珠宝和现金，而是拿走了一个并不起眼的皮箱。"

赵腾飞话音刚落，现场立刻响起一片啧啧的议论之声。

殷柔皱眉道："抢劫押运车这么重大的案件，我们怎么没有接到报警？"

殷柔的话同样是现场所有警员的疑问，众人不由自主地又将目光齐聚在了赵腾飞身上。

赵腾飞摇摇头道："我也不明白这是怎么回事，按照常理押送珠宝和现金的车遭到抢劫，事主一定会在第一时间报告警局的，这件事情的反常，也正是我感到非常蹊跷的地方。"

"那有什么奇怪的？"张雄彪插口道，"这鑫盛珠宝行是属于洪霆霄洪先生的，洪先生想必已经找到了幕后主使，所以想私了，就没有惊动我们警方。他们这种带有一些帮派背景的公司，遇到事情往往都希望通过自己的力量解决，所以不报警也不是什么十分稀奇的事情。况且你得到的只是线人的线报，真实性未必可靠。那些线人为了拿线人费，什么谎话都敢扯。"

另一名重案组警员也表达了与张雄彪类似的看法，他认为以洪先生在N市的实力，是绝对没有人敢在太岁头上动土的，这条线报的真实性非常值得商榷。

赵腾飞的一名手下愤愤不平地辩解道："我们赵警长的这名线人曾经给警长提供过许多重要的线索，从来没有出过差错，他提供的线索绝对错不了！"

两拨人立刻剑拔弩张、唇枪舌剑地争论了起来。

殷柔用手轻敲桌子，示意大家冷静，然后又将话锋重新转换到了关键之处："我们姑且认为这起抢劫案存在，那么这起珠宝劫案又与阚立龙被杀案件有着怎样的关系呢？”

赵腾飞满脸不确定地道：“我担心这两起案件之间有什么微妙的关联，如果真是这样的话，那么事情可能就非常棘手了！”

赵腾飞没有把话说那么明白，但所有人都知道这里面可能涉及N市最有权势的洪先生和黎先生之间的明争暗斗，稍微处置不好就可能引起灾难性的后果。

张雄彪冷哼一声，满脸不屑地冲赵腾飞摇摇头道：“赵老弟，你明显是太多虑了！就算洪先生的珠宝押运车是被黎先生的手下抢劫的，那么洪先生也不可能派徐峙这样的瘪三角色到地中海酒店挑事。阚立龙被杀案件、押运车被抢案件都只是两个孤立的个案，我们没有必要把它们放大处理，更没必要添油加醋地把它们想象成帮派间的大火并。两起案件在同一天发生，仅仅只是时间上的一个巧合而已。”

孙诗蕊却不同意这样的结论，她扬起标准的瓜子俏脸道：“张警官，如果押运车被劫案只是一个寻常案件，那你怎么解释嫌犯为什么只抢走一个普通的皮箱，却没有动车里那些价值不菲的珠宝和现金呢？”

张雄彪撇着大嘴道：“那只是线人的一面之词！线人又不可能亲历现场，他所得到的情况都是道听途说而来，这种事情我见多了，线人说的话我们又怎么能够全信？”

孙诗蕊却不甘示弱：“如果线人得到的情报属实，那就说明那些劫匪抢劫押运车蓄谋已久，而且根本目的并不是得到钱财。”

张雄彪瞪着眼道：“劫匪抢劫不为钱，难道单纯就是为了寻求刺激呀？你们这些年轻人啊，就是推理小说看多了！总喜欢把一些稀奇古怪的想法加入案情当中，这起案件其实就这么简单，就是一起典型入室抢劫引发的激情杀人案，只要我们全力通缉徐峙，这起案件很快就会大白于天下。至于那起押运车抢劫案是否真实存在，与我们专案组也没有任何的关系。”

张雄彪越说越激动，似乎不愿意再和孙诗蕊这样的小丫头纠缠下去了，他直接站起身来冲殷柔道：“头儿，我觉得这起案件就不用再讨论了，可以直接定性了！监控都已经明白无误地显示只有徐峙有杀人的可能。如果不是徐峙，那凶手又是谁？难道会从房间里突然变出来不成吗？”

殷柔微微一笑道：“或许凶手真的就是从房间里突然变出来的。”

14

“啊……”

殷柔此言一出，不仅是张雄彪，就连赵腾飞也有些目瞪口呆，整个会场都陷入一片令人压抑的寂静之中。

隔了半晌，张雄彪才讪讪地一笑：“头儿，您开玩笑了吧？”

“没有。”殷柔很认真地回答道，“我怀疑凶手并不是徐峙，而是另有其人。阚立龙被杀案件是一起精心布置的密室杀人案，徐峙只是一个不幸的替罪羊而已。”

现场又是一片沉寂，张雄彪直挺挺地站在那里，甚至都忘记了坐下。

坐在张雄彪身旁的李云泽轻拉了一下张雄彪的衣袖，张雄彪这才满脸疑惑地缓缓坐了下去。

李云泽微微一笑，嘴角上翘露出了令人迷醉的特别弧度：“我记得殷督察今天在现场的时候就曾经提到过密室杀人，难道您在现场发现了什么线索吗？”

殷柔放下手中的笔，身子向前挺了挺，然后用秋水般清澈但却倒映着无数寒光的明眸扫视了一下全场，缓缓道：“其实我在刚刚接手这个案件的时候也和大家一样，认为这只是一起寻常的入室抢劫，进而导致激情杀人的案件，但是在我勘查过现场之后，却发现了几个非常蹊跷的地方，这让我有理由怀疑这是一起精心设计的密室杀人案。理由嘛……”

殷柔低头看了一眼笔记本上事先拟好的几个要点，然后语气坚定地道：“首先，被害人阚立龙患有严重的失眠症，这是我从阚立龙的病历上查到的。”

殷柔微微一抬手，旁边一个鉴定科的警员举起一个用塑料袋密封的病历本：“这份病历本是从阚立龙的公文包中找到的，证实阚立龙患有较严重的失眠症，每天都必须服用大量的安眠药才能入睡。阚立龙的床头柜上有一瓶新开启的安眠药，里面所缺少的药片数量正好和医生要求的服用数量相一致。我们有理由相信阚立龙在遇害当晚是按照医嘱服用了相应剂量的安眠药后入睡的。我们在阚立龙体内也检测到了安眠药的残余成分，充分证实了我的推测。

这个剂量的安眠药足以让阚立龙进入深层次的睡眠。也就是说，服用较大剂量安眠药的阚立龙即使被人用力去推也不会立刻醒来，更不可能被轻微的响动惊醒。”

孙诗蕊立刻醒悟道：“也就是说徐峙意外惊醒阚立龙，导致激情杀人的可能性是根本不存在的，这根本就是一起蓄意谋杀。”

殷柔颔首微笑地点点头：“正是如此！”

殷柔端起桌边的杯子，轻轻抿了一口茶，继续道：“很快我就在阚立龙的病历本中发现了第二个疑点。阚立龙除了患有严重的失眠症之外，还有一些奇特的心理疾病，比如说他怕黑怕风。”

“怕黑怕风又有什么奇怪的？我以前抓住的许多负案在逃的杀人犯都患有此类的毛病。”张雄彪按捺不住插口道，“这些心理疾病又与本案有什么关联呢？”

殷柔没有立即回答，而是让一名警员将幻灯片的图案切换到了一张由12张小图整齐排列而成的投影上。

殷柔打开激光笔指向那张投影图案：“这12张照片是从停车场监控录像获得的截图，所呈现的内容都是阚立龙房间的特写。第一张图片是阚立龙遇害当晚，也就是7月4日凌晨时的监控截图，其余11张是最近三个月来在不同日期的同一时间段阚立龙房间的监控截图。诸位可以看看这几张截图有什么不同之处。”

现场众人都凝神向投影画面望去，画面中12张小图的画质虽然不是很高，但经过放大处理后，窗户轮廓还是看得很清楚的。

沉寂了片刻之后，赵腾飞首先说话：“如果要说有什么不同，那就是第一张图，也就是阚立龙遇害当晚的那张图，房间里面漆黑一片；而在其他11张截图中，从卧室的窗户里面都微弱地透出来一些光芒。还有就是其他11张图中的窗帘都是敞开着的，唯有第一张图中客厅的窗帘完全密闭，卧室的窗帘也拉上了一多半，只留下了纱窗位置的一小块。再有就是阚立龙遇害当晚的卧室窗户是打开着的，而其他时间段的窗户全是密闭的。”

对于赵腾飞敏锐的观察力，殷柔露出了欣慰的笑容，她不无赞赏地朝赵腾飞投来欣慰的目光：“赵警长观察得很细致，这正是案件的重要疑点所在。”

“可是这开不开灯，拉不拉窗帘又与本案有什么关联呢？”张雄彪是丈二和尚摸不着头，满脸疑惑地望着殷柔和赵腾飞。

殷柔解释道：“阚立龙患有怕黑怕风的心理疾病，所以他会在睡觉前将房间的门窗紧闭，拉开窗帘并将卧室走廊的廊灯打开。这样就能最大限度地保持屋内的明亮，并且阻挡室外的风进入卧室。负责打扫阚立龙房间的清洁工任晶晶也证实她每天早上打扫房间时都会发现卧室廊灯打开着，而房间窗帘从来没有使用过的迹象。过去几个月中阚立龙一直坚持这样做，却唯独在他遇害当晚一反常态地将窗户打开拉上窗帘，并且将走廊的廊灯关闭。这就是问题的蹊跷所在。”

张雄彪却并不信服，反驳道：“或许那天晚上阚立龙心血来潮，所以才会有这样的反常行为。人这种动物本就是非常奇妙的，有时候所做的事情连他自己都解释不清楚。”

殷柔并没有和张雄彪进行无谓的纠缠，而是将话锋一转切入到了下一个疑点之中：“第三个疑点就是尸体的位置。”

殷柔用激光笔指向了投影仪上阚立龙遇害现场的照片：“阚立龙遇袭的第一现场应该是在睡床的右侧，上面的大片血迹和血液喷溅点都证实了这一点。但当我们到达现场时，阚立龙的身体却很蹊跷地出现在床的左侧一角，位置不偏不倚地横挡在了从窗户进入房间的必经之路上。这样的位置摆放初看并没有什么问题，但如果结合后来徐峙深夜潜入房间的行为，就会发现摆放者的目的就是要将黑暗中潜入房间的徐峙绊倒在尸体旁边的血泊之中，让徐峙坐实杀人的罪名。”

张雄彪摇摇头道：“这太牵强了！很有可能是阚立龙受伤之后与徐峙扭打到了这个地方，只是碰巧而已。”

“我看未必是碰巧，而是蓄意为之！”殷柔将激光笔指向了第一遇袭现场与尸体位置之间的那块空白地段，“且不说重伤之下又服用了大量安眠药的阚立龙有没有能力与徐峙从右侧床头厮打到左侧床角。即使真的发生了厮打，那么在从右侧床头到左侧床脚移动的过程中，这段区域就应该出现大量的血液喷溅点。可是我们只发现了血液拖痕，却没有发现血液喷溅点。也就是说阚立龙的身体是从床头右侧拖动到床角左侧，并摆放到电视柜与吧台之间的地上，而并不是我们先入为主想象的那样。凶手大费周折的这样做，根本目的就是想在黑暗中绊倒徐峙，从而达到嫁祸徐峙的目的。这就充分揭示了为什么凶手大费周章地打开窗户、拉上窗帘、关闭廊灯。打开窗户是为了引诱徐峙进入他们预先设计的埋伏，拉上窗帘、关闭廊灯是为了增加室内的黑暗程度，如此一来徐峙就只能按照他们设计好的路线进入一片黑暗的房间中，然后被横挡在路上的尸体绊倒，留下诸如血手印等充分的杀人证据。”

张雄彪的嘴巴动了动，想要反驳，却感觉无处着力，他猛吸了一口烟，满脸疑惑地道：“如果正如殷督察所推测的那样，这是一起密室杀人案，凶手并不是徐峙，那么真正的杀人凶手又是怎样进入房间，又是如何离开凶案现场的呢？我们在监控中可没有看到凶手进出0701号房间的任何影像呀？”

一名警探似乎蓦然间醒悟到了什么，尖声道：“凶手会不会是通过打扫垃圾的清洁车潜入房间中的？别忘了停放在走廊的清洁车与房门之间有一个视频盲区，凶手可以通过清洁车的遮掩潜入房间。”

“那怎么可能！”张雄彪蛮横地打断了那名警探的话，指着投影仪上垃圾清洁车的照片道：“你看看这辆清洁车，除了放黑色垃圾袋的地方看不清楚，其他地方都一览无遗。而垃圾袋那么狭小的地方根本就藏不下一个人，难道杀手会缩骨法，变成一个小孩藏在那里？你是武侠片看多了吧？”

那名警探被问得张口结舌，只好吐了吐舌头，再不敢多言。

“那会不会是通过餐车潜入房间的？”又有一名警探提出了自己的疑问。

“对，很有可能是餐车！那辆餐车可是进入过房间呀！”又有一名警探附和道。

“完全不可能！”这一次提出否定意见的是赵腾飞，“餐车的体积虽然足够大，外表又被铁皮门包裹着，看起来很适合藏人到里面。可是我去检查过那辆餐车，餐车里面都是焊死的隔断，大小只能放一些餐盘，是根本藏不下一个人的。”

一名年轻沉不住气的警员急得直挠头：“既不是通过清洁车进入房间

的，又不是通过餐车进入房间的，那凶手是怎么进入房间呢？又是如何离开房间的？”

一直认真倾听手下见解的殷柔，突然意味深长地道：“或许凶手就是当着我们的面大摇大摆进入房间，然后又大摇大摆离开房间的。”

现场的警员都是一惊，凝视闭气地仔细揣摩着殷柔话中的含义。

隔了片刻，还是赵腾飞最先醒悟过来，他激动里望向殷柔：“殷督察，您是说有人当着我们的面演了一出双簧？我们所有的人都被他的表演骗了过去？”

15

小蝶拼命地挣扎着，屈辱的眼泪奔流而出，可是她的手脚被几个大汉用力按着，身体丝毫动弹不得，只感觉吹弹可破的细嫩肌肤上有一只毛茸茸的大手在不停游荡。

“求求你们放开我，求求你们放开我啊……”小蝶不停地哀求着，声音由声嘶力竭到气若游丝。可是悲悯的乞怜并没有博得强盗们丝毫的同情，相反更加刺激了他们野蛮的欲念，动作变得愈加不堪入目起来。

“好漂亮的美人啊！电影明星的皮肤也没有你白！”屁王干咽了一口唾沫，脸上都是兴奋的油光。

“求求你放过我吧，我的年纪都可以做您女儿了！”小蝶勉强抬起头，

两泓秋湖般明澈的大眼睛投射出乞怜的目光，希望用亲情打动面前的野兽。

谁知屁王根本不为所动，哈哈淫笑道：“老子就喜欢啃嫩草，越年轻的老子越喜欢！”一双大手又要撕扯小蝶最后的遮挡物。

小蝶绝望地闭上了眼睛，浑身瑟瑟颤抖着，像一只待宰的羔羊无助地等待着悲惨命运的到来。

那种将猎物玩弄到彻底崩溃的快感让屁王感到了极大的满足，肥胖的圆脸像进食的母猪一样，带着满脸的龌龊与贪婪拱向了娇艳欲滴的雪白娇躯。

然而，就在屁王的嘴尖即将挨到小蝶柔嫩肌肤的一刹那，黑洞洞的枪口顶在了屁王被荷尔蒙刺激而极度膨胀的肥大脑袋上。

同时，一个阴沉沉的声音响起：“把手举起来！”

屁王身子一颤，涨红的面颊瞬间变得像白纸一样惨白，两只手不由自主地举过头顶。屁王的几个手下刚才将全部的注意力都集中在了小蝶光洁似玉

的身体上，完全没有留意到眼前的四个人是何时进入房间的，在黑洞洞枪口的威逼下也都缓缓地将手举了起来。

“小蝶，你没事吧？”徐峙冲了上去，将自己的外套披在了小蝶身上。

小蝶惊愕地睁开眼睛，看到徐峙将自己抱在怀中，急切地呼唤着自己的名字，那种恍如隔世的感觉让她顿时泪如雨下，一刹那间小蝶觉得徐峙就是她在世上最亲最近的人。

“我还以为再也见不到你了！”小蝶哽咽地蜷缩到了徐峙怀中，像只受伤的小猫咪撒娇似的希望得到主人的慰藉与温暖。

“傻丫头，我怎么会丢下你不管呢！”徐峙触景生情，一下子想起了冰冻在心底许久的那个女人，此情此景是何等的熟悉。只是时过境迁，一切都不可再回溯。想到这里，徐峙更加爱怜地抚摸着小蝶如锦缎般光滑柔顺的头发。

“少在这里卿卿我我，赶快把我要找的东西拿到！”刀哥阴冷的声音打断了徐峙温柔的回忆。

徐峙立刻将小蝶抱下桌子，然后迅速地来到了刚才跌落手机的地方，谢天谢地那些手机的碎片还在。徐峙弯下腰假意在地上寻找什么，眼睛却偷瞄着刀哥以及被枪顶着的屁王，脑袋中快速地思索着脱身之策。

“兄弟，你们是哪条道上的？我们可是洪爷的手下，你们纵然不给我屁王面子，也得给洪爷点面子吧？”稍微镇定下来的屁王，又拿出了他那副江湖大哥的做派，妄图给对方一个下马威。

“你要面子是吧？我给你——”刀哥冲着屁王微微一笑，突然抡起枪冲着屁王脑袋就猛砸了四五下，一时间血花四溅，痛得屁王杀猪般地嗷嗷惨叫。

“够不够，还要不要面子啦？”刀哥狞笑地望着屁王。

“够了，够了……”屁王抱着头不住地哀求，透过血水模糊的眼睛依稀看到刀哥手腕上狰狞的蛇头文身。

徐峙趁这个空隙机警地将手机的存储卡偷偷塞进了口袋里面，心里面盘算着：就目前这形势，无论我和小蝶是被屁王抓到，还是被刀哥他们抓到，最终结果都是难逃一死。必须想办法让他们火并起来，这样我和小蝶才有机会逃出去。

“东西找到了没有？”刀哥不耐烦地问道，然后冲着屁王又是微微一笑，屁王立刻就感到事情不妙，但还没等屁王反应过来，刀哥抡起枪冲着屁王脑袋又是猛砸了三四下。

屁王委屈地哀号道："干吗又打我？"

刀哥阴森地说道："那小子惹我不爽，所以我就揍你！"

"可是——"屁王话一出口就后悔了，因为他又看到刀哥冲他微笑的面容，果不出意外，枪托又狠狠地在屁王的头上砸了两下。

"为什么又是我？"

"因为你话多！"

"可是——"

一阵诡异的微笑之后，又是嗷嗷的两声惨叫！

"这家伙还真是个阴晴不定的变态！"屁王心里面嗫嚅道，却再也不敢刺激刀哥，两只手抱着血水横流的脑袋蜷缩在了办公桌上。

"办公桌，对，办公桌的抽屉里一定有枪！"徐峙想起屁王不止一次从办公桌里抽出枪指着自己的脑袋恐吓自己。

只有拿到枪才能制造混乱！徐峙打定主意拉着小蝶来到了办公桌边："东西一定是在办公桌的抽屉里！"说着缓缓地拉开了抽屉。

不出所料，通过抽屉的缝隙，徐峙看到里面果然藏着一把枪，而且是一把上了膛的枪。

徐峙佯装镇定，额角却慢慢地渗出了汗珠，他将手缓缓地伸进了抽屉里面。

而此刻捂着脑袋的屁王，眼睛透过手指缝也牢牢地盯在了徐峙伸进抽屉的手上，神色中同样是极度的凝重和紧张。

徐峙的手指触到了枪柄，刚要握紧，却感觉手腕上突然一紧，刀哥的一只手不知何时已经紧紧地握在了他的手腕上。

"小子，看你那紧张的神情，抽屉里是不是藏了一支枪呀？"刀哥轻描淡写地说道，眼睛里面却流露着阴晴不定的凶残。

"怎么会？"徐峙声音颤抖地回答。

"那你的头上为什么会有这么多的汗？"刀哥的枪口已经指向了徐峙的头。

"因为我怕你把我英俊的面容打得也像这猪头一样难看！"徐峙自己都没有想到会在这千钧一发的时候冒出一句像周星驰电影一样的滑稽台词。

刀哥看着屁王像红烧猪头一样的搞笑模样，竟然忍不住哈哈大笑，但随即浮现出那种令人胆寒的阴冷：“小子，别糊弄我，把手里的东西给我拿出来！”

所有人的眼球都盯向了徐峙伸在抽屉里的手，谁都知道如果徐峙掏出来的是一把枪，那个阴晴不定的刀哥会毫不犹豫地将徐峙的头打爆。

小蝶吓得已经几乎要瘫倒，因为从她的视角可以清晰地看到徐峙手里握着的正是一支闪着乌黑亮光的枪。

徐峙知道自己手指上任何一个细微的动作，都可能带动肌肉、皮肤或者神经出现细小的变化，而这些细小的变化足可以让刀哥将自己的脑袋轰烂。

汗水在不停地往下滴答，徐峙在众人的环视之下，在刀哥乌黑的枪口紧逼之下，无可奈何地将手伸了出来。

啪——

啊——

并不是枪响的声音，也不是撕心裂肺的哀号。

一串闪着耀眼光芒的珠宝项链被拍放在了桌子上，一向阴冷不动声色的刀哥竟然也忍不住惊呼了一声：“啊——真是一串宝贝呀！”

徐峙如释重负，幸好自己多年偷窃练就了一手神出鬼没的功夫，刚才只是小指头轻轻一勾，就神不知鬼不觉地将手枪换成了小蝶的那串珠宝项链。

趁着刀哥陶醉于那串项链，徐峙迅速将手伸进抽屉里，然后以迅雷不及掩耳的速度将枪拔出，冲着刀哥的脑袋就轰了一枪。

刀哥不愧是老江湖，感觉有异样，立刻就蜷缩身体向旁边闪，子弹擦着刀哥的耳朵就飞了过去，巨大的爆破音将刀哥震得捂头大叫。

一直蓄势以待的屁王猛地将头顶在刀哥的胸口，刀哥就像一片扔给狗的烂肉一样被狠狠地抛了出去。

屁王的几个手下也趁机去夺炮筒和竹竿的手枪，一时间枪声大作，惨叫连连。

徐峙将小蝶藏在怀中，迅速伏在地上，弯腰倒地一刹那还不忘将桌上那串项链收入囊中。

徐峙拿着手枪冲着天花板连开几枪，将上面的吊灯击落在地，巨大的撞击声之后，吊灯在地面上四分五裂，翻腾起一片玻璃碎碴，随即整个房间陷入了一片漆黑之中。

徐崎曾多次被人拖进这个房间暴打，所以对房间的结构是了如指掌，他拉着小蝶趁着黑暗和混乱迅速来到了房间门口，然后夺门而出。

就在徐崎准备拉着小蝶发足狂奔的时候，却突然感觉脖颈一热，一堆软乎乎的东西贴在了脖颈之上，徐崎拿下来一看，顿时吓得七窍生烟：那竟然是毛茸茸的一只肥手！

16

一辆黑色吉普急速地行驶在城郊简陋的道路上，巨大的引擎轰鸣声撕破了寂静的空气，车轮飞驰而过轧过雨后积水的泥泞路面，激起一大片泥水，半面车身变得泥泞不堪，车里面的两个人却丝毫没有在意。他们全神贯注地望着前方，紧绷的心弦恨不得这辆汽车能够插翅飞翔。

车子又疾驰了五六公里，才在一棵大树下停了下来。车中的一男一女喘息良久，忐忑的心情才逐渐平复下来。

“我去他妈的，没想到这次还能够死里逃生。”徐峙趴伏在方向盘上，胸脯仍旧不停地快速起伏着。

回想起方才的情景简直就是九死一生。黑暗中刀哥和屁王的手下混战在一起，枪火闪烁，刀光起伏，惨叫之声不绝于耳。

而就在徐峙拉着小蝶冲出房门的一刹那，一只像熊掌一样的肥厚手掌带着刺鼻的血腥味，黏糊糊地落在了徐峙的脖颈之上。而那个手掌的主人正是让徐峙恨得咬牙切齿的屁王。

徐峙当时已经顾不上害怕，他将那只肥厚血掌一扒拉从脖颈上丢到地下，然后拉着小蝶狂奔到了后院外刀哥他们先前开的那辆车子上。然后一路舍命狂奔，这才逃出了刀哥和屁王的魔掌。

“谢谢你来救我！”惊魂稍定的小蝶轻拉着徐峙的衣角，一双清澈如水的明眸中充满了感激与信任。

“其实我也是被人用枪逼着才来的，如果只是我一个人，或许根本就不敢走进那个院子。”徐峙低着头神色黯然地说道，他根本不敢正视小蝶那双清澈不含任何尘埃的美丽明眸。

小蝶凑近了一点距离，淡淡的发香轻轻飘入徐峙的鼻翼：“不要自谦了，我早就知道你是一个好人！我是不会看错的！”

“好人？”徐峙自嘲地笑道，“我根本就配不上好人这个字眼，说实话我这辈子也是头一次做好人。如果你知道我是个做贼的，而且还是一个嗜赌如命、坏事干尽的恶贼，你就不会这样说了。”

小蝶嫣然一笑，声色坚定地说道：“你能来救我，就说明你心里还有良善的一面。”

“如果我是贪图你的美色呢？”徐峙反问道。

“如果你贪图我的美色，昨天晚上你就把我——你就把我——”小蝶说到这里面颊变得通红，昨天晚上那尴尬的一幕又浮现在眼前，但随即又正色道：“因为在这世界上你是唯一一个没有趁机占我便宜的男人。试问一个十恶不赦的大恶人怎么可能为了女人而不顾性命？要知道刚才的情况可以说是九死一生，只有心怀正义感的人才可能为了朋友而赴汤蹈火。你是我真正的朋友！”

朋友？徐峙在心底深处仔细玩味着这个名词，已经许多年没有人和他做朋友了，他也早已忘记了世上还有朋友这个字眼，徐峙早就没有了再和别人做朋友的奢望。

看着小蝶纯真无邪的面容，还有那清澈而没有任何杂念的眼眸，徐峙的心底突然升起一种对小蝶强烈的责任感和为了小蝶可以赴汤蹈火、在所不惜的决绝信念。

“小蝶——”徐峙心底的热浪不住向上涌起，眼角处竟然有些湿润的感觉，“这么多年来，你是第一个把我当作朋友的人！”

小蝶莞尔一笑，用洁白纤细如削葱根般的玉手轻抚了一下徐峙额头上凌乱的头发：“你拼着性命去救我，你当然是我最好的朋友了！”

徐峙简直有一种热泪狂奔的感觉，想想当初自己竟然动过把小蝶卖到妓院换钱的龌龊念头，真是恨不得猛抽自己几个耳光。

但在小蝶面前，徐峙不想表现得那么孱弱，他佯装揉眼以掩饰眼角的泪珠。

“你怎么了？”小蝶关切地问道，“你好像流泪了？”

“没事，没事。”徐峙慌张地扭过头，“只是被沙子迷了一下眼睛。”

“沙子？”小蝶看了看密闭的车窗，“车子里面怎么会有沙子？难道你是——”

小蝶忽然扑哧一笑：“难道你是被我的话感动了，没想到你一个大男人原来也是这么得多愁善感啊！”

“哪有的事？”徐峙猛咬了一下嘴唇，强忍住了那不争气的眼泪，随即摆出一副嬉皮笑脸的模样道：“我这样一个厚脸皮的无赖，还会被你感动得哗哗流泪？这怎么可能？”

徐峙故意夸张地笑了笑，然后急忙岔开话题道：“咱们言归正传。我现在是被警方通缉的杀人犯，又得罪了江湖上赫赫有名的屁王，被不明来历的刀哥那伙人紧紧追赶，继续待在N市必然是死路一条。我今天晚上必须得乘船跑路。不过在此之前，第一，我得搞到足够的钱，第二，我必须把你送到一个安全的地方。你赶快回忆回忆你的家在哪里，在N市你还有亲人吗？”

听了徐峙的话，小蝶脸上的笑容立刻荡然无存，明亮的眼眸忽然黯淡得如同黑洞般惨淡无光。她冥思苦想了几分钟，然后痛苦地摇摇头：“我好像什么都记不起来了。”

“别急！”徐峙轻拍了一下小蝶的肩膀宽慰道，“这种事情得慢慢来，我先帮你回忆一下昨天晚上发生的事情，或许能够由此打开你记忆的闸门！”

徐峙轻咳了几声，然后从昨天晚上见到小蝶那刻开始讲起，讲自己怎么从小蝶身上偷到项链，小蝶如何和两个戴墨镜的黑衣人走到一个房间，如何看到一个干瘪苍老的手伸向小蝶的翘臀。最后又讲了自己如何躲避陷害，在桥底下意外发现了小蝶。

听完徐峙的描述，小蝶沉思了片刻，似乎是在将这些凌乱的线索在脑海中重新组合，然后微红着脸问道：“你是说我曾经走进地中海酒店的一个房间，然后……然后有一个干瘪的老手伸到了我的身上？”

“是的，这是我亲眼所见！”徐峙的眼前又浮现出当时的场景，那只手干瘪苍老，像一只恶心的苍蝇叮在了自己最为心爱的女人身上。

“那个老头是不是就是你口中所说的那个黎先生？”小蝶问道。

“不可能的！”徐峙摇头否定，“我虽然没有见过黎先生本人，但我在电视里、报纸上见过他的照片。他本人只有40多岁的年纪，而且长得白皙细嫩，文质彬彬。而那只干瘪的手怎么也在60岁往上的年纪了，屋里那个人绝对不是黎先生。”

“如果不是黎昕先生，那和我在一起的那个人又是谁呢？根据你的描述，我和那个人的关系似乎很不一般。只要找到那个人，也许就可以揭开我的身世之谜。”小蝶蹙眉思索道。

“据我所知，黎先生当晚在酒店19层举行慈善party，为那些有身份的客人都开了VIP休息房，和你在一起的那个老头很可能也是参加晚会的一个贵宾。不过，我觉得很有可能就是那个老头对你下的黑手。”徐峙分析道。

“你认为那个老头就是把我丢下河里的那个幕后元凶？”小蝶问道。

“绝对就是他！”徐峙十分肯定地回答道，“从时间上推算，从你走进那个老头的房间到最终被丢到河里中间只有短短几小时，当时又正是深夜，你怎么可能再去别的地方？况且，你当时被那两个黑衣男子带进房间时的神情就非常的异样，可能自己已经感觉到了威胁的来临。当时我只以为你是在急着找珠宝项链，现在回想起来你当时已经是被劫持无疑！所以那个老头虽然是一个重要的线索，但是我们却绝对不能找他，如果让他知道了你还活在世上，也许他还会继续追杀你的。”

小蝶满脸愁容道：“那现在该怎么办，除了这条线索，在其他方面我是一点头绪都没有呀！”

徐峙也是一脸的愁云，他用手指关节敲打着方向盘，边思索边说：“为今之计看来只能从你最熟悉的环境入手，比如说你努力想想你们家是什么样子的？你站在家里推开窗户会看到什么？在你脑海中有没有什么关于家的场景，哪怕只是一点也好？”

小蝶用玉手托着香腮，眼睛微闭，按着徐峙话语的诱导努力地回忆着过往的场景，却是空白一片。她感觉自己就像是在一团迷雾中行走，看不着前方，听不到声音，辨不清方向。别人记忆中五彩缤纷的世界，此刻呈现在小蝶眼前的却是白茫茫的一片。

小蝶孤独地在迷雾中蹒跚而行，家，家会是什么样子？小蝶用力瞪大眼睛想在记忆深处看到什么，却什么也没有看到。

“在你们家窗前能不能看到鲜花，或者大树，或者是什么特别的景物？”徐峙的声音像是从遥远的天际传来，引领着深陷于记忆迷雾中的小蝶缓缓前行。

“我很小的时候是和外婆住在渔村的，每天晚上坐在窗前都可以看到海边的灯塔……”

“灯塔，塔，对了——”塔这个字像是一道闪电，在小蝶迷雾重重的记忆中划出一丝亮光。小蝶眼前呈现出一个场景，她坐在窗前的梳妆台边，一边梳理着自己如瀑布般柔顺的长发，一边透过窗户远眺前方的一座木塔。那木塔上挂满了铃铛，风吹檐铃，可以发出悦耳的铃声。

是的，自己每天早晨都会远眺那座木塔，没错，自己的窗户就正对着那座木塔。

“塔？”徐峙瞪大眼睛望着小蝶。

“是的！”小蝶激动地说道，“我每天早晨梳妆的时候都会看到一座木塔，而且有时还可以听到从木塔上传来的清脆铃铛声。”

“你肯定？”徐峙紧张地问道。

“我肯定，绝对不会有错！”小蝶斩钉截铁地道。

徐峙猛地一拍大腿：“这就好办了。整个N市的木塔屈指可数，而且大多数都在寺院和深山之中，能够坐在家里就可以看到的木塔，而且上面挂满铃铛的只有一座。”

你知道这座木塔在哪里吗？小蝶兴奋地问道。

“当然知道了！”徐峙自信满满地答道，“别忘了我可是纵横N市多年的老贼，只要是我曾经去过的地方都会过目不忘的。你说的那座木塔，我前年就去过。那座木塔的对面有一座隐在密林中的别墅，透过别墅上的窗户刚好可以看到塔，而且别墅和木塔之间的距离，恰好能够听到木塔上铃铛的声音。”

小蝶咯咯笑道：“这么说你曾经到我们家踩过点了？”

“踩点是踩过，只可惜没有得手！那院子里面养着两条藏獒，那阵势像是要吃人似的，所以我就没有下手。”

徐峙眼前又浮现出那幢别墅的富丽堂皇：我早就知道小蝶不是寻常人家的小姐，单看你身上戴的那个项链就知道你出身非同寻常，现在想来你们家还真是有钱。

徐峙心中窃喜：“看来自己跑路的钱有着落了，自己帮别人找回了女儿或者老婆，对方一定不会亏待自己的！”

想到这里，徐峙再也等不及了，他立刻发动了汽车的引擎：“走，我们现在就到你家去！”

小蝶也是一脸的兴奋，忍不住在徐峙的脸颊上亲吻了一下：“要是果真如此，我一定会好好谢你！

徐峙一阵的眩晕，感觉鼻血都快流出来了：“美女，你可不要这么热情啊！我……我好像有点挺不住了！”

17

大厅之上一片肃杀之气，洪霆霄藏青色的唐装，蹬着千层底的布鞋，端坐在厅堂的正中央，脸色铁青，眯缝的眼睛里面忽明忽暗地闪烁着凶狠的光芒。

在洪霆霄的左手边端坐着一个美艳妇人，涂脂抹粉，妖艳魅惑。两条玉腿叠加在高高开衩的旗袍之外，闪烁着令人炫目的迷离光芒，与大厅中的肃杀之气格格不入。

而在洪霆霄的右手边仍然坐着那个喜欢藏在套中的连律师，他紧皱眉头，低垂着脸颊，专注地抚摸着手上的虎头戒指，面部的五官都隐匿在了阴暗之中，周身上下散发着一种让人难以琢磨的神秘之感。

十几个大汉分左右站立在厅堂的两边，每个人的眼角都飞舞着咄咄逼人的杀气。而在厅堂正中央跪在地上的正是那个肥胖如猪的屁王。

此刻的屁王早已没有了先前的飞扬跋扈，他脸色苍白，满脸血污，眼角和嘴角都有淤青，硕大的脑袋上横七竖八缠满了白纱布。一只手上沾满了鲜血，还有一些淤青和擦伤，而另一只手掌却不知踪影，只是被渗着鲜血的纱布紧密地包裹着。

屁王带着哭腔哀号道："洪爷，我们这次是着了别人的道，遭到别人的偷袭了，所以才会损失这么惨！我们万万没有想到还有人敢在洪爷您的地盘上撒野啊！"

洪霆霄干咳了一声，用冰冷的语气道："别跟我解释那么多，我只问你一句话，你有没有折了我洪爷的威风？"

屁王涨红了脸，无言以对。他想向洪霆霄继续解释，但他知道以洪霆霄的脾气，多余的解释只会招来更加严厉的惩罚，他低垂着头，呆跪在那里，土灰色的脸真是比死了还要难看。

洪霆霄冷哼一声："你们十几个人居然搞不定三个人，而且还伤了那么多兄弟，你这个堂主是怎么做的？往小里说是你屁王白痴，往大了说就是我洪霆霄无能。传出去道上的兄弟怎么看待我们？弟兄们以后还怎么在江湖上混？"

屁王听出了洪霆霄语气中的阴冷，他赶忙求饶，但还没等他说出口，洪霆霄就已经阴森森地喝令道："没有规矩，不成方圆。你屁王折损了我们的威风，损伤了我们的兄弟，让我们的堂口蒙羞，让我们的弟兄颜面无光。如果不严加惩治以后不足以服众，来人，给我把这头死肥猪丢到鳄鱼池里喂鳄鱼去。"

四个大汉应声而上，将屁王摁在地上用麻绳五花大绑，然后高高举起走向外面的鳄鱼池。

屁王的哀求声不绝于耳，洪霆霄却仿佛根本没有听到，微闭着眼睛入定了一般。厅堂上有些人和屁王的私交不错，有心想替屁王求情，但看到洪霆霄那阴恻恻的神情，话到嘴边都咽了回去。

"洪爷，他们就是抢你东西的人！"屁王临出门时撕心裂肺地喊道，渴求着最后的生命奇迹。

一直岿然不动的洪霆霄忽然身子一震，两只微闭的眼睛露出令人胆寒的精光："等等，你说什么？"

那四个大汉又将屁王抬了回来，用力地丢在了地上，差点把屁王的五脏六腑都摔出来。

屁王此刻也顾不上疼痛，他闷哼一声挣扎着爬起来："洪爷，我知道是什么人劫了你的东西，就是今天袭击我的那三个人。"

"你确定无误？"

"我敢用我的项上人头担保！"屁王斩钉截铁地道，"为首的那个人用枪指着我的时候，我清楚地看到他手臂内侧有一个蛇形的文身。我记得兄弟们说过昨天抢劫洪爷东西的那伙人里面就有一个人手臂内侧纹着蛇头的文身。而且这三个家伙的身形体貌也与昨天参与抢劫的那三个人非常相似。世界上不会有这么巧的事情，怎么可能在这么短的时间内同时出现两个手臂内侧都纹着蛇形文身的人？"

"你确定没有看走眼？"洪霆霄问道。

“绝对没有！”屁王肯定地回答道。

洪霆霄一摆手，一名管家模样的人迅速凑到了洪霆霄身旁，洪霆霄冲那人道：“陈管家，你把监控截屏给我拿来！”

陈管家匆匆离开，很快就拿着一张放大了的监控截图摆在了屁王面前。

“这是昨天押运车被抢劫时的视频截图，劫匪一共有四个人，你看看他们的体貌特征是否和今天的那三个人一致？”

屁王只瞥了一眼就立刻道：“就是这三个人！”

洪霆霄微微向前一探身：“你仔细看看，真的就是这三个人吗？”

“错不了的！”屁王肯定地说道，“这三个人的体形都很有特征，其中一个人胖的就像头肥猪一样……”

厅堂上的人听了屁王这句话，再看看屁王那肥肉肉全是膘的身体，都忍不住笑出声来。

屁王也顾不上理会这些嘲讽的声音，继续道：“还有一个是瘦子，像麻秆一样的瘦。这两个人的体形特征非常明显，再加上那个手腕上文有蛇形文身的那个人，今天袭击我们堂口的这三个人必定就是抢劫洪爷东西的那四个人中的三个。”

“这三个人为什么会出现在你的地盘？”一直没有说话的连律师突然从阴影中坐了起来，一双琢磨不透的眼睛不停地在屁王身上打量着。

“连律师，是这样的。之前有一个叫徐峙的小子欠了我一笔高利贷，我昨天把他抓了回来，这小子答应用他的女朋友抵债。于是我就把他的女朋友扣了下来，放徐峙走了。没想到这小子居然勾结那些劫匪闯进了我的地盘，对我们大打出手。我怀疑那个徐峙就是那第四个劫匪，他们是串通一气要对洪爷下手的。”

“徐峙？”坐在洪霆霄边上的那个妖艳女人突然插口道，“就是在黎昕地盘杀了人后，被警方通缉的那个贼？”

“对，对，对，洪夫人，就是他！”屁王谄媚地朝那个被他称作洪夫人的妖艳女人笑道，“徐峙这小子也不知是吃了什么熊心豹子胆，本来是一个胆小怕事的老油条子，却突然跑到了黎昕的地盘杀了人。更离奇的是这家伙居然还捡到了一个失忆的漂亮女朋友，那皮肤白得像牛奶一样，除了下巴上有那么一点点伤疤之外，全身上下都找不到一点的瑕疵，就是艺术杂志上的那些人体模特也比不了她！”

“你是不是见色起意才把人家女朋友扣下？”洪夫人努着像血一样鲜红的小嘴道。

屁王讪讪地笑道：“洪夫人，您也知道我就有这么一点小毛病，见到漂亮女人有点把持不住。”

“那个女人有我漂亮吗？”洪夫人摆出一个娇媚的造型，两只会放电的眼睛目不转睛地盯着屁王。

屁王知道这个洪夫人虽然年纪很轻，但是备受洪霆霄的宠爱，有且只有洪夫人敢在这么严肃的大厅上肆意而为，只要能哄得洪夫人高兴，那么自己还有一线生机，于是连忙阿谀奉承道：“那妞哪里能比得上洪夫人你啊？她连给您提鞋也不配！别说那妞下巴上还有一处刀疤了，就是没有也比不上天生丽质的洪夫人您啊？”

洪夫人顿时笑得花枝乱颤：“你这胖子的嘴还真是抹了蜜糖呀！杀了你还真有些舍不得！”

屁王咧着皮开肉绽的嘴嘿嘿赔笑道：“那就请夫人求求洪爷留下奴才一条狗命吧！”

洪霆霄似乎根本就没有听到他们两个人的对话，而是凝神思索着什么：皮肤白，长得像人体艺术模特，下巴上还有一处小伤疤。

洪霆霄好像想到了什么，突然离开座位走到了屁王跟前，吓得屁王洪身肥肉一颤，以为洪霆霄要对他下狠手。

“你不要紧张，我问你一件事情。”说着洪霆霄从手机中翻出一张照片递到屁王眼前，紧张地问道：“你说的是不是这个女人？”

屁王望向手机屏幕，随即诧异地瞪大了眼睛望向洪霆霄：“对，就是这个女人！难道洪爷你认识她？”

夜色低垂，朦胧的月光洒在郊外的旷野上，为郁郁葱葱的植被披上了一层银色的光晕。一辆越野车疾驶在蜿蜒的道路上，转过一个弯之后在一幢掩映在绿树重荫中的别墅前停了下来。

“就是这里。”徐峙指着前方不远处的一座木塔说道：“这就是你记忆中的那个木塔吧？”

小蝶仔细望去，迷茫的眼睛中突然迸发出耀眼的光芒："对，就是这座木塔！我记忆中那个模糊的影像就是这个样子，你听还有悦耳的铃声呢？对，就是这个声音。"

徐峙摇下车窗玻璃，仔细倾听。那一阵阵悦耳的铃铛声和着虫鸣鸟叫飘荡在寂静的旷野中，有一种远离世俗的恬静之感。

"能帮你找到家也算是了却了我一桩心愿。"徐峙拉着小蝶的手道。

"谢谢你！"小蝶美丽的明眸中闪烁着感激的泪光。

"谁让我是你的朋友呢？"

两人相视一笑，情不自禁地拥抱在一起。这是一种朋友间真挚的拥抱，一种即将别离时充满无限忧伤和深深不舍的拥抱。过了这一刻，也许他们就要天涯永别，江湖相望了。

"好了，能有你这样一个红颜知己，就算我马上被人砍死，我也心满意足了。"徐峙拍着小蝶的肩膀，无限惆怅地说道。

小蝶忙将手指放在徐峙唇边："我不许你这样说。你是个好人，会长命百岁的！"

徐峙哈哈笑道："你一直把我当作一个好人，我还真有点不习惯呢！"

两人又是相对一笑。

"好了，万一你爹妈或者你老公从窗户里看到我们两个人在车里紧紧相拥，还以为是我拐卖了你呢！"

小蝶扑哧一笑，从徐峙怀中挣脱了出来："那你还紧紧抱着人家不放？"

徐峙挠挠头笑道："从理智上讲我应该马上把你放开，但是从两性的角度上讲，我可是真舍不得把你放开呀！"

小蝶咯咯笑道："所以说你们男人都是坏人！"

"这不能怪我啊，谁让你生得这么漂亮，要是把你抱到怀中都没有一点点心动，那就不是一个正常的男人了！"徐峙委屈地道。

"好了，别贫嘴了，我们走吧！万一我的家人是土豪，你也就有足够的钱跑路了！"

徐峙一想还是逃命要紧，也顾不上眼前的儿女情长了，拉开车门道："我陪你一起去！"

两人并肩来到门前，按下门铃。

“不用紧张，一切有我呢。”徐峙鼓舞道。

小蝶忐忑不安地望着徐峙：“你说这里真的是我的家吗？”

“绝对不会有错的！”徐峙拍着胸脯道。

在徐峙阳光笑容的感染下，小蝶心中的紧张也逐渐消散，充满希望的憧憬在彼此的脸上飘逸，然而他们谁都没有想到此刻进入的并不是充满柔情脉脉的温馨家园，而是一个张开血盆大口准备吞噬掉他们的龙潭虎穴。

18

门铃响过三声，侧门被嘎吱一声打开，从里面走出一个50多岁佣人打扮的妇女。

“是谁啊？”那个女人抬头望向徐峙和小蝶，当目光触及小蝶的脸时，突然身子猛地一震，失声道：“是小姐？”

徐峙心中暗喜，既然这个佣人认识小蝶，而且还称呼小蝶为小姐，那就说明这里不但是小蝶的家，而且小蝶出生富贵，是这个大富之家的掌上明珠。那也就是说自己的跑路费有着落了！

徐峙抑制不住内心的喜悦，脸上绽放出兴奋的笑容，他看看满脸迷茫的小蝶，又看看同样一脸不解的女佣，解释道：“事情是这样的，你们家小姐因为意外坠河，所以导致失忆，现在她已经记不起过去的事情了，你赶快把她带进去，也许她回到家里会想起以前的事情。”

“徐婶，什么事情呀？”还没等那个女佣回答，院子里面传出一个男人的声音，随即响起脚步声，很快在徐峙面前出现了两个体形相似的魁梧汉子，都穿着黑色的西服，蹬着几乎可以倒映人影的黑亮皮鞋。只是其中一个人留满了络腮胡子，而另一个人腮下则刮得干干净净。

“是虎哥和豹哥啊，”那个叫徐婶的女佣本对眼前的事情一筹莫展，看到虎哥和豹哥到来总算如释重负，“是小姐回来了，只是小姐受了点刺激失忆了。”

“小姐？”那个被称作虎哥，长满络腮胡子的汉子抢先一步走到门前，当他的眼睛触及小蝶时，神情同样也是一惊，随即又抢先一步道：“小姐，你还认识我吗？”

见小蝶一脸的茫然，虎哥又道：“我是阿虎啊，你不认识我了？”

小蝶双手紧抓着衣角，神情苦涩地摇了摇头。

那个叫豹哥的汉子此时也看到了小蝶，同样也是一脸的震惊，张大了嘴巴想说什么，却又没有说出口。

现场的气氛顿时变得十分尴尬，徐峙干咳了几声，试图打破这种令人沮丧的窘迫。

虎哥和豹哥这时候才注意到徐峙的存在，虎哥眼睛一翻道：“你是谁呀？”

徐峙挺直了腰板道：“我就是把你们小姐从河里救出来的人！简单地说，就是你们小姐的救命恩人！”

“噢，噢，噢，”虎哥迟疑了片刻，脸上勉强挤出一丝笑容，“谢谢你救了我们家小姐，阁下怎么称呼？”

徐峙想报出自家的名号，又怕惹来不必要的纷争，毕竟自己是一个被警方通缉的杀人重犯，于是打了个马虎眼道：“卑贱小名，不值一提！”

虎哥还想问什么，后面的豹哥抢先一步道：“都站在门口愣着干什么？咱们有话到屋里说。我们这就去通知老爷，老爷听到这个消息一定会很开心！”然后扭头对徐婶说，“徐婶，你忙去吧，这里的事情由我们哥俩来处理！”

说完虎哥和豹哥做了一个请的手势，将徐峙和小蝶让入院中。

从外面看起来这座院子并不是很大，但真正走到里面却是曲径蜿蜒，亭阁林立，十分像中国南方的园林建筑。

“你们老爷好像很喜欢这种古风建筑呀？”徐峙没话找话道。

“我们家老爷以前是学国画的，所以对这些古建筑很感兴趣。”虎哥回答道。

拾阶而上，四个人走到一幢四层楼的小别墅前。徐峙抬头望去，站在最上面那个堆满花盆的阳台上，恰巧能够清晰地看到对面的那座木塔，由此推测那个房间很有可能就是小蝶的房子。而那种花团锦簇犹如公主般梦幻的装饰，毫无疑问只有小蝶才能够配得上。

四个人鱼贯而入，穿过布置典雅的大厅，在一个古香古色的雕花门前停了下来。

虎哥对徐峙和小蝶道：“两位请先在这里等会儿，我到房间里面通禀一下老爷！”

虎哥和豹哥说完之后轻敲了一下房门，然后就推门而入。透过门缝，依稀可以看到里面是一个中国风浓重的书房，红木的地板，梨花木的书桌，还有各式各样充满浓重历史感的线装书。

背对着门的方向摆着一张太师椅，有一个人隐没在太师椅中，正望着夜色笼罩中的窗外。

徐峙看不清那个人的模样，只看到那个人正在伸出手去拿书案上的茶杯，一只老态龙钟干瘪而没有血色的手。

徐峙刚想揉亮眼睛看个仔细，房门已经戛然关闭。

这只手好熟悉啊，好像在哪里见过？徐峙随即又一想，以小蝶的年龄，他的父亲过了60岁甚至70岁也不足为奇。这种有钱人家的老爷说不定是在年纪很大时才和某一个小妾生下了小蝶。

“这里真的是我的家吗？”小蝶怯生生地望向徐峙。

“这哪还能有错？你没看到那个徐婶，还有虎哥、豹哥，他们都称呼你为小姐吗？一个人可能会认错，怎么可能三个人都同时认错呢？”

徐峙话音刚落，书房的门吱呀一声又被打开，虎哥和豹哥从房间里小心翼翼地走了出来，随即又将房门轻轻关闭。

“你们家老爷怎么说的？”徐峙问道。

虎哥一愣，随即笑道：“老爷听说小姐回来当然是十分高兴，只是他今天精神欠佳，让我们先安排二位到后面休息！有什么事情等到明天再说。”也不等徐峙回话，虎哥和豹哥已经当先向后院走去。

徐峙感觉隐隐有些不对，但也不好说些什么，只好拉着仍旧左顾右盼、一脸茫然的小蝶跟了上去。

来到后院是一片绿荫掩映，浓密不透光线的山坡。虎哥和豹哥自顾自地在前面走着，低着头没有任何说话的意思。

徐峙不安地问道：“虎哥、豹哥，你们这是要带我们去哪里？”

虎哥微微一侧身回答道：“去了你就知道了。”说完大踏步继续向前走去。

山路越走越崎岖，越走越阴暗。徐峙隐隐感觉到了一种危险的气息。按照常理来说，老父亲骤然见到失忆的女儿一定会迫不及待地拉到怀中问长问短，可是书房中的那个老头却没有任何想见小蝶的意思。就算父女俩感情一般，或者那个老头真的有病在身，那也应该先安排小蝶回她自己位于别墅四层的房间才对，怎么可能会深更半夜把女儿拉到别墅后面的荒山里呢？这里面一定有问题。

徐峙踮起脚尖向前眺望，没有任何的灯光，也没有看到任何建筑物的轮廓。

荒山野岭，他们要干什么？一个可怕的念头在徐峙脑海中浮现：难道他们要杀我们埋尸在这里？

可这是为什么呢？徐峙的脑袋急速地转动着，忽然他的眼前出现了似曾相识的一幕，对，就是在地中海酒店19层的包间中，他也看到过一只干瘪苍老的手。和他方才在书房中看到的那只手一模一样。

徐峙的脊背上立刻渗出一排冷汗：自己和小蝶是自投罗网啊！书房中的那个人和地中海酒店包房中的那个人是同一个人，他是要置小蝶于死地啊！

就在这时，徐峙看到虎哥和豹哥相互递了个眼色，然后两个人的手不约而同地摸向了腰间。

徐峙久在江湖飘荡，当然知道这意味着什么，他迅速从地上捡起一个木棒，就在虎哥和豹哥突然转身的时候，他用力地挥舞木棒将虎哥和豹哥手中的凶器打落在地。果然不出所料是两把闪着逼人寒光的匕首。

“你们要干什么？”徐峙惶恐地问道。

“干什么？这还用问吗？当然是要你们两个人的小命。”虎哥恶狠狠地道。

“可是她是你们的小姐呀？”徐峙仍旧疑惑重重。

“那小妞的脑袋是失忆了，可是你的脑袋是进水了吗？她要真是我们的小姐，我们老爷能不急着见她？她只不过曾经是我们老爷的干女儿，现在嘛——，嘿嘿，马上就要变成死尸了！”虎哥恶狠狠地笑道。

此刻，豹哥已经捡起了匕首，再次充满杀机地冲了过来。

徐峙虽然拿着一个木棒，但格斗并不是他的强项，面对身强体壮一看就是练家子的豹哥，他本能地将木棒一摔，然后拉着小蝶的手向下狂奔。

“不要让这两个家伙跑了！”虎哥大吼道。

随即不知从哪里一下子冒出七八个抄着家伙的打手，呼啸着朝徐峙和小蝶的方向冲了过来。

“前院我们是出不去了，我们赶快跳墙出去！”徐峙拉着小蝶穿过密林，朝山边的矮墙跑去。

由于树木密集，道路崎岖，虎哥他们虽然人多，却也无法散开了去追，只能一字排开，沿着小道尾随着徐峙两人追赶。

院子的围墙是依山而建，从外面看起来非常高，但从院子里面来看有的地方只有不过一米来高，徐峙和小蝶一跃而上，然后攀着墙头跳了下去。

徐峙和小蝶朝山下的汽车狂奔而去，一转弯就看到山下同样有十几个大汉手持砍刀、木棒追了上来。徐峙和小蝶只好转身又往回跑，这时虎哥和豹哥带的人也追了过来。

前有堵截，后有追兵，徐峙和小蝶已经被包围在了中间，只剩下一条公路，还有公路旁深不见底的陡崖。

“完了，完了。”徐峙可以想象，他们最好的结局也就是被人装到麻袋丢到河里了。以虎哥和豹哥那副凶神恶煞的模样，说不定还会大肆凌辱自己和小蝶，能不能留下个全尸都是个疑问。

徐峙绝望地跪在地上，气喘吁吁望向小蝶：“小蝶，对不起，我没能够把你照顾好！如果能有来生，我一定好好养你！”

小蝶满脸泪花地将徐峙紧紧拥抱：“没有什么大不了的，要死我们死在一起！”

“哈哈，哈哈。”虎哥放慢了追击的节奏，他一边玩弄着手中的匕首，一边嘲讽地道：“游雨晨，没想到只隔了一天，你就又多了一个生死情郎啊！看在往日相识的情分上，虎哥就成全你们，把你们两个人剁成碎末一起喂狗，让你们永远都分不开！”

说到这里，虎哥的眼中凶光毕露，腮上的胡须都像钢针一样站立了起来：“兄弟们，给我上！把他俩给我砍成肉酱！”

十几把钢刀，在徐峙和小蝶的头顶聚笼成一片夺命的银光。

徐峙惨笑着望向小蝶，眼神中都是不舍和依恋。

小蝶泪眼纷飞，嘴角却是挂满了微笑，生命在这一刻逝去又有何遗憾？

至少在这一刹那，两个人都不是孤独的。

砰的一声剧烈的撞击声，三五个大汉被撞飞在路边，其他的人都不由自主地闪开。与此同时，一辆黑色的越野车冲了过来，在徐峙和小蝶的身旁急刹车停了下来。后座的车门被打开，里面有一个阴冷的声音喊道：“快上车！”

徐峙顾不上细想，他一把将小蝶推进车里，然后自己也跳到了车上。

徐峙还没有坐稳，那辆车已经疾驰而起，将虎哥和豹哥那伙人冲到一边之后，开足马力向山下狂奔而去。

“谢谢你们救了我们！”徐峙充满感激地抬起了头，但当他目光触碰到那张只剩下半只耳朵的脸时，整张脸立刻变得惨白如纸，绝望的神情甚至比方才还要低落三分。

徐峙颤抖着嘴唇呢喃道：“原来是你！”

19

徐峙和小蝶刚刚从虎哥和豹哥的刀光剑影里逃离出来，好不容易搭乘上一辆越野车，却没有想到车上的人竟然是自己的冤家对头，那个比虎哥和豹哥加起来还要凶狠上一百倍的刀哥。

徐峙此刻真的有一种想撒泡尿把自己淹死的冲动，活着真是没意思了，竟然被捉弄成这个样子，横竖都是一死，早知如此还不如当初就到警局去自首，至少还能留个全尸，运气好的话还能换个终身监禁。总之都好过落在这些变态恶棍的手中。

“你们怎么知道我们在这里？”徐峙没好气地问道，事到如今他也豁出去了，恐惧之心倒也没有刚才那么严重了。

刀哥冷笑一声道：“卫星定位啊！你们抢走了我们的车，我们按照导航提示很容易就找到了你们所在的位置。”

徐峙恍然大悟，然后又问道：“你们为什么要救我啊？”

刀哥用手一按将座位中间的小蝶压在座椅上，然后抬起头直视徐峙：“我才没有闲心救你呢，只不过咱们俩之间还有一笔账没有算，在拿到东西之前我不得不救你。”

“你这辈子都别想拿到那件东西！”徐峙倔强地昂起了头，立刻就惨遭前座的竹竿一记重拳。

徐峙这才看清楚开车的是炮筒，坐在副驾位上拿枪顶着自己的是竹竿，而刀哥正坐在后排的最左边挟持着小蝶和自己。

“我没时间跟你废话，”刀哥将枪越过中间的小蝶指向了徐峙的脑袋，“你要再不把东西交出来，信不信我立刻就让你的脑袋开花！”

徐峙一撇嘴，做出一副无所谓的样子："反正我左右都是死，不是死在屁王手里，就是死在你手里，要不就是死在刚才那帮人手里！你觉得你拿死亡来威胁我管用吗？"

"哎，对了，"徐峙充满调侃地对刀哥说道，"你耳朵怎么啦？上午我见你还好好的，怎么一转眼的工夫就少了半拉呢？"

徐峙的话无疑正戳到了刀哥的痛处，刀哥一阵歇斯底里的狂吼："这还不是拜你所赐，和屁王那伙人交手时被人砍掉的！"

"哈哈，哈哈。"徐峙幸灾乐祸地笑道，"你们还真是狗咬狗一嘴毛，一个被人砍了手，一个被人砍了耳朵。你说我是应该庆祝呢，庆祝呢，还是庆祝呢？"

"我呸！"刀哥挥起枪托就想狠狠砸徐峙，吓得小蝶尖叫连连，刀哥似乎想起了什么，铁青的脸忽然笑了起来，"你小子少激将我，在拿到东西之前我是不会杀你的。你不是不说吗？你不是很有骨气吗？那我就把这个贱人先杀了，我看你心疼不心疼？"说着将枪就顶在了小蝶的额头上。

"你不要为难她，冤有头债有主，这件事情跟她没有一点关系，你有种就冲我来！"徐峙也豁了出去，根本就不理会竹竿顶着他头顶的枪，挥舞着手激动地吼道。

"心疼了吧，心疼了吧，我就知道是人就会有弱点，从你小子的眼神中我就知道这妞就是你的最大软肋！"刀哥得意地笑道，枪口已经紧紧地贴在了小蝶的额头上。

"我这辈子再也不会让人用枪顶着我的头了！"一个声音在小蝶的心底响起，她的记忆中朦胧出现了自己跪在枯叶成堆的荒野中，一只手枪顶在额头，紧握着手枪的是一只戴着戒指的手。

"我这辈子再也不会让人用枪顶着我的头了！"这个声音再次响起，像阵阵奔涌的海浪击打着小蝶内心深处最脆弱的记忆。

"我这辈子再也不会让人用枪顶着我的头了！"小蝶突然凄厉地喊叫了起来，刀哥猝不及防，紧握枪柄的手不由自主地向后缩了三四寸。

徐峙也被小蝶恍若鬼魅般的尖叫声吓了一跳，高举的拳头也停在了半空中，像看鬼魅一样盯着眼前的小蝶。

一股阴郁的气息浮上小蝶的面颊，那原本俊俏美艳的面容此刻变得像僵尸一样狰狞恐怖，迸着凶光的眸子像恶魔的眼睛一样，透着令人胆寒的阴冷。

一刹那间，小蝶仿佛完全变了一个人。如果说之前的小蝶是云霄中的天使，那么现在的小蝶毫无疑问就是从地狱中钻出的恶魔。

即使彪悍如刀哥此刻内心也出现了崩溃的迹象，他颤抖着想说点什么壮壮胆子，就在这时车子猛然一颠簸，小蝶的手已经快如闪电地抓住了刀哥手中的枪，刀哥本能地用力挣脱，手指触碰到扳机，砰的一声，在车顶打出一个窟窿。

车中的其他三个人都吓得面如土色，谁都没有想到会有这样突如其来的变故，倒是竹竿最先反应过来，他把原先对准徐峙的枪移向了小蝶，然后语气坚决地命令道：“你快放手，否则我就开枪了！”

小蝶根本不理会，一个漂亮的空手夺白刃就把刀哥手中的枪夺了下来，只可惜车里的空间实在太狭窄了，刀哥又迅速抓住了枪，砰的一声，车顶上又打出一个窟窿。

刀哥吓得面无血色，此刻只有使尽全身的力气，用力将枪管掰到远离自己的方向。

“我真的要开枪了！”竹竿嘶吼道，手指同时扣动了扳机，决定痛下杀手。

就在这电光石火的一刹那，后座的徐峙喊了一声“小蝶小心”，然后就不顾一切地扑了上去，两只手紧紧拖住了竹竿紧抓着枪托的右手。“砰”的一枪过去，子弹直接把刀哥剩下的半只耳朵打得稀烂，血水肉末喷溅了小蝶一脸。刀哥紧握枪的力道立刻减了许多。

小蝶却不躲闪，任由鲜血在脸颊流淌，那张阴森恐怖的脸此刻在鲜血的映衬下变得更加令人毛骨悚然。等鲜血流到嘴角的时候，小蝶缓缓吐出像蛇一样灵动的红色舌尖，在嘴角轻轻一舔，然后很有满足感地诡异一笑，掉转枪口扣动了扳机。

刀哥毕竟是一个有着丰富江湖经验的黑道老油条，他虽然突遭枪伤，痛苦难当，但当他看到小蝶扣动扳机的动作时，立刻做出了有效的反击，他将全身的力量都压在双手上，然后用力一掰，那个枪管转动60度就斜指向了前排的座椅。

又是砰的一声枪响，只听驾驶座上的炮筒一声惨叫，鲜血已经从肩膀上迸射而出，肥胖的身体一下子趴到了方向盘上，疾驰的越野车不受控制，在公路上连续撞击几次之后，向着深不见底的悬崖冲了下去，紧接着发出一阵剧烈的撞击声。

然后整个世界就又陷入了无边的寂静之中，还有一地让人心惊肉跳的鲜血。

也不知过了多久，徐峙从深度的昏迷中苏醒过来，他感到头像炸裂一样疼痛，好像被人用铁锤猛击了几下，头骨似乎都已经断裂了。

记忆中的影像像老式的电影胶片一样，断断续续、跳跳闪闪地在他脑海中出现。

炮筒中枪之后，越野车失去控制在公路上来回碰撞，之后车子冲过路边的路基坠向了深不见底的悬崖。

然后砰的一声巨响，徐峙感觉到了骨断筋裂似的疼痛，之后就失去了知觉。徐峙只记得在他最后一刻听到的就是小蝶的尖叫，他永远忘不了，因为小蝶喊的是他的名字——徐峙。

“小蝶，小蝶——”徐峙惊恐地睁开眼睛，双手拼命地乱抓，想要抓住那个在最后时刻还呼喊着他名字的女人，却双手抓了个空，紧接着便被眼前的景象惊愕得久久说不出话来。

血，红色的血，斑驳的血，点点滴滴，淋淋洒洒，溅满了整个车厢，已经分不出哪些是刀哥他们的，哪些是自己和小蝶的。破碎的玻璃，变形的驾驶室，凸起的安全气囊，还有横七竖八躺着的人，整个车厢内可以说是狼藉一片、惨不忍睹。

更恐怖的是整个车子此刻正悬在悬崖峭壁之上，被一块高高凸起的石块抵住车头，车子的另一侧则被一棵斜斜长出的老树撑着，整个车身可以说是高悬峭壁，摇摇欲坠，随时都可能跌入万丈深渊之中。

徐峙此刻却顾不上自身的安全，他急切地在寻找着小蝶，终于他挣扎着爬起身来，将歪歪斜斜倒在后背椅上的小蝶抱入了怀中。

“小蝶，小蝶，你怎么样，你没事吧？”徐峙感觉自己的眼睛都快要泣出血来了。

“小蝶，你别吓我，你快醒醒啊，小蝶——”徐峙轻抚着小蝶沾满鲜血的额头，带着哭腔喊道。

怀中的小蝶嘤地轻呼了一声，缓缓地睁开了眼睛。

徐峙喜极而泣，嘴里面不停地重复："小蝶，你没事就好！小蝶，你没事就好！"

"我这是在哪里？"小蝶感觉头痛欲裂，柔弱无力地问道。

"我们刚才被刀哥他们劫持，车子冲下了悬崖，幸好被这块大石头挡住了。"

小蝶用两只眼睛迷茫地望着徐峙："我们被刀哥劫持，坠下了悬崖？我——我怎么不记得了？"

徐峙抹了一下脸颊上的鲜血道："你怎么可能不记得呢？你在车上还用一套非常漂亮的擒拿动作夺过了刀哥的枪，要不是你，我们两个人肯定早就被他们干掉了！"

"我还从刀哥手里夺过了枪，我怎么一点都不记得？"小蝶脸上写满了惊愕。

"是啊，你那个动作实在是太漂亮了，我都没来得及看清楚，你就已经把枪从刀哥手里抢过来了。要不是空间狭窄，刀哥只能束手就擒了！"徐峙兴奋地说道，但当他看到小蝶空洞而迷茫的眼神时，他立刻意识到，方才的这场车祸撞击了小蝶的脑袋，可能又让她丧失了记忆。

"算了，算了，"徐峙看着小蝶苦苦思索的痛苦模样，宽慰道，"别想这件事情了，我们先赶快离开这里，你头上的伤没事吧？"

"没事，就是稍微有点头疼。"

徐峙从怀中摸出手帕在小蝶的额头上轻轻一擦，下面只是一小块撞击的创伤，应该没有什么大碍。

"还好，还好，刚才吓死我了，还以为再也见不到你了！"徐峙摸着自己的心口，仍旧心有余悸。

小蝶抬起两只明眸望向徐峙，嘴角忽然绽放出一抹微笑："你是不是很关心我啊？"

"哪有！"徐峙佯作强悍地矢口否认道，"我们做贼的从来都是薄情寡义，六亲不认的，要么怎么可能下得了手去偷别人的东西。"

"骗人！你明明就很关心我！"小蝶莞尔一笑。

"我关心你，只是想从你身上换一笔跑路的钱。你可别想歪了！"徐峙强辩道。

“我才不相信呢！如果你只是想从我身上拿一笔钱，那你为什么会流泪呢？这可是今天我第二次看到你流泪了。”小蝶嘴角带着狡黠的笑容瞄向徐峙眼角。

徐峙无奈地耸耸肩：“哎，没办法，感情脆弱一向是我最大的弱点。”

小蝶忍不住咯咯笑道：“你还真是油嘴滑舌。”

“你怎么知道我是油嘴滑舌呢？什么时候让你鉴定一下？”徐峙不怀好意地望着小蝶。

“你……你好讨厌！”小蝶挥舞粉拳想要击打徐峙，但一动胳膊就感觉到了刺骨的疼痛，原来是突然的剧烈运动引发了车祸撞击时的伤痛，不禁痛得眉心紧蹙。

“没关系吧？”徐峙急忙爱怜地扶着小蝶的伤处，“刚刚出了车祸，可千万不要做这么剧烈的运动。”

“还不是因为你！”小蝶嗔怪道。

“我是君子动口不动手啊！”徐峙调侃道。

“你是笑我不是君子呗！”小蝶白了一眼徐峙。

这时候，一旁的刀哥似乎也有了要苏醒过来的迹象，徐峙赶忙踢开车门，对小蝶道：“咱们赶快走，这些家伙醒来可不是好对付的！”

小蝶用力地点点头。

徐峙拉着小蝶钻出车外，然后弯腰又钻到了车里面，在刀哥、炮筒、竹竿身上一阵乱摸，然后将三个皮夹装在了身上。

“你这是干什么呀？”小蝶不解地问道。

“我们身上分文全无，不搞点钱以后怎么吃饭住宿？我们偷点这三个家伙的钱也算是劫富济贫呀！”徐峙拍拍鼓鼓囊囊的三个钱夹说道。

“你想的可真周到！”小蝶翘起小嘴笑望着徐峙。

“那当然！你以后要是和我一起过日子，你就会知道什么叫作精打细算好男人！”徐峙又露出了他那一脸的坏笑。

小蝶轻咬着嘴唇答应了一声，一只光滑柔软的小手已经不知在何时悄悄地塞到了徐峙的手中。

徐峙只感觉心中一荡，原本只是一句玩笑话，没想到单纯的小蝶竟然信以为真，顿时感觉连日来所受的种种委屈荡然无存，一种要向前狂奔的念头在心底不知不觉升腾而起。

“小蝶，我一定会拼尽全力保护你！”这句话在徐峙的脑海中反复飘荡，让徐峙原本伤痕累累的身体突然变得活力无穷，他紧紧地攥着小蝶的手，然后俯下身子将小蝶背在了身上。

“你干什么呀？”小蝶两颊绯红，“快放我下来呀，要是让别人看到了该多不好意思！”

“深更半夜，荒山野岭，谁会看得到呀？”徐峙嬉皮笑脸地道，“我方才看到你腿上有一片血，所以才大发善心背你一程，你可不要想歪了噢。”

小蝶低头一看，随即笑道：“那上面不是我的血，估计是那个刀哥的吧？我没事的，快放我下来吧！”

好不容易才将美人背上肩头，怎么可能再把她放下来。徐峙立刻转移话题道：“那个刀哥遇到我们也真够惨的，一会儿工夫一只耳朵就被打了个稀烂。”

“那个屁王也很惨啊，肥猪一样的手也赔掉了一只！”小蝶似乎想到了屁王断手后狼狈的模样，忍不住趴在徐峙的肩头咯咯笑了起来。

小蝶鼻翼中喷出的热气，像柔软的羽毛轻抚在徐峙的脖颈和耳朵上，那种酥麻的感觉，透过敏感的神经在徐峙身体里迅速地扩散发酵。

真希望夜色就永远这样的漫长，山路就永远这样的没有尽头。

徐峙心中默念着，很快两人便隐没在了绿树丛生的山林之中。

20

“接下来我们该怎么办？”小蝶睡不着觉，仰望着窗外天空中美丽的繁星，对同样辗转反侧、无法入眠的徐峙道。

小木屋是徐峙在山间小道上偶遇的，这应该是以前看林人遗留下来的，虽然房间极其简陋，但对于毫无容身之地的徐峙和小蝶来说却是上天赐给的意外礼物。

至少两人暂时有了避风雨、不受外人侵害的地方。

徐峙躺在另一个木床上，思索了片刻，然后沮丧地长叹了一口气：“本来是想给你找到家人，先把你安顿下来，我再偷渡跑路，却没想今天差点赔上了性命。现在看来找到你家人的线索已经彻底断掉了，能不能找到你的家人只能看你以后的恢复了。”

小蝶微微侧过身子，凝神望向徐峙：“其实有你在我身边，能不能找到家人已经不是最重要的了！”

小蝶说到这里，清澈的眸子开始变得黯淡起来，语气幽幽地说道：“我的家人如果真的爱我，又怎么会让我认那个老头做干爹，还住在那个老头家里？我想我原本要么就是孤家寡人一个，要么家人早就跟我一刀两断了！“

徐峙急忙劝慰道：“或许情况并不像你想象的那么悲观！”

“你不用安慰我了！”小蝶翻了一个身，用一只手支起下巴，眼神深邃地望向夜空，“忘记过去的事情未必是坏事！我觉得我现在就挺快乐的，至少现在有你陪伴在我的身边！”

徐峙感觉心中一暖，想要伸手去拉小蝶，可是感觉自己龌龊的过往和不堪的现在，以及没有希望的未来，根本就配不上如此单纯善良美丽的小蝶，伸出去的手又缓缓地收了回来。

小蝶并没有看到这些，她仍旧在诉说着自己的心事："既然我现在暂时也不需要找家人了，那么我们现在的重点不如去帮助你洗清冤屈！"

"帮我洗清冤屈？"徐峙的眸子一亮，但随即又黯淡了下来，"这怎么可能呢？我们手头什么证据也没有，人家处心积虑陷害我，肯定早已把不利于他们的一切证据都销毁了！"

小蝶笑吟吟地望向徐峙，充满了鼓励的神情："那倒也未必！你之前不是告诉我酒店走廊里都安装有监控吗？如果凶手不是从窗户里进入房间的，那么就会在走廊的监控里留有影像，凶手绝不会凭空进入房间，又凭空消失的。从酒店的监控里面，我们一定可以找到蛛丝马迹。只要能够找到真正的凶手，那么也就可以洗刷你的冤屈了！"

徐峙兴奋地坐了起来，猛地一拍大腿："我之前怎么没有想到这点呢？"

小蝶跷起了光洁的小脚丫子，得意地道："因为你之前还没有遇到我这个女诸葛啊？"

徐峙抱拳道："只要你能帮我洗刷冤屈，我这辈子就是为你做牛做马，也在所不辞！"

"做牛做马也没有什么意思，倒不如实惠点先帮我揉揉脚吧！我今天走了一天的路，脚都疼死了！"小蝶噘着小嘴道。

"就这么简单啊！"徐峙心里窃喜到了极点，"别说给你揉脚了，就是来个全身按摩，我也绝不推辞！"脑海中立刻浮现出小蝶玉体横陈躺在床上妩媚动人的诱人风景。

"我靠，我怎么又这么邪恶啊？这可是我心中冰清玉洁的女神小蝶啊！"徐峙暗骂着自己的龌龊，但猥琐的笑容已经不经意间挂在了嘴角。

"你笑什么呀？"小蝶警惕地望着徐峙。

"没什么！我只是听了你刚才的话很开心！"徐峙赶忙收敛住自己邪恶的笑容。

"真的吗？"小蝶将信将疑地道，"我怎么觉得你的笑容里有点……有点不怀好意的味道呢？"

"我们先谈正事要紧！"徐峙慌忙岔开话题，双手抱起小蝶晶莹光洁的脚踝轻轻地揉搓道，"你说我们首先应该做什么呢？"

小蝶的粉脸上立刻飘荡出一股难以言喻的惬意：“我首先得向你确定一件事情，你可以肯定除了你之外再没有人从酒店的窗户上潜入房间杀人吗？”

“绝对没有。”徐峙拍着胸脯道，“我进入房间的时候，那个古董商的身体还有一些温度，说明他刚刚被人杀害没有多久！而那个时候我和冯阿呆已经在酒店的顶楼守候了一个多小时，绝对不可能有人从我们眼皮子底下从窗户潜入房间！凶手一定是从走廊通过房门进入房间的。”

“那好，第二个问题，你那个搭档冯阿呆可靠吗？”小蝶快速地进入了下一个环节。

“这个冯阿呆我认识已经有三四年了，没觉得有什么不对劲的地方。平时这个冯阿呆傻呆呆的，除了爱看点肥皂剧之外，几乎没有任何的爱好。我和他只有偷东西的时候才在一起，平时并不常见面。这个古董商的消息的确是他透露给我的，说是一个朋友打电话告诉他的。我觉得冯阿呆没有出卖我的必要，我出了事，对他又有什么好处呢？”

“那这个冯阿呆现在在哪里呢？”小蝶又追问道。

“那天晚上冯阿呆听说我杀人之后就一溜烟跑了，到现在我也不知道他在哪里。这臭小子实在太不仗义！徐峙狠狠地咒骂道，手上的力道不由自主地加大了许多，痛得小蝶不住地呻吟，“你轻点啊！”

“对不起，对不起！”徐峙连忙用嘴轻吹小蝶脚丫子上吃痛的地方，那种灼热的气息好像轻轻划过脚底心的羽毛，痒痒的、柔柔的、绒绒的、麻麻的，小蝶忍不住哧哧地笑了起来。

徐峙有意捉弄小蝶，将鼻子凑到小蝶的脚上，然后忽然做眩晕的模样：“哎哟，好臭的脚丫子呀！没想到美女的脚丫子也这么臭！”

“去死！”小蝶粉面绯红，光洁的脚丫用力踹了过去，被徐峙死死地抱在了怀里。

“好了，好了，不和你开玩笑了，我们接着谈正事吧。”徐峙求饶道。

小蝶嘟着小嘴白了一眼徐峙，继续道：“那我们就姑且先相信冯阿呆没有问题！如果凶手不是从外窗户潜入房间的话，那么他一定是从正门进入房间的，我们只要找到当时酒店的监控录像，就一定能够筛查出哪个是真正的凶手！只是想要弄到酒店监控录像，却是一件非常棘手的事情！”

“这有什么难的，别忘了我可是一个久经偷场的老贼啊？”徐峙得意地笑道。

“就你还好意思称自己是老贼啊？”小蝶揶揄道，“作为一个资深老贼，你居然不戴手套就进入犯罪现场，你不怕给警方留下证据啊？”

徐峙却不以为然道：“这你就不懂了，我又不是入室杀人，只是一个小偷小摸，犯得着那么谨慎小心吗？在N市每天的盗窃案件多如牛毛，警察哪里顾得上一一侦破？再说了偷窃被抓住，只是关上几天而已，没什么大不了的，要是戴上手套，不但破坏了小偷的规矩，而且还让警察以为你背负了什么大案、要案，反而不美！”

“你就是喜欢抬杠狡辩，要是你谨慎一些，做好万全的准备，这次何至于被人认为是铁板钉钉的杀人犯啊？”小蝶反驳道。

徐峙嘿嘿笑道：“人家要是处心积虑陷害我，再怎么小心也是没用的！”

“懒得理你！”小蝶撇嘴道，“那你说说，你准备怎么去偷监控录像！”

“方法嘛很简单，”徐峙的小眼睛在小蝶的身上不怀好意地来回旋转着，“只不过……嘿嘿，需要你做一点小小的牺牲噢！”

地中海大酒店的外墙装修仍旧在继续着。先前被徐峙冲破的阻拦网，此刻已经换上了全新的。忙碌的工人在脚手架上工作着，各式各样的高档豪车、跑车在酒店门口不停地进出着，迎宾笔直地站在富丽堂皇的酒店门口，满脸微笑地迎送着每一个过往的客人。

一切都宛如平常，一切都平和如初，似乎在这里就从来没有发生过什么命案。

经过精心乔装的徐峙穿着一身价值不菲的皮尔·卡丹西服，挽着贵妇模样打扮的小蝶，大摇大摆地走了地中海酒店的大堂。

做贼，就是有做贼的便利。凌晨的时候，徐峙洗劫了一家高档服饰的干洗店，轻松就获得了几套价值不菲的高档行头。在这个极其看重物质的时代，只要你外表足够的雍容华贵，那些看门的服务生是丝毫不会将你联想成贼或者是通缉犯的。

“现在我们该怎么办？”小蝶怯怯地问道，毕竟这是她第一次做这种像间谍一样的勾当，内心深处是既忐忑又不安，还有些许的兴奋。

“就按我们既定的计划去做，”徐峙从容不迫地说道，“酒店左侧有一个小门，你看到了没有？从这里就可以进入监控室，这个时候那里只有一名保安在值班，只要你……”

徐峙突然停下脚步，一侧身子将毫无准备的小蝶亲昵地拥抱在怀中，炙热的双唇紧贴在小蝶柔嫩光滑如鹅蛋般的脸颊上爱抚式地滑动着。

“你干什么？”小蝶想要挣脱，却被徐峙抱得更紧了。

“不要动，配合一下，那边有警察！”徐峙在小蝶的耳边低语道。

小蝶从徐峙怀中偷眼望去，果然见电梯里走出几个戴着警徽的人。为首的是一个女的，身材高挑，面目姣好，皮肤白皙似雪，头发乌黑如墨，眉宇之间透着一股令人折服的飒爽之气。

那个女警官朝徐峙和小蝶的方向望一眼，看着他们亲密无间的模样，充满质询的目光缓缓收了回来。

“殷督察，”一名年轻的警员紧跟在女警官的身后，“那个叫郑克杰的餐厅服务生已经不知去向了，我看他一定是做贼心虚潜逃了。”

“怎么会是这样？”那个被称作殷督察的女警官停下脚步，质疑地问道，“先前不是说那个郑克杰正常来上班了吗？怎么一会儿工夫他就会得到消息潜逃了呢？”

“我也觉得很奇怪，我们抓捕郑克杰的行动是极其秘密的！我们这几个抓捕的警员也是来到地中海酒店才知道抓捕对象是谁的。”那个警员也是满脸的不解。

“这么说问题不是出现在我们警队内部！”那个女警官略一沉思，眼光如剑般地扫射了一下大堂，“酒店这边我们和什么人提起过？”

“只和他们的保安经理联系过！”

“就是那个叫栾正豪的保安经理吗？”女警官蹙眉思索道。

“是的！”年轻警员回答道。

“上次这个保安经理就曾经擅自进入过案发现场，这次又不明不白地让郑克杰提前得到消息逃走了，难道这个人身上有什么我们所不知道的事情吗？”女警官两道英气逼人的剑眉此刻已经拧成了疙瘩。

“可是这个叫栾正豪的保安经理一直和我们在一起呀，他应该没有时间去通知郑克杰，我们也没有见他接打手机或发短信。”年轻警员疑惑地说道。

又有一名警员插口道：“或许就在我们和那个保安经理交代案情，要求保安经理配合我们抓捕时，郑克杰恰好就在附近，他是无意中听到这个消息才仓皇逃走的。”

女警官面露愠色地道：“目前只能接受这个解释了！如此一来我们就非常被动了，我们必须抓紧时间抓到郑克杰，他是打开这一系列疑案的关键所在。”

几个警察一边聊着，一边急匆匆地从徐峙和小蝶身旁经过，然后径直走出了大堂的正门。

“好险啊，那个女警察的眼神实在是太犀利了，我们差点就露出马脚了！”徐峙心有余悸地说道。

“那你抱够了没有？”小蝶嘟着嘴嗔怪道，两只眼睛却弯成了月牙。

嘿嘿，嘿嘿，徐峙满脸都是得了便宜卖乖的模样：“刚才事出紧急，不好意思了，美女！”

徐峙这才恋恋不舍地松开了紧抱着小蝶的双手，临分开时还不忘用力地吸了一下小蝶身上沁人心脾的芳香。

“讨厌！”小蝶用粉拳轻捶了一下徐峙，然后正色道，“我们赶快先办正事吧！”

徐峙拉着小蝶潜入了位于酒店大堂左侧的办公区域内，那里是监控室的机房和监控值班室。透明的玻璃房间后面，目前只有一个胖胖的保安坐在那里值班。胖保安一边啃着手中的汉堡，一边低头看着报纸，并没有留意监控器里画面的变化。

徐峙俯到小蝶的耳边轻声道：“就按我们之前商量的计划，你负责把值班保安引开，然后我潜入监控室内，拷贝凶案发生那天走廊里的监控录像。”

小蝶竖起纤纤玉指，做出一个OK的手势，刚要上前走去，却被徐峙一把拉了回来。

“怎么了？”小蝶不解地望向徐峙。

“你这个造型的诱惑力还不够，我得帮你改造改造！”徐峙也不等小蝶回话，一下子将小蝶胸口的衣服扯开，然后打成了一个蝴蝶结，一刹那间小蝶雪白如脂的肌肤便露出一大片，更要命的是那个被称作女人事业线的诱人沟壑，带着致命的杀气已经清晰地呈现在了徐峙面前。

小蝶连忙双手交叉捂在胸口，雪白的俏脸一片绯红，嗔怒道："你干什么呀？"

小蝶刚保护住袒露的上身，就又听刺啦一声，裙子已经被撕开了一个高高的开衩，丰腴大腿上的雪白光泽立刻使昏暗的走廊变得明亮起来。

小蝶差点就惊呼出来，幸好被徐峙用手及时捂住了嘴巴。

"只有这样才能把那个保安诱惑得神魂颠倒！"徐峙拍拍小蝶的肩膀道，"听我的绝对没错！作为一个资深色狼，我知道什么样的造型对男人最具杀伤力！"

小蝶忍不住扑哧一声笑了出来："居然还有人称自己为资深色狼，你脸皮还真厚啊！"

"谢谢美女夸奖！"徐峙大言不惭地欣然接受。

监控室里的胖保安索然无味地翻着报纸，里面的新闻丝毫不能引起他的兴趣，他将吃剩的汉堡包装纸卷成一团，用力地抛向了屋子一角的纸篓。就在这时他感觉眼前光晕一闪，他以为是自己盯着屏幕久了，眼睛出现了幻觉，于是他揉了揉眼睛，但，这不是幻觉！

一团诱人的雪白尤物带着致命的杀伤力出现在了监控室旁边的过道，迷离的眼神有意无意地飘向了监控室。

胖保安感觉喉头干涩，灼热气息让他几乎无法喘息，胖保安用力地扯开了领带，喉结急剧地蠕动了几下，却仍旧没有任何湿润的感觉。

就在这时更加离奇的一幕发生了，那个美女居然脚底一崴，就摔倒在了监控室前面的过道上。

"我靠，天赐良机呀！"胖保安欣喜若狂地从椅子上弹射而起，肥胖已久的他头一次有了身轻如燕的感觉，几乎只是一眨眼的工夫，那个胖保安已经带着满脸的殷勤，单膝弯腰跪倒在了小蝶的身旁。

"小姐，你没事吧？"胖保安尽量压抑自己内心的激动，两只眼睛却不由自主地带着喷火的热辣紧盯着小蝶的胸口。

小蝶按照徐峙教的那样，故意用手揉了揉胸脯，丰腴的肌肤顿时荡起了诱人的波浪。

"小……小姐，你摔疼了没有？"胖保安一脸的贪婪，语无伦次地说道。

小蝶偷眼瞄去，徐峙已经猫着腰潜入了监控室里面。

监控室里面都是大大小小的屏幕，还有轰鸣声不断的机箱。徐峙是做贼的老手，对小偷克星的监控设备深有研究。

徐峙不费吹灰之力就拷贝到了案发当天酒店七层全部的监控录像。

徐峙探头望向监控室外，却看见那个胖保安正在揉搓着小蝶光洁如玉的脚踝，肥大的脑袋却不怀好意地扭动到了其他部位。

虽然是背对着徐峙，但徐峙也知道那个胖保安正在用饥渴的眼神亵渎他心中的女神。

“这个好色的死胖子！”徐峙咒骂道，同时也在埋怨小蝶，我让你适当地表演一下，你表演得也未免太夸张了吧？用得着摆出那么妩媚的姿势，让那个死胖子一饱眼福吗？

徐峙看到小蝶望向监控室的方向，连忙伸手做出一个OK的手势，然后猫着腰偷偷地潜出了监控室。

就在徐峙按原路从侧门刚刚走出的时候，却和一个年轻的保安擦肩而过，那个保安下意识地抬头看了一眼徐峙，徐峙虽然贴着假胡子，戴着茶色眼镜，但还是本能地用手挡了一下脸，然后就急匆匆地走出了酒店的大厅。

年轻保安驻足停顿了一下，望着徐峙消失的背影，然后摇了摇头，似乎是觉得自己多虑了，低着头继续向前走。

“小林子！”一个声音惊醒了深思中的年轻保安。年轻保安回头一看，只见一个中年男子朝他走了过来，正是他的顶头上司，保安经理——栾正豪。

“栾经理，什么事情啊？”叫小林子的年轻保安问道。

栾正豪一拍小林子的肩膀道：“想什么呢，这么出神？”

“噢，没什么，只是觉得刚才走过去的那个人有些奇怪。”

“哪个人啊？”栾正豪顺着小林子的眼神望去，恰好看到徐峙闪身走出大厅，眼波中闪过一丝异样，但只是一瞬间的事情，随即若无其事地笑道，“别管他了，有什么事自然有警方。你帮我去监控室拷贝一下今天早晨酒店的所有监控。”说着将一个移动硬盘递到了小林子手中。

“警察不是都查过了吗？”小林子有些疑惑地望向栾正豪。

栾正豪脸色一沉：“我自然有我的用处。”

见顶头上司有些发火，小林子不敢再多言，低头推开了通往监控室的侧门。

此刻小蝶已经矫健地从地上爬了起来，对着那个满脸殷勤、不怀好意的胖保安道："我没事了，我真的没事啦！"

"我再帮你揉揉吧！"胖保安对于小蝶光洁的玉足仍旧恋恋不舍，伸出的两只肥手恨不得就把小蝶按倒在地。

"怎么回事呀？"一个年轻的声音响起，不知何时在小蝶与胖保安身后出现了一个身材笔挺的年轻保安。

"噢，是小林子啊！"胖保安不好意思地把伸出的肥手缩了回来，向小蝶介绍道，"这是我同事林浩宇！小林子，你来得正好，先帮我看着监控器，这位女士脚崴伤了，我送这位女士出去。"

"噢，不用了！"小蝶赶忙摆手道，"我现在已经完全好了，可以自己走了！"也不等胖保安答话，小蝶便急忙将高高开衩的裙摆抓紧，捂着雪白的大腿慌不迭地朝大门的方向走去。

胖保安一脸惋惜地望着小蝶婀娜的背影，肥胖油光的脸上写满了失望和遗憾。

那个叫小林子的年轻保安也目不转睛地看着小蝶慌乱离去的身影，白净的脸上写满了疑惑。

"都走远了，你还恋恋不舍呀？没想到你年纪轻轻，比大哥我还好色啊？"胖保安用手指一捅年轻保安，插科打诨道。

年轻保安缓缓摇了摇头，似乎是在自言自语，又像是在对胖保安说："我怎么觉得这个女人好面熟啊？"

21

简陋的汽车旅馆里面可以说是一无所有，除了一张坐上去吱吱呀呀响的大床，就是一个油漆斑驳的旧书桌。但这里的好处是除了不用登记姓名之外，还可以从老板娘那里租到一个笔记本电脑使用，当然前提是要付一定的租金。

幸好徐峙在出车祸后，从刀哥他们三人身上搞到了钱包，所以这笔小钱还是不在话下的。

汽车旅馆的隔音效果实在是太差，隔壁一对男女此起彼伏的叫喊声，还有不堪重负随时可能坍塌的床铺吱呀声，已经从下午两点多钟响到了晚上夜幕低垂。

刚开始的时候小蝶听得面红耳赤，恨不得找个地缝钻下去，那种羞愧难当的表情，仿佛那个纵情高叫的女人就是她自己。可是一个下午下来，似乎小蝶也已经对这种声音习以为常，只是专心致志地看着笔记本电脑上播放的监控画面。

"这对男女平时一定很压抑，否则不会放纵这么久的！"徐峙分析道。

"你呀，就是没正经！自己身陷冤案之中，你没有发表任何有价值的意见，倒是把这对偷欢的男女分析得头头是道！你要是再这样魂不守舍的，我可不再帮你分析案情了！"小蝶撇嘴嗔怪道。

"好了，好了，咱们还是说我的案子吧！"徐峙做出一副痛改前非的模样央求道，神情中却还在牵挂着隔壁的那对男女。

"喂，你专心点好吗？"小蝶白了一眼心猿意马的徐峙，"你都听了一个下午了，还这么有兴趣啊？"

徐峙赶忙吞咽了一下口水，将意乱情迷的心绪收拢了回来："你有什么发现吗？”

“我用快速播放的模式播放了案发当日的全部录像，对进出0701号房间的人员进行了统计，发现一共有三个人在案发当日进出过0701号房间，第一个是酒店的卫生清洁工，第二个是餐厅的服务员，第三个是一个打扮妖艳的女人，应该是一个女按摩技师。

我们首先可以排除那个女清洁工，因为她是早晨八点多钟进入房间清扫卫生的，而那个古董商死亡时间按你所说应该是在23：30到0：30之间，女清洁工不具有作案的时间，她的嫌疑可以排除。

以此类推，我们还可以排除那个送餐员，因为他进入古董商房间的时间是在中午，距离古董商遇害的时间还有十多个小时，他也不具备杀人作案的时间。

“由此来看，那杀人凶手就只剩下那个女按摩技师了？”徐峙脱口而出道，但随即又否定道，“可是我看那个送餐员之后又出现在了0701房间的门外，看他那口型，还有对话的节奏，似乎正在跟房间里的那个古董商说话。也就是说古董商在女按摩技师离开之后仍然活着。”

“我开始也是这样想的，搞不清楚他们三个人里面哪个才是真正的杀人凶手。他们三个里面有两个人不具备作案时间，剩下的那个女按摩技师似乎又有充足的人证。但是就在刚才我突然意识到其中的奥妙所在，这里的把戏其实很简单，作为所谓人证的那个送餐员其实是在监视器下表演了一出古董商人仍旧活着的哑剧，目的是替那个女按摩技师洗脱罪名。”

徐峙立刻恍然大悟：“你是说那个送餐员站在房门口的所谓对话，只是表演出来的假象，他故意通过说几句停一下，似乎是在听对方说话的神情，让看监控视频的人相信那时候古董商还活着。”

小蝶点头道：“不错！即使警方有所怀疑，但只要找不出送餐员和那个女按摩技师之间的特殊关系，就只能相信送餐员所说的话。”

徐峙叹服道：“这招看起来好像并不怎么高明，但却非常实用，不但可以混淆警方的视线，而且在法庭上还可以作为强有力的证据博得陪审团的信任，从而为女按摩技师的杀人罪行开脱，进而将杀人罪名彻底地嫁祸到我身上。”

“的确如此！如果我猜得没错，现场他们肯定没有留下任何有价值的证据，所有的不利因素都指向了你，你又有犯罪的前科，只要那个送餐员一口咬定当时古董商还活着，那么你确实是跳进黄河也洗不清了。”

“看来我这次真是死定了！”徐峙刚刚泛起希望的眼神又变得黯淡起来。

“那倒未必！警方也看出了其中的玄机。他们也正在追捕那个送餐员。”

“你怎么知道？”徐峙好奇地望向小蝶。

小蝶嫣然一笑：“你忘了吗？今天早上我们去地中海酒店偷监控录像的时候，曾经碰到几个警察，他们到地中海酒店就是为了抓捕那个送餐员。”

“这你也知道，难道是那些警察告诉你呢？”徐峙满脸的不可思议，他抬头望向小蝶，感觉眼前的女人突然间变得高深莫测起来，自己思维竟然已经完全跟不上了。

“告诉你个头！”小蝶用手指戳了一下徐峙的额头，“那时候我被你用力地压在身下，警察有机会跟我说吗？”

“那你又是怎么知道的？”徐峙焦急地问。

小蝶弧度美丽的嘴角微微上扬，满脸的莫测高深，却是不语。

“姑奶奶，你快告诉我吧？我都快急死了！”徐峙拉着小蝶的手央求道。

“好孩子，姑奶奶这就讲给你听！”小蝶摸着徐峙的头发，忍不住咯咯笑道。

“你这小丫头片子也学会占我便宜了！”徐峙支着头，乖乖地任由小蝶抚摸头顶。

“这叫近朱者赤，近墨者黑，跟你在一起久了，自然就学会了油嘴滑舌！”小蝶嘿嘿笑道，“道理嘛其实很简单！他们说要抓捕一个叫郑克杰的人，我便记下了这个名字，之后在挂在大堂的工作人员公示相框中，我找到了郑克杰的照片，记下了他的模样，刚才我在看视频监控的时候，一眼就认出了那个送餐员就是正在被警方寻找的郑克杰。”

徐峙忍不住惊呼道：“哇，姑奶奶，你真的很厉害啊！你要是去当警察肯定是神探呀，那帮酒囊饭袋连给你提鞋的资格都没有！”

“嘘，你声音轻点，别让隔壁那对男女听到呀！”小蝶将手指放在徐峙唇边，做出一个噤声的动作。

“怕什么？那对狗男女自high还来不及，哪顾得上听我们说话。”徐峙无所谓地撇撇嘴。

“你干吗骂人家狗男女呢？”小蝶面露不悦。

“骂他们狗男女都是算轻的！来这种地方开房的，都是见不得光的，不是背着丈夫偷情，就是瞒着妻子搞破鞋，肯定都不是好东西！”

“好像还真是这么回事！”小蝶忽然想起他们走进旅馆时，老板娘看着他们时的鄙夷模样，难道老板娘也把我当作那种女人了？

小蝶想到这里，顿时羞得满脸通红，抬起粉拳就捶向徐峙：“都怪你带我来这种地方，真是丢死人了！”

徐峙猝不及防被打得吃痛，忍不住怪叫道：“姑奶奶你打我干什么？咱这也是没办法呀，去别的地方开房间可是需要提供身份证明的。我们那小木屋又没有电源看监控，这也是被迫之举呀！”

小蝶想想是自己错怪徐峙了，心中的怒火这才逐渐消了下去。

“不过你也不要小看警方！”小蝶提醒道，“要是他们真的都是些酒囊饭袋，肯定按照先入为主的思维，只是通缉你一个人了。既然他们现在把调查的重点转移到了那个餐厅的服务生郑克杰身上，就说明警方也有高人，他们已经开始怀疑真正的凶手很有可能是那个女按摩技师和郑克杰。”

“你这么一说，我也想起来了，在地中海酒店大堂遇到的那个女警官，看她的样子就非常厉害，单单是那眼神就差点把我戳穿！”徐峙心有余悸地说。

小蝶幽幽地道：“那个女警官，我也觉得不简单！”

“那我们现在该怎么办？”徐峙请示道。

小蝶蹙眉想了一会儿：“警方现在已经在追捕郑克杰了，以我们两个人的力量恐怕很难在警方之前找到郑克杰，所以我们现在应该把注意力放在另一个可疑人物身上。”

“你是说那个女按摩技师吗？”徐峙不确定地望向小蝶。

“不错，那个女按摩技师是能否洗清你冤屈的关键突破口。”

徐峙摸着下巴道：“话虽是这么说，可是我担心那个女警官会抢在我们的前面。”

小蝶莞尔一笑：“我已经想到了办法！不过嘛，你得冒一点风险！”

“风险系数大吗？我可还没有传宗接代呢！”徐峙紧张地问道。

“又不是让你卧底到宫里当太监，你紧张什么？”小蝶话一出口，顿觉不妥，想要收回已然不能，一张俏脸不由得涨得通红。

但也就在这短暂的一刹那，小蝶刚才话语中的一个词语如同一记惊雷在小蝶暗无光亮的记忆中划出一片耀眼的光带，那段支离破碎的记忆裂痕逐渐呈现在小蝶眼前，顿时让小蝶变得脸色苍白，冷汗涔涔。

“那个我，真的是我吗？”小蝶呢喃道。

“你怎么啦？”徐峙看出小蝶的神情有些不对，关切地问道。

“噢，没什么！”小蝶慌忙掩饰住内心的慌乱，转移话题道，“时间不早了，咱们回小木屋吧！”

徐峙看看腕上的手表：“时间的确也不早了！”说着穿上外套，戴上棒球帽，将帽檐用力向下压了压，然后又戴上了墨镜。

小蝶看着徐峙警惕的模样忍不住笑道：“有谁会晚上戴墨镜呀？那个前台的老板娘看了一定会怀疑的。你这是欲盖弥彰！”

“那倒未必！”徐峙自信满满地说，“来这里开房的大都是不正当的男女关系，他们都不希望别人记下他们的真实面孔，所以大晚上戴太阳镜一点也不会觉得怪异！”

“好像还真是这样啊！你这家伙干歪门邪道还真是在行！老实交代，你是不是经常到这里偷情呀？”小蝶歪着头看向徐峙。

徐峙邪魅地一笑：“不瞒你说，今天和你开房还真是我人生中的第一次！”

“讨厌！”小蝶的粉拳用力地捶向了徐峙。

徐峙机警地闪开，嬉笑道，“我说的第一次，是指在这种旅馆开房，不是说我的那个第一次。”

“去死！看我不把你撕成碎片！”两个人笑骂着走出房间。

就在徐峙打开房门的一刹那，隔壁房间的房门也恰巧打开，一个皮肤白皙、身材姣好的女人走了出来。

女人没想到旁边的房门会突然打开，骤然见到徐峙和小蝶出现在身旁，整张脸上立刻浮现出那种奸情被人撞破的窘迫神情。但这种表情只是一闪而过，她迅速将房门关闭，戴上宽边的太阳镜转身离去。

徐峙内心深处的震撼也不亚于那个女人，虽然戴着厚厚的墨镜，但那个女人涂抹得如同冰冻死尸一样惨白的面颊，仍旧带着夺命的寒气直刺入徐峙的瞳孔之中。还有那一头的紫发，好似吸血鬼的毒牙，狠狠地戳在了徐峙的心底。

徐峙禁不住打了一个寒战，难道自己见到鬼了？消失在走廊黑暗阴影中的女人，竟然就是自己在地中海酒店13层看到的那个被塑料袋活活捂死的女人！

22

警局的审讯室里，英妮拉满不在乎地坐在那里，微微发卷的头发随意散开披在身后，一双有着浓郁异域风情味道的眼睛，饶有兴趣地望着对面审问她的殷柔和赵鹏飞，那种你能把我怎么样的挑衅意味赤裸无遗地流露在眉宇之间。

"警察姐姐，你又一次把我叫到审讯室，这是为什么呀？"

殷柔沉声道："第一，请叫我警官或者殷督察，第二，我的年龄比你小，请不要叫我姐姐！至于我们把你叫来的原因嘛——"殷柔故意将话锋的旋转音拉得很长，却没有再说下去。

这是一种审讯的技巧，在没有充分的证据之前，你不能将自己的审问目的清晰地展现在嫌疑人的面前，你必须通过语调的变化和话锋的转折，来给嫌疑人制造出一种已经洞晓一切的错觉。有些心理防线脆弱的嫌疑人就会坦诚自己所有的罪行，往往还会获得意外的收获。

沉默，是现在最好的武器。

一种莫名的压抑开始在审讯室里蔓延，这种无言的寂静有时候比歇斯底里的吼叫还让人难以忍受。

果然，没过多久，英妮拉脸上玩世不恭的笑容开始僵硬，充满挑衅的眼睛也逐渐变得有些游离不定，她不自然地搓了搓手心，率先张口说话了。

"你们有什么问题就直接问吧，这样的煎熬实在让人难受！"

殷柔秀眉一挑，冰冷地道："应该是你有什么问题向我们讲吧？"

"我能有什么事情向你们讲啊？该讲的我上次都讲过了！"英妮拉故意大声地笑了起来，但当她的目光触及殷柔寒彻如冰的眼眸时，声音立刻变得虚弱起来。

英妮拉尴尬地收敛了笑容，抿了抿嘴道："那天下午我接到郑克杰的电话，他说已经为我联系好了，晚上10点多钟到0701号房间服务。当时我正在给另外一个客人按摩，所以也就没有多讲，只是又强调了一下佣金的问题。

晚上10点多钟，我按约定的时间敲开了0701号房间。房间里面很干净，只有阚先生一个人，他将我让到了里屋，然后躺在床上脱掉上衣让我给他按摩。我按照他的要求给他按了头肩背腿，还有小腹。我提出给他做个足疗，但是被他拒绝了。他说已经到了他每天必须睡觉的时间，以后再给他做足疗。按摩完成之后，阚先生付给了我按摩的钱，我就离开了他的房间，事情的经过就是这样。"

"事情果真就这样简单？"殷柔语气冰冷地问道。

"当然就这么简单了，还能有什么啊？"英妮拉满脸无辜地道。

殷柔却不动声色："你想想要是就这么简单，我们还会请你第二次来警局吗？"

英妮拉轻咬了一下嘴唇，似乎是下了很大的决心："好吧，告诉你们也无妨！这个阚先生并不像看上去的那样老实，在按摩的过程中他时不时想占我点小便宜。为了能够笼络住这个金主，我是强忍住心底的一万个恶心去敷衍他。他事后给了我一大笔小费，总算让我心底平衡了一些！整个按摩过程就这么一点事，其他什么都没有了！"

"在按摩过程中你们有没有聊到一些特别的什么？"殷柔凝视着英妮拉问道。

英妮拉双手一摊道："天南海北的都是我一个人在说话，这个阚先生实在是不爱言语，每说一句话都像是挤牙膏一样。"

"那你和郑克杰这个人熟吗？"殷柔话锋一转道。

英妮拉又露出一脸无辜道："警察姐姐，噢，不，殷督察，我上次已经跟你说过了，我和这个郑克杰根本不熟悉，仅仅是一个点头之交的合作关系。他帮我介绍生意，我给他佣金，就这么简单？"

"你知道郑克杰今天失踪了吗？"殷柔目不转睛地盯着英妮拉的眼睛，试图从中捕捉到任何细的变化。

英妮拉眼睛瞪得溜圆，随即道："郑克杰失踪不失踪，关我什么事呀？

我早就说过跟他不熟了！”

看到殷柔、赵腾飞质疑的目光，英妮拉突然醒悟道：“你们该不会怀疑是我把郑克杰杀了吧？”

殷柔把手中的记录笔一扔，冷冷地道：“我只是说郑克杰失踪了，可并没有说他已经死了！”

英妮拉立刻露出一脸的惶恐：“我只是随口瞎说的，我怎么知道他死了没有？你们可不能给我随便安罪名！”

殷柔冷笑一声道：“我们警方是不会随便冤枉好人的，能否证明你的清白就靠你自己了！”

英妮拉焦躁地挥舞着双手道：“我所知道的都和你们讲了，你们为什么不相信我呢？我实在没有什么向你们交代的了！”

“真的吗？”殷柔面寒如冰道，“你再仔细想想？你好像还没有如实向我们交代你接近阚立龙的真正目的吧？”

英妮拉很无辜地将双手一摊：“我接近阚立龙能有什么目的？当然是为了挣钱啦！”

“果真这么简单吗？”殷柔用一种意味深长的语气问道。

“还会有什么呀？”英妮拉想要嘲讽地笑笑，但当她望到殷柔那张冰冷而深不可测的面容时，笑容再一次僵在了脸上。

“我真的没有什么其他目的！”英妮拉低声呢喃道。

“既然你不肯说，那我就帮你回忆一下！这个回忆虽然有一些痛苦，但为了破案，我们还是不得不提及！”殷柔小心翼翼地说道，生怕过分刺激了英妮拉。

英妮拉忽然间意识到殷柔要说的是什么了，两只手用力攥紧了拳头，深陷在手掌中的长指甲将掌心抠得非常痛，可是英妮拉仿若浑然不觉，一双眼睛喷火似的望向了殷柔。

“你原本根本就不是一个游离在社会边缘的按摩女，你其实是一个品学兼优的好学生，你是你们村里唯一的女大学生，你考入了N市的名牌大学，成为你的父母，乃至你全村人的骄傲。而且更让你感到幸福的是在你考上大学的那一年，你和你青梅竹马的男朋友订下了婚事，直等你大学毕业后找到工作就完婚。一切看起来都是那么完美，一切看起来都是那样令人艳羡。只可惜八年前的一次意外，却彻底改变了你的人生轨迹。”

殷柔顿了顿，接着道：“就在那一年的暑假，你为了勤工俭学，独自留在了N市做暑期工。可是你做梦也没有想到，就在你忙完一天的工作熟睡时，突然有一个蒙面的男人闯入了你的寝室。你虽然拼命反抗，但是还是没有逃脱那个恶魔的凌辱。更可悲的是你受辱的事情竟然传到了你那个非常封闭的家乡，你的父母因你蒙羞一病不起，而你的未婚夫也因此上门退婚。你受不了流言蜚语，不敢再去学校，也无法忍受家乡人的白眼。备受打击的你有家难回、有朋难投，从此之后自暴自弃，做起了按摩这个行当。而那个曾经侮辱你，被坊间称作六指淫魔的恶人却至今逍遥法外，你……”

“好了，够了！”英妮拉歇斯底里地喝断了殷柔的话，往昔的屈辱和愤恨像溃堤的江水一样涌入脑海，英妮拉的两只眼睛瞬间变得通红，仿佛两团火焰要将整个审讯室点燃。

“就算我有那样屈辱的过往，那又和现在的案件有什么关系？难道我作为上一起案件的受害人，在这一起案件就应该受到怀疑吗？这是什么样的逻辑？你们警察难道就是这样办案的吗？”英妮拉已经有些不受控制，她离开座椅用力地嘶吼着，艳红的指甲不停地在空中飞舞。

殷柔却丝毫没有被英妮拉的疯狂所干扰，她语调平和地说道：“你先不要激动，有什么事情我们坐下来慢慢说。”

“有什么好说的？你们有本事就去抓那个六指淫魔？把我这样一个受害人圈在这里算什么？”英妮拉仍旧在嘶吼，但声音已经弱了许多。

殷柔用尽可能柔和的声音说道：“我们不是有意要戳痛你的伤处，作为一个女人，我对于你曾经的遭遇深表同情，但是为了这次的案件能够尽快地大白于天下，也为了洗刷你可能有的嫌疑，我们必须弄清这两件事之间是否存在着关联。”

英妮拉亢奋的情绪终于平和了下来，她缓缓地坐在椅子上：“没想到你们居然能把这么多年前的事情也挖出来，有什么问题你就尽管问吧。”

殷柔的身子微微向前一倾，一字一句地说道：“我想问你，那个阚立龙是不是当年的六指淫魔？”

英妮拉身子一震，用一种难以捉摸的眼神望向殷柔：“你为什么会这样问？”

殷柔道："我就任N市重案组组长以来，非常希望能够把N市尘封已久的几起悬案侦破，所以曾经认真阅读过相关案件的卷宗。因此当我看到你名字的时候，就立刻想起了八年前的那起系列强奸案。"

英妮拉恍然大悟，她这才明白为什么警方能够这么迅速地就将自己与当年的那起案件联系起来，原来关键因素就是眼前这位女督察，曾经默默地为多年前的悬案付出过辛劳，所以才会如此迅捷。英妮拉心底不由得浮起一丝敬佩之情。

同样心生敬意的还有赵腾飞，如果说之前赵腾飞是被殷柔的敏锐和聪慧所折服，那么这一次则是被殷柔的执着和勤勉所征服。

殷柔作为一个女性，能够在男性都非常难以胜任的重案组脱颖而出，并年纪轻轻成为重案组的组长，果然有着异于常人的非凡之处。

殷柔没有理会两人敬畏的目光，继续道："我再问一遍，那个阚立龙是不就是六指淫魔？"

英妮拉侧着脸，斜视着殷柔道："这个问题，我应该问你们警方才对，你们警方都不能够确定阚立龙是不是六指淫魔，我作为一个受害人，又怎么能够知道？"

殷柔冷笑一声道："既然你已经知道我阅读过当年的卷宗，就应该明白我对当年的情况是有所了解的。虽然那个六指淫魔做事非常隐蔽，每次作案都戴着头套，将五官严密遮挡，而且通常都是将受害人击昏之后才实施暴行，所以受害者都没有见过他的真实面目。但你是一个特例，在七名受害者中，你是唯一一个见过六指淫魔，并与他发生激烈搏斗的人。我有理由相信你刻意接近阚立龙，就是为了确定阚立龙的真实身份，以报当年的凌辱之仇！"

"哈哈哈哈！"英妮拉纵声大笑道，"就因为这个，你就把我拘到警局二次审问？你们警察做事也太荒唐了吧？"

殷柔并没有理会英妮拉的冷嘲热讽，只是冷眼望着英妮拉："没有一定的把握，我自然是不会把你请到警局的。在你来之前，我已经对你这几年来的情况进行了简要的调查，你有没有兴趣听一听？"

英妮拉脸上的笑容立刻荡然无存："你调查我？"

殷柔没有否认："每一个涉案的人，我们警方都必须进行细致的调查，当然也包括你。"

英妮拉没有说话，只是黑着一张脸狠狠地盯着殷柔。

殷柔继续道："你从大学辍学之后，有家难回，只好继续飘荡在这个城市。心灰意冷之际，一心只想自暴自弃的你很快就结识了一些狐朋狗友，堕落到了纸醉金迷、醉生梦死的泥沼之中。但你却始终没有忘记那个害得你家破人亡、前途尽毁的六指淫魔。一次偶然的机会，你接触到了按摩行业，忽然发现这个行业有个非常大的好处，就是可以跟男客人的肢体发生比较亲密的接触，可以看到他们平时遮挡在衣服里的隐秘特征……"

"你这是什么意思？当我是花痴啊？我对臭男人没有那个兴趣！"英妮拉冷冷地打断了殷柔的话。

"我知道，"殷柔并不恼怒，"我知道你其实对男人是非常痛恨的，你接近男人的目的并不是获得男欢女爱，也不是为了单纯的金钱，而是想找到那个让你痛苦一生的六指淫魔！"

英妮拉高高扬起的脸终于缓缓地低了下去，喷火似的眼神也冷却了许多。

"我刚才说过，你是唯一一个见过六指淫魔的人，虽然当时六指淫魔戴着头套，但是你却看到了六指淫魔身体上的一个显著特征，那就是在他的大腿内侧有一块红色的印记。于是你决定在按摩行业干下来，并频繁地转换工作地方，以结交更多的姐妹。你让你的姐妹们帮你留意，只要是大腿内侧有红色印记的人，就立刻打电话通知你。就在前不久，一个在地中海酒店工作的按摩技师打电话通知你，说在地中海酒店0701号房间有一个叫阚立龙的男人他的大腿内侧就有一块红色的印记，你听到这个消息之后就立刻跳槽来到了地中海大酒店，并通过郑克杰很快联系到了阚立龙。我想报仇才是你接近阚立龙的真正目的吧？"

英妮拉苦涩地一笑："你果然厉害，什么事情都瞒不过你，既然你已经知道了我接近阚立龙的目的，那你也应该清楚，我并不是杀害阚立龙的凶手，因为阚立龙，他并不是六指淫魔！"

"噢？"殷柔有些意外，"你这么肯定？"

英妮拉又是苦涩地一笑："你不是看过卷宗吗？我当年曾经见过六指淫魔的身体，他的身体比较白皙，也没有什么体毛，而这个阚立龙身上有着浓密的体毛，虽然前后两次见面相隔了有八年之久，但人身上的体毛不会有这么大的变化，所以虽然阚立龙身上有一块红色的印记，但我可以确定他并不是当年的那个六指淫魔。”

殷柔道：“卷宗里面并没有记录体毛这些细微的特征！可能是当时记录人员的疏漏吧！”

英妮拉抿了抿嘴道：“也可能是我当时没有说得那么详细吧！”

英妮拉的脑海中浮现出当年的情景，声音也变得哽咽起来：“那时候我还很年轻，骤然间受了那么大的刺激，脑袋里面一片混乱，所以当时在警局做笔录的时候，我一直是处于一种混乱的状态。”

“能给我再详细讲讲当时的情况吗？”殷柔小心翼翼地问道，“你知道我也很想侦破当年那起案件！”

英妮拉抬眼望向殷柔，眼波之中交错出现了信任、怀疑、无助、渴求等复杂的情绪变化，持续了两三分钟，英妮拉似乎下定了决心，她狠咬了一下上嘴唇，努力揭开了隐藏在心底八年之久都没有彻底愈合的伤口。

“那一年我22岁，正处于人生中最美好的年华。由于我们老家有早婚的习俗，所以我在上大学之前就和青梅竹马的男友订下了婚事。那年暑假原本男友答应和我一起在N市打工，但是他的母亲突然心脏病发作，所以他只能在家里照顾母亲。但为了筹措下学期的学费，我不得不一个人留在N市，在一家家教公司当家教。当时学校已经放假，我只能租住在一个很偏僻但却很廉价的出租屋，没想到却招来了灭顶之灾。那是一个周末的晚上，我拖着疲惫的身子回到家中。我脱掉衣服来到浴室，准备冲一个凉就睡觉。可是我刚刚打开水龙头，就隐约听到房间里传来什么响动的声音。

我披上浴巾走出房间，还没等我明白过来，就突然蹿出一个人从我身后将我紧紧抱住，同时用一块手帕向我鼻子捂了过来。很快，我便失去了知觉！

也不知过了多久，我在一阵刺痛中苏醒过来，隐隐约约看到床边摆放着一个画板，上面画着一个女人，看那身材分明便是我自己。这时候，我感觉到旁边似乎有呼吸的声音，我侧转脸一看，立刻吓得尖叫了起来，那个六指淫魔戴着头套，竟然就躺在我的身旁。我下意识地一拳就打在了六指淫魔的头上。

六指淫魔醒来之后便和我扭打在了一起，我瞅准机会拼尽全力一脚踢了过去，正好踢在他的小腹下面，我依稀看到在他的大腿内侧有一块红色的印记。六指淫魔一声惨叫倒在地上，痛苦地哀号起来。

我一跃而起，想要夺门而出，却被六指淫魔一把抓住了脚踝，我重心不稳，摔倒在地上。我虽然只是一个女人，但从小在山区长大，每天都干粗重的农活，所以力气比寻常女人大了许多，而此时的六指淫魔被我踢中了要害，体力已经是有些不支。我反而占据了上风，骑在了六指淫魔的身上，把他的头按在了地上。

眼看我就要将六指淫魔制伏，竟然停电了。六指淫魔利用这个空当，抄起桌子上的台灯，直接砸在了我的后脑上，我就彻底失去了知觉。”

虽然事情已经时隔八年，当年的惨状已不复眼前，但当时的凶险从英妮拉悲戚的口吻中缓缓而出时，殷柔仍旧感觉到了那种直面而来令人窒息、不敢直视的血腥和残忍。

“你刚才是说在你第一次昏厥的过程中，六指淫魔曾经以你为模特在犯罪现场作了一幅画？”

英妮拉绷着嘴道：“的确如此！”

“那天为什么会突然停电？”

英妮拉道：“那种老旧的房子，停电是家常便饭，可能那天我用电热水器烧水洗澡，电路的负荷过大了吧？”

“你曾经踢中六指淫魔小腹一脚，当时是用左脚踢的，还是右脚踢的？”

英妮拉一愣，她显然没有预料到殷柔会突然问这样一个问题，迟疑了一下道：“是右脚！我至今还清楚地记着，用脚踢向六指淫魔的那一刹那，一下子结结实实地踢在了六指淫魔的右大腿内侧。”

“你确定无误吗？”殷柔追问道。

英妮拉用力地点了点头：“绝对不会错的，这个画面我到死都不会忘记！我的脚趾尖触碰到了他大腿内侧的胎记，也就是在那一刹那我才知道在他的大腿内侧有一片红色胎记。还有六指淫魔被我踢中时的惨叫声，滑稽而凄厉，就好像周星驰电影中的人物一样，至今我都记忆犹新。”

殷柔若有所思的点了点头，然后语气诚恳地问道：“经历了那件事情之后，你有没有想过重新开始？”

“重新开始？”英妮拉大笑了起来，随即泪如雨下，“在我们那样保守的乡村，一个女人的名节比她的性命都要宝贵，像我这样玷污了名节的女人，永远都不可能再有重新开始的机会！我苟延残喘到现在，就是为了复仇！”

殷柔感觉心底一阵酸楚，掏出一块手帕递到了英妮拉的面前。

英妮拉却没有接手帕，而是倔强地昂起了头，用不容置疑的口吻说道："我活着就是为了亲手宰了六指淫魔，但阚立龙不是六指淫魔，所以他不是我杀的！"

目送英妮拉走出审讯室，一直默不作声的赵腾飞凑近殷柔，对殷柔道："头儿，我感觉这个英妮拉并没有问题，凶手应该另有他人！"

殷柔冲着赵腾飞微微一笑，眼神忽然一凛："你这么容易就相信她了？英妮拉在和我们说谎！"

23

英妮拉大摇大摆地走出了警局，一脸的无所谓。已经过了法定最后关押的时限，警方已经对英妮拉无计可施。英妮拉从包中掏出化妆品小盒，将本就浓妆艳抹的脸画得更加妖娆和艳丽。

对着镜子仔细照了几遍，英妮拉这才满意地将化妆品小盒装进包里，扭动着丰满的翘臀，旁若无人地走在清晨的大街上。

一个只顾盯着英妮拉白皙大腿的晨练老头，竟然一头撞在了绿荫道的树桩上，立刻捂着头痛苦地蹲在地上不住哀号。

英妮拉得意地笑了笑，伸出莲藕般漂亮的胳膊打上了一辆出租车，然后一屁股坐在了副驾的位置上。

“到某某大街某某号！”丢下这句话，英妮拉从包里拿出化妆盒，又开始描起了她的眉毛。

司机一边开着车，一边用眼角的余光偷瞄着英妮拉呼之欲出的饱满胸部，高高隆起的喉结在不停地蠕动着。

“司机大哥，拜托你专心点开车！”英妮拉丝毫也不以为忤，反而咯咯地娇笑道。

“你这是因为什么事被关到警局的？”司机搭讪道。

“因为杀人呗！”

看着司机一脸的诧异，英妮拉哈哈笑道：“你看我这样子像杀人犯吗？”

“像，太像了！”司机十分肯定地说道，“你的媚眼如刀，一眨眼就能杀人于无形！”

英妮拉笑得前仰后合：“你这司机大哥也太幽默了！”一伸手摸到了司

机的胸口，“这小胸脯还挺结实的嘛！哟，还穿着毛衣呢？”

司机不好意思地笑了笑：“毛发茂盛，没办法！不过毛多也有好处，夏天蚊子无处下口，冬天还有保暖御寒的作用！”

哈哈，英妮拉笑得花枝乱颤，“要是我的每位客人都像你这样，我这工作也就干得有趣了！”

“小姐，你是干哪个的呀？”司机不怀好意地问道。

英妮拉立刻揪了司机的一根胸毛，嗔怒道：“想什么呢？老娘我可是卖艺不卖身，是正规的足疗按摩，不是那些没皮脸的下三烂！”

司机连忙求饶道：“哎哟，是我错了，是我错了！可是你下手也太狠了！”

英妮拉瞪着眼道：“这是给你点教训，以后别狗眼看人低！哎，你这是往哪里开呢？怎么跑到郊外了？”

刚才光顾着化妆和打闹，英妮拉竟然没有意识到车子已经驶到了她完全不认识的偏远山路。

“你搞什么搞，快，把车子开回去！”英妮拉嗔怒道。

司机却根本不理会，反而用力地踩下了油门。

“你这是要干什么？绑架啊？老娘可没有钱！”英妮拉惶恐地吼道。

见司机没有什么反应，英妮拉又警惕地问道：“难道你要劫色啊？”

司机冷笑道：“我对你那点姿色可没有兴趣，我车上拉着的女人比你可漂亮一千倍呢！”

“什么女人？”英妮拉刚想继续追问，发现已经不知在何时从车辆后排的位置上坐起来一个绝美的女人，正用充满敌意的寒光逼视着自己，更可怕的是在那女人手上还有一把乌黑的手枪，枪口正不偏不倚地顶在自己的后脑勺上。

“两位有话好好说，不要这么暴力吧？”英妮拉带着哭腔道，“今天可真是倒霉，刚从警局里出来就遇到了劫匪，我的命咋这么苦啊！”

“别跟我在这装疯卖傻！”身后的女人冰冷地说道，“你最好乖乖地闭上嘴巴，按我们说的去做，保证不伤害你。如果你再在这里絮絮叨叨，装疯卖傻，可别怪我手里的枪不长眼睛！”

英妮拉立刻闭上了嘴巴，两只眼睛警惕地在司机和那个女人的身上来回移动着。

英妮拉忽然想起什么，指着戴墨镜的司机大声道：“我认出你来了，你就是那个被通缉的杀人犯徐峙。”

话一出口，英妮拉就后悔不迭，垂着头小心呢喃道：“我认出了你，你是不是会杀我灭口啊？”

徐峙瞥了一眼英妮拉，故意阴恻恻地笑道：“那你说呢？”

“我想是吧？”英妮拉不确定地看着徐峙，忽然又做出一副无所谓状态倒在了座椅上，“事到如今，我为鱼肉，你为刀俎，一切只能听天由命了！”

“你倒是变化得真快！”徐峙说道。

后排的那个绝色美人忽然插口道：“后面有一辆车一直跟着我们，从警局开始一直跟到了现在，你要小心啊！”

徐峙瞥了一眼后视镜，回头冲那个绝色美人笑道：“小蝶，你放心，我早就注意到了，我自有办法把这个尾巴甩掉！”说着徐峙又是猛地一踩油门，汽车如离弦之箭一样飞驰而起。

后面那辆汽车也是紧追不舍，同样加快了速度，如同一块狗皮膏药死死地黏在了徐峙的车后。

徐峙冲着英妮拉龇牙一笑：“看来你的价值还很高呀，居然还派了警察跟踪你？瞧这些警察亡命的架势，他们的头儿一定是下了死命令，绝不允许他们跟丢你！”

英妮拉冷哼一声道：“大哥，你太抬举我啦，我就是一个女按摩技师，警察在我身上根本犯不着用这么大劲，估计他们是猜中了你们会劫持我，所以让我做诱饵吧？话又说回来了，你们干吗要劫持我呀？我有什么价值值得你们这些人三番五次地抢来争去啊？”

“你先把安全带系好再说！”徐峙突然凝视着前方，一脸的严肃。

英妮拉也感觉有些不对，她一边系安全带，一边向前望去，这时她才注意到前方是一个火车道口，而一列疾驰的火车正要通过道口。

“你不会是要冲过去吧？”英妮拉颤声问道。

“恭喜你，答对了！”也不理英妮拉的惊声尖叫，徐峙再次把油门踩到极限，汽车飞一般冲向道口。

“妈呀，我要死了！”英妮拉高分贝的尖叫几乎盖过了火车的呼啸声，而后排的小蝶却是岿然不动，脸上丝毫没有惊恐的表现，只是将左手轻轻地搭在了徐峙的肩上，同时两只美艳明眸中倒映出徐峙并不英俊但却非常坚毅的面容。

砰，类似空气爆裂的声音，汽车几乎是擦着火车头而过，只要有几微秒的误差，必将是车毁人亡的惨烈结局。

火车的呼啸声在身后响彻，同时截断了那些在后面尾随的警员。

英妮拉几乎跳出嗓子眼的心，这才缓缓地回到了胸腔之中，她拍着惊魂未定的胸脯，瞪着眼睛望向徐峙："没想到你小子的车技还这么炫，刚才真是吓死我了！"说完竟哈哈大笑起来，这女人的性格还真是阴晴不定，说哭就哭，说笑就笑，简直有点神经质。

后座的小蝶实在无法忍受，用枪管戳了戳肆无忌惮大笑的英妮拉："喂，小姐，我们这个不是在度假，而是在劫持人质，你可不可以敬业一点，做出一个人质应有的表现？"

英妮拉立刻收敛起夸张的表情，但仍是捂着嘴不住地偷笑，两只眼睛还时不时偷瞄向徐峙，眼波之中充满了欣赏、崇拜，以及"你好厉害""你好棒"之类的溢美味道，看徐峙的神色已经与方才有了天壤之别。

连徐峙这种以厚脸皮驰骋江湖的老油条都感觉脸颊发烫，心中不由得嘀咕：这个女人还真是善变！

虽然正值上午，小木屋里面仍旧是昏暗一片，阳光透过木板之间的裂缝在地上投射出斑驳的碎影。森林里植物腐败的气息，还有木板长期经历潮湿后的霉味，充斥在房间的每一个角落。

这让初次到来小木屋的英妮拉感到十分不适应，她忍不住皱了皱鼻子，打出了一个喷嚏。

"这里的味道实在是太难闻了，你们居然还能在这里住下来？"英妮拉打量着两张简易木床上的铺盖，向徐峙和小蝶投射来诧异的目光。

"能有一个栖身之所就不错了，还挑肥拣瘦，你以为我们这是在旅行呀？我们是在当逃犯！"徐峙拉过一把椅子，用力一压把英妮拉摁倒在椅子上，然后从包里拿出一卷绳子，开始麻利地捆绑英妮拉。

"唉，你这是干什么呀？"英妮拉挣扎着扭动着身子，满脸狐疑地望着徐峙。

“你是我们劫来的人质，当然要捆起来了！万一你逃跑了怎么办？”徐峙捆绑的力气更大了。

英妮拉一脸苦笑：“大哥，你想得也太多了，这荒山野岭的让我往哪里跑呀？况且你刚才冲过火车时的那气概，实在是太爷们了，让我走我也舍不得呀！”说着竟然给徐峙抛来一个极具挑逗性的媚眼。

徐峙立刻面红耳赤：“你这个小浪蹄子，不要动那些歪脑筋，你家徐爷是从来不受美色诱惑的！”边说边偷眼望向一直在旁沉默不言的小蝶，见小蝶脸上的表情由愤怒、怀疑变成欣喜，一直高悬着的心这才放了下来。

英妮拉看出了端倪，撇嘴不屑地道：“少跟我装蒜，你们男人我最了解了，要不是这大美人在旁边，你早就上钩了！说吧，你们费这么大劲把本小姐请来，究竟是为了什么事？”

徐峙把绳头打了个死结，这才放心地站在一旁。小蝶上前一步，微笑着望向英妮拉：“我们其实并不想伤害你，把你劫持过来，只是想问你一个问题。”

“什么问题？”

小蝶郑重地道：“你为什么要把杀害那个古董商的罪名栽赃到徐峙的头上？”

英妮拉瞪大了眼睛望向小蝶，就好像是看到了什么怪异的外星生物：“小姐，你有没有搞错？我和这位徐先生根本就不认识，又有什么必要去嫁祸他？况且，那个古董商根本就不是我杀的！你们和警察为什么都认为是我干的呢？”

小蝶神情一紧道：“你说警方也认为是你做的？”

“是啊，就是那个叫殷柔的女警官，她始终怀疑古董商之死和我有关系。但我是冤枉的呀，我只是给那个古董商阚立龙做了一个泰式按摩，我走的时候阚立龙还不怀好意地捏了一下我的大腿，他怎么可能是我杀的？警方不信我也算了，可是你们怎么也——”英妮拉后面的话没有说出口，但言下之意是认定徐峙才是真正杀害阚立龙的凶手。

徐峙嘴巴咧得老大，满脸的不爽：“你这意思是说我才是真正的凶手啊？”

“这不是我说的，是大家都这么认为。最后进入凶杀现场的明明就是你呀！”英妮拉委屈地说道。

徐峙顿时气得七窍生烟，大声吼道：“我是被人陷害的，我进入0701房间的时候，那个古董商阚立龙已经死了！”

“你跟我吼叫有什么用？有本事和警察解释呀！”英妮拉侧过头，摆出一副受不了徐峙吼叫的模样。

英妮拉要不是一个女人，徐峙真想上前立刻把她撕成碎片，这个女人的表情实在是令人讨厌至极，充满了被人蹂躏和凌虐的渴求，还夹杂着一些“看你能把我怎么样”的挑衅。

英妮拉继续道：“你和我之间肯定有一个人在说谎，但说谎的那个人一定不是我！”

“那你不就是说我在说谎了吗？”徐峙怒不可遏地望着英妮拉。

“事实就是这样呀！”英妮拉一脸无辜地道，“我离开阚立龙房间的时候，那个古董商还活着，可是没过多久阚立龙就死了，而中间只有你一个人进入过房间，如果不是你下的手，那还会有谁？”

“为什么就不可能是你呢？”徐峙冷冷地望着英妮拉，“也许你离开房间的时候，那个阚立龙已经死了，所谓的捏你的大腿，和你调情，跟你缠绵，那都是你编造的谎言！”

英妮拉也怒目而视徐峙：“我才没有说谎呢！人就是你杀的！”那对媚眼随即环视四周，忽又似洞察一切地笑道：“少给我安罪名，我知道你们肯定正在用摄像机偷偷拍着，想逼迫我承认，让我去替你顶罪，门都没有！”

“那你敢发毒誓吗？”徐峙威胁道。

英妮拉不屑地一阵冷笑：“发毒誓就发毒誓，有什么了不起的，如果阚立龙是我英妮拉杀的，那就天打雷劈，不得——”

话音未落，突然一阵雷声响过，晴空之中竟然莫名地打出一个霹雳，吓得英妮拉一吐舌头：“有这么灵验吗？”

徐峙像是抓住了把柄，幸灾乐祸地道：“你看，你看，老天都看不过去了！”

英妮拉丢给徐峙一个大大的白眼：“你白痴呀？这种事情光靠发毒誓能起什么作用？我有人证啊，那个餐厅的送餐员郑克杰就是我的人证，我离开之后，郑克杰曾经找过阚立龙，还隔着门说了半天话，他完全可以证明阚立龙不是我杀的！”

徐峙对此早有防备，反唇相讥道：“那郑克杰呢？郑克杰人在哪里呀？”

英妮拉有些语塞，但还是不甘示弱道："他那么大一个人去了哪里，我怎么知道？我又不是他肚子里的蛔虫。"

徐峙找到了英妮拉的三寸所在，立刻夸张地笑道："如果我猜得不错，那个郑克杰一定被你杀人灭口了！"

"我傻呀？郑克杰是证明我清白的最关键证人，我干吗要杀了他，你白痴呀？"英妮拉反唇相讥道。

徐峙单手托腮做出福尔摩斯的模样，用成竹在胸的口吻说道："解释这个问题其实很简单！郑克杰上一次被警方询问的时候已经提供了对你非常有利的证据，换言之，郑克杰的利用价值已经结束。当警方开始怀疑郑克杰的时候，你怕在郑克杰这个环节出现纰漏，所以就干脆杀害了郑克杰。死人是永远不可能背叛你的，而郑克杰之前提供的证词也足以保证你的清白。但你这样的卑鄙伎俩，可以蒙骗了必须以证据为依据的警察，却骗不了我！你才是那个杀害阚立龙的真正凶手！"

英妮拉被徐峙问的一时无语，隔了半晌，她才突然发疯似的冲着徐峙啐了口唾沫："我呸，我从来没见过你这么不要脸的杀人犯，居然让一个无辜的女人替你顶罪？你还是不是个男人呀！枉我刚才还觉得你挺爷们的，原来你就是一个没有男人气魄的老太监！"

"你敢说我是老太监！信不信我一枪打死你！"徐峙气得两眼喷火，浑身发颤，一把夺过小蝶手中的枪，对着英妮拉的脑袋就准备扣扳机。

"不要啊！"小蝶惊呼道。

砰，清脆的枪声划破了丛林的寂静，在凄厉的惨叫中激荡出一片尘埃和血雾。老旧的木板被撕裂出碗口大的一个窟窿，不绝于耳的哀号瞬间便将沉寂的木屋变得如同地狱般凄惨。

英妮拉应声和椅子一起倒在地上，风流多情的面颊上沾满了斑斑血迹，长长的睫毛毫无生气地低垂了下来，丰满的娇躯躺在地上猛烈抽搐了几下，便不再动弹。

与此同时，两道黑影如鬼魅般悄无声息地出现在了小木屋的门口。

24

对于突然闯入的不速之客，徐峙和小蝶的脸上同时呈现出了僵硬和绝望。

“不许动！”殷柔清脆而坚毅的声音在小木屋中回荡，就在刚才电光石火的一刹那，她果断拔枪射击，将徐峙手中的枪击飞，这才救下了英妮拉的小命。

“快去看看人质有没有受伤？”殷柔命令道，她身后的孙诗蕊立刻持枪来到了英妮拉身旁。

“她只是惊吓过度昏厥了过去，脸上的血也是别人的，整体看来应该没有什么大问题！”孙诗蕊向殷柔汇报道，同时用手去掐英妮拉的人中。

“你们怎么会跟过来？”徐峙摸着受伤的手惶恐地问道。幸好刚才殷柔的目标只是把他手中的枪打飞，子弹只是擦伤了他的一点表皮。即使如此，也疼得徐峙冷汗涔涔。

殷柔嘴角上扬，露出一个自信的微笑：“很简单，我们在英妮拉的包里安装了一个定位器。你以为你甩掉我们跟踪的警员，就可以让我们束手无策了吗？我们通过定位器很容易就找到了这里。”

“现在的高科技果然是让人防不胜防！”徐峙懊恼地咧着嘴叹息道，“想不到我们棋差一着，还是被你抢了先机！不过我可以告诉你，我不是凶手，英妮拉才是真正的凶手！”

“你们两个人究竟谁是凶手，我们警方自然会深入调查确认！我们不会冤枉一个好人，但也不会放过一个恶人！现在把双手举过头顶蹲到木屋的一角。”殷柔用枪一指，示意徐峙蹲到木屋的一角。

徐峙虽然是半点都不情愿，但在黑洞洞的枪口下只得乖乖照办，将双手高高举起，蹲在了离孙诗蕊不远的地方。

殷柔见小蝶一脸茫然地矗立在原地，秀眉不由得微蹙，又将枪口对准了小蝶：“小姐，请你按照我的要求去做，将双手举起蹲在徐峙的身旁！”

小蝶依然毫无反应，像是根本没有听到殷柔的话。

殷柔向前跨了一步，再次用枪逼近小蝶：“请你将双手举起，否则我可以采取一切必要的强制措施！”

小蝶长长的睫毛向上微微挑起，一双如同湖水般清澈的眼睛中倒映出闪烁着夺人杀气的乌黑枪口。突然，小蝶的明眸开始变得浑浊，一股乌黑的煞气在里面盘旋凝聚，然后透过瞳孔喷射而出，像一股诡异的烟雾笼罩在小蝶的周身。紧接着小蝶粉嫩的俏脸如同鬼魅附身一样，开始变得阴森暗淡，一股股杀气像涌动的激流一样，不停地在小蝶阴沉的脸上滚动盘旋。

“小蝶，你怎么了？”徐峙关切地喊道，他脑海中浮现出之前小蝶在刀哥的车上的怪异表现，一颗心立刻惊恐地提到了嗓子眼。

即使处变不惊如殷柔，骤然见到小蝶表情中匪夷所思的诡异变化，紧握着枪的手心也不由得渗出了冷汗。但她仍旧沉着地向前跨了一步，用不容置疑的口吻命令道：“小姐，请你把双手举起来！”

小蝶仿若浑然未觉，整个身体开始机械地向前，瞳孔中喷射出的煞气越来越浓重，嘴里不停地重复着一句话：“我说过谁都不可以再将枪口对准我的头！”

“小姐！”殷柔立刻双手持枪，做出了随时射击的准备，“你要是再往前，我就开枪了！”

“不要开枪，你千万不要开枪！”徐峙在旁边焦急地喊道，“警官，她只是脑袋撞坏了，有些不受控制，她绝对没有袭警的意思！”

殷柔紧咬牙关，突然朝天鸣枪：“你要再敢往前，我就真的开枪了！”

小蝶仍旧毫无惧色，如同电影中那些被控制的僵尸一样，继续向乌黑的枪口挺近。

殷柔的额头开始冒出冷汗，这样的犯罪嫌疑人她还是头一次遇到，虽然她现在完全可以开枪将小蝶击毙，但作为警察的职业操守，殷柔想尽可能避免不必要的伤亡，即使对方已经明显地威胁到了她的生命。

不到最后一刻，殷柔是不想开枪的。

殷柔鸣枪示警的声音并没有将如同鬼魅附身的小蝶惊醒，反而是将那个因惊吓陷入昏迷的英妮拉给唤醒了。英妮拉尖叫一声，试图从孙诗蕊的怀中挣扎而出，但紧紧捆绑的手脚使她的努力陷于徒劳，整个身子连同座椅将正在全神贯注急救她的孙诗蕊压倒在地上。

“我死了吗？这是哪里？快放开我！”英妮拉凄厉的尖叫声好像摩擦的泡沫一样刺耳难听。

就是这一刹那的分神，小蝶突然欺身而上，右手快如闪电地抓住了枪，同时飞起一脚直扫下殷柔的面门。这一连串动作实在是太快了，特别是那一记鞭腿又快又狠，让人猝不及防。

殷柔侧身急闪，堪堪躲过这一击，劲疾的力量将殷柔额前的秀发高高扫起。

小蝶不等一招用老，左手又击向殷柔的软肋，殷柔腾出一只手去抵挡，哪知小蝶这一招是虚招，小蝶使了个金蛇缠腕去夺殷柔手中的枪。

殷柔毕竟是警界的搏击高手，她处乱不变，身子急转，破了小蝶的杀招，同时将膝盖顶向小蝶的小腹。

小蝶嘴角冷笑，同样用膝盖顶来，双膝相击，巨大的力道让两人同时咬牙切齿。

两人见招拆招，相互交缠，却都用一只手紧握着手枪，谁都不敢将这致命的杀器拱手献给对方。

从地上爬起的孙诗蕊高高举起手枪，做出射击姿态，但是快速交错的殷柔和小蝶，人影闪动，相互穿插，使孙诗蕊根本没有合适的射击机会，只能一脸焦急地伫立在那里。同时也不禁感慨，那个漂亮女人的身手怎么如此之好？要知道殷柔可是全国女警搏击的冠军呀！

终于在孙诗蕊的面前出现一个绝佳的射击机会，小蝶的后背完全敞露在她的枪口下。

孙诗蕊屏气凝神，缓缓扣下扳机。

“小蝶，小心！”徐峙见势不妙，飞身扑上，双手死死地攥住孙诗蕊的手腕，两个人一起倒在地上，飞出的子弹直接将本已破烂不堪的窗户打得粉碎。

孙诗蕊也是经过严格训练的女警，她倒地之后迅速使出一个夺命剪刀腿，想要用双腿钳制住徐峙的脖颈，同时夺回手枪。

徐峙的身手自然远远不及孙诗蕊，但是他在江湖打拼多年，不但经验丰富，而且最重要的是脸皮够厚，下手够阴。他立刻使出流氓十八摸的龌龊招数，又是啃来，又是咬，专捡女孩子难以启齿的部位攻击。

孙诗蕊毕竟是待阁未嫁的小女生，哪见过流氓大叔这种龌龊下流的无耻手段，立刻羞得满脸通红，方才凌厉的招数都被化为乌有，更重要的是手枪居然不知在何时已经易主到了徐峙的手中。

“不许动，再动我就开枪了！”徐峙将枪顶在孙诗蕊的太阳穴上。

“有种你就开枪！”孙诗蕊毫无畏惧之色，高高地昂起了下巴。

“你知道这枪打下去会有什么样的后果吗？你这个漂亮的脸蛋立刻就会开花，那种惨不忍睹的样子，比车祸现场还要恐怖！你这种漂亮女人是绝对不想要这种死法吧？”

徐峙的话果然抓住了孙诗蕊的心理弱点，虽然孙诗蕊的语气仍旧很强硬，但气势中已经出现了彷徨和犹豫。

徐峙见自己的恐吓见效，立刻又朝殷柔喊道：“女警官，赶快住手，否则我就把你的手下打得脑袋开花！”

“头儿，别管我，抓逃犯要紧啊！”孙诗蕊喊道。

“你不怕脑袋开花了？”徐峙威胁道。

“开花就开花，有什么了不起的，你开枪吧！”孙诗蕊闭上眼睛，倔强地扬起了头。

虽然孙诗蕊已下了必死的决心，但作为上司的殷柔却不能够袖手不管，她果断地停下了手。

小蝶一把夺过手枪，将黑洞洞的枪口对准了殷柔，微微上扬的嘴角绽放出邪魅的笑容，那分明是一种即将舔舐鲜血的兴奋。

“小蝶，不要啊！我们犯不着杀人呀！”徐峙看出来了小蝶眼神中的杀机。

但小蝶恍若未闻，只是邪魅的笑容像罂粟花一样绽放得越来越猛烈。

站在对面的殷柔却没有丝毫的惧色，只是冷冷地道：“开枪吧！”

小蝶扭动着脖子，那种扭曲的表情好像即将享受人血盛宴的僵尸，她的眼睛缓缓移动，仔细审视着眼前猎物的垂死挣扎，当她的眼睛与殷柔的眼睛相触的一刹那，一直如僵尸般挺立的小蝶却忽然身子一震，脸上瞬间变换了几个耐人寻味的表情。

殷柔的眼睛像小蝶的眼睛一样，充满一种令人赏心悦目的清澈之感，仿佛所有的烦恼，所有的困难，只要看到这清澈的眼眸便可以立刻化为乌有。这是一种孤悬于世事中的清澈，一种让污秽浊心无地自容的清澈。

在殷柔像天空一样明媚、湖水一样清澈、宝石一样晶莹的眼睛中，小蝶依稀看到了一个人影，那仿佛是一个女人，虽然看不清她的容颜，却可以看到她娇弱的身躯正在瑟瑟发抖。那个女人跪在泥泞的野地里，淅沥的雨水将她的头发和衣衫打湿，冰冷的雨水和着鲜血从她的额头慢慢滑下，一支冰冷的手枪正顶在她的头顶。

女人的身子在不停地颤抖着，那是因为伤口和寒冷，因为女人的眼睛里透出一抹毫无畏惧的坚毅，那个眼睛好熟悉呀，似乎是在哪里见过？

小蝶用力地眨了眨眼睛，却仍旧无法看清那个女人的容颜。小蝶努力思索着，拼尽全力在唤醒着心底深处的尘封记忆。

小蝶眼前的画面开始清晰起来，她甚至可以看清那个女人白皙皮肤的纹理，可是她却仍旧看不清那个女人的脸。

那个女人微低着头，凌乱而湿漉的头发遮挡了她大半张面颊，只能从发隙的空当中依稀看到那两道分外夺目的眼神。

枪托突然猛击在女人的头顶，一下，两下，三下，女人的身子在剧烈颤抖，但她仍旧倔强地昂着头，不肯趴伏在地上。

奇怪的是这种撕心裂肺的痛苦，仿佛透过眼波传入了小蝶身上，小蝶清晰地感觉到自己的头像要爆裂了一样疼痛，仿佛画面中的枪托正击打在自己的头上。

“不要，不要！”小蝶默念着，眼神中出现惊恐，但却仍旧紧盯着殷柔的眼睛。

画面中的女人终于抬起了头，凌乱的头发像拉开的台幕一样，缓缓分到两边，那个女人的脸清晰地闪烁到了小蝶的面前，那竟然就是小蝶自己的脸。

小蝶惊呼一声，不由自主地向后一退。

画面继续变换，一双大手扯住了虚幻中小蝶的头发，毫无怜香惜玉地用力拖扯到了一个泥泞的水坑里，然后用脚将小蝶踹下了坑底。

小蝶惊恐地翻转身子，想要从泥沼中爬出，高高挥舞的铁锹正打在小蝶的脸上，凌厉的鲜血飞溅了整个画面。

现实中的小蝶窒息般地喘着粗气，身子再次不由自主地后退了一步。

虚幻中那个小蝶的脸颊上出现了一长长的血口子，皮开肉绽，鲜血横流的画面让人不寒而栗。小蝶像是秋风中的枯叶，身子毫无支撑地向后倒去，重重地摔在了泥泞的水坑中，溅起一片水花。

一只戴着戒指的手紧握着铁锹出现在画面当中。

泥土，一铁锹又一铁锹的泥土，纷纷扬扬地洒了下来，逐渐地填埋了小蝶的身子，小蝶的面颊，终于，小蝶那充满仇恨和无助的眼睛，被掩埋在了纷飞的泥土之中。

"这不是真的！这不是真的！"现实中的小蝶突然歇斯底里地嘶吼起来，手中的枪漫无目的地向四周发射，带着火光呼啸而出的子弹，将木屋打得尘埃飞扬，木屑四溢。

除了殷柔之外，其他人都本能地趴在地上，仿佛屠场上待宰的羔羊，祈求漫无目的飞舞的子弹能够离自己尽可能地远一点。

殷柔一直冷冷地望着小蝶，同情、疑惑、可怜，任飞溅的木屑沾满头发，四射的子弹从身旁掠过，她都镇定地站在那里，直到看到小蝶仍旧在胡乱地扣动扳机，殷柔才冷冷地说道："子弹已经打光了！"

这一句话仿佛解除魔咒的咒语，将一直处于令人难以琢磨境地的小蝶突然唤醒过来，她惊恐地将手中的枪抛了出去，然后又如受伤的小鸟一样蜷缩成一团，望着一片狼藉的小屋，瑟瑟发抖地道："这是怎么回事？枪……枪是我开的吗？"

"除了你，还有哪个疯子会这样开枪？"趴在地上的英妮拉甩了甩满头的木屑讥讽道。

"徐峙，这是怎么回事？"惊魂未定的小蝶一下子扑在了徐峙的怀里，只有在这里她才能感受到足够的安全和慰藉。

"没事，没事，只是一个小小的意外。"徐峙也不知道该如何解释，他只知道现在最关键的是在增援的警察到来之前逃离现场。

"我们走吧，我带你离开这里！"徐峙轻声安抚着小蝶。

小蝶乖巧地躲在徐峙臂膀之中，温柔得像一只小猫，丝毫也看不到她方才的凶残暴戾。

“徐峙，小心在睡梦中，她把你咔嚓了！”英妮拉再一次出言相激，以报先前徐峙用枪指着她头顶的羞辱之仇。

徐峙顾不上理会英妮拉，从地上捡起另一支枪，然后搀扶着小蝶走出了小木屋，临出小木屋的时候，徐峙忽然转身对殷柔道：“我再跟你说一次，阚立龙不是我杀的！”

望着徐峙和小蝶即将钻入汽车的背影，孙诗蕊一个箭步冲到了殷柔身旁：“头儿，我们追吗？”

殷柔摆了摆手：“他们手中有枪，即使没有，我们俩也未必是他们的对手！”

孙诗蕊也忍不住吐了吐舌头：“那个女人的身手好厉害呀，竟然和头儿你不相上下！”

“你不觉得她的招法很熟悉吗？”殷柔意味深长地说道。

孙诗蕊蹙着眉道：“我刚才就觉得有些眼熟，难道……难道她用的也是……”

殷柔缓缓地点了点头。

孙诗蕊的脸色立刻大变，手也不由得颤抖起来。

如果果真如此，那么一切都将朝一个非常恐怖的境地发展下去了。

25

徐峙的手还在滴血，但他根本无暇顾及。他紧握着方向盘，猛踩油门，飞驰的汽车像一匹脱缰的野马，在崎岖的山路上玩命奔腾，眨眼间就将那个小木屋远远地抛在身后，淹没在了一片丛林之中。

“峙哥，你手上的伤不要紧吧？”小蝶关切地问道，不知从何时起，她对徐峙的称呼已经开始用峙哥这个更加亲切的字眼了。

徐峙瞥了一眼伤口：“小意思，只是被子弹擦破了皮。那个女警的枪法确实很厉害，如果她瞄的是我的手，恐怕我的手早被打成稀巴烂了！”

“那个女警官，我也觉得非常恐怖。”小蝶心有余悸地说道，“我觉得她的眼睛好像能够看透一切，而且……而且觉得那双眼睛看上去非常熟悉。”

徐峙用手轻轻拍了一下小蝶的手背，安慰道：“没关系，她再厉害，还不是被我们制伏了，只是——”

徐峙忽然想起小蝶在小木屋中遇到殷柔时的怪异表现，虽然不想再次提及，但强烈的好奇心还是促使他忍不住问道：“小蝶，在木屋中有那么一刹那，你变得非常古怪，特别是你盯着那个女警的眼睛时，那种神情完全不像平时的你，好像是换了一个人。你在她的眼睛里看到了什么？”

“我在那个女警官的眼里看到了我曾经的遭遇。”小蝶幽幽地说道。

“你曾经的遭遇？”徐峙诧异地瞪大了眼睛，“在那个叫殷柔的女警官眼里你看到了你曾经的遭遇？这……这怎么可能呢？”

“或许是那个女警官的眼睛和我长得非常相似吧，所以当我的眼睛和她的眼睛对视的时候，就仿佛看到了自己的眼睛。那种熟悉的感觉，一下子就触碰了我记忆的闸门，于是我曾经的遭遇就在那双眼睛中像幻灯片一样显现了出来。”小蝶解释道。

徐峙吐了吐舌头，啧啧称奇道：“有这么神奇吗？你的意思是说在那一瞬间，殷柔的眼睛成了你心灵的倒影，你忘却的记忆就开始一帧一帧地在里面播放了出来？”

小蝶肯定地点点头。

“那你在里面看到了什么？是不是很恐怖啊？”徐峙小心翼翼地问道。

小蝶默然无语，只是将头深深地埋了下去。散乱的头发遮蔽了她憔悴的容颜，单薄的身形此刻看起来是那么楚楚可人。

“对不起，我不应该再问这个问题。”徐峙不安地说道。

“没关系！”小蝶抬起头冲着徐峙莞尔一笑，美艳的明眸中全是满满的信任和依恋。

“那段记忆虽然非常痛苦，但却是我最真实的遭遇，我没有理由忘记它。”小蝶说到这里，明眸之中已经泛起点点泪光，同时闪烁出从未有过的坚毅和顽强。

“那究竟是什么样的一段遭遇？”徐峙好奇地问道。

小蝶咬着嘴唇道：“我被人活埋在了一个泥泞的土坑里！”

“什么？你被人埋在了一个泥坑里？”徐峙的眼珠子都差点掉了出来，“是什么人干的？”

小蝶摇摇头：“我没有看清楚，我只看到是一只戴着戒指的手拿着枪指着我的脑袋，然后用枪托猛烈地击打我的头，最后就把我拖在一个泥坑里，用铁锹一铲子一铲子将我埋了起来，我清楚地看到我的脸被泥土慢慢地掩盖，直到最后彻底消失在泥沼之中。”

“那……那你看清那个人的脸了吗？他是男人还是女人？”

小蝶又摇了摇头：“没有看清楚。我只看到了他的手，因为下着大雨，影像也比较模糊，所以我不知道他是男是女，更不知道他究竟是谁。”

“那后来呢？”徐峙关切地问道。

“后来……后来的事情我就不知道了！”小蝶紧咬着嘴唇，神情痛苦地努力回忆，却怎么也想不起后来的事情，“我也不知道我究竟是怎么从那个泥坑中逃出来的。我究竟做错了什么？为什么会有这样的遭遇？”说到最后小蝶忍不住泪如雨下，抽泣不止。

徐峙用手轻抚了一下小蝶的面颊，语音温柔地说道：“别害怕了，一切都过去了！有我在你身旁，以后再也不会让你受到任何伤害了！”

小蝶抬起泪眼婆娑的明眸望向徐峙，眼神中充满了感激和信任。

徐峙嘿嘿笑道：“你这眼神之中怎么有一种以身相许的味道呢？”

小蝶立刻破涕为笑，虽然还带着泪痕，但娇艳的面容却如同带雨的梨花在春风中摇曳，说不尽的风流与妩媚。

“你真的好讨厌，在人家最伤心的时候，还取笑人家？”

徐峙打了一下方向，将汽车驶上公路：“我只是看你哭得伤心，所以小小地幽默了一下。不过你刚才的眼神可是真的有那样一种味道呀，要不你就真的以身相许，遂了哥哥这点心愿？”

“想得美，我才不呢！”小蝶噘着小嘴，满脸绯红，但眼睛里却荡漾着满满的幸福。

公路蜿蜒曲折，不见尽头，四周绿树成荫，芳草萋萋。

景色如此之美，身旁又有爱人相伴，小蝶真的希望这条路能够永无止境，而她就可以和徐峙一起相依相偎地永远走下去。

奇怪，自己为什么会有这么消沉的想法？是对未来太过恐惧，还是对现实缺乏把握？为什么要把自己和徐峙的未来都寄托在一条没有止境的公路上呢？

小蝶偷瞄了一下正在专心致志开车的徐峙，突然有了一种要吻他的冲动：下一秒，也许我们就不在一起了！

然而就在这时，砰的一声巨响，巨大的冲击力量将小蝶猛烈地甩向车头，猝不及防的小蝶带着她所有的忧患和美梦，一下子坠入到了无尽的黑暗之中。

与此同时，整辆越野车就像被踩扁的易拉罐一样，扭曲变形地被重重抛了出去。

徐峙在最后失去记忆之前，只隐约在倒车镜里看到了一辆突然蹿出来的重型卡车，正肆无忌惮地朝他们猛烈倾轧过来。

然后，整个世界就陷入了一片黑暗和寂静之中。

黑暗中，徐峙蹒跚以行，他在拼命地寻找着小蝶。他强忍着剧痛，声嘶力竭地呼喊着小蝶的名字，可是无尽的黑暗不仅将他的视野遮挡，而且还将他的声音吞没。

就在徐峙即将绝望放弃的时候，突然在遥远的前方出现了一片光斑，光影中依稀出现了一个朦胧的身影。徐峙揉了揉眼睛，努力望向前方，看身段和体形应当就是小蝶。

“小蝶，等等我！”徐峙拖着伤痕累累的身体拼命狂奔，可是怎么也无法追上小蝶。

那个小蝶就像一片光影，总是出现在触手可及的前方，却永远也无法真实地握在手心。

再往前走，温度越来越高，那片光亮竟然是一团火焰，越燃越烈，越烧越大，将徐峙的衣服鞋袜点着，将徐峙的眉毛头发燎去，但徐峙仍旧拼尽全力向小蝶扑了过去，喉咙里绝望地喊道：“小蝶，你不要丢下我！”

这一次，徐峙终于将小蝶抱在怀中。

“要死，我们也要死在一起！”徐峙干涩的嘴唇，像点水的蜻蜓一样拼命地吻着小蝶的脖颈。

怀中的小蝶慢慢转过身子，被长发遮蔽的脸颊缓缓打开，那是一张绝美的脸，但却苍白得没有半点血色，唇角旁一点黑痣是这张脸最为醒目的标志。

“你不是小蝶！”徐峙猛然将那女人推开，面容近乎扭曲地惊呼道，“是你——”

就在这时，冲天的火焰爆裂而起，熊熊的烈火瞬间就将徐峙和那个女人挟裹在中间。

烈焰灼身的痛楚却也比不上徐峙此刻的心痛。

徐峙就这样呆呆地望着怀中的女人，任由烈焰飞腾将他们逐渐吞噬，然后一起坠入无边的深渊之中。

哗啦啦，一盆刺骨的凉水泼在了徐峙的头上，徐峙打了一个寒战，眼睛缓缓睁开，发觉自己正躺在冰冷的砖石地面上，不远处的前方似乎有一股强光射来。

徐峙用手强撑着地面，想要站起来，却感觉彻骨的疼痛袭遍全身，他的眼前一阵眩晕，身子又重重地摔在了地上。

“不要再做徒劳无益的挣扎了。”一个冰冷的声音从上方传来，音量并不是很大，却充满了不容置疑的权威。

徐峙喘了几口粗气，被疼痛和眩晕不断撕扯的麻木头脑开始逐渐恢复意识，眼前朦胧的景物也变得清晰起来。

眼前是一座威严的厅堂，都是青石铺面，红木做梁，雕着飞禽，刻着走兽，中央摆着一座香炉，袅袅清香扑鼻而来。

徐峙此刻就趴伏在青石地面上，四周站满了一身青衣满面狰狞的大汉，都在用一种恨不得将他生吞活剥的眼神盯着他。

在厅堂正中央的太师椅上坐着一个青衣老者，脸型消瘦，微闭双眼，浑身上下却散发着一种令人难以抗拒的压迫感。

在老者的左侧有一个中年男人，穿着黑色的风衣，衣领高高竖起，整张脸都蜷缩在阴暗之中，看不清具体的五官长相，若无其事地玩捏着手上的虎形戒指。

老者的右侧坐着一个娇媚的女人，乌黑的头发高高盘起，每一丝每一缕都被精心梳理，白皙的脸颊上长着一双好似狐狸精般勾魂摄魄的妩媚眼睛，随意荡漾的眼波中充满了让人噬骨销魂的迷离。一件质地精美的红底绣花旗袍，将女人完美的身形勾勒得淋漓尽致。

徐峙的眼睛触到那女人的面颊之后便再也无法离开，即使是女人在高高开衩的旗袍下若隐若现的一双白玉美腿，也无法再让徐峙紧紧盯着女人面部的眼神有半分挪移。

“说吧，究竟是什么人指使你做的？”中间那位老者沉声问道。

徐峙却浑然未觉，他的眼神仍旧紧紧盯着那个妖艳女人，强烈的刺激使他额头上的青筋不受控制地强烈跳动着。

“洪爷在问你话呢！”啪，一记清脆的耳光将沉寂在自己世界中的徐峙唤醒，他像被人踩了尾巴的小猫一样毛发猛地竖起，这才发现所有人的目光都正聚焦在自己身上。

两个青衣壮汉将软绵绵的徐峙从地上拎起来，一左一右夹持着徐峙勉强让他跪在地上。

“洪爷在问你话呢，谁是你的幕后指使？”一个留着八字胡的男人问道。

“幕后指使？”徐峙一脸茫然地呢喃道，“没有谁指使我呀！”

“这么说就是你策划了这一系列事情，是你抢的洪爷的东西？”那个八字胡男人目光炯炯地盯着徐峙。

徐峙惨遭车祸后短路的神经被这句话突然连缀了起来，他猛然意识到对面的人是谁，他此刻又被那人认定为怎样的罪名。

徐峙急忙辩解道：“没有啊，没有啊，我从来没有动过洪爷的任何东西。我只是个小贼，连给洪爷提鞋都不配，又怎么敢动洪爷的东西！”

八字胡男人恭顺地望向洪霆霄，见洪霆霄微微点头，于是目光如电地射向徐峙：“我看你是敬酒不吃吃罚酒，来人，给他动刑！先把他满口的牙拔干净，看他再嘴硬！”

一个大汉拿着大号的老虎钳凶神恶煞地走了过来，另一个大汉则用力地撬开了徐峙的嘴巴。

徐峙顿时吓得魂飞魄散，他在满清十大酷刑之类的影片中早已见识过这种刑法的残忍，那种生不如死的感觉简直是惨绝人寰。徐峙想要挣扎惊呼，但软绵绵的身体根本积聚不起半点力气，更何况还有两个强有力的手臂在死死地压着他。极度的惊恐让徐峙禁不住膀胱一松，裤裆上面顿时一片湿热。

拿着老虎钳的大汉微微一皱眉，但是手下的动作却没有半分停滞，冰冷的老虎钳一下子就钳在了徐峙的门牙上面。

“等等——”一直在旁边跷着腿冷眼旁观的娇媚妇人突然插口道，“洪爷，这个人刚刚从鬼门关里捡回半条命，神志都不怎么清醒，贸然对他用重刑，恐怕他回答出的结果并不是我们想要的。依我看不如先把他关到地牢里，等他神志恢复以后，我们再对他慢慢用刑也不迟。”

妩媚的眼神又瞟向了那个黑风衣人和八字胡男人：“你们说呢？连律师，陈管家。”

连律师没有说话，只是把玩着手上的那个虎头戒指。那个留着八字胡的陈管家恭敬地冲着妩媚女人点点头，对洪霆霄道：“夫人说得极是，此时对他动刑，搞不好还会要了他的小命！”

洪霆霄今天的心思似乎一直都不在这里，所以连问讯的话都让陈管家代劳了，如今听自己心爱的宠妾和忠仆陈管家都这么说，解脱似的大袖一挥道，“就按夫人说的，先把这小子关到地牢里，明天再审！”站起身来就要离开。

却突然听徐峙说：“洪爷，小蝶呢？就是和我一起的那个女人呢？她是无辜的，与整件事情都没有关系，求求您放过她吧！”

洪霆霄转过身冷冷地望向徐峙：“小子，你是泥菩萨过河，都自身难保了，还记挂着女人，你还是想想该如何活着离开这里吧！”

26

地牢之中阴沉黑暗，没有一丝光线，目力所及的范围都是一片漆黑，根本分不清此刻究竟是白天还是黑夜。

徐峙低垂着头，双手被捆绑在木头架子上，两条腿也被铁链缠绕，动弹不得。好像是老鼠一样的动物在他身上爬过，惊得徐峙起了一身的鸡皮疙瘩。他拼命地呼喊，却根本没有人理会他。

喊了许久，嗓子都要喊哑了，这时才在角落里传出一个微弱的声音："兄弟，不用喊了，没有人会理你的！"

"你是谁？"徐峙惊恐地问道，他循声望去，却看不清任何事物。

"我？"男人自嘲地笑了笑，"我是洪霆霄的一条走狗，忠心耿耿地追随他十几年，到头来却落得这样一个下场！哈哈哈哈。"

徐峙听得出那个人虽然在笑，但笑声中却充满了凄凉，是那种对现实和生命充满绝望、聊无希冀的悲楚。

"究竟是为了什么事情，那个洪霆霄把你关在这里？"徐峙好奇地问道。

那个人又是一阵苦笑，然后是剧烈的咳嗽，徐峙虽然看不清那个人的面容，但通过这种完全是扯动了五脏六腑的剧烈咳嗽声，便可以想象得出那个人此刻的样子有多么悲惨和苦楚。

那个人的咳嗽声终于停了下来，然后猛吸了几口气，反问道："你是因为什么事情被抓进来的？据我所知这个地牢可不是随便什么人都可以享用的？"

徐峙叹息一声道："我根本不知道是什么地方得罪了洪爷？他那个管家非说我是什么幕后主使，拿了洪爷的什么东西？"

那个人嘿嘿一笑："原来你也是因为那件事情？"

徐崎皱眉道："什么事情呀？"

"看来你根本什么都不知道呀！"那个人又是一阵剧烈的咳嗽。

那个人喘了几口粗气，接着道："就是在7月3日下午，我负责给洪霆霄押送一个很重要的东西，结果突然遇到了四个抢匪，他们动作麻利，迅速控制了押运车，劫走了那件东西。因为事先只有我和洪霆霄知道内情，所以洪霆霄就认定是我里通外合，抢走了他的东西。于是我被他连番拷打，失去了所有的牙齿，还有我最心爱的女人——"说到这里，那个人的声音充满了哽咽，还有无尽的愤怒。

"那怎么称呼你呀？"待那个人的情绪渐稳，徐崎轻声问道。

"叫我阿峰好了！"那个人淡淡地说道。

"峰哥？"徐崎猛然间想起这个叫阿峰的人可是洪霆霄的左膀右臂，在江湖上赫赫有名，曾经为洪霆霄挡过子弹，没想到竟然会落到如此下场。

"峰哥，我听说过你，你可是江湖上响当当的好汉！当年横扫整个N市，无人可挡！"徐崎不无敬仰地说道。

阿峰叹了口气："什么好汉，其实就是个流氓！我替洪霆霄做过太多太多丧尽天良的事情，如今落到这样的下场也是咎由自取，罪有应得！"

阿峰又长叹了一口气，似乎在追悔当年犯下的杀戮，然后话锋一转，反问道："兄弟，你为什么会落到这里？"

徐崎不由得也叹了口气："其实我是糊里糊涂来到这里的，究竟我在什么地方得罪了洪爷，我也不知道。他们非说我拿了他们的东西，说我是什么幕后主使，这真是天大的冤枉呀！我只是个小贼，怎么可能有那样的能耐？"

阿峰没有说话，似乎是在思索什么问题，隔了半晌，他才说道："以我对洪霆霄的了解，他没有一定的把握，是绝对不会把你抓来的。你仔细想想，你最近是不是无意中接触了什么人，或者参与到什么事情里面？"

徐崎抿了抿嘴，苦笑一声道："要说我卷入什么事情，还真的有，而且还不止一件。就在7月3日晚上，也就是洪爷东西丢失的那天晚上，我去地中海大酒店七层的一个房间偷古董，结果那根本就是一个陷阱，房间的主人被人杀害，而我稀里糊涂地就成为杀人凶手。再后来我爬上绳索准备逃离杀人现场，结果在酒店的13层窗户上，无意中又看到一个戴黑头套的蒙面男人正在用塑料袋往死里捂一个女人，更离奇的是那个女人后来竟然没有死，她就是——”

徐峙正要揭露那个神秘女人的身份，突然就听到了铁门被打开的声音，紧接着地牢里的灯被全部打开，骤然出现的刺眼光芒让徐峙本能地闭上了眼睛，然后他听到了两个人的脚步声，紧接着是一声惨叫，之后一切就陷入了静寂之中。

徐峙强忍着刺眼的光芒，缓缓把眼睛睁开，只见面前站着一个身材妙曼的女人，穿着性感，长相娇媚，特别是一双如同弯月般的眼睛，总是闪烁着勾魂摄魄的光芒，正是之前在厅堂里见过的那位洪夫人。

洪夫人一摆手道：“你先下去吧，把地牢里所有的守卫都撤掉，我有重要的事情问这个人！”

那个守卫有些迟疑，小心翼翼地说道：“洪爷特别叮嘱如果没有他的允许——”

洪夫人瞟了那人一眼道：“这么说你们是不相信我这个做夫人的了？”

那个守卫连忙赔不是道：“哪有，哪有，您和洪爷一样都是这宅院的主人，小的这就去照办！”说着忙不迭地退了出去。

洪夫人轻摇着折扇在徐峙的面前来回踱步，两只媚眼不停地上下打量着徐峙，那种神情根本就不像是在面对阶下囚，仿佛是正在勾引良家少年。

徐峙的脸皮也算厚实，但是面对如此妩媚的眼神，也感觉脸颊发烫，周身血液流动加速，他只好将眼睛收了回来，再不敢与洪夫人对视。

到这时徐峙才看清，在这间不大的地牢另一端，同样有一个衣衫破烂、满身血污的人被绑在木头架子上。那个人低垂着脸，看不清他的长相，但肯定就是方才和自己说话的阿峰。只是此刻，不知为何阿峰软绵绵地垂在那里，没有一点活着的迹象。

“不用担心，他只是被电击昏厥了！”洪夫人厌恶地看了一眼阿峰道。

徐峙忽然狡黠地一笑：“你是怕他偷听了我们俩的说话内容，所以把他电击昏厥了？”

洪夫人放肆地笑了起来：“我有什么秘密怕他偷听呢？”

“当然就是那晚发生在地中海酒店的事情了！”徐峙意味深长地说道，“还有就是在流莺小旅馆，整整折腾了一个下午，你那叫声可真是销魂啊！”

洪夫人立刻收敛了笑容，正色道：“什么地中海酒店，什么流莺小旅馆，我从来没有去过那些地方！”

徐峙淫邪地打量着洪夫人：“夫人还是不穿衣服的时候更漂亮！”

洪夫人脸颊微红，用扇子敲打了一下徐峙的头：“下流！”

徐峙嘴角挂着邪魅的笑容道：“我这点下流全用在嘴上了，可不像夫人你，敢真刀真枪地偷汉子！”

洪夫人的眼睛里迸射出咄咄逼人的凶光，随即又妩媚地笑道：“我就知道你认出了我，那咱们也不拐弯抹角的，我就问你照片呢？”

“什么照片？”徐峙故意装糊涂。

“当然就是你在窗户外面用手机拍的那张照片了。”

“那张照片有什么大不了的？原先我以为你死了，那张照片作为杀人证据当然比较重要，所以你们志在必得。可现如今你活生生地站在这里，你只是和那个黑头套男人玩了一个游戏而已，你们至于这么小题大做，非要把我置于死地吗？难道你们是怕我把这张照片交给洪爷？”

“这只是其一，”洪夫人随口道，随即她就意识到自己失口了，立刻岔开话题道，“别扯这些没用的，你就告诉我照片在哪里？”

虽然只是这么无心出口的一句话，却让徐峙心头一惊，他心里面暗暗寻思道：难道照片里面还藏有什么不可告人的秘密吗？

“唉，我跟你说话呢？”洪夫人用扇柄敲打了一下徐峙的头。

徐峙不耐烦地道：“美女，你用脑子想一想，我被洪霆霄他们抓住，身上的东西早就被他们搜走了，如果那张手机存储卡还在我身上，现在你还能这样春风得意地站在我面前吗？早被洪霆霄浸猪笼了！”

洪夫人凑近一步道：“那张手机存储卡到底在哪里？”

徐峙故意做出一副无赖相道：“你把我救出去，我自然会告诉你那张手机存储卡在哪里！”

洪夫人突然把盘着的头发扯开，然后用手撕扯身上的衣服，一大片雪白的肌肤便暴露在徐峙眼前，那种火辣的模样差点让徐峙喷出鼻血。

“喂，洪夫人，你这是干什么？我是让你救我，不是让你——，难道你要——”

洪夫人也不说话，解开徐峙身上的绳索，然后一头倒在徐峙怀中，把徐峙的右手按在她的胸前。

这个变故来得太突然了，徐峙毫无思想准备，整个人都蒙圈了，只感觉洪夫人温热的体温，柔滑的触感，饱满的弹性，不断透过敏感的手神经浸透到全身。徐峙只感觉呼吸急促，热血沸腾，就像《鹿鼎记》中被建宁公主非礼的韦小宝一样，紧张地问道，“洪夫人，你究竟要玩哪出呀？”

洪夫人不耐烦地道：“你拿刀顶着我的脖颈，然后挟持我走出院子，刀哥他们开着车在外面接应你，你把我甩下上车离开。只要你把手机存储卡交给刀哥他们，我保证他们会放你一条生路！”

徐峙这才恍然大悟，原来洪夫人是要演一出苦肉计，但仍是不解地道：“你这样把我救出去，难道洪霆霄不会怀疑你吗？”

洪夫人抬眼不屑地望向徐峙：“这我早就想好了！我本来是想替洪爷分忧解难，偷偷审问你，但没想到你是一个神偷，你暗地里解开绳索，然后突然劫持了我。”

这个解释算不上高明，但是从这个春风摇曳的妩媚小女人嘴里说出来，相信那个皱纹堆垒的洪霆霄一定会深信不疑。

“那你可不可以告诉我，那天晚上和你在一起的男人究竟是谁呀？”徐峙轻声问道。

洪夫人身子一旋转，从徐峙怀中挣脱出来，然后用力地将徐峙向后推了一步：“你知道得越多，会死得越快，聪明点就什么也别问！”

“那好，那好，”徐峙撇撇嘴道，“那我再问最后一个问题，和我一起来的那个小蝶呢，她现在在哪里？”

洪夫人脸上露出不悦的神情：“那个贱女人，谁知道呢？恐怕正在和那个糟老头子春宵一刻呢！”

“他奶奶的！”徐峙立刻恨得咬牙切齿。

洪夫人妩媚的眼神冲着徐峙一勾勾：“看不出你对那女人还挺上心的！”见徐峙像热锅上的蚂蚁一样急得团团转，根本无法实施她的计策，只得安慰道，“没关系，那个女人现在只是被关在一个房间里，老头子还没来得及动手呢！”

“那我现在必须把小蝶救出来！”徐峙就要往外冲。

“就凭你！”洪夫人轻蔑地笑道：“你是泥菩萨过河，自身难保，还想去救人！”

“那我也必须把小蝶救出来！”徐峙坚毅地说道。

“看不出你还是个情种呀！”洪夫人咯咯笑道，“这样吧，我们再做一笔交易，你出去之后，只要把那张储存有照片的手机存储卡交给刀哥他们，我就立刻让老头放人。”

“我凭什么相信你？”徐峙反问道。

洪夫人妩媚一笑，用染着火红指甲的芊芊玉指轻轻划过徐峙的鼻头，“你有什么资本跟我谈条件？你要想救那个女人，就乖乖按照我说的去做！否则，你就等着看你的心上人如何被老头子糟蹋吧！”

徐峙挥了挥手中的刀道：“你要是不守信，我一定用刀划烂你的脸！”

洪夫人像是看滑稽戏一样，忍不住捧腹而笑：“你呀还真是很傻很天真！好吧，咱们就这样一言为定。”

洪夫人话音未落，突然一道黑影闪过，紧接着洪夫人闷哼一声便倒在地上。

这一切来得实在是太快了，等徐峙醒悟过来究竟发生了什么事情的时候，一把手枪已经顶在了徐峙的额头上。

27

徐峙抬眼望去，只见面前站着一个青衣人，穿着打扮与先前的那些青衣人完全一样，只是这个人用黑布蒙着面颊，看不清具体长相。

“又是一个女人！”徐峙脱口而出。

对面那人也是一惊，忍不住道：“你怎么知道我是女人？”

徐峙把手中的刀丢在地上，随即狡黠地一笑道：“你虽然穿着男人的衣服蒙着脸，可是你身上有一股淡淡的脂粉味，而且还有胸部，哎，你这个尺码，以后还是最好别再扮男人了！”

啪，女人给了徐峙一个清脆的耳光：“下流！”

徐峙很无辜地捂着脸道：“这是你让我说的，我只是说一个事实而已！我还知道你来这里的目的不是救我，而是救他。”徐峙用手一指那个被悬挂在木架上昏厥过去的阿峰道。

青衣女人又是一怔：“你怎么知道我是来救他的？”

徐峙嘿嘿一笑：“这有什么难的？你来这不到三分钟，却已经瞟了阿峰不下十次，眼神中全是关切和温柔，这就说明你是来救阿峰的，如果我猜得不错，阿峰是你的情郎吧？”

啪，又是一记清脆的耳光。

徐峙满脸委屈地道：“你为什么又打我？”

那个青衣女人冷哼一声道：“因为你知道得太多了！”

青衣女人用力一推徐峙，把徐峙推到了墙角边，然后转身来到阿峰的身旁，关切地将阿峰的头抱在怀中：“阿峰，阿峰，你醒醒，你怎么了？你怎么了？”声音中充满了紧张和焦虑。

“没关系的，他只是被洪夫人用电棒击晕了！”徐峙双手交叉抱在胸前斜倚着墙，一副事不关己的悠闲模样。

“快滚过来！”青衣女人命令道。

徐峙左瞧瞧右看看，青衣女人不耐烦道：“就是说你呢，这里除了你，还有谁呢？”

“我还以为你也会像对待洪夫人那样把我打晕呢！”徐峙吐着舌头跑到了青衣女人身旁。

青衣女人冷冷地道：“原本的计划是这样的，只不过现在有变化了！”

“什么变化？”徐峙探头探脑地问道。

青衣女人用枪一指徐峙：“把身上的衣服全部脱掉！”

“什么？把衣服全部脱掉！”徐峙像被人非礼的妇女一样，双手紧捂在关键部位，差点就尖叫出来。

青衣女人两眼一瞪：“少啰唆，快脱衣服！”

徐峙做梦也没有想到像自己这样一个浮浪子弟，竟然有一天会被一个女人拿着枪威逼着脱光衣服，遭受非礼。

看来人生果然如戏，流氓也有被人非礼的时候。

徐峙无奈只好解开衣扣，一件一件地开始脱衣服。徐峙一边脱着，心底一边盘算着，实在是搞不清楚这女人葫芦里究竟卖的什么药，难道是这娘们寂寞难耐，来地牢里面找我解闷来了？

徐峙脱到最后，用手扯开了印着加菲猫的内裤。

“你干什么？”青衣女人两眼绯红，连呼吸都急促了起来。

“干什么？”徐峙诧异地问道：“难道不是你让我脱光衣服的吗？”

“我只是让你脱掉衣服，没有让你脱光！”青衣女人气愤地喊道。

徐峙长嘘了一口气：“哎哟，谢天谢地，我还以为你要劫色呢！”

青衣女人气得一跺脚：“就你那龌龊模样，谁稀罕？”眼睛向下一瞟，看到了徐峙内裤上印着的加菲猫，忍不住扑哧一声笑了出来，“你还真是挺另类的！”然后把一包衣服丢在徐峙面前，“快穿上！”

“一会儿脱，一会儿穿，你是喜欢看男人换衣服呀？”徐峙低声呢喃道。但等徐峙把衣服穿在身上的时候，却立刻恍然大悟，原来这是一身和那些青衣打手一模一样的衣服。青衣女人是让自己乔装成青衣打手的模样。

青衣女人摘下了面纱，露出一张精致的面孔，虽然有了些年纪，但那种成熟的风韵和完美的轮廓结合在一起，所散发出的那种动人心魄的诱惑力竟不输于小蝶。

徐峙看得有些眼直，张开的嘴巴久久无法并拢。

“看够了没有？”青衣女人白了一眼徐峙，“我原来的计划是让阿峰穿上这套衣服，和我一起假扮成守卫离开地牢，但是现在阿峰被人用电棒击昏了，所以只能由你来扮演守卫，和我一起架着阿峰离开地牢。喂——，你再看，信不信我挖了你的眼睛！”

徐峙赶忙将眼神收回，随即又摇着头道：“你这计策太拙劣了，咱俩贸然驾着阿峰出去，地牢的守卫能没有觉察？”

青衣女人一指地下躺着的洪夫人道：“这个骚浪蹄子刚才把地牢里的守卫全部撤走了，对我们来讲可以说是天赐良机，不会受到任何的阻碍。至于院子里的守卫，他们是新换的一批，而且不了解这边的情况。我们可以光明正大地驾着阿峰到后院，然后跳墙离开洪府。”

“我帮你没问题，阿峰也算是我的兄弟，可是你也必须帮我一件事情。”

“你觉得你有讨价还价的筹码吗？”青衣女人将手枪指向了徐峙的额头。

徐峙岿然不动：“那你就尽管开枪好了！”

“你——”青衣女人恨得咬牙切齿，但她还是强压住了心头的怒火，“好吧，你说吧，你究竟有什么样的条件？”

“帮我救出小蝶！”徐峙斩钉截铁地说道。

“小蝶？”那个女人黑宝石一样的眼睛快速转动着，似乎是在记忆库中寻找那个叫小蝶的人，然后恍然大悟道，“是不是就是和你一起被抓来的那个女人？”

“对，就是她，”徐峙兴奋地道，“你知道她在哪里吗？”

青衣女人露出刮目相看的表情：“没想到你还是一个重情重义的男人！那个叫小蝶的女人，洪霆霄似乎非常看重，特别将她安排在了洪霆霄的书房，那个地方是这个宅院的禁地，普通人是根本进不去的。不过，以我的观察洪霆霄暂时是不会对小蝶做什么事情的，而且小蝶现在的状态也很好，只是由于过度虚弱还在睡觉。”

“普通人进不去，而你却能够看到小蝶，那就说明你不是普通人了？”

徐峙仔细玩味着青衣女人的话。

青衣女人明眸中寒光一闪："过分的好奇会害死你自己的！"

徐峙无所谓地撇撇嘴，满不在乎地道："现在想要杀死我的人能排一大长队，也不在乎多你一个！"

"你——"青衣女人直气得杏眼圆睁，握枪的手臂高举，但又无可奈何地垂了下来，"你放心吧，只要你帮我将阿峰救出去，我一定找机会把那个女人救出去。"

就在这时，昏厥中的阿峰突然呻吟了一声，在两片干裂的嘴唇之间挤出了一个名字——穆兰。

"阿峰，我在这里！"青衣女人的明眸立刻如同涨水的秋池，泛着晶莹的光泽，将阿峰的头紧紧抱在怀中。

"我这是在梦中吗？穆兰，你……你没有死啊？"阿峰喃喃道。

"我没死，是洪霆霄逼我在你眼前演了一场戏，利用你的视觉偏差，让你相信我被鳄鱼吃掉了，想逼你说出真相，其实我并没有被扔到湖中。"青衣女人泪眼蒙眬地抽泣道。

阿峰似信非信地点了点头，就又昏厥了过去。

"阿峰，阿峰，"青衣女人焦急地呼喊着，阿峰却仍旧毫无反应，青衣女人不禁秀眉紧蹙。

"原来你叫穆兰呀！"徐峙露出得意的笑容，然后拍拍青衣女人的肩膀道，"你也不用着急，他只是身体过于虚弱，又被电棒击打，所以才会陷入昏迷之中。只要救出去之后好好调养，过一段时间就没事了！"

那个叫穆兰的青衣女人一把甩开徐峙的手："把你的狗爪子拿开，我们还没有那么熟。"

徐峙故作一脸委屈地道："我还以为我们是同盟呢！"

穆兰冷笑一声道："我可没有什么兴趣和你做同盟，离开这个院子之后，我们就天各一方，永不相见。"

徐峙耸耸肩："无所谓呀，只要你能够兑现你的承诺，帮我救出小蝶就可以了！"

穆兰道："我向来说话一言九鼎，决不食言！"

"那就好！"徐峙看看地上有些苏醒迹象的洪夫人道，"事不宜迟，我们赶快把阿峰救出去吧，洪夫人马上就要醒来了！”

穆兰也晓得时间紧迫，也就不再和徐峙斗嘴了。她和徐峙一起将绑在木架子上的阿峰抬了下来，然后一人架住阿峰的一只臂膀，将阿峰从地牢里拖了出来。

一路上果然就如穆兰所说，地牢里的守卫都已经被洪夫人撤走了，所以他们畅通无阻，没有遇到任何的盘查，很快就来到了地牢的出口。

穆兰凑在徐峙耳边低声道：“你要遇到巡夜的打手，就说是洪爷要提审阿峰。他们必定就不会再阻拦了！”

穆兰口中的热气喷在徐峙的耳畔，让徐峙感觉麻酥酥的发痒，竟然忍不住嘿嘿笑了起来。

穆兰立刻醒悟，恼怒道：“都什么时候了？你还在这里嬉皮笑脸！”

徐峙强忍住笑意道：“是你嘴里的气息搞得我太痒痒了！”

“我现在才知道什么叫烂泥扶不上墙，你就是一块烂泥，而且是一块臭熏熏的烂泥！”穆兰狠狠地瞪着徐峙。

“那你为什么不说，却让我说呢？这里的情况你比我更熟悉呀？”徐峙反问道。

穆兰啐了一口徐峙：“废话，我是一个女的，一张口就被人听出来了！”

“我看你是怕身份暴露吧？能够自由进出洪霆霄最私密的书房，还和洪霆霄手下第一打手阿峰情意缠绵，你这个女人还真是不简单！”

穆兰恨不得撕碎徐峙，就在这时突然院子前方闪出两个人影：“你们是干什么的？”

表演是资深老贼徐峙的看家本领，什么样的场合他都经历过，面对眼前的这两个护院打手，徐峙自然是满脸的风轻云淡，用满嘴的江湖口吻说道：“是洪爷突然要提审这家伙，命令我们哥俩把他抬到后院。”

那两个护院道：“就你们两个人行吗？”

徐峙一拍当头那人的肩膀道：“这是在洪爷的院子里，难道会有人敢杀进来劫走他？”

那两个人也都哈哈大笑：“说得也是！那兄弟你辛苦了！”眼睛又瞟向了穆兰假扮的那个青衣打手，“这个兄弟是谁呀？怎么总是低着个头，半夜三更还戴个帽子？”

穆兰本能地将脸隐藏在更加阴暗的角落，另一只手悄悄地摸向了腰间的手枪。

徐峙突然想捉弄一下这个叫穆兰的女人，于是伸出手一拍穆兰的胸部，对那两个守卫道："我这兄弟天生就是个闷葫芦，不爱说话，最近一段时间头发谢顶，所以戴顶帽子遮遮丑。"

穆兰的胸口骤然被徐峙一拍，差点就要惊声尖叫出来，这时就听那两个守卫道："男人嘛，头发谢顶很正常，没什么大不了的，以后多跟我们喝喝酒，打打牌，你就不那么腼腆了！"

"好了，我们得赶快到洪爷那里交差了，以后有机会咱们哥几个喝个小酒坐一坐。"徐峙和那两个守卫打过招呼后架着阿峰继续向后院走去。

转过假山，见四周无人，穆兰狠狠地踢了徐峙一脚："你个流氓！"

徐峙却不恼火，嬉皮笑脸道："我本来就是个小流氓！嘿嘿——"然后又正色道，"你刚才挺个胸脯站得太直了，我刚才不拍你那一下，就要穿帮了！"

"这么说我还得谢谢你了！"穆兰恨声道。

徐峙仍旧嬉皮笑脸道："你真相信缘分吗？我感觉我们两个人似曾相识，好像在哪里见过？"

"我倒了十八辈子霉才会和你见过！"穆兰一脸的怒容，却更有着别样的韵味。

徐峙还想调侃一下这个穆兰，突然就听到有个女人在惊声尖叫："有人闯进地牢救走了徐峙和阿峰！随即院里的警报器就响了起来，几盏大灯被点亮。

徐峙身子一震："是那个洪夫人的声音，这女人醒来得还真是快！"

穆兰道："赶快顺着这条小道往前走，转过弯就是院墙了。"

徐峙和穆兰驾着阿峰拼命地往前跑，就听后面一片喊杀声，寂静无声的大院里面不知从哪里就突然冒出一大堆身穿青衣的打手，从四面八方围了过来，而且声音越来越近。

穆兰沉声道："这样我们是逃不出去的，你带阿峰从院墙里跳出去，我把那些人引开。只要你能救出阿峰，我一定兑现诺言，帮你把小蝶救出来！"

徐峙突然对眼前的女人肃然起敬，这的确是一个有情有义的女人，人生若能有这样的红颜知己，夫复何求？

"那外面有接应我们的人吗？"徐峙问道。

“没有！”

“没有？”徐峙像看外星人一样盯着穆兰，“没有人接应，我们怎么能够救出阿峰？他满身是伤，我们根本跑不出去的！”

穆兰无奈道：“我也是跟踪洪夫人的时候，发现她撤掉了地牢里的所有守卫，我才临时起意，想出了这个营救阿峰的办法。阿峰的伤势无法再拖下去了，我也是迫不得已，只能孤注一掷。”

“但是——”

“没有但是，如果你能救出阿峰最好，如果实在不行，你就一个人走。人各有命，你没有必要为了一个素不相识的人赔上自己一条性命。我们都尽力就好！”

望着穆兰坚毅的目光，徐峙突然有了一种想哭的感觉，和小蝶的小鸟依人不同，穆兰身上更多的是一种英姿飒爽的坚毅和从不拖泥带水的决绝，但在这种刚毅的背后却又能深切地感受到她似水柔情的温柔和在重压之下的无奈。

“我会拼尽全力救阿峰的！你——你要保重！”徐峙用力紧握了一下穆兰的手，眼睛里面竟然有些泪花闪动。

穆兰忍不住扑哧一笑：“你怎么像个女人似的？难怪穿加菲猫的内裤！”

徐峙一脸的尴尬和窘迫。

“那我以后怎么联系你？”徐峙想起了这个关键的问题。

穆兰略一思索：“旅馆一条街上的流莺旅馆，你知道吗？”

徐峙点头道：“我知道！我刚刚去过那里！”

穆兰咬着嘴唇道：“如果我还活着，那么三天后我就带着小蝶到流莺旅馆找你！你在房门上插上一根白色的羽毛作为标记！”

穆兰无限柔情地轻抚了一下阿峰凌乱的头发，然后对徐峙道：“如果三天后我不能去旅馆赴约，你就告诉阿峰，穆兰早就死了，你让他再找一个女人好好活着。”说着穆兰转过脸，闪身没入了黑暗之中。

徐峙却分明看到就在穆兰转过脸的一刹那，两颗晶莹的泪珠悄然无声地滑落，一如穆兰此刻的心情一样，带着无限的牵挂和眷恋没入尘埃之中。

徐峙此刻也无暇细想，他拖着阿峰跳出围墙。随即身后响起了断断续续的枪声和此起彼伏的追逐声，应当是穆兰故意开枪吸引那些追兵。声音向后山绵延而去，渐行渐远。就听有人喊“我打中他了”“我打中他了”。还有人喊“一定要抓活的”。

徐峙心里咯噔一惊，穆兰身陷重围，此刻又受了伤，倘若落到洪霆霄手里恐怕会凶多吉少，心底不由得为穆兰担心起来。

就在这时，忽然身后的围墙里有人探出头来：“这里还有两个，他们在这里！”随即就有四五个大汉跃上墙头。

徐峙拼了命背着阿峰跑，只可惜自己刚刚经历了连番折磨，身体虚弱，再加上阿峰身形高大，浑若死尸，徐峙拼尽全力刚跑上公路，后面那几个打手便追了上来。

徐峙有心想丢下阿峰，但想起穆兰的嘱托，只好一狠心道：“干脆好人做到底吧，死就死了！”

那几个打手很快就追了上来，其中一个拿着铁钩就朝徐峙大腿钩了过来。

眼看徐峙就要皮开肉绽，就在这千钧一发的时候，弯道处疾驶来一辆越野车，随即越野车里面火舌四射，呼啸的子弹朝着徐峙身后扫来，那几个打手见势不妙疯狂地向后跑去，子弹在路基上面击射起朵朵尘烟。

越野车嘎吱一声在徐峙身旁停下，后排车门打开，里面一个声音低沉地吼道：“快上车！”

徐峙抬头一看，里面坐着的竟然是包着满头纱布的冤家对头——刀哥。

徐峙这才突然想起，洪夫人曾跟他说过刀哥等人在外面接应他们。真是冤家路窄呀！

徐峙脸上挤出一个讪笑道：“刀哥，你还活着呀？”

“你还没死，我怎么舍得死？”刀哥恨恨地回答道，眼睛向下一瞟，看到了满身血污的阿峰，不由得眉头一皱：“这人是谁？洪夫人呢？”

不等刀哥问完，后面便响起了枪声，原来洪爷手下的护院打手接到消息之后都来这边增援。

刀哥见形势不妙急道：“快上车！”

徐峙心想跳上车是死，在这里待着也是死，不如先上车躲一时算一时，于是将阿峰推向了后座。徐峙刚准备跳上刀哥的越野车，不知从哪里突然冲出一辆货车，强烈的车灯刺得徐峙睁不开眼睛。就在徐峙捂着眼睛躲闪的一刹那，那辆货车开足马力撞向了刀哥乘坐的越野车，只听砰的一声巨响，猛烈的撞击将越野车撞飞了出去，后保险杠脱落，车体严重变形，刀哥等人差点都被甩了出去。

就在徐峙被眼前突如其来的变化弄得一头雾水的时候，突然一阵尖锐的刹车声，那辆卡车停到了徐峙面前。车门猛地被打开，里面的人冲着徐峙摆手道："赶快上车！"

徐峙毫不迟疑地爬上了卡车，但等他抬眼看清楚驾驶员的面目时，不由得心中一咧，诧异地惊呼道："啊，怎么会是你！"

28

就在徐峙生死未卜、踏上神秘卡车的同时，在城市的另一角，殷柔正伏案阅读着N市四大悬案的卷宗。

地中海谋杀案已经过去了数天，但警方的调查工作却始终没有突破性的进展。原以为这只是一起普通的入室盗窃杀人案，但经过细致的现场分析，殷柔突然发现这竟然是一起构思精妙、手法高超的密室杀人案。究竟是什么人设计了这起精妙的杀人案，到底又为了什么，煞费苦心地将一个小贼徐峙设计其中，这起离奇案件的后面到底还掩藏着什么不可告人的目的。可惜这一切的一切，都随着关键证人餐厅服务生郑克杰的失踪而无从破解。

郑克杰的失踪究竟只是个巧合，还是被其同伙杀人灭口，殷柔无法确定，警方已经连续几日掘地三尺，对整个N市展开铺天盖地的搜查，却毫无收获。郑克杰就像人间蒸发了一样，从这个城市彻底地消失了。

而另外两个通缉要犯徐峙和冯阿呆，同样也是至今没有缉拿归案。

殷柔想到了那个与徐峙在一起的被称作小蝶的绝美丽人。这个女人好像就是从地下突然冒出来的一样，莫名地就与这起案件紧密地联系在一起。记得在抓捕小蝶时，徐峙曾说小蝶患上了失忆症。看小蝶当时的表现，好像的确有精神方面的障碍。

失忆症，这个只在电影中反复出现的名词，没想到在真实案例中也会出现，而且那么离奇。

想到小蝶当时的狰狞表情，殷柔至今心有余悸，特别是小蝶像开了外挂似的高超搏杀技能，连殷柔这个搏击高手都有些甘拜下风。这个小蝶究竟是什么来路？难道正如自己所猜想的那样，她是——

“不可能！”殷柔立刻否定了自己的猜想，小蝶眼眸中当时所散发出来的残忍杀气，绝不是一个心存正义的人应该所拥有的。除非是一系列的巨变，才将一个天使变成了魔鬼。

再有就是那个女按摩技师英妮拉，她的出现绝对不是一个巧合，显然她是经过长期的卧薪尝胆，等待时机，才会那么巧地出现在古董商阚立龙的房间。

英妮拉是当年六指淫魔系列强暴案中的最后一名受害者，也是唯一一个见过六指淫魔身体的人，再联想阚立龙过去六七年一片空白的履历，两个人在这个时间点同时出现在一起命案之中，绝对不是一个巧合。英妮拉一定是带着某种目的而来，而那个阚立龙的身份也绝对不是古董商人那么简单。

还有就是洪霆霄珠宝押运车被劫案，虽然这只是线人提供的消息，但殷柔深信此消息绝非空穴来风，殷柔跟进调查，发现就在案发那天晚上洪霆霄连夜从国外飞回了N市。从这一点就可以印证这个消息的可靠性。洪霆霄一定丢失了某种特别重要的东西，否则以他财大气粗的为人，绝对不会为了这点小事就放弃重要的商业谈判连夜返回N市。这个东西一定非常重要，可它究竟是什么东西呢？

殷柔提笔在纸上将这些敏感的事件排序：

7月3日下午，洪霆霄的珠宝押运车被劫，丢失某种重要东西；

7月3日夜晚，地中海酒店发生命案，古董商人阚立龙被杀。

7月4日凌晨，洪霆霄坐飞机连夜赶回N市。

紧接着餐厅服务生郑克杰神秘失踪，同时凭空出现了一个浑身疑点的失忆女人。

在如此狭小的时间段发生了这么多的离奇事件，这绝对不是一个巧合，事件背后一定有着某种警方所不知道的内在联系。

殷柔忽然又想到发生的离奇事件并不止上述几件，还有一件被自己所忽略的事情，就是徐峙报警所称的当晚发生在地中海酒店13层的那起命案。按照常理，如果不是徐峙目睹，他绝对没有必要冒那么大的风险来打这个报警电话。警方之前在调查中，虽然没有发现酒店13层发生命案，但或许其中还有我们所忽略的地方，那里还藏着我们所不知道的秘密。

想到这里，殷柔拨通了孙诗蕊的电话：“喂，是诗蕊吗？还没有休息吧？这么晚还给你打电话，实在不好意思。有一件事情我需要你帮我查一下。就是在7月3日晚上，地中海酒店13层，也就是1301房间究竟是什么人登记住宿的，你要查到那个人的确切信息，最好能够见一下住宿者本人。”

放下电话，殷柔重新将目光聚焦到了摊在书桌上的悬案卷宗上面。

随着六指淫魔案件受害者英妮拉，以及疑似六指淫魔的阚立龙等人的出现，再加上古董商、密室悬案这些字眼，使殷柔有了一个大胆的猜想，眼前这些错综复杂的案件，很有可能与N市历史上的四大悬案有着千丝万缕的关系，它们之间或许有着某种不为人所知的隐秘联系。

殷柔仍旧按照时间顺序阅读这四起悬案的卷宗，与以往不同的是这次的侧重点是挖掘人物之间的关系，特别是与现在发生的地中海谋杀案之间的关系，以及这些案件之所以会成为悬案的根本症结所在。

第一起是发生在十年前的古董被劫案。这起被劫案件与寻常的文物被劫案没有什么大的不同，都是一伙劫匪闯入展览地点，强行将文物劫持而走。之所以这起案件会最终成为悬案，关键在于犯罪团伙的幕后老板与这些直接实施抢劫的劫匪之间是通过中间人联络的，随着中间人的人间蒸发，幕后老板K先生的真实身份就成为永久的谜团。

这些信息殷柔早已熟烂于胸，她将这些内容仔细看完之后，又将专注的目光移到了卷宗后面的补充材料。这些材料是在最近十年中，其他跟进的警员根据案件的发展所做的补充交代。其中很重要的一条就是记录了案发当事人后来的近况。

抢劫古董的那些劫匪，至今仍在监狱中服刑，案发当晚的四名保安最后都被辞职解聘，之后的情况都很凄凉，而文物展览的承办人何女士更是因此破产，最终抑郁而终。

殷柔看到这里有些伤感，又有些无奈，掩上古董被劫案的卷宗，又打开了黑金矿被拐儿童案的卷宗。相对于古董被劫案，黑金矿儿童被拐案几乎没有再进行任何后续的调查，核心要犯毒屎强彻底地从警方视野中消失，而那些被解救的儿童如今散落在东南亚各地，近况完全不得而知。

殷柔伏案思索着，虽然毒屎强作为拐卖集团的头目始终没有直接露过面，但是在那些被拐卖的儿童之中，或许有人曾经偶然见过毒屎强。只是时隔这么多年，当年那些被解救的儿童是否还能回忆起这些细节？但这毕竟是追捕毒屎强的唯一线索，纵然只有百分之一的希望，也必须尽百分之百的努力。

殷柔又拨通了赵腾飞的电话，很快便传来赵腾飞的声音。

“不好意思，赵警长，这么晚打扰你，我现在正在看当年黑金矿拐卖儿童案的卷宗，我想了解一下当年被解救儿童的近况，他们当中是否有人能够回忆起关于逃犯毒屎强的细节。我知道当年你参与了这起案件的调查，所以想把这个任务交给你，辛苦你组织调查一下。”

“辛苦倒是谈不上，只不过——”赵腾飞迟疑了一下，继续道，“只不过想从他们口中获得关于毒屎强信息的希望非常渺茫，当年我们也试图从这个角度来获取线索，但那些儿童案发时年纪都非常小，又长期在黑金矿中被奴役，很多人都出现了严重的心理问题，当我们解救这些儿童的时候，他们许多人连正常的语言表达都没法进行，更别说准确描述犯罪嫌疑人长相了，况且据我们了解，似乎这些儿童也都没有见过毒屎强本人。”

殷柔沉吟了片刻道：“看来这条线索是行不通了。”

“那倒也没有这么绝对！”赵腾飞宽慰道，“我试着把这些人的近况都了解一下，尽快形成一个材料递给你，或许会有一些意外的收获。”

“那样最好，只是要辛苦你了。”殷柔带着歉意说道。

赵腾飞笑道：“没什么，都是工作上的事情，也是我应尽的职责！”

放下电话，殷柔又打开了六指淫魔系列强暴案的卷宗，卷宗中一共记载了七位受害者，前六位受害者都是在昏迷中被凌辱，但可以肯定六指淫魔并没有和她们发生实质的性行为。只有第七位受害者，也就是英妮拉，曾经和六指淫魔进行过激烈搏斗，对六指淫魔的身体特征有一定的了解。根据卷宗记载，当年的警方也的确是将英妮拉案作为系列案件告破的重点突破口，然而英妮拉所提供的线索，比如六指淫魔大腿内侧的红色印记，这种隐秘部位的特征排查起来非常困难，所以对案情的调查并没有什么实质的帮助。八年来，警方虽然一直在追踪这个六指淫魔，但是这个狡猾的凶手，自从英妮拉案之后就销声匿迹，再也没有出现。警方自然也就无从下手，此案就此搁浅。事后的补充记载，七位受害者除一位叫陈丽的人成为精神病患者长期住院之外，其他六人都有了各自的生活。

不过，直觉告诉殷柔，如今出现的地中海杀人案与当年的系列强暴案之间一定有着某种特定的联系。被害人阚立龙大腿内侧就有这样一块红色的印记，巧合的是在阚立龙可能的死亡时间范围内，作为当年被害人的英妮拉就曾出现在这个房间。英妮拉与阚立龙这次看似的相遇，很有可能是经过精心策划的，目的就是报当年的凌辱之仇。从英妮拉的眼神中，殷柔就可以看得出她对于那个六指淫魔的仇恨绝对是不共戴天、杀之而后快的。这么多年来，英妮拉对于六指淫魔的寻找就从来没有懈怠过，甚至自甘堕落地去做世人眼中所不齿的女按摩技师。如果可以确定阚立龙就是六指淫魔，那么英妮拉作为凶手的可能性将会急剧上升。

如果果真如此，那么事情的真相很有可能是当英妮拉发现阚立龙就是六指淫魔，于是便策划了这一出引君入瓮的好戏。英妮拉以按摩为名义进入阚立龙的房间，趁阚立龙不备将其杀害，之后精心布置了命案现场。英妮拉离去之后，她的同伙郑克杰在监控器下上演了一出隔门对话的好戏，目的就是为了推后阚立龙的死亡时间，制造出英妮拉不具备作案时间的假象。再之后那个被英妮拉精心挑选的倒霉鬼徐峙从窗户潜入阚立龙的房间，稀里糊涂就成为这起密室杀人案的替罪羊。

当然这只是殷柔的推理和猜想，从证据链的角度上却无法获得足够的支撑。目前，破解这一系列疑问的最关键一环，就是找到那个关键的时间证人郑克杰，然而此刻郑克杰又在哪里呢？他究竟还在不在人世了？

殷柔对于找到活着的郑克杰并不抱以太大的希望，狡猾的凶手绝不会把这么关键的证人拱手送给警方，要怪只能怪自己当时没有能够识破这出把戏，给予了凶手补救的机会。当时抓捕郑克杰是非常秘密的行动，但仍旧让郑克杰在警方眼皮子底下逃之夭夭，而且还是在前后脚之间，究竟是什么人将消息透露给了郑克杰？难道正如那个年轻警员所说，是郑克杰恰巧听到了警方与保安经理栾正豪的对话？

不对，不对，当时警方与栾正豪的对话地点是在位于酒店二层的保安经理室，而郑克杰工作的餐厅位于酒店的18层，两个地方的距离如此遥远，而且分属两个截然不同的部门，郑克杰恰巧在那个时间点出现在那里的概率实在是太小了。这其中一定是在某个环节出现了纰漏，如果不是出在警方内部，那么问题就一定出现在那个保安经理栾正豪身上。

殷柔脑海中灵光一闪，感觉似乎在错综复杂的案情中捕捉到了一丝破案的关键点。那个保安经理之前曾经擅自进入过凶案现场，又在抓捕郑克杰的行动中出现疑点，这个人身上的确有着很大的问题。

殷柔立刻拨通了张雄彪的电话，因为张雄彪后来一直在跟进调查栾正豪，但反馈回来的消息却让殷柔大吃一惊：那个叫栾正豪的保安经理已经辞职离开了地中海酒店，不知所终。

29

暹罗大道，洪霆霄宅院外的大道上。

枪声大作，火光四射，时不时还传来被枪击中时撕心裂肺的惨叫声。

被卡车撞得差点丢掉性命的刀哥等人，清醒过来的第一件事情就是举起手中的枪与渐渐逼近的洪霆霄手下混战在一起。

而此刻载着徐峙的卡车已经绕过了刀哥的越野车急速向前而去，利用两伙人马混战的空当将那些追逐者远远甩在了身后。

刀哥望着绝尘而去的卡车气得猛捶座椅，可是前排的炮筒却怎么也发动不了汽车。而极速射来的子弹让刀哥连半点喘息的机会都没有，更别说破口大骂了。好在竹筒左右双枪，火力凶猛，暂时支撑住了险象环生的危局。

只可惜这样的局面支撑不了太久，如果车子再不能够发动，那么刀哥三人连带他们后座上的阿峰，必然会被乱枪打成蜂窝。

刀哥是目睹过洪霆霄残忍手段的，与其沦为俘虏被残忍虐杀，倒不如索性拼了性命。绝望中的刀哥不顾袭来的子弹，从后座椅上抄起一把大口径的散弹枪，玩命还击，顿时将洪霆霄的手下都压缩在了墙底附近，再不能够前进半步。

坐在卡车里的徐峙看着枪声远去的洪宅，不由得长舒了一口气，虽然这几天一直厄运不断、险象环生，但总能在最关键时刻化险为夷，看来自己暂时还命不该绝。

“万万没有想到会是你来救我！”徐峙扭头望向正在专心开车的那个人。

那人冷哼了一声却没有搭话。月光透过驾驶室的挡风玻璃照射在那张喜怒无形的脸上，为他本就难以琢磨的面容蒙上了一层薄雾。

徐峙讪讪地一笑："我只是好奇，以你堂堂洪府大总管的显赫身份，原本该是洪霆霄最亲信的人才对，你为什么会背叛洪霆霄来救我这样一个素不相识的人？我实在是猜不透啊，陈总管？"

坐在徐峙身旁的那个人正是洪霆霄的贴身亲信，在洪府中一言九鼎的陈大总管陈景鹏。

此刻，陈总管嘴角上扬，露出一个难以琢磨的微笑，但随即便隐没而去，隔了片刻才语调平缓地说道："有许多事情你还是不知道最好！"

徐峙忍不住哈哈大笑："这两天我听得最多的一句话就是这句了！既然你们每个人都神神秘秘的，不想让我知道事实的真相，可为什么还会有那么多事情找上我？我只是一个不入流的小贼，至于让你们这么多大名鼎鼎的人物围着我转吗？"

陈总管没有说话，只是凝视前方，蒙着薄雾的面容根本看不出他内心的真实所想。

"说吧，你打算怎么处置我？"徐峙一边说着，一边侧转身子挡住陈总管的视线，而另一只手则偷偷地摸向了车门的把手。倘若陈总管要对自己有什么不利，那么徐峙就立刻打开车门飞身跳出。不管怎么说，徐峙已经不想再做阶下囚了，那种被人用枪顶着脑袋的感觉比死亡更令人难以忍受，倒不如索性放手一搏，或许还有一线生机。

经历了这几日来的种种，徐峙此刻也越来越理解小蝶之所以在面对枪口时会产生那么激烈的反应了。没有尊严的肆意侮辱，简直就是对人性最大的摧残。

徐峙此刻宁愿跳下车摔死，也不愿意再被别人玩弄侮辱。

陈总管仍旧没有回答，只是专注地望着前方。那种沉默的无言，更加煎熬着徐峙敏感的神经。

徐峙强烈抑制着内心的不满，愤愤地说道："我想你不会平白无故冒这么大风险来救我吧？你一定也想从我身上得到什么东西吧？"

陈总管仍旧没有说话，仿佛根本没有听到徐峙的话。

徐峙有些焦急了："你救我总得有个理由吧？为财？为色？为仇？你倒是说句话呀！难道你救我只是想亲手杀了我？"徐峙说到这里突然感觉脊背上一阵发凉，按照常理自己刚才已经是命悬一线了，陈总管根本没有必要再多此一举，但是这种阴晴不显于脸上的人做出这种令人匪夷所思的事也不足为奇。有些人就是喜欢将别人玩得筋疲力尽之后再亲手将它扼杀，这样才能将他们扭曲的欲望发泄到极致。如果真的是这样，那么看起来彬彬君子模样的陈总管则比那些将罪恶写在脸上的刀哥等人更加恶毒了。

“你是想杀了我？”徐峙小心翼翼地问道，与此同时手已经轻轻地打开了车门。

“这么快的车速如果跳下车子，你一定会摔得粉身碎骨。”陈总管直视着前方，眼睛根本没有看徐峙，但却对徐峙如此细微的动作了如指掌。

徐峙只好将车门重新闭合，满脸疑云地望着陈总管：“你为什么不给我一个准确的答案？是生是死，你倒给我个干脆呀！”

“难道你也是因为我在酒店13层拍摄的那张照片？不对呀，你和刀哥他们好像并不是一伙的。难道是因为小蝶，但你应该救的是小蝶才对呀，干吗救我呢？如果你只是想杀了我，但我好像还不值得你这样去做呀？”徐峙扯着头发，都快被陈总管逼疯了。

就在这时车子行驶到一个岔口，陈总管一踩刹车，将车停在路边，指着密林中的一条小道道：“你顺着这条小道下山吧！”

徐峙以为自己耳朵听错了，挑着眉毛道：“你就这样放我走？”

“不然呢？”陈总管背靠着座椅，仍旧没有看徐峙一眼。

“你这样做好像很不合逻辑啊？”徐峙感觉到了来自陈总管的轻蔑，心里非常不爽。

“不要再啰唆了，快走吧！”陈总管不耐烦地说道。

“你还没有告诉我，你为什么要救我？你不告诉我，我就不走！”徐峙两眼紧盯着陈总管，丝毫没有退让的意思。

陈总管瞟了一眼徐峙，冷笑一声：“因为现在我还不想让你死！”

“现在还不想让我死”？徐峙琢磨着这句话中的深意，眼睛望着陈总管波澜不惊的面容想要寻找到答案，但却是无功而返，只得追问道：“那我身上现在还有什么可利用的价值？”

陈总管凝神望着前方，没有说话。

“你是想让我做你的鱼饵，引诱其他人上钩？”徐峙感觉自己抓住了重点，瞪着陈总管道，“出卖朋友的事情，我绝不会去做！”

陈总管冷笑道："你有朋友可以出卖吗？"

徐峙还想问，陈总管一摆手，已经下了逐客令："如果你还想见到你那个红颜知己，就最好乖乖按我说的去做。如果我没有算错的话，不出十分钟追兵就会赶上来了，到时候谁都救不了你了！"

徐峙还有些心有不甘，但想到孤苦无依的小蝶还在望眼欲穿地等待着自己，他还是决定暂时放下探寻的欲望，一咬牙跳下了车，钻入了林间的小道，随即消失在了黑暗之中。

陈总管望着徐峙逐渐隐没的身影，一直不苟言笑的脸上流露出复杂的表情。但这种难以琢磨的纠结转瞬即逝，陈总管又恢复到那种恬淡风清的模样，启动汽车朝着下山的道路疾驰而去。

殷柔按照约定的时间来到了位于N市某某大学医学楼里李云泽的研究室。

此刻，殷柔的神情非常憔悴，一夜未眠使得她眼底发黑，嘴角干裂，再加上精神的极度沮丧，使得她平时看起来像电影明星一样俏丽的面容，此刻却枯槁得如同蜡纸一样毫无光泽。

由于此时正是上班的高峰期，等候电梯的人非常多，殷柔只好舍弃电梯，顺着楼梯向位于实验楼八层的研究室走去。

相较于身体的疲惫，更让殷柔难以忍受的是接踵而来的坏消息。

首先是地中海酒店保安经理栾正豪毫无征兆地突然辞职，连夜赶到栾正豪住所搜查的警员却发现那里早已是人去楼空，一片狼藉。之后的调查更是让殷柔大跌眼镜，这个栾正豪竟然像是人间蒸发了一样，从他的人际关系网中消失得无影无踪。

其次是从海警那里传来消息，他们在海岸边发现一件带血的上衣，口袋里面装着的证件正是属于那个被警方苦苦寻觅的关键证人郑克杰。那件衣服正是郑克杰失踪当日所穿外套，上面的血迹虽然还没有进行DNA鉴定，但就目前掌握的情况推断郑克杰恐怕是凶多吉少，活着的希望非常渺茫。

这样的结果对于殷柔来说无异于五雷轰顶，郑克杰的死亡也就意味着追查英妮拉为凶手的所有努力都将付诸东流。

殷柔此刻的心情可以说是五味杂陈，既有对凶手步步抢得先机、下手狡猾凶残的痛恨，也有对自己后知后觉、不断错失良机的追悔。

倘若殷柔能够早点洞察到密室杀人案的玄机所在，就有可能抢在凶手之前将郑克杰拘捕；倘若能够认真分析郑克杰逃跑现场，那么那个具有极大嫌疑的保安经理可能就无处遁形。

殷柔此刻可以说是悔恨交加。但客观来讲，殷柔毕竟只是个人不是神，她不可能凡事都神算无遗。

殷柔胡乱思索着，脚步已经来到了位于八楼的实验室门外。殷柔轻叩房门，里面传出李云泽极富男性磁性魅力的声音："请进！"

殷柔轻轻推开房门，缓步走进了那个寻常人讳莫如深的法医实验室。

实验室里面收拾得非常整洁，简直可以用一尘不染来形容。偌大的实验室正中央摆放着一个大型的操作平台，上面摆放着各式各样叫不出名字的仪器和设备。正对操作平台的墙面上挂着宽幅的投影幕布，旁边是电脑、幻灯机，还有一些打印设备。靠门一侧的墙壁则全部都是玻璃橱窗的铁皮柜子，里面摆放着密密麻麻的资料，还有让人看上去立刻毛骨悚然的骇人标本。实验室的一角悬挂着一部电视，正在滚动播放着早间新闻。

李云泽此刻正站在桌边看着桌子上面的资料，他抬头看到殷柔走进了房间，于是推了推鼻梁上的金丝边眼镜，冲着殷柔微微一笑："快请进！"随即注意到了殷柔因极度疲惫而黯然失神的面容。

"看你这样子好像一夜都没睡觉呀？"

殷柔勉强挤出一个微笑："没办法，干侦探这行最大的特点就是必须习惯熬夜！"

"熬夜可是美丽女人的最大敌人啊！所以从这个角度来讲，重案组并不是特别适合女人来做！"

殷柔何尝不明白这个道理，只是她太过喜欢这个刺激而又充满正义感的职业，所以才会不顾一切地投入其中，即使耗尽了她全部的青春和心血也在所不惜。

看着殷柔有些干裂的嘴唇，李云泽不无怜惜地说道："我猜你还没有吃早饭吧？我这里有牛奶和三明治，赶快趁热吃吧！"说着就把桌上摆放的牛奶和三明治递到了殷柔手中。

殷柔想要推却，但看到李云泽坚定而殷切的眼神，只好将热腾腾的牛奶和三明治接在手中。

殷柔的确是饿坏了，一夜的煎熬让她滴水未进，只是太过专注于案情让她紧绷的神经暂时忘记了饥渴。当醇香的牛奶和着三明治的甘甜舒缓地滑过舌尖的时候，殷柔才真切地意识到自己此刻是多么饥肠辘辘。

看着殷柔有些狼吞虎咽的吃相，李云泽清秀的脸颊上浮现出像大哥哥一样慈爱的微笑。

殷柔这时才意识到自己的吃相有些难堪，满面羞涩地抹了抹嘴："我的吃相是不是太不淑女了？"

李云泽嘴角上扬，翘起一个优美的弧度："我就喜欢你这种干练的模样，没有寻常小女人的那种矫揉造作，眉宇之间都是巾帼不让须眉的飒爽之气。"

殷柔只感觉脸颊发烫，心跳加快，已经很多年没有男人这样赞美过自己了，但随即她又意识到一个非常严重的问题，不由得蹙眉道："我刚才吃掉的是不是你的早餐？"

李云泽没有回答，只是微微一笑。

殷柔满脸愧疚地道："真是不好意思！我下楼再给你买一份！"说着就要起身。

李云泽一把拉住殷柔："早餐的事一会儿再说，我们先谈公事！"李云泽转回到他方才所站的位置，将他刚才看的那份报告递到了殷柔面前，"昨天晚上你让我鉴定的那件带血的衣服已经有了初步的结果，上面提取到的指纹、毛发、血液都和郑克杰的生理指标完全吻合，可以肯定这件血衣是属于郑克杰的。"

殷柔刚刚松弛下来的心弦又绷紧到了极致，面上难掩失望之情。

"不过你也不要沮丧，勘测警员在郑克杰的上衣口袋里发现了一本驾照，驾照的夹子里有一个存储卡，他们从储存卡里提取到了一段音频，托我做真伪鉴定。鉴定结果已经出来，这段录音并没有经过剪辑处理，是真实的原始录音，刚才我已经发到你的邮箱里，你回去以后可以听一下，相信会对你有很大的帮助。"

殷柔眼睛一亮，迫不及待地问道："是关于什么的？"

李云泽轻推了一下金丝边眼镜："是郑克杰偷偷录下的一段录音。"

殷柔阴郁的脸上终于绽放出一丝笑颜。

那一刹那实在是太美了，李云泽竟然看得有些失神。当意识到自己有些失态时，李云泽赶忙岔开话题问道："那个被你们通缉的徐峙呢，现在有消息了吗？"

殷柔摇头叹息道："自从上次他从我眼皮底下逃走之后，就再次消失得无影无踪。我们虽然增派了许多警力，在水陆交通设卡，对市内的宾馆、洗浴、出租房，进行了拉网式的排查，但仍旧是一无所获。"

李云泽安慰道："你也不要太心急，这个徐峙是做贼出身的，善于在那些阴暗的沟壑里面躲藏，就像蚊子、苍蝇一样，想要抓住他的确需要些耐心和时间。"

殷柔长叹一声："可惜我没有那么多的时间了。上峰和媒体逼得很紧，再不破案，恐怕我就该被问责了。更要命的是这起案件很有可能跟八年前的六指淫魔系列强暴案有着千丝万缕的关系，如果真的是这样的话，很有可能会形成一个案中案的局面。"

"这么说来这起案件还真是棘手呀！难怪会把你这个大神探也搞得如此疲惫不堪。"

殷柔苦笑道："何止是疲惫不堪，简直是狼狈不堪。"

李云泽见殷柔愁容满面，又无法出言宽慰，只好岔开话题道："你一大早晨约我到实验室见面，不会只是为这一件血衣的事情吧？"

殷柔的神情立刻变得严肃起来："我想了解一下当年六指淫魔案件的一些细节。"

李云泽摘下眼镜，用眼镜布轻轻擦拭着镜片，嘴角露出一抹微笑："你找我可算找对人了，当年我作为物证和法医助理，参与了案件的全程取证工作。因为当时是我第一次接触如此性质恶劣的大案，所以对每一个细节都记忆犹新。而且这么多年来，我也一直没有放弃对这起案件的研究。"

殷柔听了大喜过望，兴奋地拉着李云泽的衣袖道："太好了！"随即觉得自己有些失态，慢慢把手抽了回去。

李云泽微微一笑，他觉得眼前这个殷柔，和平日里那个满脸威严的殷督察有着迥然不同的感觉，这个看似不苟言笑、一脸严肃的殷督察，骨子里还是有着小女孩的天真与可爱，只不过特殊的工作性质将这些温柔的气质都磨砺和湮没掉了。

李云泽将眼镜戴上，眼角盈盈带笑地望着殷柔："说吧，你打算从哪起案件开始了解？”

“我想着重了解一下英妮拉那一起案件！”

李云泽站起身来到资料柜前，从里面抽出一个文件夹，然后递到了殷柔面前：“这就是有关英妮拉那一起案件现场勘测的全部资料，比卷宗中的报告详细多了。照片都刻成了光盘也存放在里面，如果你想看比较直观的内容，我可以用幻灯片给你播放一下。”

殷柔颔首笑道：“这样最好不过了！”

李云泽将光盘插入电脑，操作鼠标，随即在投影仪幕布上出现了一张张拍摄于英妮拉被侮现场的照片。

前五张照片是从不同角度拍摄的现场概况图。那是一个非常破旧的房间，看装饰材料的老旧程度和墙面的斑驳情况，当时那个房间至少已经使用了20年。房间里面只摆放着一些老旧的家具，没有电视，也没有冰箱，一张双人床便占据了卧室大部分的空间。虽然房间被收拾得很干净，但黑色的污点遍布房间的各个角落，可以想象当时居住在里面是怎样一种压抑的感觉。

房间的布局非常简单，靠近门的地方是一个卫生间，然后就是一个客卧两用的房间，窗户那边有一个小小的阳台，被改装成了一个简易的厨房。

殷柔指着双人床的特写照片问道：“这个床收拾得非常干净，一点都不像刚刚发生过强暴案。”

李云泽抿了抿嘴道：“这就是六指淫魔的作案特点，他每次离开现场之前，都会把现场打扫得非常干净，主要目的就是把他可能残留的生理痕迹彻底清除。所以床单看起来非常整洁，几乎都没有什么折皱。”

这时画面切换到了英妮拉的特写照片，那时候的英妮拉还很年轻很清纯，丝毫没有现在那种风尘妩媚，眉宇之间全是那种特定年纪的纯真与无邪。只是那时的她披散着头发，眼角泛红，用一条浴巾紧紧包裹着光洁的玉体，蜷缩在床的一角，说不出的可怜和无助。

李云泽解释道：“这是我们到现场时的情况，当时英妮拉就这样蜷缩在墙角，不停地抽泣，看起来让人非常揪心。”

殷柔像是想起了什么：“六指淫魔将现场清理得这么干净，那么他一定也会对被害人身体进行清理了？”

李云泽肯定地点点头：“是的，我们在被害人英妮拉身上也没有提取到任何有价值的生理线索。六指淫魔对英妮拉的身体进行过仔细的擦拭。”

“那英妮拉曾经下过床，到过房间的其他地方吗？”殷柔又问道。

李云泽摇摇头：“英妮拉苏醒过来之后，用床头柜上的手机拨打了报警电话，之后始终没有下过床。英妮拉当时虽然是一个涉世未深的女孩，但毕竟是一个大学生，她有着对现场保护的意识。因为地面被六指淫魔在离开前仔细地擦拭过，所以我们在地面上没有提取到任何人的脚印，也包括英妮拉的，由此也可以证实英妮拉所说的话。”

殷柔喃喃自语道：“这样就对了！”随即又望向李云泽，“我在看六指淫魔犯罪卷宗的时候，发现里面有一张英妮拉右脚的特写照片，我对这张照片有一些疑问。”

李云泽轻笑道：“这张照片就是我拍摄的。当时之所以会拍这张照片，是因为英妮拉向现场的警察描述，她曾用右脚踢到了六指淫魔的下体部位，所以我就拍摄了这么一张特写照片。怎么啦？你有什么新的发现？”

殷柔摇摇头：“新的发现倒是没有，只是觉得照片上面好像有一小片污迹，看不清是什么东西？你能找到电子版的那张照片吗？”

“没问题！”李云泽操作着鼠标，很快就找到了那张照片，在投影仪上播放出来。

“就是这片污迹，在英妮拉右脚后跟的位置！”殷柔用手指着投影仪上的画面对李云泽道。

李云泽按照殷柔所说，将那片污迹拖到画面的正中央，然后点击放大工具，画面不断变大，由模糊不清的一小片变成了呈满整个投影仪幕布的一大片。

殷柔凝视着那片污迹：“这片红色的污迹究竟是什么？是血，还是什么东西？”

李云泽嘉许地望向殷柔：“难怪你年纪轻轻就有神探的美誉，看问题果然非常细致！这张照片被许多同僚看过，但他们无一例外地都把这个细节忽略掉了，你是唯一一个注意到这个细节的人。”

殷柔从李云泽的话中听出了一些玄机：“听你这口气，你当时也发现了这个疑点。”

李云泽腼腆地一笑：“当时我刚从学校里走出来，对现场的一切都非常感兴趣，所以才会对这些旁枝末节的东西特别上心，如果是现在我可能也会选择性地忽略。”

“那你后来有没有对这个样本进行过分析？”殷柔焦急地望向李云泽，非常希望从他那里得到肯定的答案。

果然不负殷柔的殷切期望，李云泽肯定地点点头：“虽然当时带我的老师说这是一些不重要的旁枝末节，但我还是出于好奇提取了这片样本。实验的结果你猜是什么？”

“是颜料！”殷柔毫不迟疑地回答道。

“你怎么会知道？”一向波澜不惊的李云泽此刻脸上也露出了难以置信的表情，两只眼睛惊愕地望着殷柔。

看着殷柔眼波中流露出来的异样光泽，李云泽突然会意地笑了笑：“原来你从英妮拉脚踢的位置也推断出了这样的结果！”

就在这时电视机里面的一则新闻突然打断了殷柔和李云泽的对话，电视画面中只见殷柔带着几名便衣警察行色匆匆地从一个酒店的大堂中走过，而他们身旁站着一对亲昵相拥的情侣。男的一身黑衣，戴着墨镜，女的长发披肩，身材窈窕，就在这时电视机的右上角出现了一张视频截图，从画面来看是不同的摄像头所拍，画面中的男人正是那个一袭黑衣的墨镜男子，正行色匆匆地走进酒店大堂。殷柔只看了一眼，便认出了这个人正是被警方苦苦寻觅的地中海酒店谋杀案首要嫌疑人——徐峙。

而在电视屏幕下方的新闻标题处赫然写着两行令殷柔几欲崩溃的大字：杀人嫌犯光天化日盗走酒店监控，神探殷柔擦肩而过却是毫无察觉。

“神探”两个字被打上了大大的引号。

随即画面被切换到直播间内，一个衣冠楚楚的所谓专家在大批特批警方的懦弱无能，点名道姓地直指殷柔是浪得虚名的无能神探，引得现场观众一片声讨之声。

主持人也在不失时机地推波助澜，制造话题。

“纳税人的钱养着这样无能的侦探，市民怎么可能有安宁的日子？”

“监控这么重要的资料都可以被嫌犯盗走，警方的无能可见一斑。”

看到这里，殷柔感觉心底一阵揪心的委屈和难以言明的痛楚，身子由于极度的气愤而微微颤抖起来。

李云泽蹙眉望向殷柔：“看来有人在背后捅你刀子！”

30

流莺旅馆简陋的房间里面，徐峙盘腿坐在床上，一只手抠着有些瘙痒的脚丫子，另一只手则捧着新买的手机，目不转睛地仔细审视手机中的照片。

这张照片拍摄于7月4日凌晨，当时徐峙正攀爬着绳索经过地中海酒店13层，无意中目睹了一起离奇的杀人案。手忙脚乱中的徐峙，错误地按下了手机的拍摄按钮，于是便有了这张模糊不清，却又为徐峙招来无穷杀戮的神秘照片。

这张照片究竟有什么神秘之处呢？徐峙苦苦思索着，如果说这张照片是杀人的证据，可是那个被塑料袋捂着脸的洪夫人根本就没有死，前两天还神采奕奕地在自己面前卖弄风骚。既然洪夫人没有死，那也就说明杀人案根本不成立，黑头套男人根本就没有必要继续苦苦追杀自己。

如果说是怕奸情败露，引来洪霆霄的追杀。可是那天在地牢里听洪夫人的口气，似乎他们根本就不害怕洪霆霄，至少他们已经做好了与洪霆霄翻脸的准备。

既然这张照片构不成杀人的证据，也无关乎奸情败露的事情，那么黑头套男人，以及刀哥、洪夫人，他们为什么还要费尽心思地紧咬着自己死死不放，甚至不惜暴露身份从地牢里救自己？这张照片里面一定还隐藏着什么不可告人的秘密。

徐峙点击放大照片，仔细地观察着照片的每一个细节，从屋顶的吊灯到地面的杂物，再到床上那对因为玻璃反光而模糊不清的赤裸男女。徐峙反复看了许多遍，实在是找不出什么令人生疑的地方。

徐峙揉了揉有些发涩的眼睛，准备将手机丢在一旁，就在这时他的眼睛无意中触碰到了画面阴暗的右下角，在那里隐约有一个什么物件。徐峙瞪大眼睛仔细地看，猛然醒悟到这应该是一个箱子的一角。

由于箱子的颜色是黑色的，又隐没在阴暗的右下角，而且箱子只在相片中露出局部的一角，所以徐峙之前一直以为是一片黑斑，并没有十分注意。

此刻，徐峙全神贯注地凝视着这片阴影，在像素不断放大的情况下终于看清楚了箱子的轮廓，只是箱子里面装的东西却仍旧看不清楚。

会不会问题的关键就在箱子里所装的这件物品上呢？徐峙挠着头冥思苦想着，突然他想起了当日自己被刀哥、炮筒、竹竿三人第一次绑到越野车上的情景。炮筒就曾经说竹竿在打劫一辆押运车时，私藏了一个装着定位器的珠宝盒。押运车、珠宝、箱子，这几个词连缀在一起，猛然间就让一片迷惘的徐峙彻底醒悟。

没错，问题的症结就在这个箱子上，里面一定装着非常重要的东西，可这个东西究竟是什么呢？

徐峙看得眼睛都酸涩得淌出了泪滴，也没有看清那个东西的庐山真面目。

必须得把这张照片找专业人士处理一下。可是找谁呢？徐峙正在凝神思索着究竟该找谁帮自己处理相片，突然，房门被人轻轻叩了三下，这在寂静的暗夜中听起来犹如鬼敲门一般阴森恐怖。

徐峙不由自主地打了个激灵，弹射似的从床上跃起，也顾不上穿鞋，赤着脚底板蹑手蹑脚地走到房门前。

是警察发现了我的踪迹，还是被刀哥堵上了，又或是洪霆霄的手下？

徐峙脑海中闪过一张张狰狞的面孔，脊背上渗出了一大片冷汗，徐峙想要跳窗而逃，但还是强撑着自己，战战兢兢地将眼睛贴在了猫眼上面。

走廊上的灯光非常昏暗，来人又戴着一顶宽檐的帽子，低垂着头，透过有些变形的猫眼根本看不清那个人的长相。

“这该死的老板娘也不知道换个清楚点的猫眼。”

就在徐峙准备放弃，抽身跳窗而逃的时候，那个人忽然抬起了头，两泓秋池般明媚的眼睛，带着无限的期盼和柔情望向猫眼。

徐峙以为自己是在梦境之中，用力地掐了一下自己的大腿，剧痛的感觉才让他如梦方醒。

“小蝶，是小蝶！”徐峙双唇抖颤着几乎都说不出话来，毫无顾忌地一把将门打开。

然而，徐峙的笑意很快就凝结在了脸上，因为就在徐峙冲出房门拥抱向小蝶的一刹那，一只闪着阴森杀气的手枪顶在了他的额头上面，与此同时从小蝶的身后闪出了一个同样戴着一顶礼帽、穿着一身黑衣的人。

“你……你是谁？”徐峙颤声问道，两只手不由自主地举过了头顶。

黑衣人没有回答，只是加重了腕上的力量，冰冷的枪口毫不费力地将徐峙顶到了房间里面。

黑衣人微微抬起头，用凌厉的目光扫视了房间一圈，在确定房间再无旁人之后，这才将手枪收起，同时用一种嘲讽的口吻对徐峙道：“你是一见这个女人，就不顾性命了！”

徐峙觉得这声音有些耳熟，凑近一看，这才认出原来这个黑衣人就是在洪霆霄的地牢中曾经救过自己的那个穆兰。

“原来是你啊，吓死我了！”徐峙拍着胸脯不住地喘息着。

“方才如果不是我，你早就脑袋搬家了！”穆兰冷冷地说道。

“都是自己人，你干吗用枪指着我的头顶呢？”徐峙嗔怪道。

穆兰扬起那张弧度优美却充满冰冷寒意的脸，反驳道：“我又怎么能够确信你这屋里没有其他人呢？在这个世界上轻信别人，就等于埋葬自己！”

徐峙这才恍然大悟，原来穆兰用枪顶着自己进入房间，是为了防备屋里有其他人布置陷阱，这个女人做事果然是非常缜密和小心。相比之下，自己刚才毛毛躁躁就冲出房间的举动，如果外面真的是仇家，那自己无异于是飞蛾扑火，自投罗网。

但徐峙仍旧嘴硬地狡辩道：“谁像你那么——”话未说完，小腹就重重地挨了一下。

徐峙痛苦地弯下腰，呻吟道：“你干吗打我？”

“谁让你那天在洪府羞辱我？”穆兰瞪着杏眼，满脸绯红地说道。

徐峙这才想起那晚遇到洪霆霄手下时，自己故意拍穆兰胸部的事情。

“不就是摸了你那一下吗，至于记这么长时间的仇呀？”

“你还说！”穆兰抬手就打。

徐峙赶忙求饶，尴尬地从地上站起来挠挠头，然后又转头望向数日不见的小蝶。眼前的小蝶比先前时气色好了许多，圆润的脸蛋粉扑扑的，娇姿欲滴的像是能掐出水来。此刻正用一双清澈无邪的明眸凝视着自己。

“小蝶，你还好吧？他们没有伤着你吧？”徐峙一把拉过小蝶，上上下下仔细打量着小蝶，见她身上果然完好如初，没有丝毫的损伤，这才放下心来。然后，紧紧地将小蝶拥在怀中，口中呢喃道：“我还以为这辈子都见不到你了！”

说到动情处，徐峙不争气的眼泪竟然夺眶而出，泪眼婆娑的模样像是个被人遗弃的大孩子突然见到了久别的母亲。

小蝶忍不住扑哧一笑，用手温柔地拍着徐峙的脑袋：“别哭了，我这不是好好的在你面前吗？”

徐峙这才止住悲啼，微微抬起头望向小蝶明媚的俏脸：“他们真的没有欺负你吧？那个姓洪的老家伙没有对你那个吧？”

“什么那个？”小蝶不解地望着徐峙。

徐峙的眼睛瞄向了小蝶高耸的胸部，然后冲着小蝶努了努嘴。

小蝶这才恍然大悟，用手指轻弹了一下徐峙的额头，满脸绯红地道：“讨厌，你这脑袋就喜欢往歪处想！”

徐峙捂着额头，委屈地道：“这不能怪我呀！你长得这么明艳动人，是男人都会对你打歪主意的，更何况是姓洪的那个老色鬼。你在他那里那么多天，他怎么能够不对你下手呢？”

小蝶将徐峙推开，用手挽住穆兰的手臂，对徐峙道：“有穆姐姐关照着我，那个洪霆霄是不敢对我怎么样的，更何况那个洪霆霄似乎之前就认识我，一直对我彬彬有礼，还问了我许多事情，只不过我始终没听明白他在说什么，只记得他一直称呼我为游雨晨。”

“游雨晨？”徐峙忽然想起上一次去“小蝶家”的时候，那个虎哥、豹哥也叫小蝶“游雨晨”“这么说你以前的名字就叫游雨晨了？”

小蝶蹙眉道：“或许就是这样吧！”

“好了，你们俩卿卿我我够了没有？”站在一旁的穆兰插口道，她环顾四周，冰冷的眼神里写满了焦急，“阿峰呢？阿峰去哪里了？”

徐峙放开小蝶，脸上露出了尴尬的表情，他冲着穆兰抱歉地说道：“阿峰——被人劫走了！”

“什么？阿峰被人劫走了，是什么人干的？”一直宠辱不惊的穆兰也忍不住惊声尖叫了起来。

“你听我说！”徐峙原原本本地将那天晚上发生的事情向穆兰讲了一遍，只是没有提及陈总管救自己的事情，因为陈总管究竟是敌是友，分属于哪个阵营？徐峙还没有搞清楚，所以他没有贸然向穆兰道破这个玄机。

“原来是落到了他们手中！”穆兰叹了口气，妙目中噙满了泪花。

“那现在我们该怎么办？”徐峙问道。

“是啊，穆兰姐，需要我们帮你一起去救阿峰哥吗？”小蝶拉着穆兰的衣袖，满脸恳切地道。

穆兰轻抚了一下小蝶的脸，语调苦涩地道：“阿峰落到那些人手中已经这么多天了，恐怕早已经是凶多吉少了，况且以我们的力量也根本不是那些人的对手。我们已经尽了最大的努力，阿峰命该如此，我们也无可奈何了！”

“可是——”小蝶还想要说，穆兰用手指轻轻按住了小蝶的红唇，“妹妹，你的好意我心领了，我还有更重要的事情去做，将来我一定会还阿峰一个公道的。”

“那你接下来要去哪里？”小蝶眨着眼睛问道。

“回洪府！”穆兰斩钉截铁地回答道。

“你放走了我，洪霆霄怎么能够善罢甘休？”小蝶关切地道。

“我自有办法！小妹妹，你要保护好你自己呀！”穆兰说话时眼睛意味深长地瞟了一眼徐峙，然后便欲转身离去，徐峙急忙问道：“美女，我们什么时候还会再见面？”

穆兰没有回头，只是摆了摆手：“我们还是永远不见面的最好！”说完倩影就消失在了幽暗的走廊之中。

徐峙怔怔地呆立在那里，良久无语。

“怎么了，你又对穆兰姐姐动心了？”望着徐峙恋恋不舍的神情，小蝶嘟着小嘴嗔怪道。

“没有啊！”

“你刚才说摸了她一下，是什么意思？”小蝶眼睛逼视着徐峙。

“没啥呀，就是……就是那天晚上不小心碰了她一下。”

“什么不小心，你就是存心故意的！”

“怎么会？有你这样的大美女在我身旁，我又怎么可能对别的女人动心？”徐峙像温顺的绵羊一样贴到小蝶身上，“我只是觉得穆兰身上有好多琢磨不透的地方。比如说像她这样一个柔弱女子，那天晚上如何能在被众多枪手围困的情况下从容脱身，还不引起洪霆霄的怀疑？再比如她放走了你，竟然还敢光明正大地回洪府？你不觉得这个女的身上有太多的疑点了吗？”

小蝶妙目流转，思索片刻道：“你的意思是说穆兰姐姐是洪霆霄派来的卧底？”但随即又否定道，“可是这样做也太假了吧！”

徐峙咂了咂嘴道：“卧底还不至于，不过这个穆兰身上肯定隐藏着一些不为人所知的秘密！管他的呢，反正萦绕在我身边的秘密已经太多太多了，再多一个也无妨！”

“那接下来我们该怎么办？”小蝶问道。

徐峙莫测高深地一笑：“眼下最重要的当然是破解那张照片的秘密，关于刀哥的秘密！”

31

审讯室里灯光昏暗，殷柔坐在椅子上神情漠然地看着投影仪上的监控录像。画面中英妮拉提着包从阚立龙的房间走出，神情略有些紧张地朝走廊左右看了看，然后用手擦拭了一下额头上的汗水，提着包匆匆走向电梯。

这段视频殷柔之前反复观看过多次，但这一次的心情却是截然不同，因为这段视频是按照殷柔的要求经过特殊技术处理的，图像的清晰度和色彩的饱和度已经有了大幅的提高。

殷柔将视频图像暂停在了英妮拉转身提包离开的一刹那，这时的监控摄像头恰好全景地拍摄到英妮拉敞着口的女士提包。殷柔将包的特写逐渐放大，包里面所装物品的轮廓也越来越清晰，殷柔的心提到了嗓子眼，因为之前的每一次观看都无法清晰地看清那件物品的样子，她很担心这次的技术处理能否达到心中的预期。终于，那件物品清晰地呈现在了殷柔的面前，与殷柔先前的猜想完全吻合。

殷柔松了一口气，同时脸上闪过一种难以言明的忧愁，她并不因为这个意外的发现而欣喜，相反有一种说不出的惆怅。

这时，赵腾飞敲门走进了审讯室：“老大，英妮拉已经押解过来了，是否开始审问？”

殷柔点点头，同时关闭了幻灯片，用一种毫无情感的声音说道：“把她带进来吧！”

不一会工夫，英妮拉就在两名警察的押解下走进了审讯室。另外两名审讯员赵腾飞和孙诗蕊在殷柔的左右坐了下来。

今天的英妮拉与之前看上去有很大的不同，经历了上次的绑架事件，英妮拉的容颜看上去有些憔悴，神情之中流露出一种渴望快快解脱的焦虑之感。

英妮拉非常不悦地抬头瞟了一眼殷柔：“警官，我上次已经把我知道的全部都跟你们交代了，你为什么还要把我带到这里？你现在应该抓的是徐峙，而不是我这个无辜的被劫持者！”

殷柔没有说话，只是面无表情地凝视着英妮拉，锐利的眼神如同万道银针，让英妮拉充分领略到了什么叫作芒刺在背、如鲠在喉的刺痛之感。

英妮拉终于有些撑不住了，她抿了抿嘴，用近乎咆哮的声音说道：“警官，我上次真的已经把我所知道的一切都跟你们讲了，你们要相信我呀！”

殷柔嘲讽地一笑，然后目光紧紧地盯着英妮拉，一字一句地道：“你上次的确跟我们讲了许多，只可惜那都是谎话！”

英妮拉身子一震，但仍旧一脸镇定地说道：“我跟你们说的都是实话，信不信随便你嘛！”说完就把身子侧到一边，做出一副不再理睬的模样。

殷柔冷笑道：“我既然敢这样说，自然有我的依据！”

英妮拉原本想不再理睬殷柔，可还是忍不住强烈好奇心的驱使，问道：“你的依据是什么？”

殷柔从容不迫地道：“理由一，你上次对于六指淫魔体形特征的描述与当年的证词不符，六指淫魔身上其实体毛茂盛，并不像你上次所说的那样光滑整洁。”

“我当年并没有向警方交代这个细节，你少骗我——”话一出口英妮拉就后悔不迭，可惜掷地有声的词语已经传入房间中每一个人的耳朵里，想要收回已然不可。

英妮拉暗暗恼恨自己口无遮拦的个性，但事已至此，也无可奈何，只好强词硬辩道：“好吧，我承认在这一点上的确是撒谎了，但我只是怕你们怀疑我是杀害阙立龙的凶手。不过，我很奇怪的是你怎么知道六指淫魔身上体毛茂盛，我当年因为过分惊吓并没有向警方交代这个细节啊？这个细节我也是之后才想起来的。”

殷柔微微一笑：“卷宗上自然是没有记录，我只是从你当时向警方描述六指淫魔犯罪过程中的一句话中得到了这个信息。”

英妮拉不解地道：“是哪一句话？”

“你当时对警方是这样描述你被袭击时的细节的：你说你和六指淫魔翻

滚在地上，你趁机骑在了六指淫魔毛茸茸的胸口。我就是通过‘毛茸茸’这三个字推断出六指淫魔身上体毛茂盛。我也相信你当时的陈述是最真实最客观的。”

英妮拉恍然大悟，原来并不是什么高深莫测的玄机秘论，讲透了居然是这么的简单，但反过来一想，又不由得对殷柔油然升起敬畏之心：要想在洋洋洒洒数万字的卷宗中抠出这么一个不起眼的词，并从中分析出犯罪分子的体貌特征，而且还准确地应用到八年后的案件审理中，这份细致、睿智和洞察力，绝非寻常之人可以做得到的。但英妮拉仍然口硬道：“但这只能证明我说过谎，但并不能证明我杀了人！”

殷柔的眼神突然一凛道：“你的确没有杀人，你只是杀人未遂！”

“啊，你怎么知道得这么清楚？”英妮拉说话不经大脑的毛病，再一次将她无情地出卖，这一次她已经彻底地无处遁形了，只能惊愕地张着大嘴，想要说些什么来掩饰自己，却什么也没有说出来。

殷柔居高临下地逼视着英妮拉：“你一定很好奇我为什么能够确定你曾经动手去杀害阚立龙，理由其实也很简单，是监控视频告诉了我。”

殷柔说着按下遥控器，投影仪中出现了英妮拉走出阚立龙房间的影像，然后定格画面逐渐放大，幕布上出现了英妮拉手提包的特写，在敞开的包中赫然就有一把出了鞘的匕首。

殷柔道：“之前我在看这段视频的时候，就发现包里有一条状的模糊物体，我起初只以为是个钱包，并没有十分在意。但在你上次说谎之后，我就对你在案发当日的一举一动进行了重新梳理，然后就对这里产生了怀疑。靠单纯的目力是根本无法看清楚这个物品的具体形状，但好在现在的科技非常发达，我请了视频方面的专家对这段视频进行了修复处理，终于看清了这个长条状物体的真面目，是一把出了鞘的匕首和匕首鞘。

“结合你较为清晰的犯罪动机，我猜想你当时是将匕首拔了出来准备行刺阚立龙，但由于某种突发的情况，使你不得不中止了杀人的行为，匆忙将匕首丢进了包里。由于你杀人的计划被意外打乱，所以你当时看起来行色匆匆，额头有汗，仓促间还没有来得及将匕首还鞘，甚至都忘记了拉上手提包的拉链。于是就被监控意外拍摄下了这个画面。

“还有一个重要证据，就是你手指上的一个细长划痕。我记得上次审问你的时候，就发现你手指上有一道细长的划痕。你解释说是开启罐头盖时不小心划伤的。当时我将信将疑，现在看来应当是你匆忙拔出匕首时不小心被划伤的。既有伤口，必有血迹，我又让法医鉴定处对案发现场的床单等物品进行了细致的检查，果然在血迹斑驳的床单上发现了非常细小的一片并不属于阚立龙的血迹，根据实验室细致对比，那片血迹正是属于你。

“你有杀人的动机，又有蹊跷的行为，再加上拔出的匕首，细长的划痕，现场遗留的血迹，种种因素结合起来，可以推断你当时在房间里面已经开始了具体的犯罪过程，只不过被意外终止了。”

英妮拉由于极度的惊愕眼球高高凸起，几乎都快弹射到了地上，隔了半晌，她才又喃喃问道：“可是你又是如何断定当时是杀人未遂的？”

殷柔抿了抿嘴道：“其实，你一直以来都是我高度怀疑的犯罪嫌疑人，只不过随着案情的深入，以及一些证据相继浮出水面，我最终把你排除在了杀人凶犯之外，做出了杀人未遂的判断，理由有三：

“第一，通过这一段时间的观察，我发现你并不是一个心思十分缜密的人。以你大大咧咧的性格，很难设计出如此完美的密室杀人案。你连装着匕首的手提袋都忘记拉拉链，又如何能在那些细节上处理得滴水不漏。你的智商并不低，但你做事太过粗枝大叶，所以如果你去杀阚立龙，一定会选择同归于尽的方式；

“第二，就是被害人肠胃中发现的安眠药。我们之前一直都忽略了这一点，但是进行深入的思考却不难发现，这里面有个至关重要的顺序问题。被害人阚立龙绝不可能在按摩之前服用安眠药，他一定是在尽情享受完按摩之后才服下安眠药的。现场并没有强迫服用的痕迹，而且服用剂量又非常准确。间接也就证明了阚立龙被袭击的时间并不在按摩期间。

“至关重要的是这第三点，我们从失踪的郑克杰身上发现了一个对你非常有利的重要证据，郑克杰与阚立龙在案发当晚隔着房门的一段对话录音。”

英妮拉讶异地睁大了眼睛，几乎不相信殷柔的话：“你们不是说郑克杰失踪了吗？”

“郑克杰的确是失踪了，但是我们找到了他的一件血衣。在他驾照背后的夹缝里，我们找到了一张存储卡，里面就有这段对话录音。”

“是真的吗？”英妮拉欣喜过望。

“当然是真的！”殷柔说着按下了电脑的播放键，一段略有杂音的音频从电脑的音箱中缓缓播出。

敲门声。

“阚先生，您睡了吗？我是餐厅的服务生小郑。”

屋里传来一个沉闷的声音：“正准备睡呢，你有什么事情？”

郑克杰发出谄媚的笑声：“没什么事情，我就想问一下那妞怎么样？”

“挺豪爽的！”阚立龙回答得很干脆。

“豪爽的好呀，我就不喜欢黏人的，有的男人粘在一朵花上，天天被人监视着，想出去偷腥也没机会，我可受不了……”

阚立龙不耐烦的声音响起：“我吃了安眠药，得睡了！”

“好好好，您如果还有需要就联系我，我的电话是……”

对话录音到此结束。

殷柔关闭了播放键：“这段录音我已经找专业人士鉴定过了，没有经过任何的剪辑，确信是郑克杰和阚立龙之间的真实录音。这段录音的出现已经基本可以洗清你的杀人罪名了，至于你企图杀人的行为是否要追究刑事责任，下一步就要看法官如何判决了。”

英妮拉只感觉有一种冰火两重天的重生之感，没想到自己从地狱之中又一步迈回到了人间，她感激涕零地望向殷柔：“谢谢殷督察！”

殷柔微微一笑，“你不用谢我，我们警方做事是讲究证据的，不会冤枉一个好人，也不会放过一个坏人。你现在应该坦诚地向我讲述一下，当时在房间里到底发生了什么，究竟是什么样的意外事件终止了你的杀人计划？”

此刻的英妮拉突然变得非常乖巧，规规矩矩地坐在那里，一本正经地回答道：“我当时接近阚立龙，真实目的的确是报当年的凌辱之仇！我之所以这么肯定阚立龙就是六指淫魔，除了因为阚立龙体毛茂盛，大腿内侧有一块红色印记这些明显的体征之外，还有两个重要因素就是：第一，阚立龙早年学过绘画，尤其喜欢美女之类的人物画，这与六指淫魔当年凌辱我时把我当作人体模特的特征非常吻合。这一点是我在与阚立龙聊天中套出来的。

“第二，就是阚立龙在那方面存在障碍。当年六指淫魔在那种状态下被我猛踢了一脚，我后来专门咨询过一些专家，六指淫魔很有可能会留下很严重的后遗症，也许永远会丧失那种功能。阚立龙也很吻合这一点。”

“这种羞于启齿的事情，阚立龙怎么会主动告诉你？”殷柔不解地问道。

英妮拉暧昧地一笑：“殷督察，您虽然千般聪明，万般机灵，但却不懂这男女风情之事。我们在这种场合待久了自然有撩拨客人的办法。阚立龙感觉男性尊严尽失，在我不断追问下，只好编了一个谎话说他在几年前不小心跌到了老虎沟下面，摔伤了命根子，所以才会出现这样的问题。”

老虎沟？这个字眼像一道闪电在殷柔脑海中炫出一片白光，殷柔的神情微微紧了一下，似乎想起了什么，但很快就恢复到了面如秋湖的平静之中。

英妮拉继续道：“世界上不会那么巧，有一个人会同时吻合这四条特征，所以我断定阚立龙就是当年的六指淫魔。虽然经过了八年的时间，他的体形已经严重走样，但那种从骨子里透出来的流氓气息还是让我感到非常熟悉。当他的手摸向我大腿的时候，我就知道阚立龙就是被我苦苦追寻八年的那个人。于是，当阚立龙闭着眼睛趴在床上享受着我的按摩时，我骑在他腰上偷偷从包里抽出了匕首。然而，就在我高高举起匕首准备结果这个畜生性命的时候，却突然从对面墙上的玻璃里看到一个人手在向我摆动。”

殷柔、赵腾飞、孙诗蕊几乎在同一时间惊呼道：“房间里面难道还有一个人？”

32

英妮拉点了点头，脸上仍然浮现着那种见了鬼一样的怪异表情："我当时吓得几乎尖叫出来，以为是遇到了鬼！那个人手向我摆了摆，示意我不要杀人。然后就凭空消失了！

我急忙回头，却看到房门外面空空荡荡的。我以为是出现了幻觉，可是刚才那一幕却是如此的真实，绝对不是幻觉。我突然意识到这个房间里面可能还藏着另外一个人。极度的恐惧让我的身子不由自主地颤抖起来，而我这些不自主的举动都透过紧密接触的肢体传递到了阚立龙的身上。

阚立龙侧过脸问我：怎么啦？

我赶忙将匕首丢到了包中，然后尽可能做出什么事情都没有发生的样子，对他说没什么，只是扭到手了。

阚立龙将信将疑地扭过了头，但是手却不规矩地摸向了我的腿。

当时我惊魂未定，根本没有在意这些，也忘记了将装着匕首的手提包拉上拉链。之后，阚立龙究竟说了些什么，做了些什么，我根本就没有什么记住。好不容易熬到完工，我就提着皮包匆匆忙忙地走出了房间。要不是阚立龙提醒，我甚至都忘了要按摩费。"

殷柔满脸期待地望向英妮拉："那你有没有看到那只手后面的那个人？"

英妮拉摇摇头："那只手是从卧室房门那里伸出来的，而且是通过镜子折射的，所以我只能看到一只手，却看不到手的主人。"

殷柔有些失望，但还是追问道："那你有没有看清楚那只手有什么特点？是男人的手还是女人的手？"

英妮拉微闭眼睛，似乎在仔细思索："那一定是个男人的手，又粗又大。只不过那只手一闪而过，并没有其他显著的特征。”

殷柔相信事到如今英妮拉绝对没有再说谎话的必要，房间中突然出现的那个人很有可能才是真正的杀人凶手。可是这个凶手为什么要冒着巨大的风险出面制止英妮拉杀死阚立龙呢？既然凶手的目的也是要置阚立龙于死地，英妮拉替他出手岂不更好？难道在这起杀人命案的背后，凶手还隐藏着什么不可告人的目的吗？

就在这时，赵腾飞插口问道：“英妮拉，你从卧室走出来的时候，在客厅里有没有看到那个神秘的人？”

英妮拉摇头道：“没有！我当时特意留意了一下客厅，但客厅里面空空荡荡的，并没有发现任何人。”

孙诗蕊停下了记录的笔，蹙眉道：“那个神秘人会不会趁你们按摩的时候已经偷偷溜出了房间？”

“绝对不会！”英妮拉语气肯定地摇摇头：“阚立龙怕有人打扰，当时反锁了房门，如果有人离开，一定会有响动的。”

孙诗蕊眉头蹙得更紧了：“那这就奇怪了！凶手既然没有离开，那他究竟躲藏在哪里呢？总不可能他是个隐形人吧？”

此刻，殷柔的脑海中正在拼接着现场的影像，一帧一幅，每一个细节都在闪烁着：电视柜，沙发，衣柜，橱柜……

突然，殷柔的思绪定格在了客厅一角的书架和书柜上面，殷柔清晰地记得在书架和书柜上面都蒙着薄薄一层灰，而书柜里面却是一尘不染。为什么会出现这样巨大的反差呢？殷柔突然间醒悟到：书柜里面曾经躲藏过人，凶手为了避免留下线索，对书柜里面进行了仔细的擦拭。

殷柔眼波霍地一闪，忍不住脱口而出：“凶手当时就藏在书柜里面。”

赵腾飞诧异地望向殷柔：“头儿，你怎么这么肯定？”

“绝对不会错的！”殷柔斩钉截铁地回答道，“我当时曾经仔细检查过，书架上面的图书都有一层薄薄的灰尘，说明很少有人在那里驻足，只有房间主人活动的死角才最容易藏人。相对于书架上面的灰尘，书柜里面却是一尘不染，擦拭得非常干净。这种蹊跷的反差只能证明一点，书柜里面曾经藏过人，凶手为了掩饰可能留下的痕迹所以才将书柜里面擦拭得如此干净。”

“那这个凶手又会是谁呢？”孙诗蕊眨着一双大眼睛望向殷柔。

殷柔摆摆手，示意两名警员将英妮拉带走。等到英妮拉离开审讯室，殷柔这才对赵腾飞和孙诗蕊道："我们最初以为徐峙是凶手，因为入室盗窃才引发了激情杀人；之后随着英妮拉的出现，我们又将怀疑的重点定格在了复仇杀人，认为是英妮拉和郑克杰联合上演了双簧杀人；但现在看来凶手的目的可能没有这么简单，他苦心孤诣地躲在书柜之中，一定是为了谋取一件非常重要的东西。结合阚立龙古董商的身份，以及从多名当事人口中反馈出来的阚立龙当晚进行古董交易的信息来看，凶手的目的很有可能就是阚立龙最新购买的那件古董。"

赵腾飞点上一支烟，猛吸了一口，在烟雾缭绕之中，他依稀明白了殷柔的话语所指："头儿，你的意思是说凶手长时间潜伏在阚立龙房间，就是在等待时机窃取那件古董宝物。而徐峙则是他精心挑选的替罪羊？"

殷柔点点头道："不错！真实的情况很有可能就是如此！"

"可是还有一点我不太明白，"孙诗蕊紧蹙着眉头道，"在英妮拉要杀阚立龙的时候，凶手为什么冒险出来制止，这样不是很容易暴露他的行踪吗？"

殷柔舔了一下嘴唇："对于这一点，我之前也非常困惑，但现在好像明白了一些凶手的苦衷。英妮拉是属于那种做事鲁莽的女汉子，她是抱着同归于尽的目的去杀人的，巨大的响动很有可能会引起楼层保安的注意，不仅会将凶手精心设计的一切付诸东流，而且凶手本人很有可能会被随后赶来的警察在房间里面瓮中捉鳖，所以凶手才冒险出手制止。

不过，凶手也并非完全没有把握，因为英妮拉毕竟是有杀人的企图，即使是未遂也要被追究法律责任的。所以英妮拉不到万不得已，是不会把凶手揭发出来的。因此案发后，凶手还有足够的时间将英妮拉杀人灭口！"

孙诗蕊只感觉冷汗涔涔："幸好老大你抢先一步，不然英妮拉肯定是凶多吉少了！"

赵腾飞吐了一口烟雾笑道："凶手太低估了头儿的能力！他万万没有想到初来乍到的殷督察会阅读八年前的犯罪卷宗，一眼就将英妮拉锁定为重要嫌犯，凶手也就错失了最佳的杀人灭口时机！"

"那当然，我们老大可是名震天下的女神探啊！"

殷柔用手指一戳孙诗蕊的额头："少给我脸上贴金！你还是努力给我查查监控，究竟那个凶手是怎样进入0701号房间，又是如何神不知鬼不觉地离开的？"

孙诗蕊原本荡漾着笑容的脸立刻变得阴郁下来："我之前已经带人把0701号房间最近一个月的视频监控都查了一遍，不光是走廊上的监控，还有停车场摄像头拍摄到的窗户监控，根本就没有发现任何可疑的人进出过0701号房间。凶手总不至于是一个月之前就潜入房间之中吧？那不被活活饿死，也得被活活憋死啊！"

赵腾飞听了孙诗蕊的话也是眉头紧锁，他用力地吸了一口烟："这个密室杀人案设计得还真是奇妙，居然到现在我们都没有破解凶手进出房间之谜。凶手绝对是一个高智商的犯罪分子！"

殷柔沉吟半晌道："既然我们现在无法破解凶手进出房间之谜，那么我们就必须换一个全新的思路，从那件凶手志在必得的古董入手，只要找到了与阚立龙进行古董交易的那个人，很有可能就会从中查找到一些蛛丝马迹。阚立龙在案发当晚的活动轨迹你们调查清楚了没有？"

赵腾飞道："已经调查得非常详细了，阚立龙那晚并没有离开过地中海酒店，从电梯监控来看阚立龙曾经提着包到过位于酒店19层的那个慈善晚会。只可惜酒店19层没有监控，而且那个慈善晚会上人员进出频繁，还有许多秘不示人的VIP房间，阚立龙又是一个并不十分引人注目的人，所以截至目前我们还没有获取到阚立龙在酒店19层任何的活动情况。"

殷柔叹了一口气，神色有些黯然："如此说来，这又是一条走不通的死胡同了？"

赵腾飞忽然想起一件事，他将烟头猛力掐灭："阚立龙会不会就是当年那个文物抢劫团伙的头目——K先生？别忘了阚立龙的名字就是以K开头的！而他来这里的目的就是出售当年那个离奇失踪的无价之宝——马其顿狮吼面具！"

徐峙从一栋破旧的楼房中走了出来，行色匆匆地看了看左右。

"怎么样？照片交给老齐了吗？"戴着宽边眼镜的小蝶从公交站牌后面闪了出来，轻轻地挽住了徐峙的胳膊。

徐峙做出一个OK的手势："再过三天，老齐就会将照片发到我的新手机上，到时候我们就可以知道刀哥他们究竟为了什么对我们穷追不舍了！"

小蝶侧着小脸问道："你那个叫老齐的朋友真的那么厉害吗？"

徐峙轻挽住小蝶的腰道："我那朋友可是处理照片的高手，你就一百个放心吧！”

小蝶将信将疑地点点头：“那我们赶快回去吧，免得碰到警察！”

两人亲昵地向前走去，然而当他们转到一个路口的时候，小蝶却突然停下了脚步，两眼怔怔地望向了前方的一栋建筑。

“怎么了？”徐峙顺着小蝶眼神的方向望去，只见在路口处有一个书画拍卖行，古香古色的建筑风格矗立在高楼环绕之中，显得特别有韵味。

小蝶怯怯地说道：“我感觉我曾经来过这里！”

“是吗？那我们进去看看！”徐峙说着向前迈步。

“不要了，我怕看到我的过去！”小蝶有些畏缩地拉住徐峙。

徐峙站到小蝶的对面，伸出手臂紧紧抓住小蝶的肩膀鼓舞道：“有些事情我们终究是需要面对的，不要害怕，不论发生什么，有我在你身旁！”

小蝶身子微微一颤，然后咬着嘴唇用力地点了点头。

徐峙微微一笑，挽着小蝶的纤纤玉手，一起迈步走进了那间书画拍卖行。

“两位好！”一个穿着得体、相貌姣好的小姑娘，带着甜美的微笑迎了上来。

徐峙做出一副成功商人气宇轩昂的模样，傲慢地点了点头。

“两位喜欢看什么类型的书画呢？我们这里有西洋的，有古典的，有一些名家的，还有一些很有潜质的新秀作品。山水、人物、抽象，各种风格应有尽有。”

徐峙装出一副很懂行的模样：“我们先大致看看！”

“好的，两位请跟我来！”拍卖行小姐很热情地在前面引路。

小蝶专注地看着画室中的每一幅书画，脚步变得缓慢起来，似乎在搜寻着脑海深处的某些记忆。

徐峙对于绘画是一窍不通，看着眼前奇形怪状的抽象画卷，只感觉脑仁发麻，心中不住地喟叹：就这玩意儿居然还能卖这么高的价钱！

就在徐峙忍无可忍，想要走出拍卖行抽支烟的时候，他的眼前突然闪现出一团白花花的人体图案，徐峙一下来了兴致，紧走两步凑了过去。这是一张关于美女的艺术画卷，图画中的女人白皙丰满，线条优美，一丝不挂地斜倚在一张铺满粉红花瓣的长沙发上，如同瀑布般的长发随意披散，画风和意境都非常优美。

“先生，你喜欢这幅画呀？”拍卖行小姐凑上前殷勤地道。

徐峙双手插进衣兜，嘿嘿笑道：“我更喜欢画中的美女，只可惜是背面的，看不清她的长相！”

拍卖行小姐脸上闪过一丝的鄙夷，但看到徐峙衣冠楚楚的模样，脸上又露出了谄媚的笑容：“这幅画作一共有两张，一张是背面的，还有一张是正面的。”

徐峙眼睛一亮：“这么说我可以一睹这个美人的庐山真面目了！”

“是啊，请跟我来！”拍卖行小姐做了一个请的手势。

徐峙屁颠屁颠地跟了上去。一直默不作声，专注赏画的小蝶看到徐峙离开，也情不自禁跟了上去。

“就是这幅画！”拍卖房小姐指着一幅装裱精美的画卷对徐峙道。

此刻小蝶也跟了上来，她与徐峙一起注视着面前的画作。

画卷中的美人同样是一丝不挂，在作者巧妙的构图和精湛的笔法下，一具洋溢着女性丰腴美感和卓越气质的美体，惟妙惟肖地呈现在了画布之中。

徐峙忍不住啧啧赞叹，然而当他的眼睛触及画中美女慵懒的面容时，猥琐的笑容立刻荡然无存，身子竟然不由自主地向后猛退了一步。

然而现场最最震撼的并不是徐峙，当小蝶的眼睛看到画中美女时，整个身子就像掉入冰窟之中一般寒彻肺腑，她缓缓摘下眼镜，眼神中写满了难以置信的震惊。

拍卖行小姐也发现了徐峙和小蝶的异动，她回眸望向小蝶，脸上同样露出了不可思议的惊异：“小姐，原来你就是画中的那个美女模特？”

33

殷柔匆匆从局长办公室走了出来，一副心事重重的模样。

自从上次与那个叫小蝶的神秘女子交过手之后，有一个疑问就一直在殷柔心中徘徊萦绕。

殷柔决定要一探究竟，于是她求助于局长，希望能够得到一些她想要的答案。

然而，结果却是令人失望的，局长只告诉她在犯罪集团内部的确有两名警方的卧底，但究竟这两个人的身份、性别、名字是什么，出于保密的需要，局长并没有向她提供。

殷柔忽然想起了五年前那起袭警案件。有一个叫邹伟邦的高级警探，在密林中遭人离奇枪击，配枪被抢走。幸好邹伟邦命大保住了性命，但却成为了植物人，此案一直悬而未破。

邹伟邦出事前一直负责警方有组织犯罪的卧底工作，他的出事肯定和有组织犯罪有关，一定牵扯到了卧底警员和黑恶团伙。

想到这里，殷柔决定前往邹伟邦疗养的医院一探究竟。虽然她知道获取有价值信息的希望非常渺茫，但毕竟能与案发当事人面对面地接触一下，对于当年那起血案以及面前的困局，都会有或多或少的帮助。

殷柔打电话叫来了司机老王，一同驱车驶向了邹伟邦疗养的那所医院。

路上，殷柔问司机老王：“你了解邹伟邦这个人吗？”

老王无限感慨地叹了口气：“邹警官是一个非常有能力的警官，他一直负责有组织犯罪的调查工作，消灭了许多罪大恶极的团伙，在警局内部以及社会上都有着非常好的口碑。只可惜命运多舛，五年前邹警官被人枪伤在密林中，从此就成了一个植物人。”说完老王又重重地叹了一口气。

“那你知道当时邹警官正在调查哪个犯罪组织吗？”

老王冷哼一声道：“还能有谁？当然是洪霆霄了！如果邹警官要是不出事，洪霆霄恐怕就不会逍遥到现在了！”

“那邹伟邦出事后，警方有没有详细调查洪霆霄？”殷柔小心翼翼地问道。

“当然将重点怀疑对象锁定在洪霆霄身上了，只可惜无论警方怎样努力，都没有找到洪霆霄的一点破绽！”老王苦笑地摇了摇头，“从此这个案件就成为悬案！”

“那邹伟邦还有什么家人呢？”

司机老王是警局的万事通，对于警局的这些陈年往事如数家珍，他几乎没有思考就答道：“邹警官有一个老婆，长得很漂亮，出事后就一直守在邹警官身旁，一晃就是五年。这样的好老婆真是打着灯笼也找不着啊！哎，对了！您是来专门看望邹警官的吗？”

殷柔面色沉重地点点头：“是的，顺便也想向他的家人了解一下当年的情况。你和邹警官很熟悉吗？”

司机老王摇了摇头：“或许是因为邹警官负责的工作保密性太强吧，他这个人平时并不太喜欢和别人一起吹牛聊天，所以警局里面并没有什么人和他走得特别近。很多事情我也只是道听途说的。”

殷柔点点头，又陷入了沉思之中。

很快，车子就驶进了一个位于郊区的疗养医院。这里绿树成荫，环境优美，非常适合病人的疗养和康复。

殷柔让老王将车子停在楼下，独自一人走进了康复楼，说明来意，在医护人员的带领下来到了邹伟邦的病房。

殷柔轻叩房门走了进去，一个气质优雅的女人迎了上来，虽然她已不再年轻，但那种美丽的容颜，卓绝的风韵，却并未随着时间的流逝而枯萎，相反随着岁月的沉淀，她身上的女人气息更加浓郁，让人有了一种愿意停下脚步细细品鉴的独特魅力。

“请问您找谁？”那个女人非常礼貌地问道。

殷柔简单说明了来意，那个女人露出了感激的神情，眼角竟然荡漾起点点泪光：“已经有好多年没有人来看望伟邦了！”

殷柔感觉有点尴尬，她轻轻握住那个女人的手：“邹伟邦警官是一个英雄，全警队都会永远记着他！”

女人用力地点了点头，看殷柔还站在那里，连忙充满歉意地笑了笑：“你看，光顾着说话了，快请坐！”转身去搬凳子。

殷柔连忙道：“邹太太，您不要客气，我自己来！”

那个女人莞尔一笑：“你叫我朱琪就可以了！伟邦以前的同事也都这样称呼我！你喝水吗？我给你倒些水去。”也不等殷柔答话，朱琪便拿起一个干净的玻璃杯朝饮水机走去。

殷柔在凳子上坐了下来，开始细细打量这个病房。病房是一个独立的单间，有卫生间，还有一个简易的厨房，宽大的落地玻璃窗能够让阳光充分地照进屋里。这个条件在N市来讲已经是非常高规格了。

邹伟邦此刻正躺在床上，双眼紧闭，如果不是监控屏上微微跳跃的心脏电波，你还以为这只是一具没有生命的躯壳。

邹伟邦的头发收拾得很整齐，嘴上的胡须也刮得非常干净，身下铺着的床单以及身上盖着的被子一尘不染，可见朱琪的照顾是何等无微不至。

朱琪端着水杯走了过来，微微弯下腰将水杯递给了殷柔。殷柔这才有机会细细打量朱琪的面容。朱琪并不是那种特别惊艳的女人，但却十分耐看，眼底和嘴角总是荡漾着一抹令人心醉的甜美笑意，唇边还有一颗漂亮的美人痣。虽然经历了如此重大的挫折，还有五年充满辛酸和泪水的痛苦煎熬，可是朱琪脸上的这抹笑意中仍然充满了对生活的激情和让她身边人感到温馨的甜美。

如果这一切都不发生，如果再回到她年轻的时候，朱琪将是一个何等有魅力的女人！

殷柔侧转身子，看到在桌子的一角摆放着一个相框，相框里面有一张合影。可奇怪的是这张合影只剩下了2/3的大小，另外1/3已经不知去向。邹伟邦站在照片正中央，他旁边站着娇小可人的朱琪，两人手牵着手一脸的灿烂。

“这张照片怎么被剪去了一角？”殷柔好奇地问道。

朱琪听了之后，脸色忽然变得阴郁起来，似乎殷柔的问话触及到了她心底某一处最敏感的地方，但随即脸色便恢复如初，淡淡地道：“那是我的妹妹。”

殷柔本想问朱琪为什么把你的妹妹从相片上剪去了，但话到嘴边还是忍住了，这毕竟是人家的隐私。

朱琪在殷柔对面坐了下来，眼睛凝视着床上的邹伟邦：“伟邦自出事以来，已经在床上躺了五年，许多人都劝我放弃，但是我做不到。只要他还有一线生机，我就想守在他身旁，我相信总有一天会有奇迹发生的。”

朱琪说这些话的时候并没有流泪，相反她的嘴角荡漾起更加甜美的笑容，殷柔可以感觉得到在朱琪的心中，邹伟邦从来没有离去，他只是安静地躺在她的身旁。

殷柔突然感觉眼角有些湿润，她强忍住几乎要夺眶而出的泪水，将话题直接引入重点：“朱琪姐，我这次来是想了解一下邹警官当年出事前后的详细情况！”

朱琪轻咬了一下嘴唇，脸上露出痛苦的神情：“伟邦一直负责有组织犯罪的调查工作，所以他从来不跟我提起具体的工作内容，我也从不问他。那一天我和伟邦从超市出来，正要开车返回家，突然他的手机响起。伟邦有三个手机，现在响起的这个是他极少使用的一个，也是最神秘的一个，连我也不知道这个手机的号码是多少。伟邦看到号码眉头一皱，脸上露出诧异的神情，随后他就走下车去接听电话。隔了一会儿，伟邦返回车上，非常抱歉地对我说他现在必须去见一个很重要的人，所以只好让我一个人先回家。我对此已经习以为常，知道他的工作涉密性太强，所以也就没有多问什么。我提着从超市买来的一大袋物品正要下车，伟邦却突然拉住我，从购物袋里挑出两袋槟榔。我诧异地问他，你什么时候也爱吃槟榔了？

“伟邦微微一笑说：‘不是我吃，是带给我那个朋友的。我每次见它都会给他带点槟榔。’

“我开玩笑道：‘你这么上心的模样，那个人一定是个女的吧？’

“伟邦呵呵一笑，没有说什么，只是在我额头亲吻了一下：‘这个世界上谁都比不上你在我心中的位置！’

“之后，伟邦就驾车离去，我站在车后向他挥手，他从车窗伸出手也做出一个挥手的动作。幸福的甜蜜在我们两个人心中默默流淌。我那时只觉得我是世界上最幸福的女人，但是做梦也没有想到那竟然是我和伟邦的最后一次相见。”

说到这里，朱琪已经泣不成声，显然当年柔情分别的场景还鲜活地储存在她的脑海深处，此刻讲出来无异于重新剥开刚刚愈合的伤口。

殷柔从包里拿出一块纸巾，递到了朱琪面前。

朱琪伸手接过，啜泣着说了一声："谢谢！"

待朱琪的情绪稍稍平稳，殷柔又问道："那你知道邹警官约会的那个人是谁吗？"

朱琪摇摇头："不知道，伟邦从来都没有向我提起过，事后警方曾经追查过打来的那个电话号码，但是对方的电话号码是不记名的那种卡，警方最终也没有查找到任何有价值的信息。"

这样的结果其实早在殷柔的预料之中，她微微叹了一口气，低头看了一眼朱琪的手腕，上面有一条很深的割痕，不禁皱眉问道："这伤痕——"

朱琪急忙将手收了回来，讪讪地一笑："没什么，只是些陈年旧伤！"

殷柔见朱琪不愿提及，只好将话题又引到了邹伟邦的身上："邹警官现在恢复得怎么样？"

朱琪摇摇头，轻叹了口气："坦白地说，他能坚持到现在就已经是个奇迹了！"

殷柔也忍不住叹了口气，她望向病床上躺着的邹伟邦，为这位同事伤感，也为眼前的这位警察家属感到忧伤。人们只看见了警察这个职业威风凛凛的一面，却没有看到它背后所隐藏的危险和苦痛。

殷柔又问道："那天还发生了什么让你印象深刻的事情吗？"

朱琪摇摇头："没有了！"好像又突然想起了什么，神色不确定地说道，"要说特别的事情还真有一件，不过却与案情没有多大的关系！那天我在和伟邦挥手告别的时候，有一个人站在不远处，用相机连续拍了我好几张照片！"

"什么？有人拍你照片？那个人是在跟踪你，偷拍你吗？"殷柔警觉地问道。

朱琪摇了摇头："当时我也感觉很诧异，以为是遇到了什么变态，就走上前质问那个人。那个人的态度倒是非常好，他递给我一张名片，说他是一个摄影杂志的专栏记者，看到我刚才挥手的那一刹那非常美，于是就情不自禁按下了快门，抓拍了这一组照片。他想从中选出一张最美的发到杂志上，并当即要付给我一笔报酬。我当时并没有接那笔钱，我看那个摄影师的态度非常诚恳，于是就答应让他在杂志上发表，并相互留下了联系方式。伟邦出事之后，我就把这件事情淡忘了。但没想到过了半年，那个摄影师果然兑现诺言，将杂志和酬金一起寄给了我。你看就是这本杂志。”

朱琪转身从抽屉里拿出一本杂志，翻到中间的一页，然后递给了殷柔。

照片中的朱琪站在暮色之中，长裙飘飘，秀发飞舞，姣美的容颜上荡漾着幸福的微笑，高举的手臂挥舞向远方的爱人，那股浓浓的爱意透过发黄的纸张仍旧扑面而来。

殷柔也忍不住赞美道：“那个摄影师抓拍得真好，完全把你当时的情绪给捕捉到了！”

“嗯，可不是！我刚看到这张照片的时候也惊呆了，没想到自己可以这么美！心里面不由得佩服那个摄影师的摄影技术，就那么一瞬间，他居然从不同的角度连拍了五张。”

殷柔忍不住吐了一下舌头：“那个摄影师在一瞬间竟然连拍了五张？”

“可不是，而且还是不同角度的！要不是他快速移动方位，我都不知道有人在拍我。”

“这种自然的真情流露比那些摆拍的照片在意境上不知要高出多少，难怪会被杂志刊登。而且说句实话，当时的你真的比那些模特还要漂亮许多。”殷柔由衷地赞叹道。

朱琪有些微微脸红，但随即想到那是与伟邦的最后诀别，神色不由得又黯然了下来：“只可惜伟邦再也看不到了！”

殷柔不忍再看朱琪难过的模样，想要转换话题，眼睛落在了邹伟邦的手上，那里有一处很明显的切除痕迹。

“邹警官的手受过很严重的伤吗？”殷柔指着那处伤疤问道。

朱琪抬眼望去：“那倒没有，这是一个旧伤，好像是他小时候切除什么东西留下的。”

殷柔又问道：“这五年来还有什么特别的事情吗？”

朱琪环视了一下冷清的房间：“特别的事情倒没有，只是这五年来看望伟邦的人越来越少。过去伟邦当高级督察的时候，可以说是高朋满座，现在真是冷清了许多，最近一年来根本就没有人来看过伟邦！不过——”

朱琪说到这里眼光一闪，露出幸福的笑容：“倒是有一个人这么多年来一直关心着我们，逢年过节都会寄给我们一些钱和礼物。遇到我的生日，还会给我送上一些我非常爱吃的小甜点。”

“那你知道不知道这个人是谁？”殷柔好奇地问道。

朱琪摇摇头：“刚开始我也感觉很疑惑，就委托伟邦的朋友去查了查，但是根本没有查到那个人的任何信息。慢慢地我也就习惯了，有这样一个人一直默默地关心你，帮助你，牵挂着你生活的每一个细节，其实也是很幸福的。伟邦能有这样的朋友，也不枉他那么多年为朋友两肋插刀。”

殷柔又问道：“邹警官平时是一个什么样的人？”

说到平日里的邹伟邦，朱琪的眼眸中立刻迸发出欣喜的光芒，她站起身，从储物柜中拿出一个皮箱，里面全部都是一些画作和相片：“伟邦业余的时候最喜欢画画，尤其喜欢画仕女之类的人物画像，偶尔也画画现代女性，他画笔下的女人都有着独特的韵味，如果不当警察，伟邦一定是个优秀的画家。”

朱琪说着将几幅画作递到了殷柔面前，殷柔将画作拿在手里仔细端详，果然正如朱琪所说，画作中的女人神情各异，惟妙惟肖。

殷柔指着几张裸体肖像，半开玩笑地对朱琪道：“朱琪姐，邹警官经常和这些裸体女模特待在一起，你不吃醋吗？”

朱琪嘴角的那抹笑容更加甜蜜：“嫁给这样的男人，就必须有一颗非常能包容的心。”

殷柔也感受到了那种扑面而来的甜蜜，她不无羡慕地说道：“你们两个人真是郎情妾意、天造地设的一对呀！哎，你们是怎么认识的？”

“我们是在学校的游泳队认识的！”朱琪回忆起纯真无邪的少年时光，嘴角眉梢上都是灿烂的笑意，“那时候我才初一刚刚加入游泳队，而邹伟邦已经是高三，不仅仅是我们的师兄，也算我们的半个教练。我们就在那时候相识，没想到一晃就共同走过了这么多年了！对了，这里有我们当时在游泳队的合影。”

朱琪从相册中抽出一张合影照递给殷柔，照片中都是一群洋溢着青春朝气的懵懂少年，每个人脸上都挂满了对未来充满期盼的青春笑颜。朱琪站在正中央，那时候的她已经是一个身材高挑、容颜秀丽的美人胚子，特别是唇边的那一颗美人痣，让她有了一种不同于其他青春少女的成熟韵味。

殷柔在合影中寻找着邹伟邦的身影，然而当她搜寻的目光与照片中一人的脸庞相触时，竟然忍不住惊呼了起来：“怎么他也在这里面？”

朱琪满脸的疑惑望向照片，然后定定地看着殷柔：“殷督察，你认识这个人？”

殷柔掩饰了一下自己有些失态的神情，讪讪一笑：“只是觉得这个人有些眼熟！”

朱琪微微一笑：“他叫徐峙，是我的同班同学，也是和我从小一起长大的好朋友。只不过后来——”

就在这时，躺在病床上的邹伟邦似乎有些微微的反应，朱琪急忙赶了过去，然后有些不好意思地对殷柔说：“每天这个时候我都会给伟邦擦身子，他大概是有些不舒服了。”

殷柔连忙起身告辞：“打扰你这么久了，你快忙你的吧！如果有什么困难，你就给我打电话。”说着将一张名片还有几张钞票塞到了床边。

朱琪并没有看到殷柔塞钱的动作，只是抱歉地说：“不好意思，您这么远赶来，都没能好好陪您坐坐！”

“以后还会有机会，我会常来看邹警官的！”殷柔笑道。

“那我就不送你了，我得给伟邦擦身子了！”

“你忙你的！”殷柔慢慢踱到门外，轻轻合上房门，然而就在她转身关房门的一刹那，正看见朱琪撩起来被子，拿着毛巾给邹伟邦擦拭双腿之间，而在邹伟邦的大腿内侧赫然就有一片闪着艳红光泽的斑迹。

34

艺术拍卖行里，徐峙、小蝶，还有那个拍卖行小姐，三个人面面相觑地站在那里，久久无声。还是徐峙率先反应过来，他指着画中的女模特说："小蝶，这幅画是以你为模特的，那就说明这幅画的作者一定知道你真实的身份，只要找到这幅画的作者，就能够了解你的过去了！"

徐峙凑近一步，将眼睛贴在了画作的落款处，上面写着画作的名称以及作画的年月日，末了署着作画人的名字——风流客。

徐峙心中暗笑，这个风流客的名字果然名如其人，专喜欢画这种脱光衣服的人体艺术画。往高雅点说是艺术，往猥琐了讲和我这种老色狼没有什么区别。但徐峙脸上却没有任何的流露，他转过身对拍卖行小姐说："这个风流客你认识吗？能找到他的联系方式吗？"

拍卖行的小姐摇摇头道："这个我不确定，因为作者的信息只有我们的经理知道。"

徐峙从钱包里抽出几张钞票，塞到拍卖行小姐手中："你快帮我联系下经理，我必须尽快找到这位署名为风流客的画家。"

拍卖行小姐立刻露出欣喜的神情，她把钱迅速塞到口袋里，然后殷勤地对徐峙和小蝶道："两位请稍等，我这就去联系经理。"说着就走到前台去打电话。

趁这个间歇，小蝶轻轻拉着徐峙的衣角满脸委屈地道："难道我之前就是一个专门脱光了衣服，供人……供人观摩的人体模特吗？"

徐峙亲拍着小蝶的手安抚道："人体模特有什么不好？说明你既漂亮又迷人，是那些专业人士眼中的绝顶美女！"

“可是，”小蝶满脸羞愧地喃喃低语道，“可是每天都赤身裸体的在别人面前摆各种造型，我是不是很下贱呀？”

“你千万不要这样想，人体模特也是为艺术而献身。”徐峙虽然这样安慰着小蝶，但想到自己心中的女神整日里被那些胡子拉碴的大叔老伯一览无余地窥探，心中也是有一种说不出的酸溜溜的滋味。为了掩饰自己心中的这种不悦，徐峙连忙岔开话题道：“那个叫作风流客的画家，他既然之前跟你合作过，就一定知道你的一些情况。”

小蝶忐忑不安地望向徐峙：“如果我的过去很……很不堪入目，你会嫌弃我吗？”

徐峙用手轻抚了一下小蝶脸颊，声音温柔地道：“傻丫头，你永远都是我心中的女神！”

小蝶阴郁的脸上终于绽放出甜甜的笑容，她一头扎在徐峙怀中，无限甜蜜地说道：“我就知道在这个世界上只有你对我最好！”

就在这时，那个拍卖行小姐走了过来，清脆的高跟鞋声打破了徐峙和小蝶之间的甜蜜。

徐峙和小蝶转过身，这才发现在那个拍卖行小姐身后还跟着一个50多岁西装革履的矮胖男人。

“这是我们的田经理！”拍卖行小姐指着矮胖男人介绍道。

矮胖男人伸出短粗的手掌和徐峙、小蝶一一握手，肥胖的脸上堆满了笑容：“两位好，我就是这个拍卖行的经理。听说你们要找风流客这位画家？”

徐峙佯装出一副成功商人的模样，指着小蝶语调不急不缓地说道：“是这样的，我这位朋友受了一些脑部创伤，记不起从前的事情了。她出事前曾经做过风流客的人体模特，所以我想从风流客那里找到一些关于这位小姐的信息，帮助她恢复记忆。”

田经理诧异地看了一眼小蝶，似乎不太相信徐峙所说：“现实生活中真会有失忆这种事情？”

徐峙叹了口气，用手拍拍田经理的肩膀：“我起初也不相信，可是却真实地在周围人身上发生了，这么漂亮一个姑娘忘记了过去的事情，实在是可怜，所以还请田经理多多帮忙！”

田经理露出为难的表情：“我也是很想帮忙，只不过这个叫作风流客的画家，平时都是神龙见首不见尾，只有在交付作品的时候才会露面，想要找到他恐怕——”

徐峙混迹江湖多年，一眼就看出了田经理眼神中的贪婪，他将最后的一沓钞票全部塞在了田经理的口袋里：“田经理，只要能找到那个风流客，日后必当重谢！”

田经理那双小眼睛立刻笑成了一条小缝：“两位的运气还真是不错，不瞒二位，这位风流客今天恰好就在我的办公室里谈合作的事宜，你们今天来可真是逮着了！两位请！”

徐峙大喜过望，他拉着满脸忐忑的小蝶，跟着田经理走上了二楼。而那个拍卖行小姐则满脸鄙夷地看了眼田经理，嘟着嘴又回到了前台。

田经理拉开办公室的门，对徐峙和小蝶道：“你们俩先等一下，我和风流客打一下招呼。”说完就走进了房间。

不一会儿工夫，田经理便从里面走了出来：“风流客先生就在里面，你们自己和他谈吧，我就不打扰几位了！”

徐峙点头示意，然后拉着小蝶走进了田经理的办公室。

办公室的面积很大，装修得非常具有艺术气息。一组豪华的真皮沙发摆在办公室的会客区，旁边恰到好处地点缀着一些艺术作品，使整体格调既不太过奢华，也不庸俗乏味。

沙发正中央坐着一位气度儒雅、长相斯文的中年男人，戴着金丝边的眼镜，一身顶级品牌的高档黑西装，两只手都戴着雪白的手套，正在专心致志地把玩着一个精美的紫砂茶壶。而在房间一角的小吧台上，还坐着一个穿着黑色夹克的男人，低着头自顾自地品鉴着杯中的红酒。

徐峙只看了沙发上的那个中年男人一眼，立刻就惊异地呼叫了起来：“黎先生！”

黎先生微微抬起头，望向徐峙和小蝶，脸上挂满了和蔼的笑容：“两位请坐！”

徐峙混迹江湖这么多年，虽然在电视报刊上多次见过这个名震N市的黎先生，但在现实中还是第一次见到。面对这位翻手为云、覆手为雨的重量级大佬，徐峙不由得拘谨了起来：“在黎先生面前，哪有我们这些做小辈的位置？”

黎先生谦和地一笑：“来了就是朋友，哪有那么多的讲究？快请坐！”

徐峙做梦也没有想到威震N市的黎先生会如此平易近人，更没有想到自己可以有机会如此近距离地和黎先生坐在一起，于是便满脸兴奋地坐在了黎先生身旁。

“没想到黎先生不仅在商界叱咤风云，书画的造诣竟也如此之高！”徐峙不失时机地奉承道。

黎先生微笑地摇摇头：“只是偶尔心血来潮的涂鸦之作，徐先生见笑了！”

“黎先生，你认识我啊？”徐峙惊愕地问道。

黎先生徐徐地道：“徐先生的照片整日在新闻里滚动播出，早已经是家喻户晓的人物了。虽然你做了一定的乔装，但是瞒得过田经理，却瞒不过我！”

“黎先生果然是目光如炬！”徐峙赞叹道。

黎昕儒雅地一笑：“听田经理说，你是想让我帮助这位小姐恢复记忆！”

徐峙用力地点了点头，渴求地望向黎昕：“小蝶失去了记忆，还请黎先生多多帮助！”

“小蝶？”黎昕眼中闪过一丝诧异。

“噢，小蝶是我给她暂时起的名字！”徐峙解释道。

黎昕释然地呵呵笑道：“小蝶这个名字倒也十分动听。不过，她的真名并不叫小蝶，她叫游雨晨，是一个职业的人体模特。我和她合作过很多次，所以对游雨晨的情况也略知一二。”

徐峙欣喜过望，虽然眼前只是知道了小蝶的名字，但既然黎先生知道小蝶的一些情况，那么就离解开小蝶的身世之谜不远了。

黎昕扶了扶金丝边的眼镜，专注地望向小蝶，眼波之中充满了柔情：“游雨晨是一个非常聪慧的女人，不仅长得漂亮，而且性格温柔，是我这辈子见过的最有魅力的女人！”

黎昕说到这里，眼神突然在小蝶光洁如玉的脖颈处停了下来，意味深长地说道：“之前，我还送给游雨晨一串价值不菲的项链，不知道徐先生曾经见过没有？”

徐峙下意识地撒谎道：“项链，什么项链？我从来没有见过。”

黎昕微微叹了口气：“那串项链是我送给小蝶的定情信物，非常具有纪念意义，如果找不到了实在是遗憾。”

徐峙急忙用谄媚的笑容来掩饰内心的忐忑：“我遇到小蝶的时候，她赤身裸体，身上什么东西都没有带着，所以我真的没有见过什么项链。”

“如果让我知道是什么人拿了那串项链，我一定不会轻饶了他！”黎昕的声音虽然非常平和，但却将身旁的徐峙惊出了一身的冷汗。

徐峙强撑着坐在一旁，生怕被黎昕瞅出破绽，他看到黎昕准备往紫砂壶里倒水，他连忙献殷勤地提起水壶抢着往紫砂壶里倒水，由于内心极度紧张，徐峙一不小心将水洒在了黎先生的手上。

“对不起啊，黎先生！”徐峙放下水壶，急忙帮黎昕脱手套。然而，当徐峙的眼睛触及黎昕的手背时，心里却莫名地泛起一阵寒意。

黎昕的年纪并不是很大，只有四十五六岁的年纪，平时保养得又非常好，所以浑身上下的皮肤看起来十分细腻柔润，触感甚至于比寻常的小媳妇大姑娘都好。可是黎昕的手却极其干枯，苍老的程度像是六七十岁的老人。

徐峙猛然记起曾经听过的坊间传闻，黎先生早年因为乱搞女人被人挑断了手筋，所以才会导致双手枯萎。难怪这个黎先生在公共场合露面时总是戴着一双手套，起初还以为是他儒雅文明，原来竟是为了遮挡双手的缺陷。

可是，这双手是不是太熟悉了？徐峙的脑海中浮现出地中海大酒店VIP房间里摸着小蝶丰腴臀部的那双干瘪老手，还有木塔别墅书房中那双指示虎哥、豹哥对自己痛下杀手的枯骨魔爪。

徐峙突然醒悟到VIP房间中的那个人，还有木塔别墅书房中的那个人，以及面前这个风流客，其实都是一个人，这个人处心积虑地重重伪装，根本目的只有一个，那就是要置自己和小蝶于死地。而这个人正是眼前这个满脸儒雅，拿着紫砂壶装作文明人的黎昕！

“徐先生，你的手怎么抖起来了？”黎昕眼睛眯着望向徐峙。

“是茶杯太烫了！”徐峙遮掩道。

“那你头上为什么那么多的汗啊？”

徐峙扯扯衣领：“是房间太热了！”

“你脸红什么？”

“因为看到没有穿衣服的人体艺术，所以……所以……”徐峙语无伦次道。

黎先生突然大笑起来，眼睛充满玩味地凝视着徐峙：“徐先生，看来你是回忆起了什么？”

“啊？”徐峙佯装满脸的茫然，“黎先生这话是什么意思呀？”

黎昕悠然地靠向沙发："我黎某人一生阅人无数，刚才从你眼神中的几个闪烁变化，我就知道你已经认出了我。咱们明人不说暗话，我那串项链你藏哪了？"

徐峙见伪装被拆穿，只好硬着头皮强撑："黎先生，既然你已经把话挑明，那我也不藏着掖着了。那串项链我的确没有见过，我把小蝶从麻袋里救出来时，她赤条条的，身上连根线头都没有，又怎么会有什么项链？我想黎先生一定是误会了！"

"误会？你觉得我没有把握会这样问你吗？"黎昕眼神中闪过一丝野兽般的凶光，这才是灵魂深处真实的黎昕，"事到如今，我也就不再瞒你了！这个游雨晨并不是什么人体模特，她只是假借人体模特的身份接近我，她的真实身份其实是警方的卧底。只可惜她太会演戏了，完全骗取了我的信任，如果不是那天晚上有人暗中提醒我，我现在肯定早就锒铛入狱了。这个贱人竟然将我送她的项链进行了改装，里面装上了微型摄像头，还拍下了我和那个古董商交易的全部画面。"

徐峙心头一惊："这么说那个古董商是你杀的了，那么设圈套陷害我的那个幕后主使就是你了？"

黎昕诧异地望向徐峙，脸上露出惊愕的神情，随后鄙夷地一笑："你觉得我有那么无聊吗？我会对你这样一个无名小卒感兴趣吗？"

"阚立龙如果不是你杀的，那又会是谁？"徐峙皱眉道。

黎昕冷冷地道："那就不是我所关心的事情了！我只问你那串项链你到底是交还是不交？"语气中充满了威胁。

徐峙用力握紧小蝶伸过来的颤抖小手，一种保护心爱女人的男人天性油然而生："就凭你这糟老头子还想拦住我们两个，小蝶，我们走！"

但还没等徐峙来得及起身，就有冰冷的枪口顶在了他的头上，原来是一直在吧台沉默饮酒的那个男人。徐峙情急之下竟然忘记了这个人的存在。

黎昕毫不留情地嘲讽道："你在遇到这个女人之后，简直是鬼迷心窍了，连最基本的判断能力都快丧失了！"

徐峙承认自己的头脑一时短路，但他还想和黎昕周旋下去："黎先生，我真的没有见过那串项链！"

黎昕端起紫砂壶，缓缓将茶水注入杯中："现在我和你做个交易，如果你把那串项链交给我，我就派人把你们两个人偷渡出境。”

徐峙心念一动，这个条件实在是太诱人了，他和小蝶此刻已经走投无路，被警方、屁王、刀哥轮番追杀，相继又得罪了N市最有实力的洪先生、黎先生两位大佬，可以说是十死一生。黎昕此刻开出的条件，可以说是徐峙和小蝶最后的机会。

但徐峙转念又一想，以黎昕的心狠手辣，在交出项链之后，是绝对不会那么容易兑现条件的，不到最后时刻是绝不能把这张底牌交给黎昕的。

于是，徐峙继续周旋道："黎先生，我真的没有见过那串项链，天地良心，我绝对不会骗您老的！”

黎昕瞟了一眼徐峙，继续低头把玩手中的紫砂壶："栾经理，我们的朋友记忆力不太好，看来得麻烦你帮他恢复一下记忆了。”

持枪的男子冷冷一笑："徐峙，你觉得我是不是有点面熟呀？”

徐峙瞪着那个男人，冥思苦想了半天，却是想不起来在哪里见过。

那个男人又是一声冷笑："我是地中海酒店的保安经理栾正豪。你到地中海酒店盗窃的那个晚上，恰好是我在19楼负责警戒值班，我的手下林浩宇曾亲眼看到你和这位游雨晨小姐有过亲密的接触，事后我调阅了监控录像，通过慢动作画面可以清晰地看到是你盗窃了游雨晨脖子上的那串项链！你还有什么要辩解的吗？”

徐峙脑海中一亮，这才想起眼前的这个自称栾经理的人，就是那晚在地中海酒店，自己在楼道中碰到的两个保安之一，难怪当时感觉始终有一双眼睛盯着自己，原来就是这个保安经理——栾正豪。

徐峙此刻已经无法再抵赖，只好讪讪地笑道："我当时的确是偷了那串项链，只可惜那串项链已经被屁王抢走了！”

“少跟我耍花招！”黎昕不耐烦地说道，“我们在屁王那里有线人，他们根本就没有得到那串项链。项链还在你这里，识相的话就赶快把项链交出来，不然的话，哼哼。”

栾正豪做出了准备射击的架势。

徐峙将心一横，眼睛一闭，做出一副死猪不怕开水烫的模样，因为他知道黎昕在得到项链之前是绝对不会杀他的。

黎昕将紫砂壶放在茶几上，充满玩味地望着徐峙笑了笑："你以为我真拿你没办法了？要想让一个男人妥协，最好的办法就是从他最心爱的女人入手！我暂时是没法杀你，但却可以当着你的面把你最心爱女人的脑袋轰成稀巴烂。”

栾正豪手臂一旋转，冰冷的枪口已经对准了小蝶的太阳穴。

此举果然击中了徐峙的七寸所在，他顿时大惊失色，看着栾正豪毫不怜香惜玉地狞笑，他的心不由得动摇起来，他不能眼睁睁看着小蝶去死。徐峙刚准备张口告诉黎昕项链藏在哪里。

小蝶突然尖声怒吼道：“不要告诉他项链在哪里，那是我拼着性命换来的重要证据！就是死，我们也不能告诉他！警方一定会将这个恶贯满盈的家伙绳之以法的！”

徐峙看着小蝶坚毅的面容以及充满渴求的眼神，终于将心一横，把眼睛闭了起来。

黎昕大怒，用力一拍茶几：“贱人，你三番四次地戏耍我，你以为我真的拿你没办法了？栾经理，给我杀了她！”

黎昕猛烈拍打茶几的动作触动了报警装置，很快虎哥、豹哥带着一众保镖冲了进来，都是清一色的黑西装，个个手持枪械，面容狰狞，刹那间办公室里面剑拔弩张，杀气逼人。

“栾经理，你还在犹豫什么？”黎昕不满地瞪向栾正豪。

栾正豪从容不迫地从口袋里取出一个消音器，缓缓地安在枪管上，然后一个箭步冲了上去，突然将枪顶在了黎昕的头上。

这突然的变化实在是太快了，别说徐峙一头雾水，就是虎哥、豹哥他们也是面面相觑，都狐疑地望向了栾正豪。

黎昕面对枪口却是临危不乱，他沉默了片刻，忽然笑了起来：“都说警方在N市的黑帮中安插了两名实力非凡的卧底。看来除了游雨晨之外，另一个卧底就是你了！”

栾正豪没有否认，只是冷冷地看着黎昕。

黎昕冷笑道：“没想到我黎某人这么有面子，警方派来的两个金牌卧底都安排到了我这里。一个做我的情人，一个做我的保安经理，你们也真够狠的，想把我黎某人赶尽杀绝啊！”

“那是因为你作恶多端！”栾正豪冷冷道，“让你手下把枪都丢在地上，否则别怪我不客气！”

黎昕冲虎哥、豹哥递了个眼神，虎哥等人虽然有千般不愿，但看着老大被人挟持，只好把手中的枪都丢在了地上，然后又按照栾正豪的要求，全部举手蹲在了墙角。

“你去把这些枪都捡起来！”栾经理冲着徐峙递了个眼色。

徐峙立刻解开外套，将地上的枪支都用外套兜了起来。

栾正豪用枪瞄准着沙发上的黎昕，带着徐峙和小蝶缓缓退出了办公室，在掩上房门的时候，栾正豪冲着黎昕一字一句地道：“黎先生，咱们法庭上见！”说完将房门一甩，带着徐峙和小蝶迅速向停车场跑去。

缓过神的虎哥、豹哥立刻冲手下吼道：“快追，别让他们跑了！”

一伙人向着办公室房门就冲了过去。

黎昕断喝道：“好了，别追了！你们没有枪，追上又有什么用？”

“可是就让他们这样跑了……”虎哥有些不甘地说道。

黎昕身子微微向后一仰，靠在了沙发靠背上，两眼凝视着徐峙、小蝶逃跑的方向，然后语调阴冷地说道：“他们是逃不出我手掌心的！”

35

殷柔从邹伟邦休养的疗养院走出来，司机老王问道：“殷督察，我们现在去哪里？”

殷柔道：“刚才赵腾飞给我打来电话，他在福利院等着我们，我们就去市福利院吧！”

疗养院和福利院的距离并不是很远，都在市郊外，车子走了不到20分钟，就来到了福利院的大门外。

殷柔走下车子，远远就看见赵腾飞斜倚在警车旁边，一只手抱在胸前，另一只手夹着香烟，袅袅升起的烟雾缭绕在赵腾飞棱角分明的面颊上，将他英俊的面庞衬托得更加成熟充满韵味。

殷柔忍不住调侃道：“你这神情比当年《英雄本色》里的小马哥还酷，你不去娱乐圈发展，还真是娱乐圈的一大损失！”

赵腾飞也不谦虚，冲殷柔递来一个充满魅力的笑容：“不瞒你说我的演技可是一流，当年我做卧底的时候，骗过了所有的人，连我自己都快以为自己是黑社会了，卧底才是世界上最优秀的演员，说奥斯卡欠我一个小金人还真不过分！”

“得了吧，你也学会贫嘴啦！关于黑金矿被解救儿童的调查进展得怎么样了？”

赵腾飞掐灭了烟头，脸上露出了惆怅的神情：“那些儿童大部分都是东南亚其他国家的，都已经遣返回各自的国家了，这些人我们是无从调查了。只有12个留在了我们国家，全部被安排在了这个福利院，后来有四个被人领养，现在还有八个身患各种疾病的还留在福利院。”

说话间两人来到了福利院门口，这时候有一个50多岁的女人迎了上来。赵腾飞介绍道："这个是福利院的曹院长，在福利院工作已经30多年了，对这里的情况了如指掌，有什么事情你可以问曹院长。"

殷柔赶忙快走几步和曹院长握手："曹院长，打扰您了！"

曹院长微笑道："能够帮到警方，那也是我们的荣幸！"

赵腾飞看了一眼腕上的手表，冲殷柔道："我现在还有件紧急的事情要处理，就不陪你了，我先走了！"

"好的，你开车慢点！"

赵腾飞冲殷柔和曹院长做了一个再见的手势，就转身上车离去。

殷柔和曹院长并肩走入福利院，殷柔边走边说："我这次来是想了解一下那12名从黑金矿中解救出来的儿童，想知道他们现在的境况如何，是否可以回忆起当年案件的一些细节？"

曹院长叹口气道："有四个健康的早已被人领养，剩下的八名儿童现在的情况都不很乐观，他们当年遭受过非人的折磨，有的人留下了终身残疾，有的人智力发育异常，过去几年已经有好几拨警察来了解过情况，但都没有任何的收获。他们对过去的回忆，除了恐怖之外基本上就什么都没有了。而且出于对他们健康的考虑，我建议您最好不要再直接提起当年的那些事情。"

殷柔点点头："其实我这次来也没抱有特别大的希望，只是想真切地面对一下当年的受害者。"

两人说着来到一片绿地，有一个护士模样的女子站在那里，在她身旁的长条石凳和几张轮椅上，或站或坐着七个穿着福利院统一制服的男子。他们有的神情呆滞，有的面目扭曲，看着殷柔和曹院长走来，都投来了畏缩的眼神，那是一种与世隔绝的空洞无助，一种对现实充满排斥的困惑迷离。

在这些男子身旁还矗立着一个身材婀娜的女子，只是背对着殷柔，看不清她正面的长相。

曹院长低声道："这就是从黑金矿中解救出来的几名幸存者，我知道您要来，就特意把他们集中在这里等您。"

从这些男子呆滞的神情中，殷柔已经知道自己最后的希望已经彻底落空，她不由得地轻轻叹了口气，可是当殷柔将目光移到那个靓丽倩影的面颊时，失落的神情中立刻呈现出了极度的诧异："怎么是你？"

那个女人也看到了殷柔，同样露出了震撼的表情："殷督察，您怎么会来这里？"

"原来你们两个人认识呀！"曹院长望着面前的两个人，同样露出了疑惑的神情。

在经历了最初的惊诧之后，殷柔此刻的神情已经恢复如常，她冲着曹院长微微一笑："我们两个之前有过一面之缘，曾经在地中海酒店见过面，如果我没记错的话，你的名字叫赵诗颖吧？"

站在殷柔面前的正是地中海酒店19层的迎宾小姐——赵诗颖。赵诗颖冰雪聪明，她立刻听出了殷柔话语中的弦外之音，知道殷柔不想在外人面前提及地中海酒店的那起谋杀案，于是脸上也绽放出像见到熟人似的亲切微笑："殷督察，你的记性真好！"

"你怎么会来这里呀？"殷柔仔细打量着赵诗颖。

"噢，我是来捐一些旧衣服的！"赵诗颖指了指长椅上的两个塑料袋。

殷柔这才注意到塑料袋里装满了衣服和物品。

"我从小就在孤儿院长大，所以有时候会把自己不用的衣服和物品捐到福利院，希望能够帮助到那些需要的人。"赵诗颖说话时眼角闪着光泽，显然她已经想起了自己孤独无助的童年时光。

殷柔轻轻拍了一下赵诗颖的肩膀："下次你捐东西的时候记得叫上我！"

"没问题！"赵诗颖莞尔一笑，从包里摸出两袋槟榔，一袋递给殷柔，一袋放在口中津津有味地嚼了起来。

"你很爱吃槟榔啊？咦，这个牌子的槟榔现在在N市并不常见呀？"

赵诗颖看了看手中的槟榔包装袋，神情变得有些落寞："过去有个人每次见我的时候总是会给我买些槟榔，而且一直都是这个牌子的，所以我也就最爱吃这个牌子的了。过去这个牌子的槟榔在N市随处可见，现在的确是很少了。"

"那个人是你的恋人吗？"殷柔好奇地问道。

赵诗颖苦涩地摇摇头："不，他一直都像是我的一个大哥哥！"

看着赵诗颖有些闪烁的语气和神情，殷柔没有追问下去，她突然注意到一个细节，急忙转身问身旁的曹院长："曹院长，你不是说一共有八位幸存者居住在你们福利院吗？怎么现在只有七位？"

曹院长冲旁边那个护士摆了一下手："王鹏呢？"

小护士望向医务室的方向："院长，任姐推着王鹏去换药了！哎，他们过来了！"

殷柔顺着小护士所指的方向望去，只见一个消瘦的女孩推着一个轮椅缓缓走了过来，轮椅上那个叫王鹏的男孩，头大手大脚大，身子却像孩童一样没有发育开，一只腿上还打着石膏，说不出的凄苦。

推着王鹏的女孩走了过来，看到殷柔和赵诗颖，脸上立刻露出惊愕的表情："殷督察，诗颖姐姐，你们两个怎么会在这里？"

"任晶晶！今天可真是巧啊！没想到在福利院可以遇到这么多的熟人。"赵诗颖亲昵地拉着任晶晶的手笑道。

"原来你们都认识啊！"曹院长的脸上也绽放出轻松的笑容，"任晶晶可是个好孩子，她从中学起就在我们福利院当义工，可以说是我看着长大的。"

殷柔想起曾经看过任晶晶的档案资料，里面记录她一直在福利院里做义工，对于这次相遇也就不觉得特别意外。

曹院长继续夸奖道："任晶晶这孩子很上进，虽然由于家境的原因没读过什么书，但现在每天都到我们福利院开设的骨科诊所学习，用不了多久就可以当一个专职护士了。"

任晶晶立刻露出了羞涩的表情。

赵诗颖和任晶晶都在地中海酒店工作，平时也算相熟，两个人在这里意外相逢都显得非常亲热，拉着手闲聊了起来。

稍显尴尬的殷柔看了看王鹏腿上的石膏，问曹院长："他的腿是怎么受的伤？"

曹院长的脸立刻紧绷了起来："外出时被人从地铁站的楼梯上挤下来摔伤的，你看看这孩子一点都不小心，本来就有病，还偷偷溜出去玩，唉——"

殷柔拍了拍曹院长的手，宽慰道："有什么需要我帮忙的尽管开口。"

曹院长叹了口气："要想治好这孩子的病，那花费可不是一点半点。"

殷柔坦诚地道："我可以到警局发动警员们捐钱。"

曹院长感激地望向殷柔："谢谢你们的好心，可那也只是杯水车薪！"

殷柔无限惋惜地看了一眼坐在轮椅上的王鹏，如果他不遭受幼年时的磨难，现在应该是一个健步如飞的帅小伙了。毒屎强，你这个可恶的蛇头，残害了这么多无辜的人，你现在究竟隐藏在哪里呀？

“其实，需要巨额医药费帮助的又何止王鹏一个呀！”曹院长的眼睛从那几个人脸上一一扫过，神情中充满了忧伤，“他们这辈子恐怕都完了！”

殷柔用力咬着嘴唇，眼睛中喷射出了愤怒的火焰，心中暗暗发誓：毒屎强，我一定要将你绳之以法！

殷柔将曹院长拉到一边：“我听赵警长说，你们福利院一共收养了12个被解救的儿童。其中四个正常的儿童被人领养了，你们还有这四个人现在的联络方式吗？”

曹院长摇摇头道：“那时候的领养流程不像现在这么正规，不过当时都留了联系方式，只是不知过了这么多年，还能不能找到这些人。”

“那就麻烦您把这些人的联络方式找一下，回头我会让赵警长再来一趟，了解一下具体的情况。”

就在这时，殷柔的手机铃声响起，殷柔接通电话，手机那头响起了张雄彪兴奋的声音：“头儿，徐峙的同伙冯阿呆落网了！”

36

栾正豪发动汽车载着徐峙和小蝶迅速逃离了书画拍卖行。汽车一路西行，驶向了郊区。车窗两侧的建筑物越来越稀少，逐渐变成了树木和草丛，最终汽车在一处密林环绕的小院前停了下来。

“这是哪里？”徐峙好奇地问道。

栾正豪推开车门：“这是我和游雨晨的一个秘密住所。”

“你和小蝶？”徐峙用手指着栾正豪和小蝶。

栾正豪扑哧一笑：“不要想歪了，这是我们两个人工作的秘密据点！”

徐峙这才长嘘了一口气。

栾正豪推开院门，当先走进了小院，院子里面树木凋败，枯叶铺地，显然已经很长时间没有人居住过了。

栾正豪掏出钥匙打开房门，将徐峙和小蝶让进房间里面。房间虽然由于长期不通风，空气有些污浊，但对于逃难中的徐峙和小蝶来讲，此处无异于是世外桃源。

徐峙好奇地打量着房中的陈设，这是一个典型的农家平房，中间是堂屋，也用作客厅，两厢是卧房，左右各一间。

栾正豪指了指左边那间：“雨晨，那个房间就是你过去用过的，你进去看看吧，或许能够帮助你想起什么。”

小蝶迟疑地看了一眼栾正豪，然后缓缓推开了房门。房间里面拉着窗帘，光线不是很好，徐峙帮小蝶打开吊灯的开关，房间顿时变得明亮起来。

卧室的面积不是很大，陈设也很简单，只有一张双人床，一个大衣柜，还有一个梳妆台。房间里面收拾得非常整洁，没有一丝凌乱的感觉。

小蝶缓缓走入房间，用白皙修长的指头轻轻划过衣柜、梳妆台，然后落在了床头柜上的一个相框上。小蝶将相框举起，徐峙也凑了过去，相框中是一张单人的相片，里面的女孩洋溢着青春的笑颜，一身英姿飒爽的警服衬托着绝美的容颜，让人感受到了一种扑面而来的朝气和活力。相框中的女人正是小蝶。

徐峙赞叹地望向小蝶："哇，你穿警服的样子真是太帅气了！"

"这真的是我吗？"小蝶迟疑地问道。

"这还有假吗？照片都真真切切摆在你面前了，再加上你那连女警花都怯之三分的身手，就充分说明你是一个警察，而且还是那种最最厉害的卧底警察！"

小蝶放下相框，又拉开床头柜，里面有她的警官证，还有一把上了膛的手枪，警官证上的署名正是游雨晨。

徐峙露出满脸的欣喜："有你们这两位卧底警察做人证，我的嫌疑终于可以洗脱了！"

"那倒也未必！"身后传来了栾正豪的声音。

徐峙回头望去，不解地道："为什么？"

栾正豪双手插兜斜靠着房门，满脸的无奈："我和游雨晨是执行最高密级的卧底任务，我们的档案资料已经被彻底销毁，除了警察局局长之外，没有人知道我们的真实身份，在我们完成卧底任务之前，是无法恢复警察身份的。除非——"

"除非什么？"徐峙急忙道，这可关系到他的身家性命，不由得他不急。

"除非我们尽快拿到那串拍摄有黎昕犯罪资料的项链，只有这样我们才可以搞垮黎昕，从而恢复我和游雨晨的警察身份。"

徐峙嘿嘿笑道："这个简单！"

栾正豪脸上闪过一丝惊喜："这么说项链还在你手上？"

"那是当然！"徐峙得意地道，"想要拿到项链，你跟我来！"

徐峙忽然像是醒悟过来什么，眼睛警惕地望向栾正豪："可是我凭什么相信你呢？万一是你和黎昕串通好，演苦肉计骗我们怎么办？"

栾正豪也嘿嘿笑了起来："你小子心思还真多，好吧，我就证明给你看！你们来我的房间！"

栾正豪打开了右侧那个房门，将徐峙和小蝶让了进去。

徐峙和小蝶立刻被墙上密密麻麻的相片和图表震撼得目瞪口呆。

“这个地方是我和雨晨研究行动计划的秘密地点。墙上的这些照片都是我们偷拍黎昕的一些活动轨迹。”栾正豪指着拍摄于书画拍卖行的一张照片，“我们经过大量的跟踪研究，发现黎昕酷爱书画，尤其喜欢画裸体美女。我们就针对黎昕的这一嗜好，将游雨晨乔装改扮为人体模特，推荐给了黎昕。”

徐峙不满地望向栾正豪：“为什么偏偏选小蝶做人体模特？”

栾正豪回瞪了徐峙一眼：“难道让我去做人体模特啊？就算我肯脱，黎昕也得愿意要我呀！”

“那也不能让我们家小蝶去伺候那个恶棍啊？”徐峙咧着嘴怒吼道。

栾正豪不耐烦地道：“你知道什么叫作美人计吗？不牺牲一点色相，怎么能够引诱那个老滑头上钩？”

栾正豪指着第二张小蝶和黎昕在一起亲昵共进晚餐的照片：“黎昕见到雨晨之后，果然被雨晨的美色所俘获。从此，雨晨成了黎昕的专职人体模特，不久之后就成为黎昕的秘密情人。”

徐峙只感觉一阵恶心，偷眼望向小蝶，只见小蝶满脸羞红，神情同样是十分不自然。

“这个牺牲也实在是太大了！”徐峙愤愤不平地道。

栾正豪用力瞪了一眼徐峙：“我们先不说这些没用的！”

栾正豪拉开了衣柜，里面挂满了各式的枪支和侦查工具。栾正豪从衣柜抽屉里抽出一个证件甩到了徐峙面前，赫然也是一个警官证，上面的照片正是栾正豪。

“好了吧，这回该相信我了吧？”栾正豪双手交叉于胸前，露出得意的神情。

“你要想让我完全信服，你就给我练一套警用格斗术。”徐峙狡黠地望向栾正豪。

栾正豪冷哼一声：“你懂警用格斗术吗？”

徐峙嘿嘿笑道：“我是不认识，但小蝶认识呀，我曾亲眼看到小蝶使用过。”

小蝶拉着徐峙的衣袖轻声道：“可是我失忆记不清了呀？”

徐峙低声道：“没事，他一练你就记起来了！”然后大声对栾正豪道，

“你敢不敢练呀？”

“练就练！”栾正豪脱下了外套，一挥手，干净漂亮地练了一套拳法，只看得徐峙眼花缭乱，却不知道栾正豪练的到底是不是警用格斗术。不过感觉挺眼熟的，似乎正是上次小蝶和殷柔对打时所用的招数。

徐峙不确定地凑到小蝶耳边问道：“这是警用格斗术吗？”

小蝶肯定地点点头：“虽然我叫不出它的名字，可是这些招式却和我脑海中记忆的那些招式完全一致！”

“怎么样，该相信我了吧？”栾正豪轻轻擦了一下额头上的汗珠。

“你再给我背一下警察誓词！”

“喂，你有完没完？”栾正豪脸上露出了怒容。

徐峙一脸的流氓相：“拳都打完了，还在乎多背诵这么一套警察誓词吗？”

栾正豪握紧拳头，简直就想在徐峙脸上直接开花，但是重任在肩，还是忍了下来，乖乖背诵了一段警察誓词。

徐峙虽然是小偷出身，但经常出入警局，对这套誓词还是非常熟悉，见栾正豪背诵得如此流利，可见栾正豪是货真价实经过警队科班训练出身的真正警员。

栾正豪背诵完警察誓词，用手指狠狠戳了一下徐峙的软肋：“要不是我任务在身，绝不会轻饶了你！”

徐峙嬉皮笑脸道：“我这不也是谨慎起见嘛！如果冒冒失失就把这么重要的证据交给了歹徒，那小蝶所付出的一切岂不都付诸东流了！”

栾正豪转怒为笑：“小子，你还真有做警察的天赋！”

徐峙叹口气：“可惜我入错了行，这辈子想洗白也不可能了！”

栾正豪拍拍徐峙的肩膀：“你可以戴罪立功，重新走回正途！”

徐峙哀叹一声，眼神无限温柔地望向小蝶：“我倒没什么。只要能够帮助小蝶重新回到警队，完成这桩艰巨的卧底任务，我就心满意足了！咱们闲话少说，赶快去取那串项链吧！”

“地址在哪里？”栾正豪问道。

“你按我指的路线走就行了！”

“你到现在还不相信我？”栾正豪皱起了眉头。

徐峙嘿嘿笑道：“总得把悬念留在最后吧？”说着就拉着小蝶走出了房门。

栾正豪摇摇头，苦笑一声，无奈地跟在了徐峙后面。

37

冯阿呆无精打采地蜷缩在椅子上，由于长期的营养不良和恐惧，面容显得非常枯萎和消瘦。他两只眼睛不停地在审讯室里游移着，当看到殷柔和赵腾飞、孙诗蕊走进审讯室的时候，涣散的眼眸里充满了警惕和恐惧。

殷柔将审讯资料摆放在桌子上，坐在了冯阿呆的对面。眼前的这个通缉犯看上去并不怎么精明，甚至有些呆傻的模样，一看就属于那种低级别的街头小窃贼，和那个满脸花花肠的徐峙形成鲜明的对比。

“你就是冯阿呆？”殷柔问道。

冯阿呆点点头，两只手不停地相互揉搓着，眼角眉梢都写满了忐忑。

殷柔低头看了一眼之前的初审材料，冯阿呆是在一个位置偏僻的出租屋里被抓住的，被捕时在出租屋里发现了大量吃过的方便面盒。据冯阿呆交代，自案发后他就一直躲在这个出租屋里，竟然从来没有出门半步。如果不是警方地毯式的搜查，还真不好把他从地缝里搜出来。

“你的忍耐力还真是强，靠吃方便面居然在出租屋里撑了这么久。”殷柔充满玩味地望向冯阿呆。

冯阿呆脸上的肌肉微微收缩，勉强挤出一个笑容：“这还算不了什么，过去我当矿工的时候被困在井下，比这难熬多了！”

殷柔低头又看了眼资料：“你之前还当过矿工，怎么你的履历里一点记载都没有？”

冯阿呆无限忧伤地叹了口气：“那都是很早以前的事了，是被骗到矿上当矿工的，临时的，而且是没有任何手续的那种黑煤窑，所以没有记入档案。”

“那你后来为什么去当贼啊？”殷柔问道。

冯阿呆哑然一笑："谁愿意去当贼啊？如果有人供我吃喝，哪怕是人家吃剩下的东西，我都愿意永远在家里当个宅男。"

"你为什么不自食其力，过有尊严的生活呢？"

冯阿呆耸了耸鼻子："我害怕与人相处，我不喜欢人多的地方！"

"依你这么说，徐峙就是你唯一的朋友了吗？"

冯阿呆摇摇头："我没有朋友，徐峙只是我的合作伙伴！我奉承他，拍他马屁，给他做小弟，只是因为他是我遇到的人中对我最慷慨的一个。"

"你和徐峙是怎么认识的？"

"在赌桌上！"

"你还赌钱？"殷柔稍感讶异。

"是的，我除了在家打游戏之外，偶尔也去赌场玩玩钱，希望能够赚到很多的钱，就不用再出门见人了！"

"你就这么排斥见人吗？你有没有看过心理医生？这很有可能是社交恐惧症。"殷柔心里面忽然对冯阿呆产生了一丝怜悯。

冯阿呆轻咬着嘴唇摇摇头："没用的，这是从小生活环境造成的，永远也改变不了的。"

殷柔心中默默叹了口气，无论是贼还是警察，每一个人生活得都很艰难，在他们心灵的深处都有着无法言表的隐痛。

"你抽烟吗？"殷柔试图让冯阿呆放松一些。

冯阿呆摇了摇头。

殷柔抿嘴道："咱们言归正传，你们为什么策划了这起入室盗窃案？"

"被逼的！"冯阿呆回答得很干脆。

"谁逼你们的？"殷柔追问道。

"屁王！"

"就是开赌场、放高利贷的那个胖子？"殷柔脑海中依稀有些这个人的印象。

冯阿呆又点点头。

"他为什么要逼你们？"

冯阿呆脸上流露出恐惧的神情："因为我和徐峙在屁王的赌场欠下了高利贷，如果还不上这些钱，屁王就会砍了我们的手脚，甚至要了我们的性命。所以我们只好铤而走险！"

“你们是怎么选定阚立龙的？又如何确定阚立龙身上所携带的钱物足以解决你们巨额的高利贷呢？”殷柔眼睛凝视着冯阿呆，捕捉着他眼神中的每一个细节变化。

“是一个神秘电话。”冯阿呆默默道。

“神秘电话？”殷柔脸上流露出诧异的神情。

“对！”冯阿呆点头道。

“那个神秘人在电话里的声音是男声还是女声？”

冯阿呆皱了皱眉头：“听不出来，好像是经过处理的，声音很机械。”

“都跟你说了些什么？”

冯阿呆声音僵硬地回答道：“屁王给了我们七天的筹款时间，到了第六天的时候，我和徐峙还是一筹莫展，当时我已经绝望了，索性就躺在家里睡大觉，突然我接到了一个电话，是一个陌生人打来的。电话那头那个人说他有一笔大买卖想和我合作。

我当时很奇怪，就问他，你是怎么知道我电话号码的？

那人嘿嘿一笑，我不但知道你的电话号码，还知道你是一个窃贼。

我当时很害怕，因为这个人知道我所有的底细，也就等于拿住了我的要害，于是我小心翼翼地问他是一桩什么样的买卖。

那个人说其实很简单，只要我肯帮他偷一件古董，事成之后，东西归他，他给我70万元的酬劳！为了表示诚意，他已经将2万元放在了我门口的信箱里。

我将信将疑地拿钥匙打开门外的信箱，里面塞着一个信封，打开一看，果然有厚厚一沓钞票。

但是我仍然不放心，对那个人说我们萍水相逢，我凭什么，到时候我们偷到了东西，你不给我钱怎么办？

那个人又是嘿嘿一笑说，你现在有选择吗？如果不按我说的去做，你就等着喂鳄鱼吧！

我当时别无选择，70万元正好是我们欠屁王的钱款总额，为了活命，只好接下了这个活。”

殷柔凝视着冯阿呆，顺着他的思维接着分析：“所以你就找到徐峙，和他一起去地中海酒店盗窃古董。”

冯阿呆没有否认：“是的，我虽然是一个贼，但其实根本不会偷东西，我只能给徐峙打下手，让他去偷。”

“你和徐峙说这件事时，徐峙是什么样的反应？”

冯阿呆抿了抿嘴：“我没有敢照实跟徐峙说，他鬼精鬼精的，万一他觉得有问题不敢去做，那我就难逃一死了。只好骗他说，是一个可靠的朋友提供的消息。”

殷柔秀眉微蹙，疑惑地道：“徐峙就这么轻易相信你的话了！”

冯阿呆干笑了两声：“其实徐峙也是将信将疑，但他也没有别的选择，谁让他出老千被人发现了呢？”

“徐峙是因为出老千被屁王勒索的？”殷柔对这个信息感觉非常惊讶，这是她之前一点都没有掌握的。

“是的！所谓的欠赌债只是一个好听的说法。徐峙仗着他手法快，就让我做掩护在屁王的场子里面出老千。这个出老千手法我们屡试不爽，但那天晚上也是邪门，不知怎么的就被屁王识破了。”

“应该是被监控识破的吧？”殷柔推测道。

“不可能！”冯阿呆很肯定地道，“我们对那里的监控进行了很细致的研究，对每一个监控的位置都很清楚。每一次徐峙出老千之前都会挠挠头，给我一个信号，然后我就挡在他和监控之间，配合他完成出老千。肯定是有人识破了我们的伎俩，暗地里通知了屁王。”

“你们明知道屁王是个凶神恶煞的家伙，为什么偏偏到他的场子出老千？”殷柔不解地问道。

冯阿呆舔舐了一下干裂的嘴唇：“熟悉的地方才容易出老千，不熟悉的地方，你根本不知道哪些是客人，哪些是隐藏其中的眼线，哪里有摄像头，那样反而更容易暴露。我们为了不引起屁王注意，每次都赢很少一点钱，但还是被屁王发现了。”

殷柔点点头，冯阿呆所讲的确实有几分道理，你到陌生的赌场出老千，也许你身旁的客人就是对方的眼线，的确存在着更大的风险。

“那接下来又发生了什么？”殷柔继续问道。

冯阿呆指了指额头上的一个伤疤：“接下来我们两个人就被当众暴打了一顿，差点就被剁了手脚喂鳄鱼，幸好徐峙嘴甜似蜜，暂时稳住了屁王，但是被逼迫限时还款70万元。”

“你们对目标对象阚立龙的情况了解吗？”

“不了解！那个古董商人的信息都是那个神秘人提供的。”冯阿呆说完一阵剧烈的咳嗽，殷柔示意旁边的警员递过一杯水。

冯阿呆喝了一口水，止住了咳嗽，他冲殷柔投来感激的目光：“神秘人提供了古董商人居住的房间号、体貌特征，还有房间的格局图。之后，徐峙和我制订了窃取计划，还是采取我们惯用的方法，从房间的外窗户潜入，避开走廊的监控，没想到那竟然是一个精心设计的陷阱，我和徐峙就莫名其妙地成为被通缉的杀人犯。”

冯阿呆神情开始变得激动起来：“警官，你要相信我呀！我只是想偷点东西，绝对没有杀人的企图。如果真的杀了人，那也只是徐峙一个人做的，我绝对没有参与杀人！”

“你的回答好像很紊乱，你到底认为这是个陷阱，还是徐峙杀了人？”

“我不知道！不管怎么样，反正我没有参与杀人！”冯阿呆强行想站起，却被旁边的警员用力地按了下来。

“你不要激动！”殷柔摆摆手，示意冯阿呆情绪稳定下来，等冯阿呆平静了一些，继续问道，“那个神秘人让你们盗窃的究竟是什么东西？”

“是一个面具，一个黑色的面具，上面镌刻着狮子吼叫的模样！”

殷柔讶异地瞪大眼睛：“是狮虎面具！”

赵腾飞也突然醒悟过来：“难道是十年前离奇消失的那个马其顿狮吼面具？”

殷柔点点头，她强压住内心的忐忑，追问冯阿呆：“你知道那个面具的具体形状吗？”

冯阿呆一脸茫然地望着殷柔：“不知道！那个神秘人说，古董商人当天晚上会完成一桩古董交易，交易的内容就是一个狮头形状的面具，我们只要把那个面具偷到手，神秘人就会把剩下的钱交给我们，至于面具的具体模样，他并没有向我描述，我也没有兴趣仔细追问。”

殷柔万万没有想到，眼前的案件竟然还会牵扯出十年前那起离奇的古董抢劫案，更没有想到隐藏十年之久的无价之宝——狮吼面具，竟然会在地中海酒店重新出现。看来眼前的案件并非简单的仇杀或者抢劫，其中的隐情恐怕远比之前设想的要复杂许多。

虽然迷雾重重，不见头绪，殷柔反而有一种兴奋之感，只要能够找到那个狮吼面具的下落，就一定能够顺藤摸瓜找出十年前劫案的真相。

“之后发生的事情，你们就都知道了，我从对讲机里听说出了人命，情急之下，我就舍弃了徐峙，独自一个人逃亡。我身上没有钱，没办法偷渡，只好从便利店买了许多方便面，躲在了出租房里，一直到你们找到我。”

“那个神秘人之后还跟你联系过吗？”殷柔问道。

“没有！我后来再拨打那个电话，已经是无人接听的状态，我这时候才意识到我是被人耍了。”

殷柔望向旁边的赵腾飞：“你们查过那个电话号码吗？”

赵腾飞道：“我派人查过了，那个电话号码是无记名的，现在一直处于关机状态，想必已经被那个神秘人丢弃了。”

这个结果早在殷柔的预料之中，所以并没有感到丝毫的诧异，她饶有兴趣地望向冯阿呆：“你现在知道那个神秘人为什么偏偏给你打电话了吗？”

冯阿呆一阵的苦笑：“因为我比徐峙好糊弄，如果是徐峙，绝不会上那个人的当！”

殷柔低头看了一眼桌上并排摆着的徐峙和冯阿呆的照片：“那个神秘人一定跟踪你们很久了，对你们出老千的行为，以及盗窃的习惯，都有很深的了解，对你们两个人的性格特点、生活习惯也进行过深入的研究。神秘人选择你们并不是偶然。如果我没有猜错，那个在屁王赌场拆穿你们出老千伎俩的人，也一定就是那个神秘人。他就是要把你们两个逼到死地，然后让你们当他的提线木偶，最终成为他陷阱中的祭祀品。”

冯阿呆的眼睛中闪过诧异、不甘、屈辱，随后又是无边的恐惧：“难道我这次没救了吗？”

赵腾飞富有深意得望了一眼殷柔：“幸好你们遇到的是殷督察，如果换作别人，我想你们真的就一点希望都没有了！”

带走了冯阿呆，殷柔刚准备离开，旁边的孙诗蕊将一份报告递到了殷柔手中：“老大，你上次让我查的地中海酒店1301房间居住客人的情况，我已经调查过了。”

殷柔记起1301房间正是徐峙报案所说发生命案的房间，于是拿起的报告，一边浏览，一边问孙诗蕊：“调查得结果怎么样？”

孙诗蕊吐了吐舌头：“调查的结果很诡异，开房间的那个叫杨伟国的男人早在半年前就被人谋杀了！”

38

“喂，究竟往哪里开？”坐在驾驶位置上的栾正豪不满地问徐峙。

徐峙嘿嘿一笑：“你按我说的走就行了！”

“为什么不选择晚上，而偏偏要在傍晚去拿东西？”栾正豪不解地问徐峙。

徐峙把头靠向椅背：“这个你就不懂了，我们要去的地方，晚上如果开车灯会被人发现，如果不开车灯就可能会掉到万丈深渊。所以傍晚这个时候最合适，既能看清路面，又不会太过显眼，最关键的是在这个时刻，大多数人都去吃饭了，没人会注意到我们这辆车子。”

“你不当卧底警察真是浪费！”栾正豪打开了车载收音机，决定不再理会徐峙。

收音机里传出了女播音员悦耳的声音：“我市打击跨境贩毒活动取得丰硕成果，今晚八点到九点半，市警察局局长将召开记者发布会，届时本台将现场直播。”

栾正豪叹了口气：“想要彻底断绝贩毒可没那么容易，谁让我们处在离金三角不远的地方啊！”

“你是不是也在贩毒集团做过卧底？”徐峙好奇地问道。

栾正豪摇摇头：“没有。我的长相一看就不像沾染毒品的，倒是你挺适合，一副瘾君子的模样。”

徐峙哈哈大笑：“只要你肯把我吸收进警察队伍，我就去毒贩子那里做卧底。”

栾正豪像看什么怪物一样上下打量徐峙：“你会有那么强的正义感？”

徐峙看了一眼后座上的小蝶，然后拍拍胸脯道：“自从遇到小蝶之后，我的正义感是爆表呀！”

两人都哈哈大笑。

这时候车子已经驶到了郊区，在不远处山坡上，绿荫掩映之中依稀可以看到一幢漂亮的别墅。

栾正豪惊讶地张大了嘴巴：“这不是黎昕的秘密别墅吗？”转过头，望着一脸高深莫测的徐峙，忽然醒悟道，“你把项链藏在了黎昕家里？不对，应该是在黎昕家的附近！你这是充分利用灯下黑的心理，让黎昕做梦也没有想到他一心想得到的那串项链竟然就在他家附近！”

徐峙满意地拍拍栾正豪的肩膀：“不愧是警方的高级卧底，果然头脑聪慧，心思敏捷。你再猜猜，我把项链放在了哪里？”

栾正豪从车里打量着四周的景物，皱眉凝思着，突然他望向远处的木塔醒悟道：“你们上次大闹黎昕别墅之后，一定把项链藏在了那个木塔里面。”

徐峙也不由得瞪大了眼睛：“你怎么猜得这么准？”

“这有什么难的？”栾正豪嘿嘿笑道，“我们做警察的最善于从蛛丝马迹的线索中推理了。你们上次以为黎昕的别墅就是雨晨的家，所以冒冒失失就闯了进来。我猜测你们过去从来没有来过这里，对这里的地貌肯定不熟悉。如果你们要藏东西的话，只可能把东西藏在一个让你们记忆深刻的地方，在这片地方除了几个私家别墅之外，全部都是旷野，能给你留下深刻印象，并且给你带来安全感的建筑，就只剩下这个木塔了！”

徐峙不由自主地鼓起掌来：“厉害，果然厉害！”

这时车子已经在木塔下面停了下来，三个人鱼贯走入木塔，里面光线暗淡。徐峙想要打开手机上的手电，却被栾正豪一把制止：“站在黎昕别墅楼上能够清楚地看到这座木塔，虽然现在是傍晚，太阳还没有下山，但是木塔里面灯光的闪动，还是可能会被对方发觉的。小心谨慎考虑，我们还是摸黑上去吧！”

徐峙信服地点点头，虽然他觉得这么远的距离被发现的概率微乎其微，但在这个特殊的时间点，过度的小心绝对不是一件坏事。

来到塔顶，徐峙借着从窗户缝隙中依稀射进来的光线，用随身携带的尖刀撬开一块地砖，从里面拿出一个被手帕仔细包裹的小包，缓缓打开，里面包着的赫然就是他当初从小蝶脖颈上偷来的那串项链。

徐峙手拿着那串项链，默默端详许久，却看不出任何的端倪，他迟疑地转头问旁边同样用专注的目光凝视项链的栾正豪："这个项链里面究竟隐藏着什么玄机呀？"

栾正豪嘿嘿一笑："这个嘛，嘿嘿！"

下班后，殷柔并没有离开办公室，她匆匆吃完点来的外卖，就一头钻进了会议室，反复观看地中海酒店1301房间附近摄像头所拍摄的视频监控。

这些视频殷柔之前并没有看过，毕竟需要处理的资料太多了，殷柔不可能事必躬亲，许多事情还是需要下属去做的。不过，在得知7月4日晚上开1301房间的杨伟国早已在半年前被人谋杀之后，殷柔心中突然涌起一个恐怖的念头：徐峙的那次报案绝非闹剧，那晚在地中海酒店发生的命案绝不止阚立龙被杀一起！

投影仪的大屏幕中开始闪烁影像，一个身材姣好的女人从1301房间中走出，戴着一顶宽边的帽子，垂下的纱帘将她的五官完全遮挡。视频的镜头切换到电梯仍然是一无所获。

屏幕中开始播放另一段视频，一个身材中等的男人戴着墨镜口罩棒球帽，警惕地观察了一下走廊里的情况，然后从1301房间中走出，轻轻合上房门，快步向电梯间走去。男人用手按了一下电梯按钮，可以清晰地看到男人戴着手套，紧接着男人走入电梯，转向背对着摄像头的一面，画面中只能看到男人的背部。

殷柔忍不住道："这个男人太狡猾了！"

停车场的视频监控中，并没有找到这一男一女，显然他们两个人都是徒步离开地中海酒店的，他们一定是将车子停放在了某个没有监控的地方。如果是一般的偷情绝对不会做到如此谨慎，他们拿着死人的身份信息开房间，又刻意避开各种监控，显然背后一定隐藏着什么不可告人的秘密。可是这个秘密究竟是什么呢？

如果1301房间真的有一个女人被人用塑料袋活活闷死，可是尸体又是如何被运走的呢？从1301房间走出来的这一男一女都没有携带行李或者手提袋，由此看来，肢解尸体并将其分块带走的可能性微乎其微。况且，警方曾用特殊的精密仪器，对1301房间进行过地毯式的搜索，并没有发现任何的血迹残余，可见房间里面并没有发生过肢解尸体这样的血腥事件。

那这就奇怪了，徐峙明明看见有人被谋杀，房间中的一男一女又有着如此奇怪的行为，可是警方却偏偏没有找到一点点的犯罪端倪，整件事情实在是太过诡异了。

殷柔又翻看了一下开房人的信息，

杨伟国，半年前因琐事被人谋杀，杀人者已被判入狱。杨伟国并没有什么亲戚，是个孤儿，估计就是因为这样，所以他的身份信息并没有被及时注销。

那个男人既然是拿着杨伟国的身份证开的房间，想必这个人和杨伟国之间一定有着某种关联，至少可以很轻易地拿到杨伟国的身份证。可这个男人究竟又是谁呢？是杨伟国的朋友、情人，还是根本就是意外拾到的呢？

殷柔思虑片刻，拿起了电话："诗蕊，还得麻烦你一件事情，你去帮我查一下杨伟国的社交情况，看看哪些人有可能得到杨伟国的身份证。"

孙诗蕊道："我可以帮您去查，不过估计希望不大。因为我之前在调查杨伟国的时候，发现这个人极其孤僻，根本就没有什么朋友。"

殷柔的脑袋飞速旋转着："如果是这样的话，那你再调查一下当时警方勘测现场时的资料，询问一下有没有人曾见过杨伟国的身份证。"

"好的，我明天就去查。"孙诗蕊爽快地回答道。

虽然暂时无法定性案件的性质，但直觉告诉殷柔1301房间一定发生了什么，那个神秘男人即使没有杀人，也一定有着什么不可告人的图谋。

放下电话的殷柔再次回放那个神秘男人离开1301房间的视频，这一次她采用了慢速播放模式，细致地观察着那个神秘男人的一举一动。

房门打开，神秘男人警惕地向走廊看了一眼，然后轻轻拉上房门，直奔电梯间。另一个监控中神秘男人按下电梯按钮，一切都很正常。

不对，等等，神秘男人按电梯的手上似乎还有一件东西。

殷柔将画面定格，然后逐渐放大，男人的手上有一个黑色的手帕，他是隔着手帕按的电梯按钮。

殷柔精神一振，她迅速向后拖视频的时间轴，将视频定格在了神秘男人关门的一刹那，他的手上同样垫着一块黑色手帕。只不过由于他的动作很隐秘，再加上视频的清晰度不是特别高，所以殷柔之前并没有发现这个细节。

殷柔凝神望着视频中那个垫着手帕的手，心中充满了困惑和不解：那个男人已经戴了手套，为什么还要隔着手帕去接触门把手和电梯按钮呢？如果是怕留下指纹的话，这样的冗余举动岂不是画蛇添足？

那么，答案只有一个：神秘男人也患有像阚立龙那样的洁癖，垫着手帕开关房门和按电梯按钮，已经成为他的固有习惯，在不知不觉中流露了出来。

这个发现非常重要，在目前对嫌犯资料一无所知的情况下，这个固有的动作习惯能够极大地缩小嫌疑人的排查范围。

但殷柔也深知仅凭这一点，她和嫌犯还有着遥不可及的距离。

39

今晚注定是一个非同寻常的夜晚，目不转睛盯地着视频冥思苦想的，除了殷柔之外还有三个人，那就是徐峙、小蝶，还有栾正豪。

在栾正豪的帮助下，徐峙顺利地从那串项链里取出了一个微型的摄像机，然后将里面存储的视频在手提电脑里播放。

开始的画面非常抖动，能够清晰地听到小蝶呼吸的声音，这应该是小蝶在走动中所拍摄的。

小蝶推开两个黑衣人守卫的房门，走进了一个豪华的包间。

房间里，黎昕拿着画笔正在画板上作画，当他看到走进来的是小蝶时，紧锁的眉头立刻舒展，绷着的脸上绽放出轻松的笑容："雨晨，你来了！"

"达令，"小蝶声音娇媚地靠了上去，两人身体无限接近，虽然画面一团模糊，但是嗞嗞热吻的声音还是清晰地传入了屋内三人的耳朵里。

荧屏外的小蝶满脸通红，恨不得即刻找个地缝钻进去，若不是为了探寻自己的身世，她一刻也不想在这里再驻足。

画面开始摇动，之后出现了黎昕坐在沙发上的影像，小蝶此刻的位置应当就坐在黎昕的对面。

这时一个黑衣男人走了进来，正是虎哥。虎哥在黎昕耳边低语了几句。黎昕点点头："让他进来吧！"

不一会工夫，一个肥胖的家伙走了进来，竟然是那个被谋杀的古董商人——阚立龙。

阚立龙显然和黎昕相识，两人抱在一起寒暄了几句，然后分宾主坐下。这时候阚立龙注意到了小蝶，问黎昕："黎先生，这位是——"

黎昕微微一笑："这是我最贴心的人，你放心吧！"

阚立龙释然地点点头，在收回目光的时候，竟然偷偷瞄了一眼小蝶的性感部位。虽然只是匆匆的一闪而过，但阚立龙眼神中的那种贪婪和欲望已经清晰可见。

阚立龙干咳了几声，以掩饰自己内心的龌龊，然后冲着黎昕微微一笑："八年前，要不是黎先生肯收留我，我早就一命呜呼了，所以我发迹之后，第一个想到的就是照顾黎先生的生意。我在地中海酒店住了这么久，其实一直都在等待着黎先生出售那件宝贝。"

黎昕微微一笑："过去的事情就别提了！大家都是江湖中人，互相援手也在情理之中。若不是金融危机，让我在楼市中亏了许多，我也绝对不会出售那件宝贝。你要知道那件东西不仅价值连城，而且牵涉甚大。搞不好——嘿。"

阚立龙龇着牙笑道："黎先生卖给我，你就一万个放心吧。我有特殊的渠道可以把它销售到国外，保证神不知鬼不觉，绝对不会让警察盯上你。"

黎昕用审视的目光望向阚立龙："一别八年，想不到你又东山再起了！"

阚立龙脸上露出愤恨的表情："许多人都以为我经历了那次打击之后就彻底完蛋了，以至于我投靠他们的时候，他们一个个都像瘟疫一样躲着我。但他们谁都没有想到，我早早就藏了一笔黄金在山里面。我伤好之后就是靠这笔钱东山再起的。"

"你当年的伤恢复得怎么样了？"黎昕语气关切地问道。

阚立龙重重地叹了口气："那次跳到老虎沟下面，虽然躲过了警察的追捕，但却也留下了一身的毛病，特别是那方面，再也没办法和女人亲近了。"

阚立龙说话的时候，眼睛无限苦涩地瞟了一眼小蝶坐的方向，似乎有一种想把女人撕碎的冲动。

黎昕拍拍阚立龙的肩膀："只要有钱，什么都能够治好！没关系的，哈哈！"

这时黎昕的铁杆助手虎哥走了过来，他提着一个保险箱。

黎昕冲着阚立龙微微一笑："东西就在这里面，请过目。"

阚立龙接过保险箱，放在膝盖上，把箱盖打开，从里面拿出一个闪动着诡异光泽的面具。

当阚立龙的眼睛与那个面具相触的一刹那，阚立龙脸上立刻露出极度的兴奋："狮吼面具，果然名不虚传！想不到这个无价之宝，竟然一直都在黎先生你这里藏着！"

黎昕得意地一笑："知道这个秘密的人，除了这个房间里的几位之外，恐怕就只有一个人了，不过那个人这辈子都不会把这个秘密吐露出来的。"

"噢，为什么？"阚立龙不解地问道。

"因为那个人怕说出来丢人！"黎昕故作神秘地一笑，然后拍拍阚立龙的肩膀把话题岔开，"东西你见过了，那钱呢？"

阚立龙撇嘴一笑："我是那种不守信誉的人吗？别急，我们电子汇款，一分钱都不会差你的。"

两个人一番操作完成了电子汇款，随即阚立龙将那个狮吼面具装到了自己的手提包里，然后一抱拳："黎先生，咱们的交易也做完了，明天我就要带着东西离开N市了。你要再有了什么珍奇异宝，记得给我打电话。我现在专门搞文物走私，渠道多，资金足，包你每一件宝贝都能卖到好价钱。我也不打扰你了，咱们就此别过。"

黎昕做出挽留的模样："这么快就走，不再坐坐了？"

阚立龙满脸猥琐地瞟了一眼小蝶的方向："你有美人相伴，我也有一个妞在等着呢！"

黎昕哈哈大笑："你刚才还说你不行，现在又要去会小妞，你哪句话才是真的呀？"

阚立龙讪讪地一笑："别误会，只是一个按摩技师，松松骨头而已！"

两人又调侃了几句，阚立龙提着包离开了房间。

送走了阚立龙，小蝶的声音传了出来："这个人是谁呀？听他的口气好像是你的老相识啊？"

黎昕的眼睛中露出阴寒的目光："什么老相识，不过是我八年前偶然救下的一个人而已。我只是把他当作一个潜力股收留了下来，没想到今天还真的用上他了。其实我从心里面是极其讨厌他的，他这种人坏事做绝，心底恶毒，不是什么好东西。"转头又对一直垂立在旁的虎哥和豹哥道："你们都下去吧，这里暂且不需要你们了！"

虎哥和豹哥听到主人的命令，像两只豢养的鹰犬，温顺地走了出去。

等到房间里只剩下黎昕和小蝶，黎昕脸上立刻换了一副表情，淫邪、贪娄、龌龊，迥然不同于平日里风度翩翩的儒雅形象。

黎昕脱掉上衣，急不可耐地冲着小蝶扑了过来。

小蝶娇哼一声闪开，但黎昕的手快如闪电，一把就扯住了小蝶的衣裙。

小蝶惊呼道："小心扯坏了！"

黎昕淫邪地笑道："扯坏了，我再给你买一件新的。"

随即画面一黑，只听到窸窸窣窣脱衣服的声音。

40

荧屏外的徐峙、小蝶、栾正豪三人都尴尬不已。徐峙急忙将电脑快进，画面中出现了小蝶离开房间的声音。

紧接着画面一闪，小蝶已经走到了走廊里，摄像头对向走廊，出现了穿梭的宾客。

突然，徐峙和冯阿呆闪入了镜头，紧接着小蝶被冯阿呆撞了一下，然后就倒在了徐峙的怀里，徐峙的手一闪，屏幕里面便一片黑暗。

“等等，我好像看到了什么东西？”徐峙皱着眉头喊道，多年做贼的历练，使他的眼睛比别人更能够捕捉到细微的变化。

“有什么不对的？”栾正豪茫然地望向徐峙。

徐峙没有回答，他操作电脑，将视频画面一帧一帧地往回倒。

突然，徐峙猛地一拍桌子：“就是这里！”

栾正豪凑过去一看，这是徐峙扯下小蝶项链时，摄像头拍下的最后一段画面，里面拍摄的是走廊里的一段情景。

“这有什么不对的？”栾正豪疑惑地望向徐峙。

“你仔细看，”徐峙指着一张人脸道，“这个人的眼睛正在用一种奇怪的眼光盯着我。”

栾正豪瞟了一眼，却不以为然道：“我还以为你有什么重大发现，这个人是我的手下，叫林浩宇，他当晚在酒店19层和我一起值班。多看你几眼，没什么大不了的？”

徐峙揉揉眼睛，他感觉自己似乎也是多疑了，于是抬头望向栾正豪：“接下来该怎么办？”

栾正豪望了一眼仍旧羞红满面的小蝶："我和游雨晨都是被销了档案的绝密卧底，除了警察局局长之外，谁都不知道我们的身份。既然已经拿到了最重要的证据，证明黎昕参与了文物走私，而且很有可能就是十年前那场文物劫案的元凶，所以我现在立刻就去联系局长，然后把这个视频证据交给他。"

徐峙欣喜过望，如果能够搭上局长这条红线，不但自己的杀人嫌疑有可能被彻底洗脱，说不定还能被评上好市民之类的称号，那将会获得一笔不菲的奖金。

徐峙喜形于色，立刻催促道："那你快打吧！"

栾正豪拿起手机，神情变得严肃起来。电话接通，栾正豪压低声音道："局长，你那里方便说话吗？"

得到了肯定的答复，栾正豪详细地把这边的情况描述了一下，然后嗯了几声就挂断了电话。

"怎么样，怎么样？"徐峙焦急地跑了过去。

栾正豪一脸的失望之情，这让徐峙满心的欢喜都化为泡影，忍不住催促道："到底怎么样？你倒给句话呀？"

栾正豪突然一脸的喜色："逗你玩呢！局长马上就亲自赶来，我和小蝶终于可以结束这暗无天日的卧底生活了！"

"你这个家伙，竟然敢戏耍我！"

"怎么样，上当了吧？"栾正豪哈哈大笑，但他的笑容很快就僵硬了下来，在一声清脆的瓷器破裂声之后，栾正豪软软地倒在了地上，而手握花瓶袭击栾正豪的，竟然是一脸戾杀之气的小蝶。

望着手握花瓶的小蝶，徐峙颤声问道："小蝶，你这是干什么？干吗要袭击栾正豪？他可是我们唯一的救星呀！"

小蝶阴冷地一笑，完全与平时的温柔模样迥然不同："栾正豪根本不是什么警察卧底，他是黎昕安插在我们身边的眼线！"

"小蝶，你没事吧？"徐峙用手摸摸小蝶的额头，并没有发热的感觉。

"我没事！栾正豪接近我们的目的，就是替黎昕拿回那串项链，我们两个之前都上当了！"

"不可能！"徐峙头摇得像拨浪鼓，我都那样细致地考核过他了，他绝对不可能有问题。

小蝶不屑地冷哼一声：“他只是准备充分，表演到位罢了！”

徐峙上下打量着小蝶：“看你这副成竹在胸的模样，难道你发现了他什么致命的破绽？”

小蝶点点头：“之前走进这个屋子的时候，我就发现了有些地方不对。”

“什么地方？”徐峙追问道。

“照片，还有那两个警官证！”

徐峙再次摇头：“那两个警官证我仔细检查过，不像是假的呀！”

小蝶看了眼地下躺着的栾正豪：“问题的关键不在于证件的真假。你想想看，按照栾正豪的描述，我和他是档案都被消除的绝密卧底！既然是绝密卧底，为什么会把代表身份的警官证带在身边，而且还把身着警服的照片摆在床头柜那种显眼的地方。这根本就不符合卧底的身份特征。”

徐峙眉头一皱：“听你这样说，的确有些不符合常理。但是单凭这一点，就认定栾正豪是黎昕安插的反卧底，是不是还有些牵强？”

“所以我当时只是怀疑，并没有点破。”小蝶指了指栾正豪手中的手机，“但是当他和局长通电话的时候，我却发现了他一个致命的破绽。”

徐峙好奇地凑到小蝶身旁：“什么样的破绽呀？刚才我可是竖着耳朵在他旁边听，并没有发现通话中有什么不对的地方呀？”

“你还记得不记得我们在取项链的路上，曾经在车上听到一则新闻播报，说警察局局长今晚八点到九点半之间要召开一次记者会。”

徐峙微闭着眼睛，用手托着下巴，仔细揣测着小蝶的这句话，他看了看墙上的时钟，猛然醒悟：“现在是晚上九点四十，局长正在召开记者招待会，他是绝对不可能接听电话，并马上赶到这里的。”

徐峙想到这里迅速打开了电视，画面中警察局局长正在滔滔不绝地讲述着打击跨境贩毒的案例。记者招待会仍然在直播中。

徐峙猛地一拍大腿：“原来栾正豪这小子刚才在骗我们，他分明是给黎昕通风报信，根本就没有什么局长要来！”

“可是——”徐峙又想到了一点疑问：“如果说栾正豪不是警察卧底，可是这里为什么有你和他穿警服的照片？要知道我们那天是误打误撞才碰上黎昕一伙的，他们难道会未卜先知我们会去书画拍卖行吗？”

“这点很好解释！”小蝶灵动的眼睛快速地转动着，“在我们上次逃脱之后，黎昕就已经定下了这条计策。只等再次抓到我们之后，如果撬不开我们的口，就利用栾正豪骗出那串项链的下落。我们在书画拍卖行意外遇到他们，只是将他们的计策提前上演罢了。”

“原来如此！”徐峙猛地一下抱起了小蝶，吓得小蝶有些惊慌失措：“你这是干什么呀？”

徐峙轻轻放下小蝶，然后用手温柔地抚摸着小蝶轻柔的长发：“你怎么这么聪明，一眼就看出了他们的奸计？”

小蝶娇嗔道：“我只是失忆了，又不是变傻了！”

徐峙笑道：“如此看来你的确是一个卧底警察，黎昕他们正是利用你这个身份特点，才将计就计布下了这样一个阴险的圈套。”

就在这时院里响起了窸窸窣窣的声音，徐峙神情一紧：“不好了，黎昕的手下已经赶来了，他们来得好快呀！”

小蝶眉峰一挑：“赶快把灯关了，我们从后门走！”

徐峙把灯关掉，两人迅速向后门奔去，徐峙把门一推，外面空无一人，于是放心地把头伸了出去，然而就在这时，一支冰冷的枪顶在了他的头上，一阵阴森的笑声传来：“我们又见面了！”

41

办公室里，殷柔已经将那个神秘男人垫着手帕开关房门的镜头看了很多遍，直到眼角有些酸涩，她才按下了关闭按钮。

心事重重的殷柔并没有立刻回家的打算，她在办公室里来回踱步走了几圈，然后按下了电视遥控器的开关，想要舒缓一下紧绷的神经。

电视里警察局局长正慷慨激昂地在记者发布会现场陈述着毒品的危害和警局打击毒品犯罪的决心。对于官僚们的这些陈词滥调，殷柔感觉索然无味，只是把电视的声音当作舒缓神经的润滑剂罢了。

殷柔一边听着电视里的声音，一边摆弄着手机。就在这时电视里的警察局局长举着一部手机，语气凛然地说道："市民朋友们如果有什么重要的缉毒线索，可以直接拨打这个24小时缉毒热线，电话是——"

现场有不少人拿起手机记录电话号码，殷柔也下意识地按动手机的数字键，却忽然发现这个电话号码本来就存在手机之中。

殷柔哑然失笑，自己真是忙糊涂了，居然会去记录一个已经有的电话号码。

可是殷柔的笑容很快就僵硬在了脸上，她的脑海中忽然浮现出一个相似的场景和一段对话录音。

殷柔像发现新大陆一样，精神一下亢奋到了极点，她迅速拨打了物证科的电话。

"喂，是小严呀，你今晚值班啊？"寒暄了一句之后，殷柔直接切入主题，"小严，你帮我查一下阚立龙的手机，在他的通讯记录本里是否有一个尾号为3761的电话号码。"

殷柔轻轻放下电话，焦急地等待着小严的结果。她一会儿站起来，一会儿坐下，一会儿走到窗口，一会儿又回到办公桌，真正有了一种热锅上蚂蚁的感觉。

突然，办公桌上的电话响起，殷柔一个箭步冲了上去，猛力地拿起了电话："结果怎么样？"

话筒中传来小严惊愕的声音："殷督察，你怎么知道的？阚立龙的电话通讯录里面果真储存着一个尾号为3761的电话，署名为郑克杰，拨打和存储时间都是7月3日中午12点左右。"

殷柔放下电话，立刻又冲到了电脑前，她打开电脑文件夹，从中提取出一段音频资料，按下了播放键。

一段杂乱的声音从音箱中传出，但每一个音调却清晰地直入殷柔的心弦深处。

敲门声。

"阚先生，您睡了吗？我是餐厅的服务生小郑。"

屋里传来一个沉闷的声音："正准备睡呢，你有什么事情？"

郑克杰谄媚的笑声："没什么事情，我就想问一下那妞怎么样？"

"挺豪爽的！"阚立龙回答得很干脆。

"豪爽的好呀，我就不喜欢黏人的，有的男人粘在一朵花上，天天被人监视着，想出去偷腥也没机会，我可受不了……"

阚立龙不耐烦的声音响起："我吃了安眠药，得睡了！"

"好好好，您如果还有需要就联系我，我的电话是……"

殷柔凝神倾听着录音带中的每一个字句，虽然录音带中的背景非常嘈杂，音质效果也不是很好，但每一个字句仍然被殷柔心如密网般地仔细过滤。录音带被反复播放着，殷柔的眉梢越拧越紧，突然一行字句闪过，如同一道霹雳在殷柔沉寂的心田掀起一声巨响。

殷柔迅速操纵电脑，重新播放那一段话："……粘在一朵花上，天天被人监视着……"

殷柔猛地一击掌："对了，就是这里！问题的玄机就在这里！"

殷柔兴奋地从办公桌上跳了起来，一边取外套，一边用手机拨打了赵腾飞的电话："喂，是赵警长吗？你现在马上带上物证科的人，到地中海酒店0701号房间，还有把那个法医研究所的李教授也一起叫来。"

话筒中传来赵腾飞疑惑的声音："老大，什么事呀，这么紧急？"

殷柔没法在电话里详细解释，只是急速地说道："去了你就知道了！"

殷柔从地下停车场取到车子，急速驶向地中海酒店，却没想到遇到了交通事故，前方几辆汽车连环相撞，进而引发了车主之间的互殴，道路上一片混乱，汽车排起了长龙。

殷柔鸣响了警笛，可是却毫无用处。所以等殷柔赶到地中海酒店的时候，赵腾飞、李云泽等人早已守候在0701号房间门口。

"不好意思，路上塞车了！"殷柔擦了擦额头上的汗水，对手下的人说："把房门打开吧！"

一名警员得到命令，小心翼翼地撕下了房门上的封条。

殷柔等人戴着鞋套、头套走进了房间。

"头儿，我们今天查什么？"赵腾飞问道。

殷柔指了一下门口那盆盛开着一朵美丽花朵的高大绿色植物："就查它！"

李云泽，还有物证科的几个工作人员拿着专业的仪器，仔细地开始检查那株绿色植物。

"没有什么呀！"物证科的一个人摇摇头道。

"你再仔细看看，有没有什么可疑的地方？"殷柔神情紧张地说道。

这时，李云泽一直表情严肃的脸上忽然绽放出一丝惊喜："殷督察，这里有一点发现！"

殷柔凑了上去，只见李云泽指着绿色植物的一根枝条："这株植物上面都覆盖着一层薄薄的灰尘，只有这么一小片地方，非常干净，似乎有什么东西曾经在上面粘贴过。"

殷柔大喜过望，但还是强忍住内心的激动，仔细观察着那片痕迹："你确认这上面曾经粘贴过什么东西吗？"

李云泽道："这个很简单，我给你做个测试！"转身从助手手中接过一个特殊的仪器，对着那片痕迹喷了下去，很快李云泽就笑着对殷柔说："我们提取到了胶水的残迹，可以肯定在上面曾经粘贴过东西，而且就在最近一段时间，因为这块痕迹上面还没有太多的灰尘。"

殷柔紧绷的脸上终于绽放出兴奋的笑容："这太好了！我们终于抓住凶手的一点狐狸尾巴了！"

赵腾飞不解地望向殷柔："老大，你是怎么发现这个疑点的？当时物证科可是查了好几遍都没有发现呀？"

殷柔眼波流转，露出一副刁钻古怪的神情："是从郑克杰身上搜到的那段录音启发了我！你还记得那段录音的内容吗？"

赵腾飞点点头："记得！"

"郑克杰曾经隔着房门对阚立龙说：粘在一朵花上，天天被人监视着。

"阚立龙露出了不耐烦的神情，郑克杰急着又补充了一句：'您如果还有需要就联系我，我的电话是……'"

赵腾飞、李云泽，还有在场的警员都听得一头雾水。

"可是这能说明什么？"赵腾飞满脸不解地望着殷柔。

殷柔竖起两个指头："这里面至少包含两个重要信息。我们先分析郑克杰所说的最后一句话，他特别强调了他的手机号码。我们听着并没有什么奇怪的地方，可是我刚刚对阚立龙的手机进行过调查，发现中午的时候阚立龙已经储存了郑克杰的电话号码，而且还在储存的时候拨打了郑克杰的电话。事情刚刚过了几个小时，郑克杰不可能这么快就忘记这件事情，所以他根本没有必要再次报出自己的电话号码，而且是使用加重的口吻。由此，我突然意识到郑克杰所报出的电话号码，并不是给阚立龙听的，而是给窃听器的所有者，那个正在偷听的人讲的。"

"什么窃听器，什么偷听的人，这段录音对话不是郑克杰偷偷录制的吗？"赵腾飞的两个眉头拧成了几字形，一时很难以消化殷柔话中的含义。

"这不是郑克杰录制的，而是凶手通过窃听器录制的！"

"什么？"赵腾飞等警员脸上都写满了愕然。

倒是李云泽突然醒悟道："你是怀疑凶手在这株植物上面粘贴了窃听器，而这个秘密被中午送餐的郑克杰恰巧发现，于是郑克杰晚上特地赶来想要威胁那个窃听者给他封口费，于是就特意留下了他自己的电话号码？"

殷柔脸上露出了惺惺相惜的笑容："正是如此！"

"可是你怎么这么肯定窃听器就粘在了这株植物上面呢？"李云泽还没有参透这层玄机所在。

殷柔淡淡一笑：“是郑克杰告诉我的？”

“郑克杰告诉你的？”这次不光是赵腾飞，就连李云泽也露出了不可思议的神情。

殷柔环视着满脸疑容的手下，缓缓道：“你们忘了郑克杰在录音带里曾经说过‘豪爽的好呀，我就不喜欢黏人的，有的男人粘在一朵花上，天天被人监视着，想出去偷腥也没机会，我可受不了’，乍一听这句话，好像是在讲郑克杰的泡妞品位，但如果把这句话放到威胁窃听者的语境当中，你就会发现这句话其实讲的不是泡妞的事情，而是在讲窃听器的位置。正如李教授所分析的那样，郑克杰中午送餐的时候，可能是在弯腰取餐的时候，无意中发现了那个窃听器。郑克杰就想借此勒索那个窃听者索要封口费，于是他就想出了这条计谋。他来问阚立龙英妮拉的服务质量是假，通过窃听器敲诈窃听者才是他的根本目的。”

殷柔顿了顿，接着道：“外人根本听不出郑克杰话语中的含义，但是那个窃听者却能够通过这几个敏感字眼，清晰地领悟到郑克杰的真正意图，进而通过郑克杰所报出的手机号码，与郑克杰取得联系。”

赵腾飞恍然大悟，但心中随即又升腾起一片疑云：“既然这段录音是窃听者录制的，那就应该在凶手那里，怎么会跑到郑克杰的口袋里？”

殷柔冷冷一笑：“这正是凶手所耍的小伎俩，他认为这段录音外人听不出破绽，所以就将它伪造成是郑克杰录制的，进而通过郑克杰的血衣交到警方这里。”

“那凶手这样做的目的是什么？”赵腾飞还是没有厘清头绪。

殷柔的眼眸中迸放出犀利的光芒：“凶手的目的只有一个，那就是替英妮拉洗脱罪名！”

“这么说英妮拉和凶手是一伙的了？”

“不是的！”

“那——”赵腾飞感觉自己是彻底坠入迷雾之中，越来越厘不清头绪了，“头儿，我可真糊涂了！既然英妮拉和凶手没有关系，凶手为什么要出这着险棋，对他有什么好处？”

殷柔沉吟了片刻道：“凶手之所以这么做，可以从两个方面来分析。

第一，凶手不是那么绝对的残忍，并不想让一个无辜的人承担杀人的罪名。当凶手看到我们对英妮拉步步紧逼的时候，就抛出了这段录音替英妮拉洗脱罪名；

第二，英妮拉在试图杀死阚立龙的时候，凶手曾经冒险出来阻止。凶手担心在我们警方的严刑逼问下，英妮拉会和盘将这个细节讲出，那就有可能让凶手的计划前功尽弃。所以凶手就决定孤注一掷，将这个录音对话抛出来，是为了挽救英妮拉，更是为了挽救他自己。只可惜他百密一疏，还是让我听出了其中的玄机所在，进而找到了这个窃听器的位置。”

“窃听器的存在就充分说明了英妮拉之前的交代属实，当晚在房间中的确还隐藏着另外一个人。这个人通过窃听器的长期监听，熟悉了阚立龙的生活习惯，并且知道了阚立龙当晚要进行文物交易。于是潜入了阚立龙的房间之中，伺机杀死了阚立龙，然后将物色来的替罪羊徐峙引入陷阱之中，从而完成了这场完美的密室杀人。”

赵腾飞顿然醒悟道：“这么说粘在绿色植物上的窃听器，还有那个狮吼面具，都是被凶手取走了？”

殷柔用力地点点头，然后蹙着眉头望向身旁的警员们：“目前最大的困惑就在于凶手是怎么进入房间，又是如何神不知鬼不觉从房间溜走的。”

在场众人都面面相觑，谁也无法回答这个棘手的难题。

殷柔沉吟了片刻，忽然眉峰一挑：“我想到了一个办法，或许能够查找到凶手的庐山真面目！”

42

徐峙刚一冲出后门，就被人用枪顶在了头上，徐峙用眼睛的余光看去却是虎哥。

虎哥阴冷地一笑："我们两个真是有缘，又见面了！"

"你想怎么样？"徐峙冷冷地看着虎哥。

虎哥眼睛中迸发出凶光："你最好乖乖把项链交出来，否则我就打爆你的脑袋！"

虎哥话音未落，突然感觉眼前恶风闪过，紧接着一记漂亮的鞭腿正好踢在虎哥的太阳穴上，虎哥闷哼一声仰头栽倒在地上。

这一变故来得太过突然，虎哥身后的两个打手根本没有反应过来这是怎么一回事，小蝶的倩影一闪，便已经抓住了其中一个打手的手腕，然后用力一掰将手腕上的枪指向了另一个打手。

被控制的打手本能地扣动了扳机，只听砰的一声，枪火闪过，对面那个打手应声倒地。

小蝶不等招式用老，反手就是一肘，直击在被控制打手面门之上，这个打手也惨叫一声，软绵绵地栽倒在地上。

这一切都发生在电光石火的一瞬间，徐峙根本没有反应过来，虎哥三人已经倒在地上。

小蝶将两支手枪捡起，一支塞进满脸茫然的徐峙手中："还愣着干什么，快跑啊！"端起手枪砰砰两枪，黑暗中便响起两声惨叫。

徐峙也顾不上细想，转身冲着黑暗处也是乱开一阵。

黑暗中就听到豹哥在喊"兄弟们快冲啊，别让他们跑了！"可是连喊了数声都没有人冲出来，毕竟大家都是混口饭吃，谁也不想在这种黑灯瞎火的枪战中丢了性命。

徐峙和小蝶深一脚浅一脚地踏着崎岖的山路向密林深处跑去，后面是渐行渐远的枪声和吆喝声。

豹哥等人的阵势虽然拉得足够排场，但却没有一个人冲进密林里面。毕竟在黑暗中贸然闯进去，那是一件要丢掉性命的危险事情。这些黑道中人虽然凶狠，但是真正到了性命攸关的时候，和普通人也没有本质的区别。

徐峙和小蝶很顺利地逃出了重围，在确定后面并没有人追上来之后，两个人这才倒在地上呼哧呼哧喘着粗气。

躺了许久，徐峙侧头望向躺在身旁的小蝶："你刚才那几下动作真是太快了，我都没有反应过来，你就把虎哥几个人放倒了！而且下手也足够狠，我感觉虎哥不躺个四五天绝对下不了床。"

小蝶美丽的大眼睛中流露出几许腼腆："刚才看到虎哥用枪顶着你的头，我本能地就冲了上去，我也不知道我怎么会突然那么厉害！"

徐峙嘿嘿一笑："那说明你很关心我！"

"讨厌！"小蝶用肘轻轻撞了一下徐峙。

"经过这几天的事情，你似乎已经回忆起了一些过去的技能。虽然你主观上还不太会用这些技能，可是当遇到危险的时候你就本能地使用出来了。"

小蝶赞同地点点头："我也没想到我的拳头会这么厉害！"

"那你以后可要保护我啊！"徐峙做出小鸟依人的模样，将头蹭到了小蝶丰满的怀里。

"讨厌！"小蝶满脸绯红，"你可是个大男人呀，怎么让一个女人保护？"

徐峙毫无廉耻地一笑："那咱们以后做个分工，我负责打女的，你负责打男的。"

"你羞不羞呀？"小蝶用手戳了一下徐峙的额头。

徐峙嘿嘿一笑："我那些流氓招数只对女人管用，对男人一点用处都没有！"

小蝶白了徐峙一眼，然后眉头一紧，神色又黯淡了下来："咱们说点正事，你觉得我的真实身份究竟是人体模特，还是一个卧底警察？"

徐峙不假思索道："我觉得人体模特只是你的掩护，你的真实身份确实是一个卧底警察。"

"你这么肯定？"

"那当然了，你想想看，黎昕要没点证据，他干吗凭空捏造出你卧底的身份？他肯定是有些事实根据的。再则，你想想你的身手，除了卧底警察，谁会有那么凌厉的身手，而且还和那个叫殷柔的女警察一模一样。这就充分说明你也经过警校的正规培训。

而且在你的记忆中，还不断出现被人用枪顶着头活埋的场景。我想那并不是幻觉，可能是你执行某次任务失败后被人埋在了坑里。再加上你下巴上的这条疤痕，还有你屁股上的伤疤，种种迹象都表明你是警方派在黎昕身边的卧底，目的就是要摧毁黎昕犯罪集团。"

小蝶凝思片刻，觉得徐峙的分析非常在理，自己若不是卧底警察，干吗冒那么大的风险在项链上安装微型摄像头，去拍摄黎昕的犯罪证据。对于自己并不是一个人尽可夫的风流嫩模，小蝶有了一种释然的感觉。尽管自己过去做的那些事情并不怎么光彩，但毕竟是为了一个重要的使命，至少骨子里的自己是有尊严的，不是那种寡廉鲜耻的破鞋。

想通了这一点，小蝶一直紧绷着的脸变得轻松起来，她柔情款款地望向徐峙，像是一个柔弱的娇妻在询问丈夫的主意："那接下来我们该怎么办？把这些证据交给警方吗？"

徐峙断然否决："不行！你是绝密卧底，警方可能已经没有你的资料了。你的直接上司是谁，我们并不知道。可能是局长，也可能是其他的人，你如果找错了人，就成了自投罗网。你要知道，黎昕在N市纵横多年，那绝对不是偶然的，在警方和政界都有不少朋友，我们可能还没把证据递上去，就已经落到黎昕手里了。况且，以现在的证据来看，最多只能让黎昕背上一个走私文物的罪名，可以让他声名狼藉，身败名裂，却不见得能让他彻底倒台。黎昕害得你这么惨，我绝对不会让他坐几年牢那么简单，我一定要置他于死地！"说最后这几句话的时候，徐峙简直是咬牙切齿，他绝对不能容忍自己最心爱的女人被那个道貌岸然的禽兽如此玩弄，他一定要给小蝶讨回一个公道！

小蝶感激地握紧了徐峙的手："那你计划怎么办？"

徐峙咬了一下嘴唇："那个狮吼面具出现在黎昕的手中，这就说明黎昕很有可能就是十年前那起文物抢劫案中的K先生，只要能够证明黎昕就是K先生，那么黎昕这辈子就休想从牢里活着出来了。"

小蝶蹙眉道："可是我们现有的证据只能够扳倒黎昕，却没法置他于死地！"

徐峙轻拍了一下小蝶的手背："不要着急，总会有办法的。目前最棘手的事情还是首先要证明你的身份，只要找到与你单线联系的那个警方负责人，很多困难就会迎刃而解。"

"可是我们现在的线索实在是太少了！黎昕和栾正豪所知道的基本上都已经告诉我们了，我们还能从哪里找线索呢？"

徐峙的身子向小蝶方向轻轻移动了几下，两个人此刻的距离已经肩并肩紧靠在一起。

"我记得你曾经跟我说过，在你的记忆里有一个人拿着手枪逼你跪在地上，之后又将你在泥坑里活埋了。"

"对，是有这么一件事情！这个画面在我脑海中反复出现，像是一个噩梦。"

"我觉得这不是一个噩梦！"徐峙分析道，"你是一个卧底警察，遇到这种危险的概率非常大。我觉得你之所以在失忆后对这个画面还记忆如此深刻，说明这件事情对你的影响非常大，是你经历过最痛苦的事情。我感觉从这条线索出发，就一定能够查找到你最原始的身份信息。"

"可是我只记得那是一只戴着戒指的手，除此之外就没有任何特征了。单靠这样一个线索，我们如何在茫茫人海中找到那个人？"小蝶的眼神里充满了绝望。

"先别着急，你把那个戒指的图形画出来。我这个人没有别的长处，最大的本领就是对见过的事情过目不忘。我过去经常偷珠宝首饰，或许能够从中看到一些蛛丝马迹。"

"你对我真好！"小蝶凑过头，满眼温情地望向徐峙，由于距离太近，口鼻中喷出的热气，像柔软的羽毛轻抚在徐峙的面颊之上，酥麻的感觉立刻荡漾向徐峙的全身。

徐峙忍不住趁势吻了上去，小蝶并没有躲闪，而是羞涩地闭上了眼睛，任凭喘着粗气的徐峙在她柔嫩的红唇上疯狂吸吮。

"我爱你！"小蝶轻声呢喃着，炙热的声音里充满了渴求。

徐峙大受鼓舞，他做梦也没有想到像自己这样一个平凡的人，竟然能够得到如此美艳女人的钟情，更没有想到可以与之携手相拥，共渡爱河。

徐峙的动作变得更加粗野，疯狂的亲吻像雨点一样袭向小蝶："小琪，我爱你！"

身处梦幻之巅的小蝶有那么一丝的迷茫，但炙热的洪流很快将她的理智冲垮，她声音柔弱地迎合着徐峙呼喊着：“我也爱你！”

凌乱的衣衫在空中飞舞，奔涌的爱意在林中荡漾，徐峙的两只眼睛已经火红，喷射着任何女人都难以抗拒的炙热。

小蝶想要将自己完全交付给眼前的这个男人，如同绽放的花瓣一样，吐着芬芳的花蕊，等待着徐峙的柔情采撷。

然而，就在这情意交融，即将到达激情之巅的时候，徐峙却突然推开了小蝶，喘着粗气仰面躺在了地上。

小蝶诧异地望向徐峙，眼神中充满了困惑和不解，还从来没有一个男人可以在她似水的柔情中抽身而退。她见徐峙并没有继续的意思，于是尴尬地整了整凌乱的衣衫，蜷缩在了一边。

“你不喜欢我？”小蝶怯怯地问道，明眸中涌动着点点光斑。

徐峙机械地摇摇头：“不，我爱你！”

“那你为什么……为什么对我毫无感觉？是……是嫌我肮脏吗？”小蝶的泪水轻轻滑落，很显然是自己肮脏的过去成为这个男人难以逾越的心里沟壑。

徐峙用力地握住了小蝶颤抖的手：“不是的！”

“你骗我！”小蝶突然悲切地哭了起来，“你刚才抱着我的时候，却明明在喊着别人的名字！你根本就不爱我！”

“我——，我喊了谁的名字？”徐峙的声音里充满了颤抖。

“你说：‘小琪，我爱你！’”小蝶紧咬着银牙，愤愤不平地说道。

徐峙突然呆立在了那里，嘴巴张了好几下，却什么也没有说出口。在与小蝶激情缠绵的时候，自己竟然喊出了那个女人的名字，而自己却一点都没有意识到。难道隔了这么多年，自己还没有将她完全放下吗?

看着徐峙狼狈的表情，小蝶的眼睛里噙满了泪水，她有一种被全世界都欺骗后的绝望之感，她满含悲切地说道：“原来你从心理到生理都在排斥我，你心里其实藏着另外一个女人。”

说完，小蝶头也不回地向山下跑去。

徐峙急忙爬起，跑上去一把从后面紧紧抱住了小蝶：“小蝶，我不是不爱你，只是我……我……”

43

张雄彪凶神恶煞般闯入了屁王的地下赌场，赌场的打手想要阻拦，都被张雄彪用力地推到了一边。

张雄彪啪的一下推开了屁王办公室的房门，那些打手都惊恐地望着屁王不敢作声。

屁王刚想要发作，但看到满脸凶相的张雄彪，立刻气馁了三分，他摆摆手示意那几个打手退下，然后满脸堆笑地跑到了张雄彪的身旁："张警官，是哪阵香风把您给吹来了？"

张雄彪冷哼一声："我进你的赌场检查，你的手下居然敢拦我？"

"是他们不懂事，有眼无珠，怠慢了张警官，快请坐！"屁王用仅存的一只手，殷勤地向沙发上让张雄彪。

张雄彪瞟了一眼屁王的断手，嘴角挂满了嘲讽："看来你这段日子过得不怎么样呀！"

屁王长叹一声："唉，别提了！"

张雄彪大大咧咧地坐在沙发上，冲着屁王道："屁王，我也不跟你绕圈子了，咱们开门见山地说，徐峙是不是在你的赌场出老千，被你抓住了？"

屁王想要否认，但看到张雄彪毫不迟疑的目光，只得点点头："是那小子太嚣张了，竟然敢在我的场子出老千，于是我就找人揍了他一顿！"

"就这些？"张雄彪的眼睛像扫描仪一样刷刷地扫视着屁王。

屁王的额头上立刻渗出一圈细密的汗珠："我让他赔我70万元的损失费，但我没想到他竟然会为了这笔钱去杀人。地中海酒店那起案件真的不关我的事，我并没有让他去那里偷东西，那全是徐峙自己的主张。"

“和你有没有关系，我们警方自然会去查。我先问你，你是怎么发现徐峙出老千的，是你们的人发现的，还是监控摄像头？”

屁王舔了舔肥厚的嘴唇：“都不是！是一个人发的匿名短信，我接到这个短信，就带人出去抓了徐峙一个现行。”

“那个短信的电话号码还有吗？”

“有，我还没有删！”屁王掏出了手机。

“你把那个号码发到我手机上。”张雄彪命令道。

屁王赶忙照做，把那个号码复制给了张雄彪。

张雄彪满意地点点头：“我这次来主要是奉上峰命令来调取徐峙最近一段时间在你们赌场活动的所有监控录像，你马上派人给我复制一份。”

屁王讪讪地一笑：“张警官，我们赌场的监控每过七天就重新覆盖一次，之前的录像都已经没有了！”

张雄彪啪地一拍桌子：“你少跟我演戏，我还不知道你们这里的那点花花肠。你们在覆盖之前，早就另外偷偷备份了。”

屁王面露难色，两只细细的眉梢无精打采地垂了下来：“这个，这个……”

“什么这个那个的？”张雄彪瞪着眼睛厉声道，“你今天要是不把录像交给我，我每天来扫你十次场子。别以为有洪霆霄罩着你，我就不敢把你怎么样！”

屁王吓得面部肌肉都瘫软了下来，连声道：“我给你，我给你。来人，把最近一段时间徐峙来我们赌场活动的监控录像全部给我拷贝一份，一个也不能少。”

那个人一愣神，随即面露难色道：“监控那么多，我一个人怎么能筛选得来？”

屁王正有气没处发，一脚就踹了过去：“你不会叫人手呀！今天赌场也不开业了，所有的人都到你那里帮助筛选监控。”

张雄彪满意地点了点头：“屁王，你放心，我们只查徐峙的案子，至于你们赌场的那些猫腻儿，那是别组的事，我们也没精力去管。”

屁王这才松了一口气，连忙殷勤地为张雄彪点烟倒茶。

警局办公室里，殷柔和赵腾飞正在阅读邹伟邦的详细资料。

赵腾飞拿着邹伟邦的病历，不解地望向殷柔："老大，你怎么突然对邹警官感兴趣了？"

殷柔并没有正面回答："你和邹伟邦熟悉吗？"

赵腾飞摇摇头："我跟邹警官并没有实质性的接触，只知道他是一位很能干的警探，出事前他一直负责有组织犯罪的卧底工作，当然这都是我们事后才知道的。因为他工作性质非常特殊，所以他一直和我们刻意保持着距离，因此大多数人对他并不是特别了解。"

殷柔翻阅着邹伟邦报考警校时的体检资料："在那个通缉犯徐峙的身旁，有一个叫小蝶的女人，我通过照片识别技术查遍了所有的户籍资料，都没有查到这个人的一丁点信息。我曾经和这个女人有过一次交手，她使用的都是标准的警察格斗术。所以我怀疑这个女人有可能是我们警方派到犯罪团伙中的卧底。只不过这个女人好像失忆了，已经完全记不起之前的事情。"

赵腾飞抬眼望向殷柔："所以你怀疑这个女人和邹警官有关，也许曾经就是邹警官的属下？"

殷柔点点头："前一段时间我曾经探望过邹伟邦，无意中发现他的右手小指旁边曾经有过切除的痕迹，而且在他的大腿内侧有一片红色的斑迹。"

赵腾飞猛然醒悟道："你怀疑邹警官就是六指淫魔？"

殷柔做出一个嘘的手势："你小声点，这只是我个人的一点点怀疑，你不要出去乱讲，玷污了邹警官的名誉。"

赵腾飞为刚才的失态感觉有些羞愧，不过殷柔的这个大胆猜测还是极大地震撼了赵腾飞。

有了殷柔的这个大胆假设，赵腾飞的思路也猛地一下被打开："你这么一说，还真有点可疑。首先，大腿内侧有红色印记的人绝对是极少数的，因此具有很强的特征性；其次，六指淫魔的犯罪现场每一次都清理得非常彻底，具有极强的反侦查能力，邹警官显然就具备这样的素质；再次，从时间上来讲，八年前六指淫魔被英妮拉踢伤之后就消失得无影无踪，而邹警官是在五年前遭受枪伤变成了植物人，加上中间三年的养伤时间，似乎这样就可以充分解释六指淫魔为什么会突然消失并停止作案了？要知道从以往的案例来讲，系列强奸案的罪犯，如果没有极特别的原因，是很难自己主观停止犯罪的。

最后嘛，这就纯属是一个胡乱猜想了。六指淫魔被英妮拉重伤了下体，而邹警官多年要不上孩子，这是不是也太过巧合了？”

殷柔忽然将手中的资料用力拍在桌子上，把赵腾飞吓了一跳：“怎么啦？难道我分析的有问题？”

殷柔摆摆手，脸上露出兴奋的笑容，她将资料递到了赵腾飞面前，用纤细的手指指着一行字道：“你仔细看这段话！”

赵腾飞看了一眼，是邹伟邦体检时对以往病史的交代：曾经进行过六指切除的手术，在右手小指旁边遗留有一处疤痕。

赵腾飞的眼睛立刻瞪得溜圆，眼珠子都差点掉到地上：“原来这就是六指淫魔每次作案时都会画六根指头做标记的原因所在！他手上没有六指了，但他心中仍把自己当作六指！”

“不排除这种可能！邹伟邦平时酷爱人体艺术绘画，身上体毛茂盛，这些特点都和六指淫魔非常相似。”

赵腾飞目光有些发颤地望向殷柔：“这么说邹伟邦就是六指淫魔了？可是这……这也太难以让人接受了！”

殷柔脸上的兴奋也逐渐冷却了下来，她颜色凝重地望向窗外：“希望这只是一场误会！”

就在这时响起敲门声，孙诗蕊气喘吁吁地走了进来，也没顾上和殷柔打招呼，端起桌上的水就咕嘟咕嘟喝了个精光，嘴里还念叨着：“渴死我了！”眼睛向下一瞟，看见了桌上的档案，随手拿起看了一眼：“咦，这不是被枪击的那位高级督察吗？你们怎么突然研究起他的案子了？”

赵腾飞好奇地看着孙诗蕊：“我们发现一些疑点，核实一下。你这是去哪里了，搞得气喘吁吁的？”

孙诗蕊这时气息已经喘匀了，她从包里拿出一个笔记本：“我这是奉老大的命令去调查地中海酒店1301房间开房者杨伟国的情况。杨伟国是因为赌债纠纷被人杀死的。我问了当时处理这起案件的警员，他们在现场曾经见到过杨伟国的身份证，并且拍摄了相片。不过由于这个身份证与案件无关，所以并没有作为证物被带走。”

殷柔皱眉道：“这么说这个身份证遗留在了案发现场，是被人偷走的？”

孙诗蕊摇摇头：“绝对不会的！为了排除这种可能，我今天特意和物证科的人员重新到了那个案发现场。房门是封闭的，贴着封条，仅有的一扇窗户也从里面插死了。地板上均匀地有一层灰尘，并没有人进出房间的迹象。物证科的人还特意做了勘测，证明自警方离开现场之后，再没有人进入过案发现场。”

赵腾飞的眉头拧成了一个大大的几字形：“这就奇怪了，既然没有人进入过案发现场，那杨伟国的身份证又怎么能凭空跑到地中海酒店开房呢？会不会身份证是伪造的？”但随即赵腾飞自己就否定了这个猜测，因为现在的身份证必须通过机器扫描，确定信息之后，才能在酒店开房。假的身份证是做不到这一点的，这就充分说明，当时冒充杨伟国开房的那个人所使用的身份证是如假包换的真货。

三个人面面相觑，一时都无法破解这个身份证离奇失踪之谜。

就在这时，房门被扑通一声推开，张雄彪大汗淋漓地走了进来，他看了一眼殷柔才突然意识到自己没敲门就闯了进来，脸上立刻浮现出非常尴尬的表情。

殷柔倒没有见怪，重案组是一个极其特殊的单位，需要各种类型的人通力合作，太过讲究繁文缛节反而会降低运行的效率，所以她对下属的失礼一向抱以宽容的态度。

殷柔亲自起身为张雄彪倒了一杯水：“监控录像取到了没有？”

张雄彪满脸感激地接过水杯：“取到了！那个死胖子刚开始还跟我耍花招，被我一顿海扁，这小子才乖乖将监控录像交了出来！”

殷柔微微一笑，眼睛心有灵犀地瞟了一眼赵腾飞。取监控录像这件事，殷柔曾打算亲自去取，但是却被赵腾飞拦住了。赵腾飞说屁王这种老油条，一般警察根本弄不住，必须得让张雄彪这样的凶神恶煞去降伏。张雄彪能在动荡不安的N市重案组待这么多年，自然有一套让黑道望而生畏的手法。果不其然，张雄彪不辱使命，从黑道手里搞来了这段至关重要的视频。

张雄彪喝了一大口水，低头正好看到了邹伟邦的照片，神情诧异地望向殷柔和赵腾飞：“你们怎么突然研究起伟邦了？”

“伟邦？听你这口气好像和邹伟邦很熟呀？”殷柔敏锐地从张雄彪的反应中捕捉到了这个细节。

张雄彪叹了口气：“不瞒你们说，我丈母娘家和邹伟邦是门对门的邻居，一起住了很多年，所以和伟邦还是很熟悉的，这一点很多人都不知道！”

殷柔立刻来了兴趣：“邹伟邦在平时的生活中究竟是一个什么样的人？”

张雄彪抿了抿嘴："伟邦是因为工作的特殊性才刻意和别人拉开距离的，让人感觉他总是神神秘秘，不太合群。其实生活中的伟邦是很好相处的，也很会关心身边的人。只是这个人有点酗酒的毛病，一喝醉酒就喜欢打老婆，逼得他老婆有一次都割腕自杀了。"

殷柔一下想起了朱琪手腕上的那道疤痕："那你知道他们吵架的原因是什么吗？"

张雄彪迟疑地看了一眼殷柔："这与案情有关系吗？"

殷柔肯定地点点头："绝对有关联！因为我意外发现邹伟邦妻子朱琪的初中同学竟然就是正在被我们通缉的徐峙。"

张雄彪脸上露出了释然的表情："这本来是人家的隐私，我从来没和别人讲过，既然和案情有关，我也就不隐瞒你们了。伟邦和他现在的老婆朱琪原本是一对青梅竹马的恋人，可是后来不知道怎么回事，伟邦竟然喜欢上了朱琪的妹妹，为了这件事情，三个人闹得鸡飞狗跳，朱琪还因此而自杀。"

"你是说朱琪之前已经有过一次自杀的经历了？"殷柔插口问道。

"是啊，幸亏发现得及时，要不然朱琪当场就死了。"张雄彪肯定地回答道，"因为这件事情，朱琪就有了心理阴影，对所有的女人都充满了戒心，只要是有女人靠近邹伟邦，她都觉得是在勾引她老公。而邹伟邦似乎也一直念念不忘朱琪的妹妹，所以两个人结婚后，不是吵架就是冷战。四周的邻居在半夜上厕所时，常常能听到朱琪躲在厕所里哭泣的声音，一哭就是一晚上，别提多瘆人了。"

"可是现在的朱琪看上去非常温柔，跟你描述的那个神经质的女人完全不一样啊？"殷柔有些不解地问道。

"这我就搞不清楚了，大概是伟邦变成植物人之后，朱琪有些内疚吧！"张雄彪摸摸鼻子继续道，"后来，伟邦在一次意外中丧失了男人的那种功能，心理也开始变得有些扭曲了，两人之间的冲突更加激烈，最后直接导致了朱琪的自杀。不过，自从发生了朱琪自杀的事情之后，伟邦从此就戒了酒，对朱琪也不像以前那么冷漠了。只可惜好景不长，没过多久伟邦就被人枪伤在了老虎沟，变成了植物人。"

"原来是这样！"殷柔若有所思道，"那你知道邹伟邦发生那次意外的时间吗？"

张雄彪沉思了片刻："根据伟邦开始酗酒的时间推断，那次意外应该发生在八年前！”

“什么，八年前？”殷柔和赵腾飞几乎同时拍案而起：这不正是六指淫魔被英妮拉踢伤的时间点吗？

张雄彪当然不明白其中的缘由，他一脸惊愕地望向殷柔和赵腾飞：“我……我有说错什么吗？”

殷柔冲张雄彪不好意思地摆摆手：“没有，是我反应过激了！邹伟邦的案子咱们先暂且放在一边，现在的重点还是监控的事情。”

张雄彪满脸狐疑地望向殷柔，猜不透自己的这个女上司为什么对邹伟邦的案子一惊一乍的，但领导既然发话了，只能将自己的猜测放到一边，专心投入赌场监控的调查之中。

张雄彪对殷柔道：“最近三个月，徐峙曾经七次来到屁王的赌场，这些视频我已经都让屁王的手下拷贝过来了，就在这个优盘里。”说着从口袋里拿出一个黑色的优盘。

殷柔接过优盘：“那你有没有问屁王，他是怎么识破徐峙出老千的？”

张雄彪像是想起什么，从口袋里又拿出手机：“屁王跟我说是有人向他发了匿名短信，他就立刻带着人冲出去把徐峙抓了个现行。屁王把那个手机号码，以及短信截图都发给我了。”

殷柔接过手机，短信截图上面只有一行简单的字：徐峙正在出老千，扑克牌就藏在袖口夹层里。

殷柔又看了一眼发短信的电话号码，眼波随之一闪，转过手机面朝向现场众人：“如果我没有记错的话，这个号码就是那个神秘人联系冯阿呆时所使用的电话号码。”

孙诗蕊立刻认了出来：“是啊，是啊，就是这个号码！”

赵腾飞若有所悟：“也就是说指使冯阿呆和徐峙去偷窃文物的人，与在屁王赌场拆穿徐峙出老千的人是同一个人！

殷柔点点头：“不错！这个人虽然心思缜密，但他千算万算没有算到，屁王为了向洪霆霄交差，在每一次监控录像覆盖之前都会偷偷进行备份。这是他的一个致命破绽。我们只要在录像带中仔细查找，就一定能够找到凶手的身影！现在马上调集人手，用七台电脑同时梳理这七段视频，务必要找到那个凶手的影像。”

44

很快，房间里就摆上七台电脑，每组人各守着一台电脑，仔细浏览着徐峙出入屁王赌场的每一帧画面。

殷柔亲自上阵，她所浏览的是最后一段视频，也就是徐峙出老千被抓现行的那段视频。

这个摄像头覆盖了大约三个半赌桌，20多个人，如果再加上不停来回穿梭的人，总共有35个人在视频画面中出现。这些人形形色色，各种举止都有，再加上狭小的空间，时常有人影互相阻挡，这为殷柔的甄别带来了很大的困难。

殷柔瞪大了眼睛仔细看着画面中的每一个细微变化。

视频中徐峙正坐在一个牌桌前玩牌，一脸的春风得意。冯阿呆则夹杂在另一桌的赌客之中。

这时有一个熟悉的身影闪入了画面，竟然是一脸浓妆的英妮拉。

殷柔的眉头不禁蹙了起来："这个英妮拉到赌场来干什么？"

英妮拉不停地将手里的筹码颠来颠去，却没有急于下注，眼神在赌场里扫来扫去，似乎在寻找什么人。突然，英妮拉像是找到了目标，然后快步走到了一个赌桌，在一个穿着蓝色衬衣的男人旁边坐了下来。

殷柔身后的张雄彪眼尖，一眼就认出了这个蓝色衬衣男人："这个人是洪霆霄府上的管家——陈景鹏。"

殷柔眉头一皱："你没有认错吧？"

"绝对没有认错！"张雄彪拍着胸脯道。

视频中英妮拉坐在陈管家身旁，两人却没有说话，看上去似乎并不相识。

英妮拉从包里抽出一支香烟点上，随手将打火机丢在了桌旁，然后将手中的几个筹码押了上去，不一会儿工夫英妮拉就赢了许多。英妮拉望着眼前堆积如山的筹码，脸上难以掩饰兴奋的神情，连眉角都高高挑了起来。

陈管家似乎输了很多，他懊恼地点上一支烟站起身，然后揣着兜离开了赌场。

殷柔感觉这里面似乎有些蹊跷的地方，凭英妮拉那种随意的赌法，怎么可能赢这么多的钱？陈总管似乎是在故意输钱。

殷柔将监控录像慢慢地倒了回来，却又有了一个惊异的发现：陈总管在离开场的时候，竟然拿走了英妮拉先前丢在桌上的打火机。

英妮拉似乎在和陈总管做着某种交易。一个在故意输钱，而另一个则把藏着某种秘密的打火机丢给了对方。

对于这个意外的发现，殷柔有些欣喜，但更多的是迷茫。不过，此刻殷柔关注的重点并不在这种隐晦的交易上，既然陈总管在徐峙出老千之前就离开了赌场，那么他一定不是那个通风报信的人。

至于英妮拉究竟在这场游戏里扮演了怎样的角色，殷柔还需要继续往下看监控录像。

英妮拉双手撑在赌桌上，嘴里叼着烟，全部的注意力都在变幻莫测的赌局之中，自始至终都没有朝徐峙的方向看去。

“这个英妮拉难道只是恰巧出现在了徐峙身旁？”殷柔思索着，眼睛却始终没有离开屏幕。

既然不是陈总管，也不是英妮拉，那么谁才是那个真正的幕后黑手呢？

殷柔接着往下看视频。

此刻的徐峙神情沮丧，似乎连输了几把，桌上的筹码也所剩无几。这时候徐峙抬手挠了挠头，殷柔知道这是徐峙要出老千的暗号。果然，一直与徐峙保持距离，佯装成陌生人的冯阿呆走了过来，好像是凑到赌桌前观战，却不经意间用身子遮挡住了摄像头。

殷柔将心弦绷到了极致，她知道最关键的时刻来了，身体不由自主地向前探了探。果然，相对平和的监控画面变得汹涌起来。一脸凶相的屁王叼着烟卷，凶神恶煞般带着一群人冲进了赌场里面，直接来到徐峙面前，一把抓起徐峙正在出老千的手，从袖口里面扯出几张扑克牌。

屁王用嘴一喷，将嘴里带着火星的烟卷一口喷到了徐峙的脸上，然后挥起蒲扇似的大手将徐峙打翻在地。另一个打手将准备偷偷溜走的冯阿呆一把摁住，丢在地上。

屁王似乎怒不可遏，指着徐峙和冯阿呆破口大骂，然后丢给手下一个眼神，一群打手蜂拥而上，对着徐峙和冯阿呆拳打脚踢，一顿乱踹。旁边的赌客都吓得躲在了一边，但仍有不少人凑了过来看热闹，现场一片混乱。

打了足足有十几分钟，徐峙和冯阿呆看上去都有些奄奄一息了，屁王做出一个杀人的手势，几个打手就要抬着徐峙和冯阿呆往外走。

这时候徐峙猛地一下从地上扑了过来，一把抱住了屁王的脚，嘴里絮絮叨叨的，像是在央求着什么。

屁王微闭着眼睛思索了片刻，然后撇嘴对徐峙做出一个七的手势。殷柔知道这是七天还款的期限。

之后，屁王带着人离开赌场。

徐峙和冯阿呆在地上坐了半晌，这才相互搀扶着走出了监控的范围。

这段视频当作娱乐消遣来看可以说是精彩纷呈，但是对于案情而言却似乎并没有什么帮助。视频中的一切都太正常了，每一个人的神色、动作、举止，都与画面吻合得非常好，看不出一丝的突兀。

殷柔原本充满希望的面容，此刻也黯淡了下来：凶手隐藏得好深啊！

殷柔用手支着下巴，将视频重新播放，两只眼睛像探测仪一样在屏幕上逐行扫描，却仍旧一无所获。

殷柔有些气恼，从包里抽出一支烟点上。殷柔平时并不抽烟，但是每当案情陷入胶着状态，遇到难以克服的瓶颈时，她总会借助尼古丁的愉悦来舒缓一下紧张的神经。

烟雾缭绕而起，袅袅然然，将殷柔笼罩在一片虚幻莫测之中。旁边的赵腾飞看了，忍不住为殷柔别样的风情而心弦摇摆，他想和殷柔调侃几句，但看到殷柔双眉紧锁的模样，话到嘴边还是硬生生地收了回去。

殷柔轻轻喷出一口烟，望着升腾而起的烟雾，殷柔仿佛穿越到了当时的赌场之中。

凶手是一个精于心计的高智商罪犯，他绝不可能轻易地将自己暴露在视频之中。他一定是伪装成了一个赌客，隐藏在熙熙攘攘的人群之中。他的扮相很不出众，这使他在人群中看起来并不刺眼。

但谨小慎微的性格一定会强迫他做出必要的伪装，他一定会借助帽子或者墨镜遮住五官。

殷柔在赌场中穿梭着，一共有六个人戴着帽子，还有四个人戴着墨镜。可是如何从这十个人中甄选出那个真正的凶手呢？

殷柔仔细观察这十个人的座位，有一个戴鸭舌帽的，一个戴棒球帽的，还有一个戴茶色眼镜的，他们三个人是背对着徐峙的方向，是根本看不到徐峙出老千的，这三个人可以排除。嫌犯就应该在剩下那七个人当中。

殷柔注意观察这七人的眼神，当徐峙挠头做出出老千暗号时，这七个人的眼睛都专注在赌场之上，神情都没有一丝的异样。

难道自己判断错了？不可能！

殷柔随即想起张雄彪曾说过屁王是接到短信之后，就立刻从办公室冲出来抓了徐峙一个现行。

从这个时间上来讲，凶手是看到徐峙发出出老千信号之后，就立刻将编辑好的短信发了出去。

现在的重点就是要看这七个人，有没有发短信的动作。

殷柔继续在赌场中穿梭，站在这些嫌疑人身旁逐个审视。他们七个人的双手都在桌面上，谁的手都没有离开过赌桌。

这怎么可能？巨大的挫败感让殷柔感觉有些天旋地转，她眼前的画面就像疾驰的高铁列车一样，突然急速跃动起来。

殷柔身子一阵虚脱，她只好用胳膊撑在赌桌上，勉强维持直立的状态。

殷柔向下不经意地一瞥，却看到一个人的手正插在口袋里，似乎在按动着什么，而那个人的另一只手上拿着一个墨镜。

殷柔突然意识到了什么，她猛地抬起头，眼前的这个人正是刚刚被自己排除掉嫌疑的那个戴棒球帽的男人。

殷柔急速转过头，徐峙刚刚发完暗号，冯阿呆已经掩护在了他的身旁。

殷柔急忙将画面回放，这一次她直接站在了那个棒球帽男人的身旁。

殷柔心中倒计时着徐峙发出暗号的时间，十，九，八，七……

棒球帽男人却没有一丝的异动，难道自己又判断错了？棒球帽男人不回头，他又怎么知道徐峙在发暗号？

殷柔蹙着眉低头思索着，眼睛不经意间看到了棒球棒男人左手紧握着的墨镜，镜面中倒映着另一个赌桌的场景，而此刻徐峙升起手挠向了头顶。紧接着，棒球帽男人的另一只手缓缓伸向了裤子口袋。

“原来是这样！”殷柔几乎惊呼起来，这个棒球帽男人一直背对着徐峙，却利用手中的墨镜观察着徐峙的一举一动，然后又伸进裤子口袋里，将编辑好的短信发给屁王，神不知鬼不觉地完成了一次阴谋的实施。

难怪自己反复观看视频都找不出一点点的破绽，原来凶手一直都背对着徐峙。

殷柔的思绪从赌场中跃出，她猛地从椅子上跳起，用手指着屏幕中那个戴棒球帽的男人：“所有的人都赶快给我查这个戴棒球帽的男人，我要这个人所有的信息！”

旁边的人不知道老大为什么会突然这样一惊一乍，但命令如山倒，其他六台电脑前的警员都不敢懈怠，全神贯注地在视频中捕捉着这个戴棒球帽男人的影踪。

孙诗蕊率先尖叫了起来：“老大，我发现这个棒球帽男人了！”

殷柔急忙冲了过去，电脑屏幕中那个戴棒球帽的男人低垂着头，宽大的帽檐遮住了整张脸。他在赌场中穿梭，貌似在寻找下注的机会，眼睛却始终有意无意地瞟向了徐峙的方向。

“我这里也发现了！”另一名警员兴奋地望向了殷柔。

画面中的棒球帽男人换了另外一顶帽子，他坐在徐峙的对面，一边嚼着口香糖，一边摆弄着手中的牌。

这时候赌桌上的一个赌客突然兴奋地跳了起来，从桌子中央圈过来一大把的筹码，显然他赢了一个大局。这个赌客极度的兴奋，他冲服务生做了个手势，然后服务生用托盘端过来六七杯酒，看这意思是要请赌桌上的人每人一杯酒。

兴奋的赌客从服务生手中接过酒杯，第一个就递给了棒球帽男人。棒球帽男人摆摆手，似乎想拒绝，但那个赌客实在是太热情了，连说带笑，吸引来许多人的注意。

棒球帽男人显然想尽快从众目睽睽的注视之下摆脱出来，他急忙将嘴里的口香糖抹在桌子下面，然后接过酒杯一饮而尽。

赌客满意地拍拍棒球帽男人的肩膀，然后拿着另外一个酒杯又走向了同桌的其他赌客。

棒球帽男人自始至终都有意躲避着摄像头，始终只给出一个背影或者侧影，在这段视频中也没有发现什么特别有价值的信息。

在这七段视频中全部发现了这个戴棒球帽的男人，毫无疑问，这个棒球帽男人就是殷柔苦苦寻觅的那个杀害阚立龙的真凶。但是殷柔却丝毫也兴奋不起来，视频虽然是有了，嫌犯也在画面中出现了，可是线索依旧渺茫。单单靠一个普通至极的轮廓，是无法锁定任何嫌犯的。

殷柔想借助赌场视频抓住凶犯的希望，再一次无情地化为泡影。

绝望，开始袭上重案组每一个警员的心头。

徐峙和小蝶气喘吁吁地来到了流莺旅馆，这已经是他们第三次在这个偏僻的旅馆开房了。

前台的老板娘看到他俩沾满树叶、衣冠不整的狼狈模样，只以为他们是欲望难遏地刚刚在草丛激情欢愉，也没有往其他地方多想，便将钥匙扔在了柜台上。

徐峙拿起号码牌一看，居然还是上两次的那个房间，看来冥冥中他们与那个房间有着特殊的缘分。

走廊上还是闪烁着昏黄的灯光，没有任何房客和服务员的身影。徐峙带着小蝶快步走入房间，然后关上房门，插上插销。在确保房门万无一失之后，徐峙这才长嘘了一口气，走进了里间。

小蝶已经坐在床边，低垂着头，凌乱的头发遮蔽了大半的容颜，但透过发隙间的空当，可以看到方才的红晕和羞赧仍然挂在她明媚的脸颊上，只是眼眸之中充满了难堪和疑惑。

方才尴尬的一幕，同样给予了徐峙本就卑微的自尊心沉重一击，但好在他的脸皮够厚，经过这一路上的调整，神情已经恢复到了平日里那副嬉皮笑脸的模样。

徐峙凑到小蝶身旁坐下，用手轻轻揽住小蝶纤细的腰肢："我们跟这个房间好有缘分啊，三次开房都在这里，看来我们注定要在这里发生点什么了！"话语中充满了挑逗。

小蝶白了一眼徐峙，嗔怪道："我刚才都主动献身了，你为什么不要？"声音中充满了娇羞，更充满了愤怒。

徐峙干笑了几声："你现在失忆了，我要是对你那个，那不是乘人之危吗？等你记忆恢复了，只要你愿意，我到时候绝对不会怜香惜玉的！"

小蝶低垂着头，嘟着小嘴，两只眼睛中已经荡满了委屈的泪花："你明明就不喜欢我，对我一点反应都没有！"

"怎么会呢？"徐峙将小蝶抱得更紧，一只手已经不安分地滑向了小蝶浑圆的臀部，"我现在就恨不得把你就地正法了！"

小蝶没有躲闪徐峙的咸猪手，只是满眼泪光地紧盯着徐峙："你骗我！你心中还有一个女人，她是谁呀？"

徐峙触电似的将手抽了回来，嘴角抽搐了几下，似乎下了很大的决心才说道："她是我中学时候的同桌，唇边有一颗美人痣，使她看起来非常成熟美丽。我最喜欢她笑的样子，她笑起来的时候就像明媚的春光，会让我阴郁的心底立刻变得清新灿烂。我承认那时候我的确很喜欢她，是那种发疯似的喜欢，为了她，我可以放弃一切。只可惜她最终嫁给了别人，从此我的世界里面就没有了阳光，只剩下了无尽的黑暗。直到遇到了你，我才重新燃起了希望。小蝶，我是真的爱你，你要相信我！"

小蝶目不转睛地盯着徐峙，直到确信从徐峙眼眸深处透出来的光芒，的确充满了诚恳和爱恋的时候，她才一头倒在了徐峙怀中："有你这句话，我就足够了！"

徐峙也将小蝶紧紧相拥，两颗孤独的心在此刻完全融合，他们超越了肉体的桎梏，在灵魂深处完成了一次完美的水乳交融。

良久，小蝶才从徐峙的怀中慢慢挣脱出来，眨着明动的大眼睛望向徐峙："接下来我们该怎么办？"

徐峙沉吟了片刻："当然还是继续确定你的身份！"

45

“是追踪那个戴着戒指用枪顶着我头顶的那个人吗？”

徐峙点点头：“对，这是我们唯一的线索，你现在就把那个戒指画出来。”

小蝶乖巧地点点头坐到桌边，从便笺纸中抽出一张，然后聚精会神地画了起来。

徐峙望着小蝶专注的背影，嘴角泛起了会心的笑意。他双手环抱脑后斜倚在床头，像一个丈夫在欣赏着忙碌的妻子。

然而就在这时候，隔壁极煞风景地响起了男欢女爱的呻吟声，薄薄的墙板被撞击出猛烈巨响。

徐峙不由得皱起了眉头，要是在平时，他一定会把耳朵贴在墙边仔细聆听个够。可是今晚他眼中只有小蝶，任何女人在他眼前都只是庸脂俗粉。

这时小蝶已经迈着轻盈的步伐走了过来，将一张纸递到了徐峙面前，上面赫然便画着一个戒指的图形，精巧的程度如同设计师的样图。

“这么快就画好了？”徐峙诧异地接过那张纸，眼睛只瞟了一眼，便露出惊愕的神情，“你居然画得这么好！简直和真的一模一样！”

小蝶羞涩一笑：“我也不知道！或许我以前受过专业的绘画训练吧！反正我拿起笔来就画成了这样，连我自己都感觉非常惊讶！”

“不过这也很好解释，能入黎昕那种人的眼，不是光长得漂亮，会脱衣服就行，还得有一定的美术造诣，可以跟他进行艺术上的交流。我猜想你在准备做人体模特接近黎昕之前，一定受过专业的美术培训，所以这种简单的素描对你而言就是小儿科。”

徐峙将那张纸铺在床上，仔细端详。这是一款制作非常精湛的戒指，戒指环上都刻着精美的花纹，正中央是一个虎头的模样，那种笑傲山林的气势，简直要从戒指里面奔涌而出了。

“你对这款戒指有印象吗？”小蝶小心翼翼地问道。

徐峙微闭着眼睛，沉思着：“这款戒指我一定在哪里见过，而且就是在最近！”

小蝶兴奋得差点叫了出来，她连忙用手捂住自己的嘴，生怕打扰了徐峙的思绪。

徐峙紧握着拳放在嘴边，整个灵魂都沉浸在了过往的记忆之中。

地中海酒店摇曳的灯火在徐峙面前闪动。电梯门打开，那个叫赵诗颖的女迎宾，正嚼着槟榔偷玩手机，她的手指上没有戒指。

栾正豪和一个叫小林子的年轻保安从徐峙身旁闪过，他们两个人同样没有戴着戒指。

房门闪动，黎昕那只干瘪的手上，套着一枚金光闪闪的戒指，但中央刻着的是一个繁体的汉字造型。

徐峙眼前一黑，继而出现了隔着窗户与他对视的黑头套男人，这个男人全身赤裸，也没有戴着戒指。

轰隆隆，徐峙从楼上坠下，勉强爬起身来，却看见屁王坐在办公椅上，正不怀好意地看着徐峙，肥胖的手指头上套着一个大号的宝石戒指。

徐峙猛一回头，刀哥、竹竿、炮筒朝他走了过来，他们都戴着戒指，但款式皆与那个虎头戒指完全不同。

刀哥拿起枪指向徐峙的额头，正在这时虎哥和豹哥出现了，一脸的狞笑，他们戒指的正中央分别刻着“忠”“义”两个字。

一辆卡车疾驰而来，陈总管从车窗里伸出手，急切地喊道：“快上车！”手上戴着的是一个白色戒指。

洪霆霄森严的大厅从天空中坠下，徐峙感觉自己又蜷缩在了恶狼环视之下。他像当时一样怯生生地抬起了头，目光触到了洪霆霄冰冷的眼神，还有那双苍老的手。洪霆霄的手上戴着三枚做工精致的戒指，但都没有虎头的造型。

徐峙的目光移向那个透着敲骨吸髓邪魅的洪夫人，她纤细的手上戴着的是一个钻戒。

难道我记错了，这些人的手上都没有戴那个虎头的戒指！徐峙失望地将目光瞥向别处，却不经意落到了一双手上，那个人躲在阴暗的角落，正在把玩着手上的戒指，而戒指的中央正是一头呼啸而出的猛虎。

徐峙神情一凛，迅速将眼光望向了那个人的脸庞：“原来是他！”

徐峙不由自主惊呼了出来，一旁的小蝶急忙拉住像鬼上身一般不停颤抖的徐峙：“你看到他了，他是谁呀？”

徐峙长长吐了一口气，然后惊魂未定地望向小蝶：“是连律师，就是洪霆霄的那个军师！”

“你确定？我和他无冤无仇，他为什么要活埋我？难道……难道我曾经在洪霆霄身旁做过卧底，连律师发现了我，就把我灭口了！”说到最后，小蝶的声音里已经透露出极度的恐惧和不安，仿佛她重新陷入了那个曾经埋葬她的泥坑之中。

徐峙用力紧握住小蝶瑟瑟发抖的手，猛地拉到自己的怀中，小蝶这才从痛苦的记忆中挣扎而出，眼神决绝地呢喃道：“我一定要亲手杀了他！”

徐峙也恨恨地朝地下啐了一口：“即使你不找他算账，我也不会放过他！”

“为什么？”小蝶不解地望向徐峙。

徐峙冷哼了一声：“如果我猜得没错的话，一直派刀哥他们追杀我的那个人就是连律师！”

“你怎么这么肯定？”小蝶不确定地问道。

徐峙冷笑一声：“你没有注意观察那个连律师吗？大热天还穿那么厚的衣服，戴着帽子，时时刻刻都裹在阴暗的角落里。这种人天生就心理阴暗，只有他这种怪人才会在与女人欢愉的时候戴上头套，并且通过塑料袋窒息女人来换取快感。”

“但仅凭这一点，还不能断定连律师就是那个黑头套男人吧？”小蝶还有些疑惑。

“我还有其他的证据！”徐峙从口袋里摸出那张经过处理的照片，“这是我当时从13楼窗外无意中拍下的照片。”

小蝶把头凑了过去，正是黑头套男人用塑料袋死死勒着洪夫人的相片。

徐峙指着相片的右下角：“你仔细看这里，在这个箱子里面装着一件非常特别的东西。”

小蝶瞪大了眼睛仔细地看了半晌，却仍然无法识别出来，只好摇头望向徐峙：“这是什么东西呀？”

徐峙凑到小蝶耳边，神神秘秘地说了几个字，小蝶的脸上立刻露出惊愕的神情："原来他们是想空手套现呀！"

徐峙肯定地点点头："最近的金融危机让洪霆霄和黎昕都亏了很多钱，别看他们现在表面上很风光，其实内部已经危机重重，所以他们两个人才会铤而走险，一个决定空手套现，另一个则是出售了多年秘不示人的宝物，目的都是要躲过眼前的金融危机。黑头套男人抓住时机，抢走了洪霆霄的宝贝，不但要彻底废了洪霆霄，而且还想狠狠大赚一笔。刀哥他们之所以对我紧追不舍，就是害怕我泄露了这个秘密。因为一旦让警方或者金融机构知道了这个秘密，采取了必要的防范，他们一夜暴富的美梦就会彻底破灭！"

"可是我还是搞不懂这又与连律师有什么关系呢？"小蝶的明眸里飘荡着一层迷惑。

徐峙用手指轻刮了一下小蝶的鼻子："你呀，真是聪明一世，糊涂一时！如此机密的东西，除了洪霆霄之外，只有连律师才有可能接触到。除了连律师，还有谁能准确预知押运车的时间和路线？"

"可是那个陈总管呢，我觉得陈总管才是洪霆霄最相信的人。你为什么不怀疑那个陈总管？"

"本来陈总管也有极大的嫌疑，可上次是他把我从刀哥他们手里救了出来，可见陈总管与刀哥他们并不是一伙。至于陈总管的真实身份，我现在也不得而知。"徐峙说完和小蝶都陷入了沉思之中，两人绞尽脑汁猜想着陈总管可能的种种身份，却是毫无结果。

沉默了半晌，徐峙拍拍小蝶的肩膀："哎，管他的呢！我们现在的首要目标还是把连律师揪出来，替你报仇雪恨！至于其他的，那都是警方的事情！"

"可是那个连律师看上去阴恻恻的，好像并容易对付呀？"小蝶不无担忧地皱起了眉头。

徐峙将双手交叉于胸前，脸上露出莫测高深的神情："他碰上我算是倒了大霉！"

就在这时，隔壁的那对男女已经到达了激情澎湃的巅峰，巨大的喊叫声肆无忌惮地穿过薄薄的墙板，直刺入徐峙和小蝶的耳膜深处。

小蝶只羞得面红耳赤，徐峙却是兴奋地蹦了起来。

"这声音就让你那么兴奋吗？"小蝶噘着嘴，恨不得将徐峙因受这暧昧声音刺激而张开的大嘴撕成两半。

“你冤枉我了！”徐峙的咸猪手趁机轻抚过小蝶丰满的娇躯，“这个男欢女爱的声音提醒了我，那个黑头套的男人和洪夫人就曾经在隔壁的房间开过房。”

小蝶恍然大悟道：“你是说前台的老板娘很有可能见过黑头套男人的庐山真面目？”

“不错，如果老板娘可以确定黑头套男人就是连律师，那我们就可以省却很多麻烦了。咱们现在就走！”徐峙说完，用力地敲了敲墙壁，隔壁的那对男女似乎是受到了惊吓，歇斯底里的叫喊声立刻戛然而止！

来到前台，徐峙将手机上下载的连律师的头像递到了老板娘面前：“老板娘，你见过这个男人吗？”

老板娘看了一眼，没好气地道：“没见过，不认识！”

“那咱们这里有监控录像吗？”

老板娘白了徐峙一眼：“你觉得这里如果有监控录像的话，还会有这么多人来吗？”

徐峙讪讪地一笑：“我第一次在这里开房的时候，曾经向你租过笔记本电脑，你还有印象吗？”

老板娘露出了鄙夷的神情：“当然有印象了，来这里开房还要租笔记本电脑看片的只有你一个！”

徐峙也感觉自己脸颊发烫，当时他的确是以这个理由租借的笔记本电脑：“那你有没有记得当时在我隔壁开房的是谁？那个女人染着紫色的头发，特别妖艳。”

老板娘的眼眸闪了一下，随即摇摇头：“不知道，事情都过去那么久了谁还记得？”

徐峙一下子就读懂了老板娘神情中的微妙变化，他从皮夹子里抽出一沓钱，这些钱都是从栾正豪那里摸来的：“老板娘，好好想想！”

老板娘看到这厚厚一沓钱，一直紧绷的脸上终于绽放出会心的笑容：“你说的那两个人我当然有印象了，来我们这里开房的人虽然很多，但漂亮女人我只见过两个，一个是和你一起来的这位女士，还有一个就是那个紫头发的女人了。跟那个紫头发女人在一起的男人就更有特点了，大热天还穿着厚厚的衣服，把自己裹得严严实实的，出入房门都用手帕垫着门把手。不就是偷个情，至于这么小心谨慎嘛，搞得好像是来杀人放火似的，连指纹都怕留下。”

“那你有没有看清他长的什么样子？”徐峙问道。

老板娘把嘴一撇：“没有！别说脸了，连声音都听不清楚，那人说话时故意支支吾吾的，好像怕别人记住他的声音似的！”

“那他们经常来这里开房吗？”

老板娘摇了摇肥大的脑袋：“不经常来！反正每次来，那个女人都是趾高气扬，旁若无人的，而这个男人却总是神神秘秘，躲躲闪闪，怎么看都不像是一对恋人！说实话，那个女的我很讨厌，一副目中无人的模样。那个男的我印象其实还很不错。”

“为什么这么说？”

“有一次那男人来结账，我正站在桌子上换灯管，差一点儿就是够不着。我恳请他帮我忙，他迟疑了一下，还是帮我换了灯管。”

徐峙嘿嘿一笑：“想不到他还有助人为乐的一面呀！那他换灯管的时候也是垫着手帕？”

老板娘忍不住又白了徐峙一眼，“那么长的灯管当然要两只手拿了，难道一只手垫一个手帕呀？”

徐峙被老板娘抢白得又有些无地自容，心想要不是你这里不用登记，没有监控，就凭你这态度，鬼才会来这呢？

回到房间，徐峙将老板娘的话向小蝶转述了一遍。

小蝶坐在床上仔细思索，徐峙则摇着头来回踱步分析着：“根据老板娘的介绍，这个黑头套男人确定就是连律师。他作为洪霆霄的军师，不但掌握着洪霆霄所有的秘密，而且还有便利条件勾引洪霆霄的小老婆。连律师和洪夫人内外勾结，指使刀哥、竹竿、炮筒抢走了洪霆霄那件至关重要的东西，然后嫁祸给了阿峰。他们原以为做得天衣无缝，却无意中被我从13层楼外的窗户拍了个正着。为了防止机密外泄，所以刀哥他们一直在疯狂追杀着我。现在终于到了我们反击的时候了，我们一定要把这对奸夫淫妇的虚伪面具拆穿，为了我，更为了小蝶你，报仇雪恨！”

“那你决定怎么报仇？”小蝶好奇问道。

徐峙冷哼一声：“出其不意，一击毙命！”

46

想要找到连律师的家，并不是件很容易的事情。连律师的家就如同他这个人一样，隐藏在城市最为阴暗的角落里，透着一股玄幻莫测的神秘感，而且还有种莫名的阴森之气。

但好在徐峙是一个贼出身，贼的优势就是能够无孔不入，并且让人防不胜防。几番跟踪下来，徐峙轻易地就找到了连律师的落脚点，一幢并不起眼的公寓楼。

连律师的房门虽然安装了最先进的防盗锁，但只用了不到一分钟，徐峙就将房门打开了。

旁边的小蝶直看得目瞪口呆："你这开门的速度比我拿钥匙开都要快呀！"

徐峙嘿嘿一笑："这是顶级的防盗门锁，要是普通的门锁五秒钟不到我就可以打开。"

小蝶叹了口气："看来普通人家的门锁对贼来说根本就是形同虚设呀！"

"你少加了一个定语，是对我这种顶级神偷来说形同虚设！"

"你就少贫嘴吧！"小蝶白了一眼徐峙，嘴角却挂着亲昵的笑容。

推开连律师的房门，就好像走进了幽暗的地下世界，除了没有边际的黑暗，就是令人窒息的压迫。

小蝶不由得皱起了眉头："这个连律师还真是个怪人，大白天把窗帘都拉着，看这样子平时也根本不打开窗户通风，房间里面飘着一股难闻的气味，也真佩服他可以在这里面睡觉！"

"这有什么稀奇的，要不是一个怪人，怎么可能在亲热时都还戴着头套？"徐峙摸索着找到了电灯的开关，一下子将房间点亮。

“喂——”小蝶警惕地望向徐峙，“你打开房间的灯，万一连律师现在回来怎么办？”

徐峙无所谓地耸耸肩：“怕什么，拉着这么厚重的窗帘，别说点灯，就是放把火外面也看不见。再说了，要不点亮灯，黑灯瞎火的，我们怎么找资料？”

小蝶想想也有道理：“那我们就赶快行动吧！希望能够找到他的一些犯罪证据，或者有关我身世的资料。”

两人说着来到了连律师的书桌旁，那里摆放着一大沓厚厚的文件，书架上面还有各式各样的资料。

徐峙和小蝶一个负责书桌，一个负责书架，开始查找资料。

徐峙把书桌上的文件夹都翻了一遍，里面存放着的都是一些关于案件的资料，还有一些法律方面的书籍。

徐峙快速地浏览了一遍，并没有发现什么有价值的信息，就把这些文件夹放回了原位。

徐峙弯下腰打开了书桌的抽屉，里面存放着连律师的一些私人物品。徐峙随手一翻，发现了一个相框。

徐峙把相框放在手中细细端详，里面是连律师和一个女孩亲密合影的照片，相片中的连律师并不像现在这么阴郁黑暗，一张白皙的脸上竟然漂浮着丝许幸福的微笑！

徐峙不由得一声冷笑：“这怪人也有阳光灿烂的时候呀！”眼光移向连律师的身旁，那是一个梳着长辫的女孩，五官娟秀，虽然模样不及小蝶美丽，但凸凹有致的身材还是充满了诱人的韵味。

徐峙把相框递到小蝶面前：“喂，你快看，这估计是连律师的女朋友，身材一级棒，跟你有得一拼，而且长相还和你有几分相像呢！”

小蝶瞟了一眼相框，有些不悦地道：“咱们找资料要紧，谁有闲心关心这些私生活的八卦呢？”

“这你就不懂了，这些看似很私人的物品背后，往往才会藏着最惊人的秘密！”徐峙说着将相片从相框里抽了出来，相片的背面竟然真的写着一行字，看署名应该就是相框中女人所写：

在天愿作比翼鸟，在地愿为连理枝。——师妹许琼

徐峙不由得感慨了起来：“这女人真是瞎了眼，居然会看上连律师这种

怪物！看看相框被深藏的位置，这个叫许琼的女人十之八九被连律师始乱终弃了！”

小蝶似乎是受到了某种刺激，悠悠地说道：“自古痴情女子负心汉！你们男人都是不可靠的！”

“你这就有点以偏概全了，好男人也很多啊，比如我呀！”

小蝶扑哧一笑：“什么时候也不忘了显摆一下自己。”

徐峙翻看着照片：“你说都什么时代了，还师兄师妹地称呼着，难道他们从小都是一起学艺的？”

就在这时，楼道里突然响起了凌乱的脚步声，还有钥匙掏出口袋时叮当碰撞的声响，徐峙从椅子上一跃而起，慌忙将照片放回原处，熄灭了房间的灯，拉着小蝶就躲进了衣柜。

房门应声而开，透过衣柜狭小的缝隙，徐峙看到洪霆霄、连律师、洪夫人、陈管家，还有那个一脸冷艳的穆兰五个人鱼贯走入了房间。洪夫人五寸长的高跟鞋，踏在坚硬的木地板上发出咯咯的清脆响声。

徐峙心底纳闷：今天这是什么日子呀？这五个人怎么会同时出现在连律师家呢？

就听洪夫人娇媚的声音响起：“洪爷，今天怎么带我们到连律师家里来了？”

洪霆霄没有说话，只是冷冷站在那里，冰冷的寒意瞬间渗透到房间的每一个角落，甚至让柜子里面的小蝶都不由自主地打了个寒战。

徐峙轻拍了一下小蝶的肩膀，示意她不要害怕，然后紧紧地将小蝶抱在了怀中。

小蝶像只受惊的小猫，无限依恋地蜷缩在徐峙温暖的怀抱中，淡淡的体香和着香水的味道飘入徐峙的鼻翼，让徐峙一阵心猿意马。

洪夫人似乎也感觉到了某种不安，她嗲声嗲气地拉着洪霆霄的手撒娇道：“洪爷，你这是怎么了？”

洪霆霄用力地甩开了洪夫人的手：“你自己干的好事！”说着将一个瓶子扔在地上。

洪夫人弯腰捡起，脸上立刻露出惊愕的神情：“洪爷，我……我也是怕意外怀孕啊！”

洪霆霄的眼睛里立刻迸射出野兽般的凶光："我都这把年纪了，早就没有生育能力了，你还需要吃避孕药吗？你老实交代，那个野男人究竟是谁？"

洪夫人立刻恍然大悟，洪霆霄把他们带到连律师家，就是为了避开洪府的下人们，把这件家丑在外面解决掉。洪夫人知道以洪霆霄的心狠手辣，接下来会有什么事情发生。她连忙抱住洪霆霄的腿，不停地哀求："洪爷，给我一次机会吧，我知道我错了，以后再也不敢了！"

洪霆霄一脚将洪夫人踢翻在地："我只问你那个男人是谁？"

洪夫人嘴角颤抖了几下，却没有回答。

洪霆霄大怒："到了这个时候，你还护着那个男人，你这个贱人，到底说还是不说？"

陈总管一个箭步冲了上来，用一根绳子死死地套在了洪夫人纤细的脖颈之上，洪夫人立刻痛苦地挣扎了起来，脸色惨白，两眼高突，嘴里想说什么却一句话也说不出来。

洪霆霄摆摆手，示意陈总管停下来，然后眼神冰冷地望向洪夫人："看在我们夫妻一场，我再给你最后一次机会，那个男人到底是谁？"

洪夫人的眼睛死死盯向了站在洪霆霄身后的连律师，迟疑了片刻，似是下了很大的决心，然后嗫嚅道："他是——"

"他是谁？"洪霆霄恶狠狠地逼问道。

屋子里的空气几乎都快凝结了，所有的人都默默地望着洪夫人，等待说出那个人的名字。

洪夫人紧咬着牙齿，从牙缝中挤出几个字："他就是连律师！"

屋内其他三人的目光都齐刷刷地投射在了连律师的身上，连律师脸上却仍旧一副阴郁幽暗的表情，仿佛刚才说的事情根本与他无关。

洪夫人突然哈哈大笑了起来："不光是连律师，还有陈总管，洪府上上下下的男人都被我睡过了！你以后在江湖上就不要叫洪爷了，就叫绿爷吧，哈哈。"

洪霆霄气得青筋暴起："给我杀了这个贱人！"

陈总管手腕用力，洪夫人脸上立刻流露出痛苦不堪的神情。这一次不同于上回的恐吓，而是实实在在的取人性命。绳子迅速收紧，洪夫人脸上的神情比刚才更加狰狞，高高凸起的眼珠子几乎都要掉出眼眶，原本让男人们销魂噬骨的小巧滑舌，却像蜥蜴的舌头一样带着浑浊的黏液吐出了一大截。这一次陈管家真的下了死手。

生命的气息正在从洪夫人的身上迅速消逝。不消片刻，洪夫人就将香消玉殒。

就在这时，一直默不作声的穆兰却突然从身上拔出了手枪，指向了洪霆霄："快让陈总管放手，不然我开枪了！"

陈管家迟疑地看向洪霆霄，见洪霆霄默默点了一下头，陈管家这才将绳子松开。洪夫人一下子瘫倒在地上，大口喘着粗气，白皙的脖颈上已然被勒出了一条暗紫色的伤痕。

洪霆霄不解地望着穆兰："你干吗要救她？这个贱人在背地里不止一次陷害过你，我原以为你看到她的死会很开心。"

穆兰冷冷地瞥了一眼地上瘫软如泥的洪夫人："我对她的生死根本没有任何的兴趣。我之所以救她，是想拿她换回阿峰。"

"她和阿峰的生死有什么关系？"洪霆霄变得更加疑惑。

"事到如今我也不瞒着你了，是她里应外合一个戴黑头套的男人抢走了你的东西，阿峰也落到了他们手中。这个女人是我唯一的线索，也是我唯一可以换取阿峰的筹码，所以我必须救她。"

"你对阿峰就这么上心吗？他已经是个满嘴没牙，手筋脚筋被挑断的残废了！"洪霆霄的神情突然变得激动起来。

穆兰毫不掩饰地点点头："不管阿峰变成什么样，我都会守护他一生的！"

洪霆霄暴跳如雷道："我原以为除掉阿峰，你就会死心了！没想到你和你母亲一样冥顽不化！"

穆兰惊异地望向洪霆霄："这么说你早就知道阿峰是清白的，你是故意报复阿峰？"

洪霆霄冷笑一声："阿峰跟了我那么多年，他是什么样的人，我能不知道？东西并不是阿峰拿的，而是另有其人！我之所以对阿峰痛下狠手，就是因为他的存在，阻碍了我们两个人的感情发展，我要借这个机会彻底扫清这个障碍！"

穆兰感觉一阵脊背发凉："你的心太狠毒了！"

"我的心的确是狠毒，但那只是对其他人。你扪心自问，我对你怎么样？明明知道你接近我就是为了报仇，可我还是把你留在了我身边。十年了，难道我做的一切还不能感化你吗？”

“这么说你早就知道我是谁了？”

洪霆霄叹了口气：“你是何丽莎的女儿，从我第一眼看到你，就知道你是谁了，你和你母亲长得太像了！”

“那你为什么不拆穿我，是因为愧疚吗？”

洪霆霄的神情似乎一下子苍老了许多：“最开始的确是因为愧疚。十年前我资助你母亲在N市进行文物展览，却不料突发意外，文物被劫匪洗劫一空，你母亲还不上巨额欠债，最终抑郁而亡。当年若不是我劝说你母亲到N市发展，也不会发生这样的事情，因此我一直希望有一个为老友补偿的机会，希望能够替她照顾你。即使你偷偷放走了阿峰、徐峙，还有游雨晨，我都佯装不知，只是希望能够补偿一些当年的过失。”

“够了！”穆兰冷冷地打断了洪霆霄的话，“你太会演戏了，K先生！你才是抢劫的主谋，是你害死了我的母亲！”

洪霆霄诧异地望向穆兰：“原来一切你都知道了！”

“你以为我在洪府十年白待了吗？你过去的罪行，我已经收集了许多！”

“那你为什么不交给警察？”洪霆霄意味深长地望向穆兰，随即露出一副有恃无恐的神情，“你没有证据对吧？干我们这行的心要狠，手要黑，做事无情，不留后患。你查遍洪府上下只能捕风捉影，却拿不出任何实质性的证据，对吧？”

穆兰的银牙几乎都要咬碎：“你果然是只老狐狸，枉我母亲当年那么信任你！”

听到这句话，洪霆霄原本闪烁的眸子立刻黯淡了下来，嘴唇颤抖了许久才呢喃道：“我真没有想到会是这样一个结局！我洪霆霄一生拥有女人无数，但我心中最爱的女人却是你母亲！当年我还是一个帮会的普通成员时，被人砍成重伤倒在了雪地里。当时我已经放弃了活下去的希望，只希望能够快点结束那种痛苦的感觉。就在这时，你母亲打开院门，从院子里走了出来。那时候你的母亲只有十五六岁的年纪，看到满身是血的我立刻吓得尖叫了起来。当她看到我瑟瑟发抖的可怜模样，随即便镇定了下来，给我从屋里端了一杯热水。我捧着杯子斜倚在墙边，望着你母亲那双纯真无邪的眼睛，我心里重新燃起了活下去的信念。这一幕从此深深地印刻在我的心底。”

洪霆霄说到这里一向寒冷如冰的眼眸里，竟然泛起了点点泪光：“后来我去寻找你母亲的下落，却得知他们已经举家移民到了国外。我以为此生再也不会与你母亲相遇，没想到就在十年前，我在一次商贸洽谈会上偶遇了你母亲。那时候你父亲刚刚因为生意失败而去世，你母亲一个人撑起了偌大的家业。我向你母亲表达了爱意，可是你母亲却坚决不肯，要为你父亲守寡终身！我当时可以说是心灰意冷，眼见着自己最心爱的女人近在咫尺，却无法得到。于是我整日里借酒消愁，无意中向一个私交甚好的朋友吐露了心事，他给我出了一条当时看来是妙计，没想到却就此改变了你母亲一生的毒计！”

“那个人是谁？他当时究竟给你出了一条什么样的毒计？”穆兰两眼圆睁，语气逼人地问道。

洪霆霄沉默了良久，脸上露出挣扎的表情：“这件事情是我的奇耻大辱，原本会永远埋藏在心里。但既然是你问我，那我也就不要这张老脸了！那个人当时加入组织没有多久，但很受我器重，是我的军师，在帮派里的代号叫黑桃J。而我当时的代号是红桃K，这也就是K先生称呼的来历。黑桃J看我对你母亲一往情深，就献了一条釜底抽薪之计。当时你母亲急于想重整家业，于是我假意借她一大笔钱，资助她进行文物巡展和拍卖，并把N市作为巡展的地点之一。你母亲犹豫再三，但是迫于当时的形势，她还是接受了我的建议。

“我当时并不方便出面下手，所以就把抢劫的事情完全交给了黑桃J。没想到黑桃J背地捅了我一刀，不仅私吞了所有的文物，而且还将抢劫的罪名嫁祸给了我。我当时是哑巴吃黄连，有苦说不出，我算计了我最心爱的女人，又被手下戏弄，此事如果传到江湖上，我必将名誉扫地，所以只能眼睁睁看着黑桃J拿着那笔文物换来的钱从此发迹，却又无计可施。

“你母亲当时已经破产，欠下我一大笔钱，唯一的出路就是嫁给我。可是你的母亲坚决不同意，最后竟然患上了抑郁症，郁郁而亡。”

说到这里，洪霆霄竟然已经是泪流满面，苍老的神情中再也没有了以往咄咄逼人的杀气，那种老态龙钟的模样，或许才是心底深处最为真实的洪霆霄。

“当我第一次见到你的时候，就认出了你是何丽莎的女儿，我也知道你接近我的目的，就是想要为母亲报仇雪恨！别人不知道我是K先生，但你的母亲事后肯定猜出了我就是设计陷阱的人。说实话，我也是被人戏耍了，不但投出去的钱打了水漂，就连抢来的那些文物，我也没有分到半点，最关键还害死了你的母亲，我深感自己罪孽深重，非常想加倍给予你补偿。但和你相处越久，我就越把你当作你母亲的替身，后来竟然……竟然深深地爱上了你。”

穆兰只感觉脸颊发烫，她做梦也没有想到在手刃仇敌的时候，会遇到如此尴尬的窘迫，一时间竟然没有了主张，只是机械地将手中的枪举了起来。

“你还真是多情啊，连老情人的女儿也不放过！”旁边传来洪夫人冷嘲热讽的声音。刚刚从鬼门关里逃出来的洪夫人，此刻脸上充满了看好戏的幸灾乐祸。

洪霆霄狠狠瞪了她一眼，随即又痴痴地望向了穆兰。

穆兰深深地吸了口气，语气中充满了愤恨：“你不要往别人身上推卸责任了，全天下的人都知道是K先生策划了当年的文物抢劫案，这世上根本就没有什么黑桃J。”

洪霆霄苦涩地摇了摇头：“我知道你不会相信我，但事到如今我还有骗你的必要吗？这个黑桃J不但真实存在，而且现在就在N市。他才是真正的幕后黑手，我也只是被他利用了！”

“那你告诉我黑桃J究竟是谁？”穆兰眼神冰冷地逼视着洪霆霄。

洪霆霄凝视着穆兰长长叹了口气：“我不能告诉你黑桃J是谁，你根本不是他的对手，你去报仇只会白白送了性命！不管怎么说，当年的事情毕竟因我的贪婪而起，你杀了我也就等于报了你母亲的仇。我在连律师那里已经立了遗嘱，我死之后，我名下所有的财产都由你来继承，他们也不会追究你的责任。你好好活下去吧！”说完，洪霆霄缓缓闭上了眼睛，神情充满解脱地等待着穆兰开枪。

穆兰紧握枪柄的双手开始颤抖起来，这一刻她已经等了快十年了，可是当真正面对洪霆霄那张苍老而充满孤寞的脸时，她却无法扣动扳机。十年来，洪霆霄对她的呵护和关爱都历历在目，穆兰并不是一个心如铁石的冷血之人。

“还犹豫什么，难道对这老家伙起了恻隐之心了？别忘了，你母亲是怎么死的！”洪夫人尖刻的声音响起，她明知道自己活不成了，索性也豁出去了。

洪夫人的话斩断了穆兰心中的最后一丝犹豫，她游离的目光立刻变得坚毅起来，像两柄利剑直刺向洪霆霄的眉心。

洪霆霄昂起了头，或许他等这一刻也很久了，能够死在穆兰的枪下，他已经非常知足了，嘴角竟然微微上扬，流露出充满解脱的微笑。

“穆兰，你不要这么傻呀，你以为杀人真的不用偿命呀？”衣柜里的徐峙心中焦急地喊着，但却又不敢冲出衣柜制止穆兰。

穆兰食指向内扣下了扳机，洪霆霄脸上露出了对这个世界最后的一丝眷恋。然而，就在这电光石火的一刹那，一个身影突然冲了上来，竟然是一直沉默不语的陈总管，他大喊一声：“洪爷，快闪开！”整个身子猛地扑向了穆兰高举手枪的手臂。

47

这一变故来得太过突然，本就心神飘荡的穆兰猝不及防，被陈总管一下扑倒了，扣下的扳机击发子弹，砰的一声枪响，一道火光直射向衣柜。

呼啸的子弹打穿衣柜木板，直接从徐峙的头顶扫了过去，在头皮上划出一道血槽。巨大的刺痛感连带惊吓，徐峙惨叫一声从衣柜里跌了出来。

这一切都太过匪夷所思了，洪霆霄、连律师、洪夫人，连带倒在地上纠缠在一起的陈总管和穆兰，都齐刷刷地望向了满脸狼狈的徐峙，还有那个从衣柜里怯生生走出来的小蝶。

房间里一时间死一般的寂静。

足足过了有一分钟，连律师突然拍手笑了起来："精彩，精彩，真是太精彩了！世界上最优秀的编剧也设计不出如此匪夷所思的剧情！"

徐峙拍拍屁股从地上爬起来，手里晃荡着从虎哥手里抢来的手枪："难怪你平时都不怎么笑，笑起来还真是难看！"

连律师并没有理会徐峙的嘲讽，他若无其事地低头踱着步："你们为什么会出现在我的房间里？"

"当然是收集你的犯罪证据了！"

"那你们有什么收获？"连律师说话的时候，嘴角上不自觉地翘起一个诡谲的笑容。

徐峙耸耸肩："你比狐狸还狡猾，我们怎么可能轻易得到！不过我倒有个意外的发现，居然有一个叫许琼的女孩曾经疯狂地爱过你！哎，这女孩子可真是瞎了眼，会喜欢你这样一个怪物！"

连律师身子一凛，眼睛中爆射出凶狠的杀气，瞬间就冰冻了整个房间，徐峙不自觉地握紧了手枪，警惕地望着连律师：“怎么，说到你痛处了？如果我没猜错的话，你一定对那个叫许琼的女孩始乱终弃，做了违背良心的事？”

连律师的面部神经抽搐了几下，眼睛中迸射出凶恶的光芒。

徐峙立刻意识到这个连律师虽然城府极深，面上阴晴不露，但却有个致命的弱点，那就是这个叫许琼的女人。

徐峙立刻又火上浇油道：“看那女孩的面相，就知道她是一个很幼稚，很单纯，为了爱情可以飞蛾扑火的傻女人。只可惜她遇到了你这个薄情郎。唉——”

连律师冷哼了一声，突然狂笑了起来，右手拉向了衣领。

徐峙被连律师的怪异神情搞得一头雾水，晃动着手中的枪，还想要冷嘲热讽几句，就听小蝶突然尖叫一声扑了过来：“小心他的飞镖！”

徐峙还没有明白过来，就见连律师右手一抖，拉着衣领的手竟然变戏法似的从上面摸出一枚飞镖，疾如闪电般地射向了徐峙的面门。

徐峙毫无反应，眼见着飞镖直奔眉心而来，甚至都可以感受到那种凌厉的气浪。

“我去，就这样挂了？”徐峙竟然连闭眼睛的机会都没有，当真可以说得上是死不瞑目。

啪，一只莲藕般的白皙玉手挡在了徐峙面前，稳稳地将那枚飞镖夹住。

是小蝶从鬼门关边上拉回了徐峙的一条性命。

回过神来的徐峙兴奋地抱住小蝶的纤腰：“小蝶，你居然会空手夹飞镖的本领？我真是太仰慕你了！”

与此同时，连律师脸上却露出了死灰似的复杂表情：绝望、难堪，更多的是难以置信。

洪霆霄、陈总管等人脸上同样露出了不可思议的表情。

“你个死变态，居然想用飞镖杀了我！”徐峙握着枪冲了上去，将连律师打翻在地，一顿暴揍，仍旧余怒未消地咒骂道：“别以为我不知道，你就是地中海酒店的那个黑头套男人，就是你抢走了洪老头的东西！”

连律师摸了摸嘴角的血，冷笑道：“你少在洪先生面前挑拨离间！”

“你承认也好不承认也罢，我今天都要打爆你的头！”徐峙怒吼着将枪顶在了连律师的头顶。

连律师狰狞地狂笑着："随便你！我即便就是死，也不可能替别人顶着黑锅死！"

一直趴在地上的洪夫人突然对着连律师媚笑道："没想到你还是这么硬气的男人，也不枉我们好了一场！"

连律师脸色铁青，却没有说话。

洪霆霄愤怒地逼视着连律师："你是不是觉得当年把你的女人送给我很亏呀，你居然敢搞我的女人！"

连律师仍旧沉默无语。

"无话可说了吧？"徐峙气势汹汹地逼近一步，"你让刀哥他们一而再，再而三地追杀我，今天还想用飞镖杀死我，新仇旧恨加在一起，今天我非杀你不可。"说着就将手指扣向了扳机。

"不要做傻事啊，杀了人你就没法回头了！"小蝶急切地喊道。

连律师却是连眉头都不皱一下，眼睛死死地盯着小蝶吼道："杀了我吧，快开枪啊！"

徐峙的鼻翼急剧抖动着，快进快出的空气终于让他暴怒的心情逐渐平静了下来，他哼了一声，缓缓收起了枪："我才没有那么傻呢！我不杀你，洪霆霄也得杀你！让老子去做杀人犯，门都没有！"

连律师挣扎地扭过头，满脸鄙夷地望向徐峙："你还以为自己掌控了一切，你其实就是一个什么都不知道的傻货！"

"你还敢骂我？"徐峙猛力用脚一跺，连律师瞬间便失去了知觉。

"没想到你还挺男人的呀！"洪夫人在地上咯咯娇笑了起来，她嘴角挂着血丝，脖颈处有一片淤青，脸色由于方才的剧烈咳嗽变得有些潮红，此刻看起来竟是分外诱人，好像一颗在你嘴边滑来滑去的鲜红草莓。

徐峙情不自禁地吞了一口唾沫："兄弟我当然是如假包换的真男人了！"

洪夫人咳嗽了两声，然后媚笑道："我就喜欢你这样的真爷们！"

洪霆霄怒道："你这个贱人，竟然当着我的面就和别的男人眉来眼去！"

"我就是个贱人，你第一天才知道呀？"洪夫人昂着头满脸怒意地望向洪霆霄，"和你这样的糟老头夜夜相伴，只要是生理正常的女人都会想着红杏出墙的。"

洪霆霄只感觉脸颊一阵发烫，他做大哥这么多年，统领群雄，在江湖上受人尊崇，说一不二，还从来没有人敢当着他的面如此羞辱他，简直是作为男人的奇耻大辱。

洪霆霄怒不可遏地抬起脚来，一脚正踹在了洪夫人的胸口。

洪夫人惨叫一声倒在地上，她捂着胸口趴在地上一阵抽搐，两只眼睛却仍旧不甘地狠狠地瞪着洪霆霄。

徐峙怒道："混蛋，你居然打女人，你还是不是个老爷们？老子这辈子最痛恨打女人的男人了！"

洪霆霄冷笑道："怎么了，心疼了？这种破鞋你要不嫌脏，尽管拿去好了！"

"哼，我要她干吗？我有小蝶就足够了！"

洪霆霄又是一声冷笑："你以为她就干净了？"

就在这时，窗外警笛响起，由远而近，明显是冲着这幢楼房而来。

"不好，一定是刚才那声枪响惊动了邻居，他们报警了！"徐峙对警笛最为敏感，他急速拉起小蝶的手，回头冲着兀自呆立在那的穆兰喊道，"和我们一起走吧！"

"是啊，穆兰姐，和我们一起走吧！洪霆霄迟早要遭报应的，你没有必要脏了自己的手！"小蝶也殷切地望向穆兰。

穆兰迟疑了一下，终于点了点头。

"带上我一起走！"洪夫人踉踉跄跄地从地上爬起来。

"你不怕我们杀了你？"徐峙恶狠狠地威胁道。

洪夫人瞟了一眼面无表情的洪霆霄，冷笑道："那也好过落在这帮人手中，况且我还可以帮你们救出阿峰！"

"那你还愣着干什么？快走啊！"徐峙趁势推了一把洪夫人，淫邪的左手不偏不倚落在了洪夫人圆润丰满而充满质感弹性的翘臀上。

夜风习习，夹杂着一丝寒意，抚过人的脸颊，有一种轻微的触痛之感。

英妮拉嘴角叼着烟，一只手随意地提着手袋，形容懒散地踱步在河边的林荫道上，细长的高跟鞋踏在砖石地面，拖出了很长的响声，落寞的孤寂写满了那张铅粉厚重的靓丽脸颊。

“英妮拉！”一个清脆的声音唤醒了沉思中的英妮拉，她猛然抬头，才发现前方不远处站着两个人，神色不善地横挡在她的必经路上，正是殷柔和孙诗蕊。

英妮拉假装没有看到，她猛然转身，朝来路疾步而去，但没走几步就停了下来，因为在她的面前也站着两名便衣警察。

英妮拉知道对方来者不善，自己已经无路可逃，她轻咬了下嘴唇，然后咯咯一笑转过身来，又变换成了那个站街女似的放荡神情：“哟，原来是殷督察呀！这么巧，你也在河边散步呀？”

“我可没有你那么好的闲情逸致！”殷柔走上前两步来到了英妮拉面前，指了指河边护栏道，“咱们到那里聊一聊！”

英妮拉撇了撇嘴，无可奈何跟着殷柔来到河边的扶手旁：“殷督察找我肯定不是为了聊家长里短吧？我把我知道的都在警局和你们讲清楚了！”

“好像还没有吧！”殷柔从口袋里掏出一张照片递到了英妮拉眼前。

英妮拉接过照片只看了一眼，原本挂满媚笑的脸颊立刻变得苍白无色，片刻后才语调冰冷地道：“你们警方还真是无孔不入！”

殷柔瞥了一眼照片中的陈总管和英妮拉，语调平缓却充满锋芒地说道：“你和洪府的大管家陈景鹏究竟是什么关系？”

“什么陈景鹏？我根本不认识这个人，也从来没有听说过这个名字！”英妮拉的脸上又荡漾出那种职业性的媚笑，“警官，我只是寂寞无聊时去赌场，偶尔玩几把，难道这也犯法吗？”

殷柔没有理会英妮拉的狡辩，她遥望向对岸的灯火：“我们仔细研究了这段拍摄于屁王赌场的监控录像，你和陈景鹏佯装做陌生人，但陈景鹏却不断故意输钱给你，之后你又将一个打火机留给了陈景鹏。种种迹象表明，你和陈景鹏在做一桩隐秘的交易。你把陈景鹏需要的资料藏在了打火机里，而陈景鹏通过输钱支付了你酬金。”

英妮拉夸张地笑了起来：“我的打火机是不小心丢的，而那个倒霉鬼输钱是手气不好，这在赌场里是再平常不过了，就凭这个你就怀疑我和那个什么陈大管家有黑幕交易？”

殷柔嘴角上扬，露出一个胜券在握的微笑：“我早就知道你会这样抵赖，所以我又查阅了其他时段的监控录像，果然发现你和陈景鹏在赌场的会面并不止这一次！如果说一次是偶然，那你如何解释之前出现的其他两次相同的场景呢？”

英妮拉的笑声戛然而止，她用力将手中的烟蒂抛在地上，然后从包里又抽出一支香烟点上，颤抖的手指说明了她内心的不安和惶恐。

英妮拉猛吸了一口烟，青色的烟雾从她小巧的鼻孔喷出，笼罩在她忧郁的脸上，像是一张死去多时的死尸。

“你和陈景鹏是怎么认识的？”殷柔单刀直入地问道。

“我不认识他！”英妮拉斩钉截铁地道。

“到了这个时候你还在包庇他吗？”

“我说过，我不认识他！”又是一股烟雾从英妮拉嘴中喷出。

“看来我们只有请你到警局了？”殷柔指了指不远处停着的车。

英妮拉冷笑一声，突然将手中的皮包甩向了殷柔，殷柔本能地用手一挡，就在这电光石火的一瞬间，英妮拉已经纵身跃过护栏，一头扎进了深不见底的江水之中，奔流的河水和漆黑的夜色瞬间就将她隐没。

孙诗蕊冲过来掏出配枪瞄准时，早已失去了目标。

“迅速通知水警，在江面上进行搜索！”殷柔命令道。

孙诗蕊立刻领命而去。

殷柔望着奔流的江水，嘴角抽搐了几下，喃喃自语道：“英妮拉，你这又是何苦呢！”

48

流莺旅馆的前台，老板娘将钥匙递到徐峙手中，眼神暧昧地从小蝶、穆兰、洪夫人身上一一扫过，然后凑到徐峙耳边妩媚地一笑："你小子艳福不浅呀？居然一下子就泡到了三个绝世美女！"

徐峙嘿嘿一笑："所以你要给我安排一个豪华大床房啊！"

老板娘哼了一声，目光停留在了洪夫人身上："这个女人不就是你上次向我打听的那个女人吗？没想到你这么快就得手了！"

徐峙拍着胸脯笑道："个人魅力就是这么大，没办法！"

老板娘面露鄙夷："就你这小身板，吃得消吗？"

"再加上你也没问题！"徐峙不怀好意地瞄向了老板娘风韵犹存的身子。

"我呸！连老娘也敢调戏！"老板娘狠狠地啐向徐峙，身子却暧昧地蹭向了徐峙，手指头还在徐峙身上偷偷勾了几下。

徐峙暗笑："原来这老板娘喜欢往男人身上蹭啊，看来也是个假正经的货！可惜峙哥今天坐拥三大美女，没时间和你玩了。"甩给老板娘一个背影，迈着得意的步子走向了房间。

走廊里，穆兰轻声问徐峙："刚才你和老板娘说什么呢，聊得那么火热？"

徐峙咧嘴一笑："我说这三位都是我的女朋友，一定要给我安排个大床房，要不然滚不开，容易摔地上！"

"去死！"穆兰狠狠地给了徐峙一个爆栗。

"冤枉啊，我只是为了不显得那么突兀才这样说的。"徐峙捂着头委屈地道。

“怎么了？”小蝶关切地问道。

徐峙又把刚才的话重复了一遍，小蝶却只是满面羞红地走开了。

“你看看人家小蝶，多善解人意啊！再看看你，母老虎一个！”徐峙还准备往下说，就已经看到了穆兰高举的手臂。

走进房间，洪夫人被固定在了一把椅子上。

洪夫人却是满脸的放松，没有丝毫的紧张，她瞟了一眼徐峙，依旧是那副妩媚的神情道：“死色狼，干吗用绳子把我捆起来啊？”

“当然是怕你跑了啊！对了，你凭什么叫我死色狼？”

“谁让你刚才偷偷摸我屁股咯？”

“我那……我那只是不小心碰到了你那里！”徐峙说到后半句的时候已经声如蚊蝇，因为他发现小蝶和穆兰正用刀子似的眼神逼视着自己。

“做都做了，还怕什么？”洪夫人媚眼如丝地望着徐峙，眼神几乎都要将徐峙扒光。

徐峙赶忙岔开话题：“你和那个连律师究竟是什么关系？”

洪夫人抿了抿艳红的小嘴：“我和他只不过是互相解闷的露水夫妻而已！”

“恐怕不仅如此吧！”徐峙眼神冰冷地望向洪夫人，“那个连律师就是和你在地中海酒店厮混的那个黑头套男人。你们两个人合谋抢走了洪霆霄的手提箱，为了担心秘密暴露，又指使刀哥一而再地追杀我！”

洪夫人不屑地一笑：“那都是你的想象！我和连律师在一起，只不过是想套取洪霆霄遗嘱的内容罢了，我对他那个人其实没有半点的兴趣！”

“少跟我扯谎！除了连律师那种变态，谁会在和女人亲热的时候还戴着头套？而且，也只有连律师才能接触到洪霆霄的核心机密，让你们有机会弄到手提箱里的东西！”

“这么说你已经知道手提箱里的东西是什么了？”

徐峙得意地一笑：“你以为峙哥这么多年在江湖上白混了？我不但知道里面装的是什么，还知道那些东西富可敌国！”

洪夫人咯咯娇笑道：“看不出你这个小毛贼还挺聪明！既然你已经知道了这个秘密，那我们不妨做一桩交易，事成之后我们给你一千万的封口费！”

徐峙冷哼一声：“我对你们那些废纸没有一点的兴趣！”

“那你对什么有兴趣？难道是我吗？”洪夫人无限风情地摇摆了一下光洁的玉腿，那种妩媚的风韵就连小蝶都感觉心中一荡。

穆兰接口道：“阿峰还活着，对吧？”

洪夫人眼睛瞟向了穆兰：“你想用我换阿峰吗？”

穆兰用力地点点头。

“这个交易倒是很划算！”洪夫人眼波飘向徐峙，“死色鬼，还愣着干什么？快给刀哥他们打电话呀！”

挂断电话，洪夫人用脚趾尖勾向了身畔的徐峙，语调轻佻地道：“听清楚了吗？今晚在老虎沟的树林里交易！”

“干吗又是老虎沟，不能换到别的地方吗？”徐峙报怨道。

“怎么？你在老虎沟干过什么见不得人的事吗？”洪夫人的脚尖已经伸到了徐峙的大腿上，柔滑的感觉让徐峙神情一荡。

小蝶一把扯开了满脸迷离的徐峙，穆兰则用力一掌将洪夫人打晕了过去。

小蝶瞟了一眼歪斜着脑袋的洪夫人，对穆兰道：“刀哥他们绝对不会轻易兑现条件的，他们一定有阴谋！”

穆兰道：“这件事情是我的私事，你们两个人没有必要冒那么大的风险。”

“那怎么行呢！你是我的好姐姐，我一定得帮你！”小蝶的眼神中充满了坚定，“况且你一个人去，不但救不出阿峰哥，还会搭上你的性命！我们必须得从长计议！”

穆兰感激地望向小蝶，随即眼波一转：“我忽然想到一条计策！”

“什么计策？”徐峙和小蝶异口同声问道。

殷柔紧锁着眉头，坐在办公桌边，翻阅着地中海酒店谋杀案的卷宗资料。

随着案情调查得越来越深入，殷柔感觉心头的压力也越来越沉重。这明明就是一起精心设计的密室杀人案，徐峙只不过是被人设计的替罪羊而已，可是自己却丝毫找不到这起密室杀人案的破绽所在。凶手究竟是如何潜入房间，又如何在众目睽睽之下离开密室的？这个疑问一直萦绕在殷柔的脑海之中，如同扎入喉头的鱼刺一样，时时刻刻刺痛着殷柔敏感的神经。

时间已经过去了这么久，地中海酒店谋杀案却迟迟未能告破，自己早已经站在了舆论的风口浪尖，特别是在一个神秘人将自己与通缉犯徐峙在地中海酒店大堂擦肩而过的影像发布到媒体之后，殷柔及其领导的重案组几乎成了社会舆论的众矢之的。

是草草结案，牺牲徐峙作为替罪羊以减轻自己的负面影响，还是坚持原则，在这场可能使自己身败名裂的智慧比拼中坚持到底?

这样的念头已经在殷柔的心中闪动过许多次，但都被殷柔坚决否定了。纵然自己在这场角逐中输得一无所有，也不能够放弃初心，成为被利益驱使的司法黑手。

自己不是为了神探的虚名而当警察的，更不是为了职位的高低而躬身警界的。还这个污浊的世界一片清亮，让弱势者的冤屈能够伸张，这才是自己作为警察的根本信念。

我一定要将那个真正的凶手绳之以法，不能让冤案在我的手上出现!

这个坚定的信念成为支持殷柔在逆境中继续前行的强大动力，使她无畏于媒体的各种抨击责难，以及旁人的冷嘲热讽。

想到这里，殷柔感觉疲惫的身体也不再那么不堪重负。她揉了揉太阳穴，重新翻开了对任晶晶、英妮拉，还有郑克杰的问询笔录。

任晶晶是第一个发现命案现场的人，她对现场的描述虽然有一些凌乱，

但却也清晰地勾勒出了当时的案发情况：

“我当时站在卧室门口，就见阚先生仰面朝天躺在地上，胸口上还有个血窟窿，身上、脸上、床上、地上到处都是鲜血。我直接就瘫软在了卧室门口，我想大声喊救命，可是嗓子眼儿怎么也喊不出声音来。”

任晶晶是在卧室的房门外目睹了命案现场，对于一个柔弱的小姑娘来说，突然见到满身是血的尸体，她当时连滚带爬的反应是非常正常的。而且从时间上推算，从她进入房间，到发现倒地的阚立龙，再到爬出房间，中间只有短短一分钟，不具备取走窃听器和清理现场的时间。而她那套束身的工作服也根本藏不下狮吼面具。

任晶晶的嫌疑可以排除。

接下来是英妮拉的供述，她前后两次的口供有很大的出入，特别是第二次，英妮拉交代了一条很劲爆的消息：在她准备杀死阚立龙的时候，卧室的

镜子里居然倒映出一只人手。

如果英妮拉没有说谎的话，那么凶手早就藏在了房间之中。可问题的关键是凶手究竟是什么时候进入房间，又是如何神不知鬼不觉离开现场的。

当然英妮拉的话也不能够完全采信。英妮拉是当年六指淫魔案的受害者，而阚立龙的体貌特征与六指淫魔非常吻合，不排除英妮拉就是真凶的可能，特别是她在赌场与洪霆霄管家陈景鹏神神秘秘的交易，英妮拉身上还隐藏着自己所不知道的事情。而且一定关系重大，否则英妮拉绝不会一看到她与陈总管的那张照片就不顾性命地跳河而逃。

自己一直都以为英妮拉是那种大大咧咧，不善于掩藏心计的人，事实证明自己的判断是绝对错误的。英妮拉看似像男人一样大大咧咧的外表之下，其实隐藏着一颗深不可测的心。但自己还有机会再见到这个英妮拉吗？

殷柔的心头升起一丝隐忧，她突然感觉英妮拉很有可能会就此永远消失，甚至被人灭口。可是，英妮拉，你身上究竟还隐藏着多少秘密？

殷柔紧咬着嘴唇，脸上露出了痛苦的神情，自己在这起案件上是不是犯了太多主观上的错误？

殷柔又重重地叹了口气，低下头继续阅读接下来的问询笔录。最后一个被调查者是郑克杰。他当时做了如下交代："我当时去阚立龙房间，只是想问问阚先生那个女按摩技师的技术怎么样？还满意不满意？当然了，最关键的是能和阚先生套上近乎，以后可以多给他推荐点生意，我也好多挣点小费。"

这与后来在郑克杰血衣中发现的那段录音对话内容大体一致，可见郑克杰并没有说谎。郑克杰之所以会离奇失踪，可能并不仅仅因为那个窃听器，或许郑克杰已经察觉到了凶手的真实身份，所以凶手必须要将郑克杰灭口。

殷柔想起了当时在地中海酒店抓捕郑克杰时的情景，自己亲自带队抓捕郑克杰，连抓捕的警员也是在到了酒店之后才知道行动目标的。在这种极端保密的情况下，竟然还是让郑克杰从警方的眼皮底下溜走了。唯一的可能就是当时协助警方抓捕行动的酒店保安经理栾正豪泄露了消息，让郑克杰拥有了逃跑的机会。

这个栾正豪身上果然有很大的问题。殷柔在栾正豪的名字上重重地画了一个圈。

根据安装在阚立龙房间的那个窃听器来看，凶手或者凶手的同伙一直就潜伏在地中海酒店之内，拥有接近阚立龙的机会。凶手通过监听器监视着阚立龙的一举一动，所以能够准确地判断阚立龙进行古董交易的时间，并于当晚完成谋杀，并抢走狮吼面具。犯罪嫌疑人一定隐藏在曾经进出过阚立龙房间的人当中。

殷柔打开了一个视频文件，这是孙诗蕊整理了所有监控录像后汇集成的一个精编文件，里面记录了自阚立龙入住地中海大酒店后，进出0701房间所有人的监控资料。

这半年来，曾经有四个人进出过0701号房间，分别是楼层清洁工任晶晶、送餐员郑克杰、女按摩技师英妮拉，还有一个就是被殷柔高度怀疑的保安经理栾正豪。

殷柔首先划掉了英妮拉的名字，不管英妮拉在此次案件中扮演什么样的角色，她只是在案发当晚进入过阚立龙的房间，因此不具备安放窃听器进行窃听的时间条件。

紧接着殷柔又划掉了清洁工任晶晶的名字，这个女孩社会关系简单，除了去福利院当义工之外，几乎没有任何的社交活动，业余时间基本都宅在家中，本人及家庭成员都没有牵涉任何的刑事案件。而且案发时，任晶晶已经在地中海酒店工作多年，没有任何刻意潜入地中海酒店蓄意犯案的迹象。

殷柔接下来又划掉了郑克杰的名字，郑克杰对窃听器的所有者进行了明目张胆地敲诈，显然，郑克杰并不是窃听者，与凶手并不是一伙。

如此说来，就剩下了最后一名嫌疑人，酒店保安经理栾正豪。

栾正豪分别在阚立龙入住酒店后第七天，以及在案发前一个月两次进入过0701房间。虽然每次进入房间的时间都不长，而且都有阚立龙在场，但只要做得巧妙，对于一名娴熟的高手来说，安装窃听器并不算什么难事。

更重要的是栾正豪作为一名职业安保人员，曾经两度被选派到警校进行专业培训，熟悉各种监听设备的安装使用，而且具有极强的反侦查能力。

联想到在命案发生后，栾正豪擅自进入案发现场的蹊跷行为，诸多因素叠加在一起，只能说明一个问题：栾正豪具有很大的作案嫌疑，他很有可能就是凶手的同伙。就是他安装了窃听器，并在案发之后为同伙处理了现场遗留的最后痕迹。

但即使锁定了栾正豪，却仍旧无法破解凶手进出命案现场之谜！那么大一个活人在密集的监控器下，在众目睽睽的注视之中，究竟是如何神不知鬼不觉地离开现场的呢？难道凶手真的会隐身术不成？

殷柔的眉头拧成了一个大大的“几”字形，她撇了撇嘴关掉视频文件，又从证物袋中取出了现场的勘测照片，一张一张地细细端详。

第一张照片拍摄于客厅，物品摆放整齐，没有丝毫凌乱的迹象，可以排除在客厅中发生冲突和打斗的可能。

第二张照片是站在卧室门口拍摄的。站在卧室的门口，可以看到床面一片狼藉，还有许多斑驳的血迹。阚立龙就躺在床尾另一角的地上，站在卧室的门口只能看到阚立龙的头和脚，胸口的部位恰好被床挡住，但依然可以感觉到那种扑面而来的死亡气息。

这些照片殷柔已经细细审阅过很多遍，其中的许多细节她已经熟记于心，于是她很快翻到了后面的几张照片，希望能够查找到新的突破口。但遗憾的是这次还像以往一样徒劳无功，殷柔不由得有些气馁，发泄似的将照片甩在了桌子上。

殷柔想抽一支烟，舒缓一下紧绷的神经，却发现自己并没有带打火机，她忽然想起徐峙丢在案发现场那个刻有名字的打火机，脸上不由得泛起了一阵苦笑：这个徐峙真是个笨贼，难怪别人会将他选作替罪羊。

殷柔悻悻地将嘴上叼着的香烟又抽了回去，用力折成了两截，就在殷柔准备把折断的香烟丢到垃圾篓里的时候，侧身弯腰的她不经意间又看到了那张拍摄于卧室门口的照片，突然问讯笔录中的一段话映射到了殷柔的脑海中。

殷柔将照片和供词举在手中翻来覆去地对比着，猛然一拍大腿：对呀，我过去怎么没有注意到这点！犯罪嫌疑人原来早早就在供词中露出了狐狸尾巴！

殷柔激动地从椅子上弹射而起，一边去取公文包，一边迅速拨通了赵腾飞的电话：“通知重案组所有人员马上到命案现场集合。”

49

“深更半夜的把我们集合到这干什么？”张雄彪站在楼梯口抽着烟，满脸不悦地问道。

殷柔没有回答，她扫视了一下在场众人，问赵腾飞：“都到齐了吗？”

赵腾飞点点头：“都到了！连法医研究所的李教授都来了！”

人群中闪出那个儒雅的李云泽，冲着殷柔微微一笑。

殷柔轻轻点了一下头，然后对物证科的一名警员道：“把房门打开！”

那名警员小心翼翼地将房门上的封条撕掉，然后打开了紧锁的房门。

殷柔已经多次来过这个现场，而且通过照片对现场进行过细致的研究，所以对于房间内每个物品的摆放位置都非常地熟悉。

殷柔在客厅没有丝毫的停留，她径直来到卧室门口。

卧室内物品的摆放和案发时一模一样，除了取走的样品，其他东西都原封不动地摆在原先的位置上。

殷柔打量了片刻，然后回头看了一眼张雄彪：“张警官，辛苦你一下，躺在阚立龙原先的位置上。”

张雄彪立刻露出一脸的诧异：“为什么让我躺在尸体的那个位置上？”

殷柔充满歉意地一笑：“因为在场众人里面，只有你的身材体貌和阚立龙最为相似，所以就只能辛苦你一下了！”

“可是这有什么意义？”张雄彪满脸的不解。

“等一下你就知道了！”

张雄彪还想说什么，但看到殷柔逐渐皱起的眉头，只好不情不愿地躺在了阚立龙原先躺着的位置。

殷柔从包里拿出了当时从现场拍摄的照片，仔细比对了一番，然后将照片递给了李云泽："李教授，你看张警官躺下的位置正确吗？"

李云泽当时负责命案现场的勘测，最具有发言权。他接过照片，认真比对了一番后，点点头："丝毫不差！"

殷柔不再说话，而是调整身体的位置，站在卧室门口从不同角度观察躺在卧室地板上的张雄彪。

众人都被殷柔怪异的行为搞得一头雾水，不知道这位漂亮迷人的女上司究竟在搞什么。

过了十几分钟，殷柔停下了她奇怪的行为，神情中既有兴奋，又有疑惑，更多的则是难以抑制的焦虑和急切。

殷柔没有理会众人诧异的目光，她紧皱眉头在客厅里快速踱着步。

殷柔感觉自己已经无限地接近那个真凶了，目前最缺乏的就是支持这些推理假设的证据了。

殷柔努力思索着，脑海中闪动着各种画面，填补着眼前的空洞：奢华气派的慈善晚宴、喧嚣鼎沸的屁王赌场、绿树环抱的福利院……

殷柔的眼神突然定格在福利院的一个人身上：我当时怎么就没有想到它和案件之间的关系呢！对，地铁站！

殷柔猛地一转身对孙诗蕊道："你马上去地铁公司查一下，在发生命案的第二天早晨，也就是7月4日的早晨，在哪个地铁站曾经发生过旅客摔伤的事件？我要视频监控，以及整个事件最详细的资料。"

孙诗蕊的思维显然远远滞后于殷柔，露出了疑惑不解的表情，但她跟随殷柔已久，知道这位上司的过人之处，于是点头道："明早我就去查！"

殷柔转头又问赵腾飞："我之前让你调查那四名被领养孤儿的现状，有结果了没有？"

"我已经派出四组人马去查，应该很快就有结果了！"就在这时赵腾飞的手机响起，赵腾飞接通电话只听了几个字，脸色立刻变得凝重起来。

"怎么了？"殷柔急切地问道。

赵腾飞挂断电话，眼神复杂地望向殷柔："那四名被领养的孤儿中有三个已经移民海外，只有一个留在了N市，他竟然就是——"

殷柔突然想起在地中海酒店抓捕郑克杰时出现的泄密纰漏，立刻出手制止赵腾飞：“不要说了，你把那个人的名字发到我手机上！”

赵腾飞依言发送短信，殷柔打开手机，眼神触及那个名字时，嘴角不由自主地上扬，露出了一个意味深长的冷笑：“果然是你！”

这时，躺在地上装死尸的张雄彪艰难地抬起了头：“头儿，我可以起来了吗？”

殷柔方才专注于案情，竟然忘记了躺在冰冷地板上的张雄彪，连忙满怀歉意地将张雄彪扶起来，又将李云泽喊了过来：“麻烦两位辛苦一下，帮我去屁王的赌场办一件非常重要的事！”

“什么事情啊？”张雄彪满脸疑惑地瞪着眼睛问道。

“揪出凶手的狐狸尾巴！”

老虎沟，沟如其名，如同猛虎张开的血盆大口，在密林的环绕下隐藏在漆黑的夜色之中，随时都准备着吞噬掉陷入其中的猎物。

徐峙和小蝶深一脚浅一脚地押着洪夫人走进了沟底。

今晚的月色原本皎洁，但在密林的掩映下，沟底的光线却显得异常幽暗，再加上丛林中突然飞起蹦跃的鸟兽，透着一股说不出的怪异气息。

穿过密林，终于来到一片相对开阔的草地。刀哥、竹竿、炮筒三人早已等候多时，在他们身旁的轮椅上斜倚着奄奄一息的阿峰。

刀哥三人早已没有了初见时的神采飞扬，他们衣衫破旧，面容憔悴，满身的伤痕，看上去好像流落街头的乞丐，说不出的凄惨。

徐峙看到此情此景，忍不住笑了起来。

刀哥恨恨地说道：“这一切还不都是拜你所赐，你小子就是我们哥仨的灾星，每一次遇到你都有血光之灾，接连几次都差点丢掉了性命！”

徐峙看看刀哥没有耳朵的脑袋，再看看炮筒缠满纱布的肩膀，实在不忍心反唇相讥了：“所以你们哥仨一定要躲离我远点！咱们交易完就各自闪人！”

“你那边放人，我这边就放人！”

“你说话怎么一点都不经大脑？阿峰坐在轮椅上，他自己怎么能够走过来？还得我过去推啊！小蝶，你看好洪夫人！”徐峙说着就大摇大摆地走到了刀哥身旁，看着刀哥狼狈不堪的模样，忍不住又是一声轻笑。

刀哥直气得浑身发抖。

徐峙还不忘调侃了炮筒一句："哎，炮筒，这才几天工夫瘦了不少呀！"

炮筒气得差点眼泪都流出来，损人也不带这样损的，简直就是抠开伤疤往伤口上撒盐！要不是为了救洪夫人，真想立刻就把徐峙撕成碎片。

看着刀哥三人几欲吃人的眼神，徐峙浑不在意地耸了耸肩，脸上却挂满了幸灾乐祸的笑容。

小蝶喊了一、二、三，徐峙便推着阿峰就往对面走去，临别还不忘冲着刀哥三人嘲讽一笑。

走到草地中央，迎面而来的洪夫人竟然用手偷偷地捏了徐峙的屁股一把，语气娇媚地在徐峙耳边轻声道："这是还你那次的！"

徐峙只感觉两腿一软，差点栽倒在地，这娘们也太会撩人了吧？

洪夫人却是咯咯一笑，扭动着丰腴的身子，摇摆出了一片令人窒息的诱惑。

徐峙明知道洪夫人是在故意搅乱他的心神，但还是忍不住冲着洪夫人吞了一下口水。

等洪夫人来到安全地带，刀哥三人立刻从腰间拔出手枪。

小蝶警惕地举起了手枪，徐峙却毫不在意丛林中说道："刀哥，你们这是要干什么呀？"

刀哥狠狠地道："干什么？当然是要你小子的命了！你把我们哥仨害得这么惨，这次一定要把你小子解决了！"

"你们有枪，我们也有枪！"徐峙指了指小蝶手中的枪。

"三对一，我们还怕你吗？"刀哥冷笑道。

"恐怕不止一把吧？"黑暗中闪出了穆兰，她一袭黑衣，眼神冰冷，端着手枪朝刀哥三人缓缓走来。

竹竿狞笑道："我们3∶2，仍旧占绝对的优势！况且，你们是两个娘们拿着手枪，我就问你们一句，会瞄准吗？"

竹竿话音刚落，就听砰砰两声枪响，竹竿和炮筒的耳朵都被打掉了一只，痛的得两人哇哇怪叫。他们刚想举枪还击，却又是砰砰两声，他们手中的枪已经被打飞，直震得手臂发麻。

徐峙嘿嘿笑道："你们还敢再轻视女人的枪法吗？"

刀哥的头发几乎都要竖起来了：“这怎么可能？”

徐峙抿了一下嘴：“穆兰上大学时可是专业的射击运动员，你们这些江湖把式碰上她就认命吧！”

刀哥气得几乎要发疯，可是理智告诉他，碰上了职业的射击运动员，他们就是任人宰割的活靶子，虽有万般的不甘，却又无可奈何，只能眼睁睁地看着徐峙在他面前不停地嘚瑟。

“你们哥仨一人丢了一只耳朵，不如以后就叫一只耳战队吧！”徐峙说完哈哈大笑地扬长而去。

望着徐峙消失在密林中的背影，刀哥三人面面相觑。

刺骨的疼痛，以及数次被人惨无人道地戏弄，让意志最为薄弱的炮筒首先支持不住，他先是微微颤抖，继而痛哭了起来。他悲惨的哭声像催情的药剂，立刻感染了刀哥和竹竿。

哥仨原本要意气风发地大干一场，没想到钱没挣到半分，还被折磨得人不像人，鬼不像鬼。几天来数场恶战，两起车祸，让他们三个人遍体鳞伤，每个人还都破了相，失去了一只耳朵。而对手竟然只是一个名不见经传的笨贼！如此地狼狈不堪，以后还有什么面目在江湖上混迹？刀哥三人觉得他们就如同《大话西游》里的牛精，遇到了磨磨叽叽的唐僧，不停地在你耳边折磨你，让你痛苦不堪，却又无可奈何。

想到此节，刀哥和竹竿也忍不住痛哭起来。连日来的委屈和痛苦，伴随着失控的情绪，如倾泻的江河一样奔涌而出。三人的哭声越来越大，到最后直接就是抱头痛哭。

炮筒更是捂着耳朵，直接坐在地上：“这人不人鬼不鬼的，什么时候是个尽头呀！老子不干了！”

洪夫人一脸鄙夷地望向刀哥三人：“你们三个还是老爷们吗？这么点挫折就哭得像个娘们一样？不就是丢了一只耳朵吗？又不是阉了你们做太监？要是让老大知道了你们三个人的熊样，你们还有命活着回去吗？”

50

空旷的公路上，一辆越野车疾驰而行。阿峰倒在穆兰的怀里，已经沉沉地睡去，穆兰轻抚着他的头发，充满了无限的温柔。

徐峙为了方便背阿峰，也坐在了后排的座椅上。

此刻开车疾驰的是小蝶，她不确定地问道："咱们现在去哪里？"

徐峙想一想："你就开着车在城里随便绕几圈吧，先把可能的盯梢甩掉再说。"

小蝶乖巧地点了点头。

穆兰叹了口气道："过去为了给母亲报仇，一直潜伏在洪霆霄的身旁。现在想想实在是太幼稚了，就凭自己这样一个涉世未深的小女孩，怎么可能骗得过洪霆霄那个老江湖？若不是那个老家伙对我产生了邪念，恐怕我早就被丢到鳄鱼池了！"

徐峙点点头："不过我觉得洪霆霄对你好像是真心真意的，他看你的眼神确实是充满了温柔。"

穆兰尴尬地笑了笑，岔开了话题："我刚才仔细想过了，洪霆霄所说的话应该都是真话，虽然它就是K先生，但真正的幕后主使却是那个黑桃J。黑桃J才是我真正的杀母仇人，可是这个人究竟又是谁呢？"

徐峙望向穆兰："我其实已经隐约猜到这个黑桃J是谁了，而且还有证据，你想知道吗？"

没想到穆兰竟然摇了摇头："以洪霆霄那样的实力对这个黑桃J都束手无策，我又凭什么去复仇？"穆兰低下头无限怜爱地看了一眼怀中的阿峰，"经过这一系列变故，我突然间顿悟到过去的仇恨已经过去了，珍惜眼前的人才是最重要的！如果付出的代价是失去自己最爱的人，那么复仇又有什么意义呢？”

徐峙若有所感地点了点头，沉默了一会儿，又问道：“那接下来你有什么打算？”

“等阿峰伤好之后，我就带他远走高飞，离开这个是非之地！”

“穆兰姐！”一直专心致志驾车的小蝶扭头望向穆兰，“从你第一眼看到我的时候，我觉得你似乎就认识我。”

穆兰明眸中闪烁着不确定：“其实我也不很肯定。洪霆霄多年前的确有一个长得非常像你的女秘书，因为那个女秘书负责洪霆霄的公司事务，所以很少来洪府，我也只偶尔见过几面。但我觉得你们两个长得真是十分相似。”

徐峙忽然兴奋道：“小蝶，你之前会不会曾经在洪霆霄身旁做卧底。如果真是这样的话，也许通过洪霆霄公司的人，就可以查找到你的一些身份信息。”

穆兰点点头：“这的确是一个很好的切入点！”

小蝶却是很沉默：“我想他们应该早已把一切都清除了。”

徐峙感觉这种可能性的确很大，他又望向穆兰：“我很好奇连律师的那个叫作什么许琼的女朋友，怎么会爱上连律师那种怪物？听洪霆霄的口吻，连律师似乎还把这个女人献给了洪老头？”

“我曾经见过那个女孩，虽然五官长得没有小蝶精致，但是身材和气质却和小蝶有得一拼，都是那种让男人非常着迷的性感女人。但这个女孩后来就不知去向了，听洪府的下人们讲是这女孩被糟蹋以后受不了屈辱，投河自杀了！不管真相究竟是什么样子，但自此之后，连律师就备受洪霆霄宠幸，成为洪霆霄的左膀右臂。”

徐峙咂着嘴品味道：“这么说来传闻十之八九是真的了！原来这连律师是靠出卖女友发迹的！”

徐峙的眼睛突然瞪大：“哎，小蝶，你这是开到哪里了？”

听徐峙这么一提醒，穆兰才意识到小蝶已经将车子开进了一个幽静的小区。

“你刚才让我在城里随便开，我不知不觉就开到了这里！”小蝶下意识地停下了车子，打量着周围的景物，眉头忽然蹙了起来，“这个地方我好像曾经来过！”眼睛望向了对面的一幢居民楼。

徐峙顺着小蝶的眼神望去，对面是一幢四个单元六层高的普通居民楼，只是楼体向阳的一侧长满了郁郁葱葱的爬山虎。

小蝶喃喃道："这个地方好熟悉呀！我应该不止一次来过这里。"

穆兰眼光一闪："小蝶，这里会不会是你曾经居住的地方呀？因为你经常驾车到这里，所以下意识地就将车开到了这里！"

小蝶绷着嘴，脸上露出了复杂的神色："可是这么多房间，哪个才是我的家呢？"

徐峙瞟了一眼那幢楼，然后嘿嘿笑道："跟我来，我已经知道哪个是你的房间了！"说着便跳下了车子。

小蝶和穆兰不知道徐峙葫芦里面卖的什么药，将信将疑地架着阿峰一起走进了那幢居民楼。

徐峙在2单元301室前停了下来，指着房门道："就是这间了！"

穆兰满脸怀疑地望向徐峙："你怎么这么肯定？"

"很简单，推理喽！"徐峙双手交叉于胸前，那种自信满满的神情仿若福尔摩斯。

"刚才我观察了一下这幢居民楼所有人家的窗户，发现有八户人家漆黑一片，所以我断定小蝶家就是这八户人家之一。"

穆兰哼了一声："你怎么能确定小蝶没有家人，是独居呢？"

"小蝶的口音并不是本地人，她又从事着不怎么光彩的人体模特职业，而且还是一个糟老头的情妇，在这种情况下怎么可能和家人居住在一起？如果再考虑小蝶是卧底警察的特殊身份，那么小蝶必然是独居了！"

"算你分析得对！"穆兰不服气地扬了扬小巧的下巴，"那你又凭什么从这八个房间中推断出来这个房间就是小蝶的家呢？"

"这就更简单了！"徐峙满脸欠揍的得意表情，"在这八户人家中，有三户人家挂着老人和小孩的衣服，可以排除；还有一户人家贴着喜字，也可以排除！在剩下的四户人家中，有两户人家开着窗户，这两户也可以被排除！"

穆兰抬杠道："凭什么开着窗户就可以被排除，难道小蝶走的时候不可以开着窗户透气吗？"

徐峙嘿嘿一笑："小蝶出事的那天是7月3日，那天风雨大作，小蝶离家之前自然会紧闭门窗，所以开着窗户的必然不是小蝶的房间。"

穆兰被驳得无言以对，但仍旧不服气地道：“那你怎么肯定就是这一间，而不是另外一间呢？”

“剩下的两个房间恰好就是这门对门的301和302。302房间的门把手非常干净，门前有新倒出的垃圾袋，说明这个房间最近是有人居住的，所以可以排除。而这个301房间呢，门把手上插满了广告，说明已经很长一段时间没有人在这里居住了，所以我可以断定小蝶的房间就是这一间。”

“就算你推断得正确，可是我们怎么进去呢？”穆兰话音未落，只见徐峙掏出一根小铁丝，在门锁上轻轻一捅，房门便应声打。

穆兰惊愕得眼珠子都差点掉到地上：“你这开门的速度也太快了吧？”

推开房门，徐峙当先走了进去，大大咧咧地按下了吊灯的开关。刺眼的光芒让徐峙三人有些不适应，但更令他们惊愕的是在客厅正中央的沙发上，赫然坐着一具没有头颅的“死尸”。

51

小蝶吓得惊声尖叫起来，还是徐崎眼尖，在经历了最初的惶恐之后，感觉这个“死尸”有些不对劲，凑上前仔细一看，竟然一把将“死尸”提了起来！

小蝶惊得花容失色：“你怎么把尸体——”

话音未落，徐崎已经将那个“死尸”扔到了小蝶身上：“你仔细看看，这哪里是死尸，根本就是一个塑料模特。”

小蝶定睛一看，果然这只是一个穿着衣服的塑料模特，被摆坐在了沙发上。

小蝶蹙着柳眉嗔怪道：“谁这么无聊呀，故弄玄虚吓唬人！”

“这个人恐怕就是你自己了！”穆兰指着一张素描画像意味深长地说道。

小蝶凑上去一看，那是一张裸体素描画像，画中的人正是小蝶。

小蝶惊讶地张大了嘴巴，但随即面露疑虑：单凭这张画像还不能确定我就是这里的主人吧？或许这只是凑巧曾经画过我人体素描的一位画家的房间呢？

“不可能！”徐崎拿着几件女士内衣比画着，“这个罩杯和你的完全一致，这肯定是你的房间。”

小蝶羞得满脸通红，冲上去一把夺过内衣：“讨厌！”

徐崎嘿嘿一笑：“咱们还是先把阿峰安置到床上吧！”

三个人将阿峰安置到卧室的大床上，然后开始翻箱倒柜搜索这个房间。房间里面异常地整洁，没有任何表明身份的东西，除了一些女人的衣物之外再无其他东西。

徐崎伸手到箱底一摸，摸出一个用黑布包着的东西，沉甸甸的。

徐崎面露喜色：“这是什么宝贝呢？”打开一看，脸色却是一沉，竟然是一把警用手枪，连忙又丢回到了箱子里面。

徐峙探头又从箱底翻出一件黑色的长袍：“哎，这套衣服好奇怪呀！”一把将衣服披在了小蝶的身上，又将一顶宽檐的黑色帽子扣在了小蝶头上。

“你这是干什么呀？”小蝶嗔怪道。

“我只是想看看，如果这个衣服是属于你的，你穿上会是什么样子？”

“这件衣服好难看呀！”小蝶噘起了小嘴，但仍旧很配合地将衣服穿上，“摆出了一个杀手的造型，酷不酷？”

“戴上这个墨镜就更酷了！”穆兰将桌上一个墨镜戴在了小蝶的脸上。

温顺乖巧的小蝶立刻就像电影海报中的女杀手一样，充满了逼人的戾气和嗜血的魔性。

徐峙微笑的笑容慢慢僵硬了起来，他身子微微一怔，脑海中浮现出一个似曾相识的场景，当时那个人好像也是……

“怎么了你？”穆兰望向徐峙，“你的反应怎么这么奇怪？”

徐峙讪讪地一笑：“噢，没什么，我只是不习惯小蝶这种杀手造型的打扮！”

徐峙来到梳妆桌前，拿起桌上的香水喷在手上闻了闻，眼睛立刻一亮：这个香水味道和我第一次遇到你时你身上的味道一模一样！瞥眼看见桌上的一个便签，神色立刻变得更加兴奋：

晚上8点，地中海酒店19层，慈善晚宴。

“这笔迹跟你的一模一样，而且内容也很吻合，看来这里真的就是你的家了！”

小蝶拿过那张便签，仔仔细细地看了好几遍，确确实实是自己的笔迹。

穆兰拍了一下徐峙的肩头：“没想到你这笨贼的推理能力这么强！我就奇怪了，像你这样聪明的头脑，怎么可能成为被同行讥笑的笨贼呢？”

徐峙不怀好意地瞄了一眼穆兰高耸的胸部：“有美女在身旁刺激，脑袋自然就灵光了许多！

“死色鬼！”穆兰抬脚便要踢徐峙。

就在这时，门铃竟然毫无征兆地响了起来！

徐峙、小蝶、穆兰身子都不由自主地一颤：深更半夜是什么人会突然造访一个闲置了很久的房间，难道真的是鬼敲门吗？

徐峙使了个眼色，示意小蝶去开门，他和穆兰躲藏到了紧临房门的卫生间里，如果有什么异动，他们立刻便会提枪冲出来。

小蝶甩掉那件黑衣，深吸了一口气，缓缓打开了房门。

狭小的门缝里挤进一个干瘪的脑袋，也不等小蝶礼让便走进了房间。

这个人非常枯干，最多也不过80斤，身体有些略微弯曲，却长着一对贼溜溜乱转的眼睛，充满好奇地扫视着每一个角落。

“老奶奶，您——”小蝶礼貌地问道。

“老奶奶？我有那么老吗？你以前可是都叫我王姐的！”王姐的脚踩在地上没有一丝的声响，就像是个毫不受重力影响的幽灵。

“我方才在楼下散步的时候看到你房间的灯亮了，所以就过来看一看，游小姐，你有好长时间不在家了吧？”

“噢，对，对！”小蝶支吾地答道。

“我还以为你搬走了呢！”王姐踱着步来到小蝶的那张裸体素描前，掩嘴笑了起来，声音又尖又刺耳：“你们年轻人啊，就是开放，竟然画这种画。哎，你屁股上面怎么多了一块伤疤？”

小蝶羞赧道：“你见过我的……我的……”“屁股”两个字始终没有说出口。

王姐一拍小蝶的手臂：“你忘了？五年前，我们在桑拿房曾经遇到过。我记得那时候你屁股光溜溜的，根本没有这么大的一个伤疤呀？”

小蝶羞得满脸通红，王姐却嘿嘿怪笑道：“都是女人，你害羞什么呀？”

王姐的眼睛滴溜溜乱转，瞟向了里间大床上的阿峰：“那是你男朋友呀？”

“啊？”

“那就不打扰你们了，姐姐我也是过来人，我懂，我懂！”王姐挂着暧昧的笑容关上了房门，留下了一脸尴尬的小蝶。

“这老太婆纯粹是一个神经病，哪有半夜三更散步的，还关心别人屁股上有没有伤疤？”从卫生间出来的徐峙抱怨道。

穆兰也表示同意：“我也觉这个老太婆很古怪，一把年纪了还让人叫她王姐。不过王姐的出现至少证明了一点，小蝶，你的确是这个房间的主人。”

小蝶忐忑不安地道：“那我这屁股上的伤疤是怎么回事？”

徐峙一挥手：“管他的呢，不就块伤疤吗？有什么大惊小怪的？”

就在这时，卧室里的阿峰却突然惊声尖叫了起来：“你这个卑鄙的家伙，是我看错你了！”

城市的另一侧。

陈景鹏呆坐在家中，电视机里反复地播放着一家人在一起的温馨场面，特别是妹妹那张洋溢着青春朝气的清纯脸庞。曾经的一切是那么的幸福，而现在……

陈景鹏一直冰冷无情的眼眸中缓缓地淌下了炙热的泪珠。

作为洪霆霄的大总管，这五年来陈景鹏见识过了太多太多凶残的血腥场面，自认为已经是铁石心肠，但每每看到这些画面的时候，仍旧会情不自禁地落下眼泪。

这盘录影带原本就不应该携带在身旁，会随时葬送掉他的性命。可这却是陈景鹏活在这个世上最后的精神支柱。

就在半个小时之前，他刚刚接到医院的电话，妹妹的精神分裂症更加严重了，已经开始乱打乱砸了，医生们只有采用强制治疗，将她关在了一个单独的小房间里。

陈景鹏心如刀割，正在削苹果的刀划破了手指，他却没有意识到一丝的痛苦，任由鲜血滴溅在茶几上的两张照片上。

照片中是两个眉宇有些相似、神情却完全迥异的人，年老的正是洪震霄，而另一个脸色有些发白的男人正是洪震霄的私生子。

陈景鹏低头瞥了一眼照片中的两个男人，眼睛中浮现出复杂的神情：这盘棋下一步究竟该怎么走呢？

就在这时，门铃突然叮咚一声响起，声音清脆，但却如巨石一样压向了陈景鹏的心底。

陈景鹏弹射式地从沙发上跳了起来，将两张照片迅速收起，他这个住宅极其隐秘，几乎没有什么人知道，难道是被发现了？

陈景鹏拔出手枪，将眼睛缓缓地贴在了猫眼上，但只看了一眼，他便立刻打开了房门。

一个浑身湿漉漉的女人走进了房间，当女人的眼眸触到陈景鹏脸颊的一刹那，立刻泪眼纷飞。剧烈的抽搐让她原本就单薄的身子看起来是那样楚楚可怜。

陈景鹏一把将女人抱在怀里，关切地问道："英妮拉，你……你怎么了？"

英妮拉抬起头，眼眸清澈得像湖水，丝毫没有平日里的那种慵媚："我和你在赌场换打火机的事情被警方知道了，用不了多久洪霆霄的人也会知道这个消息的，我怕他们会对你不利，所以……"

陈景鹏轻抚向英妮拉的面颊："你去杀阚立龙，为什么不告诉我？"

"你为我做了那么多，我不能把你牵连到这件事情里面。"

"傻丫头，在我们两个人之间还需要区分你和我吗？你要真的出事了，我会难过一辈子的！"

英妮拉激动地倒在了陈景鹏的怀中，喃喃低语道："有你这一句话，我就足够了！"然后又紧锁着眉头望向陈景鹏，"洪霆霄他们一定不会放过你的！"

陈景鹏的嘴角微微向上一扬："没关系，有些事情是到了需要了结的时候了！"

52

清晨，殷柔驾车驶向位于南郊的精神病院。在经过一个转弯的时候，差点与迎面驶来的一辆黑色越野车相撞。

“现在的人开车怎么都这么莽撞啊！”殷柔不由得蹙起了眉头。

就在这时，她的电话响起，赵腾飞的声音传了过来：“老大，我们刚接到一个药店营业员的报警电话，发现了一个疑似通缉犯徐峙的人。”

“在什么地方？”

“在南郊的一个药店，疑犯驾驶的是一辆尾号为278的黑色越野车。”

“278的黑色越野车？”殷柔脑海中浮现出方才与自己险些相撞的那辆越野车，尾号正是278。

殷柔挂断电话，猛地打了一个方向，朝越野车的方向疾驰而去。过了七八分钟，殷柔终于在前方发现了越野车的踪迹。她猛踩油门追了上去，越野车里坐着的正是她苦苦寻觅的徐峙和小蝶。

殷柔拔出配枪指向了正在开车的徐峙，示意徐峙停车。

徐峙此刻也发现了殷柔：“这女警还真是阴魂不散呀，小蝶，你坐稳了！”

徐峙将油门踩到了底，越野车如同脱缰的野马一样疯狂地冲了出去。

殷柔也不甘示弱，猛力撞向了徐峙的车尾，剧烈的撞击让越野车的车身猛烈颤抖起来。

“想跟我飙车技，你还嫩了点！”徐峙也调整位置还以颜色。

两辆车在公路上追逐起来，连续逼停和撞翻了十几辆汽车，惊心动魄的程度，丝毫不逊于好莱坞大片中的公路追逐。

前方出现了警方的拦截车辆，徐峙只好猛地一打方向盘，将车子驶入一条狭窄的街道。

街道里堆积着各色的货物和纸箱，被徐峙的车子撞得货物横飞，一片狼藉。

殷柔紧随其后，丝毫也不松口。

“警察不就是个职业吗？你干吗要拼上性命啊？”徐峙一脸的苦涩，感觉这次怕是逃不出殷柔的手掌了。

就在这时，街道前方出现了一辆卸货的卡车，整个挡住了去路。

徐峙将车子一横打，冲小蝶喊道：“快跳车，我们从旁边的小巷跑。”

徐峙和小蝶一前一后，拿着为阿峰买的药品，拼命地在小巷里狂奔。

逃跑是徐峙的长项，小蝶的体力也是非同一般的好，但架不住殷柔是警校的越野冠军。他们之间的距离是越来越近。

徐峙累得胆汁都快吐出来了：“这女警也太生猛了吧？什么样的男人敢娶她啊！”

“你现在还有心思想这些呀？”小蝶扯着徐峙的手，“朝这边跑！”

小蝶强拖着徐峙跑到一条轻轨前，却被抄近道赶来的殷柔挡住了去路。

“不许动，再动就开枪了！”殷柔将枪指向了小蝶。

徐峙立刻挺胸挡在了小蝶身前：“这件事情跟她没有任何关系！”

“你还挺仗义！”

“作为男人，当然要保护自己心爱的女人了！”徐峙喘着粗气道。

殷柔心中一动，但还是将手铐扔了过去：“把你俩铐在一起，跟我回警局。”

“不可能！”徐峙斩钉截铁道。

“你不必负隅顽抗了。我现在已经知道杀害阚立龙的凶手是谁了，你跟我回去，我会证明你的清白！”

徐峙心念一动，但随即道：“我现在所惹的麻烦已经不止阚立龙这一件了，即使你可以证明我的清白，但一样会有人杀我灭口！而且，还有小蝶，你能恢复她卧底警察的身份吗？”

“我会尽全力保证你们两个人的安全。”

“我相信你！”徐峙昂首望向殷柔，“但是你能斗得过洪霆霄和黎昕吗？他们两个人无孔不入，在警界的影响远远超出你的想象，而且仅仅凭借我们两个人的证言，就能扳倒洪霆霄和黎昕吗？”

“那你想怎么办？”殷柔不解地望向徐峙。

“我现在离扳倒洪霆霄和黎昕只有一步之遥了，请你给我一个机会。一周之内我一定会给你个满意的答复！我相信这也一定是你所期望的！”

“我凭什么相信你？”殷柔更加用力地握紧了手枪，但眼神中却流露出一丝犹豫。

不远处响起了轻轨列车撞击铁轨的声音。

“你还记得当年那起文物抢劫案吗？洪霆霄就是K先生，黎昕也参与了那起案件。”徐峙上前一步，将一个东西塞进了殷柔的口袋，就在殷柔迟疑的一刹那，徐峙猛地推了一下殷柔，身子向后弹射而回。

就在殷柔准备举枪射击的时候，轻轨列车已经疾驰而过，横挡在了殷柔和徐峙小蝶之间。等到列车呼啸而去的时候，殷柔的对面已经空无一人。

郊外一处隐匿的别墅里，黑头套男人坐在阴暗的角落，虽然是在自己的地盘，但他仍然习惯性地戴着黑头套，只露着两只闪着寒光的眼眸，透着令人窒息的冰冷。

刀哥、竹竿、炮筒三人狼狈不堪地站在黑头套男人的对面，像是三只被人痛打过的落水狗。

而洪夫人则一脸轻松地坐在旁边的沙发上，若无其事地摆弄着自己的美甲。

“你们三个以前不是黑道上的金牌杀手吗？怎么连一个蠢贼也搞不定，三番四次地让他从你们眼皮底下溜走，就这点事情也搞不定，我花那么多钱请你们来干什么？”

刀哥委屈地道：“老板，你不知道那小子有多么狡猾！我们——”

“我不需要听那么多的解释，我就问你相片找回来了没有？”

刀哥顿时哑口无言。

黑头套男人神情激动地拍了一下桌子：“你知不知道，如果相片里的秘密传出去了，那我们所做的一切都会前功尽弃，你们以后靠什么去养老，我又靠什么去翻身？”

“别生那么大气呀，气大伤身啊！”洪夫人娇媚的声音传来，却丝毫不能抑制黑头套男人的愤怒：“都怪那个老不死的，居然把全部的财产都留给了穆兰那个贱人！”

洪夫人抿了一下鲜红的嘴唇："你也不要再责备刀哥他们了，徐峙的确不是那么容易对付的，况且照片中的秘密他已经猜到了！"

"什么？"黑头套男人的眼睛中透出了难以置信的惊愕。

"不过你也不用担心，徐峙现在主要的精力都在对付洪霆霄和黎昕，暂时还不会把这个证据交给警方。只要抓紧这段时间将他灭口，我们还是有机会的。对了，事情进展得怎么样了？"

黑头套男人叹了口气："远没有我们想象的那么顺利，还有几个技术上的难点没有搞定。我已经让那几个专家想办法了，再有一周的时间应该就可以批量印刷了。我现在最担心的是如果这段时间消息被披露出去的话，那么金融机构就会提前启动预案，我们辛辛苦苦印出来的东西就只能是一堆废纸了！"

"你也不要那么沮丧，我们还是有机会的！"洪夫人风情万种地走了过来，将柔弱无骨的娇躯缠绕到了黑头套男人身上，摆出了一个非常妖娆的挑逗姿势。

黑头套男人却丝毫不为所动，愤愤地道："本来那万贯家财都是我们的，没想到糟老头子却鬼迷心窍，竟然将全部的财产都给了一个外姓旁人，逼得我们不得不铤而走险！"

"事情也不能全往坏处想，要不是他绝情，我们又怎么可能在一起？别忘了论名分，我可是你的小妈啊！"

黑头套男人冰冷的眼眸中闪过一丝淫邪的光芒，一双大手不安分地伸向了满眼桃花的洪夫人："什么狗屁小妈，你不过就是老不死的玩偶罢了！"

53

南郊精神病院的诊疗观察室里，殷柔坐在椅子上，透过玻璃窗，观察着受害人陈丽的一举一动。

陈丽是八年前六指淫魔案件中的第六名受害者。当时还是女学生的陈丽在经历这件事情之后，精神受到了严重的刺激，眼前总是出现幻觉，对周围的事情疑神疑鬼，被医生诊断为精神分裂症。

殷柔来到精神病院本想通过面对面的交谈，可以从陈丽那里了解到一些当年的案情细节，没想到陈丽的病情突然加重，已经被单独隔离了起来。

陈丽穿着医院的病号服，快速地在房间里来回踱步着，嘴里似乎不停念叨着什么，眼神中透露出一种无助的惶恐。

殷柔细细打量着一墙之隔的陈丽，坦率地说陈丽是一个大美人，虽然面容很憔悴，行为举止中透着一丝古怪，但还是难以掩饰她天生丽质的姣好容颜。

“这个陈丽住进精神病院有多久了？”殷柔转身问陈丽的主治医生。

医生叹了口气：“自从发生那件事情之后，断断续续差不多有八年了！”

“那都是什么人送她来医院？”

“最开始是她的父母亲，但没过多久她的父母受不了这份刺激相继过世了。再之后就一直是陈丽的哥哥送她来医院。”

殷柔不禁也叹了口气，那个作恶多端的六指淫魔真是害人不浅，一个好端端的家庭就这样被毁掉了。

就在这时，陈丽突然将脸贴在了镜子上，两只手用力地拍打着镜面，嘴里含糊不清地说着什么，似乎是发现了正在对面监视她的殷柔。

殷柔也向前一步，近距离仔细观察陈丽的表情。突然，陈丽唇边一颗不太显眼的痣如同一道闪电划亮了殷柔记忆深处的一张脸。

殷柔瞪大眼睛又仔细地将陈丽的五官审视了一遍，喃喃自语道：“她长得好像一个人啊！”

医护人员已经冲进了病房，对陈丽进行治疗，而陈丽却极不配合地挥舞着手臂，眼神中透着一股令人费解的愤怒。

殷柔打开了随身携带的平板电脑，翻阅着六指淫魔案件的电子档案。七名受害者的照片依次在屏幕上被划过。

第一名受害者唇边有痣，第二名受害者唇边有痣，第三名受害者的相同位置也有一颗痣，第四名，第五名，包括第六名受害者陈丽的唇边都有痣。图片定格在了英妮拉的照片上，英妮拉的唇边却没有痣。

在殷柔与英妮拉数次会面的记忆中，英妮拉的唇边的确是光溜溜的，没有任何的印记。难道是自己的判断有误？

殷柔拨通了参与当年法医鉴定的李云泽：“李教授，在你的印象中英妮拉在案发时唇角边有没有一颗痣？”

“没有！”李云泽肯定地回答道，“不过，英妮拉唇边之前的确是有一颗痣。”

“你是说英妮拉为了美容把唇边的那颗痣点掉了？”

“的确如此，而且就是在案发当天下午。因为她唇边还有治疗过的痕迹，我在给她验伤时发现了这一点，并询问过她。怎么啦，难道这也与案件有关联吗？”

“没有，这只是我的一个猜测，具体情况等见面后我再跟你说。”殷柔挂断了电话，脑海中却突然冒出了一个连她自己都有些胆寒的猜想：如果正如自己猜想的那样，那么这个神秘之极的六指淫魔其实一直都在警方的视线之内！

刺耳的电话铃声让殷柔的身子不由自主地颤抖了一下，接通电话之后，传来孙诗蕊兴奋的声音：“老大，你让我查7月4日发生在地铁站的意外事故终于有结果了！就在案发当天上午，地中海酒店附近的地铁站发生了乘客被挤下楼梯的严重事故，那名乘客摔伤了腿，被急救车送进了医院。”

“那个乘客是不是只有一米多高，身体有严重残疾？”

“咦，老大，你怎么知道？”孙诗蕊的声音里充满了惊异，但还是接着描述后续的情况，“当时正值人流高峰期，这位乘客被人挤下了楼梯，我们通过急救中心的诊疗记录了解到这个人叫王鹏，居住在本市的福利院。”

“你调取监控了吗？”

“调取了！地铁站的、救护车的，我全部都调取了。监控都清晰地拍摄到了那名乘客的相貌。”

见殷柔反应平静，孙诗蕊忍不住问道：“老大，难道你早就猜到这一切了？”

殷柔并没有正面回答，只是淡淡地说道：“看来密室杀人案可以收网了！”

“今天可真险啊，差点就被那个女警察抓住了！”徐峙心有余悸地吐出一口冷气。

“你们为了给阿峰买药，冒这么大的风险！”穆兰有些愧疚地望向徐峙和小蝶。

“穆兰姐，你怎么说这么见外的话呀？要不是你当初救了我，我现在还被困在洪府里呢！”小蝶转头又望向徐峙，“你今天和那个女警察说了些什么？”

徐峙道：“我说我迟早会给你一个交代。”

“什么样的交代呀？”小蝶和穆兰都诧异地望向徐峙。

“我还没有完全想好！穆兰，你真的不准备为母亲报仇了？”

穆兰迟疑地望向了服药后正在卧室熟睡的阿峰。

“我明白你的心意，你其实是想报仇的，但又害怕斗不过那个黑桃J，连累了阿峰！”

穆兰点了点头，明眸里飘满了复杂的神情。

“我现在有一个大胆的计划，可以一举干掉洪霆霄和黑桃J。”

“这么说你已经知道黑桃J是谁了？”穆兰声音有些颤抖地问道。

“其实这个答案呼之欲出。有谁在十年前古董抢劫案后一夜暴富，成为N市黑道新的掌门人？还有谁可以让嚣张跋扈的洪霆霄都不敢轻易下手？”

“你是说黎昕？”

“不错，那个黑桃J就是黎昕！在十年前黎昕还只是一个被人挑断手筋的穷教书匠，但就在那时候他莫名地暴富，成为N市只手遮天的大人物。如果不得到意外的横财，怎么可能有如此快的崛起速度？”

“但这只是你的猜测，你有证据吗？”穆兰的眼神中仍旧充满了迟疑。

“就在小蝶失忆之前，她拍下了黎昕与阚立龙走私文物的视频，而被交易的那个古董正是在文物抢劫案中被劫走的狮吼面具。”

小蝶插口道：“你虽然分析得很有道理，但我还有一个疑问，为什么在黎昕羽翼还没有丰满之时，洪霆霄不把他彻底铲除呢？”

徐峙微微一笑：“正如洪霆霄在连律师家所说，黎昕拿着他的把柄。毕竟涉及阴谋诡计搞女人，传出去在江湖上是很丢脸的事情。而且我想当时黎昕拿到钱之后，一定雇用了一大批亡命之徒保护自己。洪霆霄没有十足的把握，是不敢把黎昕怎么样的。但这并不意味着洪霆霄就会放过黎昕，我猜想洪霆霄一定在等待机会，准备将黎昕连根拔起！”

穆兰像是忽然想起什么：“听你这么一提醒，我倒是想起一件事情。前不久，我偶然听到洪霆霄对连律师说，看来我们只能用撒手锏对付黎昕了！”

“他们说的撒手锏指的是什么呀？”徐峙追问道。

穆兰摇摇头：“具体是什么我就不知道了，但听他们的口吻好像是一个人。”

“一个人？”徐峙冥思苦想了半天也没有头绪，不由得叹了口气，“这个洪老头还真难琢磨！他和连律师在很多方面还挺相像的，透着一股邪门的怪气。哎，你说他们两个会不会是父子俩呀？”

穆兰道：“洪霆霄的确是有个私生子，但那个人从来没有来过洪府，所以我们都没有见过他。如果他们真的是父子俩，洪霆霄强夺了儿子的女朋友许琼，那这也太过荒唐了！”

徐峙冷笑一声道：“还有什么事是洪霆霄做不出来的？洪霆霄将全部的遗产留给了你，又搞了儿子的女朋友，难怪会逼得连律师和洪夫人狗急跳墙呢？不过，这却给了我们一个很好的复仇机会！”

54

一处废弃已久的小码头，在夜色的笼罩下，透着一种令人不安的诡异感觉，像是通向死亡的渡口，随时可以吞噬掉鲜活的生命。

但就在这种恐怖的氛围中，却有两个人迈着缓慢的步伐，推着一辆轮椅来到了码头。

轮椅上的人痛苦地呻吟了一下，推他的男子俯下身子关切地问道："怎么啦，刚才碰到伤口了？"

轮椅上的人苦涩地笑了笑："没事！"身子却像经不起寒冷的夜风，微微颤抖了一下，旁边的年轻女孩赶忙将一件衣服披在他身上，声音温柔地说道："是不是我刚才没有固定好？都怪我只学了个皮毛！"

男人道："再忍一忍，等出国以后我们会给你请最好的医生！"

轮椅上的人感激地点了点头："你们对我太好了！"

年轻女孩轻抚了一下他的头："傻孩子，我们本来就是一家人！"

幸福的笑容荡漾在三人的脸上，既有对未来美好的憧憬，更有对逃离这个险恶境地的释然。

然而就在这时，突然两束强光打在了三个人的身上，紧接着刺耳的警笛响起，几十名全副武装的警察就像变戏法似的一下子从四面八方涌了出来，将他们团团包围。

为首一个神情冷傲、英气逼人的女警察迈步朝三人走了过来，眼神中透着直抵人心深处的冰冷。

"啊，是殷督察啊！您怎么会出现在这里？"为首那名男子脸上勉强挤出一丝笑容，但看起来是那么僵硬。

“我倒想问问你们为什么会出现在这里？”殷柔反问道。

男子干笑了几声：“我们就是在这里随便走走。”

“深更半夜在这样一个废弃的码头吗？林浩宇，我还是劝你最好说实话！”站在殷柔对面的正是地中海酒店那个叫作“小林子”的保安林浩宇。

“殷督察，我不知道你在说些什么？”

“那我就帮你回忆回忆！”殷柔缓缓踱步到林浩宇面前，“在我们抓捕郑克杰的时候，他竟然在我们眼皮底下逃走了，当时我们怀疑是那个后来神秘失踪了的保安经理栾正豪，但栾正豪始终和我们的警员在一起，根本没有通风报信的时间。我们后来通过调取监控录像发现你从旁边的值班室走了出来，两个房间之间只隔着薄的木板，你很有可能听到了警员和栾正豪的对话，所以提前通知郑克杰逃离了现场。”

林浩宇露出不屑的神情：“这只是你一厢情愿的猜测，你有什么证据？再说了，我干吗要通知郑克杰逃走，他与我又有什么关系？”

“因为郑克杰在阚立龙房间无意中发现了你们安置的窃听器，于是他通过窃听器进行敲诈，威胁你们，如果不给他封口费，便要把安装窃听器的秘密告诉阚立龙。由此才上演了郑克杰隔着房门对话阚立龙的好戏！你们当时还没有得手，如果郑克杰戳穿了你们的伎俩，你们精心设计的一切就会功亏一篑！所以你们联络了郑克杰，并且给了他封口费，但同时也暴露了你们的身份。如果郑克杰被抓，你们的身份必将被警察识破。所以你就冒险放走了郑克杰，之后又将郑克杰杀人灭口！”

“即使真的存在这样一个凶手，但你们凭什么就认定那个人是我呢？”林浩宇反问道。

“因为我们发现了你与这起案件相关联的证据。”殷柔将几张照片递到了林浩宇手中，正是拍摄于屁王赌场的视频截图。

“你为了物色替罪羊而伪装成赌客，仔细观察着徐峙的一举一动。当你发现徐峙出老千时，便用短信通知了屁王，从而使徐峙和他的副手冯阿呆陷入绝境。接下来你通过变声器联络了脑袋有些愚钝的冯阿呆，指使他们去偷窃古董商阚立龙，从而使他们落入你们精心设计的陷阱之中。”

林浩宇从容地一笑：“你分析得确实很精妙，但还是那句话，证据呢？”

“这些照片还不足以说明一切吗？”

林浩宇哑然失笑，眼神中充满不屑：“照片中的人，只不过与我的体形有些相似罢了，难道仅凭这点就可以认定我与这起案件有关吗？”

殷柔冷冷一笑：“我还有更加直接的证据！”

林浩宇嘴角的笑容慢慢凝结。

“你自以为做得天衣无缝，但却因为一次意外留下了致命的破绽！你记得不记得曾经有一个坐在你身旁的赌客赢了很多钱，这个人非常豪爽，立刻便要了很多酒，请桌上的每一个人喝。他第一个就将酒杯递给了你，你当时正嚼着口香糖，为了避免大家过度地关注你，你慌忙将口香糖吐在手里摁在桌底，匆匆忙忙将酒喝了下去。”

林浩宇的脸色已经变得铁青。

“你把口香糖摁在桌底，所以并没有被清洁工清理掉，我们很容易就从里面提取到了你的生物样本，从而证明当时频频出现在徐峙身旁的那个神秘人就是你林浩宇。”

林浩宇嘴角抖了几下，却突然大笑了起来：“即使那个人是我，又怎么样？我只是因为看不惯徐峙出老千，所以才偷偷通知了屁王。你不能因此就认定我与密室杀人案有关。

“况且在案发当晚，我起先在酒店19楼值班，之后又和朋友在KTV唱歌，都有着充分的不在场证据。我根本就没有机会杀害阚立龙。再说了，我从来没有进入过阚立龙的房间，怎么可能在他的房间安装窃听器？”

“你的确是一个思维非常缜密的人，为自己制造了充分的不在场证据，但这却无法改变你遥控杀人的凶手本质，因为你还有同伙！”殷柔目光如电地扫向了林浩宇身旁那个纤弱的女孩，“她就是任晶晶！”

任晶晶身子一颤，像受伤的小鸟一样蜷缩在林浩宇身后，低声呢喃道：“你……你不要冤枉我！”

“我没有冤枉你！”殷柔斩钉截铁道，“虽然你和林浩宇在酒店刻意表现得非常疏远，但从你们现在的模样可以看出，你们其实是一对非常相爱的情侣。作为林浩宇的女朋友，你协助林浩宇完成了这桩血腥的杀人案。”

殷柔接着又道：“你负责打扫酒店的七层，这样你便有了和阚立龙近距离接触的机会。你不但熟知了阚立龙怕风怕光吃安眠药的习惯，而且在打扫房间的时候，还将窃听器悄悄安装在了阚立龙的房间。如此一来你们就可以精确地掌握阚立龙的一举一动，并最终完成了谋杀。”

“荒谬！”林皓宇紧紧握住了任晶晶的手，“难道就因为我们两个人是男女朋友，你就可以肆意将我们想象成犯罪团伙吗？我可以在法庭上告你诽谤！”

殷柔冷笑一声：“我既然敢这样说，自然是有依据的，而这个依据就是任晶晶的口供！”

“我的口供？”任晶晶眨着一双怯生生的眼睛，不解地望向殷柔。

“你在口供中曾经向我描述你发现命案现场的过程，你当时站在卧室门口向里望了一眼，看到阚立龙仰面倒在地上，胸口有一个血窟窿。”

“这……这有什么问题吗？”任晶晶一脸的疑惑。

“问题就在于你的身高！我的身高是一米七，比你还高了几厘米，可是我站在卧室门口的时候，由于被床遮挡，恰好看不到阚立龙胸口的位置。我又模拟你的身高，从各个角度去观察阚立龙的尸体，依然看不到阚立龙伤口的位置。

“你既然从来没有进入过卧室，只是站在卧室门口匆匆一瞥，你又怎么能够看到阚立龙是胸口受伤，而且还是被利器贯穿后形成的血窟窿？唯一的解释就是你在撒谎，你根本不用去看就知道阚立龙伤口的形状，因为你已经事先得知了谋杀的手法！”

任晶晶委屈道：“难道我就不可以是听别人说的吗？”

殷柔冷哼一声：“我们后来又调查了和林浩宇一起搀扶你的服务员，你亲口对那名服务员说阚先生被人杀死了，胸口好大一个血窟窿。那时候还没有任何人进入过现场，你对阚立龙伤口的精确描述又是从哪里听来的？”

任晶晶从林浩宇身后走了出来，神情和模样完全像换了一个人：“人在受到剧烈刺激之后，难免会产生一些幻觉，这在许多案例中都出现过，我想我当时也是属于这种情况吧，这最多算是描述不准确，难道这也可以成为定案的依据吗？”

殷柔蹙眉打量着眼前这个判若两人的任晶晶，脸上的神情有些尴尬：“我的确是低估了你，你并不像看起来那么柔弱。”

“谢谢殷督察的夸奖！”任晶晶的眼睛变得分外明亮，再也没有先前的那种躲躲闪闪。她带着一种得意的微笑，缓缓踱步到殷柔面前，“就算你觉得我有嫌疑，可我也有着充足的不在场证据，你别忘了我进出阚立龙的房间是在上午八九点钟，而阚立龙却是死于深夜，监控录像都清晰记录了这一切，难道我会穿越房间杀人吗？”

“我也从来没有说过你是直接杀害阚立龙的凶手！你在这起案件中只是起了一个掩护的作用，真正的凶手另有其人！”

任晶晶又笑了起来：“你究竟在说些什么，我怎么越听越糊涂了？”

林浩宇也插口道：“殷督察，我知道你抓捕徐峙非常困难，但是你也不能够冤枉好人，拿我们做封堵舆论责难的替罪羊！停车场和酒店走廊的监控已经充分证明，在阚立龙死亡时间段进出命案现场的只有徐峙一人，如果徐峙不是凶手，那么凶手又是怎么进入并离开房间的？别忘了那可是一个被摄像头严密监控的密室，除非凶手会凭空变出来！”

“不错，凶手就是凭空变出来的！”

林浩宇和任晶晶都惊愕地望着殷柔，像是看到了一个难以理解的外星生物：“一个大活人怎么可能凭空变出来？”

殷柔双手交叉于胸前：“人自然不会凭空出现，但是却可以通过某种手段使他在众目睽睽下完成空间转换。这也是一种常用的魔术手法。”

林浩宇摇摇头：“我还是不懂你在说些什么！”

“你是酒店的保安，熟知每一个摄像头的位置。你利用安装在酒店走廊和停车场的摄像头，使阚立龙的房间变成了一个密室，从而让人们先入为主地认为只要排查了监控录像进出阚立龙房间的人，便可以锁定真正的凶手！于是，那个倒霉的徐峙就成为头号嫌疑犯。

“你就是充分利用了这个心理误区，让真正的凶手神不知鬼不觉地进入了阚立龙的房间，并在杀害阚立龙之后，在众目睽睽下堂而皇之地离开了命案现场。”

林浩宇大笑道：“我真是越来越不懂你在说什么了！你说我们在众目睽睽下将凶手送进了房间，我倒是要问你究竟怎样才能做到？”

55

殷柔的眼睛如两道寒冰扫向林浩宇略显嚣张的面颊："其实很简单，奥秘就在任晶晶打扫卫生的那个清洁车上。因为你是酒店的保安，熟知监控的视角方向。你发现安装在走廊上的摄像头只能拍摄到阚立龙房门，却看不到里面的情况。你便大胆地利用了这个拍摄盲区，所以任晶晶每一次都将清洁车与房门紧靠着平行停放，于是凶手就从装垃圾袋的那个狭小空间中猫着腰爬入阚立龙的房间之内，然后藏在了阚立龙很少驻足的书柜里。在这一切完成之后，任晶晶以打扫房间为名，光明正大地清除掉了凶手留下的所有痕迹。

"等到阚立龙服下安眠药熟睡之后，凶手从书柜中钻出，用匕首将阚立龙杀害，然后将阚立龙的尸体拖到床与电视柜之间，之后又根据徐峙的身高，将满是血污的匕首放在离尸体不远的地方。

"为了能够让徐峙精确地进入你们所设计的陷阱，你们又将阚立龙因怕风怕黑而打开的廊灯和窗帘全部关闭，使骤然进入房间的徐峙无法看清房内的情况。你们还煞费苦心地打开一扇窗户，使徐峙能够按照你们预先设计的路线进入房间并被尸体绊倒。

"倒地后徐峙的手恰好触碰到了你们预先摆放好的匕首，这样就会在凶器上清晰留下徐峙的指纹。

"徐峙只是来偷东西，根本没有遭遇命案现场的心理准备，徐峙骤然见到尸体后的本能反应就是仓皇逃走，于是就在现场留下了大量的手印、足印，甚至像打火机这样的随身物品。

"我想你们在行动之前一定精确计算过时间，所以阚立龙的死亡时间与徐峙进入房间的时间相差无几，这就使得徐峙凶手的身份更加逼真。

“徐峙本身就做贼心虚，又留下那么多的血手印，他知道自己在警察面前很难洗脱凶手的嫌疑，所以徐峙是绝对不敢报警的，他只能选择逃跑。于是，真正的凶手继续从容不迫地躲在书柜里面。等到第二天，任晶晶还像平时那样，推着清洁车来到0701号房间，然后轻叩房门。我想敲门的节奏是你们事先设定好的，当凶手听到这个敲门声之后，迅速从书柜里来到房门前。任晶晶打开房门，利用自己的身体和清洁车作为掩护，遮挡住走廊上的监控摄像头，凶手利用这个空隙迅速钻入清洁车装垃圾袋的隔断里。任晶晶这时候也没有闲着，她以极快的速度将凶手遗留的痕迹全部清除掉，然后尖叫着跑到走廊里，佯装出发现命案现场时的惊恐表情。

“早已等候多时的林浩宇拉着另外一名服务员来到0701号房间门前，这时候闻讯赶来的人越来越多，所有人注意的焦点都在任晶晶和房间内的命案上。林浩宇便是利用这个机会将装有凶手的清洁车推走。由此，一出将凶手在众目睽睽之下从命案现场转移走的好戏便完成了！”

林浩宇和任晶晶听完同时大笑：“殷督察不去写推理小说真是浪费了你那绝顶的想象！不过，虽然你的推理得堪称完美，但却忽略了一个致命的事实：“清洁车的垃圾隔断非常狭小，根本就容不下一个人的身躯。难道你口中的那个所谓凶手会缩骨法不成？”

殷柔逼上前一步：“凶手根本不需要什么缩骨法，因为他根本就是一个形似七八岁孩童的侏儒！这个人就是坐在轮椅上的王鹏！”

殷柔此言一出，如同一道惊雷，立刻令林浩宇和任晶晶脸上的笑容荡然无存。两人面面相觑，表情都变得扭曲而僵硬。

殷柔又向前逼近了一步：“我想你们两个人平时一定很喜欢看魔术表演吧？所以你们在设计谋杀计划时充分地借鉴了魔术的手法，利用人们想当然地认为清洁车装垃圾袋的狭小隔断无法躲藏一个成年人的思维惯性，设计了这场精妙的密室杀人案。王鹏由于孩童时代遭受了非人的虐待，所以成人后的身高只有七八岁小孩的高度。但他却有着成人的思维和远大于小孩的力量，成为你们完成这场密室杀人案的最关键棋子。

“这起密室杀人案设计得非常完美，进行得也极其顺利，骗过了所有的人，使警局和舆论都深信不疑徐峙才是本案的凶手！

“只可惜由于我去福利院调查另一起案件时，无意中遇到了王鹏，这才使得你们完美的计划功亏一篑！”

“一派胡言！”林浩宇突然咆哮了起来，“你这根本就不是推理，而是设计好的剧本！你抓不到那个凶手徐峙，所以就将脏水泼向了我们这三个无依无靠的可怜人。就算真的有那么个侏儒杀手，凭什么认定就是王鹏？”

“我有证据！”殷柔又掏出几张照片，甩给了林浩宇，“就在警方接到报警封锁地中海酒店的同时，离地中海酒店不远处的地铁站发生了一起乘客坠落楼梯的事故，而这名摔断腿的乘客正是王鹏。你们对此作何解释？”

林浩宇三人变得沉默不语。

殷柔替他们解释道：“在警方封锁酒店之前，你们必须得将王鹏送出地中海酒店。但由于王鹏是一个残疾人，他不能驾驶车辆，也无法快速步行离开现场，打车又太过引人注目，因为你们知道案发后警方一定会排查那些经过地中海酒店的出租车。百般无奈之下，你们只能借着人流高峰，让身材矮小的王鹏蒙混过关。毕竟警方是不会在密集的人流中注意这样一个身材矮小的残疾人。只可惜你们千算万算没有算到一点，那就是刚刚杀过人的王鹏因为心绪不定，一不小心被人挤下楼梯摔断了腿。之后又被急救车送到了医院，这就留下了清晰的视频资料。时间、地点、人物特征都如此高度巧合，我想你们一定哑口无言了吧？”

林浩宇的额头渗满了汗珠，嘴唇不停地张合，却说不出一句话来。王鹏低着头沉默不语。

殷柔脸上露出了轻松的表情，示意手下将这三人逮捕，然而就在这时任晶晶却突然笑了起来。

“你笑什么？”殷柔蹙起了眉头。

任晶晶道：“我笑你的武断！王鹏那天之所以会偷偷摸摸来到地中海酒店，是因为在这么多年的照顾中他爱上了我，他那天是来向我表白的。被我拒绝之后，他就神情黯然地离开了。王鹏之所以会被挤下地铁站的楼梯，并不是因为他杀了人心神不宁，而是因为他失恋后的注意力不集中。王鹏，你可以告诉殷督察，当时的情况是不是这样？”

王鹏机械地点点头：“我明知道没有希望，但我还是忍不向晶晶姐表白了！”

任晶晶轻拍了一下王鹏的头，眼波充满挑衅地望向殷柔：“如果你觉得王鹏是通过清洁车离开命案现场的，你可以派人仔细地检查一下清洁车，如果在清洁车里发现王鹏的头发，哪怕是极细小的一根，我们三个人就一起认罪。”

殷柔冷笑道：“那个车子早就被你们做过手脚了，我们根本没有提取到任何有价值的信息。”

“既然你没有任何的证据，那你凭什么怀疑我们三个？我们和那个阚立龙无冤无仇，为什么要杀他？”任晶晶反问道。

“因为阚立龙就是当年开黑矿、拐卖儿童的毒屎强！”殷柔此言一出，如同三道冰锥立刻将林浩宇三人冰冻在那里。

殷柔继续道：“林浩宇其实不姓林，他和王鹏是亲兄弟，当年他们一起被毒屎强拐卖到了黑金矿。幸好警方及时解救了他们哥俩，但王鹏仍旧落下了终身残疾，成了一个再也无法正常生长的侏儒！由于林浩宇身体健康，聪明机灵，到福利院之后，很快就被本市的一户姓林的人家领养。”

“没想到这么久远的往事也被你调查出来了！”林浩宇淡淡地道。

“在地中海酒店命案发生之前，我一直都在跟进当年的那几起悬案。所以随着调查的深入，我突然发现当年的案件与眼前的案件有着千丝万缕的关系，于是我就派手下调查了那些被拐儿童的近况，竟然发现你也是当年被拐卖的儿童之一。”

殷柔顿了顿接着道：“虽然在被警方解救时，你由于受到地极度的刺激，无法准确地描述毒屎强的模样，但是当你在地中海酒店遇到阚立龙的时候，你还是一眼就认出了阚立龙就是当年的毒屎强。

“毒屎强毁掉了你们的童年，还将你的兄弟王鹏折磨成一个侏儒，你和他的仇恨不共戴天。所以一个大胆的计划从你心底萌生，你决定亲手解决掉毒屎强。于是，你便伙同你的女朋友任晶晶，以及你的弟弟王鹏一起设计了这个复仇计划。为了能够顺利金蝉脱壳，你们物色了那个笨贼徐峙作为你们的替罪羊，之后的情形就如我先前分析的那样，徐峙一步步陷入你的圈套之中，而你们也成功地躲过了警方一次又一次的调查。”

“那又怎么样？”任晶晶突然插口道，“就算林浩宇他们兄弟与阚立龙有着不共戴天的深仇大恨，但这也不能作为定罪的依据啊？阚立龙那种人恶贯满盈，他的仇家多如牛毛，你凭什么就怀疑是我们做的呢？就因为我们恰好出现在命案现场吗？还是那句话，如果你要定我们的罪，就请拿出证据来，否则我们可要回家睡觉了！”任晶晶说着就推起轮椅，准备离开现场。

“谁说我没有证据！”殷柔摆手止住了任晶晶的去路。

任晶晶的瞳孔微微放大了一些，脸上露出根本不相信的表情。

“你们的确做得滴水不漏，但很可惜，你们的贪婪为你们留下了致命的破绽！”殷柔昂首走到了任晶晶面前，“根据我得到的一段视频资料，阚立龙被谋杀前刚刚完成了一笔巨额的古董交易，所交易的宝物正是十年前神秘消失的马其顿狮吼面具。你们通过窃听器提前知道了这个消息，而且知道这个面具价值连城，足够你们下辈子逍遥快活了。所以你们决定将报仇的时间选在了交易的当晚，除了杀死你的仇人阚立龙之外，还要夺走那个无价之宝狮吼面具。而这个面具此刻就在你们身上。”

任晶晶不甘示弱、与殷柔对视道：“如果你找不出来呢？”

“我立刻就放你们走！”

“好，那你搜查吧！”

“不用了，我已经知道面具在哪里藏着了！”殷柔用手一指王鹏打着石膏的腿，“面具就在石膏里面！”

任晶晶的嘴巴颤了颤，脸色变得越来越难看，到最后终于垂下了头：“你果然厉害！我们折在你手里心服口服！”

“你的心理素质和智慧远远超出我的想象，你做一个清洁工真是太屈才了！”

任晶晶苦涩地一笑：“我也在试图改变自己的命运，原本我打算辞掉清洁工的工作，专心到骨科诊所当一名学徒，没想到就在这个时候阚立龙出现了。为了协助浩宇哥报仇，我就继续留在了地中海酒店。”

“你所做的一切都是为了爱情吗？”殷柔缓缓地问道。

任晶晶点了一下头，又轻轻地摇了摇：“不全是为了爱情，也为了公道！”

带走了任晶晶三人，孙诗蕊好奇地凑到了殷柔身边：“老大，你怎么知道那个狮吼面具就在石膏里面？”

“我猜的！”

“别骗我了，以老大你的个性要是没点把握，是不会随便下结论的。”

殷柔笑了笑：“上次我在福利院偶遇任晶晶的时候，福利院的院长向我介绍说任晶晶正在福利院的一个骨科诊所里面跟着学习。而且王鹏腿上石膏的厚度明显超过了他的比例。所以我就大胆假设他们会将面具藏在石膏里面。说句实话我也没有十足的把握，这次真的是涉险过关，林浩宇和任晶晶远比我想象的要难对付。”

“不管怎么样，我们终于将这起密室杀人案破解了！看来我们可以好好休息几天了！”孙诗蕊兴奋地拍了一下手掌。

没想到殷柔却是忧心忡忡地道：“先不要高兴得太早，大幕不过只是刚刚拉开，更棘手的事情还在后头呢！”

56

徐峙一只手抠着脚丫，一只手挠着头，满脸的焦头烂额。在他面前的桌子上摆放着一张纸，上面密密麻麻地写满了字，徐峙仍旧拿着笔不停地勾画着什么，时不时地还画上几条箭头。

“你这是干什么呢？都折腾一个下午了！”小蝶不解地问道。

“我正在制订复仇计划，我要将洪霆霄和黎昕他们一网打尽。”

小蝶将那张纸捧在眼前仔细看了几遍，却是一头的雾水：“你这张图画得实在是太烦琐了，等到了明天恐怕连你自己都看不懂了。这种流程图一定要画得简洁明了，我来帮你重新画一张吧！”

徐峙想想也对：“那我们就从第一条线索开始画：在你佩戴的那条钻石项链中发现了视频，由视频指向了黎昕，唉，你这写的是什么呀？”

“Necklace，项链的英文啊，你刚才说的那么一大段话，只要用Necklace，箭头指向黎昕就可以清晰表述了！”

小蝶抬眼望向徐峙，却见徐峙一脸的深思，不禁奇怪地问道：“你怎么了？”

“这个Necklace我好像在哪里见过？”

小蝶扑哧一笑：“珠宝店里都会出现这个单词，有什么大惊小怪的？”

“不对，我是最近才见过的。我这个人认识的英文不多，我当时见到Necklace的时候并不知道是项链的意思。”

“你不是上过中学吗？怎么连这个单词都不认识？”

“当时光顾暗恋美女了，哪有心情学习啊！好了，你别打岔了，我想到一个至关重要的问题！”

小蝶无聊地噘嘴，在纸上写下了自己的名字游雨晨：“原来我姓游啊！看来以后只能叫我Miss You，游小姐了！”

“Miss You？”徐峙突然低声呢喃道，脸上的表情像过山车一样发生了一个急剧的反复，然后猛地一拍额头道，“我知道那晚在地中海酒店出卖你的人是谁了？”

小蝶的身子微微一颤，小心翼翼地问道：“你是说将我卧底身份透露给黎昕的那个人？”

“不错，这个人实在是太会演戏了！”

殷柔在司机老王的陪同下，再次来到了邹伟邦所居住的疗养院。

朱琪打开门看见是殷柔，立刻露出了会心的笑容，她拉着殷柔的手：“快请进！说实话，自从你上次走了，我还挺想念你的！”

“我也是！这不，今天有些时间，我便过来看看你和邹警官！”殷柔说着将两盒营养品放在了桌上。

“您能来，我已经非常高兴了，以后就别破费买这些东西了！”

“这只是我的一点心意！”

“快请坐！”

殷柔在邹伟邦的病床对面坐了下来，仔细地打量房间中的陈设，所有的一切都像她上次来那样，只是在朱琪的床头柜上多了些盛开的白玫瑰。

“这花真漂亮，是从哪个花店买的？”殷柔啧啧赞叹道。

“不是我买的，是一个朋友送来的，就是我上次提到的那个神秘人！”

“就是经常给你们寄点礼物的那个人？”

“对，就是他！我觉得很奇怪，这个人似乎对我非常了解，知道我喜欢白玫瑰，所以每隔一段时间都会给我寄一束白玫瑰。”

殷柔沉吟道：“这么说那个神秘人并不是邹警官的朋友，而是你的朋友！”

朱琪将一杯咖啡递到了殷柔手中，自嘲道：“我大学毕业之后就直接变成了家庭妇女，再加上这几年与世隔绝的生活，哪里还有什么朋友啊？”

殷柔默默地点了点头：“朱琪姐，我今天来还有些事情想问一下你，只是感觉有些不太方便开口。”

“只要和案件有关系，你尽管问吧！”朱琪报以了一个大度的微笑。

“我上次离开医院之后，又对邹警官的情况进行了一次详细的调查，发现在邹警官出事前半年，你曾经割腕自杀过？”

朱琪的笑容立刻僵硬了下来，美艳的明眸中泛起点点泪光。

殷柔抱歉地道：“朱琪姐，如果不方便讲的话……”

朱琪用力地咬了一下嘴唇：“有些事情是逃也逃不过去的！”

朱琪深吸了一口气，努力平复着内心的急剧起伏，这才缓缓道：“我和伟邦从中学时相识一直走到现在，其实我们两个人之间是非常恩爱的。婚后我才知道他有酗酒的毛病，而且喜欢动粗，但并不算特别严重。可是就在八年前，伟邦突然变得古怪了起来，经常凌晨三四点钟才会回来，背着画夹，身上还有女人的味道。我偷偷打开那些画夹，里面都是一些女人的裸体画像。那些女人的五官都画得非常模糊，姿势却是非常地不堪入目，直觉告诉我这并不是什么人体素描，而是一些心理扭曲的变态东西。

我就拿着这些画质问伟邦，没想到伟邦大发雷霆，指责我干涉他的隐私。我们大吵了一架，没过多久伟邦就出事了，他的下身受了很严重的伤，再也无法过夫妻生活了。

大概就是从那时候起，伟邦变得更加忧郁起来，除了疯狂工作，就是借酒消愁，心情不好时还常常拿我出气，把我打得遍体鳞伤。每当这时候，我只能躲在楼下，独自一个人啜泣，等到天亮他酒醒之后我才敢回家。

后来，我实在无法忍受这种痛苦不堪的折磨了，于是在一天深夜，我穿上最漂亮的衣服坐在落地窗玻璃前，望着夜空下美丽的城市，缓缓地割向了我的手腕……”

朱琪说到这里已经泣不成声：“我原以为我必死无疑，但没想到只过了几分钟，住在对门的张雄彪警官就撞破了房门，把我送到了医院。”

殷柔忍不住插口道：“张雄彪虽然住在你的对门，但他怎么会这么快就发现你自杀了呢？“

朱琪摇摇头：“我也不知道，或许是我命不该绝吧！我在医院苏醒之后，立刻就向伟邦提出了离婚的要求。伟邦坚决不同意，他跪在我面前痛哭流涕，保证再也不会犯过去的那些错误了。我一时心软就原谅了他。可是没想到……”

朱琪重重地啜泣了一下：“没想到就在我出院后没多久，他又故态复发，只不过每次酒醒之后，又会抱着我说很多遍对不起。我当时真是绝望到了极点，更可悲的是我连自杀的勇气也没有了。于是只能继续强颜欢笑地在人前假装出幸福的模样，暗地里的痛苦只有那无尽的长夜才明白。”

殷柔听到这里，从书桌上抽出上次的那本摄影杂志，指着朱琪洋溢着甜美笑容挥手告别的那张照片：“所以这一切都是装出来的？”

朱琪摇摇头：“那一刻或许是我的真情流露吧！毕竟我爱了这个男人十几年！”

殷柔默默地点点头，又问道：“你上次跟我说那个摄影师从不同角度一共拍了你五张照片，你现在还有那个摄影师的联络方式吗？”

“我有他的电话！”

走出邹伟邦的病房，殷柔立刻拨通了张雄彪的电话：“邹伟邦太太，也就是朱琪自杀那晚，你是怎么发现她自杀的？”

“我那天晚上恰好住在了我岳母家。凌晨两三点吧，我正在客厅看足球比赛，突然有人按门铃，那个人气喘吁吁地说你对门的邹太太自杀了，赶快去救她！我当时以为是恶作剧，就反问道你怎么知道他自杀？那个人说我是从望远镜上看到的。我想起朱琪曾经有过自杀史，当下也不敢再耽搁，立刻冲过去拍打房门，见没有人应答，于是就撞破房门，抱起邹太太就往楼下跑。刚到楼下，急救车也来了，估计是那个人通知的急救中心吧！”

殷柔心念一动：“张警官，你现在马上通知孙诗蕊到急救中心，查一下当天的电话记录，究竟是什么人拨打了这个急救电话。你把事发当晚的情况写成一个文字报告放到我的办公桌上，越详细越好！”

“我明白，我这就去落实！”

挂断电话，殷柔又拨通了局长的手机：“局长，邹伟邦警官在八年前曾经受了一次外伤，究竟是因公受伤，还是其他原因负伤？”

局长沉吟片刻道：“这件事情很重要吗？”

“很重要！”殷柔斩钉截铁道，“事关八年前的六指淫魔系列强奸案！”

57

地中海酒店的员工更衣室里，赵诗颖脱掉工作服，露出雪白如脂的肌肤。镜中的赵诗颖是如此完美，妖娆诱人的曲线，清纯靓丽的容颜，还有那透着成熟女人独有的气质，一切看上去都堪称人体美学的极致。只是那张脸过于脸谱化，缺乏点个性的美感。

赵诗颖用唇膏厌恶地在镜中的那张脸上画了一个叉。

就在这时，赵诗颖感觉腰部一凉，一个冰冷的硬物顶在了她的腰际，紧接着一张色眯眯的猥琐面容出现在镜中。

赵诗颖刚想要尖叫，已被来人捂住了嘴巴，她急忙用双手护住胸部。

来人已然嘿嘿笑道："在游泳池不都脱成这个样子嘛，有什么大惊小怪的？话说你的皮肤还真白啊！"

赵诗颖脸上的惊恐更加凝重。

来人轻轻松开了捂着赵诗颖嘴巴的手："你不要乱喊，否则我可真要开枪了！"

赵诗颖点点头，强迫自己镇定下来："徐峙，你来这里干什么？"

偷偷潜入更衣室的这个人正是徐峙，他冲着赵诗颖咧了咧嘴："有一些陈年旧账，想和你结一下。"

赵诗颖蹙眉道："我和你素不相识，有什么陈年旧账？"

"你和我之间当然是没有什么瓜葛啦！不过你和我这位朋友之间，却有一笔不得不算的生死旧账！"

"你的朋友？他是哪位？"赵诗颖话音未落，镜中突然出现了一张绝美的脸庞，那种精致的程度仿若九天的仙子，只是此刻看起来冷若寒霜，充满了凌厉的杀气。

赵诗颖身子微微一颤，然后缓缓地转向了镜中的那位美女："我如果没有记错的话，您应该是黎先生的女朋友游小姐吧？"

"你记起我了？"小蝶淡淡地道。

"那当然！我在地中海酒店19层做迎宾，我们两个人曾经见过几次。只是不知道我哪里得罪您了？"

"这就得问你了！"小蝶语调突然一转道，"你为什么出卖我？"

"出卖你？"赵诗颖讶异地瞪大了眼睛，"我有什么可出卖你的！"

"不要再演戏了！"徐峙插口道，"发生命案的那天晚上，当我来到地中海酒店19层的时候，你正嚼着槟榔，在桌子下面偷偷玩手机。我这个人呢是做贼出身，好奇心最强，而且眼睛特别贼。你虽然把手机丢到抽屉里面，但镜面的天花板还是从半开的抽屉里倒映出了手机上的内容。是一条用英文编写的短信：MISS YOU，SPY，NECKLACE。我这个人英文水平比较差，当时只认出了MISS YOU，所以以为你是给情郎发短信，也没有太在意。

不过就在昨天，当我和小蝶正在画一幅流程图时，小蝶写下了NECKLACE这个单词，又戏称自己为MISS YOU。这两条线索就如同电线的正负极，当它们对接在一起时立刻激发出剧烈的火花，让我顷刻间明白了究竟是谁在那晚出卖了小蝶，将小蝶卧底的身份透露给了黎昕。那个人就是你——赵诗颖！"

赵诗颖呆望了徐峙许久，突然扑哧一声笑了起来，而且笑得花枝乱颤。

"有什么可笑的，我只是在推理分析！"

赵诗颖这才勉强止住笑声："你这个蠢贼的眼睛还真尖，居然连这么细微的事情都没有逃过你的眼睛。好吧，我认输了，那天晚上的确是我将游雨晨的身份透露给了黎昕。"

"你怎么知道那个项链上安装了微型摄像机？"小蝶问道。

赵诗颖睥睨地望向小蝶："因为我在卫生间看到你偷偷启动摄像机。"

"你这么做是为了讨好黎昕吗？"

"我要是为了讨好黎昕，何必发匿名短信，直接检举你不是更好吗？"赵诗颖反问道。

"那你这样做究竟为了什么？"小蝶不解地望向赵诗颖。

“我只是想夺回我失去的一切！”赵诗颖恨恨地道，突然一脚踢向了徐峙的小腹部，这一踢迅捷无比，徐峙根本没有任何反应，就被赵诗颖踢翻在地，手枪也掉到了地上。

赵诗颖紧接着一拳击向小蝶的面门，小蝶急忙侧身闪开。赵诗颖利用这个空当扯下一件衣服夺门而出。

“快抓住她，别让他跑了！”徐峙挣扎着从地上爬起。

小蝶应了一声，也冲了出去。

赵诗颖一边在前边狂奔，一边大喊：“救命啊！通缉犯徐峙来酒店了！”

赵诗颖的体力不是一般的好，连续跑了七八个楼层，速度丝毫没有减慢，而徐峙早已是气喘吁吁。

此时，三人已经追逐到了酒店的休闲健身区，几个上来企图阻止小蝶的保安，都被小蝶三拳两脚打翻在地。但经过这么一耽搁，赵诗颖已经甩开他们一大段距离，眼看就要逃出视线。

小蝶瞥眼看到挂在墙上的飞镖，顺手摘下一枚，手腕一抖飞镖急速飞出，不偏不倚正好扎在赵诗颖的小腿上。

赵诗颖惨叫一声倒在地上，小蝶几个箭步便冲了上去，将赵诗颖从地上提了起来：“快告诉我，你为什么要出卖我？”

赵诗颖的面颊已然摔伤，嘴角含着鲜血，狞笑道：“你难道还猜不出我是谁吗？”

“你是谁？”小蝶茫然地望着赵诗颖。

赵诗颖冷笑道：“看来你是真的失忆了！”

“你要再不说，我就掐死你！”小蝶做出一个锁喉的动作。

“小蝶，你不要冲动呀！”徐峙喊道。

“你真把自己当作……”赵诗颖说到这里声音已经发不出来了。

就在这时，两名巡逻的警察闻讯赶来，他们举枪指向了小蝶：“快放开人质，不然我们开枪了！”

小蝶丝毫不为所动，手上的力度仍旧不停地加重。

一名警察朝天鸣枪，只是角度有些偏了，一颗子弹不偏不倚打到了天花板上的吊灯。巨大的吊灯应声落下，正好砸在了小蝶和赵诗颖的头上。

两人闷哼一声都栽倒在地上，四散的玻璃将两人掩埋，溅起无数的玻璃碎花。

徐峙想要冲过去救小蝶，却发现两名警察已经向他冲了过来，徐峙本能地扣下扳机，子弹呼啸而出，四处乱飞。两名警察急忙躲到旁边的柱子下，冲着对讲机猛喊：“地中海酒店发现嫌犯徐峙，对方持枪拒捕，请求增援，请求增援！”

徐峙知道如果再不走，自己和小蝶都会成为别人砧板上的鱼肉，到时就永无翻身之日了。徐峙最后望了一眼倒在地上鲜血淋漓的小蝶，狠狠地一跺脚，趁乱从地中海酒店的后门溜了出去，却没想到一头撞到了一个人的怀中。

58

小蝶满身血污地走了过来，徐崎兴奋地一把将小蝶抱在怀中：“小蝶，你回来了？你有没有受伤？”

小蝶定定地望着徐崎：“你爱我吗？”

“爱！”徐崎斩钉截铁道，“我这辈子最爱的人就是你了！”

“如果我变成这副模样，你还爱我吗？”小蝶的脑袋突然360度旋转了一下，惊得徐崎不由得倒退了一步。再看小蝶时，如同西子一般的靓丽容颜早已荡然无存，一张扎满玻璃碎片的狰狞面庞出现在徐崎面前，嘴唇爆裂，鼻子只剩下一半，一只眼球从眼眶中掉了出来，被一根肉线连着，像破烂的钟表一样摇摆着。

“你要是爱我，就来吻我！”小蝶呢喃道，与此同时一团黏稠的污秽物不停地从她嘴中涌出，里面似乎还涌动着白色的蛆虫。

徐崎差点就呕吐出来，但还是用力吻了过去。

一吻之后，那张恐怖的面颊不复存在，又呈现出一张绝美的容颜。

徐崎欣喜地喊道：“小蝶，你又变漂亮了！”

没想到怀中的美女却阴恻恻地道：“看来你是真的喜欢上那个女人了！”

徐崎定睛一看，眼前的女人唇边一颗美人痣，虽没有小蝶美丽，却有着别样的风韵：“怎么是你？”

“你失望了吗？”那个女人突然怪笑了起来，面容显得分外狰狞：“看来男人的话都是不可信的！”突然露出野兽般的锐利牙齿，一口咬在了徐崎的脖颈上，像僵尸一样疯狂地吸吮着徐崎的鲜血。

徐崎尖叫着喊道：“快放开我，快放开我！”两手拼尽了全力，却仍旧无法挣脱。

“你怎么啦？”一个温柔的声音传入徐峙的耳际，随即有一双手紧紧地按在了徐峙的肩头。

徐峙定睛一看，紧绷的神经顿时松弛了下来：“是穆兰啊！”

“你是不是做噩梦了？”穆兰关切地问道。

徐峙擦了擦额头上的冷汗：“我梦到小蝶了！感谢你在酒店救我！”

“我只是不放心你们，所以去酒店接应你们，没想到……”

“小蝶现在怎么样了？”

“我今天去过医院，但是没有打听到任何的消息。警方对这件事情封锁得非常严密。”

徐峙深吸了一口气：“小蝶是重要的目击证人，黎昕一定会想方设法把她除掉！”

“那我们现在该怎么办？”

“为今之计只能是——”徐峙突然一把勒住了穆兰的脖颈，另一只手抽出了藏在枕头下的手枪。

“你这是要干什么？”穆兰挣扎道。

“穆兰，对不起啦，为了救小蝶，只能牺牲你了！”徐峙说着便高高举起了手枪。

寒风呼啸，黑云低沉。

一座废弃的船厂伫立在无边的黑暗之中，像一座孤寂的坟茔，透着阴邪的气息，似乎是在等待着猎物的到来。

突然一道闪电划过天际，惊起了几只躲藏在草丛中的飞鸟，刺耳的鸣叫声让人听起来毛骨悚然。

洪霆霄在陈总管的搀扶下深一脚浅一脚地走进了厂房，一股难闻的霉味让洪霆霄皱起了眉头。

“真他妈臭！”屁王嘟囔了一句，准备打开手电，却被连律师一把制止。

“这时候打开手电，就等于把自己置在了对方的瞄准镜下。”

屁王讪讪地笑了笑，然后带着几个手下向四周慢慢摸去。

连律师凑到洪霆霄耳畔：“我感觉这就是个陷阱，现在走还来得及！”

洪霆霄摆摆手："为了穆兰，就是刀山火海我也得闯上一闯。"

屁王摸黑向前缓缓地走着，尽管眼睛已经瞪得溜圆，却仍旧看不清任何景物。他牢记着连律师那句话，不敢发出半点声响，生怕自己成为枪手的靶子。

就在这时，屁王的那只断臂似乎触到了什么东西，像是另外一个人的手。

屁王以为是自己哪个不长眼的手下，刚想低声咒骂几句，一道闪电从乌云深处闪过，如同一条银色的火龙，刹那间将漆黑一片的厂房照得亮如白昼。

屁王这才看清楚，站在他面前的竟然是砍断他手臂的刀哥。

屁王惊得面色惨白，随即又怒火填膺地吼道："还我的手来！"

刀哥此刻也看清楚了屁王，面目狰狞地嘶喊道："死肥猪，还我的耳朵！"

两人都举起了手枪，并同时向安全的地方隐蔽。此刻，闪电已经在天际消失，整个厂房又陷入无边的黑暗之中。

砰砰……枪声响成一片，两伙人虽然看不清对方在哪里，但都本能地举枪射击。

四面八方都是枪声，中弹后的惨叫不绝于耳。

屁王趴在一个铁柜子后面，气喘如牛，心里面却升腾起一股疑云：刀哥他们一共不就三个人吗？可是看这架势，似乎三十个人都不止！

一颗子弹从洪霆霄耳畔擦过，差点就将他爆头。陈总管急忙拉着洪霆霄的衣领往旁边躲闪，却不小心碰在了另一个人身上。

对方嗔怪道："是哪个不长眼的呀！"

洪霆霄耳朵尖一下就听出了对方的声音："黎昕，你怎么也来了？"

"洪霆霄？"黎昕阴恻恻的声音传来，"老东西，去死吧！"抬手就是一枪。

幸亏陈总管反应机敏，一把将洪霆霄摁倒在地，同时举枪还击，就听到一声惨叫，但却不是黎昕的声音。

三伙人犬牙交错在一起，根本分不清敌我，只是胡乱地开枪射击。

就在这时，厂房的灯突然亮了，一个人站在厂房顶端的电源开关处，高举着双手冲下面的人喊道："都不要开枪了，我们被人算计了！"

陈总管探头望了一眼："是连律师！"

洪霆霄喊道："都别开枪了！"

那边的黎昕也制止手下道："别开枪了！"

“既然你们两方面都不开枪了，不如我们出来见见面！”说话的人却是那个妩媚至极的洪夫人。

“好啊！”黎昕缓缓站了起来，“我来这里可不是为了跟你们火并！相信你们也不是为了取黎某人的性命而来吧？”

洪霆霄见黎昕站了起来，当然不能示弱，也站起来朗声道：“咱们今天的梁子以后再算！”

洪夫人款款从一个集装箱后走了出来，身后却只跟着刀哥一个人。竹竿和炮筒已经倒在了血泊之中。

黎昕瞥了一眼洪夫人，又看了看洪霆霄，充满嘲讽地说道：“我早就说过像洪爷这样的年纪娶洪夫人这种销魂蚀骨的女人，迟早得戴绿帽！你看这才几年，两个人都已经兵戎相见了！”

黎昕身后的虎哥、豹哥，还有那个保安经理栾正豪都夸张地笑了起来。

屁王骂道：“你找死啊！”举枪便瞄准黎昕。

刷地一下三伙人同时都举起了枪，火药味再一次弥漫了整个厂房。

洪霆霄摆摆手示意屁王将枪放下：“咱们开门见山地说，我今天是为了救穆兰才来这里的，其他的恩怨我们以后再解决，你们看如何？”

黎昕也做了一个手势，虎哥、豹哥立刻将枪收了起来。

“既然洪老大这么说了，我也不藏着掖着了。我今天是受徐峙的胁迫才来这里的，他要和我们在这里做一笔交易。”

洪夫人阴阳怪调地冲洪霆霄笑道：“你那个小贱人穆兰难道是被徐峙给绑了吗？这倒是很奇怪，他们两个不是一伙的吗？”

洪霆霄冷哼一声：“这就不用你关心了！”

黎昕道：“洪夫人，你来这里又是为了什么？”

“当然和你一样是来找徐峙做交易喽！”

“看来我们都是被徐峙那小子给算计了！”不知何时连律师已经从厂房顶楼走了下来。

黎昕鹰隼似的犀利眼神射向了连律师：“你预先来这里踩过点吧？否则在黑暗中你怎么能够准确地找到电闸的位置？”

连律师没有说话，只是将头往衣领里埋得更深了。

“小子，我们老大在和你说话呢！”虎哥怒吼道。

连律师冷笑一声道："我若是徐峙的同伙，当然是愿意看着你们自相残杀了，又怎么可能去打开厂房的灯？只有你们这些脑袋缺弦的人，才会怀疑我是徐峙的同伙。"

洪霆霄看到栾正豪推搡着一个女人，便岔开话题道："这个女人是谁？"

黎昕道："这个女人叫英妮拉，警察对她盯得很紧，我怀疑她和那小子有关系，所以就把她抓来了。既然遇到了洪老兄，我还另外有一件会让你震惊的消息告诉你。"

"什么消息？"洪霆霄警惕地望向黎昕。

"你猜我是在哪里抓到这个女人的？"

"你就别跟我卖关子了！"洪霆霄不耐烦地说道。

黎昕哼笑了一声："我的手下在跟踪英妮拉的时候，竟然发现这个女人和你的那位陈总管关系非同寻常。我的手下就是在陈总管的床上抓到的这个女人。"

洪霆霄神情一凛，回头望向了陈总管。

陈总管缓缓向前一步："不错，英妮拉就是我的女人！"

"那你为什么把这个女人安插在我的地中海酒店，是为了监视我吗？"黎昕狠狠地道。

陈总管淡淡一笑："一个普通的按摩女怎么能够监视到你黎大老板？"

"那你费劲周章究竟是为了什么？"

"报仇！"

"报仇？"黎昕诧异道。

"不错！"陈总管咬了一下嘴唇，"事到如今，我也不瞒着大家了。我的妹妹陈丽和英妮拉都是当年六指淫魔案的受害者，妹妹她因为不堪重负，得了精神分裂症。"

"但这又和我的地中海酒店有什么关系？"

"因为酒店里面住的那个古董商人阚立龙就是当年的那个恶棍六指淫魔！"

在场众人都是一惊，谁也没有想到那个胖乎乎一脸和蔼的古董商人，竟然就是当年威震天下的六指淫魔。

"这么说那起谋杀案是你们策划的了？"栾正豪忍不住插口道。

陈总管叹口气道："我们是想杀死阚立龙，只可惜功亏一篑。好了，现在可以放了英妮拉吧！”

“既然英妮拉是你陈大总管的相好，那我们就还给你吧！连六指淫魔用过的二手货你都不嫌弃，你的口味还真是重呀！”黎昕阴阳怪气地调侃道。他的手下爆发出一阵哄笑。

“你们找死呀！”屁王忍不住向前冲了出去，被陈总管用手挡了回来。

英妮拉此刻已经被黎昕的手下释放，她像一只受伤的小鸟，急切地扑到了陈总管的怀中，脸颊上挂满了泪痕。

“他们没有把你怎么样吧？”陈总管关切地问道。

英妮拉轻声啜泣道：“没有！你走后，他们就闯进房间把我抓了起来。”

陈总管狠狠地瞪向了黎昕等人，虎哥发出了淫邪的笑声：“陈老弟，你放心，我们的兄弟对这种年老色衰的贱娘们是没有任何兴趣的！”

陈总管紧握枪的手已经青筋暴起，两只眼睛像团火一样熊熊燃烧起来。

洪霆霄摆手道：“够了，我们还是谈正事吧！”

连律师道：“如果我猜得没错，徐峙做了这么大一个局，目的肯定不是和我们许诺的那么简单吧？”

“连律师果然厉害！”一个声音从厂房顶端传来，他的怀里还挟持着一个女人。

“徐峙，果然是你！”黎昕恨恨地道。

“快放开穆兰，不然我活剥了你的皮！”洪霆霄的眼睛也瞪得溜圆。

唯独洪夫人笑得花枝乱颤：“一个蠢贼居然能够把两个江湖大佬玩得滴溜溜乱转，真是滑天下之大稽呀！”

黎昕瞪了一眼洪夫人，对徐峙道：“只要把东西交给我，我保证以前的事情既往不咎！”

徐峙不屑地一笑，“你让我交我就交，岂不是很没面子？”

“臭小子，不要太猖狂，我们一顿乱枪就能把你打成筛子！”虎哥威胁道。

“识相的快放了穆兰小姐，屁爷的枪可没有长眼睛！”屁王也嘶吼道。

“有种你们尽管开枪好了，不过……”徐峙一副有恃无恐的模样，“你们想要的东西恐怕就永远得不到了！”

洪霆霄向前迈了一步：“那你到底想怎么样？”

“帮我从警察手里救出小蝶！”

“只要我们能救出小蝶，你就不伤害穆兰？”

“当然，我和穆兰本就无冤无仇，若不是为了救小蝶，我也不会把她当作人质来要挟你！”

“你这个笨蛋，徐峙根本就是在玩弄我们。你看他勒着穆兰的手根本就没什么力道。他们俩是串通好演戏骗咱们的！只有你这个老糊涂，被穆兰迷了心窍，才会相信这种拙劣的骗局！”洪夫人挖苦道。

“那你可以试试啊！”徐峙手腕一用力，穆兰立刻痛苦地呻吟起来，洪霆霄立刻脸色大变，“不要理那贱人，我答应你就是了！”

“那就好！”徐峙转头又望向黎昕，“黎先生呢？”

“你不去救小蝶，我也会去救小蝶的，这么重要的人证，我怎么可能让她继续留在警察手里呢？”黎昕淡淡地道。

“既然两位大佬都同意了，那么这件事情就好办了，不过在此之前，你们必须帮我办一件事情，就是杀了洪夫人和刀哥！”

“不用你说，我也会杀了那个贱人！”洪霆霄的头顶已经浮现出一片杀气。

陈总管、屁王等人立刻将枪对向了洪夫人和刀哥。

刀哥怪叫一声撕开了身上的衣服，只见他胸前密密麻麻绑满了炸药：“来呀，有种就开枪呀！大不了咱们同归于尽！”

屁王等人不由自主地都倒退了一步。

“洪先生、黎先生，你们都是绝顶聪明之人，难道还看不出来吗？徐峙就是要挑拨我们自相残杀。”连律师不紧不慢地道。

徐峙冷笑道：“你当然要出言保护洪夫人和刀哥了，因为你们根本就是一伙！洪先生，你知道吗？我那天晚上在地中海酒店无意中拍下了连律师和洪夫人在一起鬼混的照片。连律师不仅是给你戴绿帽子的奸夫，而且还是一个内鬼，就是他串通洪夫人、刀哥他们，抢走了你押运车上的那个手提箱。我以为经历了上次的事，你早就把他除掉了。没想到你居然还把他留在了身边，是嫌自己命太长吗？”

洪霆霄面露凶光地望向了连律师：“你不是保证和那个贱人没有关系吗？”

连律师脸色微变，阴沉沉地道：“证据呢？”

“还需要证据吗？”徐峙哈哈大笑，“除了你这种变态之外，谁还会在和女人亲热的时候戴头套？而且我还知道你是靠出卖女朋友上位的，你那个师妹许琼就是被洪霆霄玩死的。”

“住口！”连律师脸色涨红，眼睛中已经迸露出凶光。

徐峙把一沓地中海酒店中洪夫人偷欢的照片撒了下来：“洪老大，你自己可以看看啊！你看他俩玩得多起劲啊！”

洪霆霄瞥了一眼照片，脸色变得难看至极，两眼死死地盯向连律师。

“你把未婚妻献给洪霆霄的时候，她还是一个处女，因为洪霆霄不喜欢二手的，这种不知廉耻的事情你都能做出来，你还是不是个男人？难怪你现在人不人鬼不鬼的，像个怪物一样，你是不是一想起小师妹被洪霆霄玩弄的样子，心头就像被刀扎了——”

“够了！”连律师狂吼道，同时一支飞镖疾如闪电般地射向了徐峙。

59

“小心！”穆兰身子向前一挡，那枚飞镖正好射中她的胸口。

“穆兰！”徐峙惊声尖叫道，炙热的鲜血已经飞溅了他满脸，穆兰无力地倒在了他怀中。

“穆兰！”洪霆霄也急红了眼，冲着连律师连开三枪。

砰！砰！砰！每一颗子弹都燃着愤怒的火焰。

连律师的身体淌着鲜血无力地跪倒在地面，他狞笑着冲洪霆霄道：“白痴，我们都被徐峙耍了！”说完身子一软便栽倒在地。

洪霆霄立刻醒悟，恼羞成怒、狂喊道：“给我杀了徐峙！”

黎昕也命令道：“这小子根本就是在耍我们，先把他杀了再说！”

洪夫人也将枪口对准徐峙：“臭小子，你想借刀杀人，心也太黑了点吧！”

徐峙却是满脸怒容，他紧抱着怀中的穆兰，愤愤地道：“你们想杀我，先看看你们自己能不能活着出去吧！”

“就凭你吗？”洪霆霄的话音刚落，就感觉形势不对，他急忙回头，却发现不知何时已经有几十名特警悄无声息地潜上了房顶，而一束红色的光束正瞄准着他的头顶。

黎昕的胸口同样也有一束光斑，他冷笑道：“徐峙，你可以呀，居然和警察合作了！”

就在这时，殷柔从厂房门口缓缓走了过来，她身后跟着赵腾飞、李云泽、孙诗蕊、张雄彪等一大批警员，每一个都穿着防弹衣，全副武装，还有十几个防弹盾牌组成一道钢铁围墙，保护在他们前面。

“洪霆霄、黎昕，今天终于到了你们覆灭的日子了！”

黎昕扶了扶金丝边的眼镜，做出一副很无辜的模样："殷督察，你来得正好！我被这伙匪徒挟持，快来救我啊！"

豹哥会意地勒住了黎昕的脖子，用枪顶着黎昕的头，恶狠狠地道："小子，老实点！别以为警察来了，老子就不敢把你怎么样！"

殷柔眼睛又瞟向了拿着枪的洪霆霄，指着倒在血泊中的连律师："洪霆霄，这你又该作何解释？"

洪霆霄将枪丢在地上："我只是在自卫，这里所有的人都可以做证，是这个连律师突然发狂向我攻击，我才被迫开枪的。"

黎昕道："我可以为他作证，刚才的确是连律师伤害了穆兰之后，又企图攻击洪霆霄，洪霆霄是被迫开枪还击的。"

殷柔诧异地望向黎昕："没想到你竟然会为洪霆霄做证，你们两个人之间不是有着很深的矛盾吗？"

黎昕笑道："江湖的恩怨，江湖解决，在警察面前自然是江湖一体！"

殷柔冷笑一声："果然是两只老狐狸！现在把你们手中的枪全部丢在地上！"

豹哥挑着眉毛一笑，紧勒着黎昕脖子的手一松，将枪扔在地上："警官，我主动释放人质，这算不算立功表现？"

殷柔明白这些黑道人常常会让小弟去顶罪，没有足够的证据是根本无法撼动黎昕的。她厌恶地看了一眼豹哥，并没有说话。

其他人见豹哥丢下了枪，也纷纷将手中的武器扔到了地上。

"殷柔督察，现在可以让我走了吧！"洪霆霄冲殷柔道。

殷柔眼波中寒光一闪："恐怕你是走不了了！"

洪霆霄冷哼一声："刚才的事情我已经向你解释了，我是正当防卫，有什么事情你可以找我的律师！"

"这件案子姑且不提，我想和你谈谈十年前的那起文物抢劫案，如果我没有猜错的话，你就是那起案件的主谋——K先生！

洪霆霄嘿嘿一笑："我洪某人在十年前已经是N市呼风唤雨的头面人物了，怎么可能看得上那些文物？"

"你是醉翁之意不在酒！你的目标是文物展览会的主办者何丽莎。你设计引诱何丽莎来N市举办文物展览，暗中却指使手下抢劫了何丽莎的文物，导致何丽莎破产，背负了巨额外债。你原以为何丽莎会向你屈服，以身还债，没想到何丽莎个性十分倔强，最终宁死也不答应你的条件。”殷柔指了指受伤的穆兰道，“穆兰就是何丽莎的女儿，她潜伏在你的身边，就是为了复仇。”

洪霆霄哈哈大笑：“殷督察，您是从哪里听来的这种小道传闻？难道这也可以作为定案的凭证吗？”

徐峙突然指责洪霆霄道：“这些消息都是我提供给殷柔督察的！前不久在连律师的家中，是你亲口承认的。我和穆兰都可以做证！”

洪霆霄瞥了一眼徐峙：“你是一个被通缉的杀人逃犯，为了减轻罪行，当然会像疯狗一样到处乱咬人了！你认为法官会相信你的证词吗？”

徐峙想要申辩，但却感觉有些辞穷，嘴巴张合了几下，却没有说出一个字。洪霆霄果然是个老狐狸！

洪霆霄得意扬扬地望向殷柔：“难道就凭一个杀人犯的口供，你就想逮捕我吗？”

殷柔没有说话。

洪霆霄更进一步道：“趁我没有改变主意之前，你赶快放我走，否则我会告你诽谤！”

殷柔突然嘴角上扬，露出一个神秘的微笑：“你以为我只有这一个人证吗？”

洪霆霄却不以为然：“还有谁呢？”

殷柔冷冷地道：“那个人就在这里！”

洪霆霄脸色微变，大声道：“那你让他站出来呀！”

现场的空气立刻像凝结了一样，除了偶尔几个受伤者的呻吟声之外，再听不到任何的声响。

过了大约一分钟，仍旧没有人站出来。

洪霆霄释然地大笑了起来：“站出来呀，有种就站出来呀！”然后不怀好意地望向殷柔，“殷督察，你是不是得了妄想症了？哪里来的什么证人啊？”

洪霆霄话音未落，就听一个人声响起：“洪霆霄，不要得意得太早！”

众人的目光齐刷刷向那人望去，当洪霆霄的眼睛触到那人面颊的一刹那，整个身子不由自主地颤抖了一下，浮现在脸上的笑容顿时僵住了：“你——”

“不错，正是我！”那人气定神闲地站在了洪霆霄的对面。

“为什么？”洪霆霄一字一句地问道。

那人没有说话，只是冷冷地看着洪霆霄。

“陈景鹏，我对你可是不薄啊！你居然敢出卖我？”

站在洪霆霄对面的人正是他最为信赖的管家陈景鹏。

陈景鹏露出不屑的笑容：“你对我的确是不薄，但可惜我是职责所在。”

洪霆霄似乎听出了一些端倪：“这么说你是警方的卧底？”

陈景鹏肯定地点点头：“当年我和另一名警察被邹伟邦高级督察安排在你这里做卧底，只可惜你老奸巨猾，我始终没有拿到有力的证据。不过就在不久前，你却意外露出了狐狸尾巴，终于亲口承认了十年前的古董抢劫案是你幕后主使的。”

陈景鹏说着，从口袋里掏出一支录音笔，按下播放键，洪霆霄苍老的声音从话筒中清晰地传了出来，里面的内容正是当时在连律师家和穆兰的那番对话：“我当时并不方便出面下手，所以就把抢劫的事情完全交给了黑桃J。没想到黑桃J背地捅了我一刀……”

洪霆霄的脸色立刻变得惨白，他这一生做事都极其小心谨慎，从未留下任何的破绽和证据，但那一次当他面对心上人穆兰的枪口时，心理防线终于崩溃，说出了积郁在心底多年的真心话，没想到却被陈总管偷偷录了下来。

洪霆霄用颤抖的手指向陈总管和殷柔：“原来你们都串通好了？”

殷柔微微一笑：“就在不久前，陈总管把这卷录音带交给了警方，这便是直指你死穴的铁证！”

洪霆霄的身子有些发颤，但他毕竟是统领江湖多年的大哥，仍然强作镇定地站在那里，用眼扫向徐峙和陈总管：“一个小贼，一个卧底警察，没想到我洪某人竟然栽到了你们两个手里！”

就在这时，豹哥突然将双手举起来吼道：“你们快把我铐起来呀，磨磨唧唧说这么多干吗？”

“是啊！”黎昕的那些手下都嚷嚷道，“黎先生可没有那么多时间陪你们在这里闲聊。”

黎昕面挂微笑地说道：“你们警方在这里扫黑，我这种好市民还是回避一下得好！”

殷柔却将眼光冷冷地扫向了黎昕，看得黎昕有些不寒而栗。

“黎昕，我这里有一段视频，是我们一个叫游雨晨的卧底警察偷偷拍摄的，里面的内容是你和阚立龙进行文物交易的内容，而交易的文物正是十年前那起文物抢劫案中丢失的马其顿狮吼面具，对此你有何解释？”

黎昕无奈地耸耸肩，把手伸了出来：“我的确是进行了文物走私交易，我认罪，但这最多不过判几年，没什么大不了的！游雨晨那小娘们想扳倒我，可惜白费心机了！”

殷柔杏眼圆睁：“难道当年的文物抢劫案与你没有关系吗？”

黎昕仍旧是那副波澜不惊的儒雅神情：“当年我只是个无名小卒，怎么可能做出那么惊天动地的大案？”

“你就是当年的那个黑桃J，你利用了洪霆霄，独吞了那批文物，你才是当年那起案件的元凶！”

黎昕哈哈大笑道：“荒谬！难道就因为那个狮吼面具在我手上，就认定我参与了那起案件吗？那面具只是我早年间偶然从一个人手上买来的。”

“那个人是谁？”殷柔追问道。

“时间太久了，我记不清楚了！”黎昕玩起了太极。

“那你怎么解释为什么在十年前你会一夜暴富，并很快成为黑道上首屈一指的大哥？”

黎昕指着自己的脑袋说：“只要这里足够聪明，社会上遍地都是钱。至于说什么大哥，我可是个规规矩矩的生意人，你可不要随意给我安罪名！”

黎昕的狡诈早在殷柔的预料之中，区区一个古董走私案自然是伤不了黎昕的筋骨，要想真正地扳倒黎昕还需要一个撒手锏。殷柔在来之前早已对这个撒手锏进行过评估，现在是派上用场的时候了。

殷柔轻叹了一口气，对黎昕道：“你知道吗？像你们这些罪大恶极的涉黑头目，现在都要统一关押到南部的监狱里，听说那里的帮派分子跟你们水火不容。你们如果进了那样的监狱，恐怕会生不如死！”

黎昕却是洒脱地一笑：“放心，我只是古董走私罪，并不是什么涉黑头目，是不会关到南部监狱的。如果你再拿不出什么有力的证据或者证人，那我可不奉陪了！”

黎昕说完便迈着得意的步伐，趾高气扬地举着双手：“快把我抓走吧！”

就在这时候，一个声音响起：“我愿意做警方的污点证人，指证黎昕！”

黎昕猛地转身望去，只见洪霆霄缓步走到了他的对面：“我愿意指证黎昕当年所有的罪行！”

殷柔微微一笑，一切都在她的计算之中，洪霆霄果然沉不住气了。

“你疯了？”黎昕冲着洪霆霄吼道，“你还有没有点江湖道义？”

“江湖道义？”洪霆霄冷哼道，“你要懂得江湖道义，当年就不应该独吞那批古董，让我替你背负所有的罪名。”

“那你不怕我把当年的丑事抖出来吗？”黎昕恶狠狠地道。

洪霆霄脸上露出迟疑之色。

徐峙怕洪霆霄打退堂鼓，大声道：“不就是设计了自己的救命恩人吗？这件事情全江湖马上就都知道了，你还怕什么丑？”

“你以为就这一件事情吗？”黎昕冷笑道，眼神逼向洪霆霄。

洪霆霄竟然不由自主地后退了一步，但随即他脑海中就浮现出南部监狱的恐怖，那里关押着许多南部的帮派成员，他们与自己势同水火，如果自己落在他们手里，后果不堪设想。

洪霆霄咬了咬牙，满眼期待地望向殷柔：“如果我做警方的污点证人，是不是可以得到特别的保护？”

殷柔自然知道洪霆霄心中的顾虑所在，肯定地回答道：“只要做警方的污点证人，将会得到特别的保护。”

洪霆霄用力地吸了口气，终于下定了决心：“我愿意做警方的污点证人，指证黎昕的罪行！”

黎昕的眼睛中立刻闪烁出疯狂：“你这个老家伙，居然连脸皮都不要了！既然你不怕丑，那我就把你当年的丑事都抖搂出来。那个何丽莎的丈夫并不是得病死的，而是被你派人谋杀的。而且在劫案发生后，你威逼何丽莎不成，竟然丧心病狂地强暴了何丽莎，这才最终导致何丽莎抑郁而亡。事实的真相根本就不像你和穆兰说的那样，你是个恩将仇报的小人，一个为达目的不择手段的伪君子！你搞得何丽莎家破人亡，现在居然又把黑手伸向了何丽莎的女儿穆兰。你还有没有一点人性？”

洪霆霄涨红了脸没有说话，显然黎昕所说的一切都是事实。

所有的人，包括洪霆霄的那些忠实手下，都用诧异的目光望向了洪霆霄。

一个在江湖上响当当的大哥，一个自诩义字当头的社团首领，居然是这么一个卑鄙的无耻小人！

所有人的目光中都饱含着鄙视和不屑。

然而此刻的洪霆霄已经顾不上这么多，舆论的压力他已经来不及细想，现在最急迫地需求是他绝不能落到南部监狱的那帮囚徒手中。那些人的手法实在是太残忍了。

黎昕骂得口干舌燥，但当他看到洪霆霄毫不迟疑的目光时，他知道大势已去。

洪霆霄为了自保，已经决心拉他下水了。

黎昕无力地垂下了头，喃喃自语道："是我太高估了你，你这个人在现实利益面前根本就不要脸皮！"

赵腾飞、李云泽、孙诗蕊、张雄彪等人脸上都露出了兴奋的神情。

殷柔却没有半点的欣喜，她将眼光投向了洪夫人："现在我们该谈一谈发生在地中海酒店13层的那一起谋杀案了！整起案件的目睹者是徐峙，就让徐峙为我们讲述一下当时的整个案发经过吧！"

此刻，徐峙已经将受伤的穆兰交给了急救人员，他从容不迫地走到了洪夫人的对面："那天晚上我本来去阚立龙的房间偷古董，在爬上绳索逃跑的过程中，却无意中在1301的窗户里看到了一起离奇的谋杀案。一个戴着黑头套的男人正在用塑料袋往死勒杀一个紫头发的女人！我在手忙脚乱之中，不小心用手机拍下了这一幕。于是，这个黑头套男人便指使他的手下刀哥等人对我进行了连番的追杀。

我出于泄愤的目的，就拨打了报警电话。但我很快就发现那个在地中海酒店的紫头发女人并没有死，而且还活得很滋润，这个女人就是洪夫人。

直到这时，我才明白当晚发生在地中海酒店的那一幕，并不是谋杀，而是一种近乎变态的心理宣泄！

我这时候不禁就要发问了：既然没有死人，为什么黑头套男人对我紧追不舍呢？如果是怕奸情败露，但是听洪夫人的口气，他们似乎并不十分惧怕洪霆霄。既然我并没有掌握他们什么致命的把柄，他们为什么会不惜血本一次又一次地追杀我呢？答案一定就藏在我拍的那张照片之中！于是，我找到一个朋友，把这张照片进行了后期处理，终于我在照片中发现了一个惊人的秘密，原来他们正在谋划一个大阴谋！”

徐峙说到这里故意停顿了下来，眼睛望向了洪霆霄和倒在地上的连律师。

“你倒是快说呀！”性急的张雄彪插口道。

徐峙像说书人一样，不疾不徐地从口袋中掏出一张照片：“秘密就在这里：我无意中拍到了一个用于制造假钞的电板！”

张雄彪恍然大悟：“你是说他们为了怕印假钞的秘密泄露，所以要杀你灭口！”

“正是如此！”徐峙潇洒地将照片丢在了洪夫人面前，“假钞的秘密一旦曝光，金融机构将采取相应措施，那么他们印出来的假钞无异于一堆废纸！所以他们才会不顾一切地想抢回照片，杀我灭口！至于这块假钞电板是从哪里来的，我想洪先生最清楚不过了！”

洪霆霄没有回答，只是默默地低着头。

徐峙微微一笑：“就在地中海酒店谋杀案发生的那天下午，发生了一起离奇的抢劫案。劫匪抢劫了洪霆霄的一个珠宝押运车，但他们并没有抢走珠宝和现金，而是抢走了一个手提箱，这个手提箱里面装着的便是那个假钞电板。”

黎昕这时候瞪着眼睛道：“姓洪的，你好大胆子，居然敢印刷假钞！”

洪霆霄反唇相讥道：“彼此，彼此，你不是也在偷偷卖古董吗？”

徐峙继续道：“洪霆霄的这个秘密，被他的那位娇滴滴的风流小妾洪夫人偷听到了。于是，洪夫人和黑头套男人合谋，一起策划抢劫了洪霆霄的假钞电板。为了逃避洪霆霄手下的追查，他们暂时躲进了属于黎昕势力范围的地中海大酒店。可能由于巨大的压力，也可能是极度的欣喜，所以他们才会在地中海酒店做出如此匪夷所思的一幕。只可惜他们做梦也没有想到，半夜三更会有人从13层的窗户经过，还恰巧拍到了他们敞露在地板上的假钞电板。”

“那这个黑头套男人究竟是谁？”张雄彪沉不住气又问道。

“其实这个答案已经呼之欲出！有谁会变态到用塑料袋套女人的头，有谁会在亲热的时候戴着黑面罩？我当时在心里已经有了答案，而当我在连律师家偷听到洪霆霄和洪夫人的对话时，就更加验证了我的猜想。那天我本来是到连律师家搜集关于小蝶身世的证据，却无意中撞到洪霆霄因为奸情的事情处决洪夫人。洪夫人亲口承认他和连律师有一腿，是连律师将洪霆霄的遗嘱透露给了她。洪夫人这样一个娇滴滴的大美人，为什么会这么多年守着洪霆霄这个糟老头子？当然是想以后得到洪霆霄巨额的遗产！可是没想到洪霆霄竟然将遗产全部赠予了穆兰。心有不甘的洪夫人便伙同连律师，抢劫了洪霆霄的假钞电板，准备大发一笔横财，同时狠狠地报复一下洪霆霄。答案此刻也已经清晰：那个黑头套男人就是连律师！”

徐峙信誓旦旦地说出这句话，正准备接受着众人顶礼膜拜的崇仰目光，却没想到一个冷冰冰的声音传来：“那个黑头套男人并不是连律师！”

60

徐峙抬眼望去说话的人正是殷柔，他大惑不解地道："这怎么可能？"

殷柔眼睛望向洪夫人："我想这个谜底还是由洪夫人来揭开吧？"

洪夫人咯咯媚笑道："你要真有答案，何必来问我？少用这些鬼话来诓我！就算你真的知道他是谁，我也会让你永远闭上嘴的！"

洪夫人说到这里，快如闪电般从袖口抽出一把微型手枪对准了殷柔。

就在洪夫人手指触动扳机的一刹那，砰的一声枪响，狙击手率先扣动了扳机，洪夫人惨叫一声，手腕上鲜血淋淋，手枪已经掉在了地上。

殷柔赶紧冲着胸前的无线话筒喊道："不要伤害她的性命！"

狙击手答道："明白！"

洪夫人捂着鲜血淋漓的手腕，面容狰狞地狂笑起来："休想从我这里得到任何有价值的信息！"又对一旁傻站着的刀哥吼道，"还愣着干什么？赶快引爆炸弹，和这些家伙同归于尽！"

刀哥诧异地望着洪夫人，足足愣了两秒钟，然后冲着洪夫人狠狠啐道："你有病啊，老子只是想挣点钱，刚才是迫不得已，现在好歹有条活路，犯得着赔上这条命吗？你想为那小子殉情，老子才不呢！"

刀哥说着转过身，举起双手冲着殷柔道："警官，我愿意戴罪立功，那个黑头套男人就是——"

刀哥话未说完，洪夫人竟然不可思议地直接从地上弹射而起，手里握着一把寒光闪闪的匕首，冲着刀哥的后心窝便捅了过来。

隐藏在高处的狙击手也没有料到会有这样的变故，而且洪夫人恰好被刀哥的身子遮挡。等到狙击手寻找到机会开枪时，洪夫人的刀已经扎入了刀哥的身体，刀哥闷哼一声便软软瘫了下去，与此同时洪夫人也倒在了血泊之中。她俏丽的脸上溅满了殷红的鲜血，如同朵朵盛开的寒梅，洗却了她往日的铅华和俗媚，这一刻的洪夫人清纯明艳，带着满意的笑容缓缓闭上了眼。

“怎么会这样？”赵腾飞懊恼地叹了口气。

“这可怎么办？”孙诗蕊小心翼翼地望向殷柔。

殷柔轻咬了一下嘴唇：“没关系，没有他们的口供，我一样可以揪出那个黑头套男人！”

徐峙道：“你有什么发现？”

“我最开始也和你一样，将重点怀疑对象锁定为连律师。但是当我仔细研究了黑头套男人当晚在地中海酒店的视频监控后，却突然发现黑头套男人并不是连律师。”

殷柔抿了抿嘴，接着道：“黑头套男人是一个非常仔细小心、且极富作案经验的人，他不仅将自己的五官全部遮蔽，而且还故意背对电梯间的摄像头，尽最大可能地保护自己的真实身份。所以黑头套男人在离开1301房间和进入电梯间的时候，手上都是戴着手套的。

“但奇怪的是在戴着手套的情况下，黑头套男人在开关房门，以及摁下电梯按钮的时候，都会垫上一块手帕。我当时就感觉非常地奇怪，如果是为了避免留下指纹，明明已经戴着手套，何必又要用一块手帕？这并不是事先筹划好的一种保护措施，而是一种特殊洁癖的自然流露。这个黑头套男人平时一定有着严重的洁癖，他在开关门、按电梯按钮时总会垫上一块手帕，久而久之，就形成了一种强迫症似的习惯。当晚，黑头套男人在离开地中海酒店时，虽然已经戴着手套，但还是不自然地将这种固有习惯流露了出来。

“我之后专门细细研究了搜集到的所有关于连律师的视频资料，发现连律师这个人虽然也有很多怪癖，但是他并没有洁癖，开关门或者使用电梯时，都没有垫手帕的习惯。因此，我可以断定黑头套男人并不是连律师，而是另有其人！”

张雄彪挠着头道：“那这就奇怪了，如果不是连律师，那这个神秘男人又是谁啊？”

殷柔沉声道：“当时我也陷入了彷徨无措的境地，光凭这点信息，我离这个黑头套男人还有着遥不可及的距离。但恰在此时，一个人的身影突然走入了我的视野，这个人就有着和黑头套男人一样的洁癖。

“当然，当时只是一个大胆的假设，但随后的调查却让我大吃一惊。那个人和黑头套男人出现了越来越多的共同点，到最后竟然完全重合，这个人就是黑头套男人！”

殷柔说到这里却不往下讲了，眼睛射向了张雄彪。

张雄彪身子一颤，浑身不自在地问道：“那这个黑头套男人究竟是谁？”

殷柔用手一指张雄彪：“就是你身旁的那个人——李云泽！”

现场的空气瞬间凝结，所有的人都望向了那个身穿白衣、一脸儒雅的李云泽。

张雄彪惊愕了半晌，擦着额头上的冷汗，对殷柔道：“不可能吧？李教授和我们重案组合作许多年，帮我们破过很多大案、要案，他怎么可能是抢劫案、印刷假钞案和雇凶杀人案的幕后元凶呢？”

赵腾飞也投来怀疑的目光：“李教授这样做没有动机呀？”

殷柔淡淡地道：“那是因为你不知道李云泽的真实身份！”

赵腾飞有些摸不着头脑：“真实身份？李教授的履历很清白啊，他是我们警方特聘的专家，档案上面没有任何的污点啊！”

“你们从档案上面当然查不到任何的线索，因为李云泽是个私生子，而他的亲生父亲——”殷柔用手指向了面如死灰的老者，“就是洪霆霄！”

此言一出，又如同一枚重磅炸弹惊愕得在场众人目瞪口呆。谁也想不到一身正气、满脸儒雅的李云泽，竟然会是黑道枭雄洪霆霄的亲生儿子！

殷柔清了清嗓子：“我对李云泽的身份产生怀疑之后，专门调查了他过去的邻居和他母亲的一些朋友，从他们口中我才知道李云泽的母亲在年轻时候是一个颇有姿色的舞女，在一个偶然的机会与洪霆霄相识，成了洪霆霄的情人。这个舞女疯狂地爱上了洪霆霄，可是洪霆霄却只把她当作玩物，在得知她怀孕之后，更是绝情地将她抛弃。这个舞女后来独自产下一个男孩，这个小孩就是李云泽。此时的洪霆霄已经在江湖上小有名气，根本无法容忍和舞女生下孩子这样的丑闻，不但不与他们母子相认，甚至拳脚相向。

“舞女为了活下去，只好带着年幼的李云泽改嫁到了一个李姓的人家，之后的一切就正如档案中所记载的那样。李云泽通过刻苦的钻研，成了知名的法医专家和物证专家，在社会上也成了知名人士。随着舞女的去世，李云泽与洪霆霄之间的关系也成了一个秘密。

“然而就在几年前，年过花甲的洪霆霄由于膝下无子，为了能有一个传承香火的人，他主动去找李云泽，只要李云泽能够认祖归宗，洪霆霄死后遗产的绝大部分都将由李云泽继承。

“这当然是一个极具诱惑性的条件，李云泽从现实的利益考虑，还是违心地接受了洪霆霄这个父亲，但是没想到洪霆霄后来出于爱恋穆兰以及赎罪的心理愿望，居然将全部的遗产都赠予了穆兰。

“可以想象当李云泽得到这个消息时是多么绝望，于是他便和另一个被剥夺继承权的洪夫人合谋，上演了抢劫假钞电板的好戏。李云泽才是那个真正的黑头套男人！”

张雄彪惊讶得眼睛瞪得溜圆，嘴巴咂巴了几下才说：“老大，你这些内幕信息从哪里得到的？”

殷柔淡淡一笑：“一部分是从徐峙那里，另一部分是从陈总管那里。”

众人的眼睛都望向李云泽和洪霆霄，两个人的气质风格虽有很大的差距，但眉宇间的确有着几分神似，确实像是血脉相承的亲生父子。

洪霆霄的身子有些颤抖，但李云泽却是肖然不动，仍旧是那副恬淡儒雅的模样。

殷柔低头看了一眼腕上的手表：“在两个小时之前，另一组警员已经捣毁了你的地下印钞厂。你那堆积如山的钞票，恐怕只能成为一堆废纸了！”

李云泽神情丝毫不为所动，只是淡淡一笑：“我从来没有印过什么假钞，那地下运钞厂又与我有什么关系？”

“你的心理素质的确是一流！”

“殷督察，我是有喜欢垫着手帕开关房门和按电梯的习惯，也确确实实是洪霆霄的私生子。但仅凭这两点，就判断我是犯罪嫌疑人吗？我想你是有些过于武断了！”

“是啊——”张雄彪和李云泽的私交不错，他的脸上写满了怀疑，“老大，光凭这两点确实有些牵强啊？”

殷柔眼光扫过李云泽：“我自然还有其他的证据！张警官，1301号房间谋杀案最初是由你负责调查的吧？”

张雄彪点点头：“是啊，我在接到徐峙的报警电话后，对1301号房间进行了细致的调查，可是并没有发现任何谋杀的疑点。”

“那你还记得不记得1301房间开房人的名字？”

“好像是一个叫作杨伟国的人！”

“不错，当晚1301房间登记的身份信息的确是杨伟国，我后来派孙诗蕊对这个杨伟国进行了细致的调查，却发现杨伟国早在半年前就在一起谋杀案中死亡。如此看来，是有人假借死者的身份证在酒店开房。我随即命令孙诗蕊对杨伟国的社会关系进行细致的调查，反馈回来的消息却让我非常震惊，杨伟国是一个孤儿，几乎没有任何的朋友，所以他的遗物一直被封存在谋杀现场，也就是他的家中。当时负责勘测的警员，曾亲眼见过杨伟国的身份证，并拍摄了照片。可是当我们再次来到杨伟国的家中时，却怎么也找不到这个身份证。而更离奇的是这个身份证竟然会跑到地中海酒店，随着那个黑头套男人一起出现。”

张雄彪突然醒悟：“老大，你的意思是说有人在现场偷了那个身份证？”

“不错！”殷柔斩钉截铁道，“我后来查阅了当时的调查报告，那天在现场勘测杨伟国尸体的人正是李云泽。”

张雄彪难以置信地望向李云泽：“你是想利用杨伟国没有亲朋好友的孤儿特点，随意盗用他的身份信息？”

李云泽无奈地叹了口气：“张警官，你怎么这么轻易就相信她的话了呢？当时进出命案现场的工作人员有那么多，凭什么就认定是我盗取了那张身份证？”

李云泽又转身望向殷柔，眼神中充满了愤怒：“殷督察，你一直是我很敬重的警官，可没想到你办案时竟然是这么地主观！如果你认定是我谋划了那一系列抢劫杀人案，那就请拿出证据来！我们用事实来讲话！”

“你想用事实来讲话吗？”殷柔也毫不妥协地向前一步，“你是法医和物证的双料专家！勘测过的现场无数，所以你自信在犯案过程中没有留下任何的证据。但是有一句古话叫作智者千虑、必有一失。你和洪夫人偷情时，在一个叫作流莺的小旅馆却留下了致命的破绽。”

听到流莺旅馆的名字，李云泽的神情却毫无变化，用调侃的口吻说道：“是吗？那我愿洗耳恭听！不过提前申明，我从来没有去过什么流莺旅馆，更不会在房间里面留下什么见不得人的线索。”

殷柔禁不住哑然失笑："你也太过高傲自负了！房间里面被你清扫得干干净净，这么久的时间，又有很多人住过，我们当然没有采集到任何有价值的信息，不过你在旅馆的前台，却无意中留下了一个重要的生理痕迹。徐峙，你就把当时你和老板娘交谈的情景向大家复述一遍吧！"

徐峙一愣神，他完全不明白殷柔为什么会将话题突然转到他身上，但仍旧按照殷柔的吩咐，复述着当时在流莺旅馆发生的一切："我和小蝶走投无路，只好来到流莺旅馆。恰巧隔壁也住了一对男女，流莺旅馆的隔音很不好，虽然听不清楚那边的两个人具体谈了些什么，但是那种疯狂的男欢女爱声音还是很清晰地传了过来。我当时就感觉这对男女，特别是那个男的，心里特别压抑，喉咙里面发出的声音有点像野兽。出于好奇，我推门走向走廊的时候特别关注了一下他们的房间。恰在此时，一个女人从房间中走了出来。我只是匆匆一瞥，便认出了那个女人，正是我在地中海酒店目睹被谋杀的那个紫头发女人，也就是洪夫人。"

徐峙说到这里，眼睛瞟了一眼躺在地上的洪夫人。

"我怕被他们发现，赶忙躲了起来。当时我只顾逃命，哪有心思关心黑头套男人究竟是谁，所以并没有守在流莺旅馆偷偷观察。

"等我再一次来到流莺旅馆的时候，探究黑头套男人的身份已经成为当务之急。所以我就来到前台和老板娘调侃了起来。老板娘的确对这个男人有印象，但是也没有提供有价值的信息。不过，老板娘说这个黑头套男人虽然显得有些怪异，但为人还是很和善。有一次，老板娘正踩着桌子换灯管，却始终够不着房顶。恰巧黑头套男人此时来结账，老板娘便央求黑头套男人帮忙，黑头套男人犹豫了一下，但还是答应了。黑头的男人踩着板凳上去，一只手垫着手帕拿着灯管的一头，另一只手拿着灯管的另一头——"

徐峙说到这里，突然脑海中灵光一闪，兴奋地喊道："我知道了！我知道殷督察所说的证据是什么呢？是指纹，是留在灯管上的指纹！"

所有人的眼光都齐刷刷地扫向了李云泽，想从李云泽的表情中得到印证，但李云泽仍旧淡雅如常，丝毫看不出有什么波澜。

殷柔又向前一步："当时正是炎热季节，你如果戴着手套出现在老板娘面前，势必会给老板娘留下深刻的印象。所以你到前台结账时并没有戴手套，而是将准备好的钱直接甩给了老板娘。当然你也是垫着手帕完成的，只不过动作比较隐蔽，不易引起人的察觉。但是你万万没有想到，老板娘会央求你去换灯管。我后来专门见过这个老板娘，她是一个很喜欢往客人身上贴的人。估计当时她对你又拉又抱，你怕被他撞破真实的身份，所以不得已答应了他的要求。灯管很长，光凭你垫着手绢的一只手是无法将它安装好的，所以你在安装过程中下意识地使用了另一只手，却无意中留下了你的指纹。虽然你事后将踩过的板凳也擦得干干净净，可是却忘记了灯管上的指纹。

“徐峙交给我的U盘资料中详细地描述了这个场景，当我注意到这个细节之后，立刻派物证科的人去流莺旅馆提取指纹。我们在灯管上发现了两个人的清晰指纹，一个是流莺旅馆老板娘的，而另一个经过对比，正是你遗留的！你自以为设计得毫无破绽，却在一个毫不起眼的地方留下致命漏洞！这就叫作天网恢恢，疏而不漏！”

所有人都以为这次李云泽必将无路可退，没想到李云泽却只是微微一笑，轻描淡写道：“好吧，我承认我和洪夫人有染，也的确乔装改扮到过流莺旅馆与洪夫人私会，但我那样做只是为了报复洪霆霄和享受美女。不过，徐峙在地中海酒店见到的那个黑头套男人，以及抢劫假钞电板的人却不是我。洪夫人那么淫荡，和她相好的男人必然不计其数，你们仅仅凭借我的体貌特征和那个男人相似，就把我认定为罪犯，这在法庭上仍旧构不成致命的证据。”

“你果然很狡猾！”殷柔恨恨地道。

“谢谢夸奖！”李云泽以一种高高在上的胜利者口吻充满调侃地对殷柔说道，“你既然这么怀疑我，看来我们合作的基础已经不复存在，如果没有别的事，我就先回实验室了，以后警方的事情再也与我无关了！”

李云泽说完，便大摇大摆地朝出口的方向走去。

徐峙气得鼻子都要歪了，可是却对李云泽毫无办法，只得狠狠地啐了一口。

殷柔突然道：“李云泽，你以为我真的没有置你于死地的证据了吗？”

李云泽的身子微微颤抖了一下，随后便大笑了起来，转身对殷柔道：“殷督察，有时候我还真是挺佩服你的执着，好吧，我就满足一下你的执着心，听听你还有什么可笑的推论。”

殷柔根本不理会李云泽的嘲讽，她缓缓上前一步道：“这次不是推理，而是实物的证据。”

"什么证据？"

"子弹！"殷柔眼神冰冷地凝视着李云泽，不给他一丝的喘息机会，"两小时之前，我们在捣毁你的地下印钞工厂时，在你的办公桌里搜到了一把手枪，对比弹道，与出现在抢劫假钞电板现场的子弹完全吻合。"

李云泽忍不住插口道："你们调查过洪霆霄的那辆押运车？"

殷柔淡淡一笑："这就要感谢陈总管的配合了，我们在事发地车库的水泥顶上找到了劫匪射出的那颗子弹。"

"可这又能说明什么？"

殷柔冷冷地道："我们在参与抢劫的那把手枪弹夹找到了一颗子弹，而这颗子弹表面就残留有你的指纹。"

"子弹上有我的指纹？"李云泽的眉头急蹙了起来，但很快便释然地笑道，"如果我真的是凶手，你觉得以我的小心，会在子弹上留下指纹吗？"

殷柔道："你自然会戴上手套，小心翼翼地装弹，绝不会留下半点指纹。只不过徐峙的意外出现，让你在仓促间犯下了一次低级错误。"

"徐峙？怎么又有徐峙？"李云泽厌恶地看向了徐峙。

徐峙同样一脸的愕然，不明白自己究竟又提供了什么有价值的信息。

"你还记不记得地中海酒店那晚发生的事情？"

"我从来没有去过地中海酒店，又怎么会知道那晚发生的事情？"

"那我就帮你回忆回忆！"殷柔清了清嗓子道，"在徐峙给我提供的资料中对地中海酒店那晚发生的事情进行了详细的描述。徐峙在酒店13层楼的窗外意外目睹了一起离奇的谋杀案：一个戴着黑头套的男人正在扼杀一名紫头发的女人。徐峙仓促间按下了手机的拍摄按钮，手机的闪光灯立刻惊觉了屋内的黑头套男人。黑头套男人做梦也没有想到，竟然有人会在13层楼的高度偷窥他，于是立刻举枪射向徐峙。但凑巧的是手枪竟然在这个时候发生了机械故障。黑头套男人只好卸下弹夹，将卡壳的子弹退出，出于一种习惯，他又将那颗卡壳的子弹装进了弹夹之中。"

徐峙突然意识到了什么，高呼道："那个黑头套男人虽然做事极其谨慎，但当时他毕竟身处酒店的13层高楼，万万没有想到窗外会突然有人出现，而且他当时正和洪夫人卿卿我我，警惕性正处于最低，所以他当时根本没有戴手套。事后，虽然黑头套男人对手枪，包括弹夹进行了细致的擦拭，但他却遗漏掉了那颗印有他指纹的子弹。

殷督察从我的描述中发现了这个细节，于是在第一时间对那把手枪中的子弹进行了指纹提取，终于找到那个黑头套男人的致命破绽。”

殷柔嘉许地望了一眼徐峙，随即又望向了李云泽：“那把手枪自抢劫押运车之后便没有再使用过，所以那颗印有你指纹的子弹非常幸运地保留到了现在。根据地下印钞厂人员的口供，那间办公室正是属于那个神秘的黑头套男人，所以我们对办公室抽屉中的手枪进行了重点的技术分析。这个收获是非常丰富的，不但证实了你用这把手枪参与抢劫押运车，而且还从其中一颗子弹上提取到了你的指纹。这也就充分证明，你便是刀哥、洪夫人他们身后的那个幕后主使，是你策划了这一系列的抢劫及印假钞事件。”

李云泽听到这里突然仰天大笑起来，越笑越癫狂，越笑越凄厉，到最后竟然痛苦地抽泣了起来：“当我知道是你来调查这起案件的时候，就隐隐感觉到了不安。我所做的一切能够骗过其他的警察，但却未必能逃过你的眼睛！果不其然，我精心设计的一切，竟然功亏一篑于这么一个微不足道的细节上。但我心服口服，因为你技高一筹，发现了别人永远也发现不了的漏洞。我只是时运不济，遇到了你！”

“果真是你啊！”张雄彪的神情变得落寞黯淡，嗫嚅了半晌，他才问道，“但这究竟是为什么呀？”

“为什么？”李云泽眼光如电般逼视向了洪霆霄，“为了夺回属于我的一切！”

洪霆霄在李云泽的寒光下颤抖起来，经历了这一系列的致命打击之后，洪霆霄的脸色变得苍白而枯槁，再也没有了昔日大哥的那种不怒而威。

李云泽痛苦地扯着头发：“就像殷督察所说的那样，我是一个私生子。我的母亲是一个卑贱的舞女，她生下我之后也丢掉了舞女的工作，因为洪霆霄不允许我的母亲再在N市抛头露面。我们因此失去了经济来源，我的母亲只好嫁给了我后来的继父。我的继父是个虐待狂，他对我的母亲非常不好，对我也常常拳脚相加。我的童年就是在这种充满虐待的痛苦中度过的。等我填报大学志愿的时候，我的继父不愿意继续供我上大学，所以我只好选择了生活补贴比较高的法医专业。所有的人都认为我热爱法医专业，因为我每天都钻在实验室里，而且取得了不俗的成绩。可又有谁知道我那只是在逃避现实，从我内心深处，我是非常厌恶法医工作的。每一次触到那些冰冷的尸体，我都会感到一种难以抑制的恶心，我会反复地洗手，反复清洁身体，久而久之就养成了这种洁癖。

“后来我的母亲去世了，她是在长久的虐待中去世的。我失去了唯一的亲人，我也变得更加孤独。

“就在这时候，洪霆霄出现了。当年我跪在他面前，他都不肯认我这个儿子，可现在他年老了，没有孩子就想到了我。我起初是绝不肯认这个父亲的，可是洪霆霄给我开出了很优厚的条件，让我继承他全部的遗产。

“我终于心动了，因为这是改变我命运的唯一机会，况且这一切本来就应该是属于我的。但是万万没有想到，有一天洪夫人突然找到了我，告诉我一个犹如晴天霹雳的消息：洪霆霄居然把全部的遗产都赠予了穆兰。

“我当时简直气炸了：一个没有血缘关系的外人，竟然比他这个唯一的亲儿子在他心目中还要重要。想想这些年我所遭遇的一切，想想被虐待而死的母亲，再想想洪霆霄对我的愚弄，我顿时失去了理智，一把就将洪夫人摁倒在地上。我要报复洪霆霄，他玩弄了我的感情，我现在就玩弄他的女人。

我当时已经完全丧失了理智，就在地上野蛮地凌辱了洪夫人。等我清醒之后，我感到了一种空前的绝望，我原以为洪夫人会把我送进监狱，但却没有想到洪夫人却躺在地上笑了起来……”

61

“洪夫人爬起身来媚笑着说：你家老头子要有你一半的本事，要不要那些财产倒无所谓了。

从洪夫人身上，我突然领悟了一个道理，只要你足够冷血、足够残忍，即使这个世界上最歹毒的坏人也会畏惧你、害怕你、服从你，甚至无条件地任由你凌辱。

想通了此节，我决定和洪夫人联手搞垮洪霆霄。”

“所以你们就找到了刀哥、竹竿和炮筒？”殷柔插口问道。

“是的，我毕竟只是个文人，打打杀杀的事情还需要别人去做！”

“可是那三个家伙据说在黑道上挺有名气，你是怎么让他们三个死心塌地服从你命令的？”殷柔颇有疑惑地问道。

李云泽不屑地一笑：“就像我刚才所说的那样，制伏恶人最好的办法就是比他更狠毒！我约他们第一次见面就在我的秘密实验室当着他们的面解剖了一具尸体，并且把尸体上面的肉一块一块地切下来放在嘴里慢慢地咀嚼。我看到这三个穷凶极恶的家伙眼中出现了畏惧的神情，当我把尸体上的肉递给他们，示意他们吃时，他们立刻呕吐了起来。从此以后他们再也不敢违抗我的命令，因为他们觉得我根本就是个魔鬼。”

殷柔感觉到一阵恶心，她皱着眉头问道：“你不是很厌恶尸体吗，那你怎么能够吃得下去？”

李云泽阴邪地一笑：“控制别人的欲望，战胜了恶心的味道。从此以后，我突然间对尸体和鲜血有了另外的一种感觉，那是一种令别人害怕的力量！”

殷柔皱着眉头努力避开了这个话题：“接下来你们就抢劫了珠宝押运车？”

李云泽点点头："不错！洪夫人无意中得知了洪霆霄押送假钞电板的消息，于是我便命令刀哥他们去抢劫假钞电板。拿到东西之后，我便冒用杨国伟的身份证躲进了洪霆霄势力很难渗透进去的地中海酒店。本来那晚我是不想和洪夫人见面的，只想好好研究一下那块电板。可是我却难以抑制内心深处那种扭曲的需求，恰在此时洪夫人打来了电话想见我，于是我还是冒着极大的风险来了洪夫人。没想到这却召唤来了一个瘟神。徐峙那个蠢贼竟然好死不死地从酒店窗户经过，还拍下了那张照片。为了保护假钞电板的秘密，我只好冒着巨大风险不断去追杀徐峙，这才留下了一连串的破绽。要是没有徐峙的搅和，一切都将在我的掌控之中。可惜呀，可惜……"

"你觉得这一切值吗？"殷柔眼眸中浮现出一丝的惋惜。

"不知道！我只是活得太压抑了，我的人生本不该如此苦涩和艰辛。"李云泽喃喃低语道，或许这句话就是他内心深处最真实的写照。他一直认为这个世界欠了他很多，却不知道这正是召唤人性邪恶的魔咒。当一切复归平静的时候，他才幡然醒悟：原来上天早已给过他补偿，只是他当时没有去珍惜。

冰冷的手铐戴在李云泽的手上，他再无平时的风雅和恬淡，整个人陷入到了一种莫名的阴暗之中。

四名特警押走了李云泽，其他的警察和医务工作者开始清理现场。

英妮拉倒在陈景鹏怀中，两人相拥而泣。

殷柔走到他们身旁，轻轻咳了一声："原来你当时不顾一切跳河逃走，就是为了保护他啊！"

英妮拉羞赧地点点头："我怕在警局里面说漏嘴，给景鹏招来杀身之祸！"

"你还是不相信我们警察呀？"

英妮拉摇摇头："不是我不相信你们，实在是洪霆霄的势力太强大了。"

"你是怎么知道陈景鹏卧底警察身份的？"

英妮拉道："他的妹妹叫陈丽，和我一样都是六指淫魔案的受害者。案发后，陈景鹏来找我询问案发时的详细情况，我才知道他是警察，当时他还在外省做警察。我们之后就一直保持着联系，共同寻找六指淫魔的踪影。"

"你当时去找阚立龙，就是想一个人报仇，不连累他吧？"

英妮拉脸颊一红："是的，他是一个警察，还有着远大的前途，不能因为这件事情毁了他的一生。"

“傻女人呀！”殷柔叹了口气。

英妮拉低头无语，芊芊玉指紧紧扣着陈景鹏的手。

殷柔的目光又望向陈景鹏：“还有个问题我不太明白，你们为什么把联络地点选在屁王的赌场？那里可是你的大本营，许多人都认识你陈大总管呀。”

陈景鹏抿了一下有些干裂的嘴唇：“最危险的地方反而是最安全的地方，我作为洪府的大总管，无论走到哪里都会引人注目，所以倒不如把联络地点选在自己的赌场，那样反而不容易令人生疑，即使被人看穿，我也可以说是收买在黎昕那里的眼线。只是没想到英妮拉会一个人去行动！”说到这里，陈景鹏无限柔情地望向了英妮拉，两人四目相交，透出了那种来自心灵最深处的神韵相交。

“你们两个还真是你侬我侬啊！”徐峙满脸春风地走了过来，他拍了拍陈总管的肩膀，“谢谢你上次救了我！”

陈总管微微一笑：“我知道你是被冤枉的，而且我也知道你是唯一知道阚立龙死亡真相的人，所以我必须救你！”

徐峙哈哈大笑：“这样说来，你留着我，是为了随时帮英妮拉洗脱冤屈了！”

陈景鹏没有否认，只是淡淡一笑。

徐峙对殷柔道：“殷督察，要是没有其他的事情，我就先走了，我想去医院看看小蝶！”说完，便迈步朝门外走去。

“等等！”殷柔突然语调冰冷地说道。

徐峙诡异地扭过头：“还有什么事情吗？噢，对，是录口供吗？”

殷柔缓缓转过身：“录口供的事情倒是不急，我们以后有的是时间。”

“以后——”徐峙琢磨着这个词语的意味，满脸不解道：“杀害阚立龙的人不是抓到了吗？我的嫌疑不是已经洗清了吗？”

“阚立龙案件的确与你无关！但是——”殷柔话锋突然一转，“我想你还有一些事情没有交代清楚吧？”

徐峙挠挠头，露出了一脸的迷茫：“殷督察，有什么话您就直接说，我这智商不够，千万别跟我打哑谜。”

“既然你想不起来，那我就帮你回忆回忆。”

殷柔缓缓踱步到徐峙面前，眼睛逼视着徐峙道：“八年前发生了一起震惊全国的六指淫魔案。包括英妮拉和陈总管妹妹陈丽在内，一共有七名年轻女性惨遭毒手。这件事情不知道你还记不记得？”

徐峙点点头：“这么大的案子我当然知道的，可这又与我有什么关系呢？我就是一个不成器的笨贼，和这种神龙见首不见尾的大淫贼没有任何的交集。”

殷柔冷哼一声：“你并不是一个笨贼！你只不过是在故意藏巧示拙，以此来掩饰你真实的身份。你就是当年那个心思缜密、手段毒辣的六指淫魔。”

原本嘈杂的现场立刻变得寂静无声，显然这则消息如同一枚重磅炸弹，直接击穿了所有人的心底。谁也没有预料到殷柔会突然抛出这样一个令人震撼的惊天消息！

英妮拉和陈景鹏更是如同电击一般呆立在当场，不知道是不是该相信眼前的一幕。

徐峙同样被吓傻了，连忙哀求道：“殷督察，我承认之前给您添了很多麻烦，但您也不能这样冤枉我啊，这罪名比杀人还要大，我可背不起呀！我真的只是一个笨拙的小贼，要是有六指淫魔那样的智商，还能沦落到这份田地吗？”

殷柔却丝毫不为所动：“这正是你聪明的地方，你故意装成一个智商不高的笨贼，在每一次盗窃现场都留下许多痕迹，这样就再没有人会怀疑你是那个智商超群的六指淫魔了。”

“他真的会是六指淫魔吗？”英妮拉颤声问道，语调中充满了疑问。

徐峙听到这句话，如获救命稻草：“你看连受害人都不相信，殷督察，你凭什么认定我是六指淫魔，我能有什么样的作案动机去做那些变态的事情呢？”

“为了朱琪！”殷柔抛出这句话，两只眼睛紧紧地捕捉着徐峙面容表情的变化。

徐峙愣了一下，眼神中飘过一抹刻骨铭心的伤痛，随即又像往常一样露出一副玩世不恭的神情。

张雄彪满脸疑惑地望向殷柔：“朱琪？就是邹伟邦高级督察的老婆朱琪吗？”

殷柔点点头，又望向徐峙：“需要我解释一下你和朱琪之间的关系吗？”

“朱琪是我的同学，仅此而已，这与六指淫魔案又有什么关系？”

殷柔从孙诗蕊手中接过一个平板电脑，手指轻轻地划过电脑屏幕，一张张面容清纯的女人面颊从徐峙眼前闪过。

“这是六指淫魔案中七名受害人的照片。她们有一个共同的特点，就是在唇边都有一颗痣，而且她们的神情长相都很酷似一个人。”殷柔将照片停留在了最后一张，相片中的人在夕阳下招手挥别，充满了一种醉人的魅力，正是邹伟邦的妻子朱琪。

徐峙揉了揉眼睛：“经你这么一提醒，这七个人长得还都挺像朱琪。你不会就因为这个怀疑我吧？我和朱琪之间可是清清白白的同学关系，我们中学毕业之后都没有再联系过。”

殷柔睥睨地望向徐峙：“你当然不需要和朱琪联系，因为你时时刻刻都潜伏在朱琪的身边，偷窥着朱琪生活中的所有一切！”

“我没有！”徐峙矢口否认。

“你没有？”殷柔冷笑一声，“那我问你，朱琪割腕自杀的时候，是谁摁响了张雄彪警官岳母家的门铃？是谁在话筒中央求张警官去救朱琪？”

徐峙蹙眉道：“朱琪割腕自杀的事是我事后才知道的，我连朱琪家在哪里都不知道，又怎么可能去摁她邻居家的门铃？你不相信我的话，可以让那位张警官来对质。”

殷柔望向张雄彪，张雄彪却是一脸愕然，他咂了咂嘴，满脸歉意道：“朱琪自杀那晚的确是有人按了我岳母家的门铃，但事情过去那么久了，我真的记不清那个人的声音了。而且那个人说话时声音怪怪的，好像是在刻意掩饰自己本来的声音。所以我真的无法确定。”

徐峙又露出那副嬉皮笑脸的模样：“殷督察，真的不是我。”

“你不要得意，我还有另外一条线索指证你！”殷柔转身对孙诗蕊说道，“我让你查当年急救朱琪时的通话记录，你查到结果了没有？”

“老大，我按照你的要求查了当年拨打急救中心的电话。那个电话正是属于徐峙。”

所有人的目光都聚焦在了徐峙身上，徐峙无奈地耸耸肩：“好吧，我承认，我是暗恋朱琪，所以忍不住就会经常拿望远镜偷窥她。那天晚上我看到朱琪割腕自杀，情急之下我就按了朱琪对门的门铃，同时拨打了急救中心的电话。我刚才之所以不愿意承认，是因为对于一个男人来说，偷偷暗恋一个有夫之妇这么多年，是一件非常丢脸的事情。但我并没有想插足他们的家庭，也不是想偷窥她的什么隐私，只是想默默地看着心上人，希望她幸福，希望她快乐。我想这一点是个男人都应该理解吧，谁还没有一个初恋的心上人，我只不过爱得比较深而已。”

张雄彪和赵腾飞都情不自禁地点了点头，看来每一个男人都有一个永远得不到的梦中情人。

殷柔却是不为所动：“如果仅仅因为这些，我当然不会指证你是六指淫魔。”

徐峙略带嘲讽地撇撇嘴：“那你说我究竟在哪些方面让你觉得像六指淫魔了？”

“首先是动机，这段时间我们走访了你初中时的同学和班主任，他们一致认为你是一个非常聪明的人，但你的成绩却出奇差，这并不是因为你的天赋不够，而是你把全部的注意力都集中在了朱琪身上。你的班主任回忆说一堂课45分钟，你的眼睛有44分钟在朱琪身上。

“在学校的游泳队，朱琪遇到了她的真命天子邹伟邦，这也彻底斩断了你对朱琪的最后一点奢望。但你还不死心，虽然得不到朱琪，你也愿意在角落里欣赏着朱琪的一举一动。就这样，你开始偷窥朱琪。你越是偷窥朱琪，你占有朱琪的欲望就越强烈。你看到朱琪和邹伟邦在一起恩爱的场景，深深地刺激了你的神经，日积月累，将你的心理彻底扭曲。当你偶然遇到一个长相酷似朱琪的女人时，你就不受控制地凌辱了她。之后你应该也很害怕，潜意识中你想栽赃陷害给邹伟邦，于是你就在犯罪现场留下了六个血指印。因为邹伟邦曾经做过六指切除手术，六根血手指就代表了邹伟邦。当你的兽性得到一次满足之后，你就开始变本加厉地作案，每一次都会留下六根指头的血手印。你当时潜意识是想嫁祸邹伟邦，但却还没有明确的计划。

“可是当你看到朱琪被邹伟邦酒醉后一次次暴打时，你的心彻底冰凉了。你决定除掉邹伟邦取而代之。就这样，一个大胆的陷害计划就在你脑海中浮现。就在这时候，你遇到了英妮拉。”

英妮拉听到她名字时，身子禁不住颤抖起来，当时的恐怖场景又浮现在眼前，额前的冷汗顿时涔涔而下。

陈总管赶忙脱下外套，披在英妮拉身上。

"英妮拉当时还是一个女大学生，独自居住在一个偏僻的出租屋里。你利用你娴熟的偷盗技术，潜入英妮拉的房间之中。

"英妮拉从浴室中出来之后，你趁其不备用迷幻药将英妮拉制伏，然后侮辱了她。为了配合你后续的计划，你故意使用了较小剂量的迷药，这样才能使英妮拉在你所希望的时间点苏醒。

"你和邹伟邦曾经在游泳队一起训练，所以你对邹伟邦的体貌特征非常清楚，知道他大腿根的部位有一片红色的胎记。而且你还知道邹伟邦有酷爱画人体艺术的独特嗜好。于是，你用颜料在自己的大腿部位伪造出那片红色胎记，然后学着邹伟邦的模样，架起画板，拿起画笔，伪造出正在以英妮拉为模特画人体艺术的假象。

"你掐指计算着英妮拉苏醒的时间，然后躺在英妮拉的身旁，佯装出一副抱着英妮拉睡着的模样，却故意露出了腿上的那片红色胎记。

"英妮拉苏醒之后，先看到了那个摆在床边的画板，然后又看到了床边戴着头套的你，还有那一片醒目的红色胎记。

"一切都如你所预料的那样，此刻英妮拉认定你是一个变态的画家，而且大腿内侧有一片红色的胎记，这些都将会成为日后指证邹伟邦犯罪的有力证据。

"利用英妮拉作为目击证人的目的已经达到，你便准备将英妮拉制伏，然后离开现场。

"但是你千算万算却忽略了一点，英妮拉从小在山区干农活长大，速度和力量都比寻常的城市女孩要快得多、大得多。

"惊恐中的英妮拉使出了全身的力气，猛地一脚蹬出，你猝不及防，正中下体要害部位。这一脚可以说是打乱了你所有的计划，甚至差点让你失去行动能力。

"你强忍着剧痛，将英妮拉再次击晕。但是这一脚力量太大了，而且又是在男人的要害部位，所以你无法继续实施你的犯罪计划，只能仓促地收拾了现场匆匆离去。

"我想你原本的计划是要让英妮拉成为目击证人，所以你给她服下了小剂量的迷药，还有一些导致神经迷幻的药品。苏醒后的英妮拉神志其实并不完全清醒，她看到的东西都很模糊，因此无法区分你和邹伟邦的细微特征，只是记住了你喜欢画人体艺术的嗜好和大腿内侧的那片红色胎记。但这却足以达到陷害邹伟邦的目标了。我相信你还准备了诸如邹伟邦的毛发、体液之类的生理痕迹留在现场。如此一来，就可以形成一个完美的嫁祸现场。

“警方会根据英妮拉的口供，通过大腿根部的红色印记，曾经拥有六根指头的体貌特征，以及喜欢画裸体女人的特殊嗜好，查找到邹伟邦，再通过核对邹伟邦的DNA，确定他就是犯罪嫌疑人。据我对邹伟邦的调查，当时他正在进行一项卧底工作，长期独处，根本没有时间证人。你一定是抓住了这一点，布下了这样一个弥天大谎，只可惜你机关算尽，却功亏一篑。

“英妮拉突如其来的一脚，不仅让你身受重伤，也让你遗留邹伟邦生理痕迹的步骤在剧痛之下无法继续或者忘记实施。缺少了这最为重要的一环，再加上邹伟邦警察身份的保护，警方自然不会把邹伟邦视作嫌犯。

“而你在受重伤后需要休养很长时间，也就没有了继续作案的能力，此案就此成为悬案！”

殷柔说到这里停了下来，两眼观察着徐峙神情的变化，徐峙却仍旧是那副玩世不恭的模样，他耸耸肩，满脸无奈道：“听了半天，这可都是殷警官你自己的主观想象而已。比如说六指淫魔大腿根上的红色印记，你怎么能够确定是用颜料涂上去的？”

62

殷柔微微一笑：“说起这点还得感谢李云泽，他当时作为助手参与了案发现场的勘测。他在英妮拉的脚上发现了非常小的一片可疑印记，于是就把这一情况报告给了勘测负责人，但却被勘测负责人忽略掉了！初出茅庐的李云泽出于好奇心拍下了那片印记，并且提取样本做了实验。实验证明那是一小片颜料，是英妮拉脚掌踢中六指淫魔下体部位时蹭在脚上的。由此也证明那片红色印记是用颜料伪造的。”

徐峙抿了抿嘴：“就算那片红色印记是伪造的，可是这与我又有什么关系呢？”

“当然有关系，因为你的下身部位也曾经重伤过，而且受伤时间完全一致！”

“喂，你可不要血口喷人啊！我可是响当当的男子汉！”

“是吗？”殷柔面带嘲讽地从孙诗蕊递过的公文包里抽出一沓资料，在手中高高举起。

“你很聪明，你知道警方在接到英妮拉报警之后，必然会对整个N市的医院进行排查。如果你贸然去就医，必然会被警方发现。但是你的伤却无法再拖延，你只好强忍着剧痛来到了邻近的L市。这里有你当时全部病例记录。”

徐峙颇带玩味地望向殷柔：“我还真佩服你，居然可以把八年前邻近城市的就诊病例资料找到。当年那起案件如果是你负责的，早就告破了。”

殷柔又把资料还给孙诗蕊：“其实很简单，我问了男科专家，如果受了这么重的伤，可以坚持多久。然后根据时间在地图上画出一个范围，排除了那些医疗条件差的城市之后，很容易就锁定了L市。”

“你很聪明，但很遗憾的是我并不是六指淫魔，别忘了在同一时期，除了我之外，邹伟邦也曾经在同样的部位受伤。你为什么不怀疑他？”

“邹伟邦在那段时间的行迹，在外人看来的确十分可疑，但是通过解密的档案，那段时间他正在黎昕那里做卧底。邹伟邦为了迎合黎昕的怪异嗜好，伪装成一个画家，每天晚上陪黎昕画那些变态的画作。只可惜被黎昕发现，他从位于三楼的画室跳下时被栏杆撞伤了下体。我想这一定是你的杰作，是你偷偷向黎昕告了密。”

徐峙撇撇嘴，露出否定的神情。

“邹伟邦逃出来之后，立刻就躲到一个秘密地点养伤。你当时并不知道邹伟邦受了严重的伤，于是就利用邹伟邦没有时间证人的这个空当制造了接下来的嫁祸事件。”

徐峙不屑、冷哼了一声：“你们都是警察，当然互相包庇了！”

“我从来都是靠事实讲话的！”殷柔又从公文包中抽出一沓资料，“这是邹伟邦的就诊资料，时间上比英妮拉遭袭刚好早一星期。一个身体遭受严重创伤的男人，是根本无法对英妮拉进行凌辱的，所以嫌犯只可能是你。”

徐峙忍不住哈哈大笑：“难道就因为我在同一时间段受了类似的伤，就认定我是六指淫魔吗？这未免也太牵强了吧？”

“那你怎么解释你所受的伤，你又为什么舍近求远跑到L市去治疗？”

徐峙露出难为情的模样：“我当时爬到树上用望远镜偷看朱琪洗澡，结果一不小心被树杈挂到了。至于我为什么跑到L市治疗，理由很简单，因为L市男科的治疗水平更高。即使这样，我也落下了终身残疾。”

这样的解释似乎也很合理，这让殷柔精心设计的逻辑攻势仿佛击到了一片空气，巨大的走空感觉，除了让自己隐隐生疼之外，对手竟然毫发无损。

殷柔迅速调整思路，转换攻击点：“由于邹伟邦有酒后家暴的习惯，你萌生了除掉邹伟邦、独占朱琪的念头，于是先是向黎昕告密想借刀杀人，之后又设计了英妮拉案件。但两次你都没有成功。

“这时候的你和邹伟邦，由于身体都遭受了重伤，所以心理扭曲得更加厉害。邹伟邦对朱琪的家暴越来越离谱。而你对邹伟邦的仇恨也愈加不共戴天。朱琪的自杀成为导火索，彻底激怒了你。你决定不顾一切地干掉邹伟邦。

“邹伟邦出事那天，你就尾随在邹伟邦身后，和他一起来到老虎沟，然后用枪击中他头部。这便是五年前轰动一时的老虎沟袭警事件。”

“等等——”徐峙摆手制止了殷柔，“你说我尾随邹伟邦，并且袭击了他，你有什么证据？”

殷柔冷笑一声，从公文包中抽出五张A4大小的照片：“你还记得朱琪和邹伟邦在超市门前分手的场景吗？”

徐峙皱起了眉头：“什么超市分手，我不在现场又怎么知道？”

“那你仔细看看这五张照片！”

“这是些什么照片呀？”徐峙一头雾水。

“朱琪和邹伟邦分别时，恰好一抹夕阳洒在她身上，画面非常漂亮。有一位摄影师发现了这一幕，于是立刻摆弄相机，从五个不同的角度拍下了这一画面。其中一张还被刊登在一本非常著名的摄影杂志上。”

徐峙拿起了五张照片：“可是这与我又有什么关系？”

殷柔嘴角微微上翘，流露出掌控一切的微笑：“你看最后一张照片，摄影师恰巧拍下你驾车经过的画面。虽然只是一张隐没在背景中的侧脸，但经过放大处理和图像专家鉴定之后，尾随在邹伟邦车后的那个司机就是你！”

徐峙的眼睛此刻也看到了第五张照片右上角经过放大处理的脸，知道再也无法抵赖，于是讪讪一笑：“我很佩服你，在别人眼中熟视无睹的东西，却都能被你发现其中的奥秘。你果然是一个神探，只可惜这一次恐怕要让你失望了。我那天的确跟踪了邹伟邦，也的确想将邹伟邦杀死在老虎沟。但真正的凶手并不是我，因为就在我动手之前，邹伟邦已经被人用枪击中了头部。”

这样的结论令现场包括殷柔在内的所有人都大吃一惊，谁也没有想到当年的枪击案件，竟然案中有案，还有这么复杂的隐情。

张雄彪最先按捺不住：“你这小子是不是推脱嫌疑，编造谎话故意和我们瞎扯啊？”

徐峙瞪了张雄彪一眼：“我要是杀人犯，我会去救他吗？当年那个急救电话就是我拨打的，我可以准确地说出电话号码，电话号码是……”

这个电话号码殷柔早已熟烂于心，徐峙报出来的数字果然一字不差。这个号码是警方的绝密档案，徐峙如果不是拨打者，他是绝对不可能知道的。

“这回该相信我了吧？如果你们还是不相信，我可以带你们挖出那张电话卡，就埋在一个火车涵洞里。”

张雄彪亲历过当年的那起案件，知道邹伟邦之所以能够活下来，关键是有人拨打了急救电话。看来当年拨打电话的人的确就是徐峙。他点点头道：“我相信你！可是有一点却解释不通，你尾随邹伟邦的目的既然是要杀死他，可是看到邹伟邦中弹后，你为什么又急着去救他？这岂不是自相矛盾？”

徐峙无奈地叹口气：“正因为杀人的不是我，所以我本能地才想去救他。”

“那当时究竟是怎么一回事？”一直沉默不语的赵腾飞也忍不住插口问道。

“唉，当时的事情说了你们也不相信！”徐峙双手揉了揉太阳穴，似乎他自己也没有完全相信。

“邹伟邦停下车子之后，为了不打草惊蛇，我远远地将车子停在一片树林里，等了一会儿我才提了一把扳手偷偷溜进老虎沟。

“等我找到邹伟邦的时候，却发现他正在和一个人说话，那个人穿一身黑衣，戴着黑色帽子背对着邹伟邦。

“就听邹伟邦说：这么急找我干什么？

“就见那个黑衣人缓缓转过身，邹伟邦突然惊呼道，你不是他！

“我还没有明白过来是怎么一回事，就突然听到砰的一声枪响，邹伟邦已经软软地倒在了地上。

“我本能地身子颤抖了一下，草丛中发出沙沙的声响。

“黑衣人从邹伟邦身上取走配枪，然后缓缓向我走来，幽黑的枪口直指着我藏身的地方。

“我当时心都提到嗓子眼了，手指紧紧攥住了扳手，准备和黑衣人同归于尽。

“一步，两步，三步……黑衣人离我越来越近，那一刻的我简直已经嗅到了死亡的气息，觉得倒在血泊中的邹伟邦就是下一刻的自己，心中莫名地开始同情起邹伟邦。

“黑衣人走到我身旁的时候，黑衣人的手机突然响了。黑衣人拿起电话对那边说，已经搞定，我拿走了他的配枪！

“电话那头的人似乎很不满意黑人取枪的做法，黑衣人只是淡淡地说：这把配枪迟早会派上用场的。

“恰在此时有一只野兔从草丛中跳过，黑衣人随手一枪就将野兔打死。

“怎么回事？电话中传来一个警觉的声音。

“没事，只是一只野兔！黑衣人说完就挂断电话走了。

“等黑衣人走远，我不假思索便拨打了急救电话。打完我就后悔了，大概我刚才是被黑衣人吓傻了，竟然犯下这么致命的错误。好在我使用的是无记名的卡，而且隐藏了我本来的声音。

“第二天我看新闻才知道邹伟邦命大没有死掉，却永远成了植物人。我原想乘虚而入走进朱琪的生活，但却看到朱琪无微不至地照顾邹伟邦的一幕。邹伟邦给朱琪带来那么多地伤痛，但是在朱琪的心中邹伟邦却始终是第一位的。”

殷柔接口道：“所以你就默默地关注着他们，并经常寄给朱琪一些钱物和喜爱的小吃。鼓舞她，让她有勇气好好活着？”

“不错，经常给朱琪邮寄钱物的人就是我。我想让她知道，她并不孤单，还有人在关心她。我害怕朱琪对这个世界绝望，我害怕有一天她会突然离我而去。”徐峙说到这里，眼眶中竟然泛起了泪光。

现场的众人被徐峙这一刹那的温情流露所感动，每个人脸上都飘过唏嘘不已的神情。

“那你看清那个黑衣人的长相了吗？”殷柔还是敏锐地从情感误区中走出。

“没有！”徐峙回答得很干脆，但殷柔还是看出了他眼神中的一丝犹豫。

殷柔还想追问，徐峙却一摊手说：“我的确有过谋杀邹伟邦的念头，而且有确实的行动，我愿意配合警察所有的调查。但我真的不是六指淫魔。”

殷柔突然感觉到一种严重的挫伤感，明明自己已经嗅到了狐狸的腥气，却始终抓不住那条狡猾的狐狸尾巴，即使它近在咫尺。

徐峙大笑着从殷柔身旁走过：“我帮你侦破了这么多大案，应该可以将功补过，免于处罚吧？说不定我还会被评为见义勇为的好市民呢！谢谢你啊，殷督察，哈哈——”

徐峙得意忘形地向前走去，却没有注意阴暗的台阶，一个踉跄摔在地上正好磕在膝盖上，发出了一声惨叫，既滑稽又凄惨，就好像周星驰电影中的人物一样。

徐峙挣扎着从地上爬起，却没有一个人来扶他。徐峙不满地咆哮道：“你们还真以为我是六指淫魔啊？”却看到众人的脸色都大变，一股无形的杀气笼罩了徐峙全身。

63

徐崎转身一看，却发现英妮拉从地上捡起一支枪，正一步一步向她逼近。

“你这是干什么？”徐崎警觉地问道。

“你再给我惨叫一声！”英妮拉冰冷无情地说道。

“你这是什么意思？”徐崎也顾不上膝盖的疼痛，缓缓向后退去。

“英妮拉，你别做傻事！”殷柔急喊道，又对着话筒冲狙击手命令道，“千万不要开枪！”

“明白！”狙击手简洁地回答道，他透过话筒已经听到了这里的一切。

“我让你再惨叫一声！”英妮拉厉声道，握枪的手指已经开始不停地颤抖，随时都可能导致手枪走火。

“你有病啊！”徐崎吓得面色惨白，不停地向后退去，一个不小心从台阶上摔下，徐崎本能地又是一声惨叫。

英妮拉神经质地说道：“对，就是这个声音。当年我踢伤六指淫魔时，他就是这样惨叫的，八年来我每天晚上都会梦到这个惨叫声。”

“就凭这个？你有病啊！”徐崎吼叫道。

“你那一套花言巧语只能对付警察！我知道你就是六指淫魔！”英妮拉的眼中喷射出无尽的怨恨，同时扣下了扳机。

地上又是一片火花，徐崎惊恐地跳了起来。

“你毁了我的一生，我要让你血债血还。”

砰！又是一声枪响。

“你他妈还以为阚立龙是六指淫魔呢！”

“这次绝对不会错了！”

徐峙大骂道：“你这个疯婆子！”

英妮拉双眼中已经布满了杀意。

砰！溅起的碎片击中了徐峙的小腿，刺痛的感觉袭遍徐峙的全身。

徐峙抱着脑袋哀号道：“臭娘们，我当时就应该让你去死！”

话音未落，徐峙便已觉察到了不对，所有的眼睛都盯向了他，空气瞬间便如同凝结了一样。

英妮拉举枪的手缓缓垂了下来，脸上写满了哀怨。

“你真的就是六指淫魔？”陈景鹏屏住呼吸问道。

徐峙邪魅地笑了起来：“你妹妹陈丽的皮肤可真白呀！”

“你个畜生！”陈景鹏愤怒地向前冲去，却被赵腾飞紧紧拉住了胳膊。

孙诗蕊也趁机冲了过去，夺下了英妮拉手中的枪。

徐峙双手一摊，露出了无耻的笑容：“我认栽了！遇上这样一个疯婆子，再缜密的计划也无济于事。”

殷柔默然地望着徐峙：“你所做的一切都是为了朱琪吗？”

徐峙脸上的笑容僵硬，沉默了半晌，他才缓缓点点头：“朱琪是我一生中的最爱，从中学开始我就狂热地爱上了朱琪。只可惜朱琪嫁给了邹伟邦，而我只能作为一个看客，在旁边默默地关注着他们。

“有一次，我在偷窥朱琪的过程中，意外看到了他们在一起的画面。你们可以想象当时我心里是怎么样一种滋味？所以，我才会不受控制地对那些长相酷似朱琪的女人下手。

“原本我是不打算对邹伟邦下手的，因为他是朱琪的挚爱，我不想让我的心上人难过。只是邹伟邦这小子太不懂得珍惜，守着朱琪这样漂亮的老婆他不爱，却和朱琪的妹妹勾搭在了一起，在婚前就逼得朱琪差点自杀死了。婚后，邹伟邦也没有安分，不是借着酒醉对朱琪家暴，就是继续和朱琪的妹妹藕断丝连。我心里这个恨啊！看着朱琪一次次被邹伟邦这个混蛋伤害，我终于下定决心要除掉邹伟邦。

“于是我拨打了黎昕的电话，揭穿了邹伟邦卧底警察的身份，只不过邹伟邦这小子实在机灵，居然能活着逃出来。既然借刀杀人不成，我便决定栽赃陷害，让邹伟邦身败名裂！之后的事情正如殷柔所分析的那样，我从朱琪家中偷来邹伟邦的毛发以及其他一些生理痕迹。我用颜料在大腿根上画上红色的印记，故意让昏迷醒来的英妮拉看到。还佯装成一个变态的画家，躺在英妮拉的身旁。这一切都是在模仿着邹伟邦的特征和嗜好。当然，做这一切的时候，我都戴着头套。

“一切进行得都非常顺利！只是没料到英妮拉的身手会那么敏捷，一脚踢中了我的小腹下面，我当时差点昏过去。我是强忍着剧痛把英妮拉制伏，然后草草收拾了现场，匆忙离去。根本没顾得上将邹伟邦的生理痕迹留在现场，这也就使得我精心设计的计划功亏一篑。

“我当时受了重伤必须去医院就诊，可是我知道警方一定会到医院调查的，因此我只好连夜乘车赶到了L市。

“我长时间在养伤，也就没有能力继续作案了。为了不让警方联想到我就是当年的六指淫魔，我在盗窃时故意显得笨拙一些。这样，即使我被警察抓住，他们也绝对不会想到眼前的这个蠢贼就是当年作案不留一点痕迹的六指淫魔。

“我在没事的时候仍旧去偷偷关注朱琪。邹伟邦这家伙经历了上次的事情后，不但没有收敛，反而变本加厉。常常在酒醉后欺辱朱琪。朱琪不堪忍受，终于割腕自杀。

“我在望远镜中看到了这一切，于是不顾一切地按响了朱琪邻居的门铃，同时拨打了急救电话。

“朱琪被抢救过来了，邹伟邦也痛改前非了。但是我的恨却被彻底点燃了。我决定亲自动手除掉邹伟邦。

“我跟随着邹伟邦来到了人迹罕至的老虎沟，我认为这是一个绝佳的杀人地点。于是我便拿着扳手尾随了过去，想要趁邹伟邦不注意，给他致命一击。

“没想到还没等我动手，便有一个黑衣人率先枪击了邹伟邦。而我竟然鬼使神差般地拨打了急救电话，救下了那个我准备杀死的人。”

说到这里，徐峙苦涩地笑了起来，眼睛中写满了连他自己也不明白的困惑。

“这么说邹伟邦真的不是你害的？”

徐峙嘴角抽搐了几下：“事到如今，我还有骗你的必要吗？”

“那你知道那个黑衣人是谁吗？”

徐峙斩钉截铁地道：“我不知道！”

接下来对于洪霆霄的审讯进行得非常顺利，这个年近七十岁的老人，在看到唯一的亲生儿子痛苦不堪的倾诉之后，精神受到了极大的震撼。他开始忏悔人生中的斑斑劣迹，对当年如何设计引诱穆兰的母亲何女士来N市进行文物展览，如何指使黎昕抢劫文物，以及黎昕后来的背信弃义，都进行了详细的供述。

末了，一夜白发的洪霆霄声泪俱下地对殷柔说："请你转告穆兰和李云泽，我对不起他们！"

对黎昕的审问也进行得非常顺利，由于洪霆霄已经转为污点证人，黎昕所有的罪恶自然也就无处遁形，再加上黎昕倒台后，栾正豪、虎哥、豹哥等人的见风使舵、落井下石，黎昕已经没有可能活着走出监狱了。

当殷柔见到黎昕最后一面时，黎昕只出了一句话："从第一次作恶开始，我早就料到会有这一天了。"

审问李云泽就没有那么轻松了。自从押解到警局，李云泽便一言不发，任凭专案组费尽口舌，李云泽也都是一副默然无语的样子。

殷柔并没有步步紧逼，因为她从李云泽的眼神中已经读懂了这个男人的内心，他已经对这个世界彻底绝望了，对这个世界没有了任何的希冀。他只是渴求一死，尽快地离开这个让他感到悲惨的世界。

人之大哀，莫过心死！李云泽虽然是一个罪大恶极的魔鬼，但他也有着人的七情六欲。

他的绝望令他不屑与这个世界进行任何的沟通。

直到殷柔将洪夫人还活着的消息告诉李云泽时，才隐约看到李云泽空洞已久的眼神里飘过一丝晶莹的泪光，然后慢慢汇集成泪滴，缓缓从他苍白的脸上无声滑落。

徐峙在警局里则像是完全换了一个人，他谈吐得体，举止斯文，除了必要的回答之外，更多的时候则陷入了一种沉思之中，完全没有了平日里那种嬉皮笑脸的流氓模样。或许这才是最真实的徐峙。

"这么多年你都在扮演另外一个人，你觉得累吗？"殷柔轻声问道。

徐峙自嘲地一笑："为了活下去，就只能这样。"

"你能坚持这么久，是因为朱琪吗？"

徐峙点点头："虽然在你们眼中我是一个毫无人性的淫魔，但真实的我其实是一个非常痴情的人。朱琪就是我整个少年时代的一个梦。”

“那游雨晨呢？”

徐峙神情僵硬了一下，然后幽幽地说：“也许少年时代的梦该醒了。”

末了，徐峙关切地问道：“小蝶，她……她怎么样了？”

“你不用牵挂她，她已经出院了，现在正配合我们进行调查。”

殷柔说完便转身离去，临离开审讯室的时候，她突然又转过身对徐峙说：告诉你一个不知道对你来说是好还是坏的消息，游雨晨已经恢复记忆了！”

最早破获的密室杀人案，审讯起来却是最为棘手。这倒不是因为三个主犯相互推诿，反倒是三个人都在抢着承担全部的责任。

对于林浩宇、任晶晶、王鹏，殷柔内心深处其实是非常同情的：他们都是社会的最底层，他们与世无争，却被罪恶所欺凌，直接导致他们生理或心理出现严重的残疾。而当他们真正面对寻找了将近十年的仇人毒屎强时，他们却无法通过正常的法律程序昭雪冤屈。因为他们没有足够的证据。

没有证据就意味着毒屎强可以继续逍遥法外。

可是不共戴天的仇恨，以及王鹏越来越不乐观的身体状况，都逼迫着他们不得不铤而走险。

他们不仅要除掉阚立龙这个魔鬼，还要筹到足够医治王鹏疾病的钱。

所以他们在谋杀阚立龙的时候，顺便盗走了那个价值连城的狮吼面具。

正因为这个面具，使他们精心设计的一切功亏一篑。

可是他们还有选择吗？

殷柔询问过医生，王鹏如果再不接受手术治疗的话，不断扭曲的脊椎很快就会让他瘫痪，甚至危及生命。

殷柔叹了口气，拿着这些病例资料找到了阚立龙。是的，阚立龙并没有死，因为他天生心脏左右异位，所以那天王鹏并没有杀死他，只是因为失血过多，阚立龙一直处于昏迷状态。这是警方的高度机密，殷柔第一次到达现场时，阚立龙被匆匆移走，就是因为这个。而在此后警方的正式报告中，只是把阚立龙描述为被害人，从未将其说成死者。

阚立龙是在一周前苏醒的，他的身体状况非常糟糕，能够再活多久，谁也说不清楚。可以说现在的阚立龙已经是风中残烛，随时都可能熄灭。

殷柔经过特批之后，冒险来见阚立龙，她不是为了探究当年的黑金矿拐卖童工案件，而是想给王鹏他们一个机会。

病床上，阚立龙脸色枯黄，没有半点的血色，原先胖乎乎的身体已经变得干瘪凹陷，那神情与死人相比也只是多了半口气而已。

殷柔坐在床边，详细描述了案件的整个过程，末了又将王鹏等人的病例资料递给了阚立龙。

当阚立龙看到病例资料中，那扭曲的根本不像人的脊椎的图片时，终于流下了眼泪。

阚立龙缓缓侧过脸，望向殷柔："这一切都是我造的孽啊！我今天落得这样的下场，就是报应呀！我现在已经时日无多了，也应该为过去的错误做一些弥补了。殷督察，你想让我怎么做？"

"怎么做？你应该问问你自己的良心！"

阚立龙缓缓垂下了眼帘："我知道该怎么做了。"

阚立龙在健康状况稍微转好的情况下，交代了当年黑金矿拐卖童工案件中的所有罪行，并表示愿意原谅林浩宇、任晶晶、王鹏，希望法官从轻判决三人。

殷柔拿到阚立龙的这份谅解书时，感到分外轻松。因为这份来自被害人的谅解书，会成为从轻判刑的重要依据。

阚立龙还做了一件非常重要的事，就是将私藏的黄金以及全部的财产都交了出来，希望可以拿这些钱去拯救像王鹏一样被他残害过的儿童。

经过殷柔的各方协调努力，这些钱被特批为专项基金，连同社会各界捐赠的钱，专门用于当年受害者的疾病治疗。

由于王鹏和阚立龙都身患重病，他们即使被判刑，也不可能在监狱中执行。

殷柔对王鹏也就没有那么担心了。

当得知了这一消息，林浩宇和任晶晶都忍不住掩面而泣。这样的结局，对他们而言或许已经是最好的了。

他们如实供认了全部的罪行，令殷柔感到欣慰的是林浩宇他们并没有杀死那个餐厅服务生郑克杰，而只是把郑克杰拘禁了起来。

看来在林浩宇、任晶晶、王鹏的内心深处还是善良的，他们只是在那一瞬间被仇恨逼成了魔鬼。

由于接连告破了尘封多年的文物抢劫案、黑金矿拐卖童工案、六指淫魔案，以及地中海酒店谋杀案，一时之间殷柔成为各大媒体追逐的焦点。

几个月前还在对殷柔大放厥词的媒体以及那些专家，现在又极尽谄媚地吹捧殷柔。这些人变脸比翻书还快，毫无一点羞耻感可言，过去在他们口中被形容为酒囊饭袋的殷柔，现在又成了他们仰望的偶像、崇敬的英雄，溢美之词如溃堤的江水滔滔不绝。

整个社会的恶劣之风其实就是被这些人带坏的，没有独立的思考、没有冷静的观察，只是一味地出位和夺眼球，早已丧失了应有的担当和责任。

殷柔对此嗤之以鼻，只不过因为领导的要求，她被迫强颜欢笑夹杂其中，说着言不由衷的话，做着违心违愿的事。

在滚滚的社会洪流中，每一个个体都在一定的时候扮演着自己并不喜欢的角色。

殷柔也不能独善其身。

这一段的日子过得浑浑噩噩，直到一个人的出现，才让殷柔百无聊赖的生活重新陷入了暗流涌动的旋涡之中。

这个人就是曾经的小蝶，现在的反黑组组长游雨晨。

64

当局长领着一身警服的游雨晨来到重案组时，殷柔先是愣了一下，好像很不适应穿着警服的游雨晨。倒是游雨晨热情地跑过来，拉着殷柔的手："殷柔姐，你现在是家喻户晓的英雄了！"

殷柔不好意思地一笑："这都是大家的支持，特别是你的功劳。你什么时候来上班的？"

"我上班都快一星期了。只是你这段时间太忙了，一直都在媒体那里，所以没有见到我！"游雨晨欢快地答道。

局长开心地笑道："你两个人站在一起，真是一对姐妹警花啊！"然后不满地看了一眼在旁边叼着烟卷的张雄彪，"老张啊，你看你一把年纪，有点上进心好不好？人家这两个女中豪杰，年纪轻轻的就一个是重案组组长，一个是反黑组组长。你一把年纪也好意思？还有，不要在办公室里抽烟！"

张雄彪嘿嘿傻笑地掐灭烟头。

倒是孙诗蕊耳朵尖，一下就听出了局长话语中的特别之处："局长，游雨晨警官，她现在已经是反黑组组长了？"

局长点点头："是的，刚刚任命！雨晨可是一位出色的警官，当年她在警校时就被邹伟邦高级督察选中。又经过秘密训练之后，成为一名卧底黑帮的秘密警察。你们也知道洪霆霄、黎昕他们无孔不入，为了确保雨晨的安全，我们销毁了她全部的档案，再加上她本身就是个孤儿，所以她作为一个生面孔非常适合当卧底。雨晨的真实身份，整个警局只有邹伟邦高级督察一人知道，连我之前也只见过她一面。雨晨果不负众望，凭借着卓越的才华和出众的姿色，相继在洪霆霄和黎昕那里搞到了许多重要的情报。这次能够将黎昕一网打尽，也多亏了雨晨提供的那段视频。

由于雨晨表现出色，又经过这么多年反黑工作的历练，所以决定将其破格提拔为反黑组组长。以后你们就是同事了，要相互关照啊！”

局长吩咐完，就带着游雨晨走了。可是殷柔的心情却再也无法平静下来，她总觉得在游雨晨身上有一种说不出的怪异之处，可究竟是什么样的一种怪异，殷柔却说不出来。

“现在的警局可都是女人的天下了！”张雄彪偷偷又将烟点上，冲着旁边已经正式调入重案组的赵腾飞悄声说道，“我一看到那个游雨晨，怎么老是想到以她为模特画的那些人体艺术画呀！我记得她屁股上面还有块疤呢！”

没想到这话又被耳朵尖的孙诗蕊听到，立刻瞪起一双杏眼：“不许你这样侮辱游警官，她为了破案牺牲了那么多，你还好意思在这里说下流话？“

张雄彪连忙用手抽自己的嘴巴：“我这张臭嘴，就是一个粪坑！”

孙诗蕊立刻掩面而笑，赵腾飞等人也都哈哈笑了起来。

殷柔却一点都笑不起来，“屁股上的刀疤”这几个醒目的文字在殷柔脑海中来回旋转。

“徐峙为什么要把这段毫无意义的对话写得这么详细啊？”

殷柔突然醒悟到了一些什么，立刻在电脑中打开了徐峙提供给她的那个U盘，里面有一段文字材料，详细记录了徐峙在那段时间所经历的一切。

殷柔将目光停留在了徐峙与一个叫作王姐的邻居在小蝶房间的一段对话：

“你们年轻人啊，就是开放，竟然画这种画。哎，你屁股上面怎么多了一块伤疤？”

“你见过我的……我的……”

“你忘了？五年前，我们在桑拿房曾经遇到过。我记得那时候你屁股光溜溜的，根本没有这么大的一个伤疤呀？”

殷柔看完后思索了片刻，突然意识到了这段资料的耐人寻味之处，她对旁边的孙诗蕊道：“你把游雨晨的口供资料给我发一份。”

“好的！”负责口供整理的孙诗蕊很快就将电子口供发给了殷柔。

殷柔将两份口供资料同时打开，在电脑屏幕上对比着观看。

从那天晚上在地中海酒店走廊相遇起，徐峙和游雨晨的命运便捆绑在了一起，之后他们共同经历了很多离奇的事情，一直到游雨晨意外受伤终止。

两人的口供非常的吻合，基本没有太大的出入。

但这两份口供又有着很大的不同之处：游雨晨的口供像是一条直线，平铺直叙地讲述着所经历的一切；而徐峙的口供则像一条波浪起伏的曲线，在某些事件上会突然地像波峰一样突兀地呈现在面前。

殷柔提取出来了四个波峰点：

第一处是对于黎昕和阚立龙进行古董交易的描写。从这段文字中很容易看出黎昕正在进行文物走私，而且隐隐和十年前的古董抢劫案有关。

第二个波峰出现在连律师的家中，当时徐峙和小蝶正躲在衣柜里偷听了洪霆霄和穆兰的所有对话。徐峙描写得非常详细，从他们进入房间发现连律师前女友许琼的照片，看到陈总管处决洪夫人，直至他们逃离现场，都详细地记录了下来。甚至连他目睹小蝶空手接飞镖时的心理震撼，也原原本本地写了出来。

而游雨晨对于照片和飞镖却只字未提。

第三处波峰出现在流莺旅馆。徐峙和老板娘的那次对话被一字不漏地记载了下来。看着这段文字，殷柔感觉自己就如同站在现场，目睹了李云泽一只手垫着手帕，另一只手托着长长的灯管站在桌子上安装灯管的全过程。

殷柔突然意识到她所知道的一切都是徐峙故意展现给她的。换句话说，徐峙通过笔端的描述在控制着殷柔的思路，引领着殷柔朝他所希望的方向去发现问题。

殷柔看到的都是徐峙想让她看到的东西。

殷柔突然感觉到冷汗涔涔，原本以为这只是一份普通的资料，没想到里面竟暗藏着这样的玄机。自己被人当作枪使了，竟然毫无察觉，甚至还扬扬自得于自己的敏锐嗅觉。

徐峙是准备除掉对他有很大威胁的洪霆霄、黎昕和李云泽，所以才将矛头指向了他们三个人。

如果是这样的话，那么徐峙准备除掉的第四个人又是谁呢？

殷柔将目光盯向了第四处波峰。这一段是游雨晨和邻居王姐的一段对话。对话的核心内容就是小蝶屁股上的一处疤痕。

这段文字有着什么特别的寓意吗？

如果说徐峙是针对游雨晨的。可是徐峙时时刻刻又在保护着游雨晨。这两者之间岂不是自相矛盾？

殷柔揉搓着太阳穴，苦苦寻觅着答案，她感觉自己离真相的距离并不遥远，但就是眼前的这片迷雾，阻挡了她通向前方视野。

“老大，你这是怎么了，拼命揉着太阳穴？”赵腾飞关切地问道。

殷柔苦涩地一笑：“有些东西想不起来了，所以只好给脑袋加点压力！”

赵腾飞嘿嘿笑了起来：“你不会像游雨晨那样得了失忆症吧？”

“失忆症？”殷柔像是受了电击一样猛地挺直了身子。

赵腾飞吓了一跳：“老大，你没事儿吧？”

殷柔没有回答，而是很专注地望向了赵腾飞：“如果你掌控着另外一个人的秘密，你是不是很怕这个人回忆起以前的事情？”

赵腾飞思索了一下：“那得看我掌握对方什么样的秘密？”

“如果是足以毁掉一个人的秘密呢？”

恰在这时，物证科的一个警员跑了进来，他气喘吁吁地对殷柔说：“殷督察，徐峙拨打急救电话救邹伟邦时所使用的那个电话卡，我们找到了。”

张雄彪听到这里不满地一撇嘴：“就这么点事至于这么慌慌张张的吗？”

那个警员没有理会张雄彪，他喘了一口粗气，继续道：“我们在埋藏电话卡的地方还找到了一支警用配枪。那支枪的编号正是属于邹伟邦高级督察的。我们还在配枪上提取到了徐峙的指纹。”

“什么？”重案组的几人都惊呼着跳了起来。

张雄彪猛抽了一口烟，才抑制住内心的忐忑：“这么说来徐峙才是谋害邹伟邦的真正凶手？”

殷柔却将目光望向了孙诗蕊：“你存放口供的电脑最近有人动过没有？”

“绝对没有，我的电脑有双重加密。而且办公室里面有摄像头，只要有人触碰我的电脑都会被拍摄下来的。只不过——”孙诗蕊流露出犹豫的神情。

“只不过什么？”

“只不过前两天有一个木马程序攻击过电脑。”

“那你查找过攻击来源吗？”殷柔警惕地问道。

“我打电话问过技术科的人员，他们没有查找到具体的攻击来源，但可以肯定是来自警局的内网。”

“难道警局有内鬼吗？”张雄彪惊讶得下巴差点掉到桌子上。

“没有那么邪门吧？”赵腾飞脸上也露出了疑惑的神情。

殷柔忽然想起了徐峙供词中的一句话，忍不住意味深长地说道：“看来这把配枪终于派上用场了。”

65

殷柔的办公桌上堆积如山地摆满了各种卷宗和资料，殷柔废寝忘食地埋头其中，仔细地阅读着每一条细小的记载。

旁边的张雄彪见了非常不解："老大，就案子的证据链已经非常充分了，当事人也都认罪了，何必还要把这些卷宗全部再过一遍呢？"

殷柔抿着嘴，若有所思道："我总觉得在徐峙身上还有一些不合情理的地方。对了，我上次让你查一下在六指淫魔案件中，当7名被害人遇害时，徐峙是否有充足的不在场证明，你都调查过了吗？"

张雄彪挠挠头道："这还用查吗？他当然是在犯罪现场了。徐峙本人都承认了，我们何必要做这些无意义的调查呢？再说了，都是七八年前发生的案件了，现在根本无从查起了。"

孙诗蕊在旁边见了也插口道："老大，你这次是不是有些细致过头了？徐峙这种小贼不是在偷东西，就是在偷窥朱琪，要不就是被关在警察局，根本不会和旁人待在一起，怎么会有不在场证明呢？"

当殷柔听到"被关在警察局"这几个字时，忽然一拍脑门道："对呀，我怎么没有想到这条线索呢？"

孙诗蕊和张雄彪面面相觑，根本不明白殷柔这是在唱哪出戏。

殷柔扭头对孙诗蕊："你帮我查一下关于徐峙所有的坐牢记录，哪怕是只有几天的拘留也不要漏过。"

孙诗蕊一脸的不解，但还是很快从监狱以及拘留所取来了关于徐峙的所有关押记录。

殷柔急切地把这些资料拿在手中，细细地阅读。

当看到八年前的一段拘留记录时，殷柔的眼睛立刻放出了灼热的光芒，忍不住轻呼道：“八年前的3月7日到3月16日，徐峙因为偷钱包被拘留10天；同样是在那一年的9月6日到9月8日，徐峙因为偷井盖被关押3天。”

张雄彪听得一头雾水，忍不住问道：“老大，这都什么意思啊？怎么连偷井盖的事都揪出来了？”

殷柔取出六指淫魔案的卷宗，指着几个犯罪时间说道：“八年前的3月9日和9月7日，分别发生了两起六指淫魔侵害少女的案件，而在这两个时间点，徐峙都被关押在拘留所里。他是根本不可能去凌辱那些姑娘的。”

张雄彪听了差点下巴掉在地上：“如果徐峙当时被关在拘留所里，那他的确是不可能分身去作案啊？”

孙诗蕊也是惊得面如土色：“怎么会这样？难道徐峙并不是真正的六指淫魔？”

殷柔手指敲击桌面，面露思索的模样道：“的确如此。”

“可是徐峙已经亲口承认了呀，被害人英妮拉也认定徐峙就是犯罪凶手，而且徐峙也的确在那晚出现在了英妮拉的房间。”孙诗蕊还是难以置信地问道。

“这也正是我百思不得其解的地方。问题一定还出在徐峙的身上。”殷柔快速思索了片刻道，“要想解开这些疑团，我们必须重回一下犯罪现场。”

7天后，殷柔一行人来到了英妮拉当年遭到侵害的房间。这个房间自当年那起案件发生后就一直空置着，里面的布局摆设几乎和当时一模一样，只是铺满了厚厚的灰尘。

物证科的人已经按照殷柔的命令，对比着警方当年拍摄的照片，完全还原了当时的情景。

“当年有没有进行案件的情景还原？”殷柔问一个参加过当年调查的老警察。

那名老警察摇摇头：“当时警局的人手严重不足，所以并没有进行案件重演。”

“那我们今天就补上这一课。”殷柔转身对英妮拉道，“现在可以开始了吗？”

英妮拉轻咬着嘴唇点了一下头，神情看上去非常地紧张。

陈景鹏上前一步紧紧握住英妮拉的手，安慰道："别害怕，有我在你身边呢！"

英妮拉感激地望了一眼陈景鹏，眼窝里充满了幸福的微笑。

陈景鹏也是微微一笑，然后对殷柔道："就由我来扮演那个六指淫魔吧，只有我来扮演才能避免英妮拉遭受二次的心理创伤。"

殷柔点点头："这样最好！"

案件的复原工作正式启动，英妮拉还像当年那样从卫生间中走出，边走边用毛巾擦着湿漉漉的头发。就在这时，突然有人从门背后冲了过来，用一块手帕紧紧地捂在了英妮拉的嘴巴上。

英妮拉还没有来得及看清楚来人的长相，已经软绵绵地瘫倒在地上。

"非常好！"殷柔拍手道，"接下来我们可以进入第2个场景地模拟了。"

殷柔拿着手中的资料描述道："当时英妮拉和戴着头套、全身赤裸的六指淫魔并排躺在床上。英妮拉苏醒后，先是看到了床边摆放着的画板，上面画着一个以英妮拉为模特的赤裸女子。英妮拉转头又看向身旁，看到了戴着头套熟睡的六指淫魔。六指淫魔的体毛非常地旺盛，有着浓密的胸毛，大腿上还有一片红色的胎记。

"英妮拉本能地一拳打向了六指淫魔，六指淫魔惊醒后扑向了英妮拉。英妮拉一脚踹在了六指淫魔的小腹部位，六指淫魔惨叫着从床上摔倒在了地上。

"英妮拉跳下床企图逃走，却被六指淫魔一把抓住了小腿。

"英妮拉重心不稳，摔倒在了六指淫魔身上，两人不停地在地板上翻滚着。当时六指淫魔身受重伤，英妮拉反而占据了优势，将六指淫魔按在了地上。

"这时候突然停电了，房间陷入一片黑暗之中。六指淫魔利用这个机会伸手抓住了桌子上的台灯，将英妮拉击晕。

"整个案件过程基本就是这样一个情形，你们两个开始进行情景还原吧！"

陈景鹏和英妮拉都用力地点了一下头，然后并排躺在了床上。按照当时的情景，两人在床上开始厮打，陈景鹏被英妮拉踹倒在地上。两人又开始在地上厮打，陈景鹏扮演的六指淫魔由于被踹中了要害，反而被英妮拉骑在身上，按在了地上。

就在这时候，房间里的灯突然熄灭了。躺在地上的陈景鹏伸手去拿桌子上的台灯，准备将英妮拉击昏。可就在这时，所有人都意想不到的一幕发生了，无论陈景鹏怎样用力去够，却怎么也摸不着台灯。陈景鹏索性从地上坐起来，这才摸到了台灯的底座。

殷柔面露疑惑之色，问英妮拉道：“你有没有记错，当时六指淫魔的确是被你压在地上吗？”

英妮拉肯定地点了点头：“当时经过一番厮打，我的头脑已经清醒了很多。我清楚地记得我骑在六指淫魔的身上，他的头被我死死压在地上，然后他就摸到台灯把我砸晕了。”

“那当时台灯是在桌子上，还是被打翻在了地上呢？”

“我清楚地记得是在桌子上！”英妮拉肯定地答道。

“那这就太奇怪了，陈警官的身高比徐峙高了一截，陈警官躺在地上根本就摸不到台灯，徐峙就更加不可能了。”殷柔蹙眉思索道。

“那会不会是徐峙扯着台灯的电线，将台灯拉了下来呢？”张雄彪的话才说了一半，他自己便否定了，因为房间里唯一的插座在桌子的上方，台灯电线是根本不可能垂在地上的。

“难道这里面还有其他的隐情？”孙诗蕊轻捂着嘴，满脸的不可思议。

众人都是面面相觑，包括当事人英妮拉，脸上都写满了深深的困惑。

“我们之前都有些想当然了，认为躺在地上六指淫魔完全可以摸到桌子上的台灯，但现在看来这是根本做不到的。”殷柔满脸自责地说道。

“既然六指淫魔无法摸到那个台灯，可英妮拉又是怎么被台灯击晕的？总不成是台灯自己掉了下来的吧？”张雄彪不解地问道。

殷柔蹙眉思索了许久，忽然眼波一闪道：“事实的真相只有一个，那就是在当时的房间里除了英妮拉和六指淫魔之外，还有第三个人在场。”

66

城郊的疗养院里，朱琪坐在洒满夕阳的窗边，满脸温情地望向了病床上躺着的邹伟邦，喃喃低语道：“现在的你才是最可爱的。”

朱琪痴痴地坐在那里，以至于殷柔走到身后时，她才猛然惊觉。

朱琪冲着殷柔莞尔一笑，然后又将目光收回到了邹伟邦的身上，淡淡地说道：“你终于来了！”

“你怎么知道我会来？”殷柔微感诧异地问道。

“从我第一眼看到你，就知道一切都瞒不过你。”朱琪幽幽地说道。

“果然是你做的？”殷柔有些怀疑地问道。

朱琪慢慢转过身子，望向了殷柔：“是的，我才是那个真正的六指淫魔！”

殷柔在来之前早已经有所猜疑，可是当她亲耳听到这个答案时，还是禁不住身子猛烈震颤了一下，忍不住反问道：“你为什么要承认？你也知道我并没有什么实锤的证据。”

朱琪摸着自己的胸口道：“是因为良心。我已经毁掉了徐峙的上半生，我不想他此后的余生都在监狱中度过。徐峙，是一个好人。”

殷柔万万没有想到朱琪会如此痛快地承认自己的罪过，要知道这可是轰动整个N市的六指淫魔案呀，抓进去必然是终身监禁的后果。

朱琪似乎看出了殷柔的疑惑，淡淡地一笑：“这些年来，我其实一直都生活在自己所编织的牢笼里。因为对爱的疯狂和偏执，我亲手毁掉了邹伟邦和徐峙，一个是我最爱的人，一个是最爱我的人。他们都因我而伤痕累累，一个成了植物人，一个成了囚犯。现在想想，我真是罪不可赦啊！”

“那这究竟是为了什么？你已经得到了你最爱的人，你为什么还要假扮成六指淫魔，去残害那些无辜的少女呢？而最终的目的竟然是陷害你最爱的人——邹伟邦。这无论怎么看，都有些太过荒诞无稽了？”

朱琪的眼睛中泛出了晶莹的泪花，她颤抖着嘴唇说道：“这一切都源于我对邹伟邦太过偏执的爱。”

朱琪深情地看了一眼躺在病床上的邹伟邦，然后慢慢开始回忆起了与邹伟邦相遇的点滴。

“当年徐峙疯狂地迷恋上了我，可是我心中爱的人却是邹伟邦。很快，我和邹伟邦便陷入爱河之中，也渐渐地和徐峙开始疏远。那时候，邹伟邦高大英俊，我长得小鸟依人，任谁看都是天造地设的一对。可是我千不该万不该，在我们热恋的时候，将我的妹妹拉入了我们的生活之中。”

“你的妹妹？”殷柔好奇地问道。

“我有一个妹妹，她比我小两岁，样子跟我长得非常相像，甚至于连唇边的美人痣都一模一样。”朱琪说着从柜子的最底端取出一个被剪下来的相片，然后慢慢地放在了桌边的相框上，终于和相框中那个残缺的相片合而为一，形成了一张完整的照片。

殷柔在第一次拜访朱琪时就曾见过这张照片，她当时就好奇为什么相框中的相片被剪去了1/3，这样看来这被剪去的人正是朱琪的情敌。

相片中，邹伟邦站在正中央，左边是朱琪，右边是一个与朱琪长相非常相似的女孩，唇边也有一颗美人痣，只是这个姑娘看上去更加阳光，充满了青春的活力。对比之下，朱琪则显得有些阴郁。

朱琪继续回忆道：“我们姐妹俩的感情非常要好，所以在我和邹伟邦约会的时候，也会常常带上她。我们一起去吃饭，一起去看电影，一起去游乐园，甚至一起去露营。她是我的亲妹妹，我对她一点防备都没有。可是有一天，我却看到她和邹伟邦亲密地拥抱在了一起。我当时犹如五雷轰顶，我做梦也不会想到自己的亲妹妹竟然和自己的男朋友相爱了。

窗户纸被捅破之后，邹伟邦向我提出了分手的要求，他觉得我妹妹阳光可爱，能够带给他更多的快乐。而相比之下，我多疑、任性、焦躁、敏感，有些神经质。邹伟邦觉得和我在一起，越来越没有激情了。我听了之后伤心欲绝，邹伟邦是我最爱的人，我已经把我的一切都交给了他，而他竟然被我的亲妹妹抢走了。我实在接受不了这个现实，当晚我就服下了大量的安眠药，想要结束我的生命。却被邹伟邦发现了，他把我送到了医院，把我从死神那里救了回来。

“我妹妹看到这一切之后也吓坏了，她立刻就办理了出国留学的手续，离开了邹伟邦。经过这件事情之后，邹伟邦不敢再和我提分手的事情，可是他却每天都不开心，甚至一星期都不会和我说上几句话。他总是每天忙啊忙啊，似乎警局总有干不完的活。

“我知道邹伟邦是在逃避我，他心里面爱着的人是我妹妹。邹伟邦甚至非常痛恨我，痛恨我将他们两个拆开。可是我又能怎么办？没有邹伟邦，我根本就无法活下去。

“那段日子我简直快要被逼疯了，时时刻刻都担心邹伟邦会离开我。因为这件事情，我差点被家人送进精神病院。眼看我就要崩溃，邹伟邦却突然向我求婚，这让我欣喜不已。

“然而在新婚之夜，酒醉后的邹伟邦却喊出了我妹妹的名字，那一晚他不停地唉叹，一直都在胡言乱语，甚至把我当作我的妹妹抱在了怀里。你能想象到我当时的感受吗？那可是我的新婚之夜呀，而我的丈夫却把我当成了另外一个女人！”

朱琪说到这里神情已经变得有些歇斯底里，与她平日里温婉素雅的模样形成了鲜明的对比，那种像怨妇一样狠厉的表情，让殷柔看了都不免有些心惊肉跳。

朱琪也意识到了自己的失态，急忙调整了一下情绪道：“后来又发生了一件更令我崩溃的事情。有一次我在整理邹伟邦的物品时，发现了我妹妹写给他的一封信，我这才明白，邹伟邦之所以会突然向我求婚，完全是因为我妹妹的劝说。原来我的老公是我妹妹让给我的，他是因为可怜我，怕我自杀，所以才不情不愿地和我结婚。

“我简直快要崩溃了，我常常一个人躲在卫生间里一哭就是半夜，而身为警察的邹伟邦竟然毫无察觉。你可以想象得到邹伟邦对我是多么漠视，他的眼里只有我那个妹妹，而我在他心中已经完全变成了一个透明人。

“我实在太痛苦了，但我仍旧在邹伟邦面前装出一副很开心、很满足的样子，给他做喜欢吃的菜，给他仔细地折每一件衣服。我时时刻刻都在欺骗着我自己，幻想着邹伟邦有一天能够回心转意，重新喜欢上我。

“然而，这一切都因为一件事情的发生而彻底破灭了。有一天，我的妹妹带着她的未婚夫回到了国内，这是我自杀事件之后我们两姐妹第一次相见。我们几个人坐在一起，都假装什么都没有发生过一样，可是邹伟邦炙热的目光，还是将他的内心出卖。当邹伟邦看到我妹妹的未婚夫竟然是一个快60岁的外国老头时，当场就崩溃了。那天天晚上邹伟邦喝了很多很多的酒，回家之后又是吐了一地。

“我赶忙给他擦洗身上的脏东西，可是却被他一把推倒在地上。邹伟邦不停地咒骂着：‘是你，害得你妹妹嫁给了一个糟老头。你知道吗？你妹妹为了让我断了念想，所以才急匆匆地嫁给了那个老东西，就是为了能让我娶你。你害了你妹妹一辈子！’

“我听了委屈极了，终于忍不住冲着邹伟邦咆哮道：‘那是她活该，谁让她抢了亲姐姐的男朋友！’

“那一晚我们两个人情绪都很失控，直接厮打在了一起。在那之后，邹伟邦酗酒的毛病越来越严重。每一次喝醉之后，我们两个都会发生一次激烈的冲突，动手已经成了家常便饭。邹伟邦回家的次数越来越少，我们的婚姻已经形同虚设。

“我常常整夜整夜睡不着觉，一个人躲在厕所里面哭泣，可是却没有一个人来安慰我。”

说到这里，朱琪已经是泪如雨下，那种悲痛欲绝的神情，让同为女人的殷柔也感觉到了一种深深的刺痛，慌忙拿出一块纸巾递给了朱琪：“既然你们两个人在一起，只剩下了彼此伤害，那为什么不离婚呢？”

朱琪惨然一笑：“因为我太爱邹伟邦了，爱得已经有些不正常。我一方面痛恨邹伟邦竟然爱上了我的亲妹妹，可是又时时刻刻担心他被别人抢走，这种心态实在是太矛盾了。我不得不承认那时候的我已经快疯了。而邹伟邦害怕我自杀，也不敢提出离婚的要求。”

听了朱琪的自述，殷柔慢慢揣摩到了朱琪的一些心思。朱琪本来就是一个敏感而偏执的女人，当最爱的人被亲妹妹抢走之后，朱琪心理就已经出现了扭曲。当朱琪得知她最深爱的老公竟然是因为怜悯而和她结婚时，内心更是彻底崩溃。两个人在婚后无休止地争吵，直接将朱琪本就脆弱不堪的精神逼上了绝路。

但殷柔还是有些不解地问道：“既然你那么爱邹伟邦，为什么后来又想到要陷害他？”

“因为一个女人的刺激！”朱琪面露凶光地说道，“有一天，我在街上偶然看到邹伟邦和一个年轻的女孩有说有笑，而那个女孩嘴唇边也有一颗美人痣。

“我越看那个女孩越像我妹妹，到最后我便认定那就是我妹妹。等他俩分开之后，我便一路跟踪那个女孩来到了一个僻静的街道。我当时已经彻底失控了，捡起地上的一个木棒，就把那个女孩打晕了。我疯狂地冲上去撕扯她的衣服，嘴里面还不停地咒骂：‘我是你的亲姐姐，你竟然勾引你的姐夫，我要扒光你的衣服，让全世界的人都看看你究竟是个什么样的破鞋？’

“我发泄了一段时间之后，头脑逐渐清醒了起来，终于认清楚面前的女孩根本就不是我的妹妹。看着眼前衣服被撕成碎片的女孩，我突然感觉到了一阵害怕。

“你别误会，我当时并不是害怕坐牢，而是害怕我坐牢之后，我的妹妹会乘虚而入，把邹伟邦从我身边抢走。

“‘不行，绝对不能成全他们两个！’我当时不停地在心里面喊着这一句话。

“后来，我灵机一动想到了一个好办法，与其我去坐牢成全他们两个，倒不如把邹伟邦关起来，到时候邹伟邦名誉扫地，工作也丢了，变得一无是处了，我妹妹也就不会再纠缠他了。到时候，一无所有的邹伟邦就只有乖乖地回到我身边。

“想到这里，我竟然兴奋地笑了起来：把邹伟邦关到监狱里，我的妹妹就再也没有机会勾引邹伟邦了。”

“所以你就伪造了六根指头的血手印。”

朱琪点点头：“是的。邹伟邦曾经做过六指切除手术，作为他的妻子，我当然知道这个秘密。我划破那个女孩的手臂，戴着手套沾了一些血液，在女孩身上画出了6根指头的血手印，然后我就匆匆离开了现场。

“说实话，我当时只是一时冲动做下了这起案件，现场留下了我很多的痕迹。但我的运气很好，我那天恰好戴着手套，而且后来突然下起了暴雨，雨水冲刷了现场所有的痕迹。警察勘测现场之后一无所获，当事人也没有看到我具体的长相。他们通过女孩破碎的衣服，以及身上被掐出的伤痕，误以为是一个变态的色魔做下的案件。”

67

“所以警方当时将排查的重点只放在了男子的身上，根本就没有想到会是一个女人做的案。”殷柔插口道。

“不错，正是如此。我的女人身份成为我逃避警方追缉的最好掩护，任谁也想不到轰动一时的六指淫魔竟然是一个女人。”朱琪毫不否认地答道，“做了第一起案件之后，我并没有感觉到丝毫的恐惧，反而在被害人的身上找到了一种报复发泄的快感，似乎我折磨的就是我妹妹本人。之后，我便开始寻找那些酷似我妹妹的女人下手。

“再后来邹伟邦开始从事卧底工作，他为了取得黎昕的信任，伪装成一个画家，与黎昕一起画人体画，还经常在一起喝花酒。当然，这一切都是我在邹伟邦出事以后才知道的。当时我只以为邹伟邦是和别的女人鬼混去了，我心里痛苦极了，而更要命的是这时候传来了我妹妹离婚的消息。我突然感觉到了一种莫名的威胁，如果我的妹妹回来了，他们两个人一定会重新在一起的。这是我绝不能容忍的，我当时的心理再一次失衡，便决定做一起轰轰烈烈的大案，彻底将邹伟邦送到监狱之中，永远阻断他们两个在一起的可能。”

“所以你就将目标锁定在了和你妹妹长得有几分相似的英妮拉身上？”殷柔道。

“是的！”朱琪点头道。

“那你所谓的轰轰烈烈的大案又是什么呢？”殷柔有些好奇地问道。

“杀人！”朱琪干脆利落地回答道，“我准备好了刀子、画板，还有邹伟邦画好的一张人体艺术画。那张人体艺术画上的女人只有身体的轮廓，五官长相有意画得很模糊，乍一看非常像那个英妮拉。我准备好这一切之后，便潜入了英妮拉的房间之中。”

“你既然准备要杀掉英妮拉，可为什么后来并没有杀掉她呢？”殷柔有些不解地问道，她相信这一定不是出于朱琪的怜悯。对于一个疯狂的女人，早就失去了应有的理智。

果然，朱琪有些怨毒地说道：“我本来计划得非常好，可是半路却杀出一个程咬金，竟然是徐峙那个笨蛋。”

“徐峙怎么会出现在那里？”殷柔有些好奇地问道，但随即便意识到，徐峙一直都躲在暗中观察着朱琪的一举一动。徐峙一定是发现了朱琪杀人的企图，所以才跑过去阻止朱琪。

朱琪没有理会殷柔的问话，继续道：“我把英妮拉迷晕之后，正准备把她杀掉。徐峙突然闯了进来，夺走了我的刀，还劝说我不要杀人。我当时哪里听得进去，趁徐峙不注意的时候，把他也迷晕了过去。”

殷柔听到这里竟然不由自主地笑出了声，随即便意识到自己笑得很不合时宜，但还是忍不住说道：“这个徐峙还真是够笨的。”

朱琪也笑了笑：“他的确是一个笨贼，竟然被我轻而易举地迷翻了。被徐峙这么一阻挡，我的杀心也渐渐淡了。我忽然想出了一个好办法，徐峙的身形体貌和邹伟邦非常相似，体毛都很旺盛，胸前都长着胸毛，这些特征如果利用得好，都可以成为指控邹伟邦的铁证。于是我便将徐峙的衣服脱光，戴上头套，伪装成了邹伟邦的模样，并且在徐峙的大腿上用颜料画上了红色的胎记。做完这一切，我又将那张邹伟邦亲自绘画的人体艺术画，以及带有邹伟邦指纹的画板摆放在了床边。而我则躲在了卫生间里，暗暗观察着眼前的一切。

“我使用迷药的剂量都很小，英妮拉首先醒了过来，她尖叫一声，一拳就打在了徐峙的身上。徐峙被打醒之后，由于迷药的药性还没有完全褪去，本能地就和英妮拉厮打在了一起。两人纠缠到了地上，我看到时机已经成熟，就拉断了电闸，趁着黑暗拿起桌上的台灯把英妮拉打晕。

“徐峙这时候也清醒过来，他问我为什么这样做。我说我要陷害邹伟邦，让邹伟邦一辈子待在大牢里，永远不能和我妹妹团聚。

“徐峙说‘你这是在犯罪，坚决不同意我这样做。’

“我当时一仰头：‘你选择吧，到底是让我立刻死在你面前，还是让邹伟邦进监狱？’

“徐峙也害怕我自杀，只好和我收拾完现场，一起逃走了。”

听到这里，殷柔忽然感觉有一个地方不对劲，便插口问道：“你当时把邹伟邦的画板，还有邹伟邦亲手绘制的一张人体艺术画留在了现场，可是后来警方赶到现场时，并没有发现这些东西啊？”

朱琪摇摇头，苦涩地一笑：“肯定是徐峙后来拿走了。徐峙虽然看上去很猥琐，但他的心其实是很善良的，他一直都希望我和邹伟邦能够幸福，所以并不希望邹伟邦入狱。一定是他和我分手之后，又偷偷返回了作案现场，取走了那些重要的物证。所以邹伟邦才逃过一劫。”

“那再后来又发生了什么呢？”

“后来邹伟邦知道了我妹妹离婚的消息，便坚决要和我离婚。我们夫妻一场，他竟然完全不顾及我的感受。我伤心欲绝，连报复他们的心思都没了，我决定自杀，彻底离开这个世界。结果，又是徐峙，他在关键时刻拨打了急救电话，救下了我的性命。这件事情对徐峙的刺激很大，这个对我痴情了大半辈子的笨家伙，竟然萌生了想要替我报仇的想法。后来发生的事情你已经都知道了，也不需要我再多说什么了。”

朱琪顿了顿，忽然脸上露出非常满足的笑容：“这几年，在伟邦成为植物人之后，我的心情反而平静了许多。现在的伟邦终于完完全全属于我了，再也没有人可以把他抢走了。我的心结释然了，精神状态也逐渐好转。说实话，我很喜欢现在的日子。有伟邦天天都陪伴在我身边，我真的好开心。”

“你突然决定向我坦白这一切，是不是也和你心境的改变有关？”殷柔问道。

朱琪点点头，似乎想起了悠悠往事，对殷柔道：“回想这么多年来，真正对我好的人其实只有徐峙一个。过去我疯疯癫癫的，生活在仇恨和愤怒之中，已经完全没有了理智。可是徐峙却从来没有离开我，一直在默默地关心着我，还经常给我邮寄一些我爱吃的东西。对于这样一个朋友，我实在不忍心让他为我继续背黑锅。我现在的心情平和了，也该为过去犯下的罪行有个交代了。我之所以一直犹豫着没有去警局自首，就是担心伟邦他一个人如何在外面生活？”

朱琪说到这里，两只眼睛中已经闪动起了晶莹的泪花，她充满深情地望着病床上毫无知觉的邹伟邦，整个人陷入了深深的自责之中："如果我当时不那么极端，懂得放手，伟邦也不会变成现在的模样！"

殷柔拍了拍朱琪的肩膀道："你不用担心邹警官，我们一定会好好照顾他的。"

68

几天之后，殷柔再一次提审了徐峙。

徐峙的气色看上去比前几次好了很多，他这种人已经习惯了在夹缝中生存，所以环境适应能力要远比李云泽、黎昕等人强上许多。

“美女警官，今天这么有闲心来看我？”

“我是来告诉你两个消息的，一个好消息，一个坏消息，你想先听哪一个？”

“我想先听一下好消息。”

“好消息就是朱琪已经认罪了，你并不是真正的六指淫魔，你只会被判个包庇罪，刑期将会大幅度减少。”

徐峙听了却没有任何喜色，反而充满了忧虑，停顿了很久他才又问道：“那么坏消息又是什么呢？”

“坏消息就是你又多了一项指控。在你埋藏电话卡的火车涵洞里，我们又发现了一把警用配枪，而那把配枪的主人正是邹伟邦。更为不巧的是在那把枪上提取到了你的指纹。”

殷柔说这些话时，眼睛始终在观察这徐峙表情的变化。

徐峙却好像没有任何诧异的表现，他非常平静地望着殷柔，眼神中甚至连一点涟漪都没有：“看来我被减少的刑期又要被补回来了！”

“你好像对于这样的结果丝毫都不感到震惊？”

徐峙没有说话，只是将眼睛移向了房间的一角。

“我记得你口中的那个黑衣人曾经说过这样一句话：‘这把配枪迟早会派上用场的。’

看来这把配枪，现在终于派上用场了。”

徐峙将目光缓缓收了回来，仍旧没有说话。

殷柔凝视着徐峙：“你不打算为自己辩解一下吗？我知道你是个辩论的高手。上次如果不是英妮拉意外搅局，我还真拿你没有办法。”

徐峙嘴角泛起一丝微笑，但很快便收了回去。他抬起头目不转睛地望向殷柔，然后一字一句地说道：“邹伟邦那件案子的确是我做的。我之前和你撒了谎！”

殷柔的身子微微向前探了一些：“你真的准备承担一切，不说实情了。”

徐峙微微一笑：“这样的结局不是最好的吗？”

说完这句话，徐峙便将头深深地埋了起来，再也不发一言。

殷柔忍不住摇了摇头：“徐峙啊，你还真是一个情种！”

一个月后的某个下午，整个天空都被低垂的黑云所笼罩，让身处其中的人都感到了一种莫名的压抑。

殷柔独自坐在城市一角的咖啡厅里，漫不经心地搅动着杯中的咖啡。

她的眉头紧锁，神色有些忧郁，曾经明亮如星的眸子里透着一丝焦虑和不安，像是在逃避什么，又像是在期待什么。

就在这时，一个年轻的女孩推门而入，她在门口张望了几下，便看到了殷柔的位置，于是欢快地走到了殷柔身旁：“殷柔姐，怎么突然约我来这里？”

也不等殷柔说话，便一屁股坐在了殷柔的对面。粉嫩的俏脸上透着纯真的笑容，丝毫也看不出她曾经遭遇过的那些非人折磨。

殷柔缓缓放下勺子，两眼充满审视地望向对面的女孩。

女孩穿着蓝色紧身牛仔裤，套着一件黑色的运动卫衣，乌黑的头发被整齐地束在脑后，脸上薄施淡妆。

她的装扮简单至极，却依旧难掩那令人窒息的绝美风姿。

不容否认，她的确是一个绝色美女。

“殷柔姐，你今天是怎么了？为什么这样看着我？”女孩脸上露出疑惑的神情。

“我在思索应该怎么样称呼你？”

女孩扑哧一笑：“怎么称呼我？殷柔姐，你在开什么玩笑？当然是叫我雨晨了。”

殷柔也机械地笑了笑，随即将谈话切入正题：“我在审讯徐峙的时候，徐峙不止一次地提到在你的脑海中不停地出现这样一幅画面：有一个戴着戒指的男人拿着枪顶在你的头上，你瑟瑟发抖地跪在地上。当时的雨越下越大，雨水打在你的头上，顺着脸颊流下。你清晰地看到了那张绝望的脸，对你的触动非常大，以至于在你失忆后，这个场景还会不停地在你脑海中出现。是不是有这样一回事？”

游雨晨原本荡漾着笑容的脸颊，逐渐阴郁了起来：“的确是有这么一回事。我当时就是被连律师用枪顶着头跪在地上，之后被他们活埋在了土坑里面。”

“你怎么知道是连律师拿枪顶着你？”

“因为他手上的那个虎头戒指，我记得非常地清楚。”

“既然你被活埋了，那你又是怎么逃出来的？”

游雨晨摇摇头：“我也不知道，或许是那天雨下得太大了，那地方又恰好是个斜坡，可能大雨导致了山体塌方，我侥幸逃得了性命。”

殷柔浅浅喝了一口咖啡，两眼凝视着游雨晨：“那你有没有想过，你脑海中所出现的这一幕，并不是你自己亲身经历的，而只是别人的悲惨遭遇对你大脑的刺激。”

游雨晨茫然地望向殷柔：“殷柔姐，你这是什么意思呀，我怎么一点都听不懂啊？”

“简言之，那个被连律师用枪顶着的女人才是游雨晨。是她被处决前绝望的神情，在你大脑中形成强烈的刺激，才使得失意后的你错以为那是你亲身经历的事情。”

游雨晨先是一片愕然，继而掩面笑了起来，笑了半晌，她才强忍住笑意：“殷柔姐，今天是愚人节吗？你怎么开这么大的玩笑？这个世界上怎么可能有两个游雨晨？”

殷柔淡淡地一笑：“当然不可能有两个游雨晨！因为你并不是那个真正的卧底警察游雨晨，你是冒名顶替的！”

游雨晨的笑容戛然而止，她充满警惕地望向殷柔：“殷督察，你这个玩笑是不是有些太离谱了？”

“我没有和你开玩笑！”

游雨晨见殷柔一脸的严肃，神色也变得认真起来：“如果我不是游雨晨，那真正的游雨晨在哪里呢？”

“躺在医院里，就是上次和你一起被吊灯砸伤头的那个人。”

“你是说赵诗颖？”游雨晨讶异地瞪大了眼睛。

“不错，赵诗颖才是真正的游雨晨。”

游雨晨脸上闪过一丝轻蔑的笑容：“殷督察，你最近是不是被媒体吹捧得有些失去判断了？赵诗颖怎么可能是游雨晨？别忘了局长，还有警校的教员都见过真正的游雨晨。赵诗颖的样子和游雨晨的长相差太远了。”

“那是因为赵诗颖曾经整过容。”殷柔说着从公文包里抽出一张照片递给了游雨晨。

游雨晨接过照片，照片中是一张水肿的脸，从耳朵到嘴角都有一条深深的划痕。眼角眉梢都透着一股死不瞑目般的怨恨。五官轮廓和自己一模一样。

殷柔解释道：“我查遍了全市所有的整形医院，终于找到了这张照片。这是赵诗颖整容前所拍摄的，我想你对这张脸一定不陌生吧？”

“你是说这是赵诗颖原来的长相？”游雨晨皱着眉头问道。

殷柔又将一张照片甩在桌上：“这是赵诗颖整容后的照片。我们仔细对比了她所有的整容资料，可以确定无疑，先前那张照片上的人就是整容前的赵诗颖。”

游雨晨并没有看那张照片，只是毫不在意地一笑：“世界上长相相似的人有很多，你凭什么认定赵诗颖就是真正的游雨晨，而我是冒充的呢？”

“还有你屁股上面的疤痕！”殷柔说着从包里又拿出一张翻拍的人体艺术画作照片，指着模特屁股上的一处疤痕说道，“根据游雨晨的邻居王姐回忆，游雨晨的臀部非常光滑，没有任何的疤痕。”

游雨晨扑哧一笑：“这老女人连别人洗澡都这么在意。好吧，我承认我屁股上是有一块伤疤，但这是后来留下的，所以王姐并不知道！”

“那你又怎么解释你可以徒手接连律师飞镖的事情？”殷柔追问道。

“那是因为身手敏捷，手疾眼快。”

“身手敏捷，手疾眼快？”殷柔露出了嗤之以鼻的神情，“可是据徐峙回忆，当时连律师摸向领口的时候，你便已经意识到他要发射飞镖，因为你有了预判，所以才能抢先一步接到飞镖。这说明你和连律师非常熟悉，知道他独特的肢体语言。再说了，飞镖是一种非常难接的暗器，如果没有经过特殊的训练，是根本无法徒手接到的。

以上种种说明你和连律师很久以前就认识，而且你们两个人都接受过飞镖技能的训练。再进一步讲，你们两个很可能是从小长大的师兄妹。你就是连律师那个神秘失踪的女友——许琼。”

69

游雨晨抿嘴笑了起来，嘴角充满了嘲讽："推理并不等于臆想，你觉得法官会采纳你这种奇葩的观点吗？你如果认为我是许琼，那证据呢？你有我整容的资料吗？"

"如果我猜得没错的话，你下巴下面那条细微的刀痕，应当就是整容时留下的伤口吧？"

游雨晨摸着自己的下巴，笑得前仰后合："不会吧，脸上有个伤口就是整容吗？你这理由也太牵强了吧？

殷柔冷笑一声："你当然可以嚣张得意。洪霆霄已经帮你清除了所有的整容资料，包括你作为许琼时的全部信息。我查了游雨晨在洪霆霄公司的资料，里面的笔迹全部换成了你的字。除了洪霆霄和连律师，这世上再没有人能证明你是许琼了。而你又魅力超群，这两个男人或者由于对你的爱恋，或者由于对你的愧疚，都愿意为你三缄其口。"

"你怎么又扯上洪霆霄了？我和洪大老板又能有什么交集？"

"因为洪霆霄才是你真正的幕后老板。"

游雨晨忍不住又咯咯笑了起来："我倒是很愿意听一下你这推理故事了。"

殷柔没有理会游雨晨的嘲讽："根据警局的卧底任务，徐峙的口述，以及你和连律师之间非同寻常的关系，大致可以勾勒出这样一个场景。你本名叫许琼，和连律师是青梅竹马的师兄妹。

"洪霆霄垂涎你的青春靓丽，喜欢没有开苞的处女，连律师为了上位，便把你献给了洪霆霄。你虽然伤心绝望，但是为了连律师，只好忍辱负重。

洪霆霄占有你之后，发现你不仅相貌出众，而且武功高强，镖法一流，是一个可以倚重的人才，洪霆霄便把你藏起来了。而外界的人都以为你不堪羞辱，自杀轻生了，很快就把你遗忘。

“没过多久，伪装成洪霆霄工作秘书的卧底警察游雨晨，由于某种原因身份暴露了。

“洪霆霄便命令连律师和你秘密处决游雨晨。

“那是你第一次参与杀人，游雨晨临死前的那副绝望神情在你脑海中留下了极其深刻的印象，成为你内心深处的一片阴影。当你失忆之后，你忘记了过去所有的事情，但是这片回忆却始终萦绕着你，再加上你此刻的脸与当时游雨晨的脸完全一样，这就使你错以为那是你亲身经历过的一切。

“活埋了那个真正的游雨晨之后，洪霆霄和连律师根据游雨晨的口供得知，警局唯一知道游雨晨真实身份的人只有邹伟邦高级督察。于是，他们又想出一条恶毒的计策，让你整容成游雨晨的模样，引诱邹伟邦去老虎沟。

“洪霆霄之所以大费周章地这么做，最主要目的就是搞垮黎昕。洪霆霄和黎昕之间有深仇大恨，又是生意上的对头，但洪霆霄有把柄握在黎昕手上，所以他不方便直接干掉黎昕。于是便想借警方之手，不留痕迹地除掉黎昕。

“当你转过身的时候，邹伟邦立刻认出你是假扮的游雨晨。所以他才会说出‘你不是她’这样的话。

“然而还没等邹伟邦说完，你已经扣动了扳机，子弹从他头部穿过。邹伟邦虽然没死，但也永远失去了指证你的能力。

“邹伟邦这块绊脚石被除掉之后，你便顶替真正的游雨晨，接触到了警察局局长。你取得局长信任之后，便主动请缨，卧底到了黎昕身旁，你名义上是为警局工作，实际上是为洪霆霄服务。你其实就是潜入警方的无间道。

“你那天晚上在地中海酒店拍摄到黎昕从事文物走私交易的证据之后，正准备把这份重要的视频证据交给局长。没想到半路杀出了赵诗颖。

“赵诗颖，也就是那个整容后真正的游雨晨，她在侥幸逃得性命之后，却无法再回到警局。因为随着邹伟邦的离去，再没有人可以证明她警员的身份，而且在警局周边还潜伏着许多洪霆霄的眼线，她只要一露面，很有可能会招来杀身之祸。所以真正的游雨晨只好改头换面，以赵诗颖的身份重新出现。

“赵诗颖发现你频繁出入地中海酒店之后，于是便混入地中海酒店，成为19楼的一名迎宾小姐，监视着你的一举一动。

“赵诗颖是一个很有经验的卧底警员，她在对你的跟踪中，终于发现了你项链上安装有摄像头的秘密。

“赵诗颖立刻匿名通知了黎昕，所以才有了你被黎昕装入麻袋，丢到河里的一幕。要不是徐峙的意外出现，你早就命丧河底了。

“赵诗颖本想借刀杀人除掉你，但没想到反被眼尖的徐峙窥探到了她手机短信中的秘密，暴露了身份。那天你和徐峙去地中海酒店更衣室，就是想和赵诗颖当面对质，却没想到在搏斗中你们两个都被掉落的吊灯砸伤了头部。

“你是因祸得福，恢复了记忆，赵诗颖可就没有那么幸运了，她现在躺在医院里，恐怕永远都不会恢复知觉了。没有了赵诗颖，你也就扫清了一个最大的绊脚石。

“你原本可以用偷窃来的身份舒舒服服地过下半生，但非常不巧，你枪杀邹伟邦的那一幕恰好被尾随来准备杀死邹伟邦的徐峙看到。

“你当时戴着宽檐的黑色帽子，遮挡住了一部分相貌，所以徐峙并没有完全看清你的模样。直到你们阴差阳错地来到你的租住地，当你重新穿上那身黑衣，戴上那顶黑帽时，徐峙才完完全全地认出了你。”

游雨晨嘴角挂起一抹冷笑：“这个徐峙还真够婆婆妈妈的，这么一件小事情，居然都记录得这么详细。”

殷柔摇摇头：“这你就错了。徐峙只侧重记录那些对他有威胁的人，比如说洪霆霄、黎昕、李云泽，还有你！”

“我？我对他能有什么威胁呢？”游雨晨露出一脸无辜的表情。

“因为徐峙在老虎沟看到了你枪杀邹伟邦的全过程，他担心你恢复记忆后会对他不利，所以提前留了一手。”

游雨晨冷哼了一声：“如果照你这样说，他直接检举我不就行了。”

“因为徐峙和你相处久了，不知不觉爱上你，到最后，他愿意为你承担所有的一切。可是你却无情地陷害了他。”

游雨晨忍不住惊呼道：“我陷害他？”

殷柔不疾不徐道：“当年你枪伤邹伟邦之后，从他身上拿走了警用配枪。在你的住处，徐峙在某种情况下触碰到了这支枪，于是便在枪上留下了他的指纹。

“你在恢复警察身份之后，利用工作便利，通过警局的内网盗取了孙诗蕊电脑上的口供。

“你从口供中得知，徐峙曾经在老虎沟目睹了你枪杀邹伟邦的全过程，你为了斩草除根，彻底将许琼的身份掩盖，所以决定除掉可能会给你带来麻烦的徐峙。

“因为在口供中徐峙只承认看到了那个黑衣人，却不知道那个人的具体长相，所以你就放心大胆地实施了陷害徐峙的计划。你根据口供中描述的地点，将留有徐峙指纹的邹伟邦配枪提前藏好。

“等警方发现枪支和电话卡之后，便会认定徐峙是杀害邹伟邦的真正凶手，那起悬案将会就此结案，而你也就可以永远逍遥法外了。

“但是你却犯了一个致命错误，徐峙其实早已认出了你，你这个陷害计策看似高明，其实是搬起石头砸了自己的脚。”

游雨晨眼神中闪过一丝不安，但随即就恢复如常：“要按你这么说，徐峙早就该跳脚指证我了。可是据我所知，徐峙已经供认不讳，承认了所有的罪行。”

殷柔叹了口气：“所以说漂亮女人是男人最致命的迷药。你的杀伤力的确十足，轻而易举便让洪霆霄、连律师，还有徐峙都替你扛下了所有的罪名。”

游雨晨微微向前探了探身子，眼神中露出咄咄逼人的目光：“说了半天，你原来什么证据都没有啊！”

殷柔慵懒地靠向椅背：“那倒未必！警方销毁了游雨晨所有的资料，而洪霆霄替你毁灭掉了许琼的所有痕迹，再加上你有过失忆的病症，别人对你的异常便会抱以宽容的态度。你便以为可以毫无破绽地顶替游雨晨，摇身一变成为一名真正的警察。

然而，有一个人却意外为警方保留下了你作为许琼时的唯一证据。”

殷柔说着从包里取出一张照片递给了游雨晨。

游雨晨蹙眉望向照片，照片的正面是一对亲密依偎的情侣，男的是连律师，女的便是那个许琼。

在相片的背面，写着两行娟秀的文字：在天愿作比翼鸟，在地愿为连理枝。落款署名为师妹许琼。

“这张照片和这段文字你一定不陌生吧？我们根据徐峙的描述，在连律师的房间发现了这张相片。当然，你手中的这张只是我们制作的副本。通过笔迹比对，照片中的文字和你的笔迹完全一致，也就是说，那个叫作许琼的人的笔迹和你的笔迹是出自同一人之手。凭此一点，我就可以认定你便是许琼。”

殷柔原以为眼前的证据可以将游雨晨一击即溃，没想到游雨晨却咯咯地笑了起来：“我以为你有什么铁证啊，原来是这个！这是我当年在洪霆霄那里做卧底时，和连律师开的一个玩笑。当时我是洪霆霄的工作秘书，连律师是法律顾问，我们在公司里经常见面，后来就成为朋友。在此期间，我也认识了许琼。但没想到后来连律师开始对我展开追求，不断地向我送花，邀我吃饭，甚至向我写了一份火辣辣的情书。我为了拒绝连律师的追求，就在他办公桌摆放着的许琼照片背后，以许琼的口吻写下了那段诗句。意思就是告诉连律师，你还有那么一个爱你的女人，你不要辜负了那个女人。连律师从此就不再纠缠我了。你所看到的那两行诗句的确是我写的，但那只是为了婉拒连律师的追求。”

殷柔的嘴角忍不住抽搐了几下，她办案这么多年，从来没有见过这么狡猾的对手，自己精心准备的雷霆攻势，竟然就这样被她轻描淡写间化解了。

殷柔有些恼怒，有些气愤，更有些沮丧，而游雨晨则露出了她标志性的温柔笑容：“殷柔姐，我想咱们之间的误会应该已经完全消除了，如果没有什么事情，那我就先走了，我手头还有一个案子要处理，拜拜。”

游雨晨用一种怜悯的眼神望着沉默无语的殷柔，嘴角飘起了一抹胜利者的微笑。

“还有一件事情忘了告诉你，就在一天之前，黎昕越狱了，那个小贼徐峙也一起失踪了。”

游雨晨拨弄着手上的戒指，冷冷一笑：“没想到他长本事了，竟然学会越狱了。”

殷柔轻搅着面前的咖啡道：“就在昨天下午，黎昕的手下袭击了监狱的押运车，救走了黎昕，徐峙也在混乱中一起失踪。黎昕是你一手送进监狱的，而徐峙枪击邹伟邦的罪名也是你栽赃的，他们两个人都有可能对你进行报复。我希望你还是想清楚点比较好，否则接下来你的处境会变得很危险。

游雨晨冷哼一声，微侧着脸对殷柔道：“我是不会去监狱的，你就别费苦心了。”

70

游雨晨站起身来到了咖啡店的门口，外面已经飘起了细雨。瑟瑟的寒风让游雨晨情不自禁打了一个寒战，一种不祥的感觉涌上了她的心头。

游雨晨内心深处狠狠地咒骂了一句，然后撑起了伞，大步迈下了台阶，她要赶快离开这里，她实在受不了殷柔带给她的压抑感觉。

然而，就在游雨晨迈下台阶的一刹那，却忽然发现在街对面出现了三个身着黑色风衣的男人，他们都戴着墨镜，拿着黑伞，呈品字形从三个方向缓缓向游雨晨走来。

游雨晨隐隐感觉到了一种不安的气息，她将手缓缓摸向了腰间的配枪。

然而，就在游雨晨的指尖触到枪柄的一刹那，那三个黑衣男人突然将雨伞抛向身后，从风衣中抽出微冲，朝着游雨晨的方向便一阵乱射。

游雨晨根本就来不及反应，在这种交叉的火力下，眼见着就要命丧当场。就在这时，突然一个人影飞扑了过来："小蝶小心！"

游雨晨和那个人一起翻滚到了咖啡厅旁边的花池里，而游雨晨方才站立的地方，已经被乱枪射成了碎片。

游雨晨惊出了一身冷汗，这才意识到自己方才刚刚从鬼门关前逃过一劫。她睁开美艳的大眼睛，凝视着压在她身上的人。只见这个人长相还说得过去，只是神情间写满了猥琐，不是徐峙，又是谁？

"你怎么会在这里？"游雨晨诧异地问道。

"我越狱出来，就是为了见你啊！"

还没等徐峙说完，游雨晨一把将徐峙的头按下。一串子弹擦着徐峙的头皮，便射在了后面的花盆上，荡起了一片烟尘。

游雨晨一把将徐峙推到旁边，伸手摸向腰间的配枪，却发现配枪在方才的冲撞中已经掉落在了咖啡厅的门前。

而在另一侧，殷柔已经和一名黑衣人交上了火，只是黑衣人的火力过于凶猛，殷柔完全被压制在了咖啡厅的吧台附近。

剩下的两名黑衣人互相使了一下眼色，一个人端着枪猛烈射击掩护，另一个人则身形灵动地向游雨晨和徐峙包抄过来。

游雨晨瞅准空隙，右手一抖，一枚飞镖直射入那名黑衣人的左臂。

那名黑衣人却十分彪悍，根本不理会手臂上的伤痛，疯狂地朝着游雨晨和徐峙藏身的方向射击。

游雨晨急忙扯着徐峙的衣领急速向后退，躲在了一个电话厅后。

与此同时，小蝶又是一枚飞镖，正射中那人的眼眶。那名黑衣人惨叫一声，扑倒在地，在地上哀号不已。

剩下的一名黑衣人见状不敢再向前冲，只是不停地用枪扫射电话亭，不消片刻工夫，电话亭就将被打得稀烂，再无掩体的游雨晨和徐峙也必将难逃一死。

游雨晨又摸出一枚飞镖，但刚刚做出投掷的动作，就被一枚子弹击飞。再厉害的冷兵器，也不可能是热兵器的对手。

游雨晨捂着鲜血淋淋的手腕，将所有的愤怒都发泄向了徐峙，她用力将徐峙顶在墙上，吼道：“你干吗要越狱？你知不知道你已经减刑，再有几年就可以出狱了，你现在越狱很有可能会被判终身监禁的。”

徐峙同样用力地扯住了游雨晨：“因为我爱你！当我得知黎昕越狱后要来杀你的时候，我就不顾一切地跑了出来。”

“爱我？”游雨晨疯狂地笑了起来，“你知道我是一个什么样的人吗？我被洪霆霄玩腻了，后来又成了黎昕的玩物。那个纯洁的小蝶只是一个假象，真实的我只是一个肮脏不堪的女人。我是游雨晨，不是什么小蝶！”

“我不在乎！”徐峙将游雨晨反摁在墙上，“不管你是小蝶，还是游雨晨，也不管你过去是什么样子，我都爱你！我会一生一世爱你！”

“一生一世爱我？”游雨晨的眼睛像坚冰一样透着凛冽的寒意，额头上的青筋根根暴起，“有一个男人曾经无数次地对我说过这句话，可是后来呢？他为了自己的利益，把我灌醉后送给了洪霆霄。从那时候起，我就对男人彻底绝望了。这个世界上的任何男人都不值得信赖！”

“我和那个姓连的不一样！”徐峙拼命地摇着游雨晨的肩膀，似乎只有这样才可以熄灭小蝶心中的魔性。

“你和他不一样？呵呵，”游雨晨的笑声中充满了嘲讽，“那你愿意为我去死吗？”

“愿意！”徐峙毫不犹豫地回答道。

游雨晨凝视了徐峙片刻，一把将徐峙推到了一边，苍白的脸颊像鬼魅一样扭曲了起来：“你这个傻货，你知不知道是我把邹伟邦的配枪埋在了你藏电话卡的地方，是我陷害了你，把枪击邹伟邦的所有罪名都推给了你。我是一个坏女人，根本就不值得你去爱。”

“我知道，我知道这一切！”徐峙脸上的青筋同样也根根暴起，“你只是被男人伤害得太深了，所以才会变成现在的模样。快醒醒吧，那个纯真的小蝶才是真实的你。”

游雨晨一刹那间呆立在了那里，冰冷的眼眸似乎变得清澈了一些，徐峙狠狠地吻向了游雨晨，嘴里含糊不清地说道：“你不是游雨晨，也不是许琼，你是小蝶，你是小蝶，你是那个天真无邪的小蝶！”

游雨晨的明眸中淌下了晶莹的泪滴，似乎那个纯真的小蝶正在她的心底慢慢苏醒。

就在这时，一串子弹击碎了电话亭最后的遮挡，暴射在了游雨晨和徐峙身后的砖墙上，飞溅的砖石将游雨晨和徐峙的脸划得血迹斑斑。

小蝶的那种纯真无邪突然从游雨晨的脸上消失，游雨晨的眼睛中激射出暴戾凶残的光芒。她一把将徐峙推开，抓起电话亭上的一块玻璃残片，冲着那个黑衣人便扑了过去。

那个黑衣人正在换弹夹，突然间看到了恍若地狱幽灵般的游雨晨，那种骇人的神情，简直让人毛骨悚然。

黑衣人手一抖，竟然将弹夹掉在了地上。还没等他明白过来，那块碎玻璃已经狠狠地扎在了他的脖颈。

玻璃划破了游雨晨的手，游雨晨却没有丝毫痛苦的感觉，她似乎很享受这种掌控一切的快感，她不愿意再当男人的玩物，也不愿意再被人操控命运。在她心中只有一个念头，这世上的男人都应该被毫不留情地杀掉。

然而就在这时，黑洞洞的枪口悄无声息地顶在了游雨晨的太阳穴上，与此同时，一支干瘪枯萎的手紧紧地扼在了游雨晨的脖颈之上。

“游雨晨，没想到吧，我们又见面了！“

游雨晨眼角的余光看到了一张儒雅的脸，只是这张儒雅的脸上此刻写满了愤恨和怒火，正是那个杀人魔王——黎昕。

“不要伤害小蝶！她已经很可怜了，你……你就放过她吧！”徐峙面带哭腔地哀求道。

“她可怜？哈哈，她要是真的可怜，就不会把我害成现在这副模样。我辛辛苦苦打拼的一切都毁在了这个女人身上，我今天一定要杀了她。”黎昕狞笑着将手指扣动了扳机。

“黎昕，放下枪！”殷柔在解决掉纠缠她的那名黑衣枪手之后，也端着枪冲了过来。

“我绝对不会去坐牢，我要这个女人陪着我一起死。”黎昕歇斯底里喊道。

“这件事情跟小蝶无关，那个录像是我交给警方的。你参与十年前那起文物抢劫案，也是我从洪霆霄那里挖掘出来的。要杀，你就杀我吧，求求你放过小蝶吧。”徐峙满眼恳切地朝黎昕走了过去。

“别过来！你再向前一步，我就开枪了！”黎昕将枪指向了徐峙，嘴角挂着嘲讽的笑容道，“你过去不是狂热地爱恋着那个卧底警察的老婆朱琪吗？怎么现在又移情别恋了？”

“朱琪只是我少年时候的一个梦。在经历了这一切之后，我已经知道我究竟爱的是谁了。”徐峙说话的声音很轻柔，但眼神却坚定无比地望向了被黎昕紧紧扼着脖颈的游雨晨。

游雨晨将脸扭到了一边，躲避着徐峙的目光：“你这个蠢货，我根本就不喜欢你，你快滚！”

“小蝶，你不要再骗自己了。你根本就不想做游雨晨，你想做的是小蝶。”

“够了，我不想听你们这些卿卿我我了！”黎昕恼怒地将枪指向了徐峙，“你要再往前半步，我真的开枪了。”

“你放了小蝶，让我做你的人质。”徐峙高举着双手，又向前迈出了一步。

“你真的以为我不敢开枪吗？”黎昕眼眸中凶光毕露，手指扣动扳机，砰的一枪，徐峙的肩膀上便多了个血窟窿。

游雨晨尖叫着望向徐峙，颤声说道：“你这个傻小子，难道真的不要命了？”

徐峙闷哼了一声，却丝毫没有停下脚步：“我这辈子只做对了一件事情，就是爱上了你。如果你死了，我也就没有再活下去的意义了。”

游雨晨紧咬着嘴唇，不住地抽泣着：“你真傻！”

“我受不了你们两个了！”黎昕抓狂似的又开了一枪，这一枪打在了徐峙的小腿上。徐峙站立不稳，栽倒在地上。

可是他仍旧拼尽全力地向前爬行着。

殷柔看到这一幕也忍不住眼角有些温润。

“不要，不要，”游雨晨的眼眸中噙满了晶莹的泪花，暴戾的神情逐渐变得温柔起来。

“小蝶，你快回来吧！你不是游雨晨，也不是许琼，你只是我的小蝶。”徐峙断断续续地艰难说道。

砰，砰，又是两枪，被枪火携裹的子弹在徐峙身上又迸溅出两个血窟窿，血水和雨水交融在一起，将地面染红了一大片。

游雨晨紧闭着眼睛，不忍再看向血肉模糊的徐峙，大串的泪珠不停地从她精致的脸颊滑落。朦胧中仿佛又看到了自己被洪霆霄压在身下肆意凌虐，而在不远处的窗外则投射出了那个负心人连律师的身影。游雨晨的身子猛烈一颤，魔性重新开始在她的心底疯狂肆虐。

“小蝶，你快醒醒。不要再在错误的路上继续走了，你即使能够骗过所有的人，但是你却骗不过你的良心。你不是一个坏人，小蝶，你快回来吧！”徐峙一边呢喃着，一边艰难地爬到了黎昕的脚下，用力扯着黎昕的裤腿，将头抬了起来，“黎昕，你放了小蝶吧，让我做你的人质！”

黎昕先是愣了一下，随即狂喊道：“你这个疯子，去死吧！”

黎昕猛力地将徐峙踢开，同时将乌黑的枪口指向了徐峙的脑袋。

“小心！”游雨晨拼尽全力挣脱了黎昕的控制，奋不顾身地扑向了黎昕握枪的手腕，但恶毒的手枪已经喷出了致命的火焰。

子弹直接击中了徐峙的头部，徐峙软绵绵地倒在了地上，鲜血溅得游雨晨满脸、满身都是，游雨晨发疯似的将徐峙抱在怀中，一遍又一遍地呼喊着徐峙的名字，眼前的这一幕深深地刺激了游雨晨，唤醒了埋藏在游雨晨灵魂深处的良善。若干年前，正是自己用枪射伤了卧底警察邹伟邦的头。眼前的这一幕和当年是何其相似，简直就是因果轮回。

就在这个空当，殷柔果断地扣下了扳机，一颗子弹呼啸而过，直接穿透了黎昕持枪的手臂。

黎昕惨叫一声，摔倒在地下，刚要挣扎着爬起来，却被殷柔用力地摁倒在了地上。

游雨晨抱着徐峙的身体，泪如雨下，她的神志已经接近了崩溃的边缘："你真傻啊，为什么要救我？该死的人是我，而不是你！"

却发现徐峙正惬意地躺在她丰满的怀里，露出了陶醉的神情。原来子弹只是划破了徐峙的头皮，虽然流了不少血，但却并没有伤及性命。

"你真坏，到这个时候还在戏弄我！"游雨晨嗔怪道。

"你是游雨晨，还是小蝶？"徐峙充满疑惑地问道。

"我是小蝶！"小蝶肯定地答道。

徐峙动情地抓住了小蝶的手说道："无论曾经的你是什么样子，我都会永远地爱你！只是——只是我可能要在监狱里待很久了，不能再陪你了。"

小蝶眼角挂泪道："我也一样，等我从监狱出来的时候恐怕已经变成一个老太婆了，到时你不会嫌我老吧！"

"不管你会变成什么模样，在我心里你永远都是那个最美的小蝶！"徐峙说罢便将小蝶紧紧地抱在怀中，任由狂风和雨水将两人紧紧包裹。